本著作获西安财经大学文学院学术著作出版资助

對聯通论
（增订版）

严海燕 著

中国社会科学出版社

图书在版编目(CIP)数据

对联通论/严海燕著.—增订版.—北京:中国社会科学出版社,2023.11

ISBN 978-7-5227-1024-2

Ⅰ.①对… Ⅱ.①严… Ⅲ.①对联—文学研究—中国 Ⅳ.①I207.6

中国版本图书馆 CIP 数据核字(2022)第 214215 号

出 版 人	赵剑英	
责任编辑	郭晓鸿	
特约编辑	王顺兰	
责任校对	郝阳洋	
责任印制	戴 宽	

出 版	中国社会科学出版社	
社 址	北京鼓楼西大街甲 158 号	
邮 编	100720	
网 址	http://www.csspw.cn	
发 行 部	010-84083685	
门 市 部	010-84029450	
经 销	新华书店及其他书店	

印 刷	北京明恒达印务有限公司	
装 订	廊坊市广阳区广增装订厂	
版 次	2023 年 11 月第 2 版	
印 次	2023 年 11 月第 2 次印刷	

开 本	710×1000 1/16	
印 张	32	
插 页	2	
字 数	511 千字	
定 价	159.00 元	

凡购买中国社会科学出版社图书,如有质量问题请与本社营销中心联系调换
电话:010-84083683
版权所有 侵权必究

目　录

序一 …………………………………………………… 李　浩（1）
序二 …………………………………………………… 张志春（1）

第一章　对联简史 ………………………………………（1）
第一节　古代对联 ……………………………………（1）
一　对偶机制和对偶文体 ……………………………（1）
二　走向对联 …………………………………………（7）
三　全面崛起 …………………………………………（20）
第二节　民国对联 ……………………………………（41）
一　风云激荡中的变异 ………………………………（41）
二　进入现代学者研究视域 …………………………（46）
三　对联教育受到冲击 ………………………………（48）
第三节　当代对联 ……………………………………（50）
一　走过单一和荒芜 …………………………………（50）
二　进入振兴期 ………………………………………（52）
第四节　关于历史上"第一副对联" …………………（68）
一　问题的提出 ………………………………………（68）
二　种种新说的综述 …………………………………（69）

第二章　对联性状 ………………………………………（77）
第一节　特性与功能 …………………………………（77）
一　对联的特性 ………………………………………（77）
二　对联的功能 ………………………………………（86）

第二节　组成与分类 ·· (104)
　　　　一　对联的组成 ·· (104)
　　　　二　对联的分类 ·· (117)

第三章　对联格律 ·· (129)
　　第一节　联律 ·· (129)
　　　　一　联律的讨论 ·· (129)
　　　　二　联律的分说(上) ·· (137)
　　　　三　联律的分说(下) ·· (146)
　　第二节　对仗 ·· (155)
　　　　一　从严格程度上划分 ··· (155)
　　　　二　从上下联意义联系上划分 ································· (160)
　　　　三　从对仗位置与对仗技巧上划分 ··························· (165)
　　　　四　其他特殊对仗形式 ··· (169)
　　　　五　关于"无情对" ·· (173)
　　第三节　平仄 ·· (176)
　　　　一　节奏点的确定和安排 ······································ (176)
　　　　二　变格:平仄不相间 ·· (183)
　　　　三　多句联分句句脚平仄的安排 ······························ (189)

第四章　对联修辞 ·· (200)
　　第一节　从修辞到对联辞格 ·· (200)
　　　　一　修辞与辞格 ·· (200)
　　　　二　对联辞格的功能与分类 ···································· (204)
　　　　三　上下联之间辞格对应及其他 ······························ (207)
　　　　四　对联辞格的边界及例证 ···································· (208)
　　第二节　通用辞格 ·· (211)
　　　　一　通用辞格(上) ··· (211)
　　　　二　通用辞格(下) ··· (229)
　　第三节　特殊辞格 ·· (245)
　　　　一　用字类 ·· (245)

目 录

　　二　遣词类 …………………………………………（248）
　　三　造句与作联类 …………………………………（253）
第四节　综合与补充 ……………………………………（259）
　　一　辞格的综合运用 ………………………………（259）
　　二　辞格种类的补充 ………………………………（260）

第五章　对联创作 …………………………………………（265）
第一节　总体要求及辩证思考 …………………………（265）
　　一　贴切 ……………………………………………（265）
　　二　工稳 ……………………………………………（267）
　　三　典雅 ……………………………………………（268）
　　四　新奇 ……………………………………………（270）
　　五　深刻 ……………………………………………（272）
第二节　四大民俗对联创作 ……………………………（273）
　　一　春联 ……………………………………………（274）
　　二　婚联 ……………………………………………（300）
　　三　丧挽联 …………………………………………（313）
　　四　寿联 ……………………………………………（336）

第六章　对联书法 …………………………………………（343）
第一节　对联与楹联 ……………………………………（343）
　　一　从对联到楹联 …………………………………（343）
　　二　引进书法与陷入迷思 …………………………（345）
　　三　从对联书法到对联篆刻 ………………………（347）
第二节　书写与贴挂 ……………………………………（349）
　　一　从联文到联墨 …………………………………（349）
　　二　从贴挂到接受 …………………………………（363）
第三节　清代楹联书法 …………………………………（369）
　　一　总体风貌 ………………………………………（369）
　　二　技术考察 ………………………………………（374）

· 3 ·

第七章　对联学习 ……………………………………（384）

第一节　对联学习 ……………………………………（384）
　　一　学习总说 ………………………………………（384）
　　二　以诗词学习为基础 ……………………………（386）
　　三　吸纳骈文质素 …………………………………（399）
　　四　吸纳其他文体质素 ……………………………（403）
　　五　重视对课经验 …………………………………（409）
　　六　从先贤时贤处获益 ……………………………（414）

第二节　对联教学 ……………………………………（421）
　　一　对联教育 ………………………………………（421）
　　二　学校对联教学 …………………………………（423）

第八章　对联学术 ……………………………………（432）

第一节　分科与化形 …………………………………（432）
　　一　学科分类 ………………………………………（432）
　　二　成果形式 ………………………………………（447）

第二节　态度与准备 …………………………………（451）
　　一　了解学术 ………………………………………（451）
　　二　献身学术 ………………………………………（455）

第三节　成绩与期待 …………………………………（464）
　　一　过往的回顾 ……………………………………（464）
　　二　未来的企望 ……………………………………（466）

附录一　也来解读《联律通则（试行）》 ………………（474）
附录二　诗钟 ……………………………………………（486）
主要参考资料 ……………………………………………（497）
后记 ………………………………………………………（499）
重印说明 …………………………………………………（502）

序 一

李 浩

  1983年至1990年间，海燕在西北大学中文系读书。当他上研一时，适逢我兼任该系研究生秘书。因为彼此专业不同，当时接触不是很多。他是张华先生的高足，在校专攻中国现代文学。不想毕业之后，竟主讲起古代汉语课，继而以诗联文体研究为自己的学术方向。在他任教的学校里，汉语言文学专业并非核心专业，但海燕仍能坚持一介书生的理想，更在一个专业学者较少涉足的冷门领域长期坚守，乐此不疲，实属难能可贵。

  明清两代，联手如云，既涉三教九流，更多文人身影。文学史上，李渔以曲安身，郑燮以诗名世，曾国藩以文开派，三人各擅胜场，却均有名联传世。对此，若从戏曲、诗词、古文分别研究之，想必不无意义，并有所收获。同时，明清对联是带着实用化和民间化的特征崛起的，这就提示我们，一方面应理解文学史在接纳它们时的审慎态度，另一方面，不妨寻找新的综合性的视角考察它们。在此意义上讲，《对联通论》一书从命名到架构，都有一定的合理性。尤其是此次增订版，作者在原来的对联"简史""性状""格律""修辞""创作""书法"基础上，增加了对联"学习""学术"两个章节，"简史"等新意迭出，"学习"等具有开拓性。全书不仅说明了何谓"对联文体"，还将对联与其他文艺形式或学科领域之间的关系，以及拟议中的对联学科所辖内容，都清晰地勾勒了出来。对于对联界中人，这是一个"自画像"；对于非对联界中人，这不啻一幅认识对联、了解对联生态的学术"地图"。

  海燕为了深入研究对联，用功甚勤。对于联史上"第一副对联"

的考察和辨析，就是其中一例。此外，摘录对联书籍和报刊中的重要信息，并以合适的方式，在自己的成果里予以注明，本是现代学者的必做功课；可惜由于种种原因，在《对联通论》（第一版）出版前的同类的联书里，大都没有脚注和尾注。凡需要引文时，有的只给一简单夹注，有的将注解与正文混同一处，还有的对引文出处不做任何说明。本书从一开始就做了尾注，增订版又按照新要求变成脚注，这是遵守学术规范的具体表现，值得肯定。

海燕在西北大学读硕士生时，其具体的研究方向是中国现代作家与外国文学的关系。毕业后任教，除了汉语类课程，还讲授了"比较文学""汉字与书法""中国传统文化""西方现代文化""大众传媒技术"等十几门课程。面对昔日所学与当下所教，海燕都能注意汲取其中的营养，包括观念、史料、方法诸方面，并让它们惠及自己的对联研究。譬如，将对联划归"对文"之于古代汉语，"缺类研究"之于比较文学，"把关人"之于传播学，县衙楹联分析之于古代文化，"现象写作"之于西方现代文化。最为显豁的，恐非"对联书法"一章莫属。无论是选配图片、识读文字，还是讲解联墨环节、介绍清代楹联书法，都体现出一个曾经的书法教师的眼力和学养。海燕还自学过民俗学和民间文艺学，并身体力行，多次做田野调查。这在"四大民俗对联创作"一节体现得淋漓尽致。这种调查及其所得，使他不再像治联伊始那样，一味地立足文学而高声呐喊，而是尽可能地去理解民间传统。当然，理解不等于完全认同。在本书中，作者给予民间对联创作以极大的同情，但也不是没有保留。尤其是当面对渐成规模的对联创作队伍及其作品时，作者依旧显示出自己此前的冷静与客观。

对联创作由来已久，但科学的对联研究尚属年轻，需要不断开拓。我在这方面没有系统思考过，实践也很少。现在，海燕约我为其《对联通论》（增订版）写序，看到当年年轻的朋友在学术上成长起来，我感到由衷的高兴，愿借机谈点自己的读后感。希望海燕能结合汉语形音义的东方美学特质，从弘扬中华优秀传统文化的角度，对联语文体进行更深入的学理思考，并在科普对联写作方面继续努力，使"有金石声的"汉语文字活起来，最终与同道们一起，共同将对联这一文化珍宝传承下去。

序 二

张志春

知道严海燕，大约是在 2000 年。联界同仁告诉我，西安财经学院有个青年教师严海燕搞对联理论，不错。不错到什么地步？文章没读过。由此知道学术界很少关注这一领域的格局中，走进了一位年轻的朋友，便期待他的出现。直到大约十年后的冬天某日突接一个电话，说他是严海燕，出书想送过来。长安初面，印象是典型的书生。文质彬彬，似跨过不惑的门槛，中等个儿，头发已微渗星星白点，容貌清秀，声音苍苍而出语急促，西府方言与普通话均畅通无阻，像泾渭平缓的水流一样。对谈貌似学生听讲式的专注，眼光却不正视对方，而是始终似回避着什么的侧过头去。如此这般，或许整个身心聚敛于内，或许聚焦于外在旁侧的一个虚幻的点。在我看来，这并不一定是拘谨，毋宁是一种两眼不看身外事的超脱与潇洒。或许在严海燕看来，学术便是他的宇宙本体。因而交流中无须关注对方，察言观色，而是沉浸在自己的话语空间里，沉浸在自己智慧的运演中。我明显地感觉到，遇到了一个甘坐冷板凳的学术痴迷者了。

我的第一印象是这样。近二十年来，接触也多了，海燕迎来送往、周旋揖让变化多了，但最初印象还不时在眼前闪现。这不，在多年勤奋的耕耘下，他又捧出了这部一再修订近乎重写的三十多万字的《对联通论》来，从中似乎可以窥知他的学术风貌来。

首先是开疆划界、整体推进的建构意识。

我原初以为海燕的思维是侧锋切入，打一枪换一个地方，散点创新，以点带面，是铁骑突出刀枪鸣的游击模式。这样做学术虽不无偏颇，却也深刻有力，点击到位，时有一剑封喉的效应。譬如他提出对联的"现象写作"倡议，就是针对当下创作沿袭既有意象而疏离现实更悖逆人们感受弊端的当头棒喝。这种以现象哲学为底蕴的理论推衍不只赢得联界的关注，更引导了一些联家在这一格局下的创作。而《对联通论》却迥然不同，仿佛正规军的驻扎，面面俱到，层次分明，步步为营，看似按部就班稳居大本营的守望，其实洋溢其中的却是志在千里的开疆划界氛围，是有所建树的创造意识。这里的对联通论，并非一般狭义的只从对联史的角度展开，或仅从对联本体论的层面阐述，而是多向度多层面大规模地铺开。包容古今，涵盖众多，似乎要登上中国对联的珠穆朗玛而将其领域一览无余。这里自有一种大抱负，自有一种大气象：对联的历史，对联的性状，对联的格律，对联的修辞，对联的创作，对联的书法，对联的传播，对联的教育（学习），对联的学术……特别是对联的教育（学习）与学术，似是首次在通论格局中提出。不只三峰却立如欲摧，更有涛似连天喷涌来。读者展卷便如步山阴道上，横看成岭侧成峰，远近高低各不同。千岩万转路不定，迷花倚石忽已暝。在这里，读者不只感觉到打开了一扇门，似乎也推倒了四面墙，来到了与对联有千丝万缕联系的一片旷野上。倘若完形建构，这不同向度的探索，可辐射状拓展为对联史学，对联（本体）学，对联修辞学，对联写作学，对联社会学，对联民俗学，对联教育学，对联传播学，对联学术史等洋洋大观。这当然是令人心神健旺的期待了。而这一切的一切，在海燕这里，不是徘徊于心的畅想，不是客厅里稍纵即逝的夸夸其谈，不是悬浮于策划的蓝图，而是全身心投入的践行，是施工现场推土机的轰鸣，逐渐显现出高楼大厦、亭台楼阁的地基和一些像模像样的初步建构。庭院深深深几许？窗棂门洞依次开。海燕如此醒目而大格局地开场，我们有理由乐观地瞩望中国对联文化学的确立。

其次，是学术神圣的敬畏意识。

在这从容淡定的字里行间，我分明看到了学术的尊严与纯正。阅读中，就不难发现，他一字一句地斟酌，一条证据一条证据地从远古梳理到当下。他甘于寂寞，坐得住十年冷板凳。这是不容易的！我们处于一个浮嚣的时代，整个急匆匆的社会氛围似乎失去了沉浸和等待的从容与耐心。甚至有些人著书不立说，撰文不立论，从剪刀加糨糊与时俱进为鼠标加百度，瞬间拈连千百家而补缀成篇。仿佛都市里的绿化，连树木

序 二

也不允许它有种子萌芽从小苗渐渐长成大树的过程，而是急不可耐地东搬西挪，让五十年百年大树一夜之间立在街头，炫耀展示蔚为大观。而严海燕不是这样。他知道著述是愚人的事业，便义无反顾地选择了通论这样正规军作战的整体推进式研究。这里虽没有游击队式的灵动与机巧，却有着厚重宽博的积淀与传承。他似乎放弃自己的思维特点，不愿意笔走偏锋别开生面，而是笨笨地固守着文体本位。他选题博大仍关注细部。他着意有包容地立论，似乎想给不同档次的作品尽量安排一个妥帖的评判；给当代每个对联学者都找到相应的位置；为对联现象都去寻找一个说得过去的理由；在一般人往往一笔带过的叙述中，他总想从源流从学理上进一步探究和解读；他的思考确乎渗透在字里行间，甚至每一条注释都有着追溯和思辨的印痕，而每一条每一款都是从浩如烟海的文史堆中苦苦搜求而来；在自铸文辞的注解中，我们看到了他搜尽史籍打草稿的寂寞与执着，看到了他不放过任何一个细部的目光与神情，看到他古今同道对话的热情与急切……于是乎，看似枯索的联语抽象辨析便有了丰厚的感觉和非同一般的纵深。或许不无特殊年代留下的阴影，或许偶有古今对峙的言说令他宽厚的文笔难以褒贬取舍。但毫无疑问的是，即便你不同意他任何一个阐释，任何一个立论，甚或总体布局，但绝不会怀疑他纯正地敬畏学术的虔诚。

再次，海燕对联的研究有着与现实对话的性质。

他的联语研究不是躲进小楼成一统，不是满足于自说自话的理论自足系统，而是欲为往圣继绝学，着意当下，关注着中国当代活生态的联语创作运动。而他自己原本就是对联创作队伍中的一员。更有因之而跻身国内"联坛十秀"的美誉。他的理论探究与表述，他的创作与求索，是互为表里，相辅相成的。这种意识渗透在《对联通论》的字里行间，更流溢在《也来解读联律通则》之中。话语时而平和却不无思虑深沉之境，辩锋不乏犀利而时传举重若轻之韵。对严海燕来说，中夜四五叹，常为对联忧。字里行间洋溢着的不只是难以压抑的激情，更为可贵的是展示着有所担当的责任感与使命感。他句斟字酌，钉钉入木，使任何关注当代对联者阅读时可能会稍稍停顿一下，思考一下。指出联坛种种弊端，指陈其理论建构的丝丝缺憾，并非个人意气，而是期待着关注与覆盖全局的学术攀升。如此表述，或许不无偏颇，但绝非肤浅之论，而应有它足够的理由和自洽的道理。对中国联界来说，这种着意于学术铺垫和理论提升的思辨是难能可贵的。当然，与现实对话，自然会底气丰沛，言辞推衍并非空壳概念摆弄，而是连带着博大时空的对联运动。作为一个具体事件的叙述或许不隔，自能切入底里。我由此进而联想到当代对联思辨如何展开？作为一个颇为庞大的理论体系，若要既着意于为时为事而作，又要与现实保持一定的距离，以期实现一定意义上抽象与升华，个中分寸与平衡如何把握？若遇两岸青山相对出的波浪，如何行进中既屹立于化险阻为景观的位置，又能乘风破浪不偏离扬帆远行的导航？

　　写到这里，我想，一部有分量的学术著作如何评价呢？一般来说，学术思考的基点似乎是，自始至终，没有一句没有出处的话语，没有一句未经过作者思考过的话语。当看到那繁密的注释，那兼顾上下左右斟酌言辞的表述，便知海燕在这方面是下了真功夫的。但在行文中，他有时是三段论推衍，有时是一句点评了结。这也是中西合流的传统对当代学人的熏染。中国传统的文论固不无《文心雕龙》那样的煌煌宏论，但更多的是蜻蜓点水式的灵动点评。那一枪戳下马的点评固然痛快简洁，倘与现代学术的归纳、演绎、大前提、小前提、推导和结论的逻辑对谈，是否会丝丝入扣、榫卯吻合？再者，如何用坐标原点式的概念或强有力的线索将对联幅员广阔的部族集束为一个整体？这里似乎还有可以斟酌的空间。总体来说，严海燕是国内少有的专注于对联理论的学者。他有大建构的勇气与学术视野。他有坐十年冷板凳的执着与惨淡经营的文字。他的著述既透地气，又颇为新异。我想，这样的学术路径是端正的，富有拓展性的。希望他越走越宽阔，四围景色越来越壮美。

第一章 对联简史

第一节 古代对联

一 对偶机制和对偶文体

（一）对偶与对举

1. 先秦对偶句

书面语是对口语的模仿和加工，并以散文单句为其主要形态。这是人们对于两种语言表现形式的一般认识。不过，在先秦时期，出于易记（书写）易诵（传播）等原因，加之汉语特质的内在影响，无论是《诗经》《周易》等文学文化经典，或者是民间歌谣、谚语，其中均出现了一定数量的对偶句。这种对偶句中的一部分，其实是"排偶句"，即不避重字的对偶句。若细分起来，其中依附于原文的，可称为对偶；相对独立成文的，可称为对举。对偶可以续对，最终形成骈文、骈赋、连珠以及律诗的一部分；对举可以增字续句，最终成为中长篇幅的对联。可以说，先秦对偶句是骈文、对联等对偶文体的共同远源。

关于对偶、对举，试举例如下。

昔我往矣，杨柳依依；今我来思，雨雪霏霏。行道迟迟，载渴载饥。我心悲伤，莫知我哀！（《诗经·采薇》）

天尊地卑，乾坤定矣；卑高以陈，贵贱位矣；动静有常，刚柔断矣。方以类聚，物以群分，吉凶生矣；在天成象，在地成形，变化见矣。（《易传·系辞上》）

位尊而无功，奉厚而无劳，而挟重器多也。（《战国策·赵策四》）

公入而赋："大隧之中，其乐也融融！"姜出而赋："大隧之外，其乐也洩洩！"（《左传·隐公元年》）

有孺子歌曰："沧浪之水清兮，可以濯我缨；沧浪之水浊兮，可以濯我足。"（《孟子·离娄上》）

周谚有之曰："山有木，工则度之；宾有礼，主则择之。"（《左传·隐公十一年》）

昔者舜弹五弦之琴，造《南风》之诗，其诗曰："南风之薰兮，可以解吾民之愠兮；南风之时兮，可以阜吾民之财兮。"（三国魏王肃辑《孔子家语·辩乐解》）

不过，在此后相当长的一个时期内，对偶续对蔚为大观，对举续句却成空想。这与人们以线性思维为主有关，也与对举对偶句的相对自足、无须"完型"有关①。

2. 秦汉散文与赋

从秦汉散文到两汉赋体，排偶句继续大量存在着，且三重或三重以上的对偶现象明显增多。如：

必秦国之所生然后可，则是夜光之璧不饰朝廷，犀象之器不为玩好，郑卫之女不充后宫，而骏良駃騠不实外厩，江南金锡不为用，西蜀丹青不为采。（李斯《谏逐客书》）

浴不必江海，要之去垢；马不必骐骥，要之善走；士不必贤世，要之知道；女不必贵种，要之贞好。（褚少孙《史记·外戚世家》）

且夫出舆入辇，命曰蹷痿之机；洞房清宫，命曰寒热之媒；皓齿蛾眉，命曰伐性之斧；甘脆肥脓，命曰腐肠之药。（枚乘《七发》）

3. 荀子散文与赋

从秦汉散文到两汉赋体，《荀子》堪称两者之间的桥梁。下面两段对偶句群，其对偶形式已不限于一种。

（应之以治则吉，应之以乱则凶。）（强本而节用，则天不能贫；养备而动时，则天不能病；循道而不贰，则天不能祸。）（《荀子·天论篇

---

① 在联界，有人进行过"叙事组联"创作实验。详见尉金魁《叙事组联：休做黑心子　应怜白发娘》，以及《奇葩初放　众手扶持——商丘召开叙述组联研讨会》，均载《中国楹联报》1994年8月5日。这种两句一联、中间空行的对联组合新形式，类似于陕北信天游的对联版，说到底属于对偶续对，而不是对举续句，是对联探索路上的一次脱轨。

第一章　对联简史

第十七》）

（以能合从，又善连横。）（下覆百姓，上饰帝王。）（荀子《箴赋》）

于是，历史很快产生了两种新文体：连珠和骈赋。它们主要由对偶句群（即连续对偶句）组成。

（二）骈赋与连珠

1. 骈赋

所谓骈赋，实际上就是押韵的骈文。借用数学语言来讲，骈赋就是骈文与赋的并集，即骈文∪赋＝骈赋。现实中，有的学者未能注意到骈赋与骈文的区别，误将骈文《为徐敬业讨武曌檄》称为骈赋。其实，骈赋是赋，既对仗又押韵；骈文是文，只对仗而不押韵。试看骈赋例子：

（其始也，）皆收视反听，耽思傍讯，精骛八极，心游万仞。（陆机《文赋》）

况秦吴兮绝国，复燕赵兮千里。或春苔兮始生，乍秋风兮暂起。（江淹《别赋》）

钟山之英，草堂之灵，驰烟驿路，勒移山庭。（夫以）耿介拔俗之标，萧洒出尘之想，度白雪以方洁，干青云而直上，（吾方知之矣。）（孔稚珪《北山移文》）

（我之）掌庾承周，以世功而为族；经邦佐汉，用论道而当官。禀嵩华之玉石，润河洛之波澜。居负洛而重世，邑临河而宴安。（庾信《哀江南赋》）

以上第一、三、四例括弧内文字，为不参与对仗的开头语或畸零句。

2. 连珠

连珠篇幅极短，今人编写文学史往往忽略不提。学者们多以为连珠和七体、对问一样，实为赋体之旁衍。历史上的连珠确曾是一种独立文体，《昭明文选》《艺文类聚》均有收录。连珠大约成形于战国时的韩非子，得名于西汉扬雄，东汉时班固、贾逵、傅毅奉诏写过这种文体，到西晋陆机则臻于完善。

试看陆机的一篇连珠作品："臣闻：因云散润，则芳泽易流；乘风载响，则音徽自远。是以德教俟物而济，荣名缘时而显。"作者以比起兴，讲论教化和成名的道理。全篇共有两组对偶句组，其对仗与押韵无误，唯平仄规律不显。上下平仄点忽而相同，忽而相对。若能在这方面再做讲求，庶可成为一篇微型骈赋。

文学史上写过连珠的作家不乏名流，除了以上提到的作家，尚有蔡邕、曹丕、陆云、张华、葛洪、沈约、萧衍、庾信、晏殊、刘基、张之洞、俞平伯等人。前人写连珠，并非都是用来陈述意见或发表议论，很多时候只是文人为撰写对偶句而进行的一种练笔活动罢了。

这种"辞句连续，互相发明，若珠之结排"（沈约《注旨制连珠表》）的文体，不仅扬葩振藻，对仗整饬，而且还因"臣闻（或'盖闻'）……是以（或'故'）……"的固定格式而兼具逻辑性。严复在翻译《穆勒名学》时，甚至直接将三段论译作"连珠"。严复的译法未必见得准确，陆机确曾创造了三段式，但对后世发生影响的还是二段式。所以，逻辑学界最终的认识是："（连珠）弱点是其多彩的文学性、多义的隐喻性往往掩盖了逻辑论式的简明性、严密性。"[①] 看来，与其说连珠是应用文（表奏一类的上行文）、说理文体裁，不如说是文学文体裁更为确切。连珠作品，本质上是属于文学范畴的。

骈赋如果不押韵，就成了骈文；连珠如果再压缩篇幅，即截取其中的一组对偶句，就成了骈文式对联。而骈赋和连珠的四言句式，如果同五言诗的句式相结合就会演化为五言联，这种五言联既可以入诗，使之烙上格律的印记，又可以独立自足，成为一种新文体——对联。

（三）对句与摘句
1. 从联句到对句
（1）生活里的对句

在南北朝和唐宋人的史书、笔记和诗歌总集里，可屡屡看到关于对句的记载。

《晋书》卷五十四《陆云传》载："云与荀隐素未相识，尝会（张）华坐。华曰：'今日相遇，可勿为常谈。'云因抗手曰：'云间陆士龙。'隐曰：'日下荀鸣鹤。'"接下来两人便以对方的姓名（字）做谐音处理而开起玩笑来。"鸣鹤，隐字也。云又曰：'既开青云睹白雉，

[①] 陶伯华：《东方类推逻辑的范畴构架与符号形态》，《哲学译丛》1998年第6期。

第一章 对联简史

何不张尔弓，挟尔矢？'隐曰：'本谓是云龙骙骙，乃是山鹿野麋。兽微弩强，是以发迟。'华抚手大笑。""云间"为华亭的别称，陆云是西晋时吴郡华亭人，即今上海市松江区人，元代将华亭县升为华亭府，一年后又改名松江府。"日下"指首都，荀隐乃西晋时颍川人，并非首都洛阳人，但颍川距西晋首都较近，故有此说。这则戏谑式轶事从《世说新语》排调篇转载而来，轶事的重点在于显示二人之捷才，略似当代西方的 Talk Show（脱口秀），但这并不妨碍今天的人们将其所对文字看作对句。

《全唐诗》卷八百七十一收有晚唐顾云与罗隐一副对句："青蝇被扇扇离席（顾云）；白泽遭钉钉在门"（罗隐）。顾、罗两位诗人也是借景生情，相互戏谑。顾讥讽罗不被高骈（唐末大将）看重，只得怏然离去，罗则反击顾如墙上所钉白泽（一种神兽）图画一般，没有骨气和自由。

陆游《老学庵笔记》卷十载："蔡攸初以淮康节领相印，徽宗赐曲宴，因语之曰：'相公公相子。'盖是时京为太师，号'公相'。攸即对曰：'人主主人翁'。其善为谐给如此。"蔡攸乃蔡京之子，蔡京任相时改定官名，以左右仆射为太宰、少宰，蔡京以太师兼太宰，总领尚书、中书、门下三省，称为"公相"。"相公"是对男子的尊称，这里指蔡攸。

（2）练习里的对句

对句现象是由联句作诗发展而来的，到了后来，则演化为练习对偶、作诗作文（骈）的一种手段。

五代孙光宪《北梦琐言》卷四载："（温庭筠）才思艳丽，工于小赋，每入试，押官韵作赋，凡八叉手而八韵成，多为邻铺假手，号曰救数人也。而士行有缺，缙绅薄之。李义山谓曰：近得一联句云'远比召公，三十六年宰辅'，未得偶句。温曰：何不云'近同郭令，二十四考中书'。宣宗尝赋诗，上句有'金步摇'，未能对，遣未第进士对之。庭云乃以'玉条脱'续也，宣宗赏焉。又药名有白头翁，温以苍耳子为对，他皆此类也。""远比召公，三十六年宰辅"两句，南宋吴坰《五总志》作"远比郇公，三十六年宰辅"，后者"郇"字不易索解，当为"邵"之误。"召公"又作"邵公"，即西周宗室姬奭，周灭商前被封于召（在今陕西扶风），历经武、成、康三世，居官数十载，成王时曾出任太保。"二十四考中书"，唐代郭子仪任中书令一职时间长，主持官吏考绩达二十四次，后因以称颂秉政的大臣位高任久。"庭云"，《北梦琐言》称温庭筠或作"温庭云"。

2. 从摘句到对联

作为文坛风气，摘句同样始于六朝。"池塘生春草，园柳变鸣禽"（谢灵运）的例子不必细说，盛唐诗人王湾有《次北固山下》诗："客路青山外，行舟绿水前。潮平两岸阔，风正一帆悬。海日生残夜，江春入旧年。乡书何处达？归雁洛阳边。"其中颈联尤为世人所激赏。殷璠《河岳英灵集》卷下载，宰相（燕国公）张说还将它题于政事堂，"每示能文，令为楷式"。

诗人们将这些对偶句式诗句，写在诗板等处反复品味，日复一日，必然凸显对偶句的特殊价值。唐代律诗正是在永明体的基础上吸收了它们，并将对仗作为规则之一而蔚为大观的。元代辛文房《唐才子传》卷五载：贾岛作《忆江上吴处士》时，最先想到的不是非对仗的首联，而是讲求对仗的颔联，即先触景而有"落叶满长安"句，而后得对句"秋风吹渭水"，并因此"喜不自胜"。

"近水楼台先得月。"唐人继承齐梁永明体诗歌遗产，完善而为近体诗，本属顺理成章，但这也带来另一个问题。由于近体诗和骈文的巨大成就，对举式对偶句成长的可能性随之受到抑制。如黄河夺淮一般，本来可以与近体诗、律化骈文平行发展的对联，却因此由潜在的"兄弟关系"变成了"父子关系"。作为晚出文体，对联甫一问世，就既讲对仗，又讲平仄。

与此同时，由于听任这种新的对偶文体向社会文化诸多领域渗透，其结果，一方面使得对联的应用性大增，即以罕见的多方位发展的面貌出现在文体百花园里；另一方面，也使得对联在字数多寡、平仄分布等游戏规则方面，迟迟难以定型。[1]

---

[1] 晚清陈方镛《楹联新话·庆贺》有云："古传诗律，未闻有所谓联律者。"联律的争论，消耗了当代联界太多的资源。对于对联所属文类以及诗联关系等讨论，联界也经历了从迷茫到理性、从自尊到功利的心路历程。

二 走向对联

(一) 口号、酒令对偶句

有唐一代,乃骈文和近体诗的黄金时代。除去上面提及的李商隐、温庭筠,还有令狐楚、段成式等人,他们既是晚唐骈文的代表作家,又是著名诗人。骈文方面,他们一反中唐以来骈文散文化的倾向,重新开始了四六文创作。李、温、段三人的文字甚至被合称为"三十六体"(当为"三才子体"之误)。诗歌方面,李商隐以对仗精工的七律冠绝当时。温庭筠除了艳丽的古风和词,也有规整清拔的近体名句,如国人耳熟能详的"鸡声茅店月,人迹板桥霜"和"回日楼台非甲帐,去时冠剑是丁年"。

受骈文和近体诗影响,唐代部分口号、酒令被诗人格律化、对偶化,变成了四六言骈文式对偶句,或五七言律诗式对偶句。这里所谓口号,是指不经起草,随口吟成的诗。这种将口号等口语化文体格律化、对偶化的风气,一直延续至五代甚至宋代,只是原有的"口号"名称有时变作"口占"。

唐代刘𝗌《隋唐嘉话》卷中载:"贾嘉隐……年十一二,贞观年被举,虽有俊辩,仪容丑陋。尝在朝堂取进止,朝堂官退朝并出,俱来就看。余人未语,英国公徐勣先即诸宰贵云:'此小儿恰似獠面,何得聪明?'诸人未报,贾嘉隐即应声答之曰:'胡头尚为宰相,獠面何废聪明。'举朝人皆大笑。徐状胡故也。"南宋胡仔《苕溪渔隐丛话》前集卷第二十一亦引蔡宽夫《诗话》云:"(令)鉏麑触槐,死作木边之鬼;(答)豫让吞炭,终为山下之灰。"——以上为四六言骈文式。

唐代赵璘《因话录》卷五载:"秘书省之东……即右威卫,荒秽摧毁,其大厅逼校书院,南对街史台。有人嘲之曰:'门缘御史塞,庙被校书侵。'"五代王定宝《唐摭言》卷十亦载:"何娟,湘南人也,业辞。尝为《潇湘赋》,天下传写,少游国学,同时潘纬者,以古镜诗著名。或曰:'潘纬十年吟古镜,何涓一夜赋潇湘。'"——以上为五七言律诗式。

比起先秦对偶句,唐代近体诗和律化骈文在促进对联的产生方面，其贡献更为具体。首先，它提供了诗骈二体句式，使得对联语句更加精致化。其次，它强化了字词相对的要求，使得对句由一般性的对偶走向严格的对仗。再次，它增加了平仄要求，使得对句在声律美方面得以完善。

饶是如此，唐宋两代也未完全解决对联之"联"的问题。仔细考察就会发现，以上口号（口占）、酒令对偶句与后世公认的对联相比，虽然也是两两对照，但对照的双方往往是两种各自自足的事物，如果脱离具体语境而单独示人，它们可能风马牛不相及。另外，口号式对偶句基本属于就事叙事，[①] 只有贾嘉隐的对偶句有一点发挥。事实上，由于历史的惯性，这类对偶句在唐宋时期依然被视为骈文或律诗中的两句（残诗）。即便迄于当代联界，其看法也不尽一致，有人视之为对联并以此作为对联正式产生的标志，有人不以为然并另有所据。[②] 正是由于口号、酒令对偶句这种不尽浑然性、不全独立性，即亦骈亦联、亦诗亦联的性质，笔者才格外看重孟昶题桃符对偶句。

（二）关于残诗

在古文献里，残诗也叫"断诗""残句""句"，与口号、酒令一样，部分残诗是对偶句形式。其中，有的是口占而出的两句，有的本是一首诗，由于各种机缘，流传下来的只有两句。

《全宋诗》收录了北宋王钦若的两句文字："龙带晚烟归洞府，雁拖秋色入衡阳。"按照《苕溪渔隐丛话》前集卷第二十五引蔡绦《西清诗话》的说法，这是宋真宗赵恒早年做开封府府尹时，发现某家屏风上有此"一联"；但他询问时，还是称为"何人诗也"（有异文）。南宋曾敏行在《独醒杂志》卷一里也记载了这联残诗，但所讲故事却是另一个版本，"（王钦若）微时，往观社求祭肉"，为证明自己才学，将两句诗"取炭画猪皮上"。从内容上推测，这联残诗应该是摘句联，不算

[①] 就事叙事且为五七言对偶句的例子，明清两代也有。如《楹联丛话》卷九"佳话"载：徐健庵以大司寇（注：对刑部尚书的别称）谢病归，御书"光焰万丈"扁，以宠其行。时人赠联云："万方玉帛朝东海；一点丹诚向北辰。"

[②] 余德泉：《余教授教对联》，海潮摄影艺术出版社2004年版，第22页；刘太品：《刘太品联学论丛》，中国诗词楹联出版社2014年版，第320页。

第一章 对联简史

触景生情的口占。

与上例记载不详相反，下面几则口占诗故事，在古文献里交代得比较明确。南宋俞文豹《清夜录》载："范文正公（注：即范仲淹）镇钱塘，兵官皆被荐，独巡检苏麟不见录，乃献诗云：'近水楼台先得月，向阳花木易为春。'"此为对偶句。北宋钱易《南部新书》载："令狐相绹，以姓氏少，族人有投者，不遗其力，繇是远近皆趋之，至有姓胡冒令者。进士温庭筠戏为词曰：'自从元老登庸后，天下诸胡悉带令'（注：《全唐诗》作'铃'）。"此为非对偶句。

残诗如果是对偶句形式，则可能被看作对联。五代时僧人契盈，曾以钱塘潮为题材作对偶句："可谓三千里外一条水，十二时中两度潮。"《旧五代史》卷一百三十三"世袭列传二"最初记载它时，明言"时人谓之佳对"，《全唐诗》收录时也仅视其为"句"（即残诗），但到了《楹联丛话》卷一"故事"则被改为"时人称为骈切"，并无端加上"契盈因题亭柱"一内容。

无论残诗是否为对偶句形式，有的可能永远残缺，有的则可能被人补全。苏辙《栾城后集》卷三有《补子瞻赠姜唐佐秀才·引》载：苏轼谪居儋州时，为颇有中州士人风范的琼州文人姜唐佐赠诗："沧海何曾断地脉，白袍端合破天荒。"并答应待姜登科后再为其补足全诗。由于苏轼不幸早逝，后由弟弟苏辙代行诺言，将残诗两句扩大为七律一首。

需要注意的是，明代之前的文人也有所谓"联""对联"的说法，但他们的所指或为指近体诗式对偶句，或为指骈文式对偶句，与明清对联尚有一定区别。明代魏学洢在散文《核舟记》里，集苏轼《后赤壁赋》《前赤壁赋》里的句子而成"山高月小，水落石出；清风徐来，水波不兴"，并称之"对联"。因为内容的不尽圆融，这副所谓"集句联"只能说是骈文式对偶句，算不上严格意义上的对联。

（三）桃符对偶句

1. 从桃符到春联

桃符的制作和取名，与民间信仰和道教有关。古称桃木为仙木，以为其有避邪驱鬼之效。两汉时期或刻绘人形，或书写吉语，制成"桃梗""桃人"。除了插地的桃梗，还有随身的桃卯，它们都是辟邪之物。

"桃梗"等词比较质朴，大约从隋代杜公瞻注解《荆楚岁时记》起，更显宗教化的"桃符"一词产生了。

桃符的形制、内容并非一成不变。南朝梁宗懔《荆楚岁时记》载："（正月一日）造桃板著户，谓之仙木。"这里的桃板不仅与桃梗形制不同，而且从插地移到了著户。南宋陈元靓《岁时广记》卷五"元旦"条引北宋吕原明《皇朝岁时杂记》"写桃版"云："桃符之制，以薄木版长二、三尺，大四、五寸，上画神像、狻猊、白泽之属，下书左郁垒、右神茶，或写春词，或书祝祷之语。岁旦则更之。"但《岁时广记》卷五"插桃梧"条又载："今人以桃梗径寸许，长七八寸，中分之。书祈福禳灾之辞，岁旦插于门左右地而钉之。"可见两宋时期的桃符从形制到使用位置，具有多样性和复杂性。参照《皇朝岁时杂记》等书的说法，桃符内容的演变大体如下：北宋之前以画像为主，北宋时改作上画神像、下书文字，到了南宋又发展为仅书神名或其他文字。

元代桃符文字与春帖子文字界限模糊，可能也书写"长命富贵/宜入新年"等吉语。明代桃符功能被进一步分解，以致门神、春帖子、桃符三者并行于世。清代"秦琼敬德"二门神在民间（所谓"小户"）极为常见，但桃符的遗痕犹在。顾禄《清嘉录》卷十二"神荼郁垒"条载："或朱纸书神荼、郁垒，以代门丞，安于左右扉。"清代中期以后，红纸春联代替桃符辟邪物，桃符作为一种物质载体退出了历史舞台。到了光绪后期，桃符成为春联的同义语。桃符风俗的消逝，当归因于近代纸制品文化的发达，以及人们鬼神观念的淡化。春帖子与春联关系直接，可被看作春联的近亲，但人们不应忘记春联的远源——桃符。

2. 孟昶"新年/嘉节"五言联

梁章钜在《楹联丛话》卷一"故事"开首，即引述了北宋张唐英（1029—1071）《蜀梼杌》的相关记载，云："（五代之时）（后）蜀未归（北）宋之前，一年岁除日，（后蜀皇帝孟昶）令学士辛寅逊题桃符版于寝门。以其词非工，自命笔云：'新年纳馀庆；嘉节号长春。'后蜀平，朝廷以吕馀庆知成都，而长春乃太祖诞节名也。"《宋史》卷四百七十九《西蜀孟氏世家》对此也有类似的叙述文字。

作为最早记载该段公案的史书，《蜀梼杌》"卷下"记述孟昶联的原文是："周世宗先欲平蜀而不果，至太祖始克之。蜀未亡前一年岁除日，昶令学士辛寅逊题桃符板于寝门，以其词工。昶命笔自题云：'新年纳馀庆，嘉节贺长春。'蜀平，朝廷以吕馀庆知成都，长春乃太祖诞圣节名也，其符合如此。昶之行，万民拥道，哭声动地，昶以袂掩面而哭。"

这段文字有两处疑点：第一，"蜀未亡前一年岁除日"是一句，同样的意思，在白化文校本《楹联丛话》里是两句，即"蜀未归宋之前，一年岁除日"。体会该段文字的前后语境，孟昶联事件应该发生在后蜀亡国的前一年。果真如此，则张唐英的表述不够严谨。按照常规，一个事件在发生前，是不可以作为叙述标识的。此外，"一年"也可以表示"某一年"。第二，"昶令学士辛寅逊题桃符板于寝门，以其词工。昶命笔自题云"一段，中间疑有脱文，因为古人行文一般不会在此倒装。对此，《宋史》和《楹联丛话》分别改作"昶以其非工""以其词非工"，从逻辑上讲，后两者的改动是能够成立的。

3. 所谓孟玄喆"天垂/地接"四言联

北宋黄休复（约活动于宋真宗咸平年间）《茅亭客话》卷一"蜀先兆"载："蜀主每岁除日，诸宫门各给桃符一对，俾题'元亨利正'四字。时伪太子善书札，选本宫策勋府桃符亲自题曰'天垂馀庆、地接长春'八字，以为词翰之美也。至是，吕公名馀庆，太祖皇帝诞圣节号长春，天垂地接，先兆皎然。国之兴替，固前定矣。"

这里的"正"本作"贞"，为避宋仁宗赵祯名讳而改。该则资料在倾向性方面，更加偏向"谶语"之说。这里的问题有二：第一，伪太子何人？策勋府何处？据北宋秦再思（约活动于宋真宗咸平年间）《洛中记异录》："孟蜀于宫城近侧，置一策勋府，时昶之子喆居之。"由此推知，黄休复所记的"天垂馀庆、地接长春""八字"当为孟玄喆所作。当代有研究者据此认为，在后蜀灭亡后，辛寅逊等人为了献媚，特将孟玄喆四言骈联篡改成了五言诗联。但这仅为推测，并无其他证据。第二，令人不解的是，《洛中记异录》又说："昶以岁末自书桃符云：'天降馀庆，圣祚长春。'喆拜受，置于寝门之左右。"①"八字"文字

---

① 《洛中记异录》一书未见传本，此处引文转引自刘宏伟《谁是"第一"春联的作者》，《北京晚报》2012年1月20日。

稍有不同，作者又变回了孟昶。

4. 所谓辛寅逊"新年/佳节"五言对偶句

北宋杨忆（974—1020）《杨文公谈苑》"蜀中桃符"载："辛寅逊仕伪蜀孟昶，为学士。王师将致讨之前岁岁除，昶令学士作诗两句，写桃符上。寅逊题曰：'新年纳馀庆，佳节契长春。'明年蜀亡。"这里称"作诗两句"，作者也变为辛寅逊（辛寅逊）。有人据此怀疑"天下第一联"不是对联。鉴于当时对联与诗、骈的特殊关系，这种怀疑可以理解。但是不论杨忆等宋人怎样称呼这两句文字，读者都应注意一个事实：第一，该联是作者专意撰写的，截至目前，还没有资料证明它们是来自律诗或骈文的摘句联；第二，写字的处所是在具有对称性质的桃符上，而不是像唐人那样"书壁"或者写在别处。

5. 孟昶桃符春联小结

根据龚联寿的提示，《蜀梼杌》所载孟昶联的原文是："新年纳馀庆；嘉节贺长春。"是梁章钜将后句误作"嘉节号长春"。至此，一副"新年/嘉节"联，共有三个作者、五个版本。三个作者是孟昶、辛寅逊、孟玄喆。五言诗联三个版本是"嘉节号长春""嘉节贺长春""佳节契长春"。四言骈联两个版本是"天垂馀庆、地接长春""天降馀庆，圣祚长春"。

因为版本不同，加之一语成谶的叙述，当代联界曾对孟昶"新年/嘉节"五言联的真实性产生过怀疑。这自在情理之中。不过，在没有新的文献证据出现之前，该联仍是"楹帖之权舆"研究中最为基本的资料。

关于孟昶"新年/嘉节"五言联，有以下四点需要指出。

第一，在"新年纳馀庆/嘉节号长春"这一常规版本中，前句（上联）的平仄安排，套用的是近体诗特拗句形式。这恰好说明，王力给出的对联来自律诗中间两联的判断不无道理。王力的原话是："对联（对子）是从律诗演化出来的。"①

第二，这联对偶句表现了一个共同主题：欢度春节。与先前的"对对子"相比，这是一个很大的不同；就文体生成而言，它更具有标

---

① 王力：《诗词格律》，中华书局2000年版，第11页。

第一章 对联简史

志性。它不啻向世人宣示：对偶句可以摆脱罗列材料、概括事实的被动局面，走向自由表达和自我抒情。

第三，对偶句开始被书写了，而且最终的归宿是悬挂，就对联书法而言，这无疑也具有标志性，只是悬挂的建筑方位，暂时是寝门而非楹柱。

联界有人胶柱鼓瑟，反复强调楹联并非门联或其他建筑物联，其实不必总是如此。清代流行"楹联"一词并影响至今，此乃事实，但该词若想完全名副其实，必须有空无依傍的堂前二柱（"楹柱"）作为现实条件，而这对于古代小门小户和现代非别墅型民居来讲，显然无从谈起。所以很多时候，"楹联"一词只能是建筑物联甚至书写联之泛指。值得玩味的是，在老北京四合院住户的门扇上，至今还保留着书写或镌刻的四五言对联。这些清代到民国的"门联"，除去家训（格言）、书画（抒怀）、行业（广告）等类别，还有祈福纳祥、近似春联的一类，如"家祥人寿/国富年丰""瑞霞笼仁里/祥云护德门"。另外当代不少南京居民，也保留着在门扇上贴春联的习俗。看到老北京门联（春联）与南京市门联（春联），再联系这里的孟昶联，受众可能会想到"复古"二字。

第四，对联的书面化、视觉化可谓划时代的进步。现代生理学告诉我们，人类70%至80%的信息获取来自视觉，视觉是人类认识世界、改造世界的主要途径之一。对联从冲口而出发展到书写乃至悬挂，固化了自身形象，改变了存在方式，为人们认识和发展一种新文体、新艺术、新民俗提供了视觉平台。

（四）春帖子对偶句

春联的另一个来源，是春帖子对偶句。按照《说文解字》的说法，"帖，帛书署也"。与桃符对偶句分挂于门之两侧不同，春帖子是写在一块丝绸或一张纸上，然后或贴或呈。《荆楚岁时记》载："立春之日，悉剪綵为燕戴之，帖'宜春'二字。"这里的戴绢（或纸）燕和贴宜春帖，应是两种不同的民俗行为。至于贴宜春帖的位置，从孙思邈《千金月令》"立春日贴宜春字于门"、张子容《除日》"拾樵供岁火，帖牖作春书"到韦庄《立春》"殷勤为作宜春曲，题向花笺帖绣楣"，无疑都指向了门窗或帷幔。不仅如此，张、韦二人的诗还表明，唐代岁除等节日也贴春帖子，其内容可能不限于"宜春"二字。苏颋在《人日重宴大明宫恩赐彩缕人胜应制》一诗里，又把宜春帖称作"宜春胜"。事实上，唐代的剪镂工艺广泛用于岁时节令。现藏于日本正仓院的两枚唐代"人胜"实物，就是在"人日"即正月初七贴出的。这两枚"人胜"在日本明治时代已经破损为两枚九片，一枚绞罗格子内有十六字韵文："令节佳辰，福庆惟新，变和万载，寿保千春。"可以看出，四句韵文有两两对偶的意味。两宋时期，大臣向宫廷进献"春帖子词"之风大盛，以配合统治者休憩之地及时张贴"春（立春）端（端午）帖子"，但其文体均为五七言绝句形式。以真德秀为例，笔者检索《全宋诗》，发现他几十首帖子词都是献给皇帝阁、皇后阁、东宫等的，一类是"端午帖子词"，另一类是"春帖子词"，所用文体也都是五七言律绝，而非对偶句（残诗）。不过，梁章钜所记的真德秀自贴春帖子是一个例外。梁章钜《楹联丛话》卷一"故事"载："浦城真西山先生，尝读书邑之粤山，名其斋曰'学易'，即今南浦书院地也。有春联云：'坐看吴粤两山色；默契羲文千古心。'"这段文字其实来自明代王圻、王思义父子《三才图会·人物·七卷》，原文是："春帖云：'坐看吴越两山色；默契羲文千古心。'"梁章钜擅改"春帖"为"春联"。迄于元代，以对偶句形式写就春帖子的已有不少。据刘太品对蒲道源（1260—1336）作品的统计，《闲居丛稿》卷九中有"春帖"一节，收录蒲在任国子博士时为内府、翰苑和宰辅大臣李孟所写的春帖对偶句14副，其中12副为七言联，2副为五言联。

顾颉刚在《黄可庄〈集联三百首〉序》里说，"宋元人所书联""亦如今人所作春联然，粘于门楣"，但也只是推测，未必是当时对偶句春帖子的真实情状。不过，元代卢琦（1306—1362）《次郑公除夕韵》里有"援笔题桃帖，焚香供玉宸"句。"桃帖"一词在元代的出现，或可表明桃符和春帖子两个节日民俗产物，有合二为一的趋势。

（五）徘徊中的宋元对联

1. 误读与辨证

梁章钜《楹联丛话·自序》有云："如苏文忠（苏轼），真文忠（真

第一章　对联简史

德秀）及朱文公（朱熹）撰语，尚有存者，则大贤无不措意与此矣。"常江也在《对联知识手册》一书中，将王安石、寇准、佛印等人称为"对联大师"。梁、常二人的论述给人以这样的印象：孟昶之后的对联是发展的，宋元之后的成就是巨大的。然而，这或许是一个美丽的误读。

第一，除朱熹外，其他人并无对联专辑传世，而且就已知若干副宋元名联来看，有的被证实是诗联（摘句联），如赵孟頫题忽必烈皇宫正殿及其应门（正门）春联；有的尚在怀疑之中，如苏轼题广州真武庙联；有的不好遽定究竟是残诗，还是口号对联，如明代陆容《菽园杂记》所云："'一弯西子臂，七窍比干心。'咏藕诗也。相传卫文节公（注：即南宋卫泾）作，未知是否。"有的则是后人编造的"故事联"，如"苏小妹三难佛印"[①] 联。

赵孟頫题联的故事，来自戴冠（1442—1512）《濯缨亭笔记》卷六所载："赵子昂善书，有文名，元世祖初闻赵子昂之名，即召见之。子昂丰姿如玉，照映左右。世祖心异之，以为非人臣之相。使脱冠而头锐，乃曰：'不过一俊书生耳。'遂命书殿上春联，子昂题曰：'九天阊阖开宫殿；万国衣冠拜冕旒。'又命书应门春联，题曰：'日月光天德；山河壮帝居。'"（有异文）遗憾的是，无论是早先的记载者戴冠，还是后来的引述者梁章钜，他们都未能指出"九天/万国"联摘自王维诗《和贾舍人早朝大明宫之作》，"日月/山河"联摘自陈后主诗《入隋侍宴应诏》。换言之，这里的赵孟頫其实只是书写者，而非原联作者。广州东山真武庙确乎有联："逞披发仗剑威风，仙佛焉耳矣；有伏虎降龙手段，鬼蛇云乎哉。"但该庙始建于明代，所以不存在苏轼题联一说。另从联文上看，全联虽为七五七五式，但前后两句节奏分别是一六和二三，节奏变化大而语感流畅，不似宋人作派，疑为明人所为。

第二，孟昶等人进行的改造旧风俗、催生新文体"实验"，遇到了现实"瓶颈"，跟进者不多，写得有似春联者更少。"娇儿学做人间字，郁垒神荼写未真。"（《鹧鸪天·丁巳元日》）写在姜夔家门桃符上的，依旧是两个门神名。"想椒盘寂寞，空传旧颂，桃符冷落，谁撰新诗。"（《沁园春·太岁茫茫》）陈人杰倒是想写新辞，但他写出的"新诗"，

[①] 历史上并无苏小妹此人。详见于景祥《苏小妹的真伪》，《社会科学辑刊》1999 年第 6 期。

未必就是对偶句。

在诸多宋元笔记里,作者们所录同朝代桃符对偶句,总共约有20副,内容上可谓形形色色。例如,两宋之际张邦基《墨庄漫录》卷八载苏轼题王文甫桃符"门大要容千驷入/堂深不觉百男欢",除去孟昶的名作,这几乎是北宋时期唯一可查可信的桃符联,但它更像两句谐谑口占;南宋王应麟(1223—1296)《困学纪闻》卷十八"评诗"条载楼钥(号攻媿主人)(1137—1213)题桃符"门前莫约频来客/坐上同观未见书",像一副书斋联;宋末元初蒋子正《山房随笔》载韩香请人作桃符"有客如(韩)擒虎/无钱请(韩)退之"①,像一副嵌名题赠联。固然也有个别宋元桃符作品,类似于今天的春联,如宋元之际韦居安《梅磵诗话》载作者自题桃符"历颁岁首三元日/春满城南尺五天",此外,宋末元初刘壎(1240—1319)《隐居通议》卷十"诗歌五"所载南宋两位杰出将领赵葵、余玠"有桃符句云","日燿旌旗开大阃/风传鼓角到中原""咸行玉斧山河外/春在金符掌握中",个中也有春的气息;但如前所说,元代桃符上书写最多的文辞,可能是词句等长却不对偶的文字,如"长命富贵/宜入新年"之类。②

第三,在元代,以对偶句写春帖子者甚众,大有超越以对偶句写桃符之势。像蒲道源"日月大明黄道阔/星辰高拱紫垣深",已近乎春联里的通用联了,但杨瑀(1285—1361)《山居新话》卷一里所载作者(时为奎章阁属官)自题寓所春帖"光依东壁图书府/心在西湖山水间",依旧有似律诗中间一联,只是显露了作者一点情怀而已。

至于有人问,《濯缨亭笔记》载赵孟𫖯题皇宫春联,到底是上下联分贴的纸质春联,还是写在同一张纸上的春帖子?由于《元史》相关记载阙如,故事的真实性未定,只能暂时存疑。谈迁(1593—1657)《枣林杂俎》(整理本取名《谈氏笔乘》)"黄麟题联"条载:"'日月光天德,山河壮帝居。'相传解学士题殿门者,非也。洪武中,莆田黄麟黄伯厚,以文学荐对大廷,称旨,赐第一人,授翰林应奉。冬至,祀圜

---

① 关于《山房随笔》作者姓名,这里依许净瞳说。详见许净瞳《〈山房随笔〉的作者、版本与文献价值考》,《青海师范大学》(哲学社会科学版)2016年第4期。

② 参见 fpe95《反驳文伯伦兼从敦煌遗书和春联角度来探索对联的起源》,天涯论坛对联雅座(2007-03-07),http://bbs.tianya.cn/post-23-586796-1.shtml,2020年3月1日。

丘。御制门联云：'大明日月光天德，洪武山河壮帝居。'麟佯狂踢仆之，上怒。麟奏曰：'此陈后祖句，天朝效之，岂不羞乎？'上曰：'尔便易之。'麟口占曰：'乾坤一统归洪武，日月双轮照大明。'上称善。"有人据此怀疑，是明代人将这副陈后主联，从解缙、黄麟等人那里取来，安到"贰臣"赵孟頫头上。虽说《濯缨亭笔记》的编纂相对严谨，但也不能完全排除这种可能性。作者或以明代联俗倒推元人行事，或采用耳食之言，以此编造赵孟頫创作春联的故事，也未可知。

第四，所谓宋元出现园林联、酒店联、寿联、自挽联等新类型的说法，由于转载有误、记载不明、实为摘句联等情形居多而自打折扣。朱熹所题书院联倒像是原创，且文学性极高，但朱联乃清人所辑，有些联语有墨迹图片可证，有些则需要进一步辨伪。①

先看所谓宋代园林联"十里水中分岛屿/数重花外见楼台"。该联出自《蜀梼杌》卷下所载："十二年八月，（孟）昶游浣花。是时蜀中百姓富庶，夹江皆创亭榭游赏之处，都人士女倾城游玩，珠翠绮罗，名花异香，馥郁森列。昶御龙舟，观水嬉，上下十里，人望之如神仙之境。昶曰：'曲江金殿锁千门，殆未及此。'兵部尚书王廷圭赋曰：'十里水中分岛屿，数重花外见楼台。'昶称善久之。""十二年"应为公元946年，此时与北宋建立时间即公元960年还有一段距离。这副"园林联"其实是五代时期的一联口号诗。

再看被称作第一副酒店行业联的"阆苑春风三千客/明月扬州第一楼"。从记载和内容上看，该联近乎春联，只是与宋元桃符联一样，春意不够饱满。明代都穆（1459—1525）在《南濠诗话》里记载了此事："元盛时，扬州有赵氏者，富而好客。其家有明月楼，人作春题，多未当意者。一日，赵子昂过扬，主人知之，迎致楼上，盛筵相款，所用皆银器。酒半，出纸笔求作春题。子昂援笔书云：'春风阆苑三千客，明月扬州第一楼。'主人得之，喜甚，尽撤酒器以赠子昂。"但早于都穆的王锜（1433—1499），在《寓圃杂记》"迎月楼春

---

① 从网文《朱熹在尤溪的墨宝》来看，朱熹"墨宝"问题比较复杂。笔者以为，对于坊间流行的朱熹手迹壁题"鸢飞月窟地/鱼跃海中天"等所谓楹联影印件，一般读者只要记住个中妙句即可。《朱熹在尤溪的墨宝》，尤溪新闻网（2013-04-01），http://www.yxxww.cn/article/detail/id/23.html，2020年3月1日。

联"条记作"赵子昂过扬州迎月楼赵家,其主求作春联",明确将该联称为"春联"。晚于王锜但早于都穆的戴冠,也在《濯缨亭笔记》卷六里称其为"春联"。

至于寿联,《楹联丛话》卷一"故事"载:"孙季昭弈《示儿编》载:黄耕叟夫人三月十四日生,吴叔经作寿联曰:天边将满一轮月;世上还钟百岁人。"笔者查南宋孙奕(字季昭)《示儿编》卷十"诗说""贺生日"条,原文为:"黄耕叟夫人三月十四日生,吴叔经代人作寿诗曰:天边将满一轮月,世上还钟百岁人。"这里的记载有些含混。如果说,该对偶句自始至终只有两句,孙奕称其为"诗"只是出于宋人的习惯,那么,梁章钜将其看作寿联亦无不可;但如果事实并非如此简单,那就应该遵循古法,将其划归残诗之列。

铭旌,即送葬时柩前所竖旗幡。早在秦汉之前,铭旌风俗就已经出现。一般的铭旌只标识死者姓名、官职等实用信息,如"某某之灵柩",可谓"棺志铭"。但赵鼎所题铭旌却是一个异数。据《宋史》卷三百六十《赵鼎传》载,一代名臣赵鼎(1085—1147)遭秦桧迫害而绝食身亡,死前自书"墓中石"和铭旌。铭旌词曰:"身骑箕尾归天上/气作山河壮本朝。"就联文的抒情性而言,它无疑与后代的自挽联相通,但就对联载体和民俗流程而言,该联依然属于丧事联或坟墓联;至少,它还未能完全从丧事联等实用联中分立出来。另据2010年央视网播报,1986年福州茶园山发掘的南宋墓葬的帛幡上有四联文字:"铜竹昔时膺凤诏,风云他日趣鳌头。""军民上下咸思德;赏罚分明善用人。""正直忠良摩万姓;宽仁骨鲠劳三军。""军民揾泪持杯送;无福登消好帅君。"李文郑、时习之认为这是最早的对联(挽联)实物,[1]刘太品则指出最后一联文字不对仗,并认为总体上它们还谈不上今天所说的挽联。[2]另据百度百科"茶园山无名氏夫妻墓"条,该墓还有一帛幡上写:"夔门日日望君来,鄂渚人怀去后思。争似早登黄阁去,普天霖雨总无思。"在笔者看来,两种文物上面所展示的,似是两首不甚严格的近体诗(挽诗),一首两字出韵,一首重韵。

---

[1] 参见时习之《时习之对联文选》,中国诗词楹联出版社2014年版,第41页。
[2] 参见刘太品《刘太品联学论丛》,中国诗词楹联出版社2014年版,第321页。

第一章　对联简史

第五，进入2000年代以来，五代两宋时期的"题壁文字""题壁书法"引起了传播界和书法界的关注。联界有人闻风而动，据此判定宋代出现了"题壁联"。确实，除了传说中朱熹"鸢飞月窟地／鱼跃海中天"等墨迹联外，古籍也有这方面的零星记载。然而，一来这些对偶句占全部"题壁文字"比重极少，二来它们未必就是我们所要找的对联。例如原载于范正敏《遯斋闲览》（已佚）、后被《苕溪渔隐丛话》等书转引的一段题壁文字云："予尝于驿壁间见人题两句云：'谋生待足何时足，未老得闲方是闲。'予深味其言，服其精当，而愧未能行也。此与夫所谓'一日看除目，三年损道心'者异矣。"这里的驿壁题句其实是摘句联，而非原创对联。南宋吴芾（1104—1183）曾作一诗，其诗序云："仆平日闻有'此生待足何时足，未老得闲方是闲'之句，每叹服之，恨不知作者姓名。一日与鲁漕话次，方闻此诗乃福唐（注：福建福清）余倅所作，鲁继录全诗，及余君所梦始末见示，读之使人益起怀归之兴，因成小诗，以记其事。"这里的记载十分清楚："此生／未老"一联是余倅所作诗中的两句。至于"谋生""此生"一组异文，实在无关痛痒，无论是范正敏所谓"谋生"联，抑或吴芾所言"此生"联，两者形异实同，均出自同一首诗，此乃确定无疑。

2. 成绩与遗憾

当然，宋元对联并非没有自己的新品种。南宋出现的铭旌联，到了元代则发展为旗联。元代陶宗仪《南村辍耕录》卷二十七"旗联"条载："中原红军初起时，旗上一联云：'虎贲三千，直抵幽燕之地；龙飞九五，重开大宋之天。'其后毛贵一贼横行山东，侵犯畿甸，驾幸滦京，贼势猖獗。无异唐末。"此外，该时期的说唱文学虽然以韵文和散文为主，但在道白部分几乎都加入了对偶句。这些对偶句既与唐代口号相仿，又新添了几分华丽和超然。它们与同时插入的其他格律文体（诗、词、骈等）作品一起，弥补了说唱（叙事）文学里文采与语言凝练性相对不足的缺憾。例如《碾玉观音》里有对偶句："皂雕追紫燕，猛虎啖羊羔。""三杯竹叶穿心过，两朵桃花上脸来。""平生不做皱眉事，世上应无切齿人。"《董西厢》里有对偶句："悲欢离合一杯酒，南北东西十里程。""夫人徒长欢容，大众便生喜色。"到了元杂剧，其下场诗（即口占）有的非对偶句，如"从今经忏无心礼，专听春雷第一声",有的则为对偶句,如"泪随流水急,愁逐野云飞"。

宋元两代有着408年的漫长历史,为什么在对联创作方面,未能孕育出联界所期待的丰硕成果?

在笔者看来,个中原因或许有四。一是欧阳修领导的古文运动,对骈文这种对偶文体采取既打压又吸纳的斗争策略,使骈文再也无法成为"今文""时文"而统治文坛,甚至在明代以前连作为一个普通文体而"中兴"的机会都不存在。二是王安石执政时以"经义"取代"诗赋",可能导致整个社会对于与试帖诗(赋)密切相关的对偶句创作的关注度降低。一个间接证据是:唐代科举要考"试律诗"(即"省试诗""省题诗"),清代科举也要考它(习惯上称为"试帖诗"),而唐、清两代的对偶文体都很发达。三是宋词元曲发达,文人有自己最适意的抒情消遣方式,加之有其他文体如诗文赋等的补充,社会对新文体对联的需求并不迫切。像蒲道源《闲居丛稿》卷十一"诗联"条所录专门写对偶句的作品,只能视为先驱者的探索及结晶。四是虽然孟昶以对偶句的形式题写桃符,但他很快做了亡国之君;宋代诸皇帝倡导群臣以绝句(诗)的形式进献春帖子,他们的身份则是"威加海内"的大宋天子。尽管"上有所好,下必甚焉",但若谈及影响力,五代君主岂可与大宋君主同日而语?

三 全面崛起

(一)明清春联与桃符

1. 明中晚期至清初春联

迄于明代,尽管桃符、春帖子依旧存在,但由这两种民俗融合而成的彩色或红色春联亦终于问世。明代嘉靖年间(1507—1566)问世的《汀州府志》中"春帖"条有云:"士夫之家俱用五色笺书联句,以贴于门或厅堂柱间,虽工贾家亦买而贴之,以见除旧布新之意。"这里的"春帖",已与今天的春联基本一致。虽说其用纸仍称"五色笺书",与今天的红纸似有距离,但读者不妨将它与前面谈及的太平天国以"红黄纸张"书联的记载结合起来,并互参共证。此外,据清初钮琇(1644—1704)《觚賸续编》"归痴"条载:"吴俗每逢改岁,必更易红笺,以吉语

第一章 对联简史

书门。"这里所载为明末清初吴地的风俗,它已明确涉及梁章钜《楹联丛话》开头之问:"其必以对语朱笺书之者,则不知始于何时也。"

春联在明代不仅确有其实,而且亦有其名。刘昌(1424—1480)、戴冠(1442—1512)等人分别在《悬笥琐探摘抄》《濯缨亭笔记》里较早使用了"春联"一词。紧跟其后的"嘉靖八才子"之一李开先(1502—1568),则用了"春帖""春对""春联"三种称呼。李开先在《中麓山人拙对·序》中说:"近世士夫家,或新岁,或创起亭台楼馆,门楹之间,颇尚对语。"

所谓晚明,多数专家认为它乃明王朝衰落之始,唯独龚自珍以为是新时代的开端。就时间划界而言,诸家看法也不尽一致。这里,暂取从万历登基(1573)到崇祯自杀(1644)共计七十一年的历史区间一说。这一时期的出版界,坊刻机构超过官刻机构,从而成为业界主体,小说戏曲、日用类书、蒙学读物及举业用书成为主要出版对象。尤其是长达四十八年的万历年间,更是古代出版史上的黄金期。就当时对联图书的出版来看,虽说蹈袭翻刻现象严重,例如赤心子汇释的《绣谷春容·奇联摭萃》实是蹈袭了吴敬所编《国色天香·台阁金声》,署名冯梦龙(原书为"冯犹龙")的《燕居笔记·金声巧联》实为蹈袭余象斗所纂《万锦情林·联类》[①],但总体而言,这些明代出版物还是保存了当时不少对联资料。

《金声巧联》的版本有二:一是署名"冯犹龙"的《新编百家金声巧联》,只有三十条巧对故事;二是署名"余三峰"的《精选百家金声巧联》,共收对联八百多副。因为万历年间刊行的《国色天香》《绣谷春容》《万锦情林》《燕居笔记》等皆为通俗小说集,"冯犹龙"本记述的苏轼、佛印等人的对联故事未必可信。现存于日本的"余三峰"本,署"文化甲子新镌"。"文化"(1804—1818)是日本光格天皇年号,"文化甲子"对应的是清朝嘉庆九年。该书当于此年之前在中国出版,除去朱熹等人作品有待考证外,书中其他资料可信度相对较高。

---

① 参见咸丰收《〈奇联摭萃〉〈金声巧对〉与明代坊刻话本小说关系考——兼论〈奇联摭萃〉〈金声巧对〉的作者归属》,搜狐号《书目文献》2018-11-13,https://www.sohu.com/a/275129668_717218,2019年3月1日。

万历年间刊印的《万锦全书》和《万宝全书》，不仅收入当时出现的二三十类对联，而且把"春联""新春联"大都排在对联类的前面。明末清初时期的史玄，也在其《旧京遗事》里谈到了明代皇宫春联："禁中岁除，各宫门改易春联，及安放绢画钟馗神像。"

实用联是楹联文化的基础，而春联又是最早诞生的实用联品种。"一花引来万花开"，从此楹联文化一发不可收拾，并终成燎原之势。

不过，春联虽然在明代正式诞生了，但其内容与当年桃符、春帖子一样，复杂多样，与如今习见的春联不尽吻合。明代刘昌（钦谟）《悬笥琐探摘抄》"借酒诗"条载："予在史馆时，日请良酝酒一斗，然饮少多有藏者。汤东谷胤绩从予索之，诗曰：'兼旬无酒饮，诗腹半焦枯。闻有黄封在，何劳市上沽。'予尝至其第，见其厅事春联曰：'东坡居士休题杖，南郭先生且滥竽。'后堂曰：'片言曾折虏，一饭不忘君'。盖东谷尝从兴济伯、礼部尚书杨忠定公善奉迎銮舆，故云。其东偏曰：'楚拄南山筇，闲开北海尊'。其西偏曰：'长身惟食粟，老眼渐生花'。而豪侠之气，可以想见矣。""汤东谷胤绩"指汤胤勋，明代军事家，善饮能诗，性格狂放，有《东谷集》。不难看出，这里所谓"春联"，几同后世的居室联。

明代开国皇帝朱元璋好作对联，这在正史、野史里都有反映。野史里的春联传说不好指实，如清代陈尚古（云瞻）《簪云楼杂说》里所记载的朱元璋撰书"双手／一刀""春联"一事，未著于明代《金声巧联》和清代《明史》，其真实性令人生疑。不仅如此，该联与其说是春联，不如说是劁猪行业联更为合适。但是，正史里的对联记载应该可信。《明史·陶安传》载："（陶）安事帝（指朱元璋）岁，视诸儒最旧。御制门帖子赐之曰：'国朝谋略无双士；翰苑文章第一家。'时人荣之。"这里的"门帖子"，大约就是春联，但它与过年的联系却痕迹不显。

《觚賸续编》"归痴"条记载了明末清初诗人归庄（字玄恭）的一件轶闻："忽一元旦，见其门有'北平都督佥事／南台御史丈夫'一联，贺岁之客讶而未解其意，玄恭曰：'我亦欲集福寿、求平安耳'。"归庄乃一贫如洗的狂士，这里所题"春联"，无疑是在自嘲和玩闹。梁章钜在《楹联丛话》卷一"故事"里提及一则乡贤传闻：明代曹学佺（1574—1646）看到屠户徐五"柱上"有一"桃符"云"问如何过日／

但即此是天","厅事"所悬联云"仗义半从屠狗辈/负心多是读书人","金欲两千酬漂母/鞭须六百挞平王"。今天看来,后面两副更像个人抒怀联,唯有第一副与过年勉强有些联系。至于其中"桃符"一词,因为徐五的"桃符"是挂在柱上而不是门上,所以可以确定,这是梁章钜对于春联的称谓,即曹学佺当年看到的其实是纸质春联,而非木质桃符。

2. 明清桃符

(1) 桃符功能的分化与"门彩""挂钱""纸马"的出现

五代以后,桃符原有的辟邪功能,由续存的门神等承担,祈福功能则由续存的"(天)行帖子"等承担。北宋孟元老《东京梦华录》"十二月"条载:"近岁节,市井皆印卖门神、钟馗、桃板、桃符及财门钝驴、回头鹿马、天行帖子,卖干茄瓠、马牙菜、胶牙饧之类,以备除夜之用。"其中"财门钝驴(担柴)、回头鹿(禄)马"和"天行(门楣)帖子"应该是粘贴在门楣上的,前两者类似于今天的版画,三者分别寓意"招财进宝""高官厚禄""承天行化"("诸事顺遂")等人生期盼。

光绪年间出版的《杭州府志》载:"琳宫梵宇,剪五色纸形如旗脚,贴于门额,上书'风调雨顺''国泰民安'等语,再有之,曰'门彩',亦名'斋牒'。彩笺五张为一堂,中凿连钱文,贴梁间以压胜,曰'挂钱'。"这里的"门彩""挂钱"应是两种不同的饰物,主要出现在祭祀和宗教场所。到了今天,前者演变为横批或"钱马",后者演变为"金马",且都张贴于普通农户的门上。"一堂"即一组,"压(厌)胜"即压而胜之。古人以为,模拟古钱制成的"压胜钱"负载了天圆地方之天道,故有神力在其中,借此可除邪得吉。① 流传至今的所谓"压岁(祟)钱",即取此意。在笔者看来,这里既然注明"中凿连钱文",则不妨将其视为对汉代至清代吉语压胜钱的彩纸化。门额已经有了"门彩",为什么屋内还要有"挂钱"呢?清人不嫌重复多余吗?房梁真的可以悬挂趋吉辟邪之物吗?答曰:守家如守城,自需层层设防。在陕西凤翔,直至2020年,依旧有农民在屋内贴符,在厨房屋梁挂八卦纸片、清代五帝铜钱的。

---

① 参见张五六《厌胜、压胜、厌胜钱、押胜钱与花钱》,《中国钱币界》2017年第1期。

南宋吴自牧仿效《东京梦华录》而成《梦粱录》，其中卷六"十二月"条亦载："岁旦在迩，席铺百货，画门神、桃符、迎春牌儿，纸马铺印钟馗、财马、回头马等馈与主顾。"这里显示，"门神、桃符、迎春牌"是人工画的，"钟馗、财马、回头马"是木刻印刷的。"马"指带有神佛画像、经文等的纸张，如《水浒传》里神行太保戴宗腿上的纸"甲马"、藏族人向空中抛撒的"风马"。据说，早先神像里的神穿甲骑马，后来虽然不大出现马的形象了，但习惯上还是称神像为"马"。"纸马"，除了为常规的各路神灵焚烧之外，还可能祭祀临时的"神"。明清至民国时期痘疫（天花）肆虐，所谓"生娃只一半，出花才算全"，民间遂刻印"斑疹娘娘"纸马，以祭祀痘神。

（2）明清桃符的名实与变化

《红楼梦》第五十三回"宁国府除夕祭宗祠　荣国府元宵开夜宴"写道："已到了腊月二十九日了，各色齐备，两府中都换了门神、联对、挂牌，新油了桃符，焕然一新。"《红楼梦》的故事，是以曹雪芹个人成长和草创小说的历史区间，即康熙晚期、雍正十三年及乾隆初期为背景的。对于贾宝玉等小说人物的服饰描写，作者可以参照戏曲舞台上的明服，但在过年等其他生活习俗方面，应该有更多时代的特征。按照一位红学家的解释，这里的"挂牌"指影壁所悬"福""鸿禧""穀旦"等字牌，"联对"指红纸春联，而"桃符"则指木制联对（"抱柱联"），"亦以存古代桃符版之遗意也"①。

"桃符"的真相如何，姑且放下。果真这里的"联对"指春联而言，那么参照梁章钜的说法②，以及目前故宫博物院的还原，至少紫禁城里的春联应该是黑墨+白绢+边框制作，而且一副春联往往用了再用，尤其是联文。

到了后期，情况却有了新变化。晚清富察敦崇在《燕京岁时记》"春联"条里说得清楚："春联者，即桃符也。自入腊以后，即有文人墨客，在市肆檐下，书写春联，以图润笔。祭灶之后，则渐次粘挂，千

---

① 邓云乡：《过年·忙年·年事》，载《红楼风俗谭》，中华书局2015年版，第9—10页。
② 原文是："紫禁城中各宫殿门屏楹扇皆有春联，每年于腊月下旬悬挂，次年正月下旬撤去。或须更新，但易新绢，分派年工楷法之翰林书之，而联语悉仍其旧。"参见梁章钜、梁恭辰《楹联丛话全编》，白化文等点校，北京出版社1996年版，第29页。

门万户，焕然一新。或用朱笺，或用红纸，……"这时的桃符，已经退化为春联的同义语。此外在春联用纸方面，细心的富察敦崇还发现了一个差别：有人用特制的小幅大红春联专用纸，有人用需要裁剪的粉红帖纸。时至2020年代，只有山西新绛还有纸桃符的存在。

（二）对联与八股文

明清时期，乡试、会试的头场考试都要考到八股文，这是应考者能否考中（举人、贡士）的关键。《儒林外史》里的鲁编修在教导女儿时说："八股文若做的好，随你做什么东西，要诗就诗，要赋就赋，都是一鞭一条痕，一捆一掌血。"其实受八股文影响的，并不止于同为科举文类的诗赋，还包括分咏式诗钟、西厢制艺及这里的对联等文体。由于读书人在获取功名之前，须投入大量精力于八股文之上，而八股文又"体用排偶"，这就不能不对对联的成熟和散文化趋势产生推助作用。

关于八股文风行于世的时间，《明史·选举志》载："科目者，沿唐宋之旧而稍变其试士之法，专取四子书及易、诗、书、春秋、礼记五经命题试士，盖太祖与刘基所定。其文略仿宋经义，然代古人语气为之，体用排偶，谓之八股，通谓之制义。"有人据此认为，八股文体式由朱元璋所定。其实不确。明代考试伊始，并无后来僵化的八股程式之限，直至洪武二十四年也仅规定："凡作四书经义，破承之下，便入大讲，不许重写官题。"固定的两两对偶及全篇之式，大约是成化、弘治年间定型的。

下面展示的两部分文字，乃明代徐渭的一副对联与清代韩菼的一段八股文。读者可自作比较，并窥探两种文体之间的往来消息。徐渭八岁练习八股文，一生参加乡试八次，对于这种"时文"可谓浸淫已久。他的这副对联八十八字，是已知明代对联之中字数较多者。韩菼是清代第十四位状元，八股文功夫自然不在话下。

学者藏修，譬彼龙蛇之蛰，不可得而密迹，况可狎而嬉游乎？深浅远道，无心夺宝探珠，特行满功圆，自尔风云际会；

凡人克己，当如大敌之临，若是招之使来，便是养之成乱也。利斧快刀，拼命勤王斩将，看凯旋饮至，洒然天地清明。

——徐渭 题龙蛇之蛰堂联

回乎！人有积生平之得力，终不自明，而必俟其人发之者，情相待也。故意气至广，得一人焉，可以不孤矣。

人有积一心之静观，初无所试，而不知他人已识之者，神相告也。故学问诚深，有一候焉，不容终秘矣。

——韩菼 以"子谓颜渊曰，用之则行，舍之则藏，惟我与尔有是夫！"为题作制义（提比部分）

甚至连八股文的某些作文技法，也为对联所汲取。《对联话》卷二"题署二"收录了俞樾题杭州安徽会馆联：

游宦到钱塘，饮水思源，喜两浙东西，与歙浦江流相接；
钟灵自潜岳，登高望远，问双峰南北，比皖公山色何如？

上联起句说浙江。范成大词《浣溪沙》有云："歙浦钱塘一水通"。下联起句说安徽，"潜岳"指安徽省天柱山。该山也叫潜山，又因为周武王曾封潜山为皖国，故潜山又称皖（公）山。"双峰南北"当指杭州西湖南北两高峰。作者吴恭亨对此的点评是："言浙不抛皖，言皖不抛浙，此八股家串作之法。"可谓深具法眼。

（三）联墨与楹联

1. 明代出现联墨

对联与书法、建筑的关系可谓深矣！若依朝代排序，中国书法的表现形式依次是：魏晋尺牍，南北朝石刻，五代题壁，宋代乌丝栏，元代题跋，明代丈八幅，清代楹联。当然，这是就历代书法的主要表现形式而言的。客观上，每种书法的表现形式往往前后伸展，并不完全限定在某个朝代。

以对联书法（联墨）为例，事实上它在明代中后期就已经出现了。当时，苏州（吴门）文人经常以对联书法悬挂书斋，或铺在案上把玩。出生于苏州府太仓州昆山县的归有光，在《与冯太守》书札中谈道："中间堂联再书二联奉上，乞赐改教，择用其一。"（《震川别集》卷八）现存最早的有明确署款的联墨，大约要属文彭书于嘉靖廿二（1543）的"郊柳/江梅"联（见图1-1）。

联墨在明代中期的苏州出现，说明当地商业和手工业之发达，以及"天下书法归吾吴"（王世贞语）的盛况。如果进一步追寻根由，必然

第一章　对联简史

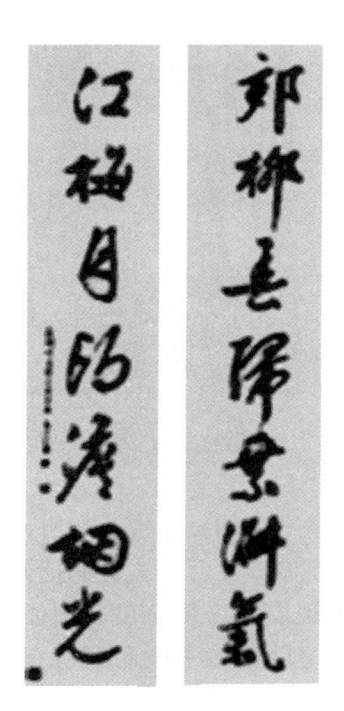

图1-1　文彭联墨，联文：郊柳春归乘淑气；江梅月印澹烟光

涉及当时审美文化的转型和房屋结构的特点。唐宋以来在墙壁上题诗作画的所谓风雅之事，到了明代终于不再受人追捧，文人们雅好"素壁"，并在上面悬挂书画艺术品。再看看当今幸存的明清风格的老宅堂屋吧！高墙大堂，靠墙摆放着神案（里）、八仙桌（外），桌子两旁分设太师椅。墙上则是一副对联，中间夹着一副中堂（或祖先像名或文人书画）。整个布局开阔而高大，对称而典雅。可以说，联墨上墙是对此种建筑格局的适应性反映。

另外，明代"文房四宝"进一步完善，尤其是皖南宣纸逐渐成熟，也是当时联墨文化兴盛之助。当年的宣纸无论是在质量、性能还是在尺寸上，都能够满足书画家的用纸要求。明代苏州造纸业不算发达，但这并未妨碍苏州籍书画家使用宣纸乃至国外的高丽纸。文彭之孙文震亨在《长物志》卷七"器具"条论及明代各地纸时说："国朝连七（注：一种纸）、观音（注：一种纸）、奏本、榜纸俱不佳，惟大内用细密洒金五色粉笺坚厚如板面，砑光如白玉，有印金花五色笺，有磁青纸（注：明朝特制色笺）如缎素，俱可宝。近吴中洒金笺、松江谭笺俱不耐久，泾县连四（注：一种纸）最佳。"

2. 明代联墨辨正

明代中期才有了对联书法（书法界习惯称为"楹联"），这一点大体不差。宋代米芾《画史·论挂画》有云："知音求者只作三尺横挂，三尺轴惟宝晋斋中挂双幅成对，长不过三尺，褾出不及椅所映，人行过肩汗不著。"有人认为这里的"三尺横挂"即横批，"双幅成对"的"三尺轴"即楹联，言下之意，早在明代之前就已经有了对联书法。但在笔者看来，"三尺横挂"当指横披，米芾书房"宝晋斋"悬挂的"三尺轴"当指条幅小画。

不过，明代中期对联书法的具体生态如何，我们并不十分清楚。即使面对上面文彭一联，笔者亦无百分之百的把握。对于清代汇刻本里的明人对联墨迹，书法界也多持谨慎态度。例如，在晚清吴隐《古今楹联汇刻》等书中，明清之际诸多书画名家所在多有。无论是"德艺双馨"的黄道周（1585—1646）、倪元璐（1593—1644）、傅山（1607—1684）、朱耷（1626—1705），抑或遭人非议的张瑞图（1570—1641）、王铎（1592—1652），都似乎留下了联墨，甚至明代早中期的人物，像方孝孺（1357—1402）、李东阳（1447—1516）、杨继盛（1516—1555）等，其姓名亦赫然其中。然而《古今楹联汇刻》一书所录，并非联墨原件的影印件，对于其中的部分联语，我们暂时也找不到其他文献来源。

事实上，就明代联墨实物而言，书法界的普遍看法是：现存"明人对联"书法其实很少。叶鹏飞认为，崇祯之前的对联书法罕见，即使是"晚明四家"，也只有张瑞图一个人的流传了下来。[1] 徐邦达在提及晚明楹联时，也多持否定意见："现在看到的书联，有康熙时王时敏、朱彝尊等人的作品。偶见明末董其昌、倪元璐等书联，大多是从大字书轴中挖出改成，再早更不用说了。"[2] 周志高不但否定了明代中期的楹联，而且还具体指出后世作伪的方法："像沈周、文徵明、祝允明

---

[1] 参见叶鹏飞《名家楹联》，西泠印社出版社2006年版，第2页。
[2] 徐邦达：《古书画鉴定概论》，故宫出版社2005年版，第58页。

第一章　对联简史

等署款的往往是后人用残破的条幅或中堂割裱而成。例如徐悲鸿就曾经割文徵明的楹联数副，虽字字割裂，但排列得很自然。"① 至于1981年在华山西岳庙发现、相传为明人集陈抟临习《石门铭》字而成的对联"开张天岸马；奇逸人中龙"，笔者估计为清人所为，也有人认为"怕是明末人根据石延年的诗句推衍出来的，然后从重见天日的《石门铭》里集出这十个字，再托名陈抟所书"②。

书法家参与对联的构建，既雅化了对联的文辞，让很多书法家至今坚持"鄙俗文辞不应"；更丰富了对联的格式和字体，让"琴对"及晚清甲骨文、简帛书法成为新的审美对象。

春联属于节日民俗用品，即用即写，可以撕下；居室联（文人联墨）属于家庭装饰用品，限于室内，可以取下；若将对联固定于室外并长期保存，则变成不折不扣的楹联。明代名山胜地、园业古迹、梵刹庙宇、书院学堂、衙署会馆等，即开始全面悬挂楹联。至清代，特别是清代中期以后，由于康熙、乾隆等人的个人嗜好与身体力行，以至于"楹联之制，殆无有美富于此时者"（《楹联丛话·自序》）。

延伸阅读：楹联与柱铭

俞樾的学术笔记《九九消夏录》"壁帖"条载："宋尹焞和靖集有壁帖一卷，乃其手书圣贤治气养心之要，黏之屋壁以自警。后人录之一成帙。按壁帖之名殊新。明张岱琅嬛文集有柱铭钞，盖即楹联也。壁帖、柱铭正堪为对。书楹联可为'柱铭'，则书横披条幅可云'壁帖'矣。"这里明确将书法幅式分为两种：楹联与非楹联，而不管前者是否最终上柱成为名副其实的"柱铭"。

（四）巧对与对课

1. 巧对

所谓"巧对"，是指对仗时既工且巧，却往往"对"而不"联"的对偶语。它可能是材料片段（词对、短语对），也可能是两个各自完整的句子（句对）。由于它与一般对联"语虽通而体自判"，故此梁章钜

---

① 周志高：《漫谈楹联》，《书法》1984年第1期。
② 张永祥：《世传陈抟十字卷碑真伪及其源流考》，《长安联苑》2014年第3期。

将二者分开,在《楹联丛话》系列之外另编《巧对录》系列。

巧对,最早可追溯到六朝时的对句。晚唐至两宋时期,文人作近体诗、骈文多追求工巧,因而在唐宋诗话里留下了不少工巧词句对的记载。如"白头翁;苍耳子"(温庭筠),"雌霓;雄风"(苏轼)。

与巧对相关的,还有集句(联)、无情对及诗钟。无情对与诗钟产生较晚,分别在明代和清代出现。集句(联)相传是宋代出现的。《巧对录》云:"《金玉诗话》及《蓼花洲闲录》谓宋初已有集句,至石曼卿(注:北宋石延年的字)而大著。如以'天若有情天亦老'对'月如无恨月长圆',则固不始于荆公矣。"这里存在一个疑问,即"月如无恨月长圆"究竟出自何人笔下,梁章钜等人并没有说出来,笔者亦遍检无获。若出自石某自己以前的诗歌,尚可勉强通过;若是他临时对出来的,则全联属于半引半对,说它是集句联不尽合适。

2. 对课

所谓"对课",其实就是将前面说的"对句"行为,引入蒙童课堂,类似于师问(出句)生答(对句)。一般是从"字对"过渡到"句对",如此循序渐进。

梁章钜《巧对录·序》有云:"其专以对语成书者,始于隋杜公瞻之《编珠》。今其书已不存。"杜公瞻奉敕编纂的《编珠》其实还在,只是已成残卷,且四库馆臣多认为此书为伪作,故而不被重视。对课在唐代似乎还没有设立。当时官修类书《初学记》里有"事对"(典故式对偶句)一项,是备唐玄宗诸子学练骈文所用的。宋代的私塾无疑有了对课。到了明代,开设对课的情况更为普遍。《巧对录》卷八引《古今巧对汇钞》,记录了明代少年解缙、程敏政等人的巧对故事。这些"神童"舌绽莲花,属对精彩,固然反映了他们的天才,但也离不开对课的功劳。在《巧对续录》里,还有一个李自成对句成"谶"的神奇故事,其中就有老师的身影。"闯贼李自成,十六岁夏月,适傍晚大雨即晴,星月皎洁。师命对句云:'雨过月明,顷刻呈来新境界。'久之未属对,而又大雨。自成曰:'天昏云暗,须臾不见旧江山。'师即决其为乱臣贼子,不获令终云。"

3. 对课教材和对偶语工具书

与巧对相关的,还有对课教材和对偶语工具书。其中声名较著者,

第一章　对联简史

前者有明代兰茂《声律发蒙》、司守谦《驯蒙骈句》、程登吉《幼学故事琼林》、萧良有《龙文鞭影》，清代（传）李渔《笠翁对韵》、车万育《声律启蒙撮要》；后者有明代《缥缃对类大全》、清代《分类字锦》。

《笠翁对韵》《声律启蒙撮要》是对《驯蒙骈句》等书的模仿和改造。它们均按平水韵三十个平声韵韵部排列，每个韵部都由一组韵文兼对文组成，形式上涉及平仄、对仗（缺少《驯蒙骈句》四言对）和押韵，内容上包括自然、生活、做人，主要为学子科举诗赋考试做准备。

《缥缃对类大全》一书相传为屠龙订正，但清代学者不以为然。《四库全书总目提要》云："隆虽佻荡不检，游谈无根，然其谬尚不至此。殆坊贾所托名也。"该书和署名吴勉学的《对类考注二十卷》，其实都是围绕《对类》一书而成。《对类》这一书名，元代就已出现，明代理应也有继承者。屠、吴所撰二书，内容上大同小异，前面都有《习对发蒙格式》，并配合有《习对歌》。《习对歌》共二十八条，除"格式对""虚字对""助辞对""将乍对"等之外，其余大体按义类划分，如"五音对""天体对""地理对""勤学对"等。《习对发蒙格式》涉及古代对仗标准（字的虚、实、死、活之类），今人不妨了解一二。

《分类字锦》与《对类》等相仿佛，共六十四卷，分为四十门（《对类》分为二十二门），其中巧对一门，颇为工丽，如"西门豹"（战国）对"东方虬"（唐代），"三日仆射"（东晋周𫖮醉酒）对"七岁尚书"（南朝齐袁昂机变）。《幼学故事琼林》重在讲解成语和百科知识，用的是骈俪句式，并且按照内容而非按照平水韵进行分类。《龙文鞭影》是《幼学故事琼林》等书的先声。"龙文"是古时良马之名，据说该马见鞭影则疾驰。该书按平水韵三十个平声韵韵部排列，四言一句，两句成偶，上下句各讲一个典故或传说，如"（吴）彩鸾书韵，（蔡）琴操参宗"。

2010年代，曾有研究者推举杨慎的《谢华启秀》。该书在《巧对录》卷二里即有提及，但梁章钜认为它"盖偶然札记之，本以备作骈体之料"，评价不算很高。

延伸阅读：《习对发蒙格式》

凡入小学，教之识字，便教读得分明。每字各有四声，唯有"潇、宵、爻、豪、尤、攸、幽"七韵，切之至第三声止，无第四声，余皆有

· 31 ·

之。第一声是平声，第二声、第三声、第四声皆是仄，故以平上去入别之。平字用仄字对，仄字用平字对，平仄不失。又以"虚、实、死、活"字教之。盖字之有形体者谓"实"，字之无形体者谓"虚"；似有而无者为"半虚"，似无而有者为"半实"。实者皆是死字，惟虚字则有死有活。死，谓其自然而然者，如"高、下、洪、纤"之类是也。活，谓其使然而然者，如"飞、潜、变、化"之类是也。虚字对虚字，实字对实字，半虚半实者亦然。最是死字不可对以活字，活字不可对以死字。此而不审，则文理谬矣。又有借用同音字，谓如澄清之"清"与"青"字近音，洪大之"洪"与"红"字近音，彩色门借"清洪"字对"黑白"等字；又如增益之"益"与"一"字同音，参请之"参"与"三"字同音，复载之"载"与"再"字同音，数目门借益参载字对十百千万等字；又如爵禄之"爵"与"雀"字同音，公侯之"侯"与"猴"字同音，禽兽门借爵侯字对鸟兽虫鱼等字，谓之借对。例又有引用周易卦名，毛诗篇名，虽不苦拘虚实，然不若亲切者为好。若夫以实字作虚字使，以死字作活字用，是作家有此活法，初学者未易语（"悟"）此。今以虚实死活字分门析类，辑为对属，以便初学简阅云。

（五）创作与整理

1. 明代：全面开花

（1）种类和名人

告别了宋元时期的迟缓凝滞，明代对联创作开始大踏步前进。不仅种类齐全，数量激增，而且体制加长，散文化趋势明显。每边的字数已经不限于五七言，全联二三十字的已很常见。

李开先（1502—1568）的《中麓山人拙对》（包括《续对》）（分为上、中、下三卷），是迄今所知的最早的个人对联专集。前面提及的明代"三才子"之中，无论是早期的解缙（1369—1415），还是中后期的杨慎（1488—1559）、徐渭（1521—1593），他们的名字也都与对联相连。王守仁（1472—1529）等人的题衙署联，叶向高（1559—1627）的题会馆联，不但在时间上出现极早，而且与顾宪成（1550—1612）的题书院联等联作一样，也有着较高的成就。

冯梦龙《皇明大儒王阳明先生出身靖乱录》载："（江西巡抚王阳明）

第一章 对联简史

既抵赣，即行牌所属，分别赈济，招抚流民，置二匦于台前，榜曰：求通民情，愿闻己过。"如果说，这里的句子似乎是写在一张纸上，且平仄方面还有瑕疵，所以还算不上是一副标准的题衙署联的话，那么李贽的"听政有余闲，不妨甓运陶斋，花栽潘县；做官无别物，只此一庭明水，两袖清风"，无疑完全合格。至于晚明首席大学士叶向高为京师福州会馆题写老馆正堂"燕誉堂"的"万里海天臣子；一堂桑梓弟兄"联，更是早有口碑的佳作。此外清初之人辑有《文长佚草》，后人从中整理出《文长榜联》，共计97副。

甚至在《金声巧联》一书中，还出现了李攀龙、王世贞、吴国伦、宗臣、戚继光等人的名字。2000年代，出于对口语化联语的关注，明末画僧担当和尚（释普荷）（1593—1673）的《罔措斋联语》（康熙刻本）与清代王有光的《吴下谚联》（同治补刊本）也曾经被人提及。

这里谈一下咏物联。2010年代有网友宣称，咏物联是当代人的创造。此说或许有悖史实。日本版《金声巧联》共收对联31类，最后一类称作"诸物联"，其模样类似诗词里的"咏物诗"，也与后来诗钟里的合咏格（体）比较接近。如题孤雁："一声去就分南北；四海飘零是弟兄。"在笔者看来，这种"诸物联"即早期咏物联。

（2）对联名称与《水浒传》

"对联"一词，若指近体诗里的摘句联，一般认为最早出自南宋葛立方《韵语阳秋》一书；若指独立文体"对联"，其源头何在，则言人人殊。张延华以为出自乔应甲（1559—1627）《半九亭集》，李学文以为出自周楫（清源）（生卒年月不详）短篇小说集《西湖二集》"忠孝萃一门"篇，刘锋以为出自郎瑛（1487—1566）的笔记小说《七修类稿》，咸丰收以为出自陆深（1477—1544）的笔记小说《金台纪闻》。尽管存在分歧，但都离不开明代这一大的历史区间。其中，乔应甲虽然使用了"对联""对""联"等名称，但从《半九亭集》具体创作来看，作者心中的"对联"与今人理解的"对联"，其内涵和外延并不全然重合。

在早期的章回体小说《水浒传》《三国演义》里，从回目到正文，已有了对偶句和对联的身影。到了明代中晚期，一方面《西游记》《金瓶梅》继续发扬了这一传统；另一方面，社会上还出现了《中麓山人

· 33 ·

拙对》这样的对联专集。除了回目提示联、回末总结联外，章回体小说的中间部分，也不时插有对偶句或对偶句群。英雄传奇《水浒传》即是如此。因为《水浒传》问世较早，有人甚至将该小说称为"对联文化的第一座丰碑"[①]。

2. 清代：走向巅峰

（1）不该被忽视的清联

清代是古典文学的总结时代，各类文学皆有成就。除了小说方面涌现巅峰之作，骈文、词出现所谓"中兴"气象外，对联也走进了自己的黄金时代。清代中期问世的《红楼梦》，就含有"宝鼎茶闲烟尚绿／幽窗棋罢指犹凉"等奇联妙对；《老残游记》里"四面荷花三面柳／一城山色半城湖"一联，也曾使少年汪曾祺等人对济南大明湖心向往之。除去《玉娇梨》等个别前期作品，清代绝大部分长篇章回小说都采用了对偶句形式做回目，而且还不时插入类似"正是：花影不离身左右，鸟声只在耳东西"（《红楼梦》第二十八回）等描述联、总结联的句子。

联类上，清联以胜迹联见长。与前代同类对联相比，清联在篇幅上有所扩展，作联技巧也得到了完善。以长联字数为例，乾隆年间，孙髯题昆明大观楼联共180字，时称"天下第一长联"；到了光绪年间，钟祖棻题江津县临江城楼联，竟达1612字。如果要问，清人有什么只属于自己的极致性文学品种，则恐非对联莫属了。

（2）清联作家群

清代的对联创作群，不仅人数众多，群星璀璨，且绵延相续，高手辈出。其中，政治家和官员有毕沅（1730—1797）、陶澍（1779—1839）、林则徐（1785—1850）、顾复初（1800—1893）、沈葆桢（1820—1879）曾国藩（1811—1872）、左宗棠（1812—1885）、彭玉麟（1816—1890）、李寿蓉（篁仙）（1825—1895）、康有为（1858—1927）、江峰青（1860—1931）、谭嗣同（1865—1898）等。学者和教师有纪昀（晓岚）（1724—1805）、彭元瑞（1731—1803）、阮元（1764—1849）、何淡如（1820—

---

① 刘锋：《对联文化的第一座丰碑——读施耐庵〈水浒传〉对联》，中国楹联论坛（2018-05-26），http://www.dulian.cn/forum.php?mod=viewthread&tid=223863，2019年6月1日。

1913)、俞樾（1821—1907）、王闿运（1833—1916）、吴獬（1841—1918）、吴熙（勷之）（1841—1922）、钟祖棻（云舫）（1847—1911）、赵藩（1851—1927）、刘树屏（1857—1917）等。诗人和戏剧家有李渔（1611—1680）、朱彝尊（1629—1709）、孙髯（髯翁）（1711—1773）、袁枚（1716—1797）、蒋士铨（1725—1784）、赵翼（1727—1814）、严保庸（1796—1854）、薛时雨（1818—1885）、范当世（1854—1905）、丘逢甲（1864—1912）等。书法家有郑燮（板桥）（1693—1765）、梁同书（1723—1815）、王文治（1730—1802）、何绍基（1799—1873）等。以其他职业闻名于世，或从事其他职业的，有科学家齐彦槐（1774—1841）、收藏家顾文彬（1811—1889）、医生刘蕴良（1844—1914）等。

需要说明的是，其中不少人的身份是交叉的，如康有为兼书法家，郑燮兼作家。此外，清代对联高手还有很多，若以乾隆、嘉庆为界，前如宋荦（1634—1713）、洪亮吉（1746—1809）等人，后有石韫玉（1756—1837）、胡林翼（1812—1861）、郭嵩焘（1818—1891）、陆润祥（1841—1915）、陈宝琛（1847—1935）、刘咸荥（1858—1949）等人。其中，狂狷谐谑的王闿运、有历史眼光的赵藩等人还活到了民国前期。

（3）清联内涵

总体而言，清联保持并强化了传统诗文的特质，即温柔敦厚、含蓄蕴藉及诗意绵绵；同时在表现亲情、乡情、友情及其他方面，也有着动人的光彩。这也是中国楹联论坛诸人自2000年代开始，致敬清联、模拟清联的原因所在。具体内容上，清代对联纷繁多样。除去风花雪月与阐发儒道释，笔者以为有四种创作类型，其文学个性比较鲜明：第一种，以林则徐、曾国藩为代表，比较正统、"励志"；第二种，以纪昀、何淡如为代表，机智幽默，或帮闲，或凑趣；第三种，以李渔、袁枚为代表，倾向自由、性灵；第四种，以孙髯、钟祖棻为代表，作为被贫困或冤案所折磨的社会底层人物，他们的联作不仅面目独具，而且开始脱离传统"庙堂文学""山林文学"的轨道，思想性、战斗性空前突出。

情形特殊而值得一提的，还有太平天国楹联。原湖北抚辕巡捕官张德坚奉曾国藩之命编有《贼情汇纂》十二卷，作者立场反动，但"叙事从实，不事润饰"。他说起义军"粗鄙不知文义而最尚联句，凡陷一城，分据第宅，谓之打馆，必令充先生者搜括红黄纸张撰联句，以朱墨书之，互相夸耀。于是被胁衿吏得操笔以从事。"这些"先生"不管是"竭技揄扬"抑或"藉词讥刺"，所撰联语中不乏优秀之作。尤其是忠王李秀成府寝殿"马上得之/东面而征"联，气势开张，15字长句更是绝无仅有。

当然，作为古代社会的文艺产物，清代对联也有宣扬"小妾殉情""征歌选色"等不良倾向的一面。

（4）清联出版

晚清时期，西式石版印刷术兴起，加之此前以传统石印术和雕版印刷术所印之书，使得整个有清一代编印的对联图书琳琅满目，其数量达到301种之多。① 其中，巧对、集句、集字类联书较有特色。如集宋词的《眉绿楼词联》（顾文彬），集儒经的《十三经集句类联》（佚名），集《兰亭集序》字帖的《禊序集言》（唐仲冕）、《知足斋集禊序楹帖》（郑开禧），集《兰亭集序》等字帖的《楹联集帖》（何绍基等），集大篆的《石鼓文集联》（杨调元），集隶书字帖的《集汉碑联》（莫友芝）及《集千字文楹帖》（许正绶）等。专门收录对联书法（即楹联）的《古今楹联汇刻》（吴隐），由40方刻石拓印而来，该底板是我国最早的楹联汇刻碑石。

对于同时代对联创作的整理、刊行，清人也做得相对及时。个别对联家在世时或去世后不久，即有个人对联集独立问世。如齐彦槐《小游仙馆联存》（道光刻本）、曾国藩《曾文正公楹联》（同治刻本）、薛时雨《藤香馆小品》（光绪刻本）、袁枚《楹联新句》（光绪刻本）、俞樾《春在堂楹联录存》（光绪重刻本）、王堃《自怡轩对联缀语》（光绪石印本）等。

（5）从诗话到联话

在诗话里说联，肇始于北宋欧阳修的《六一诗话》，至清代袁枚《随园诗话》成为高潮。②

---

① 参见常江主编《古今对联书目》，内部印行1999年版，第6页。
② 《楹联丛话》提出对联要"雅切"，这一理念实发轫于《随园诗话》。《随园诗话·补遗》卷五云："近至扬州书院，见壁上有秀才吴楷余第一句（注：'生面果能开一代'），配赵之第二句（注：'及身早自定千秋'），作对联赠掌教云松，天然雅切。"

第一章 对联简史

联话脱胎于诗话。联话所引述的联作大部分是纯粹的对联，少部分是来自诗词的摘句联。明代《金声巧联》一书记述了不少宋明对联轶事，已经初具联话模样。

偏嗜风雅和重视学问，是清代官场的一大特色。道光年间，官员兼学者梁章钜（1775—1849）编著的《楹联丛话》（1840年刻本）、《楹联续话》（1843年刻本）、《楹联三话》《巧对录》（1849年刻本）、《巧对补录》《楹联剩话》，其子梁恭辰（1814—?）编著的《楹联四话》《巧对续录》陆续刊行，并在清代诸多联书中最为引人注目。

梁氏父子的系列著作，在正统文学并不十分认同的情况下，不仅对五代至晚清以前的对联做了一次大规模的辑佚整理（所谓"钞纂楹联"），而且在对联分类、对联批评、对联考证等方面进行了初步的探索（所谓"附以记述"）。他们第一次为对联竖起了丰碑，同时也为自己竖起了丰碑。受其影响，林庆铨（约1831—1899）《楹联述录》（1881年刻本）、赵曾望（1847—1913）《江南赵氏楹联丛话》（1892年石印本）等书也相继问世。

（6）关于对偶性文体的评价

对于骈文、对联等对偶性文体的价值认知，清代和民国学人的表态比较复杂。纪昀曰："骈偶于文家为下格，然其体则千古不能废。"[①] 纪昀之说乃指骈文而言，看似矛盾，实则深刻。梁启超曰："骈俪对偶之文，近来颇为青年文学家所排斥，我也表相当的同意。但以我国文字的构造，结果当然要产生这种文学，而这种文学，固自有其特殊之美，不可磨灭。""楹联起自宋后，在骈俪文中，原不过附庸之附庸，然其佳者，也能令人起无限美感。"[②] 梁在此流露出三点意思：第一，散文是正宗，骈文是附庸，对联是附庸之附庸；第二，对联是汉语的必然产物；第三，骈文和对联也有其存在的合理性。这与纪的表态比较接近。至于诗人薛时雨所言，"楹联，小道也，酬应之作，无当学问"（《藤香馆小品》序），则代表了当时社会的普遍认识。

[①] 黄霖：《文心雕龙汇评》，上海古籍出版社2005年版，第118页。
[②] 梁启超：《痛苦中的小玩意儿》，《晨报》纪念增刊1924年12月3日。

附一　尤侗西厢制艺

八股文"体用排偶",在西厢制艺里也有体现。明末清初戏曲家尤侗的西厢制艺代表作《怎当他临去秋波那一转》,从第一到第八股,两两组合,组成四组"排偶":

最可念者,啭莺声于花外,半晌方言,而今余音歇矣。乃口不能传者,目若传之。(以上第一股)

更可恋者,衬玉趾于残红,一步渐远,而今香尘灭矣。乃足不能停者,目若停之。(以上第二股)

吾不知未去之前,秋波何属。或者垂眺于庭轩,纵观于花柳,不过良辰美景,偶而相遭耳。犹是庭轩已隔,花柳方移,而婉兮清扬,忽徘徊其如送者奚为乎?所云含睇宜笑,转正有转于笑之中者。虽使靓修瞩于觌面,不若此际之销魂矣。(以上第三股)

吾不知既去之后,秋波何往。意者凝眸于深院,掩泪于珠帘,不过怨粉愁香,凄其独对耳。惟是深院将归,珠帘半闭,而嫣然美盼,似恍惚其欲接者奚为乎?所云渺渺愁余,转正有转于愁之中者。虽使关羞目于灯前,不若此时之心荡矣。(以上第四股)

此一转也,以为无情耶?转之不能忘情可知也。以为有情耶?转之不为情滞又可知也。人见为秋波转,而不见彼之心思有与为之转者。吾即欲流睐相迎,其如一转之不易受何!(以上第五股)

此一转也,以为情多耶?吾惜其止此一转也。以为情少耶?吾又恨其余此一转也。彼知为秋波一转,而不知吾之魂梦有与为千万转者。吾即欲闭目不窥,其如一转之不可却何!(以上第六股)

招楚客于三年,似曾相识;(以上第七股)

倾汉宫于一顾,无可奈何。(以上第八股)

附二　明清格言小品

从晚明到清代,社会上出现了一批以清谈、劝世为特点的小册子。它们由多条(则)语录串联而成,此即格言小品。因明代屠隆的著作名曰《婆罗馆清言》,故此亦称清言小品。其中有独著(独白)式,如明代洪应明(自诚)《菜根谭》、吕坤《呻吟语》;有编著(合成)式,

第一章 对联简史

如明代陆绍珩《醉古堂剑扫》[①]、清代金缨《格言联璧》。独著式小品，其渊源可追溯到宋代晁迥的《法藏碎金录》，乃至春秋时老子的《道德经》。编著式小品，有的是旧文重刊，如《明心宝鉴》首刊于洪武年间，嘉靖、万历、天启年间皆有重刊。

就思想内容而言，这些格言小品都有儒道释三教合流的背景，同时混含着世俗的成分。无论是来自自身的经验之谈，还是对流行谚语俗语的改造，均不乏格言警句。大约正是看重其教化功能，涉及人性的《增广贤文》与堪称修齐手册的《朱子家训》被用作过蒙书，说禅论世的《菜根谭》也被1980年代的日本企业界奉为管理经典。

就语言形式而言，有的骈句可被视为残诗或对联，有的连续骈句让人联想起连珠；有的句群是多重排偶，有的句群是骈句夹杂散文句。其中骈句夹杂散文句，类似本章提及的先秦文献里的对偶。正是因为它们具有骈散结合的句式特点，与当代意义上的对联并不完全相同，所以，与其说这些格言小品集是对联集，毋宁说是最大限度地使用了对偶辞格的小散文集。格言小品的这一特点，对于后来对联的泛对偶化倾向有所推动。

下面抄录两种语录各四，一种是比较严格的对偶句，一种是各种形式的散文句，以示格言小品集与一般对联集之区别。

昼闲人寂，听数声鸟语悠扬，不觉耳根尽彻；夜静天高，看一片云光舒卷，顿令眼界俱空。（《菜根谭》"闲适篇"）

人情似水分高下；世事如云任卷舒。（《增广贤文》）

眼前百姓即儿孙，莫谓百姓可欺，且留下儿孙地步；堂上一官称父母，漫道一官好做，还尽些父母恩情。（《格言联璧》"从政类"）

求个良心管我；留些馀地处人。（清代王永彬《围炉夜话》）

参禅贵有活趣，不必耽于枯寂。客有耽枯寂者，余语之云："瘦到梅花应有骨，幽同明月且留痕。"（明代吴从先《小窗自纪》）

人生太闲，则别念窃生；太忙，则真性不现。故士君子不可不抱身心之忧，亦不可不耽风月之趣。（《菜根谭续编》）

---

① 《醉古堂剑扫》已是辗转之作，所谓"撷经史之精华，采子集之典语"，而署名明代陈继儒的《小窗幽记》又摭拾该书文字颇多，所以有人怀疑《小窗幽记》为清代伪作。详见《〈小窗幽记〉是清人作伪的〈醉古堂剑扫〉》，北大中文论坛（2008 - 10 - 09），http：//www.pkucn.com/viewthread.php? tid = 176021，2008 年10月9日。

深沉厚重，是第一等资质；磊落豪雄，是第二等资质；聪明才辩，是第三等资质。(《呻吟语》)

把自己太看高了，便不能长进；把自己太看低了，便不能振兴。(《围炉夜话》)

由于其中的对偶句时放光彩，书画家们遂纷纷抄之改之。邓石如不仅以篆书形式写过《小窗幽记》，还将其中的"沧海日/少陵诗"对偶句改写成"沧海日/青莲诗"书斋联。敏感的读者读至邓联的九个排比句时，每有违和异样之感，其原因即在于它们本来非"联"，而是"文"。

又由于很多书画家在抄写对联时，只注己名，未署出处，从而造成读者对于对联作者的误读。像媒体盛传的刘海粟"宠辱/去留"联，即来自《菜根谭》和《醉古堂剑扫》。

对偶句乃至对联影响了格言小品的语言，反过来，格言小品的散文语言会不会也影响清代对联呢？曾国藩的联作本来就有"以文为联"的倾向，个别作品更是介于格言小品与对联之间，如"不为圣贤，便为禽兽/莫问收获，但问耕耘"等。在笔者看来，这大概就是格言小品影响格言联的表现。

附三　明代乔应甲《半九亭集》

2006年3月18日和24日，新华网山西频道两次报道了山西临猗县发现八卷本《半九亭集》的消息。《半九亭集》是出版于1626年的一部编著，作者乔应甲（1559—1627）乃晚明进士，曾任陕西巡抚等高职。在清代，乔应甲被康熙称为"忧国廉官"，在故乡临猗也有他除暴安良、为民请命的故事流传。但由于他直言敢为，得罪人多，特别是借机打压东林党、捣毁关中书院及剿除李自成起义军不力等，导致生前身后尤其是《明史》之中不乏差评。作为晚明格言小品繁盛时期的出版物，《半九亭集》所含材料成分复杂，并非一部纯粹的个人对联集。其中有作者自己的，也有摘引和加工他人的；有对联，也有诗词、文章和格言小品。兹举二例如下：

试看今日之域中，自国都以达闾阎，几个不是思乱之人？再看今日之人心，自冠盖以及服履，那件不是召乱之事？三看今日之职官，自大老以逮末品，那个不在徇利一边？四看今日之衙役，自六房以至皂快，

谁人不有顶首若干？（卷四·看史下）

石家金谷选，当年何丽；马氏玉池杯，今日安在。（卷七·"分定四条"各附对一联）

第二节　民国对联

一　风云激荡中的变异

（一）从贵族化到平民化

在《楹联述录》卷四里，作者林庆铨引用其父林昌彝（1803—1876）的话说："凡作楹联，题雅，人雅，句雅，则其地，其人，其句，与之并传。"① 这种情系温柔敦厚之旨、典雅方正之形的对联创作理念，在以传统文化为背景的古代社会里，无疑有着很强的代表性。无论是上墙、铺案，还是附于其他器物之上，可谓处处对联，处处雅致。譬如，以陶艺著称于世的书画家瞿子冶（1779—1848）就有这样一副壶铭联："烹茶无客至；得味有诗来。"②

然而，并非每个时期、每个人皆能"岁月静好"。因为鸦片战争的爆发，即便是推崇"人雅""句雅"的林昌彝，也都忙于撰写《平夷十六策》《破逆法》等实用文了。从晚清到民国，中国遭遇了三千年未有之大变局。如果说晚清时期士大夫们还能够勉强维系诗学传统，那么到了民国时期，这种作派则有些不合时宜了。除了部分书画家、学者如陈重庆（1845—1928）等人继续流连光景、钻故纸堆外，大部分作者已无法心静如水了。在此历史区间，一方面外患引发内乱，另一方面启蒙伴随救亡。于是，帝制与共和、总统制与内阁制、复辟与护国、北洋政府与革命政府、武力统一和联省自治、工农运动与军阀混战、侵略与反抗、专制与民主、传统理学与西方文化、现代化机器及其产品的涌入与传统手工业者的破产，诸多矛盾纠结在一起，此起彼伏，异常尖锐。

---

① 龚联寿：《联话丛编》第 2 册，江西人民出版社 2000 年版，第 1028 页。
② 关于瞿子冶的生卒年份，这里参考了李俨《"瞿子冶的名号及生卒年"说实误——记画家、陶艺家瞿子冶的版本错误》，《收藏快报》2018 年 8 月 11 日。

曾国藩在太平天国失败时，曾经指示他人屠城，强调"无惑于妄杀良民恐伤阴陟之说"（《曾国藩致李元度书》）；同样是这位"曾剃头"，也曾真切地写过"论人情物理"、想"荷花秋水"等风光旖旎的对联。然而，若将其置身于民国的惊涛骇浪之中，此时的曾国藩能否定力如初，收放自如，恐怕还是一个未知数。刘尔炘从帝都显贵一变而为边陲遗老，虽然一反常态，开始"建寺修庙"，但其内心似乎还在隐隐作痛："向五大洲中静观日后群伦，那个能逃机器劫；在数千载上便忧天下来世，而今枉费圣人心。"林语堂面对"三一八"惨案，可以驱车赶赴现场，事后还撰写《悼刘和珍杨德群女士》《闲话与谣言》，歌颂烈士，痛斥陈源，但当血腥程度数倍于之的"四一二"大屠杀来临时，他开始缄默不语，继而创办《论语》，以"两脚踏东西文化，一心评宇宙文章"为编刊方针，专意提倡幽默文学。民国时期湖南岳阳私塾先生李匹杜自题墓碑联："七尺长埋，此处尚存干净土；寸心不死，何年望到太平时？"与传统的雅致之作相比，该联已失去了耕读传家的自信自足，更没有风花雪月的修饰衬托，只是将时局的动荡与人心的思治，像黑白照片一般真实地曝光在这里。"生活万分艰难，物价高，报酬薄，辛酸莫诉，无米为炊，弱者最可怜，谁实致君投泽国；社会一片黑暗，分派系，重私情，势利当先，虽才不用，好人将何往，直欲逼我上梁山。"与上联相比，1948年陈国琇挽邓方遂的这副联写得更俗白，也更具体，除了同情和感叹，还有揭露和批判。清廷灭亡后，一些擅长书法、楹联的旧式官员如沈曾植（1850—1922）、曾熙（1861—1930）、李瑞清（1867—1920）等，无暇顾及曾经的士大夫颜面，也来到何绍基曾经卖字的大上海，公开挂出润例谋生。周作人有言："平民文学应该着重与贵族文学相反的地方，是内容充实，就是普遍与真挚两件事。"（《平民的文学》）"平民的精神可以说是淑本好耳所说的求生意志。"（《贵族的和平民的》）因为"求生"和"真挚"，对联作者不复为鲁迅笔下的孔乙己了，不复"掉书袋"，不复"光荣与梦想"，而是从外到内，将自己彻底"平民化"了。

有趣的是，新旧文人虽然分属于不同的文化阵营，但对于对联这种亦雅亦俗的文体，却皆有贡献。林纾（1852—1924）曾被钱玄同骂作"桐城谬种"，他有《春觉斋联句偶存》面世；刘大白（1880—1932）

第一章　对联简史

是五四白话新诗的倡导者之一，他不仅有对联创作，还有对联著述。林纾赞叹的是为传统社会理想而自沉殉葬的梁济（梁漱溟之父）；刘大白哀挽的是被袁世凯与朱瑞谋杀的革命党人王金发。刘大白在联中恣意使用口语"狠的怕你，猾的避你"以及半文半白的"国也由伊，省也随伊"（《挽朱执信》）；林纾的对联语言虽然赶不上章炳麟的高古难解，却也绝无这类直白俚俗之辞。

（二）战斗性和集体狂潮

以上联例，体现的是民国对联普通而悲凉一面，而非它们的全貌。在缅怀先烈、鼓舞斗志方面，民国对联也发挥着独特的作用。读着郁达夫挽胞兄郁华联："天壤薄王郎，节见穷时，各有清名扬海内／乾坤扶正气，神伤雨夜，好凭血债索辽东"，笔者至今犹觉热血沸腾。

辛亥革命时的庆贺联（包含第二年的春联、国庆联）、五四运动时的声讨联及孙中山去世后的挽联，可谓是近现代对联创作的三次高潮。其中，又以会场联（游行集会联）这种向公共空间挺进的新联种为代表性形式。

当民国的第一个春节，即1912年春节来临时，原甲午恩科状元、清末民初实业家张謇自撰春联云："民时夏正月；国纪汉元年。"该联嵌入"民国"二字。年轻的郭沫若也以名词活用之法为家乡人撰写了春联："故国同春色归来，直欲砚池溟渤笔昆仑，裁天样大旗横书汉字；民权如海潮暴发，何难郡县欧非城美奥，把地球员幅竟入版图。"民国第一个国庆日，即1912年10月10日这天，武汉举行纪念活动，其间有联曰："雍容樽俎，望晴川阁耸，黄鹤楼高，慷慨重谈天下事；混一车书，看五色旌旗，万方冠冕，联翩高会武昌城。"1919年五四运动当天，学生游行队伍打出对联"卖国求荣，早知曹瞒遗种碑无字；倾心媚外，不期章惇余孽死有头"，矛头直指曹汝霖和章宗祥。抗战爆发后，曹汝霖曾公开表示，要以"晚节挽回前誉之失"，不在日伪政权任职。这也算是不乏偏颇的五四运动诸多成果之一。

十四年抗战期间，国共第二次合作，全民同仇敌忾。挽联、讽喻联、行业联、春联如火如荼，洋溢着战火的硝烟味和奋发踔厉的精神，这也是整个民国对联的一大亮点。"蚕食鲸吞，举国不胜今昔感；鹰临

· 43 ·

虎视，惊心莫作画图看。"这是在抗战前夕，有人愤题于北平鼓楼民众教育馆地图两侧的一副对联。这种站在历史潮头，以对联为号角和投枪的做法，让人想起太平天国"充先生者"的红黄纸楹联。

此外，产生于晚清的应征联、店铺联，此时也得到了发展。在个别地方，甚至出现对联社团。据传为李伯元所著《南亭四话》卷七"庄谐联话""三般俱有壳"条载："又某君尝创为联社，令人属对，其高列者，贻之楮墨。曾拟上句曰：'一行孤雁连天起'。俄而揭晓，弁首者为'半只烧鹅满地游'。"① 该社首领的文学眼力显然有限，居然将死对取作首卷；不过他"创为联社"之举倒是新鲜，也不无意义。

（三）泛对偶化和民国余响

综观民国对联，其中不乏古雅严谨之作，但就该时期多数对联而言，其共同特征是：多慷慨议论，少古典意境，语言和格律方面也不尽讲究。曾发生在清代俞樾、王闿运、吴熙等对联作者身上的散文化、口语化倾向和不规则重字缺憾，这时期明显加重。冯玉祥、陶行知、毛泽东等人的某些联作，不仅句式松散，同时在平仄、对仗上也不很计较。

俞樾挽曾之撰（铨仲）联："居虞山胜地，又有好园亭，上奉母欢，下课儿读；忆吴下旧游，可为长太息，既悲君逝，更念吾衰。"该联俗白无碍，上联更是犹如说话。冯玉祥题赠善符联，"要想着收咱失地；别忘了还我河山"，不仅"失地""河山"等局部对仗不严，且整体对仗亦有问题，即便将"还我河山"看作岳飞原话，也难逃合掌之嫌。陶行知题赠学生李相维联："近朱者赤，近墨者黑；尽力所及，尽心所安。"至少"及"的平仄违律。毛泽东挽孙中山联："国共合作的基础如何？孙先生云：共产主义是三民主义的好朋友；抗日胜利的原因何在？中国人曰：侵略战线是和平战线的死对头。""的"字被重复了四次，"孙先生"与"中国人"对仗宽松，句中节奏点的平仄也基本不对。

---

① （清）李伯元：《南亭四话》，薛正兴校点，江苏古籍出版社2000年版，第390页。另据考证，《南亭笔记》并非李伯元所作，详见郭长海《〈南亭笔记〉与〈南亭四话〉非李伯元所作考》，《长春师范学院学报》（社会科学版）1996年第1期。

第一章 对联简史

至于出自某些名人笔下的题词等，到底是一般对偶句还是对联，联界往往不乏争议。除去毛泽东部分题词，[①] 孙中山"革命尚未成功，同志仍须努力"也每每引发议论。据考证，孙中山的这两句文字，首刊于1923年11月25日出版的《国民党周刊》第1期，具体位置在第1版孙中山肖像正下方，是同年10月孙中山为国民党恳亲大会的亲笔题词。[②] 孙中山去世后，其遗像两侧经常伴有这副"对联"。1940年《魂断蓝桥》在中国上映，电影院在报纸上打出广告："山盟海誓玉人憔悴，月缺花残终天长恨。"尽管这里的上下句半对半不对，但还是有人将它视作对联。可以说，古代有歌谣谚语，晚近有谜语巧对，现代有题词标语甚至广告，它们及其同类一直围绕在对联文体周围，让部分研究者欣喜，让部分研究者无奈。

按照职业身份，民国时期的对联作者可分五类。第一类，政治家和官员孙中山（1866—1925）、章炳麟（太炎）（1869—1936）、黄兴（1874—1916）、杨度（1874—1931）、张难先（1874—1968）、蔡锷（1882—1916）、冯玉祥（1882—1948）等人。由晚清而入民国，且从政之余涉猎学问与风雅者，则有曾任中华民国大总统的徐世昌（1855—1939），又有曾任伪满洲国国务总理的郑孝胥（1860—1938）。前者有《清儒学案》（集体编纂）、《竹窗楹语》《藤墅俪言》等书稿存世；后者除去以书法、"同光体"诗名世，所著《郑孝胥日记》里亦有很多自撰联的记载。第二类，教育家和教师刘尔炘（1864—1931）、方尔谦（地山）（1872—1936）、陶行知（1891—1946）等人。第三类，作家郭沫若（1892—1978）、郁达夫（1896—1945）等人。第四类，报人刘师亮（1876—1939）等人。第五类，实业家张謇（1853—1926）等人。

1949年后，迁徙台湾的于右任（1879—1964）、张大千（1899—1983）、张佛千（1907—2003）、成惕轩（1911—1989）、伏嘉谟（1912—1997）等人联声较著，成为民国对联的余响。

[①] 唐贻棣：《编辑出版毛泽东对联应取科学态度》，《中国楹联报》1995年5月13日。
[②] 中山网《中山政协》专栏（2006-03-22），http://www.zsnews.cn/Column/2006/03/22/551278.shtml，2008年5月1日。

二 进入现代学者研究视域

（一）新印刷技术与新纸媒

民国时期的对联著述相当丰富，据不完全统计，大约有 479 种对联图书问世。[1]

民国早期，起源于唐代的雕版印刷术、起源于宋代的活字印刷术，以及道光年间从西方传入的石印技术，尚未退出历史舞台，所以部分对联图书仍属于刻本、木活字本和石印本。随着复制版、珂罗版（即照相版）和胶印等技术的发展，特别是铅印技术的迅速普及，新型版对联图书也越来越多。不仅如此，部分联话著述的首发之地并非图书，而是新的纸质媒体——铅印的报纸杂志，它们是后来才独立成册或被收编入书的。例如 1949 年后成为我国《楚辞》和唐诗研究著名专家的马茂元教授，曾在安徽省政府教育厅秘书室主办的《新学风》1946 年第一卷第一期发表《碧梧翠竹山馆笔记》一文，其中诗话、联话混杂。由张小华整理的《全民国联话第一辑》收录了该文，在做过相关脚注之后，将原文改名《马茂元联话》。[2]

技术的进步和媒体的增多，不仅提高了印刷质量，而且加快了信息传播速度。这些对联编本、独著和文章，主要有以下六种情形：

第一种，整理前代对联书法和联作，如《楹联名迹》（至 1923 年共刊行七辑，上海中华书局珂罗版）（所录作者除两人为明人外，其余皆为清人），卢述度（希裴）《六家联语合钞》（1933 年长沙大伦昌印刷局铅印本）（包括曾国藩、李篁仙、吴劭之、王闿运、姜济寰、曹秩庸），曲滢生《宋代楹联辑要》（1933 年北平我辈语丛刊社铅印本）。

第二种，继续编纂全国或地方对联大全，如胡君复《古今联语汇选》（包括四集和补编、再补）（1918—1922 年上海商务印书馆铅印本），偶阳山人《详注分类楹联集成》（1919 年上海会文堂书局石印本），向义《六碑龛（龛）贵山联语》（1923 年贵阳文通书局铅印本）。

---

[1] 参见常江《古今对联书目》，内部刊印 1999 年版，第 6 页。
[2] 张小华整理：《全民国联话第一辑》，河南文艺出版社 2014 年版，第 267 页。

第一章 对联简史

第三种，继续编撰联话，如南社社员吴恭亨《对联话》（1921年木活字排印本）、陈方镛《楹联新话》（1921年上海中华书局铅印本）。

第四种，开始系统探讨对联理论，如新诗作家刘大白《白屋联话》（连载于1931年《世界杂志》第一、二卷，1933年由上海南强书局独立成书），复旦大学教授陈子展《谈到联语文学》（载于1948年《论语》半月刊）。

第五种，出版当代联作，如王闿运《湘绮楼联语》（1917年存心堂刻本），"文治总统"徐世昌《藤墅俪言》（1936年天津文岚簃古宋印书局铅印本），《抗战联语集》（国民政府军事委员会政治部铅印本）。

第六种，继续集古代字帖或诗词成联，如罗振玉《集殷墟文字楹帖》（1921年罗氏贻安堂珂罗版），秦文锦《周毛公鼎铭集联拓本》（1923年上海艺苑真赏社珂罗版），俞樾《绎山碑集字联》（1917年上海扫叶山房石印本），丁辅之《唐诗三百首集联》（1929年丁氏聚珍仿宋书局巾箱本），林葆恒《集宋四家词联》（1936年上海大众书局蓝印本）。其中俞樾未能迹蹈民国，他的书属于清人集联，新时代出版。

（二）对联作法与"骈文余裔"

晚清有林庆铨的《楹联述录》，民国有吴恭亨的《对联话》，虽然这些书中也加入了关于创作对联的论述，但不过是片言只语，全书的主体内容并未改变，作者依旧是在讲述故事和辑录作品。只有到了襟霞阁主（平襟亚）写出《对联作法》（1924）、蔡东藩（蔡郕）写出《中国传统联对作法》（1935）时期，情形才有所改变，此时话题更为集中，论述也更为全面。吕云彪的《楹联作法》（1926）一方面认为平仄安排应该以随意、顺口为原则，另一方面开始使用名词、动词、形容词等现代汉语语法概念。秦同培的《撰联指南》（1926）有了类似今天声律节奏、语义节奏的论述，并在分句句脚安排上推崇单平单仄交替式和多平一仄式。龙铁元的《联语谱例》（1947）则首次谈到双句联、三句联和长联的句式组合。

清末民初时期，与对联同为对偶性文体的骈文仍在发展。民国初年，《玉梨魂》（徐枕亚）等言情小说（俗称"鸳鸯蝴蝶派"小说），借助于《小说丛报》《小说新报》《民权报》等纷纷问世，并受到读者青睐。作者发扬明清小说描写、议论、抒情时好用骈偶句群的做法，较多使用骈句入文，人称"骈文小说"。1930—1940年代，张恨水的章回体小说《金粉世家》《啼笑因缘》等引起轰动。作者从写传统言情小说起家，成功地转型为写"社会言情小说"，且继续"写章回小说，向通俗路上走"。回目联平仄安排严格，且恪守平水韵。从现代史起，对联开始"进入文学史"。1936年，上海商务印书馆出版了刘麟生的《中国骈文史》。作者第一次将骈文与散文、韵文并列，并画出三者互有交集的圆圈图样；同时，在书中专设一章，论述"骈文之支流余裔——联语"。与今人所期待的"作为独立文学样式"的对联观相比，刘麟生的做法显得"保守"。

三　对联教育受到冲击

前面所谈，均为民国对联的实绩。这一时期，无论部分对联作者如何抨击传统社会及其政治文化，他们所操持的武器——对联，其实也是拜传统文化所赐。在这些作者当中，有的人是在用传统武器进行批判，有的人却在批判传统武器。尤其是五四新文化运动的爆发，它给社会人心所带来的冲击之大，为当时的人们所始料未及。对联作为传统武器，在批判传统的同时，也不可避免地遭到批判和质疑。

（一）科举的废止与新文学的兴起

按照清政府规定，自1906年起废止科举制度，公家设立新式学堂。从此，原来的"家塾"改称"私塾"，并于1906年前后进入了改良进程，包括教材、开课等都受到近代化影响。中华民国成立后，特别是五四新文化运动发生后，新式教育更是风靡全国（尤其是城镇）。以上种种，自然威胁到"对课"在学校的生存地位，并影响年青一代的作诗撰对水平。

现代作家巴金（1904—2005）曾对一位对联求教者说："我谈不出内行的见解，因为我不会写对联。"[1] 依据巴金晚年的言谈文章，这里

---

[1] 陈韬：《巴金一言励我行》，《中国楹联报》2005年11月11日。

的表态应该是这位忠厚老人的实话实说,而非故作谦虚状。果真如此,那么巴金早年在长篇小说《家》《春》里分置的两个半截挽联(实为一联),恐怕就是抄录时人所作。两个半截(即单边)挽联分别是:"家人同一哭,咏絮怜才,焚须增痛,料得心萦幼儿,未获百般顾复,待完职任累高堂。"(挽瑞珏)"归妹曾几时,舅姑称颂,咸阁钦贤,岂期草菱宜男,仅闻片语遗留,遽舍仙郎生净土。"(挽蕙之)当代新诗诗人流沙河(1931—2019)在指摘武侠小说大师联作有声律问题的同时,也坦承自己在对联创作上曾经"误用声韵,不懂平仄"[1]。

1912年,南京临时政府下令,将小学堂改为小学校,禁止使用原清廷学部颁行的教科书,中小学校语文学科统称为"国文"。同年,严修起草、原清廷学部制定的"忠君、尊孔、尚武、尚公、尚实"的教育宗旨,也被教育总长蔡元培改造为"五育并举",即军国民教育("尚武")、实利主义教育("尚实")、公民道德教育("尚公")、世界观教育(新增)和美感教育(新增)。1918年,胡适提出"八不主义",主张"不重对偶,文须废骈,诗须废律"。1920年北洋政府通令,自1922年以后,小学各种教材一律改为语体文(即白话文)。

蔡东藩是现代著名历史演义小说家,曾以清末秀才身份做过小学教员。他以切身的体会,痛感传统文化因教育转型而发生的断裂。他说:"自学校创设以来,课程杂沓,无暇专习国文,目未睹经史,口未辨音韵,有执联对以相属者,彼此瞠目不知所答。小学诸生无论矣,即卒业中学者,亦多敬谢不敏;间或勉强应命,非出诸抄袭,即难免荒唐。"[2]

(二) 加考风波与陈寅恪自辩

1932年夏考,时任清华大学文史哲三系教授兼中央研究院历史语言研究所第一组(历史组)负责人的陈寅恪,受清华大学中文系主任刘文典(叔雅)委托,为国文科目命题三道:一是以(甲)"少小离家老大回"、(乙)"孙行者"为出句"对对子";二是以"梦游清华园

---

[1] 流沙河:《小挑金庸》,《文学自由谈》2004年第1期。
[2] 蔡东藩:《中国传统联对作法》,余滇、秋实整理,浙江摄影出版社2000年版,第1页。

记"为题作文,三是为一段文字加上新式标点。结果,第一题引起"下第者大噪",同时招致南北学界"纷纷非议"。陈寅恪先忙于"答记者问",后又致函刘文典、傅斯年(时任中央研究院历史语言研究所所长)自辩。其实,陈寅恪的做法固然有别出心裁的味道,却也并非一时心血来潮。他是鉴于汉语语法学在中国并未真正建立,因此想寻找一种"形式简单而涵义丰富,又与华夏民族语言文字之特性有密切关系"的途径,以测验学生的国文水平。①

第三节　当代对联

一　走过单一和荒芜

参照中国当代文学史,这里也将1949年中华人民共和国成立到1966年"文化大革命"前,称为"十七年"时期(1949—1966),接下来则为十年"文化大革命"时期(1966—1976)。与小说、新诗、戏剧等自由文学一样,对联在这两个时期也分别表现为单一和荒芜。

(一)"十七年"与历史的必然

据不完全统计,"十七年"时期只有84本对联图书问世,②且多数为政治性突出而民间性隐没的春联集。这是由当时的历史环境所决定的。这些新春联以讴歌与配合为旨趣,以单纯和积极为基调。与如今日趋商业化、精巧化的应征性春联相比,两者既相通又有所不同。其具体模样,可从下面几则资料感知。

1956年底,上海《劳动报》征求新春联,来稿中有代表性的作品有:"高潮融瑞雪;和平化阳春。""百家争鸣盛世;四野共庆丰年。"

1962年,几位新文学作家撰写并展示了自己的春联。秦牧的春联是:"江河浩荡,纵曲折迂回,万里奔流趋大海;松柏坚贞,历冰雪风

---

① 桑兵:《近代中外比较研究史管窥——陈寅恪〈与刘叔雅论国文试题书〉解析》,《中国社会科学》2003年第1期。
② 参见常江主编《古今对联书目》,内部刊印1999年版,第61—66页。

雨，永怀志节对朝阳。"老舍的春联是："除夕立春，同日双节；随时进步，一刻千金。"

1963年底，广州《羊城晚报》征春联，获一等奖的六副联作是："奇迹旧年多，三面红旗光日月；雄图新岁始，一条大道建江山。""祖国河山春不老；人民领袖寿无疆。""欢歌乐舞庆春节；忆苦思甜知党恩。""春色九州满，红旗天下先。""革命铁肩担宇宙；春风妙手绣江山。""物阜人康，万众欢呼公社好；春和景丽，八方齐唱太阳升。"

据几位"40后""50后"老人回忆，囿于当时经济和教育发展水平，该时期中国乡村也不是年年贴春联、户户贴春联，这与当今春联的"分布地图"不尽一致。①

值得一提的是，1958年出版、前后印刷百万册的长篇小说《烈火金刚》，借鉴了明清评书体长篇小说，从回目到每回结尾，都使用了不尽严格的对偶句。例如其中第三回："史更新一弹突围　独眼龙两次逃命。""啊！好个英雄的史更新：单枪打开千军阵　独身冲破重兵围。"

（二）十年"文革"与对联的"潜在写作"

十年"文化大革命"，尤其是发生在1966年6月至1968年12月的"破四旧"运动，使得传统文化再受冲击。悬挂在园林、寺观、祠庙、商店、老宅的楹联实物，很多遭到损毁，对联编印领域也一片空白。

寿联、吊唁联平日里就罕见，这一时期更是难觅踪影。春联、婚联虽然并未绝迹，却多被打上政治化的烙印。"文化大革命"初期，笔者和邻居家的黑漆大门上，被生产队（今称"村民小组"）派人用广告色写上"四海翻腾云水怒/五洲震荡风雷激"等"对联"。等到年尽月满，"革命化的春节"来临时，两家都没有再贴春联。笔者堂兄结婚，印象中也没有张贴婚联，婚礼上一对新人互戴领袖纪念章，来宾也是吃了点水果糖。只有在"文化大革命"后期，标语牌、石膏像等逐渐退出历史舞台后，各地出版的新年《农历》小册子（俗称"历头"）和农户的

---

① 春联发展的态势是"农村包围城市"。"文化大革命"刚一结束，春联习俗即在广大乡村迅速恢复，紧随其后的是城镇商户，而一些大城市直到2010年代初才大约有一半的居民张贴春联。参见严海燕《关于2012年西安及家乡春联的小调查》，《长安联苑》2012年第2期。

门上，才依稀重现春联的身影。不过，这些"对联"很多都是标语口号，或是毛泽东诗词摘句。部分《农历》小册子将其标识为"革命春联"。

"文化大革命"期间究竟有多少副个人对联创作，现在尚无详尽数据。从历史逻辑上推测，除了 1976 年"四五事件"挽周恩来联外，在其他历史节点，应该还有一些对联问世。像结束了"大串联""破四旧"之后的 1969 年、林彪"九一三"事件之后的 1972 年等。

"文化大革命"是一段不寻常的历史区间。其间，虽然也有张伯驹挽陈毅联被公开展示，并给作者带来幸运的故事发生，但这毕竟属于小概率事件。像陈寅恪生挽老妻联之类的作品，很可能被时代遮蔽，或被作者隐藏，即接受"潜在写作"的历史命运。直至这场运动结束，人们才翻箱倒柜，或四处访求，才让这些不为人知或知者甚少的往日旧作重见天日。由于这些对联是"潜在写作"的产物，因而存在一个有待甄别真伪的问题。

二 进入振兴期

（一）中楹会的成立与地方学会及个人的作为

在常江（成其昌）等人的不懈努力下，中国楹联学会（简称中楹会或中联会，后译作英文 Yinglian Society of China）于 1984 年 11 月在北京成立。随后，各地相继成立了类似的组织。当年中楹会筹备小组五人成员是：马萧萧（组长）、顾平旦、曾保泉、常江、郭华荣。第一届名誉会长傅钟、钟敬文、王力，会长魏传统，秘书长常江。首批会员有赵云峰、李文郑、唐意诚、白启寰等 59 人，第二批会员有余德泉、陆伟廉、魏启鹏、梁柱华等多人。

在中楹会的支持下，由郭华荣、夏茹冰分任主编、执行总编的《对联·民间对联故事》（1985）、《中国楹联报》（1987）在山西太原和安徽蒙城创刊。出于资源整合的需要，蒙智扉创办的柳州楹联函授院（1988）和刘太品创办的中华对联文化研究院（2003）也分别于 1998 年、2008 年挂靠中楹会。2011 年，中国楹联学会建起"中国楹联网"（www.china-ysc.cn）。

各级楹联组织通过与企业、学校、媒体、政府部门积极合作，频繁

第一章 对联简史

开展活动,既增加了活动经费,赢得了市场经济条件下社团的生存权,更普及了对联知识,推动了对联创作,改善了社会人文环境,提升了对联文体的影响。其中,黄梅县楹联学会连续兴办五个小微企业,奠定了学会的经济基础。该会会长、离休干部柳义君既大公无私,又头脑灵活,为1990年代各级楹联组织领导人物之佼佼者。徐州工程学院退休教授陈树德,敏锐地感知到2000年代席卷世界的文化遗产保护潮流,四处奔走呼告,促成中楹会"申遗"工作,使"楹联习俗"于2006年列入第一批国家级非物质文化遗产名录第510项(共518项),编号X—62。以岳民立为掌舵人的运城市楹联学会,在楹联普及工作的力度和广度方面走在了全国前列,至2017年底全市所辖十三个县(市、区)全部被命名为"中国楹联文化县(市、区)"。该会还与企业联系,支持成立"河津市普天红楹联文化传播中心"。该会副会长单位、山西世纪品盛广告有限公司以铝板楹联代替传统木板楹联,不仅给楹联载体平添了新的材质种类,而且弥补了此前因载体受损而带来楹联传播受阻的缺憾。由三门峡市楹联学会主办的内刊《中华楹联报》,转换用稿方式和发行思路,继《中国楹联报》之后也于2011年在全国范围内征订用户。

延伸阅读: 学会公开征联与传统特邀征联

历史上并无职业对联家之说。某地某处需要撰联宣示,大都邀请当地名宿撰写。这些名人往往古文化底蕴深厚,对当地风土人情了如指掌,思想或先进或独特,这也是三个不言自明的条件。如今由各级楹联学会实质性参与、面向本地乃至全国进行征联,程序上公开民主,专业上严于格律,但因为征联范围极其广泛,而应征者往往八面玲珑,导致选用的部分联作在内涵上不无商榷之处。要解决这个问题,可通过讨论和说服的办法,也可以重启传统的特邀征联方式。但特邀名人时应保证符合前述三个条件,而不能像寻找广告代言人一样,只图名人效应,更不能假公开征联之名,行特邀征联之实,从而受到舆论的质疑和指责。[①]

---

① 任本命:《韦编成芦编并非笔误 楹联称对联定有规章》,《长安联苑》2012年第3期。

(二) 联教的恢复与教师的努力

1. 中小学对联教育

早在1980年代，湖北黄梅一中李学文等教师，就将传统的对课训练引进语文教学。[①] 进入1990年代，全国中小学教材逐步渗入了对联内容。1994年，梁柱华在江西新余花鼓山煤矿中学首开中学对联正式（必修）课程，[②] 并自编教材《对课入门》。《对课入门》是一本很有特色的小册子，尽管不无商榷之处，但与后来坊间流行的或抄袭《对联知识手册》、或稀释《联律通则》等诸多本子相比，可谓大异其趣。紧随其后的是四川高县加乐镇中学、湖北黄梅一中，它们也分别在1997年、2002年开设中学对联正式课或选修课。起步于1990年代、课余指导学生学写诗联的，还有湖北监利一中刘顺阶等人。自2004年开始，全国高考语文试卷加进了对联内容。此外，在台湾地区，平日里的国文课考试有时也考及对联知识。

2. 中高等学校对联教育及对联科研

中等职校和高等学校也有对联教学和对联活动，且总体上早于中小学。1982年，张志春在凤翔师范学校组织学生进行对联专项采风并铅印《对联荟萃》一书，1986年他又在西北纺织学院讲授"文学欣赏"课时专设"联语欣赏"一章，之后写进《理工科大学语文》教材。[③] 1987年，裴国昌（1936—2023）在无锡书法艺术专科学校研究班开设"楹联学概论"课。1989年，余德泉在长沙有色金属专科学校开设"对联"课。1992年，笔者在陕西财政专科学校文秘专业"古代汉语"课堂上增加联律内容，并纳入期末考试范畴。1994年，重庆市南川师范学校开设"诗联写作"选修课。1995年，湖南省职业中专新版《语文》教材增加了对联一章，并将"曲是曲也，曲尽人情，愈曲愈妙/戏其戏乎，戏

[①] 参见李学文《语文与对课》，中国地质大学出版社2003年版，第5页。

[②] 《山花竞艳联坛景　鼙鼓争催对课潮——花鼓山中学首开对课》，《中国楹联报》1994年10月20日。该报编辑部为此还刊发评论员文章，题为《敢为天下先》，期盼"中小学全面恢复对课的日子早些到来"。

[③] 张志春还是联界第一个发现荀隐对陆云对句并定为最早对联的专家，参见张志春《联语起源说略》，《陕西日报》1988年8月11日。

第一章 对联简史

推物理，越戏越真"，"德为世重/寿以人尊"等传统联作作为学生学习对象。1995年，张月中为河北师院中文系本科生开设"对联文学"选修课。

进入2000年代，李争光（井冈山学院）、笔者（西安财经学院）、鲁晓川（湖南第一师范学院）、任本命（西安文理学院）、陈丽荣（大理学院）等于自己所在的高校，分别开设"对联写作与鉴赏"（2004）、"诗词与对联"（2006年后分解为"诗词欣赏与创作""对联欣赏与创作"）、"对联学"（2006年后改为"对联文化通识拓展"）、"对联艺术"（2007）、"对联写作与鉴赏"课，并给学生成绩计以学分。此外，郭殿崇（1940—2013）为南京艺术学院书法专业开诗词课和对联课，李文郑以兼职教授身份在郑州大学旅游管理学院开对联讲座。以上教师在组织课堂教学时，基本使用自编教材或讲义，其中四五本还是公开出版物。

2010年代，全国高校界除了继续新开对联课程，还注意增强与体制的结合，并将教学触角伸向网络。其中包括：2012年杜华平在江西师范大学开设"诗词对联写作"课；2016年白城师范学院文学院将"楹联文化"课纳入本科生必修课，并与智慧树教育平台合作开设同名慕课（Massive Open Online Course，简称MOOC）；2018年涂波在中南民族大学开设"古典诗词赋联写作"课；2016年中南大学退休教授余德泉申报的《中华对联通论》获该年度年国家出版基金资助项目（推荐人为饶宗颐、霍松林，申报单位为天津教育出版社有限公司，资助额16万元），这是继2008年由南昌大学退休教授龚联寿主编、江西人民出版社出版的大型丛书《联话丛编》获全国古籍整理出版规划领导小组资助后，高校界争取到的又一大型对联类资助项目。

高校不仅在专本科层级开课或者开讲座，还建立了对联研究机构，同时在学生选择学位论文题目时，允许和鼓励他们与对联发生关联。1999年，余德泉在中南工业大学筹建了楹联研究所。2016年，白城师范学院成立楹联文化研究中心。2002年，60岁的余德泉又在合并后的中南大学以文艺学理论专业的名义招收"对联学与民间文艺学方向"的硕士生。令人遗憾的是，随着余德泉的退休，"楹联研究所"的名字也在中南大学网站消失，鲁晓川也成为迄今为止全国唯一一名被正式标识"对联学"方向的硕士生。2012年从知网上获取的统计资料显示，2002—2011年以对联为话题撰写硕士学位论文的人有殷丽霞、鲁晓川等30人。① 此后，这个数字不断被刷新。其中，鲁晓川《雅切——梁章钜对联批评的核心范畴》(2004)、任先大《清代梁章钜〈楹联丛话〉研究》(2006)、杨甜《对联的承袭与演变——基于认知传播学视角的研究》(2015) 等论文得到联界关注。2004年，在中央民族大学中国少数民族语言文学专业攻读博士学位的杨大方以"文化语言学视野中的对联研究"为题完成论文答辩。2012年，南京师范大学中国古代文学专业博士生张小华也顺利完成学位论文《中国楹联史》，从苏轼到梁启超，从《楹联丛话》到《白屋联话》，论文中都有论述。

1995年，荆贵生主编的《古代汉语》教材出版（黄河出版社），其中选用了近代《万象文书大全》里30副实用短联，作为"文选·应用文言文"范例的一部分。1998年，赵雨在《中国文学史话（清代卷）》（吉林人民出版社）中认为，"清代的主流文体是楹联"，引起联界的亢奋与沉思。1999年，程千帆、程章灿《程氏汉语文学通史》出版（辽海出版社），其中"第三十一章"专门讲授"对联、诗钟及游戏文体和幽默文学"。2006年，汤可敬主编的《古代汉语》教材出版（湖南教育出版社），余德泉将"联律"与"诗律、词律、曲律"一并写入其中。2006年，李瑞山编著的《语文素养高级读本》出版（高等教育出版社），该教材编选另类篇章较多，包括两位历史学家写的对联短文《"对对子"意义》（现代陈寅恪）和《说白话文对联》（当代唐振常）。2008年，李晓刚、马玉琛主编的《大学国文》（陕西师范大学出版社）出版，该书增加了联作欣赏、对联创作以及对联在中国文学史上地位的论述等内容，这是在笔者的建议下增设，并由笔者执笔完成的。

3. 社会上的对联教育

不仅学校设有对联课程，社会上也兴起了对联教育。1990年代，《对联》杂志连载赵如才《连海泛舟——赵云峰对联谈艺录》，《中国楹联报》连载陆伟廉《联律精华》和罗元贞、张养浩等人《对联知识百题问答》，这些都可被看作媒体在助力普及对联知识，弥补各地缺少对联教材的缺憾。事实上，《联律精华》还被打上肩题——"大中学对联教材"。

时隔不久，陆伟廉（1918—1996）、李先鸿（1934—2009）等人也

---

① 参见南南《与对联有关的中国硕士生学位论文之统计》，《长安联苑》2012年第3期。

像柳州楹联函授院一样,通过收取资料费或成本费的方式开展对联函授。相对而言,该时期的个人函授偏重于理论讲解,机构函授则兼顾实际创作。2000年代,对联夏令营和对联面授兴起。薛宗汉在2006—2015年间多次组织"青少年对联夏令营",为后来联坛才俊赵继杰、王家安等人的成长,或埋下了种子,或赋予了空间。

余德泉退休后,除亲自命名并指导"湖湘楹联七子"(2009),还通过举办传统拜师(见面)仪式的方式,公开招收"湖湘联墨八俊"(2010)和"(楹联)廿四君"(2014),其中"八俊"仅限于湖南,"廿四君"则扩展到全国乃至境外。

常江也于2015年私下发出《致弟子书》,正式认可九名对联爱好者为其弟子,但不愿组织拜师仪式及给集体命名,甚至连如何提高和读书,都因为多数弟子为对联高手而一笔带过,他主要想"依靠集体的力量,做足'(诗联)学术'这篇大文章"。

(三) 对联新媒体的发达及其复杂作用

1. **互联网、新媒体对对联界的影响**

(1) 对联网络兴起

21世纪是互联网的时代。在不放弃传统媒体的同时,对联人也不失时机地踏上了网络快车。1990年代末至2000年代初,大陆出现了网络聊天室(Internet Chat Room)。一批中青年对联爱好者利用公私设备,不约而同地在腾讯、网易、新浪等各大门户网的聊天房间里互动游戏,尤其是在腾讯即时通信(Tencent Instant Messenger,简称TM或腾讯QQ)上,所建对联房间最多,人气最旺。曲景双(网名"错杀三千")、狩魔(又网名"负棺人")、情缘随风(又网名"不笨≠笨")等曾是其中活跃分子。联友们继而又在新出现的网络论坛(Bulletin Board System,简称BBS)上发帖、跟帖,"天涯社区""青竹心语""北国网""文语虚林"等网站对联版,都曾留下他们的脚印和呼吸。聊天室是即时性的,虽快捷却不易保存资料;BBS是写字板,正可以弥补这个缺憾。后来弘扬国粹的口号响彻大地,乘此时代东风,都市村夫(真名吴红)、小鸟飞飞(又名"星期八",真名徐华宁)、陆天泓(真名曲景双)分别于2003年3月、2003年6月、2004年6月建起了"中华国粹网""联都"和"中国楹联论坛"。其中"联都"站长一职，半年后改由潇湘妃子（真名陈丽荣）接任。以上三大网站加上对联QQ群及新兴的对联博客等，林林总总，当年的对联新媒体估计有上百个之多。

这些中青年网络对联先驱者，借力于网络并活跃于网络。他们打破了对联人的活动格局，视野不再局限于现实住地附近。人事方面无须依靠地方楹联学会，而代之以线上交谈为主、线下见面为辅的方式，在全国乃至全球范围内形成一个个"趣缘群体"。上网的联友可以谈对联，也可以谈与对联相关的诗词、诗钟和书法；可以做对联游戏，抖落白天工作的疲惫；也可以在网上投稿参赛，检验自己的撰联水平。

互联网最大的特点，是它的开放性、自由性，尤其是信息提供的即时性和丰富性。一个原本对对联所知甚少的网民，可以通过上对联网校、与联友互动而成为行家里手；一篇自以为有价值却无法在纸媒发表的对联批评，可以轻松地在这里找到其出头之日；一则在家里和图书馆里无法查到的对联资料，却可能正躺在对联网站的某个角落，随时准备给它的寻找者以惊喜。总之，网络对联作为现实对联的一个有力补充，正吸引了众多的中青年乃至老年人参与其中。正如流行歌曲所唱，"你曾经真真切切闯进我生活"（《网络情缘》），网络对联的影响如此巨大，以至很多地方性联赛都改向全国征稿，以地域命名的对联流派也遭遇消解。

据笔者所知，当下中青年对联作手中，康永恒、周广征、韦代森等人早期接受过陆伟廉（康）、蒙智扉（周、韦）等函授教学，而卜用可、贾雪梅、张丹薇、金锐、王永江、何长庆、白国成、应绿霞、陈炳通等人则主要成长于对联网络，或得益于网络学习之功。

（2）网络对联兴盛

2003—2013年是中国经济高速运转的时期。其间旅游热兴起，房地产热也进入了高温阶段。在各地，资本与权力、知识相结合，极力发掘和展示本地自然风光、产业成果和人文积淀，尤其是翻修古建筑、新建仿古建筑、占田造湖、截水造景，掀起了一场轰轰烈烈的景区景点兴建热。对于这种现象的利弊分析和创作回应，联界绝少有人参与其中，①

---

① 直至2010年代末，假借文化之名、人为制造风景的弊端才被新一届政府重视。参见曲哲涵《少"造景"多"造福"》，《人民日报》2019年2月22日。

第一章 对联简史

对联作手们看中的只是它给自己带来的大好机遇。此前的网络撰联，更多的是应对联和嵌名联，炫技博粲、笑傲江湖的成分居多，而现实征联也以配合时政和陶冶情操为主，为企事业单位征联、产品征联为辅。并且，无论是何种征联，其获奖联作的流布主要出以纸面形式，对于获奖者的鼓励，也从发放少许奖金到只发图书、广告产品等奖品不等。到了2003—2013年，配合景区景点征联，俨然成为联界最亮丽的风景线，加上常规征联和其他时尚征联，诸如人文中国、节庆纪念及新农村建设、戒烟戒毒反邪教等题材，当代对联创作活动进入了一个全新阶段。由于政府和企业都投入了一定成本，获奖者和入选者不仅获得了作品被镌刻的机会与荣耀，而且所获奖金也较从前成倍提高。成百上千的对联爱好者因此被吸引了进来，他们用心揣摩，全力"赶制"，相互学习，不断收获，不知不觉间将应征参赛做成了第二职业。以佛寺和道观征联为例，历史上的宗教建筑本来独立存在，但此时的很多寺观却被圈在了旅游景区，此外还有以"文化景区"为名而新建寺观的。不管这些寺观属于何种情形，只要它们有待装饰，主办方自会想到悬挂楹联。而他们一旦发布征联启事，对于所有网络对联人，特别是以"中国楹联论坛"为代表、以取法清联为创作路径的作手们来讲，不啻构成极大的诱惑。虽然此前的网络对联也竞技竞赛不断，但面对如此大规模的主题性征联，来自五湖四海的网友们还是走向了分化：有的清静自在，继续玩联；有的技痒难耐，跃跃欲试。后者之中，有的沉浸征联而乐此不疲，有的珍惜羽毛而小试牛刀。与征联活动相呼应，三大对联网站的征联板块也人声鼎沸，煞是热闹。"四海征联""联榜题名"等栏目让参赛者激动，令获奖者风光，与此相反，"四海争鸣"等栏目则拈出争议性对联，以及抄袭者和失信单位名单，并展示跟帖者的指摘、失望乃至斥责，暴露出联界的另一面。由于应征者及其作品甚多，以致在各大对联网站的个人年度联集里，以及全国性对联年度奖获奖作品中，都会见到这些获奖联熟悉的身影，联界甚至由此产生了一个不甚严谨的提法——"征联体"。征联活动促使一大批网络对联高手浮出水面，使联界在认可作者才华的同时，也识得他们的庐山真面目；同时也促使部分现实对联高手走向网络，在保持原有的巧思和天分之外，也开始关注古代优秀对联和网络作手们的新技法。

网络对联的兴盛，还表现在学术生态上。此前"40后"余德泉、常江、谷向阳等人在现实世界里振臂高呼，叱咤风云。他们在开辟对联学的同时，也不免留下些许遗憾，诸如考订疏忽、琐碎重复、视野有限、立论偏颇等，这些在网络世界里都受到了审视和讨论。如果说"50后"李文郑、"60后"刘太品等人成名于现实在先、加分于网络在后，那么"40后"时习之、孙逐明等人则直接成名于网络联界。此外，网络世界始终都笼罩着一层神秘的面纱。"时习之"（俞劭华）、"孙逐明"（孙则鸣）等人先后被探知出真名，且同意公开，而"孤峰侻坐""fpe95"等人至今处在"隐居"状态，一般人难见其真面目。

（3）对联的网上征稿和远程写作

进入互联网时代后，无论是个人投稿还是机构征联，其运作方式都有很大变化，同时也带来一些新问题。大约从2004年起，个人计算机（Personal Computer，简称PC，俗称电脑）开始在全国普及，自此以后，手写稿逐渐淘汰，电子稿件也由最初的邮寄磁盘（软盘）、插入U盘，发展到发送QQ邮件，或通过微信（WeChat）留言。举办全国性的征联赛事，主办方也不必像从前那样，将征联启事刊登在联界"一报一刊"上，并付广告费；即使认为有必要刊登，也往往将附带的材料介绍予以简化甚至省略。1990年代就已经出现的"远程写作""材料作文"，这个时期更是凭借互联网和搜索引擎而成为"新常态"。

选择"远程写作"，主要是出于无奈。想象产生美，也可能产生虚假。《红楼梦》里的贾政，在谈及为"省亲别墅"（即后来的"大观园"）题写匾额和对联时说道："论理，该请贵妃赐题才是；然贵妃若不亲睹其景，大约亦必不肯妄拟。"但如今的征联和大赛，无论是主办方还是应征者，均反其道而行之。曾经有联友自辩道：我辈因何不可以学范仲淹？为什么非要"亲睹其景"才来"拟"辞？他们大概没有意识到，范氏《岳阳楼记》之所以成为文学史名篇，主要在于议论，而不是写景；在于作者的人生遭际与写作对象的"不期而遇"，在于与张载、文彦博等宋代官员一样深具士大夫使命感和圣贤情怀，而不是其他原因。事实上，伴随着"远程写作""材料作文"而来的，是两个不易觉察的副作用：一是有的应征者对主办方提供的资料、观点不假思索，全盘收纳；二是有的应征者凭空想象，以为有河流就有白帆，有河水就

第一章 对联简史

有烟波,是秋天就有大雁,是夏天就有萤火虫。这实际上形成了一种双盲现象:我看不到你最真实的面目,你也看不到我最真实的内心。笔者曾经亲耳听见某位获奖者感慨道:没想到这里的山是这个样子,与我撰联时脑中的图像不同。这里的问题是,不管这位联手写了什么,以及他写的图景与实际景象是否一致,他都已经获奖,而且再也无人理会他的这番感慨。因为即使是大赛评委和主办单位的相关负责人,也大都同属古典文学爱好者,都唯华美和诗意是取。直白一点说,双方都愿意携起手来,共同制造一个和谐而自足的对联文本。

(4) 对联传统媒体的窘境和新媒体的问题

迄于2010年代,历史又进入智能手机(smartphone)时代。人们凭此掌中之物,从只有少数人使用的电脑互联网,迅速走向多数人使用的手机互联网,从打开电脑浏览网站、博客,纷纷转向安装各种软件即手机客户端(app)。2013年,最大的即时通讯软件"微信"开始走进千家万户,诸多对联网站和个人或开通微信公众号,或建微信群。据统计,该年中国人口13.6亿,其中移动互联网网民规模达5亿人之多。

在此背景下,以扩大订户和刊登广告维持运作的对联纸媒,其生存空间再次受到挤压。因为对联作者"发表"作品的路径多样化,同时不一定有来自管理部门的刊物级别、论文字数等发文要求,即便是"60后"之前的中老年作者,原来"手写稿变铅字"的激动与追求也开始减淡。表面上,这只是纸质型对联报刊的损失,实际上它也加剧了优秀对联稿件分散和流失的风险。

以《对联》杂志为例,2010年代以降,该刊运行艰难,诸多环节迟迟进入不了良性循环。甚至因转载报酬等问题,一度中断了与当下中国最大的知识信息网站——知网的协议。为此,笔者曾两次进言该社"以大局为重"。虽然最终接续了与知网的协议,但之前的空缺(2011—2017年)已经无法弥补。又因为稿酬较低,以及并非核心期刊,对于某些撰稿高手和体制内人来讲,包括该刊在内的联界纸媒,似乎不再成为他们的第一投稿选择。笔者在协助该刊审稿时,曾经推荐过论文,其中几篇就是从网上"淘"来的。

对联微信公众号易于形成自我风格,乃至创出品牌,在中青年受众中的影响力,甚至超过对联纸媒。只不过微信公众号和微信群均属于自媒体，主要把关人不是体制指定人，而是管理员自己，如果管理员疏于管控，成员此前在网站上发帖自由、跟帖恣意的习气就会被带入此间。果真如此，则受众与公众号、公众号与公众号、公众号与微信监管、微信群内部都可能产生种种矛盾。2021年，管理部门开始酝酿"文艺评论两新"机制，其中就涉及互联网和新媒体"缺少针对性、建设性，流于情绪化、极端化"等现实问题[①]。

（5）网络对联教育和对联培训

伴随新技术的产生和应用，对联教育教学的运行模式也在发生变化。蒙智扉领导的柳州楹联函授院，继续走传统教学的路子，即以邮递和通信的方式进行联络指导，但市场份额已在缩小，除了少量青少年学员，该院主要服务不习惯于上网的中老年联友。各大对联网站上的免费网校和学习小组，坚持园丁式情怀，继续对学员进行对联启蒙，但部分年轻的学习者同时将目光转向了别处。随着市场经济观念的深入人心和征联大赛形势的如火如荼，以实现想法、冲刺名次等为目标的对联技法培训，开始进入人们的视野。其中，有机构策划的，有个人举办的，有在新媒体上进行远距离教学的，有以面授为主的。例如，从2016年起，中楹会对联文化研究院着手建立培训部，并分初、中、高三个班开展有偿教学，导师有刘太品（校长）、卜用可（培训部主任）、赵继杰（校长助理）、贾雪梅、吕可夫、康永恒、龚飞、朱荣军、孙付斗、周广征、苏俊、何智勇、武晓勇、宋少强。同年，由"怀抱昆仑""负棺人"主持的"楹联国艺馆"有偿招收研修生，以四个月为周期，每周在群里上两节课。从2018年起，曾小云先后在简书、微信公众号、荔枝微课等网络平台上，以"跟曾老师同步写征联训练营"讲师的名义开展有偿辅导。这些人的对联技法培训，与纸媒时代的对联教学模式有异。后者更近乎传统的普通教育教学，即以知识教育为重点，强调知识接受方面的系统性、完整性。技法培训不是这样，这里的导师多是来自诗联竞技场的人，教学上以强化应用为主，以"用"促"学"，针对性强，没有过多务虚的成分，甚至在技法上也不要求面面俱到，"全能"当然好，"单项"优秀也不错。若导师有实力、肯担当，且教学得法，学员

---

① 罗群：《发挥"文艺评论两新"重要作用》，《中国文化报》2021年7月6日。

第一章　对联简史

配合默契，短期内就可能立竿见影，实现预定目标，让学习者的兴趣和信心大增。

2. 对联书籍之出版与对联报刊之媒体融合

（1）学术性与普及性并行的联书出版

中楹会成立后，联界相继编纂并出版了一批大部头的对联图书。其中，1990年代问世的《中国对联大辞典》（常江、曾保泉、顾平旦主编，1991）、《当代对联艺术家辞典》（李宁主编，1992）、《楹联丛话全编》（白话文、李鼎霞点校，1996），2000年代问世的《联话丛编》（龚联寿汇编，2000）、《古今联语汇选》（常江点校重编，2002）、《对联话》（喻岳衡校注，2003），2010年代问世的《清联三百副》（叶子彤、刘太品执编，2013年第二版）、《全民国联话第一辑》（张小华，2013）等较为引人注目。其中《楹联丛话全编》等著作，因为包含清代、民国等前人联作联论，它们的出版对于改善联界的伧荒情状，引导联人深入传统，可谓功莫大焉。《中国对联大辞典》等辞书则具有开创性，记录了当年联界的研究成果和创作成果，具有一定史料价值；同时对那些共同开创对联局面的联界骨干来讲，也是一种鼓舞和安慰。

中楹会成立后，集体策划过两大系列图书："中国名胜楹联丛书"和"中国对联集成"。前者原计划在5年内即于1990年前完成，后因各种原因未能全部落实，不过也涌现出白启寰、刘作忠等编者的感人事迹。起步于1993年的《中国对联集成》，可看作古往今来对联的第一次普查。从书名上看，估计是受到1984年文化部、国家民委和民研会联合下达的关于编纂《中国民间文学（故事、歌谣，谚语）三集成》的808号文件的启示。考虑到多数楹联组织目前"无编制、无拨款、无固定办公点"（简称"三无"）的无情现实，以及各地对联资源贫富不均、发掘人员素质参差不齐等因素，特别是市场经济条件下人们利益观念的变化，由中楹会自己发起做这件事，并要达到保质保量，这无论如何都是一次严峻的考验。事实上，尽管再三督促，由地方楹联组织负责的省卷本至今也未能出齐。2010年，《集成》编纂工作再次启动，成立了由刘太品负责的中国对联集成编辑部，先后投入经费近二十万元，并修正了原定设想，不再等待省卷本出齐。最终成形的集成里，除个别门类如春联、行业联外，其余联语均只选用1949年以前的作品。该书共八册，于 2015 年出版发行。

就个人编书而言，梁石的《中国古今实用对联大全》（1988）等实用联书、蒙智扉等人的"实用对联丛书"（2001）、解维汉的分类"龙魂楹联文化丛书"（2006）等比较突出。这些作者本身就是对联作家，他们凭借一己之力，收集、分纂古今优秀对联，不仅广受社会欢迎，而且在对联参赛者中间也产生过一定影响，以上部分联书曾多次重印或再版。当然，由于个别编者失于考订，致使部分联书也存在张冠李戴、乱编故事等缺憾。

（2）对联媒体融合与纸媒作为

2010 年代以来，联界大小纸媒、网站乃至个人紧随时代步伐，开发了电子书等新的电子媒体、微信等新的网络媒体，加之原有的媒体，使得整个联界呈现出全新的媒体融合景象。例如，联都网站等尝试出版对联电子书，《中国楹联报》《中华楹联报》自 2010 年起开始出版了报纸电子版（网络版）。《对联》杂志更是举措多，触角广。该杂志于 2018 年申请到两个微信公众号、多个微信群，2019 年上线"对联杂志中华联墨"app，2020 年开通对联杂志微博、喜马拉雅"对哥谈联"、抖音"青青说对联"、千聊对联知识讲座系列等新传播渠道。

传统报刊在与时俱进的同时，不忘自身内涵建设。2019 年《对联》杂志开辟了"巧对趣联"栏目，使得沉寂已久的游戏性对联创作有了实质性恢复，同时也落实了从《对联·民间对联故事》到《对联》的改名初衷。原先"民间对联故事"板块，思路有失清晰，把关不够严格，导致移花接木、胡编乱造者众多，既被中国学术界所轻视，又干扰了联界的正本清源，更不利于新形势下对对联原创者知识产权的保护。如今有了"巧对趣联"栏目，作者若有这方面的兴趣和才华，大可以放将出来，作者、编者、读者从此坦坦荡荡，再也不必纠结于伪民间对联故事的防范和鉴定了。

（四）对联的专业收藏与对联博物馆等展馆的出现

1. 对联收藏

按照佛教的说法，"成、住、坏、空"本是娑婆世界的自然规律。但在现实生活中，人们还是愿将自认为有价值的珍玩予以收集、珍藏，以便让自己或更多的人得到较长时间的享受和利用。

第一章 对联简史

对联收藏,一般包括联家手稿、重要对联报刊、稀本对联图书、联墨、板对等。此前的对联收藏,主要针对联墨和板对,忽略了对联文本,只能说属于书法文物和建筑文物的收藏,还不是完整意义上的对联收藏。

2. 对联博物馆、陈列馆和图书馆

博物馆(陈列馆)是征集、典藏、展示和研究有价值的历史遗物(实物)的所在,通常以学习、教育、娱乐为目的,具有公益性和永久性。中楹会成立既早,"楹联民俗"又被列入国家级非遗目录,但中国至今没有一座国家级的对联博物馆。这主要是因为中楹会为非政府编制单位,领导几年一换,学会居无定所,加之房地产价格一路攀升,要想凭一己之力,大面积地集中和看护对联实物,难免力不从心。在这种情况下,个人或组织自告奋勇,出面筹办物馆(陈列馆),无疑是一项功德无量的举措。2010 年,经中楹会批准,时任天津市楹联学会会长的陈伟明在天津创办"中国楹联博物馆",马萧萧、常江、郭华荣、刘太品等人将自己创作、编辑、收藏的对联作品、书刊等入藏该馆。在此之前,即 2003 年,时任深圳市楹联学会会长、深圳市洪涛装饰集团艺术总监的高寿荃也在广东惠阳淡水创办了"中华当代楹联艺术家陈列馆"。据悉,另有其他地方楹联学会、文化管理部门、群众艺术馆等也在筹划此事。在笔者看来,无论是何人何地建立这类对联馆(室),都离不开对收藏(展览)品的价值认定、选择性获得及长期、有效地保护和利用。

2011 年,由朝阳市楹联家协会主席李建军担任馆长、朝阳县尚志红军学校校长担任副馆长的"中国楹联图书馆"宣布开馆。与对联博物馆(陈列馆)不尽相同,对联图书馆虽然也有征集、典藏等功能,但其主要业务是给读者提供即时性借阅服务的,而不是仅仅让人一饱眼福。在此意义上,各地楹联学会都应该主动出击,既可以自己创办,也可以与国有图书馆、学校图书馆等联手,让老一代对联人收集到的对联资料沾溉本地读者。此外,与其他图书资料一样,紧跟时代步伐,尽快启动对联文献数字化工程,也是题中应有之义。

(五)非汉语对联的认读与汉语对联的译介
1. 意义特殊的非汉语对联认读

对于非汉语对联的认读,本来并不存在严重困难。但随着时间的流

逝,特别是少数民族汉化进程的加速,现在同时面临两个问题:一是非汉语楹联的原件和文物容易损坏、流失,二是能够识别和解读它们的人口也在减少。1998年以来,余德泉对云南少数民族用本民族语言进行的对联创作、书写情况进行了考察,王家安等人对甘肃永登县八思巴文楹联有过发现,这些都带有抢救性质,因而都是有意义的。它不仅有利于拨开历史迷雾,探寻对联文化曾经有过的影响力及其他民族文化与汉民族文化相互融合的历史痕迹,而且对于非汉语对联的当下传承,也能够提供比较可靠的事实依据。

2. 不无疑虑的汉语对联译介

1949年至1966年,是中国第一个文学对外翻译的高峰期,杨宪益与其夫人戴乃迭合作翻译的全本《红楼梦》就是其中的成果之一。众所周知,《红楼梦》里是有对联身影的,所以汉语对联的对外翻译实践实际上早就开始了。现在要讨论的,只是对联的专门译介话题,即有计划的、成批的汉语对联外译其必要性和可行性何在。

据红学家周汝昌介绍:"(对联)在西方语文中是没有的。比如莎士比亚的名剧中,偶然只有运用'排句'(couplets)的例子,那还远远不是'对仗'。我记得英国著名汉学家谢迪克教授(Prof Shadic 早年在我国燕京大学,后在美国康奈尔大学)告诉我说:'在英文来说,用排句是为了取得一种特殊的艺术效果,用多了使人有滑稽之感。'"[①]从中可以看出,英语里的couplets只是类似中国的"对偶"辞格,它在古代英语国家还没有像中国这样发展成为骈文、对联等独立文体。不仅如此,这种couplets如果用多了,还因为它的反自然性而让人有异样之感。这种比对和介绍,使笔者想起唐代的古文运动及韩愈对骈文泛滥的批评。既然couplets与对联不是一回事,即对方语言里没有相应的表示方式可以借用,那么,我们又该如何向外宣传对联及其文体特征?抑或是从实际出发,暂时取消这种批量外译"小文体"的念头?

对联翻译不同于对联创作,它不具有"我想表达""我能表达"的

---

① 周汝昌:《对联——中国文化之精粹——梁石〈中国古今实用对联大全〉序》,《对联·民间对联故事》2003年第10期。

第一章 对联简史

天然和轻松。作为一种专业性、服务性的理解行为，它要考虑的要素较多，除了上面谈到的翻译的必要性之外，还包括翻译难度、个人投入、阅读接受等。

进入 21 世纪以来，尽管中国政府推出"中国图书对外推广计划""当代中国文学对外翻译推广计划"等一系列外译资助项目，且大大放宽了对译者的限制，但迄今为止，尚未发现其中有翻译对联书籍的项目。笔者也只是在《对联学刊》上，看见过余德泉邀请昔日的中学英语教师对译《声律启蒙撮要》的消息。① 从该刊公开出来的资料看，这项英译对偶句的工作不尽理想，尚处在起步阶段和摸索之中。

笔者以为，对联英译可以有两种思路，一是整体相对高于局部相对，二是从局部相对出发最终形成整体相对。前一种是为了防止原文信息在对称式翻译中受损，后一种是为了保持对联的对仗特质。但不管采用哪一种思路，译者都应将准确（严复所言"信"）这一基本原则贯彻始终。例如，对于《红楼梦》第四回"薄命女偏逢薄命郎　葫芦僧乱判葫芦案"回目，杨宪益、戴乃迭的译文是：An ill-fated girl meets an ill-fated man; A confounded monk ends a confounded case。不仅 ill-fated、confounded 在上下联里重现、对称，而且 confounded 意译准确，end 用词传神。相比之下，英国大卫·霍克思的译文则出现了问题：The bottle-gourd girl meets an unfortunate young man; and the bottle-gourd monk settles a protracted lawsuit。不知是否传抄有误，这里居然将 bottle-gourd 在上下联里同位重复起来，上联里的 bottle-gourd girl 属于误译，中英文里均讲不通，下联里的 bottle-gourd monk 属于生硬的直译，在汉语里尚且需要解释，放在英语里更让读者一头雾水，此外 protracted 一词也似是而非，并未抓住原作要害。倘若连"目的地文化"都转换得不够成功，何谈保持"源语文化"的原汁原味？在《〈声律启蒙〉英语试译（一）》里，也有对联语单词或短语翻译不够准确之处，例如将"法师"译为 the master of law，"白叟"译为 the hoary head man，就明显欠妥。

---

① 参见钟寿祺《〈声律启蒙〉英语试译》（一），《对联学刊》2003 年第 3 期。

第四节　关于历史上"第一副对联"

一　问题的提出

（一）学术路径的迷惑与不断发难的声音

前面谈到，"五色笺书""对联""春联"等名称，都是明代才出现的。此外，与五代孟昶"撰并书"的桃符对偶句不同，"朱笺""对语"自其出现之日起，不仅蔚然成风，而且一直发展，不曾中断。如果以上两点确认无误，则可以凭此断定：对联正式产生于明代。然而，按照纪昀、梁章钜师生的观点，关于"对联产生于何时"这个命题，似乎又要返回到五代桃符对偶句那里，即所谓"尝闻纪文达师言：楹帖始于桃符，蜀孟昶'余庆''长春'一联最古"。

对此学术困境，该如何突围呢？笔者以为有三条路可走：一是以公认的对联为起点，从明、清、民国直至当代，逐次进行研究，至于明代之前的"对联"可弃之不顾；二是从辨认宋元桃符和其他载体上的对偶句、非对偶句开始，做宋元民俗研究；三是如果学养和时光足够，不妨继续钻故纸堆，即从古籍和文物里寻觅新的"最古""楹帖"，以及与对联有关的"前五代"文字材料。

令人遗憾的是，联界对前两条学术路径感兴趣者寥若晨星。相反地，自1980年代至2000年代，总是不时响起"质疑""商榷"的声音，对联报刊上也屡屡刊出"第一副对联"的新"版本"。

（二）学术自由与我们应持的态度

笔者以为，有关对联史上"第一副"的争论完全可以继续下去，任何人都无权在此按下"停止键"。现在的问题是，就已出现的争论情况看，不少发难者和媒体把关人缺乏严肃的学术态度和基本的学术规则。许多新说的提出，明显带有随意化和简单化的倾向。似乎前推越早，越能证明对联文化源远流长、璀璨伟大。这让笔者无法苟同，也难以理解。追根溯源固然是人的本能，但也不必事事较真。对于联界多数人来讲，最主要的任务是学习文体精华，而不是去辨析文体源流。事物当然是有源头的，但不是每个源头都那么容易确认。国人对于长江、黄河源头的探索，不也经历过一个漫长的历史吗？

鉴于联界同道对"第一副"话题有如此强烈的兴趣、如此执着的探索精神，笔者提出四点意见和建议。第一，应厘清对联与一般对偶句的区别。有人说，中国第一副对联在《诗经》和《周易》里。那无异于说，地球上第一个人在类人猿甚至在海洋生物里。第二，应弄清对联是怎么来的，它与唐代律诗、骈文的关系是什么。第三，若有时间的话，不妨翻翻中国书法史、中国风俗史等相关书籍，这对我们的立论会有很好的帮助。第四，关于对联起源的一般说法，出自《四库全书》总纂官纪昀之口，并由《楹联丛话》的作者梁章钜所传。起源不同于正式产生时间，对于纪昀这个观点，笔者依然是可以接受的。纪昀是著名学者，看过的古书比起今人来不知要多多少倍。我们不赞成迷信权威，但也不赞成盲目挑战权威。第五，胡适在《清代学者的治学方法》一文里说过："他们用的方法，总括起来，只是两点。（一）大胆的假设，（二）小心的求证。"对此，我们不能只记住前一半，而忘记了后一半。因为"假设不大胆，不能有新发明；证据不充足，不能使人信仰"①。

二　种种新说的综述

关于对联史上"第一副"的种种新说很多，尤其是以唐人诗句冒充对联者为最。其中有的已有同道撰文指出，有的则未见反驳。下面试举出九种有代表性的说法予以评述。

（一）东汉孔融的"座上客常满/樽中酒不空"是第一副

理由是东晋张璠《（后）汉纪》有载："孔融拜大中大夫，虽居家失势，宾客日满其门。爱才乐士，常若不足。每叹曰：坐上宾常满，樽中酒不空，吾无忧矣。"南朝刘宋范晔《后汉书·孔融传》也有相似的记载："（融）及退也闲职，宾客日盈其门，常叹曰：坐上客恒满，尊中酒不空。吾无忧矣。"（笔者注："坐—座"，"尊—樽、罇"为两组古今字）

---

① 胡适：《胡适文存》卷二，外文出版社 2013 年影印版，第 242 页。

前面谈过，在先秦时期的口语和诗文中就已经出现了对偶句。汉代重现这一现象，应属正常。至于有人谈到该对偶句基本符合诗联平仄云云，恐怕只是巧合而已。毕竟，此时距离发现四声的南北朝还有一段历程。

（二）东晋王羲之"把酒时看剑/焚香夜读书"是第一副

理由是有联墨拓片为证。笔者曾在西安市书院门目睹过该"联墨"拓片，发现下联落款处，确有"王羲之"三字标识（见图1-2）。

图1-2　释文：把酒时看剑；焚香夜读书
　　　　下款：王羲之。

不过，不管这个拓片来自何处，是原拓还是翻拓，笔者都想在此指出一个问题：该联的"发现者"既然将它与王羲之的笔迹联系起来，那就必须首先弄清，王羲之的书法到底是如何一副面目。笔者在高校讲授书法有年，面对这副"把酒/焚香"联，几乎可以立下判断：这位"发现者"一定没有感知过王羲之书法的精髓，这才有了所谓"第一联"的结论。王羲之何许人也？一代书圣！如果我们扎实临习过王羲之的字帖，如《快雪时晴帖》《平安帖》一类，知道什么叫"绞转""内擫"，就可以明白：后人为什么膜拜王羲之，常人与之相比，为什么会有天壤之别？同时，也就不会见欺于所谓"文物"，不管上面写的是何种内容，落的是何人之款。退一步说，果真是王羲之墨迹，恐怕考古学家、古文字学家、书法家早就捷足先登了，也早就轰动世界了，哪有可能轮到我辈来"发现"？

（三）南朝宋刘孝绰"闭门罢庆吊，高卧谢公卿"是第一副

理由是谭嗣同做过考证，并认为它是第一副。谭嗣同的原话是："考宋刘孝绰罢官不出，自题其门曰：'闭门罢庆吊，高卧谢公卿。'其三妹令娴续曰：'落花扫仍合，丛兰摘复生。'此虽似诗，而语皆骈俪，又题于门，自为联语之权舆矣。"（蔡尚思、方行编：《谭嗣同全集·石菊影庐笔识·学编》）。

这种说法同样不能服人。其一，刘孝绰（481—539）主要生活在梁朝，说他是"宋"人当为谭嗣同笔误。其二，谭嗣同依据的应是元人笔记《诚斋杂记》（卷下），唐宋人则未见有如此说法。其三，以书题门的行为，类似今天的个人"声明"，不论字迹如何分布，总体上属于小概率事件。其四，这个并不十分工整的对偶句，大概因为与唐人"口号"相似，故此才有后来的续句（诗）之举，在此意义上说，它应该被看作诗而不是对联。

（四）唐代李世民题晋祠联"文章千古事/社稷一戎衣"是第一副

理由是太原晋祠唐碑亭联为"文章千古事；社稷一戎衣"。

可以肯定，发现者将碑文作者李世民、碑亭联作者朱彝尊想当然地看成一个人了。晋祠唐碑矗立在"贞观宝翰"亭中，碑文为唐太宗李世民撰文并书，名曰《晋祠之铭并序》。清代朱彝尊曾写过一首《唐太宗碑亭题壁（集杜句）》诗："步履深林晓，春池赏不稀。文章千古事，社稷一戎衣。野日荒荒白，悲风稍稍飞。无由睹雄略，寥落壮心违。"

其中，"文章千古事，社稷一戎衣"一联为集句，分别出自杜甫两首诗：《偶题》里的"文章千古事，得失寸心知"，《重经昭陵》里的"风尘三尺剑，社稷一戎衣"。

由此看出，这里所谓"第一副"不仅不是最早，而且出现得相当晚，更不是唐代李世民所作。

（五）唐代"三阳始布，四序初开"等是最早的春联

理由是在卷号为"斯坦因0610"（S.0610）的敦煌经卷（《启颜录》）背面，发现了下列文辞：

岁日：三阳始布，四序初开。福庆初新，寿禄延长。又三阳□始，四序来祥。福延新日，庆寿无疆。

立春日：铜浑初庆垫，玉律始调阳。五福除三祸，万古□百殃。宝鸡能僻恶，瑞燕解呈祥。立春□户上，富贵子孙昌。又三阳始布，四猛初开。□□故往，逐吉新来。年年多庆，月月无灾。鸡口辟恶，燕复宜财。门神护卫，厉鬼藏埋。书门左右，吾傥康哉！

说是最早的春联，实际就是最早的对联。敦煌研究院研究员、发现者谭蝉雪将其排为两句一行，给人以更"像"对联之感。她给自己的论文取名《我国最早的楹联》，并说明其理由是：第一，时间上的吻合；第二，文句对偶；第三，偶句而"书门左右"者。因而，当为楹联无疑。[1]

由于事关重大，且发现者言之凿凿，故而引起许多学者的注意。立人（1932—2019）以为古人没有双面书写的习惯，而以上文辞却是写在纸张背面，所以值得怀疑。[2] 刘太品发现这种通篇押韵的四句或八句式结构，与居延桃木刚卯上的文辞相似。[3] 只有白化文倾向于作者的观点，认为它是"早期的""雏形的对联"。笔者在进行完比对分析之后认为，目前的这个材料简单含混，难以让人做出斩钉截铁的判断。就目

---

[1] 参见谭蝉雪《我国最早的楹联》，《文史知识》1991年第4期。
[2] 参见立人（文伯伦）《无奈的无赖》，《对联学刊》2003年第1期。
[3] 参见不合时宜《春帖子与祈福禳灾文字》，中国楹联论坛《联话清谈》版（2007-12-23），http://www.duilian.cn/forum.php?mod=viewthread&tid=33233，2008年5月1日。另，居延刚卯文辞是："正月刚卯既央，灵殳四方，赤青白黄，四色赋当。帝命祝融，以教夔龙，庶疫冈瘅，莫我敢当。"（居延五三〇·九）瘅，刘文作"单"，现根据其他资料予以更正。又，刘文以为首句为六字，笔者认为应是四字，"正月"标示月份，不在其内。

前各方的发言来看，笔者总体上倾向刘太品的结论，即应是"元日及立春日书写在桃符或春帖子上的祈福迎新之辞"。

理由有四：其一，这里四组文字，不仅为"岁日"（即春节）写，而且还为立春日写，这很容易让人想到古代桃符或春帖子。其二，就"岁日"所写而言，"三阳始布，四序初开"与"福庆初新，寿禄延长"之间，意义联系紧密，不好截然断开，换言之，它们很可能原本就是一个整体，而不是两个独立的对偶句。其三，"岁日"第二组"三阳□始，四序来祥。福延新日，庆寿无疆"，还是押韵的，如此一来，它们更像是一个春帖子，而不是两组桃符上的文辞。其四，白化文猜测："这种雏形的对联，似乎是在骈体应用文和律诗的双重影响下蜕化出来的一个新品种。"① 若联系孟昶联的另一版本"天垂余庆，地接长春"，白的说法似乎有理。但这仅仅是就四言即语言形式而言的，若从思想、文采、创造性诸角度来看，"天垂余庆，地接长春"无疑更少套路，更靠近文学。

（六）唐代张祜在无锡惠山的题壁联"小洞穿斜竹/重阶夹细莎"是第一副

理由是张伯驹发现了一则新材料。

查《素月楼联语》，该材料原文为："按纪说不确。据《古今联语汇集》载，惠山有唐张祜题壁联云：'小洞穿斜竹，重阶夹细莎。'较孟昶之春联早出百余年矣。"② "小洞/重阶"一联为张祜所作，此诚不假，然而它出自张祜的名篇《题惠山寺》："旧宅人何在，空门客自过。泉声到池尽，月色上楼多。小洞生斜竹，重阶夹细莎。殷勤望城市，云水暮钟和。"换言之，这是对一副摘句联的误读。"摘句联"虽然也叫"联"，但其本质是近体诗。此外，据说在无锡惠山"听松坊"原"五中丞祠"前某处，曾嵌有明代谈修所立之诗碑，上刻"小洞穿斜竹，重阶夹细莎"及唐张祜题诗处字样。③ 此说即便属实，也难以改变该联

---

① 白话文：《学习写对联》，中华书局2006年版，第22页。
② 张伯驹：《春游社琐谈·素月楼联语》，北京出版社1998年版，第361页。
③ 《俞樾题江苏省无锡惠山五中丞祠对联》，对联欣赏网（2015-05-06），http://www.86duilian.com/dl/msdl/ctdl/2015/0506/6319.html，2019年6月1日。

为摘句联的属性判断，除非还有其他证据，诸如当年张祜先题联，后写诗，且中间间隔时间较长等。

（七）唐僖宗书赐江州义门陈氏"九重天上旌书贵/千古人间义字香"联为第一副

理由是该联不止一处发现，且有《陈氏家谱》为证。

"江州陈氏"兴起于唐中后期，史载家大人多、内外和睦，此为事实。但其原籍（今江西省德安县车桥镇义门行政村）所建陈氏宗祠早已无存，[1] 外地陈氏宗祠转刻楹联一事或许有之，只是楹联实物（照片）何在，笔者始终无缘一睹。

这里，笔者首先联系联文内容，对该联作者的身份做一推测。其一，在古代社会，对于忠孝节义之人，皇帝多以赐匾（明代偶尔赐联）的方式予以旌表。换言之，陈氏得到的应该是由唐僖宗李儇题写的立匾。其二，"九重天"喻指皇帝，"旌书"指皇帝所题旌表文字。若此理解不差，全句就不像是一个帝王，而像是一个第三者在言说，即该联作者乃是另一个人而非李儇。其三，相传安徽安庆陈氏宗祠曾经刻有此联，但该宗祠始建于康熙中期（现已毁），[2] 如此一来，唐人题宗祠联的说法就无法坐实。果真该祠有唐僖宗刻联，也一定是依据外地陈氏义门的传说而刻。

其次，笔者还想谈谈该联的另外一个"版本"："九重天上书声旧，千古人间义字香。"它出自《义门陈氏大成宗谱》卷首。[3] 其一，与上一"版本"相比较，这里"九重天上书声旧"一句有些费解；其二，北宋第三位皇帝真宗赵恒在位时，有内阁兵部尚书制诰总裁胡旦撰写了《义门记》，文中记述了义门起止的显要事迹，为后人修谱所必备，并曾刻之以碑。其中仅云："夫家法既行子孙，孝义自播朝庭，唐僖宗旌以

---

[1] 2006年，陈氏后人在车桥镇"义门陈"旧址兴建"义门陈氏正居义门堂"和"江州义门陈氏文史馆"及其他附属设施。

[2] 白启寰：《安徽名胜楹联辑注大全》（上），安庆市楹联学会、无为县楹联学会合印1997年版，第831—832页。

[3] 转引自许怀林《江州义门与陈氏家法》，江州义门陈网（2008-09-08），http://www.jzyimenchen.com/article_detail.asp?id=16，2009年6月1日。

'义门陈氏'御笔金字，见于唐中和四年也。"并无赐联一说。虽说《义门记》为清代修缮本，但依然是目前最为基本也最为可信的材料。

综上所述，所谓唐僖宗联赐江州义门陈氏的说法证据不足，今人所见"御联"恐为后人讹传。

（八）唐代林嵩自题草堂联"大丈夫不食唾余，时把海涛清肺腑／士君子岂依篱下，敢将台阁占山颠"**为第一副**

理由是清代嘉庆版的福建《福鼎县志》有记载。

首先，任何事物都有一个由弱小到壮大的成长历程。唐五代时期，对联还处在由律诗对仗句或四（六）言骈文"外溢"阶段，怎么会一下子蹦出两句联来？就像所谓"江夏王李道宗题寺门联"——"深山窈窕，水流花发泄天机，未许野人问渡；远夜苍凉，云起鹤翔含妙理，惟偕骚客搜奇"，被某些人称为第一副一样，都是值得怀疑的。看该联情形，应该是明清时代浪漫主义思潮的产物。

其次，发现者自称所依据的是一部清代中期的地方志，但是据福建李仁考证，事实并非如此。① 在嘉庆十一年《福鼎县志》里，并未发现有关林嵩自题草堂联的记载。就已知材料来看，第一次提及此事的是现代卓剑舟的《太姥山全志》卷二（文字有异），而卓剑舟并未说明该联的作者及其年代。

（九）五代范质题扇联"大暑去酷吏／清风来故人"**为第一副（行业联）**

理由是北宋僧文莹《玉壶清话》有记载。

查《玉壶清话》，原文如下："初，周祖（即后来的后周太祖郭威）自邺起师向阙，京国罹乱，鲁公（即范质，入宋后封鲁国公）遁迹民间。一旦，坐对正巷茶肆中，忽一形貌怪陋者前揖云：'相公相公，无虑无虑。'时暑中，公执一叶素扇，偶写'大暑去酷吏，清风来故人'一联在上，陋状者夺其扇，曰：'今之典刑，轻重无准，吏得以侮，何啻大暑耶？公当深究狱弊。'持扇急去。一日，于祆庙后门，一短鬼手

---

① 李仁：《伪唐联又一例》，《中国楹联报》2005年12月16日。

中执其扇，乃茶邸中见者。未几，周祖果以物色聘之，得公于民间，遂用焉。"

范质历仕后唐、后晋、后汉、后周和北宋五朝，一生传奇的故事不少，茶肆中遇鬼便是其中之一。就这段故事而言，我们的注意力应置于以联题扇上。古人所谓"联"，可能指对联（楹联），也可能指律诗中的两句。杜牧有五律《早秋》，其颔联为"大热去酷吏，清风来故人"。范质所题应是此摘句联，只是稍有改动而已。

第二章　对联性状

第一节　特性与功能

一　对联的特性

(一) 对称性——民族性
1. 布局的对称性

古代先哲很早就认识到事物都有其对立面，并用"阴阳"一词概括它。相对的双方既对立又统一，共同组成一个和谐的整体。刘勰《文心雕龙·丽辞》开篇即云："造化赋形，支体必双，神理为用，事不孤立。"对称与平衡，是最常见的形式美构成。即使罗森克于1853年提出建立"丑的美学"，他也同时指出，在表现丑时"又必须使之服从美的一般法则，如对称、和谐、比例和富于个性的表现的力量等等法则，以便使之'理想化'。"[1]

在传统中国，人们发现从自然界的生成物到人类的文明成果，很多都是对称的。除去人的身体（中轴线），比较典型的就是衣服（男式对襟）、建筑物（唐长安城、明北京城和紫禁城）及其部件（大门、门墩）等。它们在外观上一样，在数量上相等。春联，来源于大门之上的桃符和门帐之上的春帖子，而桃符和春帖子上面的对偶句与非对偶句，原本兼而有之，到了春联这里，则被清一色化了，即全部变成对偶句。这是在共同的对称性思维指导下，建筑形式和对联形式的自然结

---

[1] ［英］鲍桑葵：《美学史》，张今译，商务印书馆1985年版，第518页。

合。对称性思维甚至可以细化到字体。《楹联续话》卷四、《古今联语汇选三集》及郑逸梅的《艺林散叶》都提到的一种特殊联种——"玻璃联"。它选用左右对称或基本对称的汉字撰联,设法写在玻璃上,视之则表里(正反)如一,颇为奇妙。如清代吴鼒撰联:"金简玉册自上古;青山白云同素心。"丁戊君撰联:"平野百章木;开门十里山。"现代小说家陈筑蝶之女陈小翠撰联:"北固风云开画本;东山丝竹共文章。"

2. 文体的民族性

汉字是音义结合体,除去"花儿"等极少数例子,全都是一字一音节,而且在具体的语境中,一般也是一字一义,加上都是方块形态,故而极易形成对偶。相反地,其他民族尤其是非汉藏语系的民族,由于语言(语音)没有声调,文字不便竖向展开,尽管它们不乏形声之美,却无法通过楹联形式予以展示。

在中国,属于方块形状、可竖向展开的文字,自古迄今只有仿篆、仿楷两种。前者如纳西族的东巴文和水族的传统水书,后者如契丹文、西夏文、女真文及云南少数民族自造的仿汉文字。[①] 1990 年代以来,云南杨世光、湖南余德泉等人陆续发现了纳西族、白族、彝族、壮族、傣族、傈僳族、满族、蒙古族、回族等少数民族地区及越南等国民间创作并书写的非汉字对联。这些民族的语言,除了汉藏语系,还涉及阿尔泰等语系。2016 年,王家安等人在甘肃永登也发现了用古蒙古文字"八思巴文"写成的三副楹联。[②] 以上少数民族和域外民族对联,均受汉字对联之影响而产生。对于这些对联,不能用严格的对仗与平仄规则去考量,只求两边大体相对,音节等有所变化即可。总而言之,汉字对联是非汉字对联的母体,也是全部对联的大宗。

(二) 民俗性——仪式性

1. 根基的民俗性

在特定时间、地点贴挂或呈送楹联,是中国民间喜闻乐见的习俗。

[①] 参见刘福铸《哪些少数民族语言文字适合于撰写对联》,《对联学刊》2002 年第 1、2 合期。

[②] 据专家推测,下半部分的汉字楹联很可能是上面八思巴文楹联的"汉译"。参见《甘肃首现"八思巴文"楹联 藏身永登妙因寺》,《兰州日报》2016 年 7 月 28 日。

第二章 对联性状

有了这种习俗，才有了楹联向口语化、书面化、书法化、教育化等方向扩展的基础。虽然口语化的对联（巧对）在当代社会少见，不再成为一种风气，但春联（含守制联）、婚联、丧事联等依然存在，在店铺、景点建筑上悬挂、镌刻楹联也相当常见。党政机关、企事业单位举行活动，有时也会想到楹联。正如前面所说，将对联申报为国家级非物质文化遗产，并于2006年获准列入，即以"楹联习俗"的名义进行的。在此意义上讲，对联是一门寄生艺术。春联、婚联、丧事联等作为民间仪式的组成部分，将此刻现场与过往历史接通，将内心所愿外化为文字表达。贴挂并观看它们，既是庄重的提示，也是无声的教化。

延伸阅读： 春节民俗的守望与变迁

遗憾的是，随着现代化生活方式的浸入，人们对传统仪式的体认已开始淡化。以关中乡村过年为例，至迟自2000年代以来，大多数人家的大多数年货都是买成品和半成品，不再亲自淘麦、磨面、杀猪、掏白菜萝卜、挖白土、刷土墙、扯布、裁缝……到了2010年代，三轮电瓶农用车、小轿车（香港称为"私家车"）开始加入自行车、摩托车等交通工具行列，并大有取代前者之势。即便前往几步之遥的七姑八姨家，人们也每每以车代步。2010年代后期，又出现了旅游过年和"反向春运"。这是因为"80后""90后"等年轻的一代对"年"和"家"有了新认知，所谓"精神安处即故乡"，认为只要亲人在一起就是（过）年，就算（回）家。旅游过年，是部分在外状态良好的儿女，认为正月里的父母操劳辛苦，加之自己也不愿意走亲戚，于是锁上大门，带上全家老少到海南等南方城市甚至海外旅行一回。"反向春运"即反向过年，其中既有子女不胜来回奔波劳累的直接原因，也有政府打算减轻春运压力和留住部分外来务工者的管理考量。当下面临的问题是：受儿女之邀前往大城市"权当旅游"的"50后""60后"父母，其身体和观念如何？父母都来北上广了，祖父母辈谁来陪伴？祭祖、拜年等传统活动怎么办？工业化、城镇化、市场化改变了人们的交往对象和互助模式，使它们溢出了故乡和血缘的原始领地，开始走向其他所在。无论是守旧者"人性虚娇""人情浇薄"的抱怨，还是现代人的自辩乃至自傲，都无一例外地指向了这一汹涌而来的历史潮流。

· 79 ·

2. 体验的仪式性

圣埃克苏佩里在小说《小王子》里借助"狐狸"之口指出：所谓仪式，就是"使某一天与其他日子不同，使某一刻与其他时刻不同"。马尔克斯在自传《活着为了讲述》的扉页上也写道："生活不是我们活过的日子，而是我们记住的日子，我们为了讲述而在记忆中重现的日子。"为了记住某一特殊的日子及时刻，并在神秘而神圣中的体验中获得满足，人类发明了民俗礼仪。民俗楹联无疑带有一定的仪式性，因为完成和观看这些楹联，本来就是民俗的一部分，包括择地与择时、准备与参与等。不仅如此，即便是一般对联，也在语言上带有仪式性。这种仪式性，主要体现在类似古代仪仗的对偶句上。

对联里的对偶句，不仅为模仿和加工口语而成的散文所阙如，甚至与局部对偶、全篇直线而进的骈文、律诗也不尽相同。如果说骈文是"两两相对，直至篇末"，对偶句数 > 2n 组，其中 n = 6，那么，律诗就是"两两相对"，置于全诗中间，对偶句数 = 2 组，而对联则是"两两相对"，对偶句数 = 1 组（这里暂不涉及自对）。换言之，前两者是两个或多个对偶句的组合，对联则是一个对偶句的扩容。对于对联来讲，半联仿佛一般诗文，属于单线直进；全联居然珠联璧合，属于双线并进。阅读律诗、骈文的时候，读者的对仗期待很快就会满足，但阅读中长联，则多少需要一些煎熬。接触对联伊始，作者、读者可能也会排斥其中机械化、程式化的成分及烦琐与神秘，但也乐见规则和自由博弈后的宁静和惊喜。尤其是在调整好"天对地、雨对风"及平平仄仄之后，自会感受到这种"双响炮"式汉语文类的魅力的。

（三）文学性——民间性
1. 文本的文学性

以胜迹联、书房联为代表的楹联，所以能够成为清代书法的代表性品式，原因之一即在于其联文雅致可心，能够与周围建筑、摆设等完美配合。即便是实用性对联，除去书法因素，使用者也每每兼顾联文的优美性。游戏性对联的功利性最弱，但它追求趣味、技巧，而这恰恰可以与文学性对联形成交叉。总之，无论何种对联，都带有一定程度的文学性。

第二章 对联性状

文学性是对联诸性的核心成分。一副对联如果缺乏文学性，必将彻底沦为规范性强而趣味性淡的应用文，或插科打诨式的小游戏。完整意义上的文学性，是指作者对物质现象和精神现象进行文学化处理的程度。这种文学化处理，包括情感化、形象化、艺术化、音乐化及个性化。艺术化，即曲折化和含蓄化，指作者通过某种手段，使读者有一个审美愉悦过程。音乐化，除了一般性地讲求语感，对于对联来讲，主要体现为平仄化。个性化，指让读者能够感受到在联作的背后，有一个鲜活真切、呼之欲出的自我，他或敏感多情，或深邃博闻，或勇敢突出，他的作派与模仿、跟风、老套、熟俗等保持一定距离。

2. 身份的民间性

有的学者认为，对联属于民间文学。[①] 就其作者身份和生产过程而言，部分对联确乎如此：作者佚名，作品由人们口耳相传而来，"日常对联大全"之类的书刊为其"再生态"载体。此外，由于人们的工具理性意识较强，往往对合律与不合律不予深究，"合掌"与不"合掌"亦兼收并蓄，甚至用联与作联不分，原作者及其原作不被尊重。无论官场上的题署应酬，还是民间的婚丧寿喜，使用者在准备具体联文时，或自撰，或代笔；或原创，或改造；或集句，或全抄。落款时，也是或独署，或联名，一切视具体情形而定，而非唯真实撰者是署。可谓各行其是，自由随意，待过完事，更可能一撕了之。自编文集时，有的纳之，有的则弃之。

这里重点展示一下全抄、代笔和联名现象。晚清袁景澜《吴郡岁华纪丽》有云："岁岁用之，比屋皆然。"即每家每年都袭用同一文本。当代人书春时，抄写"春联大全"里"又是一年芳草绿／依然十里杏花红"等名联的，亦比比皆是。代笔现象，从古代到近代，官场多为幕僚代笔，民间多为文人代笔。到了当代，某机构负责人需要给人题赠、庆吊，而他自己又不善撰联时，也会出现请人捉刀的现象。联名现象，主要出现在近现代。如姚克和斯诺联名挽鲁迅联："译书尚未成功，惊闻陨星，中国何人领呐喊；先生已经作古，痛忆旧雨，

[①] 张志春认为："联语具有艺术性和仪式性的两大特征，文体归属于民间文学。"参见张志春《联语的文体归属及其二重性简论》，《对联·民间对联故事》（上半月刊）2016 年第 9 期。

文坛从此感彷徨。"至于联名挽联、贺联里排名靠后的几位，是纯属于挂名，还是该联的实际贡献者，仅从表面是看不出来的。"思亲泪落吴江冷；望帝魂归蜀道难"，蟂矶庙上的这副挂联，究竟出于何人之手，面对种种传闻和只写书者的对联本身，连到过现场的梁章钜都疑惑不已。

延伸阅读：复杂的对联民间性

从五代孟昶"新年/佳节"联到现代黄文中"水水山山/晴晴雨雨"联，历代对联佳作中或自属姓名，或被考证出真名实姓者，所在多有。换言之，现存对联里既有民间对联，也有作家对联。然而相较于其他文类创作，对联创作"俗"的一面与生俱来，不易克服，而这必然影响到作家对联的"成色"。特别是在公共场所贴挂对联，通常都要顾及政治风云和受众感受，并与周围环境和谐一致，这也决定了很多当代征联、挂联，无法像新文学那样放开手脚。从主办方到应征作者，基本上都以规避各种风险为前提，全力寻觅适合之作。于是，投其所好者多，展示真我的少；模式化者多，独立创新的少；像应用文者多，像新诗小说的少；制造诗意文本者多，体察现实变化的少；一团和气者多，风骨独标的少。也因此，当代对联创作，尤其是征联，虽不乏优秀之制，却难见杰出之作。像平民孙髯翁成联、封疆大吏阮元改联的故事，认为是笑话也好，看作是佳话也罢，如今都化为历史烟云，难得一见。从现代到当代，诗、词、曲、赋、骈"五朵金花"均被古代文学所认可，书法、国画甚至与古代文学一样，成为二级学科，2022年书法又升级为一级学科，唯独对联——一个曾与她们结伴同行的一个姊妹文体，还在"民间文学"里"流浪"。更为吊诡和尴尬的是，无论是1984—1990年完成的"三套集成"（《民间故事集》《歌谣集成》和《谚语集成》），抑或是2019年新推的《中国民间文学大系》首批图书（包括神话、史诗、传说、故事、歌谣、长诗、说唱、小戏、谚语、谜语、俗语、理论等十二类），其中均无对联的立足之地。曾几何时，联界以脱离中国民间文艺研究会（中国民间文艺家协会的前身）、独立加入中国文学艺术界联合会视为莫大的胜利与光荣，如今人家也与对联切割，联界只能背水一战了。不管他人怎么看对联，笔者始终以为：第一，从语言角度看，对于属于"散文、韵文、对文"三分法之"对文"，"对文"除去对联，还可包括骈文、诗钟等；第二，从文学角度看，对联兼有民间文学和作家文学双重特征，联界不妨分开研究它们，并找到纯正的民间对联和真正的作家对联；第三，联界已经提出"对联文化（学）"的概念，但参与者是止步于"对联＋书法"式的简单组合，还是走向深层次的体系构建？是试图回到古人，还是超越他们？尚有待进一步观察。

（四）立体性——广泛性

1. 归宿的立体性

1990年代以来，中国文学界受西方文艺学理论的影响，倾向于将文学视为一种活动，即在作品之外，再加上作者、读者等环节。如果说，将其他文体作如此观，读者可能还感到抽象的话，那么将对联看作活动，则应该易于理解。因为对联的日常应用部分——楹联，正是一种不折不扣的活动。在楹联创作过程中，至少都要经过两个程序，不但要题写文辞，还要将其写成书法形式，甚至进行进一步加工。正是因为楹联的归宿是柱头而非案头，所以，人们不仅对于联文的内容、长短等有所要求，对于书法、建筑等诸多环节也都有一定讲求。这样做的目的，无非是让想这些环节、要素彼此适应，从而减少受众的违和感。

2. 消费的广泛性

明清时期，无论是帝王缙绅、士农工商，还是三教九流、红男绿女，几乎都与对联结缘，都是对联消费群体中的一员。且消费场所数量之多、具体地方之诡异，更令当代人难以想象。像棺材铺子、厕所、济良所等一些特殊的所在，其他文体无从下笔，对联却自有办法跻身其中。清代褚人获《坚瓠集》癸集卷三载有厕所联多副，其一云："古人欲惜金如此；庄子曾云道在斯。"当代广西柳州大龙潭公园厕所有联："男女有别，来此寻方便须看清去处；大小均可，入内得轻松请注意卫生。"旧时一棺材铺联云："这买卖稀奇，人人怕照顾我，要照顾我；那东西古怪，个个见不得它，离不得它。"清末民初，社会上有所谓"济良所"，专门为旧时代的妓女提供收容、救济、教育、择配等服务，本由外国传教士创办，民国二年后由警察厅接管。晚清刘树屏题扬州济良所联云："是鳏寡孤独外别一种无告穷民，我只当儿女看来，欲借慈航渡孽海；于罟擭陷阱中开这条放生大路，谁能把繁华唤醒，不留地狱在人间。"该联也洋溢着人道主义的温情。

3. 时空的适应性

出于适应时空的需要,楹联在外在形式、时间间隔、动静态分布等方面,可能会发生变化。1990年代以来,某些建筑物门口(屋檐下)时兴竖立三根柱子,联界立即捡起三柱联(鼎足对)的传统以适应之。1977年至1987年的关中乡村,每逢春节或社日,经常有一村出面"耍社火"。社火队的前面是锣鼓队,而走在锣鼓队前面两侧的,是两人抬一板、总共四人两板的楹联(板对)小组。这种四人两板的楹联,就像元代的"行中书省"一样,是一种"行走"着的特殊对联。1977年,秦腔古典戏曲开始恢复演唱。在眉县横渠镇的戏台上,来自不同乡村的两个戏班子轮番上演,从海报到戏台联,每天都在更换,文字上借题发挥,各不相让,体现了民间文化逞强好胜的一面。

(五)伸缩性——丰富性

1. 字句的伸缩性

对联的字数、句数,并无统一的规定。就字数而言,短者,四言五言,长者,几十字上百字,若加上巧对和超长联,则短可缩为一言两言,长可延伸到千字万字。一种文体,其长短如此悬殊,可谓绝无仅有。当然,在实际生活中,一般还是以四言联垫底,以五、七言单句联,以及各种句式结合的双句联最为常见。四言联,如郑燮:"移花得蝶;买石饶云。"刘墉:"山随画活;云为诗留。"清代京师山东会馆联:"圣贤桑梓;海岱文章。"齐白石:"人生长寿;天下太平。"就句数而言,初学者大都从一两句起进行练习,熟练后按照个人意愿可以增加句数,其中三句到五句者相对较多。如康永恒2020年题联画最可爱的人之隔窗问候联:"大爱岂无言?万语千言,在一挥手间,在数凝眸处;英雄亦有泪,真情热泪,为救死伤献,为酬家国流。"一副对联(尤其是楹联),如果过度短小和过度长大,都可能产生一些问题。

延伸阅读: 对联长短失当及其问题

联文字数不可太少,否则难以成联。一般而言,对联以四言为字数起点(即下线)。三言乃至二言的对联固然也有,如"金石乐/书画缘"(吴昌硕),"濯足/修身"(毛泽东),但很多已经接近巧对,甚至属于

第二章 对联性状

对联材料而非对联作品了。至于所谓一言联，如"死（正写）/生（倒写）"（意谓宁可昂首站着死，不愿低头跪着生），"月/霞"（方克逸撰，即以夜月对朝霞），也只有在特定语境下才能够成立。同样地，联文字数也不能太多，否则对联的对称性便不好体现。即便有自对"帮忙"，但对仗、平仄、不规则重字等格律要求，检验起来也颇费事，何况还可能有意脉、节奏、语感等方面的问题；如果是楹联，则因增加了书写、贴挂、认读等环节，操作和检验起来更加困难。

2. 笔调的丰富性

对联以律诗、骈文句式为基础，同时不排斥对其他文体质素的吸纳。有的对联如赋（手法），如邓石如改造《醉古堂剑扫》里的一副联作："沧海日，赤城霞，峨嵋雪，巫峡云，洞庭月，彭蠡烟，潇湘雨，武夷峰，庐山瀑布，合宇宙奇观，绘吾斋壁；少陵诗，摩诘画，左传文，马迁史，薛涛笺，右军帖，南华经，相如赋，屈子离骚，收古今绝艺，置我山窗。"有的如白话，如中国地质学奠基人丁文江（1887—1936）贺胡适四十岁（虚岁）寿联："凭咱这点切实功夫，不怕二三人是少数；看你一团孩子脾气，谁说四十岁为中年。"有的如议论文，如清代周峋芝题滕王阁联（下联）："滕王何在？剩高阁千秋，剧怜画栋珠帘，都化作空潭云影；阎公能传，仗书生一序，寄语东南宾主，莫轻看过路才人。"有的如歇后语，如解缙作联："墙上芦苇，头重脚轻根底浅；山间竹笋，嘴尖皮厚腹中空。"有的如词，如袁世凯题保定李鸿章祠联："早蒙知遇，终荷栽成，一生低首拜汾阳，敢诩临淮壁垒；世变方殷，斯人不作，千古大名配诸葛，长留丞相祠堂。"有的如戏词，如担当和尚题剑川宝岩居联："问寒梅，较谁先老；唤青山，结个同参。"有的更与谜语合一，如"白蛇过江，头顶一轮红日；青龙挂壁，身披万点金星。"（谜底分别为油灯、杆秤）

延伸阅读：笔调如词的对联

笔调完全如词的对联，并不容易寻找。这里的袁世凯题保定李鸿章祠联，也只是表现在第三四句，即其句式与"指点六朝形胜地，唯有青山如壁"（萨都剌《念奴娇》）等句子相似而已，而两句句尾的平仄其实并不全同。不过，就像张伯驹挽陈毅"仗剑从云作干城/挥戈返日接尊俎"联一样，无论这些对联表面上如何与词不同，它们确乎都有词的味道。

二 对联的功能

（一）表现功能
1. 情趣与理趣

在中国古代诗歌中，抒情诗位居第一，叙事诗则不甚发达。纯粹说理的玄言诗被主流文学所排斥，纯粹写景、咏物的诗篇也不受重视。诗歌如此，对联亦然。

有志者事竟成，破釜沉舟，百二秦关终属楚；
苦心人天不负，卧薪尝胆，三千越甲可吞吴。
——明代 胡寄垣自题联

该联作者为谁，有抗清名将金声（正希）与明代孝廉胡寄垣两种说法。前者为民国吴恭亨在《对联话》里所记，后者为清代邓文滨《醒睡录》所载。相比之下，《醒睡录》的记载比较详细，也更为可靠："初入学，试下等，愤甚，即登楼读书，不下梯者三年。自题联：……后数年遂中。"不过，即便是吴恭亨闹了误会，也可以理解。两件事的事由可以不同，但情感反应可能近似，原本只是个体的书写胸臆，结果却被历史赋予了普适性，变成了"格言""语录"而为后人所引用。

室雅何须大；
花香不在多。
——郑燮自题联

在作者看来，并不富足的物质生活，未必可以阻碍一个人的自得其乐。这种个性突出、情调浪漫的表达，代表了中国文人的一种典型气质，它让读者想起颜回、陶渊明等一批历史人物。

百尺高梧，撑得起一轮月色；
数椽矮屋，锁不住午夜书声。
——郑燮题江苏扬州百尺梧桐阁联

作者同为一人，意蕴也仍然是精神世界里的自足和张扬，而写法却发生了变化。首先，全联借景抒情，而非直接抒情。定语"百尺、数椽"的修饰，增强了形象感；其次，使用了拈连、通感等较为高级的

第二章 对联性状

手法，不像上一联，仅仅在下联作一信天游式（所谓"兴"）陪衬。

待足几时足，知足自足；
求闲何日闲，偷闲便闲。
——格言联

文学上的说理，包括作者对人生意义和人性秘密的探求。该联有诸多版本，但文字差别不大。上联是西晋葛洪"知足者常足，不知足者无足"（《抱朴子·知止》）的化用，下联也是一种普遍的人生经验。农业社会下的国民性难免趋于保守和悠闲，这固然不大适合以探险、寻富为时尚的现代社会，但未尝不是另一种人生智慧的结晶。"知足自足、偷闲便闲"两句以复辞入联，顿生理趣。

谈及理趣，有必要讨论"品节详明，德性坚定；事理通达，心气和平"一联。该联因鲁迅《祝福》的披露而为许多读者稔知，虽然也是在说理，却无多理趣。事实上，它不过是来自朱熹《四书集注》的摘句联。朱熹对《论语·季氏第十六》里"不学诗，无以言"的注解是"事理通达，而心气和平，故能言"，对"不学礼，无以立"的注解是"品节详明，而德性坚定，故能立"。

眼不宜多，眼多则偏，观那人世间困苦颠连，徒增难过；
手尤要少，手少便专，抱我自家的精神念虑，免得乱抓。
——刘尔炘题兰州五泉山千手千眼观音殿联

由于出家人文化素质不够理想等原因，许多寺院、道观的楹联都由世俗之人代作，由此出现了一大批文学性、个性化突出却未必符合宗教教义的联作。刘尔炘于1919—1924年募捐并主持修葺五泉山诸多殿宇，楹联也由他亲自撰写，所书内容自然更加自由随性。"千手千眼观音"为密宗六观音之首，其造型与汉地"杨枝观音"等三十三观音自不相同。作为学者的刘尔炘却抓住密宗观音超人形的特点，借题发挥，上联与现实人生钩联，下联则有道家"抱元守一"的意味。该联属于真正的文学性宗教联。比起当下某些没有宗教体验，只知一味地模仿前人，或空话大话，或假装开悟的寺庙征联参赛者来讲，它不啻是一面镜子、一服良药。撰联是一种创作活动，必须有"自我"的存在，不能每一副对联都假惺惺"代圣人立说"，对联大赛不能沦为将假话说得更漂亮的比赛。

2. 自我和趣味

不过,"自我"毕竟是复杂的;一旦完全放开,可能会让部分读者产生异样感。而对联并非诗歌,它没有"温柔敦厚,诗教也"的传统,其"趣味"相对多样化。这也是对联"不幸",迟迟不能从民间文学(俗文学)"转正"为作家文学的原因吧?

帝君曰:"这个征货征财杀人不眨眼的野种,哪里是关家石麟!俺要用青龙偃月刀斩他头脚";

老子说:"此匹黄脚黄手舞爪又张牙的孽畜,何尝为李氏正宗!我须拿八卦炼丹炉烧伊心肝"。

——昆明某大学生题 1945 年"一二·一"惨案联

同样是誓言复仇联,其中既有激情与才华并存的郁达夫挽胞兄联,也有这样出离愤怒以致粗粝骂人之作。文学来源生活,对联是环境的产物。事实上,正是迫于当时全国舆论的压力,国民党当局电令云南警备总司令关麟征、国民党第五军军长邱清泉离滇,又迫于西南联大教授会的坚持,云南省代理主席兼党务主任委员李宗黄也自动调离。该联原署作者"李贞裔、关贞裔",显系化名。

延伸阅读:一个表现失当的联例

庆吊联以交际为目的,主要用以祝贺、安慰他人,而不是进行自我表现,但徐懋庸挽鲁迅联则是一个特异的存在。对于徐的勤奋和才气,鲁迅本来很欣赏,两人的关系甚至可以用忘年交来形容。但因"左联"的实际领导人对鲁迅不够尊重,加之徐本人年轻孟浪,在鲁迅病笃之际竟写信给他,指责鲁迅在"两个口号"论争中的政治立场问题,遂致两人友情破裂。两个多月后,鲁迅不幸离世,为此徐感到特别痛心和烦乱。"敌乎?友乎?余惟自问;知我?罪我?公已无言。"写就这副别致的挽联后,因有所顾忌,特委托楼下曹聚仁的夫人王春翠带给治丧委员会。据王春翠晚年回忆,当她把徐的挽联送到治丧委员会时,"大家连忙展读,每个人显示出不同的脸色,惊叹、迷惑或鄙夷"[①]。毋庸讳言,这副挽联之所以别致不群,正是因为契合了挽者与死者不寻常的关系,以及挽者自觉委屈而意欲辩白的复杂心情。"公已无言",鲁迅去世

---

① 张梦阳:《揭秘鲁迅后事》,《人民周刊》2016 年第 22 期。

的形象暗示。然而不幸的是，该联成在于此，败亦在此。在万众举哀、主题单一的语境下，这种挽联别调很难不成为不和谐音符。"知我？罪我？"的私人问话已不合适，"敌乎？友乎？"的旧话重提更易让人浮想联翩：是鲁迅将徐看作"敌（友）"，还是徐将鲁迅看作"敌（友）"？尽管作者在鲁迅去世后连发三篇文章，对联文进行了解释，并对鲁迅表达了崇敬之情，但在后来的"文化大革命"中，该联还是被视为徐"诽谤鲁迅"的"罪证"之一。

（二）教化功能

在一般文学，教化功能属于衍生效应；但在对联，教化功能却是其主干功能之一。

"教化"与"教育"不尽相同。虽然两者都以"教"为手段，但教育侧重于"育"，即培养人才，彰显能力，教化侧重于"化"，即矫正观念，改善面貌。教化不限于个人和学生，它更着眼于社会风气和成人，即所谓"教化行而习俗美也"（贾谊），最终再现"天下安澜，比屋可封"（王褒）的上古盛景。

除了官员在衙署、考场等场所挂联，官员和绅士经批准在当地建祠挂联，以及善男信女在佛寺道观等场所挂联外，社会各界人士利用会馆、戏台等平台与题赠、庆吊等机会，以对联为手段而借题发挥者，比比皆是。作者们或直言相劝，或一语双关，很多都是教人涵养道德，砥砺人格。

有一言警告同乡，愿人海竞争，毋相排挤；
留尺地馨香先哲，望神灵不昧，默与扶持。
——清代　瞿叶琬题安徽安庆江苏会馆联

"会馆"，明清时期都市中由同乡或同业组成的团体。这里是指江苏商人在安庆所设的会馆。由在皖做官的江苏武进人瞿叶琬所撰。会馆大都供奉有本省先贤，有的还供奉义薄云天的关公。上联是忠告，言应遵从商业道德，与人竞争但不相排挤；下联是提醒，谓勿忘祭祀先辈，以求佑我平安发财。

同是肚皮，饱者不知饥者苦；
一般面目，得时休笑失时人。
——朱彝尊（竹垞）题施粥厂联

施粥是一种慈善行为,也是一个尴尬的社会存在。① 饥饿者接受他人施舍,在暂时解除肉体折磨的同时,还往往伴随着精神上的痛苦。这种痛苦既源于个人自尊的要求,更与外界尤其是施舍者的目光和言语相关。该联既是对乞食者的理解和抚慰,也是对嘲笑者的劝告和阻挡。

各勉日新志;

共证岁寒心。

——蔡元培集句赠北大毕业生

南朝谢灵运《邻里相送至方山》诗有"各勉日新志,音尘慰寂蔑"句,宋代曾兴宗诗《筼筜谷》有"共结岁寒心,肯学炎凉俦"。它们更早的源头在《礼记·大学》"日日新,又日新",以及《论语·子罕第九》"岁寒,然后知松柏之后凋也"。蔡元培联,上联鼓励学生毕业后不忘上进,不断求新,下联暗示学生社会不是象牙塔,要战胜艰难困苦并保持本色。其实由拥蒋反共到与蒋分离,作者本人也在追求进步。

附带说一句,在现代文学界,鉴于文学史上的教训,文学的教化功能有时成为一个不无争议的命题。至少,教化功能应该以认识功能和审美功能的实现为前提。当年刘大白在《白屋联话》里就曾指出,对联属于"诗篇"之"一种",而"教训式的格言和颂扬式的谀辞"一类对联则与"诗篇"内容不一致。②

(三) 娱乐功能

一般文学都有审美愉悦功能,却未必有专门的娱乐功能,而对联则不然。前面在论述对联"文学功能"时,我们曾涉及审美愉悦功能。就对联而言,除了喜庆联之外,某些联类在这方面更为突出,甚至溢出审美愉悦,而走向娱乐性愉悦。③

前已述及,西晋陆云、荀隐"云间陆士龙/日下荀鸣鹤"联来自《世说新语·排调》。"排调",即戏弄调笑的意思。清代梁章钜父子除

---

① 施粥现象并非仅存在于古代和近代。参见《温州出现施粥摊 引发网友热议(组图)》,《新快报》2008年11月27日。

② 参见刘大白《白屋联话》,龚联寿主编《联话丛编》第七册,江西人民出版社2000年版,第4863页。

③ 参见李大西《审美愉悦与娱乐性愉悦的联系与区别》,《美与时代》(下)2014年第4期。

第二章　对联性状

了另著《巧对录》《巧对续录》等，专门谈论巧对外，在《楹联丛话》《楹联续话》"杂缀"篇及《楹联四话》"诙谐"篇等处，还涉及谐趣联。民国《详注分类楹联集成》改"诙谐"为"滑稽"，吴恭亨在《对联话》里则又改名"谐谑"。梁羽生的联话著作取名《古今名联谈趣》（1993），常江等《奇趣妙绝对联》（1995）、余德泉的《古今绝妙对联汇赏》（1998）、刘太品等人的《对联笑话》（2005）则从"奇趣"到"妙绝"以至于到"笑话"。这类姑且称为巧趣联的作品，有的伴随着生动的故事，有的只有对联本身；有的属实，有的杜撰；有的只有一种说法，有的有数个版本；有的可以考证，有的荒诞无稽；有的机智巧妙，有的雅谑恶谑；有的为对联骈文材料，有的大致算是对联；有的只"对"不"联"，有的不可脱离具体语境；有的只是带有游戏性，有的纯属游戏联。概而言之，巧趣联的作者们或者无意间展示智慧，让读者在惊叹中感到愉悦；或者刻意使用技巧，让读者与作者同乐。就后一种情形而言，本书辞格部分列举了14种特殊辞格，而应用它们成联的，多数即为巧趣联。

船载石头，石重船轻轻载重；（出句）

杖量地面，地长杖短短量长。（对句）

《巧对录》卷八载：后任潮州知府的明代黄玘，八岁时被一御史招至舟中，以"船载石头"为题材出句试才。"轻载重""短量长"，这是传统社会两种奇妙的现象。① 黄玘的对句来自日常生活，靠的是联想，属于与上联同向思维式的正对。

子坐父立，礼乎？（出句）

嫂溺叔援，权也。（对句）

明代蒋一葵《长安客话》"小履红衫"篇载："李文正公（注：李东阳谥号）幼举神童，帝抱至膝上，时其父拜起侍丹陛下。帝曰：'子坐父立，礼乎？'对曰：'嫂溺叔援，权也。'"李东阳的对句引用了《孟子·离娄上》里典故，靠的是记忆，属于对上联进行逆挽的反对。

---

① 在中国北方乡村，直至1970年代也没有普及钢卷尺和软皮尺，妇女量身裁布依旧使用一尺长的单柄木尺或铁尺，木匠做活使用互成直角的两柄木尺及一丈长的可折合木尺，农民丈量土地则使用事先做好记号的麻绳（俗称"拉地"）。

内无相，外无将，不得已玉帛相将；

天难度，地难量，这才是帝王度量。

清代况周颐《眉庐丛话》载："岁在甲午，东败于日，割地媾和。李文忠（注：李鸿章谥号）忍辱蒙垢，定约马关。一日宴会间，日相伊藤博文谓文忠曰：'有一联能属对乎？'因举上联曰：'内无相，外无将，不得已玉帛相将。'文忠猝无以应，愤愧而已。翌日乃驰书报之，下联曰：'天难度，地难量，这才是帝王度量。'则随员某君之笔。"在况周颐看来，该联"相将度量，系铃解铃，允推工巧"，然而按照现代中国人的眼光打量，对汉字的应用巧则巧矣，却让人欲笑又止，悲从中来。与其说它显示了随员的机智，不如说是让读者看到了阿Q主义者的早期幽灵。

成文自古称三上；

作赋于今过十年。

《楹联丛话》卷十二"杂缀"载有清代魏善伯（1620—1677）题范承谟（字觐公）厕所联，并言"厕不必联，然如此雅切大方，亦自可喜"。厕所乃涉污之地，将其与对联联系在一起，或使人心里不适，或让人忍俊不禁。该联上联出自欧阳修之语："余平生所作文章，多在三上，乃马上、枕上、厕上也"；下联用左思作《三都赋》十年方成，"门庭藩溷（篱笆和厕所）皆著纸笔"的典故。该联不黏于具体情状的描写，它带给读者的是审美愉悦。与之不同，另一副厕所联"天下英雄豪杰到此，俯首称臣；世间贞烈女子进来，宽衣解裙"，则以突出如厕者的尴尬为能事，让人感觉稍嫌猥琐，它带给读者的只能是娱乐性愉悦。

（四）认识功能

认识功能是文学的主要功能。读者总能够通过过滤、提炼等手段，在文本里获取一定的历史信息。这些历史信息，主要关乎彼时彼地人们生产生活的具体场景，以及世道人心的变化情况。

养女已传针线术；

适人再授桑麻经。

——传统婚联

第二章　对联性状

喜看红梅多结子；
笑迎绿竹早生孙。
——传统婚联
利国利家，是女是男生一个；
相亲相爱，同心同德绣三春。
——现代婚联

如今的婚联里很难找到这三副对联的身影，因为它们分别属于古代乡村及 1970 年代到 1990 年代中国城乡。尽管如此，读者仍然可以借此认识什么叫自然习俗，什么叫政策影响下的婚育观念。

云树森森，默想闲居气象；
水田漠漠，堪追往日经纶。
——清代　王象贤

作为生于斯长于斯的眉县横渠人，笔者初读此联，即感慨万千，因为这位昔日山长所描写的"森森云树"和"漠漠水田"再也看不到了。在如今的家乡，只有"横"的马路，早就没了"横"的水"渠"。

男女平权，公说公有理，婆说婆有理；
阴阳合历，你过你的年，我过我的年。
——晚清　于式枚（晦若）（1853—1916）

该联出自民国陈赣一的笔记小说《新语林》。它生动有趣地表明，在民国初年这个历史转折时期，因新观念、新历法的引进，中国民众在生活中是如何分庭抗礼的。

必须指出的是，与作家文学相比，对联的认识功能是有限的。它一般篇幅短小，无法提供像巴尔扎克的小说、唐代新乐府那样有相当规模的历史画面。更为重要的是，很多时候对联流于一种配合和点缀。作者可能在求真，也可能没有求真；即便作者在直抒胸臆，也可能为了诗情画意，同样牺牲表现的真实性。尤其在锦标主义盛行、上网浏览资料代替实地观察的 2010 年代，对于对联作品里传出来的某些信息，读者有必要保持一份冷静和警惕。

延伸阅读： 以联证史须以联文所记的真实性为前提

2016 年，某单位举办潏河廊桥楹联征集活动。作手们按照主办方提供的文字资料和电脑效果图，积极创作投稿。最后，"借潏水清波，漾开国梦/沿京畿大道，奔向长安"，"潏水烟波兹在望/长安春色此平分"等对联获奖。因为要前往新校区办事，笔者曾借机于2017年、2018年两次站在长安路潏河桥头，实地观察了该桥周边风景，甚至从桥上走到桥下，近距离端详桥西的"潏河湿地公园"。由于尚在施工阶段，但见窄窄的河床里，只有浅浅的黄泥水，南方湖泊常见的浩渺"烟波"，根本无从领略，在桥西河南靠近住户一段的河坡上，甚至还看到了排污管道出口。面对眼前的一幕，笔者一方面相信它早晚会得到改观；另一方面也在想，当年刘师培、陈寅恪、黄永年等先贤曾在唐诗研究领域"以诗证史"，那么若干年后，是否会有人按方抓药，也来一个"以联证史"？他们所"证"之"史"，是当年之史，还是之后之史？

（五）广告功能

广义的广告，即广而告之。除了主体部分即商业广告，还包括政治广告、公益广告、团体广告等。

货有高低三等价；

人无远近一样亲。

——通用广告联

商业广告是一种感染，可增加潜在客户对产品的亲和力。其中有门店式的，有媒体式的。前者多为行业联，你用他也用；后者多为特制，针对性较强。有以较为平和的态度进行理性诉求的，如此联；也有使用夸张等手法而进行情绪诉求的，如下面一联：

千载龙潭蒸琥珀；

十年蚌石变珍珠。

——河南"状元红"酒标签联

1979年，河南名酒"状元红"在香港上市。由代理商中广公司和《商报》合作，聘请梁羽生、任真汉等五人组成评委会，以"千载龙潭蒸琥珀"为出句征联，结果以"十年蚌石变珍珠"为首的五个对句获奖，该酒在香港的销路也由此大开。

信有春风通国祚；

愿从滴水济时艰。

——莫非题赠西峡县疫情防控指挥部

第二章　对联性状

2020年2月，西峡县龙成通济热力有限公司购置了医疗物资，捐赠给西峡县红十字会，用于当地疫情防控工作。在捐赠物资的外包装上，有很多既温暖励志，又契合对象实际的对联，它们都是公司负责人吴文博特意征集而来。① 捐赠医疗物资和题写抗疫对联，本属企业文化，但因为互联网的发达和大众文化的需要，其中的对联可能为其他机构所采用，从而变成公益广告。由慈溪市人民政府捐赠给日本滝沢市等三个城市的口罩，其外包装上写的文字除去"愿岁并谢，与长友兮"（屈原《橘颂》）和"秋菊春兰宁易地，清风明月本同天"（南宋赵蕃"学语浑似学参禅"绝句），还有莫非的这副"信有/愿从"联②。

吃百姓之饭，穿百姓之衣，莫道百姓可欺，自己也是百姓；
得一官不荣，失一官不辱，勿说一官无用，地方全靠一官。
——河南内乡县衙三堂联③

对于此联，有些官员读者将目光主要放在下联"勿说一官无用，地方全靠一官"上，似乎作者先"贬抑"了一番自己，又开始自重身份了。仔细研读会发现，全联其实都是自警自砺之语：官员要摆正自己的位置，不可仗势欺人；既勿计较个人的荣辱得失，又要在现任之上切实负起责任来。该联可看作官员在与潜在的百姓进行对话，是拉拢人心的政治广告。

莫寻仇，莫负气，莫听教唆，到此地费心费力费钱，就胜人，终累己；
要酌理，要揆情，要度时事，做这官不勤不清不慎，易造孽，难欺天。
——山西平遥县衙大门联

---

① 《贴在抗疫物资上的"标语"，这家国内捐赠企业真用心了》，搜狐号《对联中国》（2020-02-15），https://www.sohu.com/a/373137876_271639，2020年3月1日。
② 《慈溪捐赠十万口罩助力日本三市抗击疫情》，中国宁波网—新闻中心（2020-03-17）：http://news.cnnb.com.cn/system/2020/03/17/030135848.shtml，2020年3月1日。
③ 据来自河南内乡的说法，今全国23家衙署博物馆所挂同联文之联，均为仿制该县衙署联而成。1985年重新刻对悬挂时，对联原貌已经模糊，由此导致了这副"第一衙署联"被倒挂了20多年，也导致了诸多仿制者重复犯错。2008年该县对原联上下联做了调整，时任中楹会会长的孟繁锦重书了联文，明确了作者，即认定该联为清康熙年间内乡知县高以永所撰。详见内乡网（2008-04-04），http://neixiang.nynews.gov.cn/news/xwtt/2008-04-04/6489.html，2008年5月1日。

古代县衙是地方行政机构的基层单位。一个政权留在百姓心目中的印象如何，很大程度上取决于县衙官吏的作派。作为官员文化的组成部分，县衙门楹联无疑是官方展示自我形象的重要窗口。该联主要是对诉讼人的训词以及审判者的自警。上联，"止争息讼"的传统色彩极浓，贬损代人诉讼的"师爷"之意跃然纸上。不能说这里的告诫毫无道理，也不能说这是县令在为自己的偷懒寻找借口；毕竟这是诉讼，成本之大暂且不说，还要求诉讼人对审判结果承担风险。倘若联系当今社会的法治现实，我们也许更能体会个中无奈。但是，百姓可以逆来顺受、"吃亏是福"，而官员居然也这样认为，这一点倒是让我们始料未及。我们很难设想，有哪位百姓忍气吞声，是出于自愿。官吏应该将主要精力放在下联的意思上，即主持公道、维护百姓合法权益，而不是防范"刁民"诉讼。

（六）装饰功能
1. 三类楹联及其装饰功能

对联的装饰功能，主要由书写型、贴挂型对联即所谓楹联体现出来。

按照材质及其加工方式的不同，大致可分为三类。第一类，书写或印刷在纸上，且无须装裱。它主要供民间举办红白喜事和春节使用。红、白、紫、黄等单色及复合色，都各有讲究。明代《万锦全书》所录22类对联，其中就有"入学彩联""登科彩联""庆寿彩联"等名目。这些花花绿绿的纸片，烘托着气氛，并与所载文字一起，表达出某种特定情感和文化内涵。在当代，随着城乡生活水平的提高，道林纸、铜版纸、洒金瓦当宣纸、无纺布，以及墨汁、广告色、金粉等材料多种多样，加之各种印刷图案的配合，很多对联尤其是春联往往金碧辉煌，光彩夺目。第二类，将对联作为画芯予以装裱并张挂，或者裱褙后装入镜框悬挂。这类对联往往与中堂配合使用，不但填补了因为山墙等靠墙过大而形成的空白，而且还能够形成室内文化焦点，让入室者眼前一亮。第三类，移步于室外，近者挂于自家门前廊柱，远者悬在山林闹市、广场墓地。就材质而言，传统有木质板对（抱柱联）、砖石雕刻（阴刻阳刻联），现代则有水泥雕刻（多为阴刻）。郁达夫《乙亥夏日楼外楼坐雨》诗有云："江山也要文人捧，苏堤而今尚姓苏。"景观联（胜迹联、园林联）是室外联的一个大类，很多景观联与匾额、诗词等一起点缀其间，或者点题，或者升华，成为景区文化不可或缺的一个组成部分。

有人将楹联分为门联、交际联和装饰联共三类，与这里的三分法有交叉之处。

2. 自造字及文字画楹联及其功能

对联的装饰功能，主要体现在合理补白、有效点缀及材质多样化，给人带来视觉快感和体验舒适感。除此之外，有些对联还配合以别致的文字或图画形式，试图给受众以广大深邃、神秘莫测等印象。其中，有的是自行组合汉字，有的是因袭民间"花鸟字"传统，有的似乎在自行组合汉字与描绘动物形状之间徘徊。① 因为制作手段有异，其识别难度也各不相同。

在中国，自造汉字的历史悠久。即使到了《简化字总表》早已公布的1970年代，民间依旧存在自造"会意字"现象。有的眉县农民将女娃之"娃"写作"娃"，将男娃之"娃"写作"子圭（组合）"。如今也有人仿古，过年时将吉祥词句拼成一字，甚至写进春联。但因为读作多音节，这种"合文"还算不上自造汉字。典型意义上的自造汉字楹联，莫过于陕西周至县古楼观台"天书"联（见图2-1、图2-2）。该联共十四字，其中七字未被《康熙字典》所收。杨宏德结合多种资料，最终认定该联释文是："玉炉烧炼延年药；正道行修益寿丹。"②

花鸟字套用的是汉字流行字形，而不是自造汉字，所以相对来讲还算好认。明代《三十二篆体金刚经》包含龙书、穗书、金错书、鸟篆、蝌蚪文等，虽然个个笔画特殊，但掩映其中的小篆结构依稀可辨。

如天书一般，既像自造汉字，又像在描绘某种动物形状的"文字画"，最不易识别。如四川安岳县佛洞寺"耗儿字"联（见图2-3、图2-4），全联十四字，人们至今未能识得其中一字。

---

① 《四川深山藏"天书对联"恐谜题未破解就消失》，《华西都市报》2016年12月21日。
② 杨宏德：《楼观台奇联赏析》，《中国楹联报》1995年7月22日。

图 2-1　陕西周至县古楼观台"天书"
（当地称呼）联实景图

鸞朝桯炅愈犒鐢

靖僡慸珹湙傰馗

图 2-2　陕西周至县古楼观台"天书"（当地称呼）联文汉字

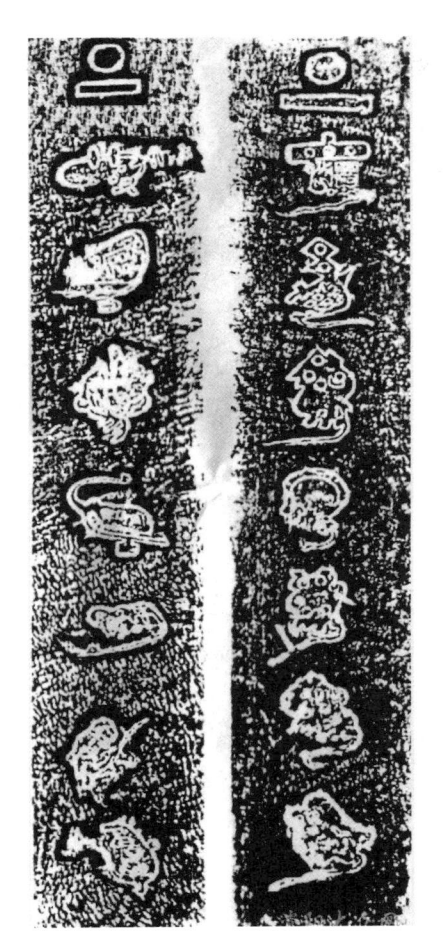

图 2-3　四川安岳县佛洞寺"耗儿字"
（当地称呼）联实景图

（七）调解功能

生活中总是充满矛盾的，如何化解它们，对联有时候可以派上用场。

心在朝廷，原无论先主后主；

名高天下，何必辨襄阳南阳。

——河南南阳卧龙岗武侯祠大拜殿联

此联为清代咸丰年间南阳知府顾嘉衡（约 1808—1891）所书，一般认为也是顾氏本人所撰。从三国时刘禅下诏建立勉县武侯祠开始，全

图 2-4　四川安岳县佛洞寺"耗儿字"（当地称呼）联实景图选字

国陆续建立了多个武侯祠。其中，对于诸葛亮当年到底隐居何处，即诸葛茅庐的真正所在地，清代的时候已不易考证。《出师表》中明言"臣本布衣，躬耕于南阳"，但《三国志》上又有一个《隆中对》，而隆中却在湖北襄阳境内。即使罗贯中的《三国演义》，也是前矛后盾，交代不清。对于对联作者来讲，湖北老家是要回的，河南知府也是要做的，得罪任何一方都于己不利，于是撰成这样一副"和稀泥"联，悬挂于南阳卧龙岗处。虽说此联从动机上看，乃是出于一种无奈，作者全身而退而疑案未结，而且"先主后主""襄阳南阳"似乎是一种天然，但就调解纷争这一现实功能而言，其结果是有效的；就超越了常规思维这一文学意义来讲，其立意是新颖的。

　　类似的对联还有一例。《楹联续话》卷二（胜迹）有云："黄州赤壁，以坡公二赋传耳。其实周郎用火攻处在今嘉鱼也。人皆议坡公之误。朱兰坡题联云：'胜迹别嘉鱼，何须订异箴讹，但借江山摅感慨；豪情传梦鹤，偶尔吟风啸月，毋将赋咏概生平'。"赤壁之战之"赤壁"至少有三个地方，朱琦（兰坡）、梁章钜的"嘉鱼说"也未必可靠，现代学者和已发现的文物证据更偏向于"蒲圻说"。至于"黄冈说"，实际上苏轼已经做了注释，所谓"人道是、三国周郎赤壁"是也。不过，既然"人皆议坡公之误"，朱琦因此而题联，并移重点于"但借江山摅感慨"，这对于各方来讲，想必都能接受。

来一口去一口，来去无损；

哭三声笑三声，哭笑皆非。

——（传）清代　婚丧合联

已经订好了婚期，家里却突然遭遇丧事（多为祖父辈亡故）。倘若先举行葬礼，按照风俗规定，婚期就要推迟至逝者周年甚至三周年以后。这无疑会给结婚双方带来极大的不便。为此，惯常的对策是：婚礼如期举行，但需要对纯粹喜气的婚联做些改动，以免对死者有无视与不敬之意。该联上联谈到人口无损，这对于死者乃至所有看重生命繁衍的老一辈人来讲，也算是一个安慰；下联谈到众人的尴尬，则属于不无幽默的写实镜头。其实仔细想想，人的一生不就是在悲喜剧中度过的吗？这种婚丧合联，是名副其实的红白喜事联，有的地方还讲求白纸、黑字、红边。

一冬无雪天藏玉；

三春有雨地生金。

——传统春联

北方冬天无雪，标示着气候反常。人们除了希望新的一年风调雨顺，还给予它以诗意化的"理解"。此种撰联策略，不得不说高明。那些不敢正视干旱现实，只知道一味因袭"雪里江山美／花间岁月新"之类的鸵鸟式联作，固然于此望尘莫及，即便是"红日盼春雨／青天恤庶民"之类的祈求式联作，也在想象力和艺术构思方面明显逊色于该联。

（八）交际功能

人是群居动物，人与人之间的交往不可避免。在对联、律诗、骈文等对仗艺术发达的中国，尤其是明清以来，对手之间"对对子"，一般人题联相赠等故事、传说，可谓层出不穷。第一种"对对子"，或者试才，或者斗智，是两人之间的较量。第二种赠人以联，多为勉励、庆吊之用，当然也有出于游戏、联谊目的的。

绿杨枝上鸟声声，春到也？春去也？（夏默庵）

青草池中蛙句句，为公乎？为私乎？（毛泽东）

1917年，正在湖南省立第一师范学校读书的毛泽东，与朋友萧瑜（新民学会发起人之一）结伴，决定以打秋风的方式游学，去读（湖南）社会这个"无字之书"。在湖南安化，他们想拜访当地劝学所所长夏默庵，孰料对方恃才傲物，根本不见任何游学者。毛泽东等三次登门，夏默庵见推脱不过，只好会晤。但一开始就来了个下马威，以"绿杨枝上鸟声声"为首句写出上联。不想，才华横溢的毛泽东也以"青草池中蛙句句"为首句，随即对出下联。①

愿闻子志；

还读我书。

丁文江出生在一个有传统教育背景的家庭。有人以上联相询，他则报以下联，显示了少年丁文江早慧而有抱负的一面。后来的他不仅成为了一名科学家，还因为"科玄论战"而一炮走红，甚至涉足当代政治。连远道而来的著名哲学家、社会活动家罗素都说："丁文江是我见过的最有才干的中国人。"

天将丧斯文，未丧斯文，羑里示良谟，玉汝于成担大任；

我不入地狱，谁入地狱，神州成苦海，问君何术救同胞？

后任孙中山广州大本营军法处长的孔庚（1873—1950），曾因为气愤本县学官包庇劣绅子弟，于光绪二十四年（1898）带头殴打劣绅之子，捣毁儒学衙门，事发后被押送省城武昌候审处。据资料记载，时值除夕，孔庚回忆一联贴于狱门。时任湖北臬司（提刑按察使）兼两湖书院监督的梁鼎芬新年视狱，见而赏之，释孔庚并收入经心书院（后并入两湖书院）就读，孔庚也由此一路向上。直至晚年，孔庚还对自己这段人生奇遇津津乐道。②

与自书春联、封门联、居室联（书房联）等自贴联不同，哀挽联是送人的。此外，居室联、春联也可以题书相赠。清代至民国，为亡人送哀挽联不仅成为风气，且盛况堪称空前绝后，甚至出现生挽他人的极端情形。国民党政权退居台湾后，楹联等传统文化余脉尚存。无论是在

---

① 参见唐意诚《毛泽东楹联辑注》，湖南省楹联学会内部印行1993年版，第24页。此外，《对韵全璧》"九佳"有云："富贵何求，林逋亲白鹤；公私不辨，惠帝问青蛙。""问青蛙"，西晋第二个皇帝晋惠帝司马衷为著名的昏君，有一次于华林园闻蛙鸣，问左右："蛙鸣为公乎？为私乎？"左右答曰："在官地为公，在私地为私。"毛泽东的对句当来源于此。

② 孔庚书联一事，转引自刘作忠《民国野史》，江苏人民出版社1993年版，第362页。《民国野史》未明言该联撰者姓名。就联文而言，几个资料也不尽相同，《民国野史》疑有错字，其他资料有不通之处。目前的版本由笔者整理而成。

第二章 对联性状

任上还是卸任后，中国台湾地区前领导人马英九每年书写春联并广为印发，其行为作为新闻还不时出现在两岸媒体上。①

唐代的"行卷诗"曾经风靡一时，它们并非泛泛的投赠之作。同样地，清代对联也不全是在传递风雅，它们有的在借联联谊，有的则不止于此。

尚书天北斗；

司寇鲁东家。

《楹联丛话》卷九"佳话"载："闻钱名世初游京师，除夕以联送渔洋云：'尚书天北斗；司寇鲁东家。'由是知名。后送权贵句云：'分陕旌旗周太保；从天钟鼓汉将军。'因之谪官。"梁章钜此处所引钱名世对偶句，其实都是颂扬"权贵"之辞，只是因为后者（诗句）所赠对象是"雍正八案"之首的主角年羹尧，故此做了回避而已。"初游京师"的钱名世有才而无名，呈递一副讨好"权贵"之联，当在人情世故之中。以王士禛在康熙年间诗坛领袖的地位而言，钱名世一联里的比拟再不合适，也不致错到离谱的地步，且众所周知，孔子也确实编订过《诗经》。可惜两朝重臣年羹尧此生不幸，不仅自己功高震主，也连累了自己的同年老友，钱名世因此被定以"谄媚奸恶"的罪名而遭到羞辱和批判。当然，透过这则"联坛佳话"，读者也应该看清了交际联的边界和作者应有的底线。

千里而来，徐孺子可容下榻；

一寒至此，严先生尚未披裘。

不管怎么说，钱联只是借机奉承而已，至少在字面上，并未出现功利性目标。与此不同，严保庸这副"会试归途投泰安知府徐树人募资"联，直接说出了作者的诉求。

南海有人瞻北斗；

东坡此地即西湖。

求人给钱帮衬，对方可能答应，也可能提出条件。宋湘（1757—1826）以东西南北四字嵌赠伊秉绶的故事，就属于后者。据《清稗类

---

① 《马英九亲笔春联抢手 10 万份猪年春联一下午被抢光》，中国台湾网（2019-01-20），http://www.taiwan.cn/taiwan/jsxw/201901/t20190120_12133570.htm，2019 年 6 月 1 日。

钞·义侠类》载：伊（注：指伊秉绶）守惠州时，嘉应宋湘以会试无旅费，"告贷于伊"。伊与宋"为文字交"。伊曰："能以东西南北四字赠我一七言联语，当以三百金为赠。"宋"不假思索"，秉笔立成。伊大喜，"决其是科必售"，竟加至五百金以赠。结果，宋考中了进士。就该联嵌字而言，伊秉绶在惠州做知州，而惠州古称南海，有西湖，也曾是苏轼贬谪之地。难怪伊秉绶自愿加钱，宋湘一联确乎巧妙。

第二节　组成与分类

一　对联的组成

（一）组成与编引
1. 组成

理论上讲，对联可以由主体、附属两部分组成。主体部分包括联题、联文，附属部分包括联序、自注。实际应用中，大多数对联只有主体部分，甚至只有联文。

联题问题比较复杂。像"对对子"和"挑山对联"，当时只有题材和主题，无所谓联题；读者在联书里看到的联题，乃是由整理者所加。这也是为什么同一副对联见录各书时，联题不尽一致的原因。

例如，少年庄有恭有神童之誉，因为寻找风筝而闯入镇粤将军署，将军得知他能够属对时，"指厅事所张画幅而命之对曰：'旧画一堂，龙不吟，虎不啸，花不闻香鸟不叫，见此小子可笑可笑。'庄曰：'即此间一局棋，便可对矣。'应声云：'残棋半局，车无轮，马无鞍，炮无烟火卒无粮，喝声将军提防提防。'"对于该则小故事，后来的很多书刊取名《神童庄有恭》，其实在《清稗类钞·讥讽类一》的原文里，它本作《将军提防提防》。取名的不一致反映出人们看问题的角度不同，而这种不同必然影响联题的定夺。

2. 编引

联集、联论、联史等书刊，都要编辑或引用对联，这必然涉及对联的编排方式。

第二章　对联性状

（1）简引与全引

所谓简引，就是简明扼要地提示一下。对于知名度高且不容易混淆的对联，可以使用简引法。其他对联，如果前后有文字、图片等配合与说明，也适用这种方式。其具体策略有二：一是点明作者、联题、字数等。如"孙髯题大观楼联"，或"云南大观楼联"，或"大观楼联108字长联"。二是择取其中词句。如梁章钜《楹联丛话》自序："楹联之兴，肇于五代桃符。孟蜀'余庆''长春'十字，其最古也。"这里择取了上下联联尾的两个字。有的书刊则择取上联联尾、下联联首的两三个字。本书与梁章钜的做法相反，统一择取上下联联首的两三个字或一句话。如钱泳题江苏常熟草圣祠联："书道入神明/酒狂称圣草"联。

全引是真正意义上的引用。散文等文体的全引很简单，将原文字"复制粘贴"即可。对联的全引则不然。具体来说，全引短联或许没有异议，全引中长联则容易出现分歧。这里的焦点，是上下联如何合理排列，以及整副对联标点符号如何自洽的问题。

大体而言，全引形式分为两类六种。为方便读者相互比较、直观领悟，下面以金缨《格言联璧·学问类》里的一联为例，进行图示解说。该联原文是："诸君到此何为？岂徒学问文章，擅一艺微长，便算读书种子；在我所求亦恕。不过子臣弟友，尽五伦本分，共成名教中人。"

（2）全引类型之一：上下联分排

所引联文独立成段，且上下联并列排成两部分。

第一种，联尾用标点符号

诸君到此何为？岂徒学问文章，擅一艺微长，便算读书种子；
在我所求亦恕。不过子臣弟友，尽五伦本分，共成名教中人。

第二种，联尾不用标点符号

诸君到此何为？岂徒学问文章，擅一艺微长，便算读书种子
在我所求亦恕。不过子臣弟友，尽五伦本分，共成名教中人

第三种，全联不用标点符号，但留空白

诸君到此何为　岂徒学问文章　擅一艺微长　便算读书种子
在我所求亦恕　不过子臣弟友　尽五伦本分　共成名教中人

第四种，全联不用标点符号，亦不留空白

诸君到此何为岂徒学问文章擅一艺微长便算读书种子

在我所求亦恕不过子臣弟友尽五伦本分共成名教中人

（3）第一类全引小结

第一，该类形式的全引，凸显了联文，也使所谓上联下联，一目了然。其代价在于，所占版面要稍多一些；同时如果一篇联论里的每副对联都独立排列，则全篇语感、行文重点等都会受到影响。

第二，第四种形式完全复盘了书写型、贴挂型对联（即楹联）的面目：只有汉字，没有标点符号，也没有等分空白。

第三，联文加上标点符号之后，语义更易于理解。但极个别对联整理者可能错误断句，从而误导后来的读者。

第四，第二种形式最为实用，即便联中含有分号、句号等标点符号，也无须调整。

（4）全引类型之二：上下联接排

联文不是独立成段，而是被含在叙述文字之中，下联只能接着上联排列。

第五种，上下联之间使用分号

《格言联璧·学问类》里有一对联："诸君到此何为？岂徒学问文章，擅一艺微长，便算读书种子；在我所求亦恕，不过子臣弟友，尽五伦本分，共成名教中人。"它体现了儒家的教育宗旨。

第六种，上下联之间空字

《格言联璧·学问类》里有一对联："诸君到此何为？岂徒学问文章，擅一艺微长，便算读书种子？　　在我所求亦恕。不过子臣弟友，尽五伦本分，共成名教中人。"它体现了儒家的教育宗旨。

在散文中引用词的时候，往往中间空两字，以示上下阕（上下两段）之分。这里上下联之间也空一至两字，显系对它的模仿。

第七种，上下联之间中间使用分隔符（号）

《格言联璧·学问类》里有一对联："诸君到此何为？岂徒学问文章，擅一艺微长，便算读书种子　/　在我所求亦恕。不过子臣弟友，尽五伦本分，共成名教中人。"它体现了儒家的教育宗旨。

这是笔者的一个设想。其中标出的斜线，不是单句分析时节奏单位分隔符（号），它相当于（分）段号"√"，是上下联分隔符（号）。排版时可在斜线前后稍留空白，以便与节奏单位分隔符（号）相区别。

(5) 第二类全引小结

第一，该类形式的全引，节约了篇幅，同时因为联作不再或者较少析出，全篇的整体感得到加强。

第二，分号通常是分开上下联的第一选择，故此第四种形式最为常见。但如果是中长联，则需要对其中的分号、句号等做些更换，以免与联尾的标点符号重复；实在不好更换的，可采取第五、六种形式。

第三，对于中长联里的分号、句号等，如果不想做出更换，也只能算作逻辑瑕疵，而非断句大病。它们一来较少出现，二来也不会导致大的误解。以分号为例，读者只要目测一下对联长度，立即就能心领神会：某分号所分隔的到底是局部分句，还是整个对联的上下联？

第四，所谓"断句大病""大的误解"，是指高校教科书里"周有泉府之官，收不售与欲得"一类情形。具体到对联，则指将联序"开封二曾祠内附祀北宋名臣，兀鲁特桂霖联云"断为"开封二曾祠内附祀北宋名臣兀鲁特，桂霖联云"之类，以及将联文"成功不居，大丈夫当如是也；有德则祀，我国家礼亦宜之"错断为"成功不居大，丈夫当如是也；有德则祀我，国家礼亦宜之"之类。

第五，第六种形式最大限度地明晰了上下联的界限，保证了各处标点符号的使用互不影响，但同时也可能给读者带来异样感。

第六，如果面对的是短联，联文前面没有提示语及其冒号，使用空字隔开的形式就更显怪异。这时，还不如使用逗号甚至分号以隔开上下联。当然，后者往往会遭遇胶柱鼓瑟者的指摘。

（二）组成分解

1. 联文

联文也叫联语，指上下联具体的语文内容。在有联题的对联里，它是对联的主体；在没有联题、联序的对联里，它就是对联的全部。

(1) 联文由上联、下联组成

"联"是由等长的上下两部分组成，且一定成双出现。现代人口口声声"上联""下联"，仔细想来，其实是指一副对联的上半部分、下半部分，即"上半联""下半联"。不过，鉴于人们已经习以为常，且未发生较大误解，这里也一并因袭，不作"上半联""下半联"之称。

因为与联墨的关系，上联也叫"出幅"。吴恭亨在《对联话》里即此称呼。又因为与曲和诗钟的关系，也可以叫"上支""上比"。至于"对公""对首"的称呼，则属少见。与上联的其他称呼相对应，下联也叫"对幅"，或者"下支""下比"，乃至"对母""对尾"。

若非特指，上联或下联也叫"每边""单边""单幅"。合起来，叫"上下联""两边""双幅"。

延伸阅读："以右为上"

这里涉及两个问题：一是尚左抑或尚右？二是何为上联何为下联？

在先秦，君王和贵族平时乘车，尊者居左，御者居中，骖乘居右。后来，在"（左右）何者为上"的问题上，历史上有过反复。当代国人的宴席依旧"以左为上"，即尊客坐在左边位置（上席）。先秦史书和当代民间所谓"尊者居左""以左为上"，是宗法社会"左昭右穆"制度的延续，即以乘坐者、坐席者身体的左右为准。对联不是生命体，但也可以作如此观。如今联界所谓"以右为上"，则是以对面来人的角度，即对联观赏者身体的左右来界定的。换言之，在"何为上联"的问题上，民间的"以左为上"与联界的"以右为上"其实是一回事。

（2）"出句""对句"之说

"出句""对句"的说法来自律诗中的中间两联。就对联来说，多数情况下出句即上半联，对句即下半联。但在征联活动中，却不一定如此安排。换言之，出句、对句可能分别是上联、下联，也可能刚好颠倒。

a. 1991年辽宁营口楹联学会等单位举办以环保为主题的征联，出句是："流失水土，必损江山锦绣。"一等奖对句是："殆尽资源，何谈社稷安宁。"这里的出句是上联。

b. 2015年西安市楹联学会微信公众号《对联风》举办陕西蓝田簸箕掌饮食街菠菜面馆有奖征联，出句是"一面缘深因好色"（徐熙彦）。最佳对句为"满堂鼎沸为垂青"（卜用可）。这里的出句也是上联。

c. 1992年湖北孝感翔博楹联学会举办征联活动，出句是"一方有难，八方支援，九州风雨同舟"，一等奖对句之一是"十年革新，百年开放，千古江山永固"。这里的出句却是下联。

至于口语"对对子"，因为不是楹联，一般并不提示哪个是上联、下联。读者若以为有必要，则可以根据联文及其语境的记载，自己加以

第二章 对联性状

区分。

a. 相传郭沫若幼时曾潜入与私塾毗邻的寺院偷桃,塾师得知后,遂有出句:"昨日偷桃钻狗洞,不知是谁?"郭对曰:"他年攀桂步蟾宫,必定有我。"这里是师生二人在对对子,对句不仅在时间上靠后,而且在气势超过出句。因而尽管出句以平声结尾,仍应被看作上联;相应地,仄声尾的对句则是下联。全联属于上平下仄的特殊对。

b. 熊希龄中秀才后,来到当时的著名书院——湖南沅水校经堂深造。有老师出句"栽数盆花,探春秋消息",熊以"凿一池水,窥天地盈虚"应对。这里,老师的出句(仄声尾)是上联,熊的对句(平声尾)是下联。全联属于上仄下平的常规对。

c. 明代周玄暐《泾林续记》载,时人周延儒对吴宗达联:"(吴)将书作枕,千秋贤圣并头眠。(周)折扇频摇,一统乾坤随手转。"这里不妨将吴的出句(平声尾)看作下联,周的对句(仄声尾)为上联。何以如此?因为吴言虽为先出,但气势不弱于周言,且静态性显著。

(3)"(一)副(对联)"及其"句脚"

对联量词的表示法,通称"(一)副(对联)",偶尔也有称"(一)比(对联)"的。此前叫作"(一)幅(对联)"的,现在大都改了过来。因为"副"表示成双,"幅"则指一张(片)纸而言,如一幅中堂,一幅横披等;书写对联的一般是两张纸(如四尺对开),是"两幅"(即"一副"),而不是"一幅"。当然,果真写在了同一张上,亦可叫"一件"或"一幅"(见第三章图3-1)。

此前,还有称"(一)首(对联)"的。向义生前的一部未刊稿,即名曰《清联三百首》。甘肃临洮黄国华(可庄)(1877—1977)1937年出刊石印本《圣教书谱千文集联三百首》,也是如此取名。他们应该是受到了《唐诗三百首》等书名的启发而为之。量词"首"在古代使用宽泛,不仅诗歌等韵文,就连散文也有称"首"的。王安石就将自己的一篇赠序式古文,取名《同学一首别子固》。但是,对联以天然对称而著称,尤其是进入视觉艺术之列的楹联(联墨),明显分为两部分。换言之,对联在外观上是两个半成品的合成,而不是一上来就是一个整体。大概基于这样的认识,自明清以来,诗词曲往往以"首"称之,散文辞赋以"篇"称之,而对联则以"副"称之。此外在清代文人那里,有时会将"（一）副"写作"（一）付"。查《何绍基日记》道光二十六年四月十九日所记，发现作者就曾写过"写对十余付"的文字[①]，也就是说，何绍基在使用对联量词时，有"副""付"两种写法。

本书后面要分析对联平仄，其中必然涉及每个分句句尾字的声调。大概因为诗词界有"韵脚"一说，联界也多将分句句尾之字称作"句脚"。有的更进一步，将上下联联尾字称为"联脚"。

2. 联题

联题，即对联题目。古人写诗的时候，有的不写诗题，有的随意起一个诗题，有的诗题如同诗序一般长。撰写对联的情形，也与此相仿佛。例如当代李声高《己丑春夏间，小住北京，游琉璃厂，戏言如来京开店卖字，当悬此联》："卖自家诗文，懒写抄来抄去语；看谁个眼力，肯掏不少不多钱。"该联内容独特，语言俏皮，但题目更适合做联序。

一般而言，一部分对联，如应征联、附着在花圈上的挽联等，是没有联题的；即使出于某种需要而追加了联题，也往往是直白叙事，无甚特色。但是，下面两种楹联需要联题。

（1）匾额式联题

a. 传统公共建筑：竖匾横额，虚实皆有门屏上的牌匾形状不一，唐宋多竖形，明清多横状。

有的匾额是介绍性的（实），是名副其实的"额"。如成都文殊院正殿，与所有寺院一样，匾额只有"大雄宝殿"四字。其联曰："见了便做，做了便放下，了了有何不了；慧生于觉，觉生于自在，生生还是无生。"此类联题往往是固定的，撰联者在此并未付出创造性劳动。

有的匾额是抒情性的（虚），只能称为"匾"。如哈尔滨关道（俗称"道台府"）大堂前有抱厦（主建筑之前接建出来的小房子），上悬"公廉"二字，以昭示"一心为公，清廉行政"。抱厦柱上的对联是："看阶前草绿苔青，无非生意；听墙外鸦啼鹊噪，恐有冤魂。"这里的匾额近似横批。

有的匾额半实半虚。如明代滕王阁（正阁外）曾挂匾额"西江第

[①] 近墨堂书法研究基金会编：《何绍基日记（丙午·丁未）》，国家图书馆出版社2019年版，第45页。

一楼"。"西江"指长江下游以西地区，或称江右，此乃"实"；而"第一楼"的提法其主观性显见，其为"虚"。

b. 传统私人住宅：官拥特权，民亦有法

处在传统私宅前部，显示身份标识和文化追求的，有"门楣""门额""门楹"。据说自中古以降，装饰考究的"门楣"是官员府邸的专属品，百姓即使再"土豪"，也不可以标示"门楣"。但现在看来，这并不意味着百姓不能借着房门形式，也做一番自我宣示。说到底，"门楣"就是正门上方门框上部的横梁，既然不让凸显和修饰，那么将其嵌入墙里就是了；"门额"也不过是一块面板，不让斜架在"户对"等物件上，那就做成"走马板"嵌在上槛与中槛之间，甚至嵌入墙面；至于"门楹"的功能，也完全可以用门框边框甚至外墙代替。如此一番变通，最核心的门面（"门额"）与门联（"门楹"）问题即可解决。试看福建土楼门口、关中民俗艺术博物院私宅门口，以及关中农民1970年代的"三槛（坎）门"、2000年代的大铁门上面的文字，不就是这样吗？当然，如今瓷片拼合的"家和万事兴"与从前手写的"耕读传家"一样，确乎千人一面，不够个性化，不过这属于另一个问题。

（2）横批式联题

如果没有匾额替代，那么联题就是横批了。书写型、贴挂型对联，如春联、婚联等楹联，往往需要加上横批。一般来说，横批要压得住（逻辑上的关联性）、盖得全（内容上的概括性）、配得上（语体风格上的和谐性）联文，并在文字和意思上尽量不与之重复。

1926年，在北伐前夕的广州黄埔军校的门楼两侧，曾贴出一副对联："升官发财，请往他处；贪生怕死，勿入斯门。"横批是"革命者来"。就意义来讲，联文是反说，横批是正说；联文是列举，横批是点睛。两者珠联璧合，完美地体现了黄埔军校的办学宗旨。与此相类，张志春当年做"田野调查"时，所见关中乡村一副别致春联："说什么新春旧岁；也不过昨夜今朝。"横批是"又是一年"，也比较妥帖。

相反地，清代钱泳（梅溪）题江苏常熟草圣（张旭）祠联："书道入神明，落纸云烟，今古竞传八法；酒狂称圣草，满堂风雨，岁时宜奠三杯。"匾额为"优入圣域"。虽然匾额不同于一般横批，但联题联文重复一"圣"字，依然让人遗憾。

3. 联序和自注

（1）联序

古人在作诗、填词、制曲时多有作序者，而题联则一般无序；若有必要，可以在书法款识中多写一些文字。如曾国藩赠同僚郭云仙"好人/世事"龙门对，上款是："云仙仁弟亲家性近急遽，纂联奉赠。"

题联之所以少加联序，应该与联文字数相对较少有关。如果联序长于联文太多，整个对联就不大协调。但是，题联时好作长篇联序者，也绝非无人，风流才子李渔就是其中的一位。在作者的传世之作中，十之八九都有联序，最长的联序长达四百余言。

由于对联讲求精粹，这样一来，有时会出现对联正文难以索解，乃至发生误解的情形。倘若有了联序的"注解"，来自这方面的困难就会减轻许多。举一个不甚典型的例子，即李渔题庐山简寂观"天下名山/世间好话"联。其序云："遍庐山而扼胜者，皆佛寺也。求为道观，止此数椽。非独此也，天下名山，强半若是。释道一耳，不知世人何厚于僧而薄于道？因题此联，为黄冠吐气，识者皆称快之。"这里，联序比联文还长。

（2）自注

自注是作者写给普通读者和专业阐释者的。这是由于担心他们不易解读自己的联文，或者可能发生误解而特意补上去的。自注独立于联题、联序、联文、联款等正式内容之外，是作者私下的说明和记录，一般情况下并不显现在交际应酬联的纸绢等载体上。李渔寿朱建三联："七夕是生辰，喜功名事业从心，处处带来天上巧；百花为寿域，羡玉树芝兰绕膝，人人占却眼前春。"作者原注："生于七月七日，所居之里名'百花巷'。"这里"七夕是生辰"一句，虽说有些突兀，但还算不上有多么费解，而"百花为寿域"一句则不同。"寿域"一词有两个义项，一指人人得尽天年的太平盛世，二指寿穴。这里应指前者而言。但即使读者知道或查到"寿域"一词的两个义项甚至实际所指，盛世与百花的关系依旧是一个坎儿，毕竟你不是当事人，不敢肯定这里的"百花"到底是实指还是虚指。如此看来，李渔的自注是必要的，它省去了各种郢书燕说式的猜想。

成惕轩挽乔教授大壮联："数春风词笔，独擅妍华，柳永遇何穷，

第二章 对联性状

井水千秋应有恨；听霜夜钟声，顿成凄楚，姑苏潮正落，江流一碧总无情。"作者原注："乔氏工词，历主大学讲席，晚遭艰屯，过苏州投水死。"著名篆刻家乔大壮是自杀的，据说是因为好友许寿裳被暗杀而受到刺激。作者在联中没有点明死因，但上下联分别以逝者生前所擅和自杀地点做文章。在笔者看来，这种注解介于可注与不可注之间。

4. 作者

（1）落款为一人者

第一种，写明"某某撰"，即表示该联为落款者本人所撰。个别情况下，"某某"可能只是名义上的作者；真正的作者，则是被他授意或同意的代笔者。第二种，只写"某某书"，意味着只给了读者一半的信息。第三种，只写"某某"而未写"撰""书"二字者，则属于含混之举。面对第三种情形，若属清代、民国及更早的，则需要考证；若属当代人的，说明他一味仿古，缺乏现代人应有的著作权意识。

（2）落款为两人或多人者

如果没有特别注明，即告诉读者何人出上联、何人对下联，那么读者可以认为他们都是对联作者，都对该联创作有过贡献。当然，这里经常会隐藏着一种特殊情况，即一人执笔，其他人挂名。

（3）落款为单位（机构）者

有的是领导授意，一人独立撰写；有的是几个人凑在一起，商量着撰写。不管何种情况，凡是以单位名义发出的贺联、挽联等书写性对联，一般并不直接显示执笔者某某等字样。事后，可能会有个别人通过日记、个人作品（集）等方式，透露自己才是该联的真正撰者。

（三）三柱联、成排多副联及其他

现代横排书刊上的对联，都是上下联，这是对联的常规形态。居室联、门联、亭联等楹联都是两边（左右幅），这也是楹联的主体形态。此外在现实生活中我们还会遇到两种特殊形式的楹联。

1. 三柱联

（1）从元曲到三柱联

在元曲里，某些曲牌下的作品尤多鼎足对。"枯藤老树昏鸦，小桥流水人家，古道西风瘦马。"来自马致远《天净沙·秋思》。"不受千钟禄，重归七里滩，赢得一身闲。"来自徐再思《梧叶儿·钓台》。"鹌鹑嗉里寻豌豆，鹭鸶腿上劈精肉，蚊子腹内剜脂油。"来自佚名《醉太平·讥贪小利者》。

就联语的对仗形式而言，"三柱联"类似元曲中的鼎足对。它是由三个两两相对的句子或句群组成的特殊对联，适用于双门三楹的建筑，或其他有三柱的场合。在对仗、平仄方面，它遵循常规联律。

受元曲启发，江西某中学教师、散曲家李云蔚（1923—1998）撰写过四组"三柱联"。包括1938年题家乡即江西靖安县城东原孔庙侧"三义祠"（祀刘、关、张）联："明诚秉义合天心；昭烈怀仁绵汉祚；行忠矢勇振朝纲。"1946年题潼关葛洪岭下"三柱亭"联："黄鹤南飞，黄河北下；诸峰前立，诸夏中分；紫气东来，紫关西去。"① 另据调查，马长泰2006年为山西运城购书中心题写过三柱联，并被刻板悬挂。联曰："书海扬帆驰远岸；国风凝瑞蔚奇观；关公助我上高端。"只是后来商家倒闭，该联亦随之毁弃。

（2）三柱联分析

从内容上看，"三柱联"的每柱联，或者形成一个整体（类似排比），或者有着不同的指向（稍显复杂）。从上下联布局上讲，"三柱联"总是两个"单边联"共同拥有一个"单边联"，并将其作为自己的上联或下联。具体来说，即以上联（仄声尾）居中，两个下联（平声尾）分置两边，这种情形较为多见，如上面所提靖安"三义祠"联。也有下联（平声尾）居中，两个上联（仄声尾）分置两边的，如上面所提潼关"三柱亭"联。"三柱联"的具体书法样式，可参看本书"对联书法"一章附图。

据说，作为一种规模化的楹联创作和消费方式，三柱联兴起于1990年代的贵州省金沙县沙土镇，主要作者是萧锡义。该地不仅有三柱联，还有四柱蝉联对（联）、五柱连环对（联）等。② 但真正引起联界普遍关注的，是2004年吉林李俊和送评中国楹联界首届自撰楹联

---

① 李云蔚：《新型对联"鼎足联"》，《对联·民间对联故事》1992年第4期。不过据调查，如今陕西潼关境内并无葛洪岭及其三柱亭，该县县志里亦未查到相关记载。

② 参见刘长焕《"鼎足对"与"三柱联"比较论略》，《贵州教育学院学报》（社会科学版）2001年第5期。

书法展的三柱联。如果不是常江出面进行及时而准确的解释，这组题吉林雾凇节隶书联墨，很可能招致评委会其他成员的极大误会和不公平处置。

作为一种特殊联类，三柱联最好应需而动，有感而发，不凑对，不硬写。文学文本需要"留白"，对联阅读需要清爽，涌入眼帘的文字过多，且文字之间纠缠不已，并不利于对联传播。对联还是不背离"平行""两句（行、组）"原则为好，若像复杂婚姻一般多关系、多主题，则未必可取。

2. 成排多副联

（1）"四柱联""六柱联""八柱联"的出现

除了三柱联，现实生活中还存在"四柱联"。这里所言"四柱联"，与上述萧锡义等人的"四柱蝉联对（联）"实验并不相同。萧锡义等人的"四柱联"，讲求1、2相对及3、4相对，再加上1、4相对，2、3相对，纠缠于规则，近乎游戏。这里的"四柱联"，则指普通的四柱联，它不同于"三柱联"，不存在共用上联或下联的问题。它与常规（两柱）楹联差不多，两者的主要区别仅在于："四柱联"是两副对联，一副贴（挂）在中间的两柱上，另一副贴挂在外面的两柱上。

既然"四柱联"是两副联，那么"六柱联""八柱联"自然就是三副联、四副联。湖南芷江受降纪念坊为四柱三拱门楼式砖石建筑，正反两面各有两副联（见图2-5），笔者在陕西张载祠、大兴善寺、大慈恩寺公园等处见过"六柱联"（见图2-6）和"八柱联"。由于迄今未见联界同道对此有过研究，笔者暂时将其统称为"成排多副联"。

（2）成排多副联的分析

成排多副联大多出现在牌楼之上、房檐之下及环形亭廊中间出口（大门）的两侧，这些对联处在同一个平面，能够被人同时看到。[①] 总体上两边对称，且对联总数≥2副。其中，中间两柱上的楹联，可以称为主联（中联、内联）；其余楹联，由内向外可依次称为边1联（侧1联、

[①] 这里的亭廊联是指挂在环形亭廊外侧的对联，不是指从线形亭廊或廊桥两端进入，迎面看到的一副副抱柱联。

图2-5 受降纪念坊正面图。中门领额：震古烁今（蒋中正书），其下题额：受降纪念坊（杨化育书）。东门题额：布昭神武（于右任书），西门题额：武德长昭（孙科书）。主联是："克敌受降，咸加万里；名城览胜，地重千秋。"（蒋介石撰）边联是："得道胜强权，百万敌军齐解甲；受降行大典，千秋战史记名城。"（李宗仁撰）注：以上书者撰者姓名仅作参考。

图2-6 唐大慈恩寺遗址公园南门图。释文：（中联）圣迹千年，灵光毓秀庄严地；禅风一缕，曲径通幽般若天。（边一联）踏梦来寻，何处为翻经旧院；赏花归去，此方有元果新天。（边二联）园居万景之中，不矜斯大，须彰斯胜；塔矗五云之上，因念其尊，益显其高。

外1联）、边2联（侧2联、外3联）、边3联（侧3联、外3联）……

就逻辑关系而言，主联有时比边联字少一些，情调上更光明正大一些，作者的身份往往更高一些。就载体高（长）度而言，庙宇、祠堂、亭廊等上面的抱柱联是等高（长）的，但牌坊石柱上的雕刻联与众不同，有时主联比边联高（长）一些。

第二章　对联性状

总之，成排多副联，作者不必是同一个人，每副对联可以不齐言，内容也没有严格的逻辑顺序，所以它不是常江所指套联（同一作者所作且表意连续、字数相同的两组对仗句），更不是"叙事组联"（同一作者所作且表意连续、信天游式多组对仗句）。

延伸阅读：孙氏"条屏联墨"

2015年，陕西孙良荫推出一组"条屏联墨"，内容主要是题咏"四季""四君子"。以《吟四时》为例，其文字形式如下：

（春生）雷惊旷野百花怒；云罩青山群木生。（两列，第一屏或幅）
（夏长）露滋绿叶万波远；雨润红枝千顷荣。（两列，第二屏或幅）
（秋收）风摘硕果三江满；霜落繁根五谷丰。（两列，第三屏或幅）
（冬藏）雾藏大彩四时美；雪蕴清心双节明。（两列，第四屏或幅）

"屏条"是书画幅式之一，民间多称"条屏"。孙氏"条屏联墨"由四副小联组成，它们虽押偶句韵，却并不平仄相黏，所以算不上既对联又律诗。清代赵之谦书写过《梅花庵诗》四屏条，内容是元代画家吴镇的五古《题画三首》（其二），每幅都是三列，最后一幅第三列是落款。我们将它与孙氏"条屏联墨"并置在一起，发现两者的可比性并不强。在国画界，屏条分为独景屏（相对独立）和通景屏（浑然一体）。两相比较，孙氏的"条屏联墨"与其中的独景屏倒有些相像。明代中期出现的屏条国画，是以屏风书画为基础的。当下孙氏的"条屏联墨"为传统模式，即装裱后挂墙。它能否托裱后嵌入屏风，然后走向宴会厅，即实现孙氏自定的"复古"目标，尚有待观察。

二　对联的分类

（一）分类法回顾

1. 并列式

前面提到，明代有两本著名的日用类书：《万锦全书》和《万宝全书》。前者全称《新刊天下民家便用万锦全书十卷》，后者有多种版本，这里以《新刻搜罗五车合并万宝全书三十四卷》为例。两本类书均涉及对联分类。前者分为二十二类，后者分为三十一类。这种分法具体而全面，同时稍嫌琐细，"封鸡筐联""入学彩联""过聘联""婚姻联"

之类如今难得一见，不免引人遐想。另外，《精选百家金声巧联》（简称《金声巧联》）亦分三十一类，其中书铺、笔铺、缝衣铺、银铺、妓馆等新鲜联类，也能够反映当时生活风尚。

清代梁章钜的《楹联丛话》共分十类：故事、应制、庙祀、廨宇（即衙署）、胜迹、格言、佳话、挽词、集句、杂缀。另有《巧对录》，专收只对不联的"对联"。

民国时期出版的《详注分类楹联集成》，增加了实用性对联细目和白话联，类别达到二十个：庆贺、哀挽、廨宇、学校、商业、会馆、祠庙、寺院、剧场、第宅、园墅、岁时、名胜、投赠、香艳、集字、集句、滑稽、白话、杂俎。

到了另一部民国对联名著——吴恭亨的《对联话》，仅分五类：题署、庆贺、哀挽、谐谑、杂缀。相对于前三者，这种分法可谓大为简化。

当代顾平旦、常江、曾保泉主编的《中国对联大辞典》，分为九类：名胜、题赠（格言）、喜庆、哀挽、谐讽（巧妙）、文学艺术、行业、集句、海外。除了再次重视行业联，该书还增加了海外联。

中国楹联学会制订的《中国对联集成》编纂方案，将全部对联分为十四类：山水类、园林类、古建类、宗教类、居室类、行业类、题赠类、喜庆类、哀挽类、巧妙类、文艺类、集句类、故事类、杂题类。实际是将名胜（胜迹）类细化，又遥接《楹联丛话》等书籍补充了故事、杂题（缀）两项。

延伸阅读：《万锦全书》《万宝全书》《金声巧联》分类详情

《万锦全书》二十二类：春联、书斋联、入学彩联、登科彩联、庆寿彩联、寿官联、生子联、过聘联、封鸡筐联、新婚联、迁居联、水阁联、山亭联、桥梁联、客馆联、旅馆联、医士联、相士联、忠臣祠联、烈女祠联、挽联、杂联。

《万宝全书》三十一类：旅馆联、新春联、元宵联、医士联、星士联、相士联、画士联、入学联、登科联、忠臣祠联、烈女祠联、僧寺联、道观联、庆寿联、寿官联、隐居联、水阁联、山亭联、架造联、迁居联、祠堂联、挽联、生子联、书斋联、过聘联、庙宇联、婚姻联、娶亲联、酒联、鸡联、鱼联。

《金声巧联》三十一类：天门、地理、节令、新春、元宵（附迎

第二章 对联性状

灯）、堂构、隐榭、楼阁、书斋、厅事、江楼、园阁、山家、村居、渔家、农家、僧寺、道观、医士、星士、相士、书铺、笔铺、药室、酒肆、茶馆、旅馆、缝衣铺、银铺、妓馆、诸物。

2. 树状式

当代谷向阳主编的《中国对联大典》没有统一分类，而是用不同的标准分类，实际是大类套小类的树状式分类：（1）按用途分：春联、行业联、婚联、寿联、挽联、胜迹联、居室联、题赠联、谐趣联、杂题联；（2）按内容分：写景状物联、叙事述史联、抒怀勉志联、格言哲理联、讽刺谐谑联；（3）按联文长短分：短联、中联、长联；（4）按创作方式分：创作联、改制联、集引联、征募联等。

较之先前的《中国楹联大典》22类分法，谷向阳这里的四分法无疑是一个进步，其中（3）（4）两项，总结了联界的研究成果，为较有新意的分类。

3. 其他

还有一些分类法，其模式同上，但细目（角度）不同。其中值得注意的是，于海洲在其《诗词曲律与写作技巧》一书里，以单句是否合入律和上下联平仄是否相对为标准，将对联分为律联和散联[①]。据笔者所知，抱有类似看法者，在联界内外都不乏其人。

（二）分类法讨论
1. 划分联类的意义和原则

分类都是创作之后进行的。其目的无非有两个：一是更明晰、更合理地编排对联作品；二是更科学、更有效地研究对联创作，并在一定程度上对其产生反作用。一句话，分类应该有意义，而不是为分类而分类。

笔者在主持《长安联苑》编务期间（2012—2016），曾将该刊对联创作栏目细化为十二个小类，即一节庆与纪念联、二参赛与应征联、三贺婚与祝寿联、四杂贺与杂题联、五风物与景观联、六祭挽与墓碑联、七嵌名与题赠联、八巧趣与讽劝联、九时政与时事联、十行业与生活

[①] 参见于海洲《诗词曲律与写作技巧》，湖海诗联学社内部印行1998年版，第282页。

联、十一格言与感怀联、十二园丁与蓓蕾联。

有人质询笔者："为什么不将第五个称作胜迹联？"笔者答曰：秉持"据实分类"的理念，不想全然因袭前人。当下新的"景区""景点"如过江之鲫，不断冒出，早已经不是"胜迹"一词所能概括得了；即便真是"名胜古迹"，也因为拆真造假、拆假造假而不好确指了。

2. 长联、短联的划分

（1）代之以单句联、双句联和多句联

长联、短联的划分，自有其必要性，因为两者的形式结构、创作难度显著不一。但多少字（句）算短联、多少字（句）算长联，联界尚无统一的标准。历史上，梁章钜曾将22字联（四言加七言）称为长联，但其态度又不无游移。①

迄于当代，长联界定的分歧似乎更大。陆伟廉认为只要每边两个短句，且不少于8个字（全联16字）即可称为长联。② 余德泉认为应该以每边20字（全联40字）为下限。③ 周渊龙认为约定俗成的说法，是以全联60字为下限。④ 常江参考词中长调字数（91字）的规定，认为应该以全联90字为下限。⑤

就句数而言，对联与词两种文体并不一致。词都是多句的，字数最少的"十六字令"也有四句（单调十四字的"竹枝词"暂且忽略）。对联除了多句联，另有单句联和双句联，而且在居室联、交际联那里，五、七言单句联所占比例极高。此外，双句联也比较特殊，一方面它与单句联不同，在句脚平仄、句式搭配等方面，需要做专门的考虑；另一方面也与多句联有异，尤其与包含十几个句子的多句联悬殊，将其"一锅煮"并不利于联律分析及其应用。鉴于此，本书暂将全部对联分为单句联、双句联和多句联共三种形式。

这里有一个问题需要指出，即个别对联的句子结构比较"黏糊"，不能一下子断定是几个分句。如"苦我今朝/只余薄命糟糠//犹归天

---

① 参见常江《中国对联谭概》，华夏出版社1989年版，第144—145页。
② 参见陆伟廉《对联经》，山西高校联合出版社1994年版，第124页。
③ 参见余德泉《对联通》，湖南大学出版社1998年版，第309页。
④ 参见周渊龙、赵梦昭《古今长联辑注》，湖南大学出版社1997年第2版，修订版前言。
⑤ 参见常江《中国对联谭概》，华夏出版社1989年版，第150页。

第二章 对联性状

上；劝卿来世/未遇封侯夫婿//莫到人间"一联，中间停两次、一次甚至不停，似乎都无大碍。遇到这种情况，或者从俗（该贫士挽妻联可按双句联处理），或者临机处置。

（2）长联边界何在

当代联界撰写长联，有越写越长的倾向，动辄成千字，甚至上万字，你超孙髯翁，我越钟云舫，仿佛在进行一场吉尼斯游乐比赛。清代云南大观楼长联，内容上说古论今，神采飞扬，而赵藩却用了端庄严整的楷体予以书写。何以如此？除了作者擅长正书，或许还有对游览者阅读体验的考虑。设想一下，该联共计180字，每边三行，字本来就嫌小，如果再来一个颠张狂素，肯定更影响阅读效果。钟云舫题成都崇丽阁联共计212个字，加之魏传统执笔书写的行楷字稍大，结果每边分作五行，才得以写完。钟云舫为故乡写的《拟题江津县临江城楼联》，竟多达1612字，如此长的联文，要想压缩在两块木板之上并"挂"在"城楼"，实非易事一件。迄于1988年，当地的文物管理所在原址上重修了一座一楼一底的"藏联阁"，并在屋内的墙上展示了这副超长联。①这无异于先"砌"一堵"对联墙"，然后以中间为轴，每边13组（木板），除最后一组外，每组安排4行（文字），如此这般才算"写"（"挂"）完了该联（见图2-7）。从形式上讲，这已经不是当代联界所称

图2-7 重庆市江津区文管所"藏联阁"钟云舫长联墙

---

① 《厉害了我的大江津，居然有两个天下第一》，《江津日报》2019年4月25日。

的"两行文学""诗中之诗",而是"一墙文学""赋中之骈"了。如果再有更多字数的长联,不管其质量如何,恐怕都是在读自对、读长文,而不是在读对联、读"诗中之诗"了;而且好不容易读了一大块(右幅),又发现同样体量的一大块(左幅),还在静等着阅读者的到来。

3. 律联、散联的分法

不合乎平仄要求的"对联"的存在,的确是一种客观事实,但若因此将对联划分为律联、散联,这在笔者还是难以接受的。这是因为:

第一,对联胎息于近体诗,又受到骈文的影响,要求对联讲求平仄乃顺理成章,而非人为桎梏。

第二,律联、散联的提法,应该还与古代诗歌分类有关。然而唐人之所以有近体、古体之分,乃是基于此前就存在不讲求平仄的古风(古体诗)这一事实。而对联自诞生伊始,就受到了平仄规则的影响,在此之前历史上并不存在"散联""古联"之说。

第三,那些不合平仄的"对联"的作者,有些是知而破格,有些则是不知平仄为何物。后者之中,既有未受过严格的私塾训练的古代人,更有不肯用功学习声律的当代人。他们因为不懂平仄,有时会犯一些本可以避免的错误。

第四,民间往往将对偶句(群)笼统地称为对联。这里有部分作者、读者不谙平仄的原因,也有部分格言小品、题词等"主动"向对联"靠拢"的原因。笔者并不认为对联一定比对偶句(群)高明许多。事实上,像"上士忘名,中士立名,下士窃名;上士闭心,中士闭口,下士闭门"(《格言联璧》"持联类")等对偶句群,其精辟程度不亚于同一题材的许多对联。本书在此只是强调,对联与很多对偶句(群)的文类不同,并无比较二者高下之意。

延伸阅读: 四位小说家的对联创作及对联观

贾平凹在小说《废都》第十七章,写到主角庄之蝶撰写挽联时,有"(我)也不讲究平仄对仗了"之句。联曰:"莫叹福浅,泥污莲方艳,树有包容鸟知暖,冬梅红已绽;别笑命短,夜残萤才乱,月无芒角星避暗,秋蝉声渐软。"2019年陕西画家刘文西去世,贾平凹所送挽联是"长空陨巨星;青史说大师"。由此观之,贾平凹撰联"不讲平仄"的特点确乎比较突出。他在另一部小说《白夜》第一章里所使用的另一

第二章 对联性状

副挽联:"学问能强国,黄泉君眼可闭;职称堪杀士,红尘吾意难平",平仄大体合律,语句也晓畅无碍,貌似属于例外,其实该联的作者另有其人。据笔者多方调查并经原作者确认,它本是当年西北大学中文系教师费秉勋挽同事吴天惠联,是贾平凹将这副现实挽联变成了小说挽联。

另外,贾平凹在散文《通渭人家》里写道:"一家的主人并不认字,墙上的对联竟是'玉楼宴罢醉和春,千杯饮后娇伺夜'。"作者为什么惊诧(所谓"竟"):是因为看出该联属于《长恨歌》"金屋妆成娇侍夜,玉楼宴罢醉和春"的改作,还是直觉地感到该联的内容(帝王与妃子沉湎酒色)与所处环境(目不识丁的农民家里)的不适应性?该联上下联顺序究竟是怎么回事:是原本就如此悬挂,还是作者在介绍时弄反了?如果是后者,则说明贾平凹不仅"不讲平仄",而且很可能"不谙平仄"。

二月河(凌解放)著有多卷本长篇历史小说《乾隆皇帝》。在该书第四卷第八回"表烈臣贤祠赋新联 奉慈驾仪征观奇花"里,作者安排了乾隆命福康安为史可法祠撰联的情节:福康安"脱口而出,喟然吟哦:一代兴亡观气数,千古江山傍庙貌",并赢得纪昀"合掌",乾隆"点头"。这里被归入福康安名下的对联"大作",其实是小说作者移花接木,私改清代学者谢启昆(蕴山)(1737—1802)"一代兴亡关气数,千秋庙貌傍江山"一联的结果。当年谢启昆正在扬州知府任上,清廷也同意在梅花岭下建祠奉祀,于是他题写了那副名联。且不说凌联将"关"改作"观"让人无法理解,单就后半联而言,倘若作者稍谙声律,便不会如此唐突,以至于平仄大乱,甚至连意思都弄反。"庙貌",庙宇及神像也,"江山"怎么会反过来依傍它们呢?

王蒙在对联是否应该讲究平仄的问题上,态度最为激进。他说:"各种对联包括刊载在媒体上的与贴在门上的,很多是对对联的嘲笑,风马牛不相及的两句话,不讲平仄,不分虚字实字,不讲比较衬托,硬写在那里了,实在是对中文的不尊重。看这样的对联,有时真与吃一个苍蝇一样恶心。古代甚至曾经以'对对子'取士。如今成了这样,令人能不痛心?"[①] 王蒙本人的对联创作情况如何,笔者无缘知晓,单就

[①] 《王蒙:请爱护我们的语言文字》,《人民日报》(海外版)2008 年 3 月 10 日。

这段话而言，未免情绪化了些；中国古代以"对对子"取士的说法，更不知从何谈起。

姚雪垠的态度与王蒙不同，他这样看待联律："在工厂农村，遇国庆或元旦贴出对联，不必在格律上讲究大多，只要字数相等，大体对偶，按普通话上联落脚仄声，下联落脚平声，我看就算可以了。"① 这种比较宽容的观点，在当今社会甚至在联界都有一定的市场。不过，从下面这副春联来看，姚雪垠本人似乎在严守联律。联云："万里春风抒壮志；百年美梦入长征。"

最后，附带谈谈王力的对联观。王力是诗词格律研究的权威人物，关于对联格律，他虽然不曾撰写专著，但也有过零星论述。1984年，中央电视台等单位联合举办第二届迎春征联活动，当时受邀担任征联活动特邀顾问的王力，在评委会上特意强调："对联一定要讲平仄，平仄不协，就不宜入选。"② 不难看出，他是主张对联创作应讲平仄的，尤其是征联大赛的入选联和获奖联。

4. 对笔者对联分类的一点补充

2003年，笔者曾就如何划分对联提出管见，认为可以从文学角度，将对联分为文学性对联和非文学性对联两种，其中非文学性对联还可再分为应用性对联、游戏性对联。同时认为，另外从书法角度，可以将对联分为书写型对联和非书写性型对联两种，其中非书写型包括口头"对对子""口号"型对联，书写型则包括室外观看（张贴、悬挂、镌刻）型、室内把玩（铺案、临时上墙、装裱悬挂）型。③

这里补充三点：

第一，游戏性对联，主要包括谐趣联和前面谈到的只"对"不"联"的巧对，为简化起见，本书按照《万宝全书》的说法，将两者统称为"巧趣联"（有的书称为"谐巧联"）。无情对、隐字联也可以划归游戏性对联。诗钟虽说是独立文体，但毕竟也是一种近体诗诗句游戏。集句联、集字联就内容而言，多数非游戏之作，但集句、集字这种成联

---

① 转引自尹贤《对联写作指导》，花城出版社2001年版，第1页。
② 中央电视台文化生活编辑部：《迎春征联集萃》第二辑，新华出版社1984年版，第59页。
③ 参见严海燕《关于对联的文学性及其他》，《对联·民间对联故事》2004年第4期。

第二章 对联性状

方法甚是特别，一副好的集句联、集字联常常令人拍案称奇。故此，后两者也可以划归游戏性对联范畴。

延伸阅读："一字对"至"三字对"

严格地讲，像"墨/泉"（即"白水"对"黑土"），"风扁/月圆"，"独角兽/比目鱼"，"孙行者/胡适之"之类，只是一些文字游戏和对联材料；即便勉强算作对联，也只能是广义上的对联，与文体意义上的对联有异。将其纳入对联范畴，实在是无奈之举。这些东西就像阑尾，让对联在定义上无法自洽。因为它们的掣肘，笔者经常旁逸斜出，对着下面的学生做出临时性的解释和说明。

第二，室外观看型的对联，有的是写，有的是刻；有的直接刻上，有的先刻后挂。在门上直接双钩（填墨）的，笔画轮廓清晰，对门平面的影响不大；先刻后挂和砖刻的，像篆刻和刻字，单字或凹或凸。楹者，堂屋前部之柱也。楹联，本指贴挂于这种柱子之上的对联（见图2-8）。历史上，因为《楹联丛话》等书的巨大影响力，使得"楹联"一词得以以偏概全，成为对联的"雅称"[①]。其实，贴挂、镌刻对联的地

图2-8　湖北襄樊武侯祠楹联

---

① 常江：《对联知识手册》，中国青年出版社1990年版，第3页。

方，至少有门上（形成所谓"门心"）（见图2-9①）、门框上（形成所谓"框对"）、墙上（指紧挨门的墙或门楼墙上）、楹柱上（形成所谓"楹联""抱柱联"）等四处之多，并非只有楹柱一家。而且笔者在关中民俗博物院还看到，有的老房子门内、门外、门框正面、门框侧面都有对联。现代人对"楹柱""楹联"已然感到陌生，即便是在联界，也因为"楹联"的偏正型复音词性质，以及由此带给嵌名作联的种种不便，而一度发生唇枪舌剑。书法界称对联为"楹联"，因为由来已久，可悉听尊便；联界研究的是对联全体，尤其是其联语部分，一般情况下称之"对联"较为合适。

图2-9 老北京门联之一。释文：忠厚培元气；诗书发异香。

---

① 《肖复兴：老北京的门联丨赏读》配图之一，搜狐号《当代》（2020-08-08），https://www.sohu.com/a/412070611_252331，2020年8月8日。

第二章 对联性状

第三，鉴于传统对联作者不一定可考、通用型对联作品较多的实际情况，也可以考虑将对联分为作家对联和民间对联。至于现当代对联，也可以照此划分。虽然，由于传播途径拓展和作者著作权意识觉醒，民间对联的提法在当代受到挑战，即便是游戏性对联也往往是署名的，附会于名人而编造"对联故事"越来越少。然而，撰联代笔现象依然存在，且一时半会难以杜绝，此外，出于自我保护、看轻作者著作权等原因，网上匿名撰对者也一直没有绝迹。

（三）分类法的学术意义、民俗学等意义

1. 学术意义与写作意义

由这里的对联分类法，笔者联想到传统"目录学"。"目录学"里的"目录"，与今日书刊所谓目录不全同义。"目谓篇目"，指篇名和书名；"录谓叙录"，即内容介绍、目的说明、编次想法等。做好"目录"功夫，既需要博大，又需要精微。同理，对联如何分类，既体现了编者驾驭繁复材料的能力，又包含编者的学术理念。

笔者自1990年代步入联界伊始，就一直秉持现代文学立场，并以此观照对联创作和对联研究。比较文学有"缺类研究"，"对联学"研究可以没有吗？花谢水流，时移世异。古人写妓院、烟馆，近现代人写电报局、百货商场，吾辈已跨入工业化、市场化、城镇化时代，面对的是什么？又能写什么？可填补哪些空白？又可深化哪些认知？

2. 民俗学及社会学意义

从明清到当代，各个时期对联总集、合集、别集的具体细目并不相同。对此，我们不妨单就某个时期的情形，做四步追问：

第一，这个时期的对联种类增加了什么，减少了什么？
第二，这种增加或减少，反映了怎样的社会风尚？
第三，减少的对联种类，是真的完全消失？还是编者没有或不便收录？
第四，怎样证实"潜在写作"的客观存在？

延伸阅读：对联分类法的民俗学、社会学意义举例

清代邹可庭编《对联隽句续编》，其中卷二有新春、元宵、端午、中秋等联类。这里将几大传统并列，包含了什么信息？难道与新春一样，每逢元宵、端午、中秋三个节日，当时的人们也贴挂对联吗？联界是否

· 127 ·

还能找到其他支撑材料，以证明这些对联民俗曾经存在及如何存在？

  明清两朝，严禁官员嫖娼。《大清律例》规定："凡官吏宿娼者，杖六十，媒合人减一等。若官员子孙（应袭荫）宿娼者，罪亦如之。狎妓饮酒亦坐此律。"违反者不仅官员本人受刑，就连媒合人、官员子孙也要一并处理，甚至连"喝花酒"都不允许。事既如此，为什么被今人奉若神明的曾国藩，会有赠妓联传世？要知道，即使清政府开征花捐，变相承认"公娼"，那也是光绪三十一年（1905）的事儿。当年"扫黄"力度如此之大，以至于好"男风"、狎优、养娈童等暗流汹涌，连今人膜拜不已的郑燮都不免沾染此习，为什么《楹联集成》还保留有"香艳"联一项？清代的反色情运动，其真相究竟如何？

  清代不仅有各类景观联，还有衙署联、会馆联。1980年代以来，各类景观联早已恢复，且呈现出蓬勃之势，但衙署联和会馆联至今动静不大。① 个中原因何在？会馆方面的低调、会馆联的少见与反腐运动有无关系？②

---

① 山西闻喜县政务服务中心挂上巨幅楹联，此乃罕见的行政办公楼联。参见《题闻喜县政务服务中心对联》，对联欣赏网站（2021-5-31），http：//www.86duilian.com/dl/hydl/jgdl/2021/0531/16151.html，2021年5月31日。

② 《中纪委官员：个别官员搞同乡会是醉翁之意不在酒》，中国新闻网（2015-01-21），http：//www.chinanews.com/fz/2015/01-21/6990989.shtml，2019年6月1日。

第三章 对联格律

第一节 联律

一 联律的讨论

(一) 梁章钜、吴恭亨的探索

在《楹联丛话》《楹联续话》两部著述里，梁章钜虽然也"附以记述"，但记述文字几乎不涉及对仗与平仄。截至目前，笔者只在《楹联续话》卷二"胜迹""格言"里发现了两处与读音与平仄点有关的文字。

一是清代福州城外罗星塔旧有七字联："朝朝朝朝朝朝夕；长长长长长长消。"梁章钜借康熙年间某道士之口，对此给予了解释。他说："此山为海潮来往之区。此联出语第一、第二'朝'字上平声，第三'朝'字下平声，通作'潮'字，第四'朝'字亦下平声，第五'朝'字上平声，第六'朝'字又下平声。对语第一、第二'长'字平声，第三'长'字上声，第四'长'字是平声，第五'长'字是上声，第六'长'字又是平声。"

二是万承纪（1766—1826）制一大篆联赠予梁章钜："仁仁义宜，以制其行；经经纬史，乃成斯文。"以及梁章钜在万承纪书房看到的一副"自集子部语篆联"："凡避嫌者内不足；有争气者无与辨。"梁章钜认为，"惜其字句未能匀称，平仄亦尚未谐耳"。这里"平仄未谐"一句，比较容易理解，因为二联上下联的两个联脚"行""辨"都弄反了；但"字句未能匀称"一句，梁章钜却语焉未详，或许他是指"仁仁义宜""经经纬史"两处特殊节奏及其语感问题吧？

吴恭亨在《对联话》里涉及平仄之处稍多，只是与梁章钜一样，在平仄点的划分及其平仄要求上也比较粗疏。例如他在卷七"哀挽三"里写道："挽刘武烈公云：'初援鄂州，继援江州，忠于国亦忠于桑梓；得一名城，失一长城，死于贼实死于小人。'对幅声调少舛，然生硬奇崛，正自可诵。"吴恭亨所言"对幅声调少舛"，应该是指"城""城"二句脚的本仄反平瑕疵，对于该联全部平仄点而言，他的这种分析是粗线条的，并未深入"援""国""贼"等细部节奏点。

平仄如此，对仗更是不堪。梁、吴二人显然不想"以辞害意"，在他们的记述里有多处"可诵""可喜"等赞语，且绝大多数都是针对修辞效果和思想内容而发；相反地，对其中存在的词类和节奏不相对的问题，却未见议论。对于实词在上下联里同位出现，或不同位无规则出现的对联，三本著作更是收录了不少。

（二）骈文、近体诗和对联格律"交集"

当代人总结近体诗的形式要求，认为它有"三要素"，即押韵、对仗、平仄。但近体诗是韵文，押韵一项为其所特有。如果论及近体诗与骈文、对联的"交集"，则只有对仗、平仄两项。换言之，从骈文到近体诗再到对联，三种文体在形式方面的讲求，主要集中在平仄、对仗两个方面。

南北朝时期的骈文，展示了大部分对仗形式，而平仄尚处在探索期。唐代的近体诗增加了借对、流水对两种新的对仗形式，同时在对仗、平仄之间偏于对后者的完善。明清时期的对联，又将重点落在了对仗上，除了继承此前几乎所有的对仗形式，还拓展了自对，新增了无情对；同时，也开启了中长联平仄安排的探索。

（三）对联形式要求的准确称呼

诗、词、曲三种文体，在句数、字数、节奏等形式方面，形成了固定格式，而这恰恰是对联所不具备的。更"糟糕"的是，为保证自身的独立自足性，对联还被迫加上了诸如意义相关等其他要求。这样一来，如何准确称呼对联在文体方面的要求，到底是用"联律""文体特征"抑或"写作要求"，似乎成为一个问题。

第三章　对联格律

必须承认，下面八要素中的最后两项（尤其是"意义相关"），实际上已超出一般意义上的形式范畴。但是，鉴于其他要素鲜明的形式性，同时为了与当今联界"接轨"，本书在此沿袭了"联律"（对联格律）这一普遍称呼。

（四）联律八要素

倘若以诗式联（近体诗里的对仗句）为主要参照物，同时兼顾骈式联（骈文里的对仗句），那么，对联格律可由原来的对仗、平仄两个方面（即李开先所谓"分门类""拘声律"），细化为八个方面（要素）：（1）字数相等，（2）用字相别，（3）词类相同，（4）结构相称，（5）节奏相应，（6）平仄相谐，（7）意义相关，（8）强弱相当。

事实上，自1980年代初到1990年代初，这八个要素都先后被联界拈出过。1981年，张少成、李泽一提出"五要素"，即字数相等、词类相当、结构相应、意义相关（或相反）、平仄协调。[①] 1981年，苏文洋也提出"五要素"：字数相同、词性相同、结构相对、节奏相对、平仄相对，同时又含混地提及应避免"同对"[②]。以上两种提法的"并集"，大体涉及七个方面，即上下联字数、词类、结构、平仄、节奏、上下联意义关联性、上下联重字。1983年，任喜民提出六点"对联的写作要求"，实即"六要素"："一、字数相等；二、词性相同；三、结构相应；四、句式相似；五、内容相关；六、平仄相对。"与两个"五要素""并集"相比，少了一个"节奏相对"。[③]

1990年，常江正式提出并具体论述了对联的七个"文体特征"，实即"七要素"，包括字数相等、内容相关、词性相同、句式相同、平仄相谐、强弱相当、文字相别。[④] 与任喜民"六要素"相比，常江的"七要素"依旧不含"节奏相对"，但多了"强弱相当"。常江的提法影响了联界十几年，直至2008年中楹会学术委员会出台并推行《联律通则》。

顺便说一下，对联是不押韵的，因为律诗中间的单副对仗句就不押

[①] 张少成、李泽一：《对联选》，四川人民出版社1981年版，第9页。
[②] 苏文洋：《古今联语》，重庆出版社1982年版，第4页。
[③] 任喜民：《对联艺术》，宁夏人民出版社1983年版，第88页。
[④] 常江：《对联知识手册》，中国青年出版社1990年版，第8页。

韵。所谓"韵联",乃是对联作者利用其他文体"嫁接"而成,并非对联本身的规定。如福州南门外古茶亭联:"山好好,水好好,开门一笑无烦恼;来匆匆,去匆匆,下马相逢各西东",就类似一首民谣。

(五) 联律八要素的取舍

1. 遭遇削减

联律八要素中,"(2) 用字相别"和"(8) 强弱相当"往往被省减。前者多被以避忌不规则重字的名义而另作讨论,后者则被归入修辞类。又因为虑及无情对,有人连"(7) 意义相关"也不敢提了。还有的以为"(1) 字数相等""(5) 节奏相应"形同废话,主张舍去。个别人以现实生活中存在宽对、不讲平仄的"对联"为理由,建议取消"(6) 平仄相谐"。即使最后仅存"(3) 词类相同""(4) 结构相称"两个要素,研究者依然不肯放过它们。王宪忠认为"(3) 词类相同"是错误的路径,李成森则认为"(4) 结构相称"是"少人理会的空话",不该被列入联律。

2. 质疑削减

因叶伤枝,由枝及干。联界这种不断做"减法"的学术路径,果真合适吗?2018年,笔者在长安沣峪口"终南山观音禅院"看到一副客堂抱柱联:"山泉沏茶迎远客;淡泊世事好参禅。"如果联律一直这样省减下去,这副从结构到词语都明显失对的"对联",是否也应该被视为古人口中的"合作"(合乎法度的诗文)?是否也可以以"字类对""交股对"等名义而蒙混过关?

3. 八要素的必要性

联律是联作完成后进行形式审查的标准,它理应全面,甚至可以不避琐细。构思对联时,允许作者有自己的"捷径",但这种"捷径"因其简约性、灵活性,而未必能够同时成为审查标准。例如,有人提出构成对联的必要条件是语法成分相对,充分条件是联义逻辑相对。[①] 对于一名对联老作手来讲,该说可能是经验之谈,但因为它至少缺失了平仄,从而无法转变为对联初学者的"作文之道"。

---

① 参见王宪忠《对联法则与旧联拾零集》,吉林大学出版社1995年版,第5页。

第三章　对联格律

此外，民间一直存在将两行（段）大体相对，或精警或俏皮的文字视作对联的传统。例如，1990年央视《综艺大观》节目梁左的相声《小偷公司》里的"说你行，你就行，不行也行/说不行，就不行，行也不行"，横批"不服不行"。出自2020年互联网的"隔离，人权没了/不隔离，人全没了"，横批"你看咋办"。晚年思想开放的常江，还希望联界"关注、研究、发扬和引导""说你行/说不行"这类"俗联"。①

类似这样的情状，其实还有一些。正是因为局面的复杂性，加之研究者水平有限，联界对于联律尤其是对中长联联律的探讨，尚不尽如人意。

在笔者看来，对联里虽有变格，却不能因此否认正格的示范价值；无情对和不讲平仄的"对联"属于"另类"，更不能因此而忽视多数对联的共性。联界当下所能做的，是利用现有语法体系或语义学理论，对于联律的核心内容——对仗，暂时给个说法。至于这种说法是否完全合适，则是后续性话题。

4. 对仗的宽严与节奏的划法

（1）适当放宽

在诗律联律的问题上，人们有必要保持客观冷静，不可以忽"左"忽右。就对联对仗而言，一方面要坚持"（3）词类相同""（4）结构相称"的原则，另一方面在实际操作时，可根据情况适度放宽。具体到上面的讨论意见，"（4）结构相称"固然不乏例外的情形，但即使"（3）词类相同"，也不见得每一位对联作者、每一副联作都能够遵守它，例外的情形照样所在多有。倘若按照李成森"词性不一致""当然判为违律，不合格"的标准打量，②那么，已知对联中完全合格的作品可能所剩无几。

（2）延续传统

对联脱胎于近体诗中的对仗句，联律与诗律有着天然的联系。构建联律时，盲目套用诗律固不足取，若完全抛弃它，恐怕也行不通。笔者不赞成动辄要求对联避忌三平尾、三仄尾，也不赞成置诗式联二三、四

---

① 参见常江《坚守与标新——当前对联创作的一些不确定思考》，转引自明月清风花香飘微博（2016-01-29），http：//blog.sina.com.cn/s/blog_5e9730360102x0mk.html，2019年6月1日。
② 李成森：《结构对应不宜作为联律——给中楹会领导的一封公开信》，联都网（2008-04-26），http：//china-liandu.com/dispbbs.asp?BoardID=238&ID=108488&page=1，2008年5月1日。

三节奏于不顾，另起炉灶。①

先看"三平调"。"三仄尾""三平尾（调）"虽说都有声律缺憾，但其严重程度并不一致。唐人作近体诗一般并不避忌三仄尾，只避忌三平尾（调）。清代文人中的对联作者几乎都习练过近体诗，所以清联特别是五七言联，一般也是避忌三平尾（调）而不忌三仄尾。当然，也有个别作者不以为意。像清代"扬州八怪"之一的金农，其联墨"奇书手不释/旧友心相知"，三仄尾、三平尾皆有所犯；另一副联墨"抚琴床动摇/弄笔窗明虚"，甚至连平仄的底线都突破了。不过这类文人天生反骨，对于对联的平仄要求，有时放得过宽。今人作联应以避免三平尾为好，除非遇到诸如"天安门"一类的特殊情形，才可以放宽。至于有人举出刘少奇题盛多贤画像联"陡山隐高士；盛世期新民"，若严格检测，除了下联为三平尾，还有上联特拗句不尽合律的问题。鉴于它产生于烽火连天的抗日时期，今天不妨以宽对视之。

再看二三节奏。与明清对联创作不同，华翰（梁柱华）完全以普通话定平仄、以语义单位划分节奏。例如："风声/读/竹韵；月影/写/梅痕。"1991年，西安市书院门建起牌楼并挂联："碑林藏国宝；书院育人杰。"笔者尝试用普通话、平水韵分别检测其平仄，皆遇扞格之处。事后方恍然大悟：作者张骅是以普通话定平仄，并以语义节奏取代声律节奏而撰联的。

5. 对仗理论上的复古倾向及其复杂性

（1）复古：字类相对

前面谈过，明代刊行的两本对偶语工具书，后附《习对发蒙格式》，即对"实虚死活对＋实字小类对"等的说明和示例。透过这些对偶练习步骤及其联想记载，可以看到：古人是以对字（单音节语素）为起点，继而以字组词、组短语相对，最后走向造句并相对，即以安妥材料为基础，继而完成全联结构的。既然字、词的相对（"聚合关系"）可以被考察，结构相对（"组合关系"）当然也可以被考察。②只是汉语

---

① 参见华翰《对课入门》，《联友》1989年3月号。
② 参见孙良明《谈古代蒙学语法训练及其教材〈对类〉》，《烟台师范学院学报》（哲学社会科学版）2000年第2期。

第三章 对联格律

不同于西语，它倚重的是词序和虚词，而不是动词的形态变化。现代汉语语法分析法来自西方，无论是成分分析法还是层次分析法，实际上都以动词为中心。以它来考察对联，有可能让人捉襟见肘，需要不时"打补丁"；相反地，以模糊概念对模糊事实，且只管字类相对，不问结构相对，则似乎牵住了牛鼻子，分析起来会顺畅一些。

（2）走向现代语法：探索和徘徊

这个话题比较复杂。写过《新著国文语法》（1924）的黎锦熙、主编过《古代汉语》（1964）的王力、制订过《暂拟汉语教学语法系统》（1956）张志公等老一辈学者都已经作古，他们曾经在此探索或者徘徊。笔者在《诗词通论》（2009年版）里指出过一个事实，即王力在1950年对自己此前关于如何"对对子"的说法确乎有过修正。他说："词义和词类的关系就是概念和词类的关系。""在斯大林关于语言学的伟大著作发表以后，我对于词类的错误观点仍然存在。我说在对对子的时候，名词对名词，形容词对形容词，动词对动词，虚词对虚词。其实这是不对的。'对对子'实际上是概念对概念，而不是同类的词相对。概念和词性虽然是密切联系的，并不是同一的东西。我那样混为一谈，仍然是不对的。"[①] 出人意外的是，王力在1977年出版的《诗词格律》中，并未继承这种修正。相反地，他依旧认为：第一，"词的分类是对仗的基础。古代诗人们在应用对仗时所分的词类，和今天语法上所分的词类大同小异，不过当时诗人们并没有给它们起一些语法术语罢了。"[②] 第二，"依照律诗的对仗概括起来，词大约可以分为下列的九类：1. 名词 2. 形容词 3. 数词（数目字）4. 颜色词 5. 方位词 6. 动词 7. 副词 8. 虚词 9. 代词"。不难看出，王力并未全然生搬硬套现代汉语语法，他从唐宋律诗对仗的实际出发，将虚词归为一类，对于名词、动词等实词及对仗句里常见的数词、颜色词、方位词，则分别设为一类。

（3）寻找出路：一点思考

首先，当下的许多联友为"40后"至"90后"，他们是伴随学习现代汉语语法而长大的五六代人。虽然自2001年起中学课改开始

---

① 王力：《关于汉语有无词类的问题》，《北京大学学报》1955年第2期。
② 王力：《诗词格律》，中华书局2000年新一版，第42页。

淡化语法，但迄于 2016 年，统编教材又开始将语法知识作为非连续材料分散在初中课本中。面对这样的对象和语境，即便不将现代汉语语法视为解析对联的利器，而是作为解释传统字类相对的背景，也是一个值得考虑的工具选项。王力、张志公都谈过古人的字类对与现代汉语的词类对之间的对应关系，虽然不够全面细致，却都是一个很好的参考。

其次，从精确化走向模糊化，以绝招胜复杂招数，未必是容易之事。在此过程中，读者需要转换脑筋、咀嚼消化，复古者也需要完善和解释"古法"，并让人心服口服。其实，王力、张志公的古今对仗比较研究，已经接近当下时兴的"类义词"理论。当代联界，既可以继承他们的学术思路，继续完善语法视域下的对仗理论，也可以探索"类义词"视域下的对仗理论，甚至可以做"虚实死活对 + 实字小类对"的复古实验，三者彼此良性竞争，最终用效果说话。

再次，现代汉语语法来自西方语法体系，难免带有天然的不足，又因为师法不同而形成诸多学术体系，但联界也不必因此而菲薄今人，神话古人。举例一则：古人所谓"最是死字不可对以活字，活字不可对以死字"的论点，即非无懈可击，王力早就发现了不及物动词经常与形容词相对的事实。此外，唐代诗句"身无彩凤双飞翼，心有灵犀一点通"里活字（"通"）对实字（"翼"），也并非什么"体现了对仗的残缺美"，"通"字的出现，很可能是作者李商隐囿于律诗押韵要求的无奈之举。初学者恪守"词性一致""结构一致"而不敢稍有违背，固然拘谨刻板，但古人不也发生过因为"死对"而遭遇嘲笑的故事吗？对联是由个人创作的，而规矩是死的人是活的，"运用之妙，存乎一心"，古今一体，安有例外？"道德五千言，乘牛出函谷；腰缠十万贯，骑鹤上扬州。"该联应该是先有下联（俗语），后由作者对出上联。在梁章钜等人那里，这种文本只能属于"对"而非"联"，即没有统一命题，本身带有凑合的意味。倘若《缥缃对类》的编者将"腰缠"改作"盘缠"，则还算得上形式工稳。然而编者并未如此修改，而是选择了"尊重"原话。如此一来，该对仗句就有了罅漏，其美学效果差强人意。今人大可不必想入非非，如获至宝，以为这是古人在倡导什么"残缺美"。至于《笠翁对韵》等蒙书，也并非对联理论的金科玉律，

第三章　对联格律

若过分倚重它们，甚至以其例句作为标准，以证明古今诗联是否合律，则恐有失严谨。谓予不信，不妨对照平水韵，检测由"米东居士"题序的《笠翁对韵》，看看其韵脚是否出韵，即可证明孰是孰非。

二　联律的分说（上）

（一）字数相等

1. 不言而喻的常识

字数相等一条，本是自不待言的。倘若对联不等字，所谓对联之说，又从何谈起呢？但在实际运用中，我们有时又不得不强调它。例如，2010年代，某地将北宋张载著名的"四为"不等字排比句，作为"书院联"悬挂，即违反了这一基本要求（见图3-1）。其实，该排比句可以作为四条屏形式，匀整地挂在墙面，而不是像四柱联一样，分置于大门两侧。

图3-1　释文：为天地立心，为生民立命，为往圣继绝学，为万世开太平。

2. 关于"中国人民/袁世凯"联

众所周知，现代汉语里有"对偶"辞格。运用这种辞格造句时，偶尔会出现上下句字数参差的情形，然而对联不可以如此，它必须是齐言的。坊间流传的"中国人民万岁/袁世凯千古"，被很多研究者捧为"妙联"。但在笔者看来，利用了对联"字数相等"的规定和四川方言的双关义（"对不上"叫"对不起"）之间的微妙关系，制造了弦外之音，这只是一种特殊修辞行为罢了。作为这种修辞行为的结果，"中国人民万岁/袁世凯千古"同样性质特殊，可暂时划归对联外围产品之列。在没有更多同类联例出现之前，过分突出该联的"奇妙"，甚至每提联律必然讲到它，这种做法未必妥当。

（二）用字相别
1. 排偶允许重字

正如前面所谈，使用对偶辞格也可以形成对句，但这种对句与旧体诗里的对仗有所不同。前者可能只是排偶，后者才是严格意义上的对偶（即对仗）。所谓"排偶"，王力的全称是"排列成偶"（语），它字数相同，不避同字相对，不拘平仄；而对仗则是"相对成偶"（对偶），它字数相同，不允许同字相对，要求平仄相对相替。尤其是律诗的颔联和颈联，其对仗不允许出现重字，除非遇到掉字对等特殊情况。

对联继承了律诗这一传统，既充分发挥了每个字的作用，同时又在视觉上显得整饬匀净。比较而言，中长联比短联更容易出现重字的问题。这主要与前人仅靠人工目检，难以顾及周全有关。如俞樾挽孙师郑之祖母杨太恭人联："天家以寿母褒封，耄耋大年，已届八旬有八岁；泉壤有贤郎随侍，后先偕逝，竟传同日不同时。"其中两个"有"字，即属于不规则重字。令人欣慰的是，从2010年代开始，许多网站都增加了平仄检测与重字查询功能，人们凭借现代科技手段，可及时准确地发现问题。当然，还有一种情形，即虽然发现了问题，却也无可奈何。如传统婚联："乾八卦，坤八卦，八八六十四卦，卦卦乾坤已定；鸾九声，凤九声，九九八十一声，声声鸾凤和鸣。""八十一"对"六十四"，"八"属于不规则重字，"十"属于同位重字。对此，作者要么放弃这种构思，要么以不以言害意的名义，听之任之，别无其他选择。

2. 对联允许重字的情形

对联中允许重字，即用字可以不相别的情形有三种：每边内部重复、两边同位重复及两边异位重复。其中第三种"两边异位重复"，主要指回文联里交叉重复（回文）而言，本书对联修辞一章将对此有所说明。这里只讨论前两种重字情形。

第三章 对联格律

（1）每边内部重复

前面所言特殊情况，主要包括掉字对、自对及使用回文、排比、顶真、反复、复叠等辞格所形成的规律性重复。如传统戏台联："欲知**世**上观**台上**；不识**今人**看**古人**。""凡事莫当前，**看戏**何如**听戏**好；为人须顾后，**上台**终有**下台**时。"这是掉字对。明代顾宪成题江苏无锡东林书院联："**风声**雨**声**读书**声**，**声声**入耳；家**事**国**事**天下**事**，**事事**关心。"这是因使用排比、顶真、复叠三个辞格所带来的重复。

在自对联里，所重之字不一定刚好同位。据《槐卿遗稿》载，晚清鄱阳县县令沈衍庆（槐卿）因同太平军作战而亡，战死前有自挽联云："**二十年**读书，**二十年**服官，取义成仁，要担起纲常二字；进**难为**赴援，退**难为**固守，孤忠效死，愁对兹章贡双流。"该联里的重字不仅位置不同一，甚至字数都不一致。此外还有重字不连续的情形，这个后面再举例。

（2）两边同位重复

由于受到骈文、散文的影响，个别联作里出现了"之""者""而"等同位重复性字眼。如清代沈葆桢题台南延平郡王祠联："开万古得未曾有**之**奇，洪荒留此山川，作遗民世界；极一生无可如何**之**遇，缺憾还诸天地，是创格完人。"这里重复"之"字。河北河间毛公书院联[①]："说诗**者**四家，问申韩**诸**子以来，谁惜公生也晚；重训**者**六义，冠风雅**诸**篇之首，犹幸文在乎兹。"这里重复"者""诸"二字。传朱熹题南宋福建路建宁府学明伦堂联："师师庶僚，居安宅**而**立正位；济济多士，由义路**而**入礼门。"这里重复"而"字。

如果联墨的联文来自明清格言小品，就更易出现包括同位重复在内的重字现象。如陕西兴平籍国民党将领刘玉章（1903—1981）赠人联墨："居安宜操一心**以**虑患；处变当坚百忍**以**图成"（见图3–2），其内容即是对《菜根谭》一段文字的摘取："衰飒的景象就在盛满中，发生的机缄即在零落内。故君子居安宜操一心以虑患，处变当坚百忍以图成。"

[①] 为纪念大毛公（毛亨）、小毛公（毛亨之侄毛苌）传播《诗经》之贡献，元代曾在毛苌当年讲经的地方设置毛公书院，如今大部分已毁。此联据1912年万福堂手抄本《酬世锦囊》所载。转引自田国福等《河间毛公书院联拾遗》，《中国楹联报》2003年4月4日。

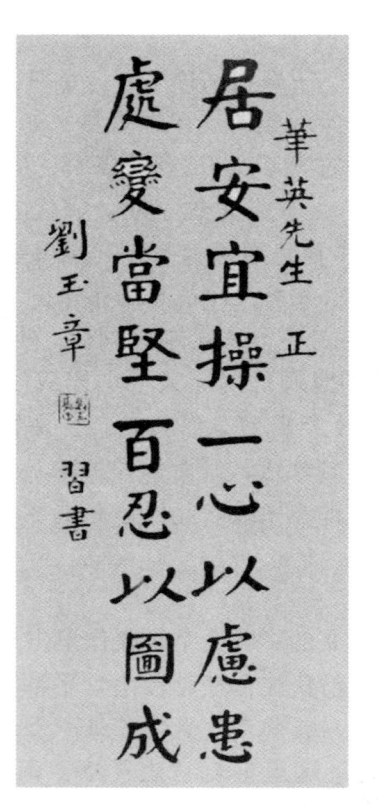

图 3-2 释文：居安宜操一心以虑患；处变当坚百忍以图成。上款：华英先生正。下款：刘玉章习书。

3. 再说对联允许重字相对

同位重复的口子不能随意打开，所重之字通常仅限于虚字。甚至以上骈文式重字，若能不用就尽量不用。近代广州茶楼"陶陶居"曾经有联，"陶潜善饮；陶侃惜分"，其中陶姓同位重字，但该联并不具有普遍意义，所嵌之名彼此重复的概率毕竟很小。1960年代，有关方面在湖南岳阳楼挂起了所谓"岳阳楼联"："洞庭天下水；岳阳天下楼。"①

---

① 最初提出以明人诗句为楹联者，是时任岳阳市宣传部长的方楚雄。研讨会上，来自岳阳师范学校王自成提出此为集句联，应不以辞害意。参见青申丙《岳阳楼门轶事》，《中国楹联报》2006年11月24日。

第三章 对联格律

对此,常江、余德泉等人视为对仗正例,[①] 而笔者则持不同意见。该联摘自明代魏允贞的古绝《岳阳楼》,全诗为:"洞庭天下水,岳阳天下楼。谁为天下士?饮酒楼上头。"古体诗允许重字对,这属于诗词常识。对于对联来讲,这种排偶句虽然也可视为对仗,但必须是嵌在同幅(上联或下联)之内,即两边各自形成自对。换言之,单靠一个排偶句,还无法形成对联。清代纪昀曾见一副马神庙"联","左手牵来千里马;右手牵来千里驹"(《清稗类钞·文学类》),就排偶句形式而言,与当代"岳阳楼联"应属同一情形。其下联"右手牵来千里驹",与纪昀所猜的"前身终是九方皋"相比,无论是在内容还是形式上,其差距都是显而易见的。马神庙"联"不可取,"岳阳楼联"亦不可取。

至于梁章钜转引《柳南随笔》的另一副"联":"名满天下,不曾出户一步;言满天下,不曾出口一字"(《楹联丛话》卷一"故事"),也因为同位重字太多而不足为训。该"联"乃清代名僧硕揆原志禅师所撰,该僧有《硕揆禅师语录》传世,其中许多条语录,与明清格言小品颇为相像。例如,"说人一声恶,何损于他,在我适足以昭其薄德;说人一声好,何损于我,在他又可以兴其善心。"梁章钜将该僧写给钱陆灿的格言书法作品,当作严格意义上的对联(楹联)一股脑儿搬过来,事先不加辨别,事后不予解释,未免粗心了些。当代个别清联爱好者,言必称硕揆"名满天下"为"妙联",也恐怕有失详察。依笔者拙见,该"联"可划归对联外围产品。

(三) 词类相同
1. 借助语法词类而不囿于此
(1) 接近类义词相对体系的实字及其他互对

就近体诗的对仗而言,唐诗朴拙,宋诗纤巧,两者有所不同。对联作为一种以对仗为天职的文体,从理论上讲,其对仗应比近体诗更为工巧一些。或许由于这个原因,王力曾经有言:"对联在原则上须用工对(包括借用和'诗''酒'一类的对立语),不大可以用邻对,更不能用

---

① 参见常江《对联知识手册》,中国青年出版社1990年版,第56页;参见余德泉《对联通》,湖南大学出版社1998年版,第93页。

宽对。"① 王力后期所谓"工对",主要指十一种实字即普通名词小类各自互对,有时也扩大到九种词类里的数词、颜色词、方位词各自互对以及自对等。所谓"邻对",指天文与时令、同义与反义、人名与地名等相对。所谓"宽对",指名词与名词、动词与动词等相对。其中,十一种实字包括:天文、时令、地理、宫室、服饰、器用、植物、动物、人伦、人事、形体。九种同类词是:名词、形容词、数词、颜色词、方位词、动词、副词、虚词、代词。② 显然,九种词类的分法特为诗联对仗而设,与一般语法词类划分相比,有的属于归并(虚词),有的属于分化(颜色词、方位词)。王力这种实事求是的做法,使他在不知不觉间走近了类义词相对体系。

(2) 工对的形成与语法词类分析法

在对仗句里,(字)词的门类范畴越小,对仗自然越显得工稳。不过,静态考察古今对联作品中词类相对的实际,会发现它们有时极严,有时极松,并非总是铁板一块。很多时候,一副对联尤其是多句联,其两三处的短语、词或者语素,其对仗特别工巧,其他地方的对仗则未必如此。这是不难理解的。如果处处都是小范畴相对,则作者的手脚与读者的视野必然会受到限制。有"千"必有"万",无"星"不伴"月",古人所谓"三家村夫子"之讥,即与此相关。相反地,如果个别小类对仗极工,则全联其余宽对之处也会显得工整,这是由于读者感知对仗时,"晕轮效应"发挥了作用。事实上,如何在整饬与流畅、秩序与自由之间取得平衡,一直是古今对联作手们的探索目标。

而且,正如王力所发现的,"诗""酒"虽然不是同门类词,但在古代近体诗里经常相对。这说明它符合古人心目中的对仗标准,而该标准主要是基于词的词汇意义、联想意义(所谓"相似点""上位义""上位词"),而不是基于该词的语法意义(功能)。譬如,陶渊明、李白等一干文人喜好吟诗和饮酒,诗与酒缘分深厚,于是"诗""酒"被看作可用来并置的同类(类义词或近似类义词)。

当然,我们如此言说,并不意味词的语法意义(功能)完全退出

---

① 王力:《汉语诗律学》,上海教育出版社2005年版,第181页。
② 参见王力《诗词格律》,中华书局2000年新一版,第43页。

第三章　对联格律

了对联对仗。像"之乎者也焉矣哉"等虚词（字）对仗，一般都是该词的语法意义在相对。总之，"词类相同"在此只是一个从权的说法，它们可能同属于某一小类，也可能同属于某一大类。在用现代汉语语法考察对联事实时，不妨在方法上灵活一些，对于虚词部分可参考已有学术成果，对于实词部分则可视具体情况，做出必要的联想和新的归类，以求阐释通达，并符合实际。

2. 词类相对例析

阮元曾经的老师乔椿龄有一副书斋联："四方名士皆知己；八座门生正少年。"这里的"皆知己"指皆为知己，"正少年"当指正年轻，而"知己"与"年轻"一作名词一作形容词，两者并不相对，但"少年"的另一个义项"年轻的男子"，则为名词性的短语，又可以与"知己"同属一类。鉴于此，不妨将现代汉语里难以见到，[①] 如今读起来颇感别致的"皆知己""正少年"，按照现代汉语的层次分析法，划为谓（动）语。类似的还有薛时雨题杭州云栖寺联："至此方知官是梦；前身安见我非僧。"这里"至此"一词可换作"今日"，与"前身"一样都具有时空性，在此意义上讲，两者是可以相对的。

郭沫若题茅盾书斋联："胸藏万汇凭吞吐；笔有千钧任歙张。""笔"（文具）对"胸"（人体）本属名词宽对，但对一个作家来讲，心胸或者心脑乃文思的出发地，下笔成文乃其过程和落脚点，"胸"和"笔"拥有一个共同的上位义"创作"，故而也算工对。"汇"和"钧"，一作名词一作量词，但量词与名词甚至与动词有发生学上的联系，且两个数量短语"万汇""千钧"前指容量，后指重量，亦可相通。至于联末的两个自对"吞吐""歙张"，依一般划法，当归工对。

刘玺君1992年参加江苏纪念中日邦交正常化二十周年征联获奖联："永戢干戈通玉帛；惟于棋局论兵戎。""戢"，动词，收藏的意思。"于"，介词，在。介词对动词的理由，我们在前面已经谈过，但这里"于"的动词性很弱，与"戢"相对属于宽对。

民国何云龙自贺新莲诗社成立联："笑傲烟霞，神仙福分原非小；交融水乳，文字因缘不厌多。"其中的"笑傲"是叠韵联绵词，即广义

[①] 2000年代，郭敬明主编的《最小说》杂志风行一时。该杂志名即不合乎散文习惯。

上的单纯词，意谓嬉笑游玩，与此相对的"交融"是复合式合成词，意谓交汇融合。两者本来无法成对，但因为都是动词，可视为宽对，属于同义对联绵（王力称为邻对）。

民国某官署联："国家渐近升平，愿大法小廉，和衷共济；民物皆吾胞与，看化行俗美，幸福同沾。"北宋张载《西铭》有云："民，吾同胞；物，吾与也。"后演变为成语"民胞物与"，一般解释为：民是我的同胞，物是我的同类。换言之，通过使用并提辞格，成语"民胞""物与"产生了。它与上联里的"国家""升平"结构相似，本可以形成对仗，即"民物胞与"对"国家升平"，奈何各自都有中间成分（状语），而"渐近""皆吾"两个中间成分并不十分相对。对此，当年的作者也没有精益求精，未能将"民物皆吾胞与"改为"民物皆为胞与"。

（四）结构相称

1. 何谓结构相称

广义上的结构相称，是指上下相对的词、短语乃至句子的语法结构相同或相近。狭义上结构相称，仅指句法结构相同或相近。

2. 结构相对举例分析

结构相同的，如1992年某外地学员题广西柳州楹联函授院联："熠熠华光，照亮一条新路；区区斗室，充弥四域春风。"上下联皆主（前句）谓（后句）式。

结构相近的，如山东泰山绝顶亭联："一日无心出；群山不敢高。""无心"对"不敢"，虽是动宾对偏正（状中），但都作后面动词的状语，同时也都表示否定的语义。清代孔祥霖题多景楼联："北固暂停槎，纵我双眸看无边风月；东瀛方用武，问谁只手扶第一江山。"上联后句为兼语式，下联后句却有不同划法，但它们总体上是相对的。

于是，小处不工，大处较工；词类对仗有瑕，结构对仗弥补。这也是将结构相称列入八要素的意义所在。

不过，与近体诗稍有不同的是，对联里结构相近而不相同的情形较多，个别对联甚至相差较远。如曾国藩赠妓联："大抵浮生若梦；姑从此处销魂。"该联上下联因果关系清楚，但结构不同，上联主语是"浮生"，下联主语没有出现。又如梁章钜《楹联丛话》卷一"故事"所

第三章 对联格律

载：(朱熹)又知漳州日，建书舍于天宝镇山开元寺后顶，联云："十二峰送青排闼，自天宝以飞来；五百年逃墨归儒，跨开元之顶上。"其中，"天宝"指天宝山，"开元"指开元寺。"自天宝以飞来"为偏正结构，"自天宝"是介宾短语，主要动词是"飞（来）"，加上连词"以"，介词"自"的动词意味增强。而"跨开元之顶上"为动补结构，主要动词是"跨"，"开元之顶上"是偏正型名词短语，前面省略介词"于"。总之，第二分句语法结构上下相差较远，尤其是"顶上"与"飞来"，显系对字不对句。王丹2009年参加辽宁朝阳云蒙山征联获奖联："收泰华恒衡未有之奇，步履太虚清，山间云气连银汉；看英雄儿女往来不绝，石留忠骨在，天使将军镇版图。"其中第一句与此相似，"绝"对"奇"也属于单字对而句法成分不对。

结构不对的原因很多。对于五、七言句等而言，除了作者意识中对字高于对句外，还可能与被迫节缩有关。如清代刘宗辉（古庵）题滕王阁："有客临舟怀帝子；何人下榻学陈公。"下联"何人"可看作对"又有何人"的省略，它与上联"有客"一样，都是对一种存在状态的叙写和关注。至于上面提及的朱熹题漳州开元寺书舍联，它实际上转引自朱玉《朱子文集大全类编》第八册卷二一、朱启昆《朱子大全补遗》卷一，虽然与道光年间问世的《重纂福建通志》卷二七五所载一样，几位作者都认为是朱熹所作之对联，但它的骈文色彩昭然，而历史上只有唐骈对仗工稳，其他时期都比较自由。

3. 关于辞格对应

关于结构宽对的话题，后面还要涉及。这里强调一下，本章这里的"结构"，仅指语法结构而言。2000年制订《联律通则》时，有人主张将上下联两边同位辞格对应，也一并纳入结构相对。这种作茧自缚式的设计，未必可取。语法结构对、修辞辞格对本来就属于两个不同的维度，同位辞格相对，也只是一种理想状态，如果专家自己这样做了，当然能够体现出他的严谨，但是否有必要使它成为一个集体规范，让人人都来遵守执行呢？且看前人使用辞格时，不讲同位辞格对应的联例。题扇店联："影动半轮月；香生一握风。"李渔六十自寿联："<u>霜雪盈头心转少</u>；儿孙满眼性犹痴。"清初画家恽寿平应人请索联墨："<u>名花未落如相待</u>；佳客能来不费招。"

三　联律的分说（下）

（五）节奏相应
1. 凡隐形上下节奏不一致者，可以宽对视之

节奏主要指快慢停顿，与呼吸有关；平仄主要指高低起伏，与声调和旋律有关。通常所谓平仄节奏点，其实指的是节奏停顿点，只是它需要特别讲求平仄而已。节奏并非一成不变，绝对客观。它既可以按照吟诵习惯，将诗式句分为二三（二二一）、四三（二二二一）两种，也可以按照诗的实际内容划分为其他形态。但有一样，近体诗里的声律节奏（单位）大于语义节奏（单位），无论语义单位怎样变化，全句的平仄点总是按照声律单位来判定。这一切到了对联里则不然，有时语义单位与声律单位可以统一，有时却无法用二三、四三节奏模式去套。不仅如此，上下联语义单位还可能不一致。

例如《好大王碑》集字联："百二河山/国；八千/子弟兵。"表面上，该联词类上下相对，且依次是数词对、自对、名词宽对（其实"国""兵"的意义还是很近的）。实际上，其语义单位（节奏）既不相同，短语的宽度和位置也不对应。下联自不必说，上联"百二河山"是一组（停顿），以二敌百的意思，"国"为单列。

再如吴鼒（山尊）（1755—1821）题安徽当涂采石矶青莲祠太白楼联："谢宣城<u>何许人</u>，只凭江上五言诗，要先生低首；韩荆州<u>差解事</u>，肯让阶前盈尺地，容国士扬眉。"① "何许人""差解事"只是大体相对，前者"何许"结合较紧，意思是"怎样"，后者"解事"结合较紧，意思是"懂事"。于是，"何许人""差解事"两个短语中间的停顿便有了些微的差别。

---

① 有研究者将"何许人"里的"许人"解作动宾式，不知所依何据。"许人"是许诺于人、许配人家、称许他人的意思，三个义项都与这里的谢朓无涉。事实上，是李白自己不止一次对谢朓的啧啧称赞，导致了王士禛"一生低首谢宣城"（《论诗绝句》）的判断。又，"韩荆州差解事"一句虽说褒中带贬，但其实与事实是不符的。该联作者不过是借李白《与韩荆州书》"君侯何惜阶前盈尺之地，不使白扬眉吐气，激昂青云"几句，进行了一个自以为是的推测罢了，岂不知李白彼次干谒并未成功。

第三章 对联格律

有些节奏不一致，已经不是隐形，而是近乎显豁了。如晚清陈逢元（桐喈）题湖南大庸（今张家界市）天门寺别院联："几世几春秋，每门外汉到来，必说/一番/东吴景帝；诸天诸菩萨，自宇文周望祭，成/第二个/南岳衡山。"尾句开头"必说一番"对"成第二个"，实际是"必说"对"成"，"一番"对"第二个"，节奏有异。清代台湾陈维英（1811—1869）自题别墅"太古巢"联（"三顿饭，数杯茗，一炉香，万卷书，何必向尘寰外求真仙佛/晓露花，午风竹，晚山霞，夜江月，都于无字句处寓大文章"），以及吴熙寿王闿运八十联（"献策即还山，文中子门墙有诸将相/投竿不忘世，周尚父耄耋为帝王师"），也都有类似的问题。

2. 凡自对句上下节奏不一致者，可仍以工对视之

湖北荆州关庙联："荆州形胜即中原，得之则进去易，失之则退守难，天意苍茫，莫怪公犹立马；壮武大名垂宇宙，生不作曹氏臣，死不作孙氏妾，人心维系，遂令我欲登龙。"其中第二、三句，上联可作上二中一下三（二一三），即"得之——则——进去易"（下句同）；下联可作上一中二下三（一二三），即"生——不作——曹氏臣"（下句同）。

另有挽左宗棠联："千载证丹忱，前出师表，后出师表；中兴论元辅，湘乡一人，湘阴一人。"《出师表》是奏议名称，有前后两篇，只能划分为"前/出师表，后/出师表"，即一三。它们所对应的"湘乡一人，湘阴一人"则不同，"湘乡（县）/一人"指曾国藩，"湘阴（县）/一人"指左宗棠，应按二二划分。

这种情形，在现代对联里继续存在。郭沫若挽音乐家张曙联："黄自死于病，聂耳死于海，张曙死于敌机轰炸，重责寄我辈肩头，风云继起；抗敌歌在前，大路歌在后，洪波歌在圣战时期，壮声破敌奴肝胆，豪杰其兴。"黄自、聂耳、张曙，是三位现代音乐家，作品分别有《抗敌歌》《大路歌》《洪波歌》。上联前两句为二三，下联前两句为三二。

3. 凡双句联、多句联之字数相同者，尽量变奏

（1）正例

先看双句联七言句例子。晚清王先谦（益吾）（1842—1917）题江苏高邮露筋祠（今属江都）联云："听/一百八杵/钟声，敲断往来尘客梦；倒/三十六湖/秋水，洗将清白女儿身。"全联为七七七七式，句子字数比较单调，需要其他手段加以调节。这里上下联前句节奏为一六（四二），属于节奏的改变，后句为常规的四（二二）三。湖南衡山邺侯书院联："三万轴/书卷无存，入室追思名宰相；九千丈/云山不改，凭栏细认古烟霞。"全联亦为七七七七式，但上下联前句为三四，后句为四三，两者节奏有所不同。"邺侯"，指中唐李泌。

再看四句联五言句的例子。顾复初题成都崇丽阁（即望江楼）联："引袖拂寒星，古意苍茫，看/四壁云山，青来剑外；停琴伫凉月，予怀浩渺，送/一篙春水，绿到江南。"每边五四五四式，即每边均由前后两组五四句组成。对于前一个五言句和两个四言句，作者并未调整它们的节奏，但对于后一个五言句则有所变化，即由诗式二三节奏变成词式一四节奏。此外，两个四言句的声律节奏虽然一致，但其语义节奏略有区别。

（2）反例

先看双句联六言句例子。清代宋荦题滕王阁联："依然极浦遥山，想见阁中帝子；安得长风巨浪，送来江上才人。"前后都是两个六言句，且节奏没有变化，是为遗憾。只是在结构上，"极浦遥山"等属于并列（自对），"阁中帝子"等属于偏正，算是不变中的变化。

再看三句联七言句例子。清代许振祎（仙屏）题陕西兴平马嵬坡杨贵妃墓联："谷铃如诉旧愁来，蜀道秦川，过客重谈杨李事；墓粉还将秋色补，雨尘云梦，伤心何似汉唐陵。"吴恭亨以"凝重可诵"为由，将该联收入《对联话》卷三"题署三"。其实该联有似戏词。劈头就是一个七言句，前无铺垫，后无伸展，不免有些突兀。最后依然是一个七言句，且与前者同属于二二三节奏。所幸"伤心何似汉唐陵"一句在意义空间上有所拓展，使得全联煞尾还算平稳。

（六）平仄相谐

1. 今四声与古四声

前人撰联作诗，其基本功概由私塾对课而来，他们判定平仄的主要依据，就是"平水韵"；此外，当代也有部分联手喜欢这种依古四声而

第三章 对联格律

行的做法。这种局面,不啻对今天的读者提出了一个无声的要求,即自己可以不依古四声撰联,但应该通晓古四声,否则连最基本的上下联都可能识别不清。

例如,面对传统春联"梅开五福;竹报三多",徐悲鸿赠人联"挥手天花落;读书难字过",以及1986年京华老字号有奖征联题长春药店获奖联"橘井泉香,丹名无极;杏林花发,堂号长春",若以今四声为标准进行考量,则会误以为第二副联同落仄声,第一副联、第三副联同落平声,并对此迷惑不解;相反地,假如读者掌握了"平水韵",自然懂得处在尾字位置的"福""极"二字是入声,"过"字是平仄两读,从而轻松破解三副对联孰上孰下的难题。

2. 平仄的基本规则

（1）相对高于相间

所谓相对高于相间,是指在无法顾及"单边内部平仄点相间"时,应该争取"两边之间平仄点相对"。在实际操作中,"两边之间平仄点相对"又有严格程度上的差别。第一种是力求句中平仄点相对,如杭州西湖仙乐酒家联:"翘首仰仙踪,白也仙、林也仙、苏也仙,今我买醉湖山里,非仙也仙;及时行乐地,春亦乐、夏亦乐、秋亦乐,冬来寻诗风雪中,不乐亦乐。"其中七言句"今我买醉湖山里""冬来寻诗风雪中"没有形成完全意义上的平仄相间,但保证了平仄互对。第二种是只要分句句脚平仄相对即可,如俞樾寿金安清六十联:"推倒一世豪杰,拓开万古心胸,陈同甫一流人物,如是如是;醉吟旧诗几篇,闲尝新酒数盏,白香山六十岁时,仙乎仙乎。"该联一共走了两步,即讲求联尾平仄对、句脚平仄对,却没有进一步细化句中平仄。因为文字上乘,作者又是作古之人,今天的读者也只能到此为止,不好苛责个中缺憾。第三种只要联尾平仄相对即可,不管其他两个"相对",如齐彦槐题宗祠敬思堂联:"士恒士,农恒农,工恒工,商恒商,族少闲民,便有兴隆景象;父是父,子是子,兄是兄,弟是弟,门无乖气,方为孝友人家。"由于作者没有调整"士农工商"和"父子兄弟"的次序,以致出现了两处上下句句脚平仄失对,但处在上下联联尾的"象""家"二字平仄相对。

说明一下,这里之所以将平仄点的要求,分为三个层级,其一是从

· 149 ·

大处着眼，所谓抓大放小，其二是鉴于对联脱胎或受影响于多种文体，面对诸多作者（联作）不尽一致的平仄点安排，我们有时不得不放宽要求。

（2）讲求联尾平仄相对是对联平仄的底线

通过以上分析可以看出，两边联尾平仄相对，此乃对联平仄规则最基本的要求。如果一副对联达不到这一要求，且没有令人信服的特殊理由，则可以认定该联平仄存在较大问题。总之，对于分句句脚平仄安排与句子内部平仄点安排上的分歧和问题，联界内部可以进行商榷与调整，但对于违律太甚且联作内容平平者，可暂不纳入讨论之列。

晚清陕州知府黄璟题河南开封宋园联："樊楼灯火，梁苑烟花，如读东京梦华录；何氏山林，谢家池阁，曾绘西园雅集图。"该联三个分句的句脚平仄没有失对，第一、二句的内部平仄点也合乎要求，但第三句句中有两处平仄点没有互对。第一处失对，作者似乎不好修改：将入声"读"字改为平声"翻"字，上联特拗句就不成立了；将去声"绘"字改为平声"描"字，下联就增加了失替（不相间）的瑕疵。第二处失对，因为上下联所嵌者为书名（南宋孟元老著）和画名（北宋李公麟绘），所以同样只能一任自然。

（3）联尾上仄下平是平仄常规

受律诗对仗句脚平仄规定的影响，以及寓于其中的停放平稳之常理，对联上下联的尾字，一般也是上仄下平。虽说反其道而行之的情形，无论古时今日都有一些，但除去受骈文等影响的联例外，大多数情形例外的联例并无特殊理由，特别是那些上下联尾平仄相同的作品，多数属于作者不谙平仄所致。

例如笔者2009年游览长安沣峪口，所见净业寺客堂联："归山来，清净如斯；出门去，悠游若云。"该联内容上偏向道家，逻辑上或许颠倒，平仄上功亏一篑。再如1980年代贾平凹应乡亲之邀题当地五圣师庙联："耕食凿饮，古风尚在村社；春祈秋报，父老同拜五圣。"该联上下联末尾"村社""五圣"二词，语法既不对仗，平仄也失对。何以如此？翻阅俞樾《春在堂楹联录存》之德清乌山土地庙联，即可明白其中原委。俞氏原联是："耕而食，凿而饮，相传中古遗风，尚留村社；春有祈，秋有报，愿与故乡父老，同拜神旗。"

第三章 对联格律

（4）联尾上平下仄或同平同仄是特例

①受八股文影响　清代余缙（1617—1689）《大观堂集》二十二卷末附"杂说二"，录联31副，其中尾字上平下仄者6副。如邑署寿日："咄咄空书，仅列河村一长，四十年春秋甲子，岂非邓禹笑人；劳劳丈鞅，宁耽官醑三升，数百辈炎冷风尘，独赖刘尹知我。"

②受骈文影响　《金瓶梅》第三十九回，提及玉皇庙流星门朱红牌架联："黄道天开，祥启九天之阊阖，迓金舆翠盖以延恩；玄坛日丽，光临万圣之旛幢，诵宝笺瑶章而阐化。"杨度作于1918年四十二岁生日的自寿联："开天辟地，先盘古十日而生；东奔西逃，享民国七年之福。"

③集句联　乾隆帝题书房"三希堂"联："怀抱观古今；深心托毫素。"两句皆出自南朝刘宋两位著名诗人的笔下。上句（联）出自谢灵运《斋中读书诗》："怀抱观古今，寝食展戏谑。"下句（联）出自颜延之《五君咏·向常侍》："向秀甘淡薄，深心托毫素。"所以上平下仄，一来因为原诗前后次序本来如此，二来将"毫素"句置后，可以凸显收藏墨迹之题旨。"毫素"，泛指纸笔。"三希"有二义，其一指王羲之《快雪时晴帖》、王献之《中秋帖》和王珣《伯远帖》三件稀世之宝。

④题历史联　黄兴挽宋教仁联："前年杀吴禄贞，去年杀张振武，今年杀宋教仁；你说是应桂鑫，他说是赵秉钧，我说是袁世凯。"该联的历史背景是：1913年，国民党代理理事长、年仅三十一岁的宋教仁，正准备北上组建责任内阁时遭遇暗杀，举国为之震惊。但究竟谁是主谋，却有两种截然不同的说法。北洋政府认为是国民党内讧，甚至点名是陈其美所为，国民党方面则认定与袁世凯有关。黄兴在此主要涉及了三个人：总统袁世凯是主使，总理赵秉钧是同谋，青帮大佬应桂鑫是布置者。句脚平仄分析：无论是"贞"对"钧"的小疵（上下同平），还是"仁"对"凯"的"大病"（上平下仄），都是人名依次排列的结果，包括按时间顺序和级别顺序，因而应予以理解和包容。与此相似的，还有于右任题陕西留坝留侯祠联："送秦一椎；辞汉万户。"这是依据历史事件发生的时间顺序来安排的，此外该联上下联平仄不相间，这也是允许的。

⑤巧趣联和个别嵌名联　佚名绕口令式巧趣联："天心阁，阁中鸽，鸽飞阁不飞；桔子洲，洲旁舟，舟行洲不行。""飞""行"都是平

· 151 ·

声。1944年薛定夫题西安莲湖公园奇园茶社联："奇乎？不奇，不奇又奇；园耶？是园，是园非园。"不仅上下联尾皆平，且中间句脚也是如此。可以说，该联只是为了嵌名，并没有讲求平仄。作为文献材料，该联有其历史价值；作为对联例证，它并无示范意义。

（5）领字和提顿字可不计入句中平仄点

试看清代蒋士铨题扬州史可法祠联："读/生前/浩气/之歌，废书/而叹；结/再世/孤忠/之局，过墓/兴悲。""读""结"均为入声，前者可与"前"相间，后者却无法与"世"相间。但因为属于提顿字，可不视为违律。

（6）句中节奏点以相间相对为正格

尽可能保留同边相间。广州观音山联："求自在（，）不自在，知自在自然/自在；悟如来（，）想如来，非如来如是/如来。"上下联第一句"求自在不自在""悟如来想如来"平仄不相间，对此或者一任自然，或者通过加逗号、拆句子的方式予以规避。第二句"知自在自然自在""非如来如是如来"平仄相间。

尽可能实行上下互对。像湖北襄阳"三顾堂"联："两表酬三顾；一对足千秋。"中间平仄点不是上下相反（对），而是上下相同。由于与律诗"黏律"（上联对句与下联出句相黏）很相似，有人称作对联"黏对"。这种特殊的平仄安排方式，尚未被联界所公认和应用。

（7）巧趣联、集字联等可放宽平仄要求

如"李大钊，孙中山，邓小平，伟人不分大中小；（潇湘妃子）蔡元培，赵明诚，李清照，高士何论元明清。（夜雨无声）"上下联都使用了接应辞格，上联半巧趣、半严肃，下联于史实并不相符，纯属巧趣。不仅如此，为了完成"巧趣"任务，该联还必须牺牲平仄要求，即上下联前两句句脚未能做到上下相对。再看两副集峄山碑联："极尽四时之所乐；自成壹家以立言。""泽以长流乃称远；山因直上而成高。"第一副下联全句违律两处，即便被视为半粘对，后五字单看也犯孤平。第二副上联属于拗救，按照常规，不算作病，但下联出现了"三平调"，难免被保守派读者指摘。集字联与巧趣联一样，也可归入游戏性对联，对于以上集字联平仄问题，也可以忽略不计。

第三章 对联格律

（七）意义相关

1. 意义相关的重要性

由于语境的给定，律诗中的对仗句，其出句和对句之间在意义上是相互关联的；但是，当它们有朝一日被抽绎出来，变成了摘句联时，原有的联系则很可能松弛。

对联是一个独立自足的有机体，它要求上下联围绕一个共同的主题或视角"说话"，不能风马牛不相及。如果只求形式的"对"，不注意意义上的"联"，一般来说，就只能算是"文本"，而难以成为真正意义上的作品。当然，这里暂不考虑无情对、巧对、对课等特殊情况，后者重在字眼的"对"，而不在意义的"联"，一般主题不显或无所谓主题。

2. 意义相关例析

"学位曾修副博士，中餐不吃转基因。"此乃笔者的口号。如果将其作为近体诗中的一联，它是可以充数的；如果视其为摘句联，只要指同一个人而言，大体也可以成立。但当它变成"学位曾修副博士；中餐亦有转基因"的时候，情况则发生较大改变，如同两条既不平行也不相交的直线，分属于两个不同的意义空间了。再如山西太谷曹家大院西院后楼联："万卷藏书宜子弟；诸峰罗列似子孙。"曹家大院又称"三多堂"，即多福、多寿、多子。该联其实是一副集句联（集黄庭坚、杜甫的诗），并非专为该院量身定做，它只是习惯性地表达了大院主人重视教育、期盼多子而已。同样地，作为律诗中间的一联，它大体成立；但作为独立的联语，它在上下联之间的意象排列和意义联系方面，显然不尽理想。

貌似不联、其实相关的例子是："尘劫历一千余年，重复旧观，幸有名贤来作主；诗人题二十八字，长留胜迹，可知佳句不须多。"陈夔龙、程德全在光绪三十二年（1906）、宣统二年（1910）先后任江苏巡抚时，分别重建和扩建过寒山寺。程在扩建后，请当时退休在乡的原翰林院编修邹福保（1852—1915）写过《重修寒山寺记》并联。邹联，上联肯定眼前这位封疆大吏的文化功绩，算是扣题应酬，下联则拈出唐代张继《枫桥夜泊》七绝，并生发开去。上下联之间，一个"幸有"，

· 153 ·

一个"不须多",两者有一种无形的联系,读者可根据个人的理解,用"关键"等词句予以概括和黏合。

不易处理的是横批(匾额、景点)比较繁杂的一类。像阮元题西湖"平湖秋月"联,后面是"秋月",前面是"平湖",如果不想互文,所谓"平湖"就得另做文章。作者为此写道:"胜地重新,在红藕花中,绿杨荫里;清游自昔,看长天一色,朗月当空。"该联上联写是夏湖,下联写是秋月,但通过"胜地重新""清游自昔"等句,自然地将两者联系起来。

(八) 强弱相当

1. 何谓强弱相当

常江在《对联知识手册》里认为,宏观、抽象、历史、议论为强,微观、具体、地理、叙述为弱。上下联在力度上旗鼓相当,当属理想的状态。倘若上弱下强,亦无不可,但反差不可过大。最不可取的当属上强下弱,如人发言,前面气冲牛斗,后面萎靡不振,终为一憾。

强弱相当与意义相关一样,都是以文字解读、语义理解为前提的,因而也都不是纯形式的讲求。这里之所以将二者划归格律要素,主要是因为它们都与对联的特质——对仗,息息相关。换言之,如果离开这两大要素,对联将至少不是完美的对联。

2. 如何判定强弱相当

有些对联,上下联何强何弱,可能一望便知。如美籍华人潘力生(1912—2003)题北京人民大会堂联:"一柱擎东亚;群星拱北辰。"上联有力度,下联有广度,当属于强弱大体相当一列。再如相传明初皇孙对皇帝联:"风吹马尾千条线;(朱元璋出句)雨打羊毛一片毡。(朱允炆对句)"朱允炆的对句软弱难配,不如四皇子朱棣的对句"日照龙鳞万点金"来得有力,更是显而易见。

但是,并非所有对联都如此易判。光绪二十七年举人卿丙离,其题故乡湖南隆回望江山寺联:"我门中缔结福缘,岂惟在一炷清香,几声佛号;你心里能全善果,自然的秋生桂实,春茁兰芽。"上联言佛门,"岂惟在"一语下字很重;下联言信众,"自然的"一词举重若轻。该联上下联一般雄劲,强弱相当。彭茂吾1993年参加庆祝中国银行长城

第三章 对联格律

信用卡在邵阳发行三周年征联活动优秀联："一卡通行天下；五洲景仰长城。"上联虽含"天下"二字，究竟质实平常；下联以"景仰长城"作双关语，骤然生色。该联下联胜于上联。晚清杨听胪题山西灵石韩信庙联："西望关中，百战十年空鸟兔；北临绵上，千秋一例感龙蛇。"上联叙写主要史实（具体），下联抒发作者感喟（抽象）。上联仅涉及历史的片段（微观），下联看似使用同样的手法，实则以"千秋"一词贯穿古代社会的长廊（宏观）。全联大意是：对于统治者来讲，那些曾经的功臣不是被杀害，就是被遗忘，前者固然令人胆寒，但后者也许更发人深省。该联下联稍胜于上联。贾雪梅题财神庙联："神明惟安乎心，使贫而有所望、富而有所畏；菩萨但尽其职，受往者一击鼓、来者一炷香。"上联精辟、抽象，下联散漫、具体，看似上强下弱，实际类似诗文里的"以景结情"。倘若没有下联的闲笔配合，上联"使贫而有所望、富而有所畏"的感悟判断，则可能失之突兀与干枯。

第二节 对仗

前面已经谈过，近体诗对仗，继承了骈文对仗里的自对，又开拓了借对和流水对。对联对仗，与骈文对仗、近体诗对仗关系密切。除了特有的"无情对"，对联对仗的种类与骈文对仗、近体诗对仗的种类基本一致，尤其是将贯穿骈文、近体诗的自对发挥得淋漓尽致。现依联界的一般分法，将对联对仗问题表述如下。

一 从严格程度上划分

（一）工对

夕照半江瑟瑟红，各**坎坷**一方，奈我题诗留塞北；（对句）
骊歌一曲声声慢，共**婵娟**千里，为君把酒梦江南。（出句）
——罗元贞应广东梅州芸香酒店第四届中秋征联而作

"婵娟"为叠韵联绵词，"坎坷"为双声联绵词，且其本义都是形容词（引申义暂且不论），故两者相对为工对。

云带**钟**声穿树去；

风吹**帆**影过江来。

——湖南邵阳观澜亭联

"云""风"属于天文小类相对，"钟""帆"属于器物小类相对。

楼外是五百里嘉陵，非**道子**一枝笔画不出；

胸中有几千年历史，凭**卢仝**七椀茶引起来。

——重庆嘉陵江茶楼联

"卢仝"对"（吴）道子"，人名（专名）相对。

教子安大局万里而遥，功不仅垂**滇海**；

哭**母**居倚庐五月以殉，死有重于**泰山**。

——民国　姚安县知事段世璋挽唐继尧联

"母"对"子"，人伦名称相对。"泰山"对"滇海"，地名（专名）相对。

秋来**黄**叶成村，对景忽生归棹想；

雨后**青**山满郭，登楼权当故乡看。

——贵阳九华宫江苏会馆联

"黄"对"青"，属于颜色词对。

把朝爽**西**来，杯**底**岚光飞隔岸；

望大江**东**去，檐**前**帆影度遥空。

——清代　刘锡嘏（纯斋）题武昌刘园联

刘锡嘏是乾隆三十四年进士。该联"西"对"东"，"底"对"前"均属于方位词对。

九合诸侯，不以兵车，洵乃先生之力**也**；

新开崇馆，同怀景仰，宜乎后世所为**焉**。

——吴亚卿2004年参加"临淄杯"管仲纪念馆全国大征联获奖联

"也"对"焉"，属于语气词对语气词。上联语出《论语·宪问第十四》："子曰：'桓公九合诸侯，不以兵车，管仲之力也。如其仁，如其仁。'"

（二）宽对

分毫不差、完全工对的对联是少见的。严格来说，上面的举例

第三章 对联格律

都有瑕疵。如湖南邵阳观澜亭联里"树"（草木小类）对"江"（地理小类），即非工对。这些例子只代表了常见的工对情形：除去颜色词、数词、方位词和自对，部分名词小类工对，部分名词小类非工对。

1. 词类宽对

现大士化身，**问谁**仙佛因缘**在**；

即越王遗迹，**从古**英雄感慨**多**。

——晚清 李棨华题广州越秀山观音阁联

李棨华曾是彭玉麟的幕僚。下联里的"从"本是动词，这里也虚化得近乎介词了，但仍与上联的动词"问"相对。"古"对"谁"，名词对疑问代词，均属体词相对。"多"对"在"，形容词对动词，均属谓词相对。注意：词类宽对是有条件的，像"追寻雁影""质朴人生"就难以成对，尽管"质朴"对"追寻"也是形容词对动词，除非"质朴"是使动用法，也作谓（动）语。

春风阁苑三千客；

明月扬州**第一**楼。

——元代 赵孟頫（1254—1322）题扬州迎月楼联

"第一"是序数词，定中短语"第一楼"指名气大的楼。"三千"是基数词，定中短语"三千客"指很多的门客。

登百尺楼，看大好江山，天若**有**情，应识四方思猛士；

留一抔土，以争光日月，人谁**不**死，独将千古让先生。

——黄兴题安徽安庆徐锡麟望华楼联

"不"是副词，"有"是动词，但在这里，它们与后面的词语组成动词性短语，然后在"有无（'不'）相反"的意义上大体相对。这种情形，律诗中已不乏其例，对联不过是继承罢了。

金风送好音，何时共赏团圞月；（出句）

玉玦成芳佩，此日同消龃龉声。（对句）

——赵云峰1986年应《团结报》中秋征联而作

"团圞""龃龉"均为叠韵联绵词，但前者在此表示浑圆，为形容词，后者喻意见不合，为动词。因为都作定语，所以后者可被视为形容词。

2. 结构宽对

（1）词法宽对

民望**英雄**，则英雄自出，国祚濒危，拼兹强项铁躯，昭彰血性；

地无**岱岳**，而岱岳另成，衣冠作冢，为我柔山媚水，挺起脊梁。

——卜用可题史可法联

"岱"特指泰山，"岳"泛指高山，"岱岳"为偏正型名词。与此相对的"英雄"则是联合型名词，它们的相对为宽对。相反地，陈华峰参加1990年太原迎春征联获奖联："泰岱摩天，危险处多呈奇景；江河入海，阻拦时每起惊涛。"其中"泰岱""江河"均为联合型，它们的相对为严对。

以勇健开国，而宁静持身，贯彻**实行**，是能创作一生者；

曾送我海上，忽哭公天涯，惊起**挥泪**，难为卧病九州人。

——蔡锷挽黄兴联

"挥泪"，动宾型。"实行"，偏正型（状中）。两动词相对，为宽对。

四万里皇图，伊古以来，从无<u>一朝一统四万里</u>；

五十年圣寿，自前兹往，尚有<u>九千九百五十年</u>。

——纪昀贺乾隆帝五十寿辰

"九千九百五十年"，为复合数词＋量词＝数量短语；而在"一朝一统四万里"里，只有"四万里"是数量短语，"一朝一统"则带有主谓短语的意味，只是在形式上有两个数词"一"。

（2）句法宽对（"假平行句"）

树老不知年，<u>最喜层荫遮庙脊</u>；

官闲无个事，<u>时来此地听江声</u>。

——晚清　杨裕勋题（1837—1921）彭水乌江龙门滩古庙联

连谓式对兼语式。后一句，上联为兼语式，下联为连谓式。

<u>白日飞升</u>，此老本无尘土气；

<u>苍生在抱</u>，当年曾现宰官身。

——晚清　彭炯（1778—1862）题江西萍乡许真君庙

主谓式对偏正式。"抱"作为动词在此已经虚化，"在抱"对"飞升"并不十分工整。上联前一句偏正（状中），后一句主谓宾；下联前一句可视为主谓，后一句状谓宾。总之，上下联句法结构大异。许逊，

第三章　对联格律

东晋时曾官拜蜀旌阳令。相传他学道有成，拔宅飞升，被道教界称为"许真君"，并予祭祀。

教小子如养芝兰，此日栽培须务本；
愿先生毋弃樗栎，他年长大尽成材。
——近代　马笛渔题蒙馆联

非主谓句对主谓句。上联前一句，是主谓宾结构，且主语、宾语都由动宾短语承担。下联前一句，是动宾结构，"愿"字以下本是句子，这里失去了独立性，作"愿"的宾语。

二十年前此读书，记古寺夕阳，常看青枫红叶临绝顶；
一千里外更穷目，数今朝风物，只有月色滩声似旧时。
——晚清　黄本骥（1780—1856）题长沙岳麓山云麓宫联

常规句对倒装句。上联尾句"常看青枫红叶临绝顶"，系"常临绝顶看青枫红叶"的倒装，其目的是为了与下联"只有月色滩声似旧时"一句，形成结构上的匹配和节奏上的一致。

何处招魂，香草还生三户地；
当年呵壁，湘流应识九歌心。
——清代　秦瀛（1743—1821）题长沙三闾大夫祠联

动宾式对中补式。上联后句中"生三户地"为中补短语，意即生于三户地。下联所对应的"识九歌心"则为动宾短语。呵壁，遭遇放逐之后，屈原见先王祖庙，"因书其壁，呵而问之，以渫愤懑"（王逸《天问序》）。

五千里秦树蜀山，我原过客；
一万顷荷花秋水，中有诗人。
——曾国藩题四川新都桂湖枕霞榭联

存现句对常规句。上联前句可看作省略了介词"对于"，如此一来，前句是状语，后句为主语部分。下联前句可看作省略了"（之）畔"，下句"中"表示复指，"有诗人"是存现句的谓（动）语部分。"诗人"，这里指明代作家杨慎，他自幼在桂湖湖畔读书。

楼外白云停，殊觉天际真人，至今未远；
江边黄鹤返，纵有卷中佳句，到此皆空。
——清代　陈宏谋（1696—1771）题黄鹤楼联

复句对单句。上联后两自然句合起来为动宾式单句,宾语为主谓短语。下联后两自然句合起来为假设复句。全联由崔颢诗句"昔人已乘白云去,此地空余黄鹤楼。黄鹤一去不复返,白云千载空悠悠"化出,自具新意。

云汉桥成牛女渡；

春台箫引凤凰飞。

——七月婚联

单句对复句。下联是兼语式单句,上联是两个单句"云汉桥成"与"牛女渡"相连,它们之间有因果等关系。

读书即未成名,究竟人高品雅；

修德不期获报,自然梦稳心安。

——《格言联璧》"学问类"对偶句

因果复句对让步复句。按照黄伯荣等《现代汉语》(第五版)的观点,上联也可以被视为假设复句。

二　从上下联意义联系上划分

刘勰在《文心雕龙·丽辞》里将对仗分为四类:言对、事对、正对、反对。并认为"言对为易,事对为难；反对为优,正对为劣。"理由是:"言对者,双比空辞者也；事对者,并举人验者也；反对者,理殊趣合者也；正对者,事异义同者也。"

刘勰对"正对"表意功能局限性的认识,可谓相当深刻。对此,我们应该深刻领会。

(一) 正对

着眼于同一事物不同侧面的表现。

人从宋后少名桧；

我到坟前愧姓秦。

——(传)清代　秦大士(涧泉)(1715—1777)题岳飞墓联

上联涉及秦桧之名,下联写到秦桧之姓。无论是观人还是省己,都彰显了奸臣的丑行和恶名。

第三章 对联格律

识大体，明是非，方为正路；
有真情，知好歹，堪谓可人。
——欧楷集字联

看起来上联写明理，下联写有情，但究其实质，两者都是在讲如何做人。

有山皆图画；
无水不文章。
——杭州西湖三雅园联

有反义词并不意味着一定是反对，应看到这里的下联是双重否定。全联以比喻的方式表现山好水好，目的都是说明三雅园好。

西施弄桨，范蠡荡舟，美女功臣皆下海；
红袖当垆，青衫掌勺，佳人才子早经商。
——当代 魏明伦自题"魏明伦文化经济公司"开业联

该联高度符合刘勰"事异义同"的正对定义。类似的联例，有通用宗祠联："乔木发千枝，岂非一本；长江分万派，总是同源。"贺人春天生子联："日暖兰阶花吐秀；雷惊竹院笋抽芽。"它们也是"事异义同"的典型。这种对偶句，用在包容"时逢九月，序属三秋"等句的骈文里或许可以，用在"近水楼台先得月，向阳花木易为春"的口号（诗句）里也说得过去，用于对联则嫌辞费。对联上下联之间不能互无交叉，但也不能互相重复，不能太疏离，也不能太亲密。

强调一下，所谓"正对"，并非要求作者使用同义词、近义词。对联与诗词一样，讲究精练和节俭，而同义词或近义词的使用，则容易导致意思的重复和文字的浪费。

有的不算严重。如广西桂林马君武故居联："种树如培**佳**子弟；卜居恰对**好**湖山。"该联当从清代杨琼"种竹如培佳子弟／拥书权拜小诸侯"等联化出，其中有一处上下意义重合。格言联："退一步天高地阔；让三分气和心平。"虽然整体上有重复之嫌，但毕竟上虚下实，表现角度不同。

有的就需要注意了。如通用婚联"一世良缘同地久；百年佳偶共天长"，乍看"一世良缘"是虚，"百年佳偶"是实，实际上"地久天

· 161 ·

长"这类联合型复合式合成词,很多都是使用镶嵌辞格的产物,前后意思形异实同。褚楷集字联:"四时无冬无夏;终岁不暑不寒。"上联既然提示"无冬无夏",读者自会想到四季如春、"不暑不寒",更何况"四时""终岁"在此实际等义。通用夫妻合葬墓联:"昔同寝食今同墓;生共庭帏死共茔。"除去"食"之外,上下联其他词义也都差不多,算基本合掌。

有的则断不可取。如被联界作为反面教材,多次引述并告诫的传统生子联"兰房生贵子;秀户产麟儿",以及某饭馆联"美味佳肴,正宗川味;珍馐玉馔,地道蜀风",二联上下联每一处意思都重合,变成了完全意义上的"合掌"。

(二) 反对

就同一或相关问题,从两个完全对立的方面展开述说。

1. 反对举例

秦皇安在哉,万里长城筑怨;
姜女未亡也,千秋片石铭贞。
——河北秦皇岛贞女祠联

"贞女祠"俗称姜女庙。"片石",指海上四块礁石,此即传说中的姜女坟。相传孟姜女万里寻夫,将长城哭倒,拣认并埋葬了丈夫尸骨,然后投海自尽。秦始皇贵为天子,却被"长城筑怨";孟姜女乃一民妇,却被"片石铭贞"。虽然两人都是死者,但在作者眼里一个"安在",一个"未亡"。

太极令身轻,气功令意妙,欲达逍遥循正路;
一朝输定力,百载输人生,莫凭侥幸踏深渊。
——笔者"有感极乐体验问题缺席而试错性投稿黑龙江第二届'珍爱生命·远离毒品'主题征联"联

这副参赛联联题较长,除了说明创作缘起,还透露出运思的独特性。此次大赛获奖联普遍存在诗意化多、分析性少的倾向,且均可归为"正对"。而拙联使用的则是"反对",即以"获取极乐体验"为中心点,将两大途径及其后果分别予以展示。目的在于提醒世人:在飘飘欲仙的表象之下,其实隐藏着正邪之分。

青山有幸埋忠骨；

白铁无辜铸佞臣。

——清代　松江府徐氏女题杭州岳飞墓联

"有（幸）"与"无（辜）"，"忠（骨）"与"佞（臣）"为反义词相对。作者采取拟人手法，以"有幸"表达对忠良的敬爱，以"无辜"表达对奸佞的憎恶。

死者长已矣！死而能伸民志，伸国权，死犹不死。

生者为何乎？生而成为奴隶，为牛马，生亦徒生。

——工农红军第八军挽广西龙州死难烈士联

作者将时人分为两类，并分别表明了自己的态度，即认为甘愿做牛马者"生亦徒生"，起而革命者"死犹不死"。

2. 反对注意事项

第一，在实际生活中，反对往往是为了嘲讽受赠的一方，因此远不如正对使用普遍。无论是喜庆之联（婚联、寿联、节日联等）还是哀挽之联，都绝少见到反对的影子。即使是邓石如题镇纸联"佳思忽来，诗能下酒；豪情一往，剑可赠人"，也很难说就是反对。该联出自《醉古堂剑扫》，原作是："佳思忽来，书能下酒；侠情一往，云可赠人。"邓若有联，当属改作。这里的"来、往"乃至"诗、剑"，的确构成了某种层面的对立，不过若以更宏阔的角度视之，则上下联都在写古代文人的精神生活，一读书一持剑，一阴一阳而已，还谈不到分庭抗礼或冰炭不可同器那种意义相反。

第二，前面提到，使用反义词并不代表一定是反对。《格言联璧》"持躬类"有联："书**有**未曾经我读；事**无**不可对人言。"它分别从读书和做人两方面谈个人的修养。扬州昭明太子读书台联："五六月间**无**暑气；百千年后**有**书声。"这里的上联只是下联的衬托而已。某挽温生才、陈敬岳联："**生**经白刃头方贵；**死**葬黄花骨亦香。"该联上下联都涉及牺牲。蔡元培挽黄兴联："**无**君则**无**民国；**有**史必**有**斯人。"上联是就现实而言，下联是就今后而言，全联都在强调逝者政治地位之高。现代张难先（1874—1968）挽石瑛联："哭公只**有**泪；下笔竟**无**言。"上下联都表示悲伤的意思。

第三，有的联作表面上并不是反对，但上下联之间可能蕴含相反的观念。梁章钜集苏轼句赠余应松（小霞）赴任联："劝子勿为官所腐；知君欲以诗相磨。""官本腐臭""钱本粪土"乃东晋殷浩的名言，"雅人深致"与"俗不可耐"又每每形成反义词。就像中医里的五行理论一样，这里的下联通过对上联的消解、补充、转换、完善，从而达到了一种平衡。

（三）流水对

上下联都是明显的半截话。两者的关系，可借用联合复句（并列、选择、递进等）、偏正复句（因果、目的、转折等）的术语来描述。

且把桃符纪国耻；
常看竹叶报平安。
——抗战春联

上下联之间是并列（平列）关系。

只要画图留范本；
何须刺绣费工夫。
——印染店联

上下联之间是选择关系。本来刺绣与印染都有图画，均属悦目之制。这里作者立足于印染，用"费工夫"一语轻松切割了刺绣，利己而不损人，可谓得化解之妙。

不教白发催人老；
更喜春风吹面生。
——理发店联

上下联之间是递进关系。意谓在此理发不仅可以"改变"一个人的年龄，还可以"改变"他的情绪。

何以至今心愈小；
祗因已往事皆非。
——晚明　陈洪绶（1599—1652）联墨

上下联之间是因果关系。"吃一堑，长一智"，于是较之从前，我们变得谨小慎微了。

愿将佛手双垂下；
摩得人心一样平。
——近代　萨镇冰（1859—1952）题福建宁德天王寺联

上下联之间是目的关系。联句以无中生有之法，抒愤世嫉俗之情。

要使鱼龙知性命；

不妨平地起波涛。

——现代　马一浮（1883—1967）题四川乐山乌尤寺联

上下联之间是假设关系。"知"，显现。"性命"，理学概念。"鱼龙"，偏义复词。乌尤寺位于乌尤山。乌尤山（离堆、青衣山）处在乐山市东沫水（大渡河）、若水（青衣江）、铜河（岷江）汇流处，风景宜人，适合治学养性。

一味黑时犹有骨；

十分红处便成灰。

——（传）清代　徐宗干咏炭联

上下联之间是转折关系。"犹""便"是标志词。徐宗干曾任浙闽总督。据《楹联四话》卷一"厅宇·酬赠"载，作者将其"铭诸座右，可见其居官之概"。

三　从对仗位置与对仗技巧上划分

（一）自对

对仗本在左右幅（上下联）之间进行，但自对（同幅对）则将对仗引向了本联内部，是右幅（上联）和左幅（下联）某处各自相对。自对的词句可以同句，也可以跨句。

对联有两多：长短句多、自对多。自对是对联对仗的突出特色。

1. 单纯自对

姓字播弦歌，韦白以来成别调；

功名起刀笔，萧曹自古是奇才。

——江苏苏州况公祠联

"况公祠"，祀明代著名清官况钟，况生前曾任苏州知府。"韦白"，指韦应物、白居易。"萧曹"，指萧何、曹参。上联言政绩，故以唐代苏州地方官做陪衬；下联言出身，况钟起步于书吏，后来却被明廷重用，故以相似出身的两任汉相做比。如果就四人所属类别而言，应该将其视为两类，因此上下联先各自自对，然后彼此互对。但就单字而言，无论是"韦白"抑或"萧曹",都指人的姓,故而可以直接相对。换言之,可以将其看作自对,也可以不看作自对。或曰:此乃双栖式。

荷叶露珠,<u>柳线松针</u>穿不住;

雁峰瀑布,<u>莺梭燕剪</u>织难成。

该联为晚清王之春(1842—1906)《椒生随笔》卷六所载"绝对"。这里是名词或名词性短语相对,且先同幅(边)自对,后左至(上下)互对。

<u>后乐先忧</u>,范希文庶几知道;

<u>昔闻今上</u>,杜少陵始可言诗。

——清代 周元鼎题岳阳楼联

周元鼎是乾隆三十六年进士。"后乐先忧",化自范仲淹的"先天下之忧而忧,后天下之乐而乐"(《岳阳楼记》)。"昔闻今上",化自杜甫的"昔闻洞庭水,今上岳阳楼"(《登岳阳楼》)。这里是动词或动词性短语相对,也是先同幅(边)自对,后左右(上下)互对。

一饭尚铭恩,况<u>保抱提携</u>,只少怀胎十月;

千金难报德,论<u>人情物理</u>,也当泣血三年。

——清代 曾国藩挽乳母联

上联"保抱(和)提携"可被视为两个动词性短语,下联"人情(和)物理"是两个名词性短语,它们都是各自相对。

<u>若</u>松梅有节,<u>若</u>桃李无私,只须净土一方,便可顶天立地;

<u>任</u>雨露矜功,<u>任</u>冰霜肆虐,总是清风万里,何曾仰面低头。

——当代 赵健之1993年参加益阳国际竹文化节征联获奖联

该联前两句是一组自对,只是分别重复了一个领字。

2. 复杂自对

萃<u>雍梁荆豫</u>于一堂,那堪<u>羌笛胡笳</u>,听折柳唱黄河远上;

走<u>燕赵齐秦</u>者万里,自笑<u>短衣匹马</u>,又摇鞭踏紫塞归来。

——清代 黄书霖题甘肃五省会馆联

黄书霖为清光绪八年举人。由他所撰的这副题联之中,我们可以引出关于自对的三个问题:第一,每边可能有排比式自对(三个及三个以上句子组成的自对群,类似元曲的连珠对),以及多相(次)自对;第二,所对语言单位,从单音词、双音词、短语乃至句子可能都有;第

第三章 对联格律

三，唐宋人提出"诗有六对""诗有八对"（包括隔句对、连珠对等），宋词里有扇面对、鼎足对，明代人发现元曲有合璧对（双句对）、鼎足对（三句对）、连璧对（四句对）、扇面对（长短句对）、连珠对，这些形式都可能被对联吸收，甚至变本加厉地予以使用。

此湖**此**水不深浅；

放鹤**招**鹤成古今。

——清代 伊秉绶（1754—1815）题惠州元妙观联

因为上下联重字位置不同，所以不算掉字对，可视为重字式自对。也由于重字易位，导致全联平仄点分布不尽有序。顺便强调一下，掉字对要求所"掉"之字必须上下位置一致。就对联而言，南京莫愁湖联"**江**面**江**心吞八九/**西**湖**西**子转寻常"，郑板桥题四川青城山天师洞斋堂联"扫来竹**叶**烹茶**叶**/劈开松**根**煮菜**根**"，俞樾自题生圹联"不妨姑说**梦**中**梦**/自笑已成**身**外**身**"，清代何元普题四川新都宝光寺联"世外人，**法**无定**法**，然后知非**法法**也/天下事，**了**犹未**了**，何妨以不**了了**之"，可算是掉字对。不过掉字对容易与自对（包括间隔式、参差式、重字式）及某些辞格（同异）发生牵扯，如同自对与排偶句、排比句有些瓜葛一样。

觉此世间不圆满而参究，小参小得，大参大得，<u>导引世尊</u> <u>步武我</u>；

闻彼佛法最便宜以习炼，一习正心，二习正行，<u>无量愿力</u> <u>有缘人</u>。

——笔者拟题佛寺联

尾句是单句参差式兼不重字式自对。语法上，动语"导引"（"无量"）对"步武"（"有缘"），主语"世尊"（"愿力"）对"我"（"人"）；数量上，"步武我"（"有缘人"）是个"三脚蟾"，与前面四个字的"导引世尊"（"无量愿力"）字数不等；文字上，"导引世尊步武我"（"无量愿力有缘人"）一句没有重字。注，"导引世尊步武我"等两句，可理解为倒装形式。引发笔者做此实验的，是中唐张仲素《塞下曲五首（其一）》里的一联："三戍<u>渔阳</u>再渡辽，<u>驻弓</u>在臂剑横腰。"相比之下，原来的诗中联更为复杂一些。

<u>四面</u>荷花 <u>三面</u>柳；

<u>一城</u>山色 <u>半城</u>湖。

——济南大明湖畔铁公祠联

上下联各有重字，而且自对单位不等长，这是重字式兼参差式自对。

志在高山，**志在**流水；
一客荷樵，**一客**听琴。
——武汉汉阳古琴台联

该联上言俞伯牙，下言钟子期。所谓"荷樵""听琴"，其实皆钟子期"一客"所为。自对虽然重要，却也不是万能的。倘若离开上下相对而自说自话，那么自对就有游离对仗之外的危险。以上联为例，除了平仄不谐，该联还存在三个特点和问题：一是所重之字并非单音词，而是二字短语。二是上下联不仅皆由自对组成，而且是齐言的。三是结构不对。于是，我们发现：第一，该联实际是两个排偶句的组合；第二，它给人的感觉是上下联相脱节，即上下联文字的对仗性并不很强，似乎车走车道，马走马道。

所以，自对的使用最好不要脱离非自对的语境。如《对联话》卷十一"杂缀一"所载江苏泰州江堰某酒楼联："好一座危楼，**谁是**主人**谁是**客；只三间老屋，**半宜**明月**半宜**风。"虽然自对句中也有二字短语相重复，但结构上所对词句甚多，且是参差（自）对而非齐言（自）对。最重要的是，至少有一个非自对句"好一座危楼""只三间老屋"上下相对，从而强化了全联整体相对的特点。

（二）借对

借对不是双关，也不是别解，被借之词的词汇意义未变，整个句子是一种正常表达。所以被认可为一种对仗形式，完全是文人投机取巧，读者会心一笑的结果。

1. 单纯借对

曾经**沧**海千层浪；
又上黄河一道桥。
——清代　查廷华题兰州原河神庙联

据考证，该庙原址在镇远浮桥（今中山铁桥）附近。该联上联借"沧"为"苍"，与下联"黄"相对。这是借音对。

第三章　对联格律

补四百余阕新声，传世应偕**万红友**；

溯三十八年旧梦，与君同是一青衿。

——俞樾挽徐本立（诚庵）联

"万红友"，即《词律》的作者万树，是人名（专名）。这里借"万"为数目字，借"红"为颜色词，并对之以"一青衿"。这是"借他人"的借义对。

爽气自西来，放眼得十三湾烟景；

中原劳北望，从头溯九万里鹏程。

——郁达夫题新加坡虎豹别墅挹翠亭联

"放眼"的"眼"是实指（本义），"眼睛"的意思。"从头"的"头"是虚指（引申义），意谓事情的起点，这里则借"头"另一个义项（本义），即表示身体部位的"头"与上联的"眼"相对。这是"借自己"的借义对。

2. 因自对而被看作是借对

异代不同时，问如此江山，**龙蜷虎卧**几诗客？

先生亦流寓，有长留天地，**月白风清**一草堂。

——晚清　顾复初题杜甫草堂联

上联是动物自对，下联是天文自对。"月白风清"的"清"谐"青"，以与"白"相对。

方悬四月，叠坠双星，东亚西欧同殒泪；

钦诵二心，憾无一面，南天北地遍招魂。

——郭沫若挽鲁迅联

上联主要是天文自对，下联主要是人体自对。"月"明指月份，暗指月亮；"双星"，本义指两颗星星，比喻义指高尔基和鲁迅。两位作家分别于6月18日、10月19日逝世，中间相隔四个月。"钦诵"二心，以崇敬的心情诵读《二心集》。

四　其他特殊对仗形式

2000年代中后期，联界复古主义倾向抬头。在对仗特殊形式分类上，也拾前人牙慧，开启了琐细作派。据笔者所知，"交络对"（交股

· 169 ·

对)、"互成对""连绵对""隔句对""当句对"等说法,来自遍照金刚《文镜秘府论》对仗法,"衔字对"则来自其他。此外还有刘勰《文心雕龙》、魏庆之《诗人玉屑》、朱权《太和正音谱》等对仗说法及其出处。

笔者在拙著《诗词通论》里对《文镜秘府论》29种对仗法有过总体评述,[①] 这里不再重复。仅结合联例,谈几个特殊对仗种类及笔者对它们的认识。

(一) 蹉对

山西五台山菩萨顶联:"百里青山谁做主;白云千载此为家。"清代刘廷禧题黄鹤楼涌月台联:"曾是当年舔月地;而今又作上台人。"当代段志英题外贸行业联:"对外招商兴百业;引资向内富双方。"刘太品丙戌(2007)中秋联语二副之二:"万古仰清高,吴宫夜、汉宫秋,过目繁华成一梦;婵娟祈四海,才人邀、佳人拜,团圞著意祝三生。"对联蹉对的例子相当少见,这里引用的前三个是七言蹉对联,后一个是双句蹉对联。与诗式联里李群玉的例子相比,"交股"的部分不在中间,而是移到了前面。蹉对之出现,是作者表现内容与诗式联格律要素之间矛盾未能彻底解决的孑遗。如果通过自己努力,能够做到以正常语序相对,则不必涉足其中。再者,生出趣味的办法很多,大可不必依此一途。不难看出,上述四个蹉对例子并非个个自然天成。

(二) 隔句对

明代黄文炳(1548—1606)题武汉黄鹤楼侧吕纯阳祠联:"遇有缘人,不枉我望穿眼孔;得无上道,只要汝立定脚跟。"有人以为这是一个隔句对。依此推导,只要不是只自对不互对的两句联,几乎都可称为隔句对。显然,这样的结论是缺乏意义的。

第一,隔句对只是区别于接句对而言的,同时,也只有在不参与此相对仗的其他句子在场的情况下,其特色才能够凸显出来。单就一个双

[①] 参见严海燕《诗词通论》,三秦出版社2009年版,第98—99页。

第三章 对联格律

句联而言,是无所谓隔句对的。例如,笔者挽兴平市楹协原主席冯萌献先生:"侃今人,画展五陵原,叹往事,幕掀一女帝,本为小说,本非小戏;接大纛,不曾辱使命,传火薪,最喜有英才,告慰彼张,欣慰此张。"后面两句为重字式接句对仗,前面四句为隔句对仗,隔句对仗句因为映衬而格外惹眼。

第二,如果孤立地分析前面四句的对仗情况,它们当然不是自对,因为第一句与第二句、第三句与第四句结构不同,字数也不一致。现在的对仗,是第一句对第三句(奇数句相对),第二句对第四句(偶数句相对),即隔着其他句子分别相对。这是传统的诗词曲式隔句对意义上的隔句对。

第三,如果从整个对联的角度看,我们也可以将此隔句对视为一个自对,它与一般自对一样都是首先在一边对仗,即在内部解决问题。只是这个自对幅度大了一些,非一词一句,而是两句。请看大观楼联里的一相"隔句对":"趁蟹屿螺洲,梳裹就风鬟雾鬓;更蘋天苇地,点缀些翠羽丹霞。"即在与下联里的文字"尽珠帘画栋,卷不及暮雨朝云;便断碣残碑,都付与苍烟落照"对仗之前,先自己对自己了。

第四,笔者以为,对于以对仗为"天职"的对联来讲,专谈双句联里的隔句对不仅多此一举,而且根本不合适。因为对联本来就是相对排列的,不论是竖排还是横排,都无所谓"隔""不隔"的问题。倘若一定要说"隔",那么中间所"隔"的不是一句,而是上(联)下(联)两部分,是一个"楚河汉界"。一副双句联,要紧的是上下联每半边的意义与另一半边的意义整体相对。以前举武汉吕纯阳祠联为例,谈论前句"遇有缘人"对"得无上道"对仗工整,只是在形式分析上有意义,在内涵表现上未必如此。因为联中"遇有缘人"的愿望虽然实现了,但能否"得无上道",还不好说,除非"汝立定脚跟"。

第五,如果还要较真,那么依照朱权《太和正音谱》的分类,这种参差式双句联似乎不属于隔句对,而是扇面对。在朱权这里,扇面对与隔句对是有区别的。

(三)互成对

起初,遍照金刚为"互成对"下定义时还比较保守,举例也仅限于同一类属的名物词，并不包括其他。他说："互成对者，天与地对，日与月对，麟与凤对，金与银对，台与殿对，楼与榭对。两字若上下句安之，名的名对；若两字一处用之，是名互成对，言互相成也。"具体地讲，只有实对实，没有虚对虚，更没有虚对实。将互成对外延扩大，实乃今人所为。①

将互成对的外延扩大，本来无可厚非。当年王力在《汉语诗律学》里也是将全部对仗分为十一类二十八门，笔者在《诗词通论》宽对部分也曾提及同义与连绵对、反义与连绵对等。但今人不加甄别地罗列互成对虚对实形式，未免走得太远，而且有的举例及其依据标准不够严谨，这一点类似当年的遍照金刚。以朱承平《互成对的构成与变化》一文为例，作者在说明同类名词连用后再与反义词对举时，所举第一个例子"苒苒几盈虚，澄澄变今古"，来自王昌龄《同从弟南斋玩月》，原诗是古体诗而非近体诗。第二个例子"老耻妻孥笑，贫嗟出入劳"，来自杜甫《赴青城县》，原诗虽是近体诗，却是本可不讲对仗的首联。总之，历史上的诗对、词对、曲对都有自己的特色对仗、重点对仗，作为新独立文体的对联当然也不例外。联界应该冷静头脑，厘清各种概念，然后再让它们进入对联对仗的"收纳箱"。

晚清端方集诗题黄鹤楼联："我辈复登临，昔人已乘黄鹤去；大江流日夜，此心吾与白鸥盟。"上下联前句，一个来自孟浩然《与诸子登岘首（山）》诗："江山留胜迹，我辈复登临。"一个来自谢朓《暂使下都夜发新林至京邑赠西府同僚》诗："大江流日夜，客心悲未央。"它们本来是不对的，如今却被说成是对的，理由据说是此乃"久已失传"的互成对的缘故。笔者不是很赞成这种说法。集句联的格律要求本来就不高，何况该联对仗大体是过关的，所以不必祭出互成对概念，以证明其对仗工稳云云。同样是集句联，清代姚棻题南昌滕王阁联就不是形容词对名字："我辈复登临，目极湖山千里而外；奇文共欣赏，人在水天一色之中。"还有民国张一麐（1867—1943）题江苏苏州冷香阁联："高阁此登临，试领略太湖帆影，古寺钟声，有如蓟子还乡，触手铜仙总凄异；大吴仍巨丽，最惆怅恨别禽心，感时花泪，安得生公说法，点

---

① 参见朱承平《互成对的构成与变化》，《修辞学习》2002年第6期。

第三章　对联格律

头顽石亦慈悲。"该联虽说是形容词对动词,下动词对动词一等,但因为形容词与动词有共同的"义素"谓词,故此这里的对仗大体还是合格的。

与自对不同,构成互成对的词,不仅词类相同,且关联密切,不像自对的词、短语多为临时性组合。也因此,笔者总以为互成对与古代"连文"有关。我们今天说"饮食""艰难"二词,丝毫感受不到其中有什么特别之处,因为现代汉语由"连文"等途径产生的复音词占了多数。但这在古人那里一定有所不同,他们很可能感觉到这是一种虽然微细,但肯定属于对仗的东西。换言之,古人看待互成对(字与字组合,今天称单音词与单音词组合),如同我们看待自对一样(词与词组合,短语与短语组合)一样新鲜敏感。而我们看待互成对则不同,只是将其看作一个词,考虑更多的是该词与上联同位置的词是否相对。如果两个词在词类等方面相去不远,如于右任书赠嗜好集右军书的胡钟吾联"心积和平气;手成天地功"①,倒不觉着离谱。否则这里的对仗之美就要打折扣。这大概也是后来互成对被自对淹没的原因吧?譬如,研究者动辄举出孙髯翁大观楼联里"喜茫茫空阔无边"("空阔")作为互成对典型句子,其实它曾被阮元改为"喜茫茫波浪无边";虽然改得不好,但也从侧面反映出互成对已经不像自对那样被人理解、被人喜爱了。

五　关于"无情对"

"无情对",是古人对仗时由于"对字不对句"而意外生出的一朵奇葩、一个怪胎。对仗有两个极端:"合掌"与"无情对"。"合掌"(太近)是应该力避的,"无情对"(太远)却可能被刻意追求。既然被称作"无情对",自然与通常对联不同,而是属于特殊类别。梁章钜将其收录在《巧对录》里,即意味着不会将"无情对"称作"无情联"。

(一) 定义和名称

具体而言,所谓无情对,是指上下比单字相对,词句不对或不全

---

① 该联为唐诗集句联,分别来自白居易五古《清夜琴兴》里"心积和平气,木应正始音"与李白五古《流夜郎半道承恩放还兼欣克复之美书怀示息秀才》里"叱咤开帝业,手成天地功"两联。

对，且在内容上两不相干。换言之，凡字面对仗越工整，同时内容相距越远，就越有资格成为无情对。

古人一度把无情对叫作"流水联"。清代徐珂《清稗类钞·文学类》"流水联"条有云："对联仅对字面，而命意绝不相同者，世所谓流水联者是也。"与今人常说的"流水对"不同，这里所谓"流水联"，当从"落花有意，流水无情"而来。

（二）以"先生"对为例看"无情对"

关于无情对的雏形的记载，最早见于宋人笔记。南宋龚明之《中吴纪闻》卷六"谐谑"条载："鸡冠花未放，狗尾草先生。"作者自注："嘲叶广文。""先生""未放"，单字对还算工整，"先""未"都是副词，"生""放"都是动词，但一旦合起来，两者就容易分岔。"先生"既可以作为谓词性偏正短语，与"未放"相对（算作借对），同时又是一个相对独立的表示敬称的名词。现在将它与"狗尾草"相连，岂不变成恶言詈辞？

不仅如此，有意将"先生"变成事实上的两种语法单位（一词一短语），人为制造滑稽效果，又几乎成为明清无情对的一个传统：

庭前花始放；

阁下李先生。

——明代　李东阳应对客人联

细羽家禽砖后死；

粗毛野兽石先生。

——清代　巧对

杨三已死无苏丑；

李二先生是汉奸。

　　——清代　巧对

其中"杨三/李二"联里的"苏丑"，在《清稗类钞·文学类》"流水联"里作"京丑"。

与前两副纯属笔墨游戏的无情对比起来，该联更像近体诗中的一联，整副作品也有一定内涵。至于"杨三/李二"联的具体内容，则有不同的传说与解读。第一种意见认为，"杨三"即杨鸣玉，江苏人，行

第三章 对联格律

三,所以叫杨三。"苏丑"即昆丑,杨主打昆曲,京戏较少,据说有苏州腔,不很受听。杨与李鸿章无甚关系,将二者联系成联,纯为凑趣。第二种意见认为,"杨三"本为"赶三",即刘赶三,刘以经常在戏台上插科打诨、指斥权贵而著称。民间大约嫌"赶三一死"与"李二先生"对仗不工,遂辗转而成"杨三已死"。

此外,"先生"与"未放""未放""后死"等相对,可算借对,但它与近体诗里的借对有很大的不同。诗是正宗文体,近体诗里的借对,其语法跨度不大,一般不包括名词对动词或动词短语、主谓短语对同位短语。

(三) 再析"无情对"

由于对仗时"对字不对句",轻则产生"假平行句",重则产生以下两种后果。

第一,对句牵强附会,让人难以理解。以二言对偶句为例:"月圆;凤扁",对句以风过门缝,自然为扁为由,未免生硬;"凤鸣;牛舞",纵然《尚书·舜典》有"百兽率舞"句,"牛舞"一词仍属怪异。

第二,对句本身无病,但与出句在意义上联系不大,乃至根本无关,此即"无情对"。其中又可细分为以下几种情形:

a. 内容上关系不显　如:"一匹天青缎;六味地黄丸。"对句为专名,但两者都是物件。

b. 内容上关系全无　如:"文竹;武松。"一是植物名,另一是人物名。"五月黄梅天;三星白兰地。"一是天文和物候现象,另一是物件(蒸馏葡萄酒的音译词)。

c. 词类、句法部分一致　如上面"杨三/李二"联,除了"已死"(自然分解)、"先生"(必须分解)外,其他词语都是直接对仗的,后三字作为动宾短语其结构也是对仗的。

d. 词类、句法完全相异　如:"色难;容易。""公门桃李争荣日,法国荷兰比利时。""紫荆花发;乌鲁木齐。"第一副出自《古今谭概》,明成祖朱棣所出"色难"出自《论语·为政第二》,实际是一个句子,意思是对父母和颜悦色是最难的,解缙所对"容易"则是一个形容词。第二副据说为清末联人所作,其对句为三个国家名。第三副为当代人作，其出句借指 1996 年香港回归，对句却为一城市名。d 类属于典型的无情对。

以上四类之中，真正能够别开天地、自创一家的，只有 d 类。其余都有可能被改造后，纳入近体诗创作中，成为诗中的"怪味豆"。如杨宪益诗中名句："久无金屋藏娇念，幸有银翘解毒丸。"(《和黄苗子》)

第三节　平仄

一　节奏点的确定和安排

前已述及，梁章钜曾将四言加七言联，即总数 22 字的对联称为长联。又由于四言多为骈文式句子，七言多为近体诗式句子，所以对于多句联节奏点的讨论，可从诗骈式句子开始。

考虑到联文里可能含有大量散文化句子，直接套用诗骈节奏未必合适，故此应以语义节奏为主，同时兼顾近体诗声律节奏的方式，确定节奏点。即当我们面对五七言联句的时候，首先应当考虑它是否属于诗式句。至于句中节奏点的安排，则以平仄相间为正格。

说明：第一，以下联中以斜线（分隔号）划开者为节奏单位，有墨色加粗者为节奏点，上下联尾字一律不加粗；第二，个别联句出现平仄失替现象，请读者结合领字平仄等规定自鉴之。

（一）五七言、四六言句的平仄点

1. 诗式句和骈式句

受律诗（骈文）单句平仄交互律、两句黏对律的影响，此类联句的平仄安排一般是：半联（单边）之内平仄相间（替），一联之间（双边）平仄相反（对）。

（1）诗式句节奏点的确定

近体诗式联句，可以简称为诗式句。不管它们属于哪一种形式，均可依诗律（声律节奏）对其划节奏找点，即大体为"一三五不论，二四六分明"。

形式一：声律节奏和语义节奏相统一，声律节奏点和语义节奏点完

第三章 对联格律

全一致。

如清代吴熙载联墨："茗杯/眠起/味；书卷/静中/缘。"清代徐岱云（连峰）格言联："立定/脚根/撑起/脊；展开/眼界/放平/心。"其中"撑起""放平"，可被看作补充型合成词。

五七言组合的，如江西九江白居易祠联："枫叶/四弦/秋，枨触/天涯/迁谪/恨；浔阳/千尺/水，句留/江上/别离/情。"

形式二：声律节奏和语义节奏相矛盾，声律节奏点和语义节奏点不完全一致。

如近代杨度五言联墨："抱琴/看鹤/去；枕石/待云/归。""看""待"处在语义节奏点上，是动词。

清代袁枚赠刘墉七言联："月无/芒角/星相/避；树有/包容/鸟亦/知。""星""鸟"处在语义节奏点上，是名词。

晚清陈鸿寿联墨："课子/课孙/先课/己；成仙/成佛/且成/人。""先""且"处在语义节奏点上，是副词。

晚明张瑞图联墨："坐船/买得/鱼偏/美；踏雪/沽来/酒更/佳。"该联语义节奏为"坐船买得鱼/偏美；踏雪沽来酒/更佳"。"鱼""酒"处在语义节奏点上。

山西霍县韩侯岭韩信祠古联："十年/生死/一知/己；七尺/存亡/两妇/人。""一""两"处在细划语义节奏点上，是数词，且平仄不对，不对的原因在于上联属于半拗句。

五七言组合的，明代张岱（1597—1680）题杭州西湖三潭印月放生池联："天地/一网/罟，欲度/众生/谁解/脱；飞潜/皆性/命，但存/此念/即菩/提。"上联的"一""谁"和下联的"皆""即"处在语义节奏点上。

形式三：相谐相违搭配，全联各个分句的两种节奏点，有的一致，有的不一致。

如晚清铁良（1863—1938）题江苏镇江招隐寺联："一勺/励清/心，酌水/谁含/出世/想；半生/盟素/志，听泉/我爱/在山/声。"该联每边前句（五言）属于形式二，后句（七言）属于形式一。其中"半生盟素志"是先拗后救句，因此即便依语义节奏考量，节奏点"励""盟"也是平仄相反的。

（2）特拗句节奏点的确定

对于特拗句，既不能简单地进行"二四六分明"，更不能以语义节奏找点。看清代钱沣（1740—1795）联墨："心同朗月开群雾；气若春空养片云。"这里的节奏点，无论依语义节奏抑或声律节奏，即无论定在"同""月""群"，还是"同""月""开"（下联同），上下联平仄都是相反的。与此不同，面对刘绎（1796—1878）题江西赣州八镜台联"千里江山**控**南服；一城图画咏东坡"，若以语义节奏找点，第五字"控""咏"就上下不对，全联也因此有了瑕疵。但若以七言近体的格律考量，则该联并无平仄问题，因为上联其实是一个特拗句。

此类特拗句对联不少，前面谈过的孟昶联即为一例。属于五言特拗句的，还有清代宋湘（1757—1826）题广东惠州丰湖书院联："人文**古**邹鲁；山水小蓬瀛。"属于七言特拗句的，则有清代联作家题南京莫愁湖的两副联：李尧栋（松云）（1753—1821）"一片湖光**比西**子／千秋乐府唱南朝"，佚名"烟雨湖山**六朝**梦／英雄儿女一枰棋"。

（3）骈式句节奏点的确定

骈文联句，可以简称骈式句。骈式句主要有四言句、六言句。四言句节奏一般是二二，即以第二、四字为点。六言句相对复杂，有二四、四二、三三等三种节奏形式。前两者以第二、四、六字为点，后者以第三、六字为点。到底以何种方式划节奏找点，应具体情况具体分析，一般以"试错"方式进行尝试。

相传陈烨对朱熹联："鹿豕与游，物**我**相**忘**／之地；泉峰交映，知**仁**独**得**／之天。"该双句联的第二句，可以在第二、四、六字处停顿，其中第四字处停顿时间较长，故为四二。萨镇冰"戊辰（注：当指农历1928年）小春"联墨："胸有／春秋全史；目无／吴魏群雄。"该单句联也是在第二、四、六字处停顿，其中第二字处停顿时间较长，故为二四。

再如苏州虎丘花神庙联："一百八**记**／钟声，唤起／万家春梦；二十四**番**／风信，吹香／七里山塘。"前者是四二，后者是二四。"二十四番风信"，即二十四番花信风，指从小寒到谷雨的八个节气里依次传出的二十四种风吹花开的信息。联中作为分句的两个六言句，其语义节奏是不同的。

顾复初题马王庙联："卜王**道**／其昌**乎**？歌天马徕从西极；此房**星**／

· 178 ·

第三章 对联格律

之精也，有苍龙见于东方。"汉武帝刘彻《西极天马歌》有"天马徕，从西极"句，汉唐时期流传的《瑞应图》云"马为房星（二十八宿之一）之精。"该联第一句，若在第二、四字处停顿，则语义破碎；若在第三、六字处停顿，则语义完整，故为三三。

四四　如郑燮题江苏苏州网师园濯缨水阁联："曾三/颜四；禹寸/陶分。""曾三"，由曾参"吾日三省吾身"而来；"颜四"，为颜回"非礼勿视，非礼勿听，非礼勿言，非礼勿动"之简括；"禹寸陶分"，据《晋书》卷六十六《陶侃传》载，陶经常告诫身边的人："大禹圣者，乃惜寸阴，至于众人，当惜分阴，岂可逸游荒醉"。故此，该联两个句子皆为二二。再如陈鸿寿联墨："修清/涤俗，树节/宝真。"

六六　如格言联："做事/须凭/肝胆；为人/莫负/须眉。"陶行知题教育联："以宇宙/为教室；奉自然/作宗师。"

四四四四　如江苏无锡城中公园"清风茶墅"联："世界/花花，浮生/若梦；劳人/草草，小住/为佳。"武汉黄鹤楼搁笔亭联："搁笔/题诗，两人/千古；临江/吞汉，三楚/一楼。"金石学家王褖（1876—1965）联墨："新稻/美鱼，丰年/人乐；青山/红树，画本/天成。"

四六四六　如格言联："浮躁/一分，到处/便招/尤悔；因循/二字，从来/误尽/英雄。"巧趣联："菱角/三尖，铁裹/一团/白玉；石榴/独蒂，锦包/万颗/珍珠。"担当和尚题鸡足山修行联："托钵/归来，不为/钟鸣/鼓响；结斋/便去，也知/盐尽/炭无。"

六四六四　如台湾云林振文书院联："振纲常/于勿替，薪传/一脉；文礼乐/以成章，道统/千年。"格言联："话虽/未到/口边，三思/更好；事纵/放得/心下，再慎/何妨。"旧书局联："广搜/百代/遗编，迹追/虎观；嘉惠/四方/来学，价重/龙门。"

六六六六　骈文以唐代最为典型，唐骈（四六）的句式主要包括上面五种。宋骈的句式则还有六六六六，如汪藻《隆裕太后告天下手书》里即有"汉家之厄/十世，宜光武/之中兴；献公之子/九人，惟重耳/之尚在"。对应的骈式对句联则有赵藩题云南剑川金华山石刻联："名山/即是/仙居，难为/外人/道也；游客/若谈/世事，当以/太白/浮之。"再如山西灵石县王家大院养正书塾联："染成/绿萼/初华，好觉/暗香/入室；偶得/古人/精册，较胜/春风/在庭。"

· 179 ·

2. 其他五七言、四六言句子

有些联句，虽说也是五七言、四六言，却无法以诗式句、骈式句及其节奏去套，只能按实际节奏（语义节奏）划分并找点。可先从大处粗断，再根据具体情况细分。

一三　山东泰山南麓岱庙联："**帝**/出乎**震**；**人**/生于**寅**。"上联出自《易传》，依据后天八卦，其原型应是春分时北斗星（帝）之斗柄指向东方（震）。至于下联，当从中国古代"天开于子，地辟于丑，人生于寅"之说而来。"出于震""生于寅"可以继续细分。

三一　林则徐于道光十一年（1831）担任东河河道总督时所题工地居室联："芦中**人**/出；河上**公**/来。"上联在文字上，取伍员从楚国逃命时身藏芦苇荡的故事，实际可能与林则徐"丁忧"六年后重入官场有关。下联里的河上公为西汉人，《道德经》最古注释本《河上公章句》的作者，其真实姓名不传，林则徐在此借其绰号的表层意义自喻。该联如果划作"芦中/人出；河上/公来"，则变成单纯的声律节奏。

三二　四川灌县青城山前山天师洞古黄帝祠联："八百**里**/青**城**，玉垒依然山色秀；五千**年**/华**夏**，金瓯永固帝恩深。"

一四　顾复初题成都崇丽阁联："引袖拂寒星，古意苍茫，**看**/四**壁**云山，青来剑外；停琴伫凉月，予怀浩渺，**送**/一篙春水，绿到江南。"其中第三句为词式句，"看""送"可不讲求平仄相间相对。

三一三　郑燮题联："虚心**竹**/**有**/低头**叶**；傲骨**梅**/**无**/仰面**花**。"杭州西湖楼外楼联："客中**客**/**入**/画中**画**；楼外**楼**/**看**/山外**山**。"此类"折腰句"，无论是依这里的语义节奏还是前面的声律节奏，其节奏点一般都合律。"看"，这里读平声。

三四　邓石如联墨："逍遥于/城市而外；仿佛乎/山水之间。"该联下四可继续切分为二二，但整联平仄点不够讲究。

一三三　台湾学者朱久莹（1898—1996）自题书房联："**有**/半房**书**/贫亦乐；**仅**/一支**笔**/老犹雄。""半房书""一支笔"三字各自结合紧密，使得前四字无法成为二二节奏，即使将全句看作四三节奏，"有""仅"两字后面的短暂停顿也是必需的。当然，"有""仅"二字可不必讲求平仄相间相对。

一四二　青年周恩来自勉联："**与**/有肝胆**人**/共**事**；**从**/无字句**处**/

读书。"该联中间可继续切分为一三。此外，黄雍国 2008 年参加太原"晋龙烟花杯"征联获奖联："**写**/惊天动**地**/文章，用安全作序；**兴**/溢彩流**光**/事业，以质量为基。"首句中间可继续切分为二二。

（二）超七言句的平仄点

散文化、口语化对联，往往有超过七言的句子，对此也应按实际节奏划分、找点。其中又包括两类：一是可加上标点，变成为四、五、六、七言句子者；二是可继续析句，但不好加标点者。前者不难理解，后者举例如下。

1. 单句为 8 言者

湖北黄冈东坡赤壁联："参透/变不变/之精髓，处处是黄州赤壁；觉得/梦非梦/之境界，人人尽西蜀东坡。"俞樾题浙江临海东湖湖心亭联："好水好山，出/东郭不半里/而至；宜晴宜雨，比/西湖第一楼/何如。"王金路题赠郑孝胥联："欲做/天民大人/事业，莫受/名缰利锁/牢笼。"山西万荣县李家大院李子用住宅联："地/无分南北/一情引；学/能贯东西/万善归。"

2. 单句为 9 言者

晚清张世准（1823—1891）题武汉黄鹤楼联："谁/曾将此楼/一拳打破；我/也在上头/大胆题诗。"毛泽东挽抗日志士杨裕民（十三）联："国家/在/风雨飘扬/之中，对我辈特增担荷；燕赵/多/慷慨悲歌/之士，于先生犹见典型。"

3. 单句为 10 言者

晚清王堃（自怡轩）（1815—1887）题万福居酒馆嵌名联："万念皆空，只月地花天，慢腾腾/恋着/软红尘/十丈；福星拱照，有清歌妙舞，喜孜孜/狂倾/重碧酒/千杯。"近代黄兴题湖北黄冈东坡赤壁联："才子重文章，凭他二赋八诗，都争传/苏东坡/两游赤壁；英雄造时势，待我三年五载，必艳说/湖南客/小住黄州。"

4. 单句为 11 言者

于右任挽宋教仁联："我不为私交哭，我不为/民立报与国民党/哭，我为中华民国前途哭；君岂与武贼仇，君岂与/应桂馨及洪述祖/仇，君与专制魔王余孽仇。"晚清李崖泉愤世联："英法欺我，德美狎我，俄罗斯更逼我，即近我若东洋，亦允割我疆土，夺我利权，虔刘我子姓，扰乱我治安，不恤国破家亡，迫/我曹/于五大洲/栖身无地；督抚玩民，司道弃民，郡太守愈绝民，至亲民如县令，尤敢剥民膏脂，缚民手足，鞭挞民肌肤，草菅民性命，务使魂消胆落，任/民族/在/廿世纪/流血成渠。"

5. 单句为12言者

晚清郭嵩焘挽彭玉麟联："收/吴楚/六千里/肃清江路/之功，水师创立书生手；开/国家/三百年/驰骋名扬/之局，亮节能邀圣主知。"现代邵力子挽孙中山联："举世崇拜，举世仇恨，看清/崇拜或仇恨/是些/什么人，愈见先生伟大；毕生革命，毕生治学，倘把/革命与治学/分成/两件事，便非吾党精神。"

6. 单句为13言者

范当世挽李鸿章联："贱子/于人间/利钝得失/渺不相关，独与公情亲数年，见为老书生、穷翰林而已；国史/遇大臣/功罪是非/向无论断，有吾皇褒忠一字，传俾内诸夏、外四夷知之。"

7. 单句为14言者

任继愈（1916—2009）挽1945年"一二·一"惨案烈士联："挟书者族，偶语者诛，驱/四万万人民/尽效/鹦鹉舌/牛马走，转瞬咸阳成灰，古今共笑秦皇计；救世以仁，杀身以义，将/一重重/创伤/化为/狮子吼/杜鹃魂，行看中国再建，日月常昭烈士心。"

前已引过昆明某大学生题1945年"一二·一"惨案联："帝君曰：'这个/征货征财/杀人不眨眼/的野种，哪里是关家石麟！俺要用青龙偃月刀斩他头脚'；老子说：'此匹/黄脚黄手/舞爪又张牙/的孽畜，何尝为李氏正宗！我须拿八卦炼丹炉烧伊心肝'。"

8. 单句为15言者

太平天国忠王李秀成府寝殿联："马上得之，马上治之，造/亿万年/太平天国/于/弓刀锋镝/之间，斯为健者；东面而征，西面而征，救/廿一省/无罪良民/于/水火倒悬/之会，是曰仁人。"

吴恭亨题长沙光复纪念会演剧戏台联："古人舞台/与今人舞台/都应做/如是观，唤甚么本头，任列位想想；喋血革命/不流血革命/恰已成/昨日事，扮出些脚色，请当场看看。"

第三章 对联格律

9. 单句为 16 言者

曾经营救过孙中山的英国医师康德黎（1851—1926）挽孙中山联："毁帝制，创共和，知难行易，较／尧舜／禹汤／周公／文王／孔子／诸圣／为高明，上下五千年，前无古人，后无来者；讲自由，争平等，救国导民，为／英俄／德法／日比／意奥／土保／十国／所敬畏，纵横九万里，其生也荣，其死也哀。"该联里的专名对，不尽严格。

以上所举单句，都超过了七言，但它们或者是单句联里的句子，或者是双句联、多句联里的一个分句。下面看一个两分句都超过七言的双句联例子。近代刘大白挽王金发联："生／未及／见北极新朝，与／洪宪皇帝／势不两立／耳；死／犹得／葬西湖片土，问／兴武将军／有此一抔／无。"两个分句分别为八言、十言。

二　变格：平仄不相间

考察现存对联的平仄节奏点，发现它们大部分相间（不失替），少部分不相间（失替）。这里又分为三种情形：第一种，大约属于偶然失替。如林则徐自题联："海纳百川，有容乃大；壁立千仞，无欲则刚。"高燮（吹万）（1878—1958）贺郑逸梅六十寿联："人**淡**如菊；品逸于梅。"第二种，符合拗救规则。如翁同龢联墨："每临大事**有静**气；不信今时**无**古贤。"第三种，很可能是作者在做实验，其佐证是：倘若上联不相间，则下联往往也不相间，结果单独看失替，上下联结合看却不失对。

其中第三种，可被视为对联平仄变格。只是这种变格，并未得到联界的普遍认可。

（一）变格产生原因分析

1. 一般原因之分析

作者使用变格的原因大体有三种：第一，口语中本来如此；第二，辞赋、骈文、古体诗、词曲、八股文等作品里存在不相间的对偶句或非对偶句；第三，对联作者的无奈。前面两个是发生学上的依据，最后一个则是诱发因素。

这里主要谈谈二四节奏的句子平仄不相间的情况。这类句子，有的虽然自身不相间，却是上下相对；有的自身不相间，上下也不相对。例如，前面引述的蔡元培挽黄兴联："无君/则无民国；有史/必有斯人。"该联等于以二四节奏为界，将全联分为两个大的平仄单位。前面引述的陈宏谋题黄鹤楼联的后两句，即"殊觉/天际真人，至今未远"，"纵有/卷中佳句，到此皆空"，大概是作者将"殊觉""纵有"看作了领字，从而"不计平仄"。

二四节奏的句子如此，三四节奏的句子亦如此。这种带有曲赋特征的句式，在李渔、俞樾、林则徐、曾国藩等人的笔下，都曾出现过。它们有的平仄相间，有的则不然。如李渔"赠王北山（注：王曰高号北山）掌科联"："君有十分善，臣有十分忠，美名儒/得居谏职；读得一句书，说得一句话，宜圣主/亲试言官。"就与他题庐山简寂观联里"也该留/一二奇峰""谁识得/五千妙论"两句的平仄点安排有所不同。王力题桂林七星公园月牙山小广寒楼联，其中上下联第一句"甲天下/名不虚传""冠寰球/人皆向往"也是相邻节奏点平仄相同。

2. 因引用诗文而导致平仄不相间现象之分析

<u>王者五百年</u>，湖山具有英雄气；
春光二三月，莺花合是美人魂。

这是彭玉麟题南京莫愁湖胜棋楼联。上联里"王者五百年"一句，出自《孟子·公孙丑下》："五百年必有王者兴，其间必有名世者。"彭玉麟作联，句中不相间的其他例子还有，不一定都与引用有关。但就该联而言，则明显由于引用造成。上联不相间了，下联"春光二三月"既可视为特拗句，也可看作萧规曹随。

周雅赓歌，<u>如山如川如日月</u>；
箕畴敛福，<u>曰富曰寿曰康宁</u>。

这是《楹联丛话》卷二"应制"所载康熙六十大寿般若庵经棚联。上联里的"周雅赓歌"，指《诗经·小雅·天保》里有连续祝颂之词句。下联里的"箕畴敛福"出自《尚书·洪范》，即箕子向周武王上陈天子治国九法时，提到"皇建其有极，敛时五福，用敷锡厥庶民"三句，其大意是：天子建立最高权威的方法是将寿、富、康宁等五福赐给老百姓。大概因为下联后句所引"五福"里的前三个加上"曰"，为不相间类型，且上联对应部分也可以形成同一类型，故此上下联后句统一为平仄不相间。

刚日读经，柔日读史；
无酒学佛，有酒学仙。

这是清代张廷济（1768—1848）的联墨文辞。上联，可能在清代读书圈里比较流行。小张廷济十四岁的曾国藩曾在家书里提及此语，他在道光二十二年九月十八日《致诸弟》信中说："予定刚日读经，柔日读史之法，读经常懒散不沉着，读《后汉书》现已丹笔点过八本，虽全不记忆，而较之去年读《前汉书》领会较深。"下联，出自明代陈继儒《小窗幽记》："酒能乱性，佛定戒之。酒能养气，仙家饮之。余于无酒时学佛，有酒时学仙。"此外，据传清代张索懿亦有联云："左壁观图，右壁观史；有酒学仙，无酒学佛。"这里的"左壁观图，右壁观史"，显系古代文人"左图右史"惯用语的扩写。与张廷济联比较，该联违律太甚，已经走向一般对偶句。

3. 因使用自对而导致平仄不相间现象之分析

（1）自对而平仄相间

一方面，我们看到自对尤其是重字式自对，确实容易造成平仄不相间现象；但另一方面，又并非所有自对皆为平仄不相间形式。换言之，当对联作者准备构建一个自对的时候，并非一定要以平仄失替为代价。且看四个虽然自对，却依然平仄相间的例子：

清代吴镇（信辰）（1721—1797）题关帝庙联："惠陵烟雨，涿郡风雷，在昔埙箎兴一旅；魏国山河，吴宫花草，于今蛮触笑三分。"

1937年北洋画报社挽方尔谦（地山）联："联堪称圣，书自成家，沽上早知名，遗墨顿成和氏璧；病已濒危，心犹念国，中原何日定，思君怕诵放翁诗。"

山东济宁子路（仲由）故里仲氏祠联："允矣圣人之徒，闻善则行，闻过则喜；大哉夫子之勇，见危必拯，见义必为。""闻善"两句，语出《孟子·公孙丑上》："子路，人告之以有过，则喜。禹闻善言，则拜。"

湖南桃花源延至馆联："非一个渔夫到来漏言，不知刘项，宁知魏晋；愿诸公贵人相对饮酒，但话君臣，莫话神仙。"

以上四例两个无重字，两个有重字，但每例四个自对的自然句均为平仄相间。这说明关键还在于如何把握好处在节奏点上的字，只要这些字平仄相间，哪怕同幅的两个自然句其平仄点重字，即两个自然句的平仄不是相对而是相同（即所谓"同声"，如上面第四个例子及下面朱光霁题联），亦可高枕无虞。否则平仄排列的正格势必遭到破坏，上下相对的两个自然句要么平仄皆不相间（还算整齐），要么有的相间有的不相间（有点复杂）。详见下面"对联变格举例"。

下面再以四言句为例，系统地罗列一下自对而平仄相间的三种情形。

排比式：明代朱光霁（1490—1570）题云南巍山灵应山圆觉寺联："<u>高</u>阁<u>高</u>悬，<u>低</u>阁<u>低</u>悬，僧在画中看画；<u>远</u>峰<u>远</u>列，<u>近</u>峰<u>近</u>列，人来山上观山。"其中自对句第二、四字相重。俞樾挽莫意楼观察联："治谱在三吴，<u>父</u>为<u>循吏</u>、<u>子</u>为<u>循吏</u>；清风宜九月，<u>生</u>近<u>重阳</u>、<u>殁</u>近<u>重阳</u>。"作者注："意楼以九月十日生，九月四日卒，曾宰嘉定，其子玙香明府，亦以知县官江苏。"其中自对句第二、三、四字相重。

排偶式：杜向明参加2007年西安九城门十万全球征春联活动获奖联："<u>几</u>番杨柳，<u>几</u>度丝绸，未应岁月减春色；<u>一</u>路驼铃，<u>一</u>声羌笛，总让风云壮古城。"其中自对句第一字相重。邱戎华2006年参加西安"都城隍庙"海内外征联获奖联："<u>天</u>堂<u>有</u>路，<u>地</u>狱<u>有</u>渊，是登堂，是下狱，只缘一念；<u>恶</u>鬼<u>必</u>灾，<u>善</u>人<u>必</u>福，或作鬼，或为人，定要三思。"其中自对句第三字相重。

对偶式：即不重字式。佚名题福州某戏园楹联："<u>蜉蝣</u>天<u>地</u>，<u>蛮触</u>战<u>争</u>，大作小观小亦大；<u>咫尺</u>江<u>山</u>，<u>须臾</u>富<u>贵</u>，无为有处有还无。"上面所引清代吴镇（信辰）题关帝庙联，亦属此类。

（2）自对而平仄不相间

上面谈到，要想平仄相间，其关键在于调整处在节奏点上的字。现在的问题在于，对于不重字式自对来讲，换字选字的操作空间大，调整起来相对容易；对于重字式自对来讲，则比较麻烦。有时可以像上面那样操作，以避免不相间现象，有时则未必可以做到。这里的主观原因可能有二：一是无可奈何，一任自然；二是不以为忤，聊备一格。

2009年，笔者应同事之邀，为其朋友作新婚嵌名联，并被告知两

第三章　对联格律

位新人的名字为"雨奇（女）""鑫磊（男）"。其时正忙于他事的我，因推脱不过，只好匆匆下笔："西子人**美**，西**湖**雨**奇**，欲把西湖比西子；情**真**似**金**，情**重**如**石**，最难情重并情真。"这里之所以使用了皆不相间的重字式自对，主要是因为不想将"雨奇"二字拆开，而当时自己又满脑子的四四七句式，结果第一个蹦出来的就是"西湖雨奇"这个四言句。由于它平仄不相间，于是索性以前人已有先例为遁词，将上下联均凑成这种类型的自对句式。当然，拙作还是保证了每个以平声字为节奏点的句子里有仄声字，以仄声字为节奏点的句子里有平声字，以此作为使用反常规平仄格式的补救措施。至于原有的全联句脚为平仄仄、仄仄平的设想，则由于男方名字的排序和自己的嵌字顺序等原因而被迫放弃。

有一种情形必须指出：句中之所以出现平仄不相间，与两个因素都有干系，即所引用的文字本身就是自对而不相间。如程方才2008年参加陕西宝鸡"岐伯杯"征联获奖联："不为良相，则**为**良**医**，救民之瘼，恤民之隐，古圣贤有如是也；一拜岐山，再**拜**岐**伯**，问道于天，行道与人，大根柢犹在兹哉。"其中第一、二句合起来，应是一则古代名言，它滥觞于春秋时期秦国名医医和的回答"上医医国，其次医人。固医官也"（《国语·晋语》），闻名于"文正公愿为良医"的故事（南宋吴曾笔记小说《能改斋漫录》卷十三）。只是其中的第二句，有"愿为良相""便为良相"等不同版本，而这是无关痛痒的。

（二）对联变格举例

1. 非自对式

有可能出自口语和浅近文言的。如昆明西山华亭寺联："听**鸟**/说甚；问**花**/笑谁。"再如前面所引蔡元培挽黄兴联："无**君**/则**无**民国；有**史**/必**有**斯人。"

有可能出自辞赋、连珠及骈文的。如陕西岐山五丈原武侯祠联："义胆忠肝，六**经**/以**来**/二表；托孤寄命，三**代**/而**后**/一人。"

有出自词曲和骈文的。如山西洪洞姑姑庙联："姐皇**后**妹皇后，姐**妹**皇**后**；父帝**王**夫帝王，父**夫**帝**王**。"该庙为唐尧之女、虞舜之妻女英

· 187 ·

祭祠。清代陈恪勤（鹏年）题江苏镇江焦山松寥阁联："月**色**/如昼；江**流**/有声。"

有出自成语的。如晚清湖南巡抚吴大澂（1835—1902）自署招贤馆联："叶**公**/好**龙**，真龙必出；伯**乐**/相**马**，凡马皆空。"

有些句中不相间之处尚少，故不难理解。如乾隆帝题天津云罩寺联："青**山**/白**云**/常**自**/在；禅**悦**/法**喜**/悟**无**/生。"梁启超题云南宾川鸡足山联："寿**颂**/南**山**/瑶**池**/瑞，樽开/北**海**/蓬**岛**/春。"

有些不相间之处太多，即使在词曲里也罕见。如臧克家自题联"凌**霄**/羽**毛**/原**无**/力；掷**地**/金**石**/自**有**/声。"马萧萧题马嵬坡杨贵妃墓联："花**开**/三**章**/清**平**调；叶**落**/一**曲**/长**恨**歌。"

还有的与领字、提顿字有关。如晚清丁晏（俭卿）（1794—1875）题江苏淮安二帝祠魁星阁联："以斗量才，问何**人**/能**当**/一**石**；如金惜墨，看此**日**/横**扫**/千**军**。"若以"问何人""看此日"为领字（提顿字），即可以不与后面文字一起计平仄，则该联又算是平仄相间了。

2. 自对式

（1）全部不相间

上下联自对的**词或短语**的平仄均不相间。如琉球临海寺联①："是诗境佛境；有钟声潮声。"

上下联自对的**自然句**的平仄均不相间。如杭州西湖关帝庙联："先武穆而神，大宋千古，大汉千古；后文宣而圣，山东一人，山西一人。"

特殊：上下联多相自对，其中有一相单幅平仄不相间但上下相对。如当代于雪棠自题小像联②："非妍非丑，亦诗亦文，材不材兮一女子；尚古尚今，且学且教，有骈有散满床书。"

（2）部分不相间

上联两个自对的自然句不相间。如于右任挽黄兴联："谤满天下，泪满天下；创造共和，再造共和。"佚名挽1926年西安保卫战中死难者

---

① 琉球诸国曾是明朝藩属国之一，深受中国文化影响。1870年代，日本正式吞并琉球，改为冲绳县。

② 针对该联自对不相间现象，有读者提出批评并给出修正意见，结果遭遇对联作者父亲的反批评。参见于海洲《联非妙品应无病　药必良方莫误人》，《中国楹联报》1996年9月21日。

第三章 对联格律

联:"生也千古,死也千古;功满三秦,怨满三秦。"①

下联两个自对的自然句不相间。如解维汉参加"利君杯"西安事变65周年征联获奖联:"二将建奇功,兵谏豁开抗日途,功名千古,英名千古;九州怀壮士,仪容直上凌烟阁,蒲城一人,海城一人。"

上下联各有一个不对应的自然句不相间。如曾国藩自题联:"丈夫当死中图生,祸中求福;古人有困而修德,穷而著书。"

上下联各有一个相对应的自然句不相间。如吴恭亨代朱醉六挽雷僧墨妾联:"百年只似梦苍茫,我扶榇归来,夫子扶榇归去,江汉汤汤成不祥地;万事都由天缺陷,人伤心无位,女儿伤心无年,衾裯历历续实命篇。""无位",这里指没有妻子的名分。

比较特殊的是,上下联四个自对的自然句有三个不相间。如梁章钜《楹联续话》卷一(应制)所载,相传纪昀贺乾隆八十大寿为京师经坛所作灯联:"八千为春,八千为秋,八方向化八方和,庆圣寿八旬逢八月;五数合天,五数合地,五世同堂五福备,正昌期五十有五年。"

三 多句联分句句脚平仄的安排

(一) 联界的研究和分歧

关于多句联分句句脚平仄的安排,古人论述既少,其联作规律也不显。今人对它的挖掘、寻觅,也主要是1980年代的事。句脚平仄到底怎样安排,联界主要有三种意见。

一是自由排列法。常江所用的平仄颠倒组合法,其实是一种自由排列法。②

二是半自由排列法。陆伟廉指出:"长联各短句落脚之声调,应该富

---

① 该联作者有待确认。坊间盛传杨虎城为挽联的撰写者,但杨为"二虎守长安"主角之一,以其身份写出上联尚可理解,写出下联则令人费解。另,今西安革命公园革命亭有抱柱联"生也千古,死也千古;功满三秦,誉满三秦",并落款:"该联为杨虎城所撰,其中'怨满三秦'句乃杨虎城自谦,今改作'誉满三秦'。"笔者以为,在近五万人的鲜活生命活活饿死、病死、战死,四分之一的西安人口不复存在的悲惨世界面前,多一个"誉"字无益杨将军的功勋,少一个"怨"则让我们的良心不安。

② 参见常江《中国对联谭概》,华夏出版社1989年版,第219—220页。

于变化,而又不违两边平仄相反之原则。"① 具体说来,即"长联句脚安排不能谈模式(四、五句之内可谈),而只能讲规律之原则。此原则有三:"即(1)摒除单调……(2)疏散同声……(3)平衡平仄……"

三是依格式排列法。目前已发现的分句句脚平仄安排格式大约有五种,具体见下。

(二)句脚平仄安排的主要格式

1. 五点说明

第一,下面所列各种句脚平仄格式(以小标题表示),均指一副对联的上联而言。由于下联句脚平仄的安排与上联的安排刚好相反,故省去不列。

第二,某些句脚平仄形式的归属有争议。三句联亦此亦彼的情形太多,自不必说,即使是四句联,也难免发生这种情形。如易宗夔《新世说·伤逝》载筱凤仙挽蔡锷联:"万里南天鹏翼,直上扶摇,剧怜忧患伤人,萍水因缘成一梦;几年北地燕支,自悲沦落,赢得英雄知己,桃花颜色亦千秋。"若依余德泉的"马蹄韵说","仄平平仄"属于典型的马蹄韵,且为偶数句中四言之正格;②但若依奉腾蛟《对联写作规则》的分法,则应划归"两仄多平格"③。为了不影响初学者的阅读,本书对某些句式做了回避。

第三,应当承认,前人联作中完全符合五种格式的并非很多。对于不尽合格的联作,读者既可以认为它们另有规律(如五句联"平仄平平仄"格式);也可以视为此乃作者兼而用之的结果,即以"段合式""拼合式"的方式在进行安排。

第四,多平一仄式与由两平两仄交替式所代表的马蹄韵,是多句联中使用频率最高的两大格式。后者好记易用,且抑扬有致,韵味独具;前者如同排比句一般有气势,但倘若使用的句子多了,尤其是五句以上,难免给人以单调、沉闷之感。

---

① 陆伟廉:《对联经》,山西高校联合出版社1994年版,第139页。
② 参见余德泉《对联格律·对联谱》,岳麓书社1997年版,第34页。
③ 奉腾蛟:《对联写作规则》,岳麓书社2006年版,第126页。

第三章 对联格律

第五，首句句脚若是平声，则显得流亮、开阔，形同七绝；若是仄声，则显得高古、劲健，形同五绝。从实际情况看，前者占多数。

延伸阅读1：马蹄韵正格、变格

余德泉认为，"对联每边最后两句的句脚平仄不相同者，称为正格，相同者称为变格。变格没有正格铿锵。"

正格式（以上联为例）

每边一句：仄；

每边两句：平仄；

每边三句：平平仄；

每边四句：仄平平仄；

每边五句：仄仄平平仄；

每边六句：平仄仄平平仄；

每边七句：平平仄仄平平仄；

每边八句：仄平平仄仄平平仄；

变格式（以上联为例）

每边两句：仄仄；

每边三句：平仄仄；

每边四句：平平仄仄；

每边五句：仄平平仄仄；

每边六句：仄仄平平仄仄；

每边七句：平仄仄平平仄仄；

每边八句：平平仄仄平平仄仄；

延伸阅读2：奉腾蛟"两仄多平格"

（以上联为例）

仄平仄；

仄平平仄；

仄平平平仄；

仄平平平平仄；

仄平平平平平仄；

……

2. 五种格式

(1) 两平两仄交替式

五句，仄仄平平仄。如河南汤阴岳庙联："宋室兴亡成往事，但赢得家有孝子，国有忠臣，上下奋仪型，庙貌墓魂千古并；军人模范拟如伦，就是那文不爱钱，武不惜死，湖山馨俎豆，潇汀蘋藻四时香。"

六句，平仄仄平平仄。如康有为挽戊戌六君子联："殷干酷刑，宋岳枉戮，臣本无恨，君亦何尤。当效正学先生，启口问成王安在；汉室党锢，晋代清谈，振古如斯，于今为烈。恰似子胥相国，悬睛看越寇飞来。"

七句，平平仄仄平平仄。如民国陈树薰挽岳母联："理数岂能推？阶下兰，五支竞秀，庭前桂，四树先摧。九二年过眼烟云，喜者半来哀者半；往事何堪忆！慈帷爱，季女尤深，泰水恩，终身难报。廿五载关心儿婿，朝如斯也夕如斯。"

补充说明：

第一，这里之所以不用"马蹄韵（格）"，而代之以"两平两仄交替式"，是考虑到这两个概念有大小之分。换言之，既然是"两平两仄交替式"，就应该完整出现"两平两仄"，为此这里没有举三句联例，甚至连容易引起争议的"仄平平仄"也未举例。

第二，关于马蹄韵的由来，据说与下列两则资料有关。一是晚清林庆铨所辑《楹联述录》载：其父林昌彝云"凡平音煞句者，顶句亦以平音，仄音煞句者，顶句亦以仄音。照此类推，音节无不调叶。"该资料出自余德泉《对联格律·对联谱》。因为龚联寿《楹联丛编》所收《楹联述录》中并无这段文字，为此余给部分专家出示过书页图证。余德泉认为，林昌彝所言其实就是马蹄韵。二是曾国藩《求阙斋读书录》卷七载："（唐代）陆（贽）宣公文则无一句不对，无一字不谐平仄，无一联不调马蹄。"这里已经出现了"马蹄（韵）"的名称。为什么要叫马蹄韵呢？余德泉对此解释道："在于其规律正像马之行步，后脚总是踏着前脚脚印走，每个脚印都要踏两次。若以一边的脚为平，另一边的脚为仄，左右轮流，那么'平平'之后便是'仄仄'，'仄仄'后又是'平平'了。鉴于后脚之最初站立点与立定时前脚之站立点，并无后继，所以起句和末句的句脚，一般都是单平或者单仄。"

第三，对余德泉"马蹄韵说"表示支持或理解的，除了湖南大部

第三章　对联格律

分联家外，还有文伯伦等人。① 相反，持批评或商榷态度的则有莫道迟②、陈学易③、奉腾蛟④、时习之⑤。

（2）多平一仄式

四句，平平平仄。如晚清陈兆庆（葆余）（1807—1885）题武汉黄鹤楼联："一支笔挺起汉江间，到最上层放开肚皮，直吞将八百里洞庭，九百里云梦；千年事幻在沧桑里，是真才人自有眼界，那管它早去了黄鹤，来迟了青莲。"

五句，平平平平仄。如杭州西湖岳王庙联："治春秋比壮缪侯，上表章比诸葛侯，百战振军声，马蹀旗枭，恨未痛饮黄龙府；前祠有钱王武肃，后墓有于公忠肃，万年崇祠典，苹馨藻洁，各分片席金牛湖。"

六句，平平平平平仄。如晚清罗茗香挽赵莲淑联："恸生不逢辰，母在堂，妾在帷，弱女在闺，更嗣续犹虚，剧怜朝露先零，定卜此时难瞑目；叹我无知己，家多故，身多病，命运多舛，信友朋最笃，岂料晨星又落，相期后至共论心。"

补充说明：余德泉将多平一仄式称为"朱氏规则"，是因为发现者为晚清朱先敏（字恂叔）。据吴恭亨《对联话》卷七"哀挽二"载："忆予垂髫时请业于朱恂叔先生，研究作联法，问句法多少有定乎？曰：'无定。昌黎言之，高下长短皆宜，即为联界示色身也。'又问：'数句层累而下，亦如作诗之平仄相间否？'曰：'非也。一联即长至十句，出幅前九句落脚皆平声，后一句落脚仄声，对幅反是，此其别也。'今论汪著，爰追系之。世界之大，作者牛毛，非敢徇一先生之说，以辽豕自矜异，然而大端则无以逾是。"所谓"朱氏规则"，实发轫于李开先，而且从朱本人的对联看，他似乎并不倚重此格。

（3）一平一仄交替式

四句，平仄平仄。如湖南桃花源靖节祠联："无怪倏尔而秦，倏尔而汉，到此地小坐片时，便成旦暮；看来何必有洞，何必有花，与诸君

---

① 参见文伯伦《小议"马蹄韵"与"朱氏规则"》，《对联学刊》2004年第1、2期（合刊）。
② 参见莫道迟（刘国辉）《王闿运楹联辑注》，香港天马图书出版有限公司2002年版，第287页。
③ 参见陈学易《思想路线不正　理论体系必谬》，《对联学刊》2004年第5期。
④ 参见奉腾蛟《朱氏规则不容否定》，《对联学刊》2004年第8期。
⑤ 参见时习之《质疑"马蹄韵"》，《对联文化》2008年四月号（总第十四期）。

清谈半晌，即是神仙。"再如郁达夫挽徐志摩联："两卷新诗，廿年旧友，相逢同是天涯，只为佳人难再得；一声何满，九点齐烟，化鹤重归华表，应愁高处不胜寒。"

八句　平仄平仄平仄平仄。如晚清郭本谋（1868—1917）挽舅父曾纪泽联："乱世识良材，蜺旌所指，不特南近无惊，揆之前哲郑训，岂其伦乎？且名垂属国，忠勋贤王，公殆未死；吾生重知己，马策遽挝，忽觉西州非旧，拟以古人羊昙，有同调也，况五月相从，一朝永诀，天胡不仁？"该联的句式和用词有较为明显的八股文特征。

补充说明：余德泉将一平一仄交替式称为"李氏规则"，即李开先句脚平仄安排规则。关于李开先本人的联作，这里举"散对"一副："龙爪豆，羊角葱，鸡鬃菜，甘蔗束牛腰，园囿之名蔬不一；鹰嘴桃，牛心李，虎头瓜，葡萄垂马乳，林泉之佳果惟繁。"

（4）两仄夹多平式

五句，仄平平平仄。如薛时雨题南京莫愁湖联："山温水腻，风月长存，几人打桨清游，倩小妓新弦，翻一曲齐梁乐府；局冷棋枯，英雄安在，有客登楼凭眺，仰宗臣遗像，压当年常沐勋名。"该联文字以《藤香馆小品》所收为准。

六句，仄平平平平仄。如近代徐时勉挽浙江都督朱瑞联："下巨鹿十余壁，楚兵常冠诸侯，算五年开府钱塘，风鹤不惊，史称周亚夫将军，如是如是；图云台廿八人，安阳独尊儒术，把一卷征南左癖，江山坐啸，天靳郭令公寿考，已而已而。"

（5）一仄到底式

三句，仄仄仄。如戏台联："你也挤，我也挤，此地几无立脚地；好且看，歹且看，大家都有下场时。""看"，这里应读平声。

四句，仄仄仄仄。南京清凉山扫叶楼联："作叶与叶想，作非叶想，作非叶即叶想，庶几乎扫叶；有凉之凉时，有不凉时，有不凉之凉时，是故曰清凉。"

六句，仄仄仄仄仄仄。晚清何淡如题佛山春色赛会对联："新相识，旧相识，春宵有约期方值。试问今夕何夕，一样月色灯色，该寻觅；这边游，那边游，风景如斯乐未休，况是前头后头，几度茶楼酒楼，尽勾留。"

补充说明：该式对联亦少。这里所举的例子都较为特殊，或句脚重字，或押韵。

（三）总结和引申

1. 句脚非"平平仄仄平平"格式的可以调节

单句句中平仄的安排，以"㊤平㊀仄㊤平"为正格，其中㊤为本平可仄字，㊀为本仄可平字。多句联句脚平仄的安排，则既有依照"平平仄仄平平"的，也有不依照"平平仄仄平平"的。不依照"平平仄仄平平"，说明古人在多句联句脚问题上，尚未达成明确共识。至于这样做是否会给人以声律混乱的印象，则应视以下两个机制的调节功能而定：第一，通过句中平仄安排来进行调节；第二，通过不等长句式、等长但节奏不同句式的组合来进行调节。

2. 末两句句脚尽量平仄相反

每边最后两句的句脚，一般平仄相反。这样的安排，可以最低限度保证全联节奏铿锵，联脉通畅，即在关键时刻没有单调重复、盘桓停滞。当然，如果有其他考虑或出现特殊情况，例如最后两句是尾字重字式自对等，则可以例外。不过即便如此，重字式自对的前一句句脚，也最好与该自对句脚平仄相反。试看成都武侯祠联："誓欲龙骧虎视，以扫荡中原，惊风雨，泣鬼神，前出师表，后出师表；时当地裂天崩，求缵承正统，失萧曹，见伊吕，西汉功臣，东汉功臣。"

3. 不同句式的组合也很重要

句脚平仄安排固然重要，不同句式的组合及其美学效果也应引起重视。

（1）两句　胡来朝题杭州西湖清喜阁（即后来的湖心亭）联（"四季笙歌，尚有穷民悲夜月；六桥花柳，浑无隙地种桑麻"）与晚清刘咸荥挽方旭（鹤斋）联（"五老中惟余二子，悲君又去；九泉下若逢三友，说我就来"）相比，一为四七，一为七四，虽说只是句式颠倒，而每句字数一样，但前者顺当、从容，后者顿挫感强，有急刹车之感。

（2）三句　前面提及郁达夫挽兄郁华联："天壤薄王郎，节见穷时，各有清名扬海内；乾坤扶正气，神伤雨夜，好凭血债索辽东。"前后两句分别以诗式五言句和诗式七言句抒发昂扬之志，即自豪感和复仇精神，中间则用骈式四字句稍作停顿，兼为后句做铺垫。这种五四七每边三句组合形式，起伏有致，音节美妙，通脱不涉轻浮，沉静难掩潇洒，放眼联界，套用它撰联的作者似乎不少。如杨慎题昆明华庭寺联（后面再谈），以及毛泽东挽母联："疾革尚呼儿，无限关怀，万端遗恨皆须补；长生新学佛，不能住世，一掬笑容何处寻。"作为对比，读者可体会一下四五七句式："碧亚阑边，正酒熟香温，隔墙忽透初三月；绿荷丛里，有珠帘画舫，携客来尝六一泉。"（晚清李翰章题西湖静凉轩联）此种句式联较少，为加强联系，强化节奏感，第二句多用词式句。倘若再加二字于第一句，使全联变成六五七句式，则又是一番语感。试体会杨度挽孙中山联："英雄作事无他，只坚忍一心，能全世界能全我；自古成功有几，正疮痍满目，半哭苍生半哭公。"

4. 句脚平仄的美学效果受句式组合、句式节奏的影响

多平一仄式容易产生气势，这是抽象而言的。实际运用中，它往往受到其他两个因素的牵绊。试读林则徐挽张师诚联："感恩知己两兼之，拟今春重谒门庭，谁知一纸音书，竟成绝笔；尽忠补过今已矣！忆平昔双修儒佛，但计卅年宦绩，也合升天。"尽管句脚平仄符合"朱氏规则"，但全联气势舒展而不强烈。除了挽联特有的情感因素外，主要应由七七六四的句式组合及第二句三四节奏比较特殊所造成。为了更清楚地认识这一点，不妨将此联与成都望江楼公园濯锦楼联做一比较："汉水接苍茫，看滚滚江涛、流不尽云影天光，万里朝宗东入海；锦城通咫尺，听纷纷弦管、送来些鸟声花气，四时佳兴此登楼。"这里句脚平仄用的也是"朱氏规则"，但作者置五七言诗式句于上下联首尾，保证了全联文气总体上的畅达，中间则以两个关系密切以至于可分可合的句子跌宕节奏，从而很好地配合了天高江流、乐奏鸟鸣等内容的表现。

5. 忽视句式组合的后果有时很严重

以上例证表明，联作者不能在句脚平仄、句式组合和句式节奏之间玩"单打一"。对于中长联创作而言，句式组合这一手段尤其不可或缺。一个典型的例子，即2000年自贡灯会组委会悬赏征求的"春灯谜"上联。该联曰："古城三绝：八百年彩灯，两千年盐井，亿万年恐龙。灯会三奇：走马看灯戏，古鳌逛灯山，射虎猜灯谜。人生如谜，岁月如灯。台上公主猜谜，今夜无人入睡；园内夫妻观灯，明朝有约回门。老百姓一年四季开门忙于七件事，新千载三更半夜游园化作万颗

第三章 对联格律

星。星海一粟，文坛一卒。平生与父老分担忧患，春节同乡亲共赏烟花。举火初迎二十一世纪，挑灯重阅二十五史书。赞人性三情真、善、美；咏岁寒三友梅、竹、松；忆华夏三贤尧、舜、禹；评风云三国魏、蜀、吴。历代群雄逐鹿。今晚何人作赋？亮出谜面：八千女鬼，两轮日月，双人匕首。请四方文友猜吾谜底。"对于此次撰联，作者自认为将会在千年留言簿上传为佳话，但联界大都不以为然。对该上联及作者言论提出批评、商榷的，除了四川本省的对联专家外，还有胡科等人[①]。依笔者之见，该联内容散乱，个别用词错误，都只是表面现象，其根本的问题，还在于作者缺乏对对联（尤其是长联）文体特质的体认，缺乏对平仄、节奏、句式等实施整合，以使整个联文气脉通畅的意识。

顺便说一句，长联不好下笔。既要有层次感，又不可语词堆砌；既不要语气不接，又要有一定张力。事实上，面对杰作如昆明大观楼联者，也不乏挑剔之人。

6. 试从内容入手解决句脚平仄问题

余德泉在《对联格律·对联谱》里引用了骈文，拟借此证明马蹄韵（格）源远流长。其实可以暂时放下有争议的马蹄韵，仅仅专注于每个平仄单位的构成。不难看出，骈文的每个平仄单位在形式上均由一平一仄组成（有序），在内容上均比另其他邻句联系紧密（有机）。我们可以由此引发开去：对联里两个相邻的句子，不论它们是否齐言，是否属于自对，凡意义关系密切者最好平仄相对（相当于近体诗"对"，好比对自家的孩子要求严格）；相反地，意义关系不很密切者则平仄相同（相当于近体诗"黏"，好比对亲戚朋友家的孩子宽容）。这样做的结果，全联可能符合马蹄韵，也可能不全符合马蹄韵，但这是次要的。关键在于我们是从内容入手求解的，与硬性规定句脚平仄的做法相比，这种探索也许更易被接受。据悉时习之也有类似观点，且论述详备。

以河南南阳武侯祠联为例："孙曹固一世雄也！（相对独立，仄声句脚）何以吴宫魏殿，转眼丘墟？（意义紧联，组成一平仄单位，前句句脚为仄，与首句平仄相同）怎若此茅屋半间，遥与磻溪成千古；（意

[①] 胡科：《"鬼才"如此玩对联》，鲁晓川：《魏明伦长联征对活动述评》，均见《对联学刊》2004 年第 1、2 期（合刊）。

义紧联,组成一平仄单位,因上联尾字必须仄声,故前句句脚为平)将相岂先生志乎?(相对独立,平声句脚)应知羽扇纶巾,终身军旅。(意义紧联,组成一平仄单位,前句句脚为平,与首句平仄相同)剩下些松涛满径,如闻梁父之长吟。"(意义紧联,组成一平仄单位,因下联尾字必须平声,故前句句脚为仄)全联句脚平仄为:仄仄平平仄;平平仄仄平,符合马蹄韵(格)。再如,山东曲阜孔庙联:"宰制万物之谓圣,化生万物之谓神,(意义相联,组成一平仄单位)江河洋溢东西,(相对独立,与上句句脚平仄相同)泗水源流,允作六州冠冕;(意义紧联,组成一平仄单位,因上联尾字必须仄声,故前句句脚为平)衣被群伦颂其功,孕育群伦颂其德,(意义紧联,组成一平仄单位)日月照临上下,(相对独立,与上句句脚平仄相同)尼山俎豆,长留百世馨香。"(意义紧联,组成一平仄单位,因下联尾字必须平声,故前句句脚为仄)全联句脚平仄为:仄平平平仄;平仄仄仄平,不合马蹄韵(格)。

7. 三句联或三句句群的句脚平仄处理

三句联或三句句群的句脚平仄处理,也是如此。依旧是两条:第一,最后两句句脚尽可能平仄相反,但也不必绝对化。具体来说,平平仄、仄平仄当然最好,平仄仄也是可以的。第二,首句句脚是平还是仄,一般视其与第二句的关联度而定。

例如民国时期杨、李二生因捣毁城隍庙而被民众打死,姜济寰(1879—1935)挽之曰:"哀二生受金木水火诸伤,戚戚予心,事后事前都有恨;拼一死与怪力乱神相斗,悠悠人口,真是真非总难分。"二三句联系紧密(两句平仄相反),首句相对独立(与第二句平仄相同),上下联句脚平仄分别是"平平仄""仄仄平"。有的时候,前两句关系密切,而第三句句脚平仄又是固定的,从而造成第二、三句意思虽不密切,但句脚平仄也相反的情形,此时就只好一任自然了。如俞樾题嫡孙俞陛云探花及第联:"湖山恋我,我恋湖山,然老夫耄矣;科第重人,人重科第,愿吾孙勉之。"上下联句脚平仄分别是"仄平仄""平仄平"。再如福建南溪书院联:"出不穷,流不舍,终归海若;动而活,静而清,莫乱源头。"该联第一、二句为重字式自对,句脚平仄相反,结果上下联句脚平仄变成"平仄仄""仄平平",并没有像一般多句联

· 198 ·

第三章 对联格律

那样,"最后两句句脚平仄相反"。属于这种情形的还有朱熹祠联:"文堪经邦,武堪定乱,勋功过开元宰相;忠以辅主,哲以保身,理学推大宋名儒。"以及巧趣联:"天上月圆,人间月半,月月月圆逢月半;今朝年尾,明日年头,年年年尾接年头。"

还有一种情形,即三个分句之间的联系似乎比较平均,不好遽定哪句与哪句的联系更为紧密。如前面提及的明代杨慎题昆明华庭寺联:"一水抱城西,烟霭有无,拄杖僧归苍茫外;群峰朝阁下,雨晴浓淡,倚栏人在画图中。"就节奏而言,无疑首句和第二句联系紧密;就写景而言,似乎也可以如此看待。但就"苍茫""图画"的情境而言,第二、三句又不无联系。这类对联往往很有张力,值得揣摩学习。

第四章 对联修辞

第一节 从修辞到对联辞格

一 修辞与辞格

（一）狭义修辞
1. 定义：写作语言处理及其技巧
狭义的修辞，是指对语言的修饰和调整。包括对词语的锤炼、句式的选择、辞格的应用及对语体的"得体"。一般而言，从语言材料的选择，到修辞方式的使用，再到表达效果的实现，都属于修辞作者需要考虑的对象。如语言学专家所言，语法管通不通，逻辑管对不对，修辞管好不好。这也是读者最为常见的、偏于基础写作学的理解。

2. 举例：口语化、诗家语和不同句式组合
（1）各称其境　俞樾题江苏廉访使司大门联："听讼吾犹人，纵到此平反，已苦下情迟上达；举头天不远，愿大家猛省，莫将私意入公门。"其中"莫将私意入公门"一句，与后来黄埔军校大门联下联"贪生怕死，勿入斯门"何其相似乃尔！但俞联大体属于书面语，比较凝练，适合经历过科举的官员阅读；黄埔军校门联则口语化一些，同时简单明了，铿锵有力，俨然军人气质。

（2）炼字炼句　刘松山2017年题"春节回家"联："催我无非梦，身上行囊，除却孝心何必满；有娘即是家，杯中乡酒，自多春意不须温。"上下联两个中间句（主语句）都比较朴实，结尾句则以虚化实，变成了所谓"诗家语"。这种笔墨，与其说是汲取于生活的结果，不如

第四章 对联修辞

说是注重文本修辞的收获。

（3）调整句群　对联篇幅相对短小，便于"先完成后完善"。在完善的过程中，作者往往需要高屋建瓴，统筹兼顾，调整句子或句群。蒙卫军2015年参加"同心三门峡"征联，第一稿是："汇涓流而有大河，看惊涛骇浪，势如破竹，万里奔腾声自壮；凝众力以兴古虢，欣举市一心，利可断金，三门崛起志方酬。"后来作者意识到"举市一心，利可断金"式的表达不合适，同时感觉联脉不够通畅，最终改为："引涓流而汇大河，任百折千回，不挠不屈，昂起龙头奔万里；凝众力以兴古虢，欣同心共德，善做善成，焕来美景驻三门。"一般而言，这种首尾一骈式句、一诗式句，中间两个四字句自对，并由一字豆领起的句式组合，容易导致全联疲软。改进的办法有两个：或变中间的自对句为单句，或设法使全联"紧张"起来。蒙卫军在此以"引""汇""任"代替了原来的"汇""有""看"，强化了全联的动感，同时让"惊涛骇浪""万里"等小主语消失，使得全联一气呵成。至于他刻意嵌入的"善做善成"这一语料，则来自官方宣传。2012年，三门峡市委公布"三门峡精神"表述语为"明理诚信、善做善成"。

（二）广义修辞
1. 定义：对表达、文明、展示等方式的改进，以及对于知识伦理的回归

广义的修辞，不仅指对词句等局部问题的处理，还包括对整个写作话题的探讨、诸多文体特质的把握等。元代王构编选《修辞鉴衡》，书名题为"修辞"，其实就是一部古代文论选，以谈论诗文鉴赏与写作为主，对于修辞原则、修辞手法和文体风格等内容，该书只是有所涉及罢了。

"辞"本指诉讼、辩论之词，所以广义的修辞，还包括诉讼、辩论、演讲等人际言语行为。例如刘勰《文心雕龙·情采》里提到的庄子"辩雕万物"、韩非子"艳乎辩说"，再如古希腊城邦民主时代的演讲修辞、散文著作修辞及诉讼修辞。

修辞的目的和手段各不相同，也因此，柏拉图对于传授诉讼修辞的智者派教师有过抨击，并否认修辞是艺术，而孔子和亚理斯多德对于修辞与道德、修辞与真理的关系有过强调。《易传·乾卦》有云："子曰：

君子进德修业。忠信所以进德也；修辞立其诚，所以居业也。"按照孔颖达的解释，"辞"指"文教"，也就是诗书礼乐及其制度。"居业"，指保有功业。亚理斯多德在《修辞学》里如此定义修辞："一种能在任何一个问题上找出可能的说服方式的功能。"① 他与柏拉图一样，都反对智者派教师所谓"说服的技巧"（其实就是说服的诈术）的修辞定义，而他提出的"可能的说服方式"，则指言之成理、合乎逻辑的论证方式。但与老师不同的是，亚理斯多德认为修辞术是有用的，可以使真理和正义获得胜利；如果判断不当，那是演说者不懂修辞的缘故。美国学者 W. C. 布斯的《小说修辞学》即继承了亚理斯多德《修辞学》的传统，书中不是讲比喻、反讽等具体辞格，而是讲"讲述"与"显示"的区别、"叙述的道德与技巧"等，因为在他看来，小说就是作者通过修辞手段将自己与叙述者、人物、读者联系起来，从而实现话语建构和话语理解。②

到了现代修辞学，修辞不仅扩大化、详备化，而且体系化。不仅研究修辞与语言（文字、词汇、语法）、修辞与写作，还拓展至修辞与语境、修辞与语用、修辞与传播、修辞与建筑、修辞与宗教等领域，并形成"公共修辞""修辞策略""修辞设计""修辞作品"等术语。本书在"对联创作""对联学习"等章节的举例及解释，实际上已涉及广义的修辞。

2. 举例：涉儒联的守望与现代语文的沉浸

（1）涉儒联及其反例

因为"修辞立其诚"，所以"辞"和"诚"缺一不可，甚至"诚"较"辞"更为重要。不能为了修辞而修辞，从而走向唯美主义和技术主义。文学史之所以迟迟不接纳对联，联中游戏之作与应景之作偏多，个人真实内心和恒守理念难见，无疑是主要缘由之一。梁章钜在《楹联丛话》里说："通行楹帖有云：'谦卦六爻皆吉；恕字终身可行。'先资政公（注：指梁章钜之父梁上治）最喜述之，谓章钜曰：'此是经

---

① ［古希腊］亚理斯多德：《修辞学》，罗念生译，生活·读书·新知三联书店1991年版，第24页。
② 参见［美］W. C. 布斯《小说修辞学》，华明等译，北京大学出版社1987年版，译序第3页。

第四章 对联修辞

训,非仅楹联而已。'"这最后一句,清楚地表明了一个儒家信仰者和践行者的对联观。

梁章钜不仅接受了乃父的教导,还在《楹联续话》里为一副格言联做了辩护。该联本为闽地人士所作,梁上治生前喜欢书写它,联文是:"非关因果方为善;不计科名始读书。"后来顾莼(1765—1832)、梁章钜分别发现陈句山所书与此略有不同:"不关果报方行善;岂为功名始读书。"针对陈句山所书联,梁章钜与亡友顾莼有了分歧。顾莼生前认为,"古今果报之爽者十有八九,若此念未忘,其阻善机者多矣。至于'功名'二字,在三不朽之列,正读书人所当念念不忘者,以为立功立名之地,此殆误以科名当之耳"。于是,顾莼改陈句山联为:"必忘果报能为善;欲立功名在读书。"对此,梁章钜不以为然,认为"'科名''功名'义各有当,未见句山之必误也。"梁上治所书联与陈句山所书联大体一致,梁章钜为陈联而争辩,等于维护了乃父联。梁、陈二人所书联显著超脱,也在一定程度上体现了佛教(尤其是禅宗)和儒家的原始精义。相比之下,顾联未免有些钻牛角尖和情味索然。

《小说新报》1921年第12期载有一副讽刺联:"行年七秩尚称童,可谓寿考;到老五经犹未熟,不愧书生。"言桂林某氏,连年试考而不第,古稀之年还在应童子试,经传亦多有忘却,有人遂作联以讽。该联对于"寿考""书生"的别解固然成功,但不合温柔敦厚之旨。科举考试既是水平性的,更是选拔性的;是社会挑选人才的手段,也是个人实现心愿的方式。《促织》有云:"邑有成名者,操童子业。"说明有水平与能考中不尽一致。即便真的是一场"人生误会",凡秉持儒家立场者,也首先应该予以同情,继而进行劝导或分析,而非一味地讽刺挖苦。

(2)"现代语体"联

与某些清联仿作者的作茧自缚不同,文伟早期的联作可谓一股清流。他基本采取"现代语体",包括现代白话散文、新诗甚至流行歌曲及其语料。看他的题校园联:"关于记忆,有绿草如茵,有闲花似酒;或许将来,是繁华作秀,是寂寞成刀。"从整体语法、语调,再到"闲花似酒""寂寞成刀"这类新奇设譬,其中有着当代语文(语境)浓重的投影。

(三) 作为具体文本修辞模式的辞格

1. 定义及解释

在高校《现代汉语》《古代汉语》教材里，"辞格"通常被称作"修辞手法""修辞方式"。在笔者看来，所谓"辞格"其实是后人提炼出来的、具体而特殊的文本修辞模式。首先是具体，否则任何涉及语文效果的手段都可以称为辞格；其次是特殊，即从方式到效果，该手段都与众不同；再次是需要有人总结、析出，从而被读者所认识乃至认可。特别是部分辞格容易相混，需要有心人探究其区别性特征。例如，比喻有时与拈连有关，镶嵌里的拼字与析字里的拼字名同实异。

2. 辞格与修辞

"辞格"一词，在英文里写作 Figures of Speech，直译为汉语，即"讲话的花样"。对于一般读者而言，除了字词的锤炼、句式的选择之外，"辞格"或"修辞手法""修辞方式"是他们最为熟悉的修辞学术语。由此可见，辞格在修辞实践中的分量之重。换言之，辞格虽然不是修辞的全部，却是其中极为活跃并备受受众喜爱的部分。

二 对联辞格的功能与分类

（一）辞格使对联美妙蕴藉

1. "诗中之诗"的天然追求

检视 2000—2010 年代征联获奖作品，总体感觉并不深刻、新颖，未必达到了与小说、散文、新诗甚至旧体诗词等并驾齐驱的水准，但它们有一个共同点，即大都比较美妙，有时还让人恍觉"其中有物"。这是应征者学习前人优秀对联的结果。不仅仿古的"清联体"如此，直白的"老干体"也如此。这种美妙蕴藉效果的取得，往往离不开修辞的参与，尤其是辞格的使用。孔子有言："言而无文，行而不远。"在"赋"与"比、兴"之间，在韩愈《山石》和白居易《过香积寺》之间，在直陈白描和曲笔艳说之间，喜好文学的读者，每每钟情于后者。对联既被称为"诗中之诗"，自然在这方面表现突出。

2. 辞格一直在使用

刻字店联属于传统行业联,"六书"与"一刻值千金"也属于陈词旧句,但作者一旦将其妙组联文,则能够即刻生产出一副传世佳作:"六书传四海;一刻值千金。"这里的关窍即在于以借代、双关之名借而用之,从而让人眼前一亮,大呼奇妙。

挽联属于民俗实用联,很多挽者情笃而联俗,对于这种联文,人们读后即忘。但前述挽蔡锷"万里南天鹏翼/几年北地燕支"联,却是一个例外,其华美的比喻、自然的代称等至今令人心折,乃至于每每出口成诵。

各种类型的贺联更需要"漂亮的文本"。看看王国松2018年贺莫非楹联文化发展有限公司成立联:"文成倚马,书就换鹅,谁流连元白酬赓,桃符求破铁门限;聚散青蚨,交游绿蚁,兹肇启陶朱事业,槐市相期金叵罗。"全联每边四句,句句用典,且不算深奥冷僻,读起来轻松,想起来得体,赢得了广泛赞誉。

长期悬挂或直接镌刻在室外建筑物上的楹联,往往使用典故。建于清末民初的山西万荣李家大院有多副楹联,其中私塾院月亮门门外砖雕联,读起来倒也平平。联云:"知乎天地德为本;止也吉祥室有余",门额"授业解惑"。但门内砖雕联却比较特殊:"知道诗人赋绸缪;止邱黄鸟叶绵蛮。"该联尾字上平下平,诚为一憾,但这与用典有关。"道",名词宾语。"邱",丘也,避孔子讳。"叶",谐和。该联使用了引用、镶嵌等辞格。所引《诗经》分别为《绸缪》《绵蛮》两篇,即"绸缪束薪,三星在天,今夕何夕,见此良人。子兮子兮,如此良人何?""绵蛮黄鸟,止于丘阿。道之云远,我劳如何?饮之食之,教之诲之。"也因此,上联尾字没有成为仄声字。全联断章取义,舍弃原诗新婚、奔波题材,重点落于"如此良人何""教之诲之"两句,即既然彼此有缘相会,则好好教导子弟。门额"集庆"二字,即"聚集福庆",不辜负祖先的意思,算得上与联语相得益彰。此外,不露声色地以凤顶格嵌入"知止"二字,也是一个修辞技巧。

(二)按使用频率给对联辞格分类

1. 常规作法

运用辞格的联作可谓比比皆是。可以说,对联是最大限度地开掘了辞格资源的文体之一。由于与写作学、语言学关系最为密切，对联专家在讲解对联辞格时，或者按照传统提法粗分为遣词、造句两大类，或者按照《现代汉语》教材语音、文字、词汇、语法四大模块"对号入座"。

例如，余德泉将大部分对联辞格与个别对联技法混而不分，合称"对联的艺术技巧"，包括"遣词的技巧"和"组句的技巧"两部分。属于"遣词技巧"的有：（一）析字，（二）同旁，（三）同韵，（四）转类，（五）绕口，（六）混异，（七）飞白，（八）迭词，（九）拟声，（十）双关，（十一）用数，（十二）衬托，（十三）夸张，（十四）譬喻，（十五）借代，（十六）比拟，（十七）假称，（十八）用典，（十九）隐切，（二十）对反。属于"组句技巧"的有：（一）换位，（二）嵌名，（三）串组，（四）分总，（五）缺如，（六）重言，（七）两兼，（八）层进，（九）对比，（十）同出，（十一）连珠，（十二）越递，（十三）虚字，（十四）拆词，（十五）回文，（十六）列品，（十七）互文，（十八）绘态，（十九）歧义，（二十）巧辞。[①]

2. 本书作法

为配合学习者的节奏，笔者在此选择了"辞格在对联中的使用频率"这一角度，尝试进行新的分类。在以往的对联作品中，除了比喻、排比等常见辞格，可能还会发现析字、分总等不常见辞格。本书对两者进行了初步分类，将前者称作通用辞格，将后者称作特殊辞格。

由于作品的海量存储性和个人能力的有限性，任何人都无法在一夜之间，穷尽对联中的所有辞格；更何况语言的使用是一个动态过程，将来的对联是否会增加新的辞格，亦未可知。在本章末了，笔者列举了巧缀、别解等九种未被纳入以上两大分类的辞格，算是对这一学术判断的简单印证。至于"并提"等辞格，因本书前面已有所提及，故此处不再讨论。

还需要说明的是，与拙著《诗词通论》稍有不同，这里对于对联辞格的种类有所调整。如"同异"一格，它在对联中本是存在的，然而诗词中的同异基本是潜在的，对联里的同异则有不少是显在的，如"名高天下，何必辩襄阳南阳"，"名相如，实不相如"。对于这些联例，

[①] 余德泉：《对联通》，湖南大学出版社1998年版，第109—219页。

笔者将其归入"复辞"一格。

三　上下联之间辞格对应及其他

（一）部分对联的辞格并不上下对应

有专家提出，对联辞格与对联句子、语词一样，也要上下联相对（同一）。这是一种理想主义的设计，并不符合现有对联创作的实际。笔者欣赏同种辞格相对的做法，但并不认为它是撰联的"规定动作"。说到底，辞格只是修辞专家事后的总结，至于当时用什么辞格、怎么用，需要对联作者临机处置。看杭州西湖十景之一"平湖秋月"联："万顷湖平长似镜；四时月好最宜秋。"这里上联使用了比喻辞格，倘若下联也亦步亦趋，机械地使用比喻辞格，则可能变成："仲秋月好烂如盘""一轮月明大如盘"。果真如此，则不过是个俗常比喻而已，它们与上联组合在一起，简单而露骨，缺乏新意和意境。

关于这个问题，本书"对联格律"一章已经有过讨论，这里再举出几个反例。其中甲句、乙句，分别代表虽然分处上下联但所处位置一样的联句。

1. 甲句用了此辞格，乙句用了彼辞格

传统澡堂联："到此皆为赤子；扶云且作清仙。"上联用双关，下联用比喻，上下辞格并不同一。前面提及清代李尧栋题莫愁湖联："一片湖光比西子；千秋乐府唱南朝。"上联看似引用，实为借喻，即苏轼以西子比西湖（喻体），作者则以莫愁女比莫愁湖（本体），下联按照郭锡良《古代汉语》的说法，可认为是"倒置"（一种修辞方式），本作"千秋唱南朝乐府"。

2. 甲句用了辞格，乙句未用辞格

翁同龢联墨："文章真处性情见；谈笑深时风雨来。"上联未用辞格，下联用比喻。姚兴荣题安徽马鞍山采石矶青莲祠联："狂到世人皆欲杀；醉来天子不能呼。"上下联都是引文及其化用，但上联还用了夸张，下联则未用其他辞格。清代佚名挽殉郭子美之妾联："一死最难，异日何如今日好；千秋不朽，小星竟傍大星沉。"与翁同龢联一样，该联上联后句直说，下联后句则是比喻。至于"异日""今日""小星"

"大星"所显示的"同异"辞格，那是上下联必须同时运用的，否则过不了语词对仗这一关。

（二）部分对联的平仄因为修辞而破律

在对联创作尤其是巧趣联创作中，辞格的使用与平仄的分布之间，有时完全无碍，有时可能引起冲突。

前者如押韵联。梁章钜题北东园草堂联："客来醉，客去睡，老无所事吁可愧；论学粗，论政疏，诗不成家聊自娱。"联中"娱"字为平仄两读，这里读为平声，《正韵》注为"牛俱切，并音虞"，与"粗（上平七虞）、疏（上平六鱼）"基本押韵。除"可"字外，全联平仄基本合律。

后者如同韵联。《巧对录》卷四载明代徐晞对知府联"屋北鹿独宿；溪西鸡齐啼"，梁章钜称为"一韵联"。上联的字，除去"北"为入声十三职部外，其余都取自入声一屋韵部；下联的字，全部取自平声八齐韵部。虽然上下联平仄相对，但内部平仄并不相间。

四　对联辞格的边界及例证

（一）将辞格与语法、音韵、技法等分开
1. 辞格有时与语法相关

（1）省略　郭锡良《古代汉语》在讲完"譬喻""引用"等辞格之后，专门讨论了"省略"，而对联里的"两兼""比喻"等辞格，亦涉及省略。

（2）错列　本书前面提及黄本骥题长沙岳麓山云麓宫联"常看青枫红叶临绝顶"一句，即属连谓式错列（倒装）。错列严重者，即成"倒置"（本书未作专项讲述）。省略、错列（位）、紧缩、活用等内容，因为主要来自近体诗句式（语法），本书在"对联学习"章还要涉及。

（3）疑问句　设问和反问，一个自问自答，一个明知故问，两个都是辞格，也都涉及疑问句，尤其是设问。

（4）改写偏旁　《诗经·伐檀》里"清且涟漪"的"漪"，本作"猗"，是语气词，后改为"漪"，与前字"涟"同旁，并合为一个词

第四章 对联修辞

"涟漪"。类似的还有《诗经·鸱鸮》里的"彻彼桑土","桑土"本来就指"桑根（上的皮）",到了《韩诗》则作"彻彼桑杜","土"字也被加上了木字旁。改写偏旁这一手段，涉及文字和语法，而改写偏旁的效果，则可归为修辞。对联辞格里的"同旁"辞格，可被视为上古改写偏旁的拓展。

2. 辞格有时与音韵相关

在很多对联书籍里，都出现了双声对与叠韵对。双声叠韵可以划归修辞范畴，此诚不假，但它们首先是音韵学的研究对象。本书没有在辞格的意义上为其立项，而是放在这里予以讨论。将双声叠韵引入对仗，至少涉及两个问题：联绵词（字）对的所辖范围，以及如何判定双声叠韵对。

按照《现代汉语》教材的定义，所谓联绵词，是指只有一个语素，且音节不同的双音节单纯词，它包括双声、叠韵、非双声叠三种表现形式。依此衡量，杜甫《咏怀》"远游凌绝境，佳句染华笺"里的"远游""佳句"就不属于联绵词，而是状中短语和偏正短语，然而，在古代，它们又确乎属于双声对（可称为"联绵字对"，以免与遍照金刚的"联绵对"相混）。对此，郭锡良《古代汉语》里讲得清清楚楚："远""游"是中古牙音见母，"佳""句"是中古喉音喻母。因为各自的声母是一样的，所以构成上下互对。

为什么《现代汉语》教材会留下"非双声叠"类联绵词的"尾巴"呢？原来这是语音变化的结果。据笔者查验，在古代，"蝙蝠（biānfú）""苜蓿（mùxu）"分别属于双声（帮母，"蝠"属于重唇音 bp 系列）、叠韵（苜，莫六切，蓿，息逐切，而"六""逐"均属于觉部），但现在读起来，其音节韵母、声母都不一致了。这就带来一个问题：在判定双声叠韵的问题上，似乎也应该与判定平仄一样，分为古代、现代两个判定标准。像河南洛阳关林石坊联："千秋志气光南洛；万古精灵映北邙。"如果与平水韵相对照，"志"字属四寘韵。"气"字属于五未韵，严格来说，两个字只能算作邻韵。同样地，"精"属于下平八庚韵，"灵"属于下平九青韵，两个字也不在同一韵部。

3. 辞格与某些技法颇多相似之处

在部分对联尤其是在短联里，比喻、示现、互文、分总等，既是修饰联语单句的辞格，也是构思局部乃至全联的技法。对此，本书的对策是：尽量与修辞学里现有的辞格体系保持一致，即将比喻、互文等划归修辞辞格，将用数、逆挽、剥皮等划归创作技法。

邓廷桢（1776—1846）题安徽安庆大观楼联："樽前帆景，槛外岚光，数胜迹重重，都向江头开画本；楼上仙人，阁中帝子，溯游踪历历，又来亭畔吊忠魂。"该联"江头开画本"句，自属比喻无疑。从脉络上看，上联似是先分后总，下联却是从远及近。如此一来，该联的出彩之处，则不在于辞格，而在于包括联脉在内的技法。换言之，将它作为技法例证来讲解，或许更为合适。

（二）将创作联与摘句联分开

1. 摘句联有价值亦有边界

摘句联，尤其是近体诗摘句联，为很多"对联大全"与"书画家必携"的必选对象。它们既活化了对联人的创作思路，也方便了书画人的题写题款，在大对联文化传播中自有其积极作用。不过，前者只是在参考，后者也仅仅是使用，说到底，对联人和书画人在此消费的联作对象，都不是原创联作品。

2. 以原创联为例证具有天然性

为增强说服力，保持对联的相对自足性，本书所举的辞格联例一般不涉及（诗词）摘句联。像"窗竹影摇书案上，野泉声入砚池中"一联，将其看作通感辞格当然是可以的，但这是杜荀鹤《题弟侄书堂》诗的颈联，它首先属于近体诗。面对对联里的通感辞格这个命题，我们要么去寻找别的更合适的例子；要么就老实承认，对联中这种辞格运用得极少。以诗联代替对联，以信手拈来代替爬罗剔抉，这是坊间绝大部分书刊的作派，但为本书所不取。至于将"穷未卖书留教子，饥宁食粥省求人"（戴表元）、"水能性淡为吾友，竹解心虚即我师"（白居易），以及"若能杯水如名淡，应信村茶比酒香"（夏承焘）错归入张沛仁、阮元、启功名下，并进行所谓分析者，亦不在讨论之列。[①]

[①] 参见严海燕《名联著作权应属谁》，《对联·民间对联故事》2006年第4期。

第二节　通用辞格

通用辞格，包括比喻、拈联、双关、借代、反语、设问、反问、映衬、比拟、夸张、引用、排比、镶嵌、顶真、回文、摹状、反复、复叠、警策、接应、通感、对比共 22 个小类。

本节篇幅较长，为方便阅读，这里以"引用"与"排比"辞格为界限，分为上、下两部分。此外，鉴于在《诗词通论》里已经讨论过各种辞格的定义，因此除了个别新辞格，本书在此一般直接举例。同时，对所举联例的分析，尽量做到文字上有话则长，无话则短。

一　通用辞格（上）

（一）比喻

1. 三种基本类型：明喻、暗喻、借喻

过如秋草芟难尽；
学似春冰积不高。

——纪昀联墨

有比喻词"如""似"，是典型的明喻对联。上联道破只有成人才有的人生体验，甚是难得。清代钱沣有一对联："文辞真比丰年玉；气味还同幽壑兰。"成语"丰年玉""荒年谷"本指两种人才，一个锦上添花，另一个雪中送炭。这里形容如花似锦的文辞。"幽壑兰"，指高雅脱俗、不事张扬的情趣和气质。

千年老树为衣架；
万里长江作浴盆。

——明代　解缙对父联

《巧对录》卷八载，相传时年九岁的解缙在江边洗浴时，以"作浴盆"句对父亲"为衣架"句。暗喻，"为、作"是标志词，同时下联极度夸张。巧趣联"冢上烧纸，灰逐微风成蝴蝶；池边洗砚，墨随流水化蛟龙"，也使用的是暗喻。

· 211 ·

舟行著色屏风里；

人在回文锦字中。

——清代　孙星衍（1753—1818）题济南大明湖前薛荔楼联

借喻。喻体"著色屏"“回文锦字"出现了，本体水面和四周景致则没有出现。"著"，"著"是"着"的本字，"着"是"著"的俗字。明清小说中常以对联描写饮酒场景："三杯竹叶穿心过；两朵桃花上脸来。"其中"桃花"喻指红晕，亦属借喻。

清如瘦竹闲如鹤；

座是春风室是兰。

——清代　金农（1687—1764）自题瓦砚斋

明喻、暗喻连用。上联写人及其品行，是明喻，下联写室及其功能，是暗喻。"春风"，出自刘向《说苑·贵德》："管仲上车曰：'嗟兹乎！我穷必矣，吾不能以春风风人；吾不能以夏雨雨人，吾穷必矣。'"梁相孟简子在魏、卫二国做相时，曾帮三个门客解难，当他逃到齐国避难时，这三人也跟着来了。时任齐相的管仲知晓后大发感慨，因为自己在齐国变法革新，得罪了不少人。春风暖人，夏雨滋人，后比喻及时给人以教益和帮助。"室兰"出自刘向《说苑·杂言》："（孔子）又曰：与善人居，如入芝兰之室，久而不闻其香，即与之化矣。"比喻选择君子为友和选择良好的文化环境之重要。

2. 变化和引申

（1）有的比喻省略喻词

数点梅花亡国泪；

二分明月故人心。

——清代　张树槐（尔荩）（？—1874）题扬州史可法祠联

青山不墨千秋画；

绿水无弦万古琴。

——安徽宿松小孤山联

（2）有的在比喻之后还要延伸

鸟语和溪音，自在笙簧，不假人间丝竹；

山云笼树色，天然图画，何劳笔下丹青。

——广东新会圭峰山读泉亭联

第四章 对联修辞

前两句组成没有喻词的比喻，尾句则对此予以发挥。

学如逆水行舟，不进则退；

心似平原走马，易放难收。

——格言联

上一联的延伸可有可无，这里则必须有。

荆树有花兄弟乐；

砚田无税子孙耕。

——传统家训联

上联出自唐代许浑《题崔处士山居》诗颔联："荆树有花兄弟乐，橘林无实子孙忙。"下联先将砚池比作农田（可称为缩喻），再言其无税收，正好可以磨墨写字，即所谓耕地种田。对这种修辞现象，有的书刊又叫"间接拈连"。

（3）本体较为复杂

稻草系秧父抱子；

竹篮提笋母怀儿。

——巧趣联

本体、喻体分开。本体"稻草系秧""竹篮提笋"是状中短语，"稻草""竹篮"为名词作状语。喻体"父抱子""母怀儿"是主谓短语。全联不再是简单的名词像名词，而是情状（动名词）像情状（动名词）。前人称之"呼应句"。

马过木桥蹄打鼓；

鸡啄铜盆嘴敲锣。

——巧趣联

本体、喻体没有截然分开。"蹄""嘴"可理解为名词作状语，"用蹄""用嘴"的意思。"打鼓""敲锣"为喻体主体部分。

佳卉移栽如选色；

异书借录抵征歌。

——清代　张骐（伯冶）和陈鸿寿联

该联为《楹联续话》卷四"杂缀"所载。本体、喻体分开。本体"佳卉移栽""异书借录"可看作主谓短语，喻体"选色"（挑选美色）、"征歌"（征招歌伎）为动宾短语，两者结构不一致。

（4）其他情形

白水如棉，不用弓弹花自散；
红岩似火，何须薪助焰更高。
——贵州黄果树瀑布观瀑亭古联

后句引申时上下联都用否定句。全联先说两者相似，再言其不同。

黄河水滚滚而来，文应如是；
韩信兵多多益善，学亦宜然。
——江苏淮安县学明伦堂联

喻体以句子的形态出现，且被放于前句位置。本体文字简洁，处在后句位置。

（二）拈连

铁肩担道义；
辣手著文章。
——明代　杨继盛联

上联所用为拈连辞格。因为"道义"是抽象的，本不可以直接"（承）担"。在现代汉语里，"承担责任"之类的短语，其实也是具体动词与抽象名词的结合，只是已经凝固而已。再如，"远在他乡的我吃的不是饺子，吃的是家乡的味道"等，也是如此。

爽气西来，云雾扫开天地憾；
大江东去，波涛洗净古今愁。
——清代　符秉忠题武昌黄鹤楼联

上下联皆用拈连辞格。不过，上联后句为了对仗而有些错位，可将其理解为：（如）扫开云雾（般）（扫开）天地憾。

两岸莺花，既忘闹市还忘我；
一竿烟雨，不钓虚名只钓鱼。
——当代　王尹宙钓趣联

下联里的"（不）钓虚名"虽是否定式，且其位置排在"钓鱼"之前，但下联所用辞格仍为拈连。毕竟相对于实在的"钓鱼"而言，"钓虚名"是一种仅存在人脑的抽象观念。

第四章 对联修辞

（三）双关

1. 谐音双关

因荷而得藕；

有杏不须梅。

——明代 程敏政（1446—1499）对李贤联

《巧对录》卷八载：十岁时被目为神童的程敏政，首次拜见大学士李贤，李指席上果品出句，程亦以果品相对。其中"荷"与"何"，"藕"与"偶"，"杏"与"幸"，"梅"与"媒"分别谐音。程敏政后娶李贤长女李莹为妻，官终礼部右侍郎。

檐下蜘蛛，一腔丝意；

庭前蚯蚓，满腹泥心。

——巧趣联

上联里的"丝"谐音"私"，下联里的"泥"谐音"疑"。在陕西等地的方音里，"怀疑"被读作 huáiní。

2. 借义双关

起病六君子；

送命二陈汤。

——佚名 讽袁世凯恢复帝制联

"六君子""二陈汤"本为两种汤药方剂名。这里的"六君子"，则指以杨度为首，包括孙毓筠、刘师培、李燮和、严复、胡瑛在内的六位"名流"。他们组成"筹安会"，拥袁称帝。袁世凯从接受其"劝进"之日起，已是发昏"起病"。"二陈汤"，这里指陈宧（四川督军）、陈树藩（陕西督军）、汤芗铭（湖南督军）。三人原是袁的手下，后见大势已去，遂相继宣布独立，这不啻让袁世凯"送命"。

凿开混沌，肇启文明，从此便薪传万古；

满眼苍黄，惊心朱碧，吾侪岂粉饰一时。

——胡君复题义成学校联

上联说煤炭，下联说颜料，有行业属性，有学校属性。全联合二为一，切事切题。

天子呼来不上船，担心摇滚；（笑对出句）
将军老去犹横槊，无意嘻哈。（疏庸对句）
——当代　巧趣联

"摇滚"（Rock and Roll）是盛行于1960—1970年代西方的一种音乐类型，"嘻哈"（Hip Hop）产生于1970年代美国，是由rap（说唱乐）、dj-ing（打碟）、break dancing（街舞）及涂鸦（graffiti art）构成的一种街头文化。两者本属名词，这里均作动词或动名词用。"担心摇滚"，即担心滚下船来，"无意嘻哈"，即不想嘻嘻哈哈。与前面二联不同，该联纯为游戏文字，并非真的借此说彼。

翠屏山出巧云方显石秀；
清风寨落时雨才露花荣。
——当代　巧趣联①

在《水浒传》里，"（潘）巧云""（及）时雨"与"石秀""花荣"都是人名或绰号，这里则将前两个变作普通名词，后两个变作主谓短语。该联也属于游戏文字。

3. 语境双关

净地何须扫；
空门不用关。
——清代　福州涌泉寺山门联

"净地"本指佛教净土，这里故意望文生义，指出既称干净无垢之地，自然无须打扫。"空门"本指佛门，佛教以为就本体而言，乃四大皆空，无遮无碍，世界如此，寺院岂能置身其外，关它做甚？先曲解"净地""空门"两词，然后往下说。在此意义上，该联当划归巧缀辞格无疑；但就联中表现出两层意蕴而言，该联又可以被看作使用了双关辞格。

两脚不离大道，吃紧关头，须要认清岔路；
一亭俯看群山，占高地步，自然赶上前人。
——晚清　龚学海题贵阳府治图云关联②

---

① 该联由李子虔整理，发表在《对联·民间对联故事》1992年第1期。
② 该联联文有异文，作者亦难确定，这里暂从胡君复《古今联语汇选初集》所载一说。

第四章 对联修辞

全联既写目前情景,更暗示一个哲理:选择有时比努力更重要,人在落后的形势下,不应忘记高瞻远瞩。

看不见姑且听之,何须四处钻营,极力排开前面者;
站得高弗能久也,莫仗一时得意,挺身遮住后来人。
——晚清 戏台联

很多传统戏台联,都是借演戏看戏讽世,该联也不例外。

(四)借代

1. 代物

书生袖里携花,暗藏春色;
太守堂前秉鉴,明察秋毫。

《巧对录》卷八载太守(知府)与奇童对联。"春色"代指花。属于抽象代具象。

赏菊客来,两手擘残彭泽景;
卖花人过,一肩挑尽洛阳春。

《巧对录》卷四载,明代顾璘(号东桥居士)做湖广巡抚时,曾邀数门生来衙斋赏菊,一狂生拣好花摘两三枝戴在头上,顾感觉大煞风景,遂出此上联,时为门生之一的张居正(号太岳)对以下联。"彭泽景",因陶渊明"采菊东篱下"句而生发,代指菊花。洛阳春,洛阳以牡丹闻名,其花为春色象征。张联似在劝慰老师:春天的时候,花都可沿街叫卖,现在摘几枝也不算大错。

天下名山僧占多,也该留一二奇峰,栖吾道友;
世间好语佛说尽,谁识得五千妙论,出我仙师。

《楹联丛话》卷六"胜迹上"载李渔为简寂观撰联。"简寂观"原名太虚观,因南朝宋时陶静修在此住持过,陶死后谥为"简寂先生"而改名,取意于"止烦曰简,远嚣在寂"。"五千妙论"代指《老子》,该书大约在汉代基本定型并取名《道德经》,五千多字。属于特征代本体。

斧头劈开新世界;
镰刀割断旧乾坤。

红四方面军红三十军政治部所刻红军对联。"镰刀""斧头"代指中共及其领导的中国工农红军。标志代本体。

延伸阅读："斧头/镰刀"联的作者及"两斧/一刀"联

魏传统或为当年"斧头/镰刀"联书写者之一，至于该联作者，有魏传统和何永瑞父子两种说法。① 其中以第二种说法较为合理，其主角是原四川达县梓桐乡农民知识分子何永瑞。故事发生在 1933 年，何氏父子四人以对联的形式庆贺红三十军解放梓桐乡，他们先想出"镰刀割断旧乾坤"，后来听到陕西籍的红军营长谈劈山救母的传说，遂对之以"斧头劈开新世界"。最后，红三十军政治部派人过来，将该联刻在了政治部临时驻地——梓桐乡"杜府草堂"石朝门（大门）的柱子上。1958 年，刻有当年对联的石朝门，包括上书"红卅军政治部"的横梁，作为革命文物被送至北京中国革命博物馆收藏。此外，该联还有一个版本："两斧劈开新世界；一刀割断旧乾坤。"相传为当年红九军政治部人员书于四川万源的对联。②

2. 代人

不幸周郎竟短命；

早知李靖是英雄。

1916 年蔡锷病逝，筱凤仙送联以挽。该联传说为方尔谦代笔。

生平亲见范希文，念在狱时蒙被深恩，以未从海内诸君万里共驰驱为憾；

自顾何如李供奉，登此山上肃瞻遗像，思无负我公当日千秋相期许之言。

——李篁仙题鄂城曾文正祠联

"亲见范希文"，所见实为曾国藩，因曾国藩、范仲淹（字希文）皆谥文正，故而有此联想与代称。"何如李供奉"，比不上供奉翰林的李白，以李白官职（文学侍从）称呼李白本人，又以李白代指李篁仙

---

① 第一种说法，详见《长征路上的红色楹联》，光明日报网（2006 - 09 - 11），http：//www.gmw.cn/01gmrb/2006—09/11/content_ 477789.htm，2008 年 5 月 1 日。其中提到魏传统为红三十军政治部秘书长，疑有讹误。第二种说法，详见《红色对联与长征一家人》，原载《解放军报》，中青在线（2006 - 08 - 14）转载，http：//news.cyol.com/content/2006/08/14/content_ 1478685.htm，2008 年 5 月 1 日。

② "两斧/一刀"联，详见《宣传标语》，四川巴中纪检监察网（2006 - 06 - 11），http：//www.bzjc.gov.cn/7/3/200906/52529.html，2009 年 6 月 11 日。

第四章 对联修辞

自己。

借代和借喻不同,借代只代不喻,只是某个名字、概念被临时代替而已,句子往往还有其他意思要表达,而借喻是借中有喻,重在比喻,比喻是句子的主要内容和闪光点。

(五) 反语

1. 一般反语

熟视无睹,诸位尽管贪污作弊;

有口难诉,我辈何须民主自由。

1949 年前,有人在某盲哑学校门口贴出的一副对联。"尽管""何须",显示出作者对于统治者经济上的腐败和政治上的专制,表面上听之任之,内心深处则愤慨无比。该联也用了双关辞格。

死了倒也罢了,若不想到二位有老母倚闾,亲朋盼信;

活着又怎么着,无非多经几番的枪声惊耳,弹雨淋头。

——现代 周作人挽刘和珍、杨德群联

鲁迅好"骂",周作人好"讥",姑且不论此说是否全面,单就周作人这副联而言,确实充满冷言反语。相比之下,他的第二副挽联则近乎鲁迅式的怒骂,而不是反语了:"赤化赤化,有些学界名流和新闻记者还在那里诬陷;白死白死,所谓革命政府与帝国主义原是一样东西。"

运用反语既可以讥刺敌方,也可以针砭自己人。

有立柜平柜高低柜,爱情才可贵;

无春衣夏衣秋冬衣,姑娘就不依。

这是创作于 1970 年代的一副对联,其中上联即为反语,即作者并不认为,物质化的"爱情"有何"可贵"之处。

2. 易色

不爱钱财小笨蛋;

常欺老幼大英雄。

——当代 胡静怡

清代杨芳有一副自题联:"忌我何尝非赏识;欺人毕竟不英雄。"此为正说。这里则不然,"小笨蛋"是"爱钱财"者的"封赠","大英雄"也是"常欺老幼"者的自以为是。上联或有自嘲之意,下联看

219

似夸奖，实为讽刺。

默默无闻，甘为问柳寻花客；
孜孜不倦，愿作吹牛拍马官。
——当代　贾树桂嘲某官言志联

与上一联里"大英雄"一词相仿，这里的两个成语"默默无闻""孜孜不倦"，也是改变了情感色彩，由原来的褒义变成贬义。

（六）设问

何物动人？二月杏花八月桂；
有谁催我？三更灯火五更鸡。
——清代　彭元瑞自题书房联

"金榜题名"乃旧时文人的梦想，一旦成为现实，大概唯有举目四望，观木赏花，方能契合中榜者踌躇满志、如花怒放的心态，所谓"一日看尽长安花"（孟郊）是也；而为了这一天的到来，"头悬梁、锥刺股"的功夫则不可或缺，自然也是难忘的。"二月杏花八月桂"，清代每三年在各省省城举行一次乡试，时间在阴历八月（又叫大比、秋闱），考中者称为举人，第一名称为解元。因为此时此际为胜景和激情的结合点，故将应试得中者，誉为月中折桂之人。乡试后的第二年阴历二月，在京城礼部举行一次会试（又叫礼闱、春闱），考中者称为贡士，第一名称为会元。

八百里湖山，知是何年图画？
十万家烟火，尽归此处楼台！
——（传）明代　徐渭题杭州凤凰山城隍庙联

上联问而不答。既难以回答，同时作为一种感慨，也不必回答。

（七）反问

八百万台湾刚醒同胞，微先生何人领导？
四十年祖国未竟事业，舍我辈其谁分担？
——现代　佚名挽孙中山先生联

"微"，没有。全联以反问口吻，明确表示了孙中山领袖群伦之地位，以及继起者之决心。

第四章　对联修辞

智者知命，仁者安命，勇者造命，孰云非命？
听其自然，处之泰然，防患未然，谁曰不然？
——格言联①

该联格律不算工整，但前三句复叠、排比，后一句反问的辞格综合运用模式值得注意。

（八）映衬

1. 正衬

吾道南来，的是濂溪正派；
大江东去，无非湘水余波。
——晚清　金陵贡院联

据吴恭亨《对联话》卷一"题署一"，该联为某湖南籍人士督学江苏时所题。胡君复在《古今联语汇选初集》"杂题三"里则认为乃"湖南周系英学士，督学江西"时所撰。"濂溪"，指濂溪先生周敦颐。"湘水"，湘江，"大江"，长江。湘江之水在岳阳通过洞庭与长江沟通，故言自此以后的长江（包括江西江苏两段）为"湘水余波"。上联直言而出，无疑是正题；下联比兴而来，可视为衬托。诚如吴恭亨所言："作文有压题法，如以甲事衬出乙事，而自抬高身价是也。"全联无非借江西或江苏文史发言，自抬湘人身价。其实，明清两代虽有"濂洛关闽，周程张朱"一说，但其中的周敦颐是被追封的，当时并没有开宗立派的实绩和影响。

举抗英大纛，坚持御敌设防，论政绩军功，应和林则徐并传；
开治学新声，提倡通经致用，凭文才卓识，已与龚自珍齐名。
——姚淑春1994年参加"魏源杯"全国征诗征联大赛获奖联

后两句也属于"压题法"，即2010年代联界奔走相告的"拉人作衬"法，且特征更加鲜明。

凭山脊以为堂，士品宜从高处立；
藉湖光而作鉴，文风须向上游争。
——清代　杨欲仁（1766—1848）题巢湖书院联

---

① 该联乃笔者从蒙师严治平处所见，为严先生之父严协和所书，原联未著撰者。

衬托不限于人与人之间，也可以物衬人。该联前句为衬托，后句为正题。全联大意是：书院建在卧牛山之脊，有俯视之便，而立品做人亦应有高屋建瓴之势；巢湖有如一面镜子，光鉴周围之物，而下笔行文亦应不染污浊颓靡之风。

大椿以八千岁为春，春且永存，赢得瑞气满庭，祥云满室；
仁者岂七十年即老，老当益壮，应是夕阳如画，晚景如诗。
——当代　刘芳题祖父七十寿联

上联为虚为偏，意在烘托气氛；下联为实为正，乃寿辰献词主体。"大椿"，相传大椿长寿，后因以形容高龄，亦用以指父亲。这里借指祖父。

2. 反衬

今尚祀虞，东汉已无高后庙；
斯真霸越，西施羞上范家船。

《楹联丛话》卷三"庙祀上"载"倪文贞（注：即倪元璐）撰绍兴上虞县虞姬庙联"，《对联话》卷一"题署一"以为另有作者，今安徽灵璧虞姬墓有此联。以吕雉和西施作比，反衬虞姬不骄横专权，不以色另侍他人。吕雉的下场是事实，西施的意态是假设。

南陈已囚，空教前贤笑后死；
北李犹在，哪用吾辈哭先生。
——现代　杨铨（杏佛）（1893—1933）挽李大钊

联中"北李犹在"一句是虚的，指革命先驱者的精神不死。1933年4月23日，在李大钊遇害六年后，北京各界为其举行公葬，时任中国民权保障同盟副会长兼总干事的杨铨写下这副挽联。翌日，《京报》第五版刊载了陈独秀在江宁接受庭审的消息，第七版则刊载了《李大钊昨出殡发生纷扰》新闻稿，即因公葬声势浩大，军警逮捕了公葬学生。"南陈北李，相约建党。"而如今，两位中共创始人都在白色恐怖中受到迫害。此前，即1932年陈独秀被蒋介石政权逮捕后，杨杏佛等正直人士曾积极营救。虽说杨铨只属于国民党左派而非中共党员，但联系以上事实，我们与其认为上联是对陈独秀1926—1927年犯错的嘲讽抱怨，不如认为其中饱含反讽之意和愤激之情。当然，不管怎样解读，该联都在以反衬之笔，使李大钊的形象更高大，联语的感情层次也更丰

第四章 对联修辞

富,这一点应该属于共识。

广州暴动不死,平江暴动不死,如今竟牺牲,堪恨大祸从天落;
革命战争有功,游击战争有功,毕生何奋勇,好教后世继君来。
——毛泽东挽黄公略联

上联以两次大起义时黄都安然无恙作衬,体现了作者的遗憾和悲痛。黄公略,时任红三军军长。1931年9月,因国民党飞机空袭而在转移途中牺牲。

药有君臣千变化;
医无贫富一般心。

该联撰者不详,却在中医药界流传甚广,引用者、作座右铭者大有人在。上联是中医药物学的常识,下联则是本联的重心。以配药常识反衬行医态度,其法自然而巧妙。

3. 结合映衬

雪百年耻辱,复万里河山,汉唐无此雄,宋明无此壮;
写三楚文章,悼九原将士,风雨为之泣,草木为之悲。

该联题于1945年,为当时湖南各界在长沙悼念抗日阵亡烈士的会场联。上联以人文对比反衬,下联以自然环境正衬(烘托)。"九原",即黄泉。

当年有痛哭流涕文章,问西京对策谁优,惟董江都后来居上;
今日是长治久安天下,喜南楚故庐无恙,与屈大夫终古相依。
——清代 李篁仙(寿蓉)题贾太傅祠联

贾太傅祠,光绪年间改称"屈贾二公祠",现称"贾谊故宅"。该联主要写故宅主贾谊,却分别以董仲舒、屈原为反衬和正衬,谓其生有奇才而不遇明主,死备哀荣而差慰人心。

(九) 比拟

1. 拟人

(1) 让物做"主人"

绿水本无忧,因风皱面;
青山原不老,为雪白头。

《巧对录》卷八载南宋沈义甫幼时对老师联。该联是一种巧妙联想，审美内涵和统一性不强。

花影常迷径；

波光欲上楼。

——成都望江楼公园濯锦楼联

（2）让物做"客人"

古寺无灯凭月照；

山门不锁待云封。

——云南德钦飞来寺联

上联有王维《竹里馆》般的禅意，下联富浪漫主义色彩。"云"非生物，不可能有意识地去"封门"。

喜延明月常开户；

独试新炉自煮茶。

——清代　陈鸿寿联墨

该联上联出自刘克庄《答翁定》诗颔联："喜延明月常开户，贪对青山懒下楼。"其中的"延"，表示请的意思。

（3）其他

山势西来犹护蜀；

江声东下欲吞吴。

——重庆奉节白帝城关羽庙联

该联表层是拟人（"护""吞"），深层似是借喻（"山势""江声"代表神主不死的英灵）。

柱与牛郎同谓，无七夕之期，问缘唯有晨间露；

深知弱质难存，攀一隅而上，拼死不为篱下魂。

——卜用可题牵牛花

该联已不是单纯地拟人，而是开始象征了，尤其是下联，象征意味显著。

2. 拟物

时雨点红桃千树；

春风吹绿柳万枝。

——春联

"时雨""春风"并无意识，本身亦非颜料，却能够"点红""吹绿"桃柳。当代闻楚卿有一春联："时雨染成千里绿；春风不让一人闲。"其上联与此类似。

柳丝莺梭，织就江南三春景；
云笺雁字，传来塞北九秋书。

《巧对录》卷八载明代顾鼎臣父子对联。顾的父亲想象着让柳枝为丝线、黄莺如梭子去"织"，顾则对之以白云为纸张、雁行如大字去"传"。

（十）夸张
1. 夸大式

该类型的夸张在行业联（广告联）中运用较多，具体写法则互有差异。以酒业为例，同是渲染酒的力量，"铁汉三杯软脚／金刚一盏摇头"让人有幽默感，而山西杏花村酒厂联"酒味冲天，飞鸟闻香化凤／糟粕落地，游鱼得味成龙"，则大概是酒联中辞藻最华丽的。又如：

榨响如雷，惊动满天星斗；
油光似月，照亮万里乾坤。
——（传）清代　陶澍少时题榨油坊联

"30后"至"60后"的读者，凡见过传统榨油作坊的，自然可以想到该联妙处。

半支秃笔能扛鼎；
一片丹心不染尘。
——赵云峰自题名片联

夸大式夸张能够给人以豪迈感。文人在表述自我志向、舒展浪漫情怀时，也经常使用夸张。

登阁上青霄，回首潇湘，是谁将衡岳洞庭和盘托出；
举头近红日，寄身天地，待我把白云明月信手拿来。
——当代　李曲江题长沙天心阁联

上下联尾句，就"衡岳洞庭""白云明月"两组事物本身来说，无疑是缩小；但就抒情主人公夸父似的力量来说，则又是夸大。这里，不免让人想起前面提及的黄鹤楼联："一枝笔挺起江汉间，到最上头，放开肚皮，直吞将八百里洞庭，九百里云梦；千年事幻在沧桑里，是真才人，自有眼界，哪管它去早了黄鹤，来迟了青莲。"

五观常存金易化；

三心未了水难消。

——西安市大慈恩寺后厨联

该对偶句曾在虚云禅师 1955 年所作的一篇开示里出现过，原话是"五观若明金易化，三心未了水难消"。后被很多寺院用作斋堂（五观堂）联。"五观"，即"食存五观"，包括"计功多少，量彼来处；忖己德行，全缺应供；防心离过，贪等为宗；正事良药，为疗形枯；为成道故，应受此食。""三心"，或指"过去心、现在心、未来心"。这里极言"五观"的作用之大，以及了却"三心"的重要性。

2. 缩小式

国祚不长，八十几日袁皇帝；

封疆何仄，两三条街汪政权。

——嘲汪精卫伪政权联

汪在南京的伪国民政府是 1940 年成立的，该政权维持的时间固然不长，但也并非如袁世凯"皇帝"生涯那样只有"八十几日"；作者在下联谈及汪伪政权规模时，也没有涉及 25 万"和平军"（即伪军）等"下属"。可见全联不全是写实，不过是极言汪的倒行逆施不得人心罢了。

世事总浮云，止口休谈名与利；

少年曾几日，回头又见子生孙。

——钟云舫五十自寿联

小时候总感觉时光太慢，恨不得一下子长大，中年以后发现人生苦短、岁月无情。这里的下联也属于时间上的缩小。

山共国名，将神州锦绣风光，缩成盆景；

人来仙境，把广水清奇诗画，收入行囊。

——吕可夫 2008 年参加湖北广水建市二十周年征联题中华山风景区获奖联

上下联后两句为缩小式夸张，同时兼用比喻。

第四章　对联修辞

（十一）引用

1. 引言

虞兮奈何？自古红颜多薄命；
姬耶安在？独留青冢向黄昏。
——安徽省灵璧县虞姬墓联

"自古红颜多薄命"一句本为谚语，在此用以慨叹这位虽曾陪侍霸王，却奈何短命的墓主，属于引言。"独留青冢向黄昏"，引自杜甫《咏怀古迹五首》（其三），属于引文。另外，"虞兮奈何"是《史记·项羽本纪》中"虞兮虞兮奈若何"一语的缩略，大体上也属于引文。

开门七事虽排后；
待客一杯常在先。
——潘一之2005年参加上海"石生杯"茶文化楹联大赛获奖联

大约从元代开始，所谓"早起开门七件事，柴米油盐酱醋茶"就成为定型了的俗语。杨景贤杂剧《刘行首》里有一首"当家诗"："教你当家不当家，及至当家乱如麻。早起开门七件事，柴米油盐酱醋茶。"这里的上联，就是对"柴米油盐酱醋茶"这一俗语的暗用。这种暗用式引言辞格的身影，曾在"关东第一才子"王尔烈（1727—1801）的一副贺婚联里出现过："诗歌四喜其三句；乐奏二南第一章。"

2. 引事

才与福难兼，贾傅以来，文字潮儋同万里；
地因人始重，河东而外，江山永柳各千秋。
——清代　杨季鸾（1799—1856）题广西柳州柳宗元祠联

上联为引事。意思是说，虽有才能却不得重用，甚至被流放蛮荒之地的不止柳宗元一人。联中"贾傅"即贾谊，曾被贬为长沙王太傅。"潮"即潮州（今广东潮汕一带），韩愈因谏迎佛骨而被贬为潮州刺史。"儋"即儋州，今海南儋州市。苏轼晚年，值高太后病死、哲宗亲政时期，遭屡新党迫害和贬官，最后栖息于此。下联是说，柳宗元名高望重，与他有关的地方香火不断。"河东"即唐代蒲州，柳宗元的故乡，在今山西运城、永济一带（具体地点有争议），蒲州在秦代曾隶属河东郡。"永柳"指永州（今湖南永州）、柳州（今广西柳州）。柳宗元

· 227 ·

"永贞革新"失败后，先被贬为永州司马，后改为柳州刺史，因政绩卓著，为后人所怀念。因为这是给柳宗元祠题联，所以下联属于转入正题，直述本事，而不算"引事"。

读书行路；
种杏成林。
——董姓宗祠通用联

下联为引事。三国时吴国医生董奉，住在庐山，治病不受钱财，但让治愈者植杏树，数年间得十余万株，蔚然成林。后用"杏林春满"一词称颂医家。上联属于引文。明代书画家董其昌，在论及如何获取"气韵生动"效果时说："读万卷书，行万里路，胸中脱去尘浊，自然丘壑内营。"

3. 引文

天变不足畏，祖宗不足法，人言不足恤，自古英豪钦卓识；
道德可以师，学问可以传，文章可以诵，至今乡里仰遗风。
——江西东乡上池村世宦祠堂联

"世宦"，代代做官。作为王安石故乡的王姓宗祠联，上联"天变不足畏，祖宗不足法，人言不足恤"三句，即引用这位著名政治改革家的名言。它出自《宋史》卷三百二十七《王安石传》，大意是：对所谓"灾异示人"现象不必畏惧，对前人的法规制度不可盲目继承，对那些流言蜚语无须顾虑。

愿天下有情人都成了眷属；
是前生注定事莫错过姻缘。
——杭州西湖白云庵月老祠联

上联取自《西厢记》第五本第四折，原文是"愿普天下有情的都成了眷属"。下联据《琵琶记》第十一出"若是姻缘前世已曾定"（有异文）等改写而成。

东海望澎台，风景不殊，举目有河山之异；
南天留祠宇，雄图虽渺，称名则妇孺皆知。
——许世英（1873—1964）题郑成功（故乡）祠联

上联后两句引自《晋书》卷六十五《王导传》："周顗中坐而叹曰：'风景不殊，举目有江河之异。'"

· 228 ·

第四章　对联修辞

二　通用辞格（下）

（十二）排比

1. 短语排比

忠臣魄，烈士魂，英雄气，名贤手笔，菩萨心肠，合古今天地之精灵，同此一山结束；

蠡水烟，湓浦月，浔江涛，匡庐瀑布，马当斜阳，极南北东西之胜景，全凭两眼收来。

——清代　彭玉麟题江西湖口石钟山昭忠祠锁江亭联

上下联前五句属于短语排比，颇有气势，末两句则收束有力。"蠡水"，指鄱阳湖。"湓浦"，湓水（今龙开河）入长江处。"匡庐"，指庐山。"马当"，山名，在彭泽县东北。彭与太平军作战，在湖口遭太平军截击大败，后建水师昭忠祠于石钟山。

2. 排偶句排比

容人却悔，谨身却病，小饮却愁，少思却梦，种花却俗，焚香却秽；

静坐补劳，独宿补虚，节用补贫，为善补过，息忿补气，寡言补烦。

——（传）邓石如自题草堂联

每边总共六句，而全用排比（排偶），此种情形实属少见。该联当从格言小品里移植而来。它以劝世教人为内容，节奏单一，语气平和。陆润祥题苏州留园五峰仙馆联："读书取正，读易取变，读骚取幽，读庄取达，读汉文取坚，最有味卷中岁月；与菊同野，与梅同疏，与莲同洁，与兰同芳，与海棠同韵，定自称花里神仙。"也基本属于排偶句排比。因为这里的第五句变成了一个五字句，该句与前句（四字句）、后句（七字句）的勾连都比较自然。

3. 并提辞格排比

一楼何奇！杜少陵五言绝唱，范希文两字关情，滕子京百废俱兴，吕纯阳三过必醉，诗耶？儒耶？吏耶？仙耶？前不见古人，使我怆然涕下；

诸君试看，洞庭湖南极潇湘，扬子江北通巫峡，巴陵山西来爽气，岳州城东道崖疆，渚者，流者，峙者，镇者，此中有真意，问谁领会得来？

——清代　窦垿（1804—1865）题岳阳楼联

上下联各用了两组排比句,每组六句,一为完全句,另一为省略句,前后一一对应,实为排比辞格加并提辞格。全联层次井然,情感激越,凸显了古岳阳楼之人文佳话和四周胜景。

4. 参差排比

霣耗震寰瀛,举世闻声齐堕泪,那堪玉局方宁,哲人遽逝,抚今忆昔曷胜悲。细评论,古今中外,尧,不能奠此基,舜,不能创此业,禹汤文武,不能树此功绩,惜秦皇汉武,略输文采,唐宗宋祖,稍逊风骚,俱往矣,和协万邦,谁得似,巍巍乎,亘古一人耳;

大功垂宇宙,毕生革命力兴无,伫看红旗漫卷,愚公奋起,掀天揭地何其伟。试衡量,上下四方,天,难以方其大,海,难以状其深,日月星辰,难以比其光辉,譬泰山珠峰,尤觉崔嵬,黄河长江,倍感流长,如斯夫,光被四表,孰与俦,荡荡乎,民无能名焉。

——赵云峰挽毛泽东联

作者赵云峰撰联,向来造语简洁,气势雄壮。该联虽说不规则重字多达16字,是诚不足,但在排比的使用上出手不凡。与以上排比不同的是,这里上联人事和下联风物的排列,虽然有序却并不整齐(等长),排偶、对偶并存,排比中又有变化。

(十三) 镶嵌

1. 镶字功在辅助

先圣道并乾坤,博也厚也,高也明也,悠也久也;
今皇教同尧舜,劳之来之,匡之直之,辅之翼之。

——北京通州学宫明伦堂联

通州学宫明伦堂建立于明代,始名通惠书院。上联后半部分来自《中庸》,原文是:"博厚配地,高明配天,悠久无疆。"作者裁剪词句,并加语气词"也",显然是为了与下联孟子引用帝尧的话"劳之来之,匡之直之,辅之翼之"相对,同时也使整个联文语气舒展。

发于声,高也明也悠也久也,有同听焉斯为美;
奏其乐,手之舞之足之蹈之,若是班乎可以观。

——近代 胡朝贺(藤圃)集句题戏台联

胡朝贺是同治丁卯(1867)举人。该联为一戏台联。与上相仿,

· 230 ·

第四章 对联修辞

部分词句来自《毛诗序》，原文是："诗者，志之所之也，在心为志，发言为诗，情动于中而形于言，言之不足，故嗟叹之，嗟叹之不足，故咏歌之，咏歌之不足，不知手之舞之足之蹈之也。"又云："情发于声，声成文谓之音。"

<u>五</u>风<u>十</u>雨皆为瑞；
<u>万</u>紫<u>千</u>红总是春。
——传统春联

该联出自清代《新纂对联集成》。数字"五、十、万、千"渲染了中心词词义，美化了全联文字。短语"五风十雨""万紫千红"，因袭的是诗文等其他文体里的成句。

2. 嵌字使成序列

现代学者胡才甫（1903—1995）在《诗体释例》中说："嵌字诗不知始于何时，宋以来题楹联语辄用之，以见贴切用工之巧。"如果说，镶字之字只起辅助性作用，那么嵌字之字却是相反，它们一个顶一个，通常动弹不得。

公<u>羊</u>传经，司<u>马</u>记史；
白<u>虎</u>论德，雕<u>龙</u>文心。
——阮元题杭州西湖诂经精舍联

"公羊传经"，指战国时齐人公羊高作《春秋公羊传》。"白虎论德"，指白虎观五经异同讨论会，后由班固整理成《白虎通义》（又名《白虎通德论》）。"雕龙文心"，实指南朝梁刘勰著《文心雕龙》。该联涉及四部书，还暗嵌四种生肖（动物）名。

<u>一</u>阳初动，<u>二</u>姓和谐，庆<u>三</u>多，具<u>四</u>美，<u>五</u>世其昌征凤卜；
<u>六</u>礼既成，<u>七</u>贤毕集，奏<u>八</u>音，歌<u>九</u>如，<u>十</u>全无缺羡鸾和。
——传统婚联

"一阳初动"，本指天地阳气发动即春天到来，此处兼义婚喜。"三多"，指多福、多寿、多男子。"五世其昌"，谓五世之后，子孙昌盛。"征凤卜"，《左传·庄公二十二》载，春秋时齐国大夫懿仲，其妻占卜女儿婚事，得一吉词，曰："凤皇于飞，和鸣锵锵。"意思是夫妻将来相亲相爱。"六礼"，指上古时期人们在确立婚姻关系过程中必须经过的六种礼仪，即纳采（以小礼物求亲）、问名（问女姓氏）、纳吉（祖庙问卜后送礼报喜）、纳征（送币帛等重礼订婚）、请期（择完婚吉日请女方同意）、亲迎（迎亲）。后代在细节上有所变化。"九如"，语见《诗经·小雅·天保》，本为祝颂君王之词，因连用九个"如"字，后为贺人福寿连绵不断之语。

上一联，按照自然数列明嵌十个数目字，上下联各占一半。类似这种用法的还有另一巧趣联：

一叶孤舟，坐着**二三**个墨客，启用**四**桨**五**帆，历经**六**滩**七**湾，受尽**八**颠**九**簸，可叹**十**分来迟；

十载寒窗，进过**九八**家书院，抛却**七**情**六**欲，苦读**五**经**四**书，应考**三**番**两**次，今年一定要中！

该联不仅嵌进了数目字，而且以上联正排十个、下联倒排十个的方式进行，颇为奇妙；只是全联平仄不谐处较多，是为遗憾。

坐**南**朝**北**吃**西**瓜，皮向**东**放；

由**上**向**下**读**左**传，书往**右**翻。

——巧趣联

该联上联嵌"南、北、东、西"，下联嵌"上、下、左、右"，共八个方位词。与此相类的另一巧趣联，除了四方又增加了四季："冬夜灯前，夏侯氏读春秋传；东门楼上，南京人唱北西厢。"

附：嵌名联

嵌名联有整嵌、分嵌之别，其中以分嵌为主。分嵌位置讲究颇多，据统计有 12 种，不过依然不及诗钟格式变化之繁。凡欲作七言嵌名联者，可参看诗钟创作格式（见本书附录）。

（1）整嵌

道道非常道；

天天小有天。

胡君复《古今联语汇选二集》"杂题二"载："海小有天闽菜馆……又，郑海藏联：道道非常道，天天小有天。原跋：有黄冠道服之士，时时见于小有天座中。其人有迈世之高节，号李道人者是也。耐寂戏赠此联，书此张诸壁。"据此，该联创作背景应是：上海有家名曰"小有天"的闽菜馆，道士李某（一般认为是李瑞清，辛亥革命后自号"清道人"）经常来此吃饭。陈曾寿（1878—1949）（字耐寂）作了这副戏谑联，由郑

第四章 对联修辞

孝胥（别号海藏）书写并张挂于墙。①

整嵌是不容易成功的，作整嵌嵌名联的相对较少。个中缘由有两个：第一是因名号无法组词造句而不容易嵌字，第二是因名号俗烂而无法给读者以新的信息刺激。

（2）分嵌

陶潜善饮，易牙善烹，饮烹有度；

陶侃惜分，夏禹惜寸，分寸无遗。

——晚清　广州"陶陶居"茶楼联

前面已经谈过，上下联同位重字，一般仅限于"之、其、而"一类的虚词。这里因为所题对象"陶陶居"本身重言，故而以实词"陶（潜）""陶（侃）"上下重复相对。

悲**哉**，**秋**之为气；

惨**矣**，**瑾**其可怀。

该联是哀悼（绍兴）大通学堂督办、"鉴湖女侠"秋瑾的。所嵌"秋、瑾"二字，上下同位。上联取自宋玉《九辩》开头一句，下联化用屈原《九章·怀沙》"怀瑾握瑜兮，穷不得所示"两句。此外秋瑾被捕后，曾留下"秋风秋雨愁煞人"的七字绝命辞。坊间盛传秋瑾殉难当夜，有人撰书了这副嵌名联，并冒险张贴于秋瑾殉难之处——绍兴轩亭口的亭柱上云云。此说暂时无考。事实上，冒险安葬秋瑾和移葬秋瑾灵柩的，主要是她生前两位挚友徐自华、吴芝瑛。

3. 拼字实为互嵌

首先强调一下，此拼字非彼拼字。"二人土上坐　／一月日边明"的拼字，是组部件成字；这里的拼字，是组字成短语。

顺雨调风龙气象；

锦山绣水凤文章。

——常江题戊辰（1988年）春联

成语是固定短语的一种，其组成方式之一就是镶字拼字。拼字介

---

① 梁羽生在《名联观止》"四八四（条）天天小有天"里，将该联判为李瑞清所题，并言上联引用《老子》"道可道，非常道"是赞美闽菜馆每道菜皆不寻常云云，不知所依何据。参见梁羽生《名联观止（增订版）》下册，广西师范大学出版社2008年版，第512—513页。

于镶字嵌字之间。说是镶字吧，所镶之字并非可有可无；说它是嵌字吧，所嵌之字一般并不跨句。这里的拼字其实是两组类义词（不包括数词）的互嵌。该联上联前四字本是"风调雨顺"，因为现已变为成语，我们可以不去谈它。下联前四字"锦山绣水"，却是不折不扣拼字辞格的运用，就像说骈文"骈四俪六，锦心绣口"一样。"锦绣"与"山水"本是两个联合型复合式合成词，如今相互间交错嵌入，成为两个并列的定（定语）中（中心语）结构的新组合。孙髯题昆明大观楼联里"梳裹就**风鬟雾鬓**；更**蘋天苇地**／卷不及**暮雨朝云**；便**断碣残碑**"两节，"蘋天苇地"一语至今仍非成语，就属于拼字互嵌，只是在组字成词的能力上，"蘋苇"赶不上"天地"，两者的词汇地位尚不完全对等。

山高水长，中有神悟；

风朝雨夕，我思古人。

——左宗棠　联墨

从刘禹锡"乔木何许兮，山高水长"到范仲淹"先生之风，山高水长"，"山高水长"一语都有使用，属于通用词汇。与此不同，"风朝雨夕"大概属于左宗棠的"拼字"："风雨"和"朝夕"互嵌，表示从早到晚，无论风雨，我都在神往古人。

（十四）顶真

1. 局部顶真

洛水灵龟献瑞，天数五，地数**五**，**五**五还归二十五**数**，**数**定元始天尊，一诚有感；

丹山彩凤呈祥，雄声六，雌声**六**，**六**六总成三百六**声**，**声**祝嘉靖皇帝，万寿无疆。

——明代　高拱（1513—1578）对嘉靖帝朱厚熜联

每边六句，其中第三、四、五句使用了顶真辞格。注：该联作者有争议[①]，联语有异文。

[①] 高寿仙：《世传袁炜"洛水岐山"青词志疑》，《博览群书》2010年第4期。

第四章 对联修辞

2. 全联顶真

水面结**冰**，**冰**积**雪**，**雪**上加霜；

空中腾**雾**，**雾**成**云**，**云**开见日。

——巧趣联

该联每边三句，均使用了顶真辞格。

一生**二**，**二**生**三**，**三**生万物；

地法**天**，**天**法**道**，**道**法自然。

——程昌祺集句题四川青城山前山天师洞三清大殿联

作者程昌祺（1881—1941），晚年出家于成都郊外近慈寺，但这里所题对象却非寺院，而是道教场所。如刘勰所说，《道德经》"五千精妙，则非弃美矣"。这里所引的两个片段，都用了顶真辞格，且恰好形成对仗。上联出自《道德经》第四十二章，原文是："道生一，一生二，二生三，三生万物。"下联出自《道德经》第二十五章，原文是："人法地，地法天，天法道，道法自然。"

（十五）回文

1. 上下联各自回文：回文的文字与被回文的文字，可合为一句，也可以分开。

雾锁山**头**山锁雾；

天连水**尾**水连天。

——福建厦门鼓浪屿鱼腹浦联

若以中间文字为轴进行折合，两部分即重合。换言之，后半部分是前半部分的逐次倒读。

客上天然居，**居然天上客**；

僧游云隐寺，**寺隐云游僧**。

该联没有作为中轴的文字，两边后句直接由前句逐字颠倒而成。关于上联产生的时间地点，相传是在清代的北京。附带说一下，"天然居"乃吉祥名号，不仅清代北京有，现代上海也有，在房地产业和酒店业风光无限的2000—2010年代，更是神州处处"天然居"。此外，该联上联只有一个，下联却为数不少。在众多对句中，"僧游云隐寺，寺隐云游僧"在诗意上要略胜一等；而"人过大佛寺，寺佛大过人"在气势上与上联过于一致，太"像"对联了；至于"人来交易所，所易交来人"，现代感直接了些，内容上也稍嫌费解。

秀山轻雨**青山秀**；

香柏鼓风**古柏香**。

——现代　张恩浩题云南通海秀山涌金寺"秀山古柏阁"联①

该联与其他回文联不同，它还要与谐音相结合。"轻"和"青"，"鼓"和"古"属于谐音。据说其倒读的正确读法是：上下联皆从后往前逐字而读，成为"秀山青，雨轻山秀；香柏古，风鼓柏香"。

2. **上下联交叉回文**：回文后有时无法兼顾对仗和平仄。

一个人倒下去，**千万人站起来**；

千万人站起来，一个人倒下去。

——挽闻一多联

1946 年 7 月，中国民盟云南省负责人闻一多教授被国民党特务杀害。在追悼大会上，北京学界送来这副挽联。该联以句子为单位，在上下联之间（不再是字）回文了一次。上联"一个人"无疑指闻一多，下联"一个人"一般以为暗指蒋介石。

落花**有意付**流水；

流水**无情葬**落花。

——巧趣联

同为上下联交叉重复，该联只是主语、宾语位置颠倒，剩余三个字却是互异的，故此属于不完全回文。类似的还有戏台联："舞台小天地；天地大舞台。"

（十六）摹状

1. 摹声

母鸡下蛋，谷多谷多只一个；

小鸟唱歌，酒醉酒醉无半杯。

——佚名联

"谷多谷多"和"酒醉酒醉"，分别模拟母鸡的叫声、小鸟的叫声，

---

① 参见雁寒《讹传滇联及"文德"》，《创造》2006 年第 9 期。

第四章 对联修辞

诙谐而富有生活气息。下联后一句，还使用了巧缀辞格。

大楦头、小楦头，乒乒乓乓打出穷鬼去；
粗麻绳、细麻绳，吱吱嘎嘎拉进财神来。
——（传）题穷鞋匠鞋铺春联

"楦头"，用以填实或撑大鞋里的中空部分的木制模型。"乒乒乓乓"，敲打鞋帮的声音；"吱吱嘎嘎"，纳鞋（底）的声音。

2. 摹形

池中荷叶鱼儿伞；
梁上蛛丝燕子帘。

《巧对录》卷八载明代祝枝山出句，沈石田对句。该联的摹形借助于暗喻。

宝塔七层，端举金鞭对白日；
长城万里，倒排石齿咬青天。
——佚名联

"金鞭"，古代兵器，有节无刃，非赶牲口的软鞭。该联的摹形借助于比拟。

壁立仅容身侧过；
天空只见线长牵。
——安徽黄山一线天联

下联的摹形借助于错觉、夸张。

3. 摹色

风吹马尾千条线；
日照龙鳞万点金。
——朱棣对朱元璋联

"金"，实指金黄色。

使君子花，朝白、午红、暮紫；
虞美人草，春青、夏绿、秋黄。
——巧趣联

两种花卉不仅颜色鲜艳，而且变幻多姿。

4. 摹态

见州县则吐气，见道臬则低眉，见督抚大人茶话须臾，只解得说几

· 237 ·

个是是是；

有差役为爪牙，有书吏为羽翼，有地方绅董袖金赠贿，不觉的笑一声呵呵呵。

《清稗类钞·讥讽类》所载"戏赠知府联"。"州县"，州官与县官的合称。"道臬"一作"藩（藩司，从二品）臬"。"道臬"，当指道员（道台，正四品）和臬司（正三品）。"督抚"，总督（正二品）和巡抚（从二品）的合称。知府是从四品，比"道臬""督抚"品级都低。"绅董"，绅士和董事的合体，泛指地方上有势力有地位的人。"袖金"，藏金于袖，有成语"袖金入橐"，谓受贿。

下面这则当代民间"段子"，显然是由上面一联仿作而成：

上司开口才半句，早已是是是，对对对；

下级陈词达千言，始终嗯嗯嗯，噢噢噢。

（十七）反复

反复有连续反复与间隔反复之分。对于对联而言，基本都是连续反复。

佛言：不可说，不可说；

子曰：如之何，如之何。

《楹联丛话》卷十二"杂缀"以为明代某官员罢职后所作。此乃失意者的连连喟叹：真是没法说，没法说，不知该怎么办，怎么办。《华严经》心王菩萨问阿僧祇品第二十五：尔时心王菩萨白佛言："世尊，所谓'阿僧祇不可量、无分齐、无周遍、不可数、不可称量、可思议、不可说、不可说不可说'，世尊云何'阿僧祇乃至不可说不可说'耶？"《论语·卫灵公第十五》："子曰：不曰'如之何如之何'者，吾未如之何也已矣。"

……问问问，这半江物，谁家之物？

……看看看，哪一块云，是我的天？

——钟云舫题成都望江楼联

许多书刊都将"问问问""看看看"归入叠字，这未必合理。古人所谓叠字，实际包括了叠音词（单纯词）和重叠式合成词两种。这里的"问""看"都是可以独立成词的，而非唯组合才可成词的单纯词，因此它们不是叠音词；其次，重叠式合成词一般是两个语素相加，而这

第四章　对联修辞

里则是三个语素。口语中有说"问问他"的，但没有"问问问他"的（除非说话者是结巴）。换言之，"问问问""看看看"也不可能是两个词。故此，该处修辞现象应被视为单音词反复。

所以发生这样的辞格归类偏差，大概是由于归类者过于看重被重复对象"问问问"/"看看看"的整体性，即不可分割性。其实，早就有人将该联两边最后部分，断作"问、问、问，这半江物，谁家之物？/看、看、看，哪一块云，是我的天？"这里，"问""看"作为单音词的独立性一望而知，作者在反复地"问"我们，不断地让我们"看"。

（十八）复叠

1. 复辞

（1）有的复辞意义、词性没有发生变化

四海若比邻，**几多**灾难**几多**友；
五洲皆兄弟，**一个**地球**一个**家。
——许德鹏参加湖北省第 26 届春联大奖赛获奖联

作为参差式兼重字式自对，这里的"几多""一个"，其意义和词性前后一致。

感叹岂目下？秋夕春阳，**时时**风雨**时时**梦；
骄傲在平生，天南地北，**处处**军营**处处**歌。
——笔者题赠某老红军音乐工作者联

与上例相同。只是"时时""处处"同时为叠字辞格。

（2）有的复辞意义、词性部分发生变化

蔺相如，司马相如，名**相如**，实不**相如**；
魏无忌，长孙无忌，彼**无忌**，此亦**无忌**。
——明代　李梦阳与某考生对句

明代"公安派"诗人江盈科所著《谐史》载：李梦阳督学江右，一生与之同名。公曰："尔安得同我名？"乃出上联让生对。生以下联对之，李称善。这里的出句以西汉辞赋家司马长卿因"慕蔺相如之为人，更名相如"为材料，稽古发难，对句则以战国时魏国贵族魏无忌（即"信陵君"）与唐太宗长孙皇后之兄长孙无忌同样重名为例，为自己解困。"相如、无忌"在联中因所处位置不同，词性甚至结构也有相应变化。前半部分是词（人名），后半部分变成短语，一个表示"相同"，一个表示"无所忌讳"，属于双关辞格。

（3）有的复辞意义、词性发生变化

此类复辞的常见情形是：重复的字眼跨句分列，同时意义差别较大。相传明代宦官高刚所书春联"**海**无波涛，**海**瑞之功不浅；**林**有梁栋，**林**润之泽居多"，即属此类。这里，复辞辞格的使用不仅密切了两个句子的联系，而且给人以巧夺天工之感。"海瑞""林润"，明代两位著名清官。

2. **叠字**

水水山山，**处处明明秀秀**；

晴晴雨雨，**时时好好奇奇**。

——现代　黄文中（1890—1946）题杭州"西湖天下景"亭联

这是全联叠字，即字字必叠。除了"处处""水水山山"为凝固结构外，其余为人为叠字。"水水山山"本为"山山水水"，为了平仄而颠倒词序。

花花叶叶，**翠翠红红**，惟尔神着意扶持，不教**雨雨风风**，**清清冷冷**；

鲽鲽鹣鹣，**生生世世**，愿有情都成眷属，长此**朝朝暮暮**，**喜喜欢欢**。

——晚清　刘树屏（葆良）题上海愚园花神阁联

上联谈花草及花神，下联谈鱼鸟及爱情。鲽、鹣，即现实中的比目鱼和传说中的比翼鸟，或作"鹣鹣鲽鲽"（省作"鹣鲽"），比喻夫妻相亲相爱。该联套用比喻辞格（暗喻）。

铺铺展展，**林林总总**，**蔚蔚**大观：**鱼鱼雅雅**，**厚厚薄薄**，**花花绿绿**，**熠熠煌煌**。**字字行行**，**页页期期**，**季季年年**，**辛辛苦苦**，直汇成**形形色色**全新画卷；

活活泼泼，**好好奇奇**，**多多**益善：**正正堂堂**，**康康乐乐**，**武武文文**，**聪聪慧慧**。**男男女女**，**老老少少**，**家家户户**，**处处时时**，都喜爱**郁郁葱葱**一片刊林。

——常江题首届全国期刊展览联

叠字的使用，在数量上要有所控制，不宜过多过频；更为重要的是，要力争自然，而非凑数凑趣。

第四章 对联修辞

（十九）警策

1. 自明型

见了便做，做了便放下，了了有何不了；
慧生于觉，觉生于自在，生生还是无生。
——成都文殊院正殿联

上联里"见了便做，做了便放下"，乃平常家语，却不想竟是断除烦恼、自如身体的法宝，真可谓"平常心是道"也！下联则给了"了了有何不了"的一个深刻理由：自在。从破解蔡格尼克记忆效应出发，走向"自在"，走向"觉"，继而走向"慧"。起点与终点其实是合一的，并没有什么"生"，一切只是心动而已。《仁王经》所谓"一切法性真实空，不来不去，无生无灭"，即为此理。既然"四大皆空""万法唯识"，我们又何必踌躇缠绵，为那些非本质的问题而苦恼呢？

睡至二三更时，凡功名都成幻境；
想到一百年后，无少长俱是古人。
——河北邯郸吕仙祠黄粱梦亭联

下联所说的人生不过百年，乃显见之事实。但汲汲于功名富贵者，未必虑及于此，并有所行动，害得悟道者屡屡提示。

2. 矛盾型

世外人法无定法，然后知非法法也。
天下事了犹未了，何妨以不了了之。
——四川新都宝光寺正殿联

我辈并非"世外人"，但"法无定法"的辩证法还是听说过的，今后对"不了了之"也应不全作贬义词看。仔细咂摸全联，有时还真能悟到点什么。

无心之心能不死；
非我之我本长生。
——（传）明代 林兆恩（1517—1598）撰联

林兆恩三十岁时放弃科举，后创儒、道、释"三一教"，并有"艮背法"（类似今气功疗法）传世。按照道家高级气功（"丹道"）的解释，该联大意是：修炼时应将识神让位于元神，且不执着于身体，如此庶几乎可得长生之道。相反地，若欲望过于强烈，则可能欲速而不达。

为有才华翻蕴藉；

每从朴实见风流。

——清代 汤金钊（1772—1856）赠友人联

正因为有才华在身，所以反而含而不露，以平常面目示人；其实于朴素之中，也能够体现出超逸俊秀来。上联，让人想起李世民更喜欢虞世南书法的理由：君子藏器。下联，让人想起梅尧臣的诗：外枯中膏，淡而有味。

（二十）接应

接应与并提（分承、合叙）略有不同。并提只是单纯地为使句子紧凑，文辞简练。像"夫种、蠡无一罪，身死亡"（《史记·韩信庐绾列传》）之类，今人可能觉着"死亡"也很巧，其实只是一种偶然罢了。接应则不然，它的目的性很明确，就是为了产生奇趣巧感，或给人带来精警启发。

1. 暗接

围棋饮酒，一着一酌；

听漏观书，五更五经。

——巧趣联

上联无非"围棋一着，饮酒一酌"的字词重组。下联亦然，但艺术上相当巧妙。"着、酌"和"更、经"为两对同音字。"着"，《集韵》："直略切，音搌（注：zhuó）著，置也。""更"，民间有读 jīng 的。这里显然有重字、谐音的机关设置。

鹊躁鸦啼，并立枝头谈福祸；

燕来雁往，相逢路上话春秋。

——巧趣联

该联利用民间喜忌和物候现象构思，不仅逻辑严密，而且绝无凑泊之感。"福祸""春秋"本是平常无奇的两个词，同时也比较抽象，这里却从前面的画面迤逦而来，个中的义素一下子被激活了。

第四章　对联修辞

2. 明接

膏可吃，药可吃，膏药不可吃；
脾能医，气能医，脾气哪能医？
——巧趣联

该联兼用复叠（复辞）。对"膏药""脾气"二词的发挥，令人绝倒。笔者每每读此，就会想起林语堂的随笔选集《人生的盛宴》第九章《做文与做人1》开首语："做文可，做人亦可，做文人不可。"

君子泛交，宁可泛中交君子；
好人难做，偏从难处做好人。
——题赠联

该联兼用复叠（复辞）。与上联不同，该联所叠之词为三个，且发挥的方式不是整合，而是解析。虽然不如上联精彩，但平中显奇，亦足取法。

（二十一）通感

卧石听涛，满衫松色；
开门看雨，一片蕉声。
——江苏苏州耦园联

上联由听觉转视觉，下联由视觉转听觉。其中，上联对通感的运用尤为显著；下联"蕉声"即雨打芭蕉叶的声音，既有新鲜的听觉形象，也残留有视觉形象。

筑一城号统领万邦，胜败问如何？到头来赫赫威名，徒留羁旅；
经卅载便湮销千里，风尘依旧我，侧耳听森森白骨，代有哭音。
——当代　万宇忠题统万城联

对比上面所举的苏州耦园联和朱自清《荷塘月色》里"塘中的月色并不均匀；但光与影有着和谐的旋律，如梵婀玲上奏着的名曲"一段文字，这里运用通感的两句"听森森白骨，代有哭音"，无疑有些直白了。至于刘俊题初恋联，"盼相逢又怕相逢，懵懂情丝，涩成枝上青苹果；想忘却偏难忘却，痴缠往事，凉作心头白月光"，则基本可以看作暗喻。在散文界，"青涩的初恋"早已成为一个熟语。与之不同，通感是刹那间感觉的自然互联，不是相似物的理性寻找。应该模糊而说不清，奇妙而不可言。最适合通感的，是旧体诗词和现代诗。不文不白的对联，不太容易形成幽微而新鲜的通感句子。宋少强有题杜鹃鸟联："何事思归，此恨浣空沧海碧；春心所寄，一声啼破蜀山青。"其中的尾句，当从李白"一声啼鸟破苍烟"、李贺"一唱雄鸡天下白"一类诗句化用而来。

（二十二）对比

儿尚幼，我将衰，追思廿载唱随，何日素车迎白骨；
家在豫，墓留黔，若问千秋俎豆，谁人青冢吊黄昏？
——当代　吴子同代贵州某人题妻墓碑联

局部对比。上联"儿尚幼，我将衰"与下联"家在豫，墓留黔"，分别形成逻辑上的两个困境，凄楚可怜之状，呼之欲出。见碑者应落泪，读联者应鼻酸。

人情到底好排场，耀武扬威，任尔放开眉眼做；
世事原来仍假局，装模作样，惟吾踏实脚跟看。
——题戏台联

整体对比。世事人情也好，生旦净丑也罢，都是有人在认真表演，有人在清醒观看。各有所需，各有所取。此联近乎反对。

万家爆竹夜，坐十二重屏华堂，犹记同观平复帖；
卅里杏花天，逢两三点雨寒食，不堪再上倚云亭。
——张伯驹挽傅增湘（沅叔）联

一体两面对比。就心理世界而言，故事的主角未变，同为作者与逝者，但物理世界的时空变了。遥想当年，倘若没有逝者从旁协助，国宝《平复帖》必被掮客白坚甫买走，并转卖给日本人。[①] 守护中华祖宗的风雅，作者固然厥功甚伟，但逝者也是功不可没，如今外物犹是，其人却非，怎不令人黯然神伤呢？

[①] 参见张伯驹《陆士衡平复帖》，《春游社琐谈·素月楼联话》，北京出版社1998年版，第12—14页。

第四章 对联修辞

第三节 特殊辞格

大致可分为：用字（1 析字、2 同旁、3 异读）、遣词（4 绕口、5 两兼、6 对反、7 倒文、8 飞白）、造句乃至制作全联（9 串组、10 缺隐、11 续填、12 分总、13 闪避、14 假称），共三部分。

其中，10 缺隐、11 续填、13 闪避均非一次性独立完成，而是作为一个"召唤性结构"，由他人或自己进行"完形填空"，即二次创作。

一 用字类

（一）析字
即解析字形。其中有的纯为游戏，有的不乏意义。

1. 拆字

议论吞天口；

功名志士心。

《巧对录》卷八载明代林大钦幼时对老师联。上联拆"吞"为"天、口"，下联拆"志"为"士、心"。

一目不明，开口便成两片；

廿头割断，此身应受八刀。

据传为李伯元所作《南亭四话》卷七"庄谐联话""嘲梁鼎芬"条载，清代梁鼎芬出任汉阳知府，因惹民怨，遭到笔伐。"或制联赠之曰：……匾曰：'黄粱一梦'。"[①] 该联分别拆解了"鼎、芬"二字。

2. 拼字

二人土上坐；

一月日边明。

《巧对录》卷三载李妃对金章宗联。二"人"加"土"为"坐"字，一"月"加"日"成"明"字。李妃对句契合双方身份，尤为精彩。

---

① （清）李伯元：《南亭四话》，薛正兴校点，江苏古籍出版社 2000 年版，第 375 页。

虚弄干戈原是戏；
又加装点便成文。
——戏台联

"虚"加"戈"为"戏"（"戏"的异体），"又"加"丶"成"文"。演戏只是比画、象征，人物都是修饰、装扮出来的。无论武戏文戏，皆是如此。

岳麓山，山山出小大尖峰，四维罗绕；
汉阳口，口口回上下卡道，千里重关。
——巧趣联

上下联分别对"出、尖、罗""回、卡、重"六字进行了解析。

3. 置换

鸟入风中，衔出虫而为凤；
马来芦畔，吃尽草以成驴。
——巧趣联

《巧对录》卷八载，明代卢枬戏耍同年王云凤（"凤"的繁体字为"鳳"），孰知对方亦不示弱，立即予以还击（"卢"的繁体字为"盧"）。依《说文解字》，上联中的"風""从虫凡聲"。先换掉"風"字的一个部件"虫"，然后再用另一个字"鸟"字作为新部件置入其中，便形成新字"鳳"。下联"驢"字的拆组过程，与之相类。

或入囗中，拖出老袁还我国；
余行道上，不堪回首问前途。
——巧趣联

置换的结果是形成了新字"國、途"。该联是笔伐袁世凯称帝的。

（二）同旁

指毗邻或相对的几个字偏旁都是相同的。

《文心雕龙·练字》云："缀字属篇"，须"省联边"。何谓"联边"？"半字同文者也"，即几个字偏旁相同。"如不获免，可至三接，三接之外，其字林乎！"同旁的字顶多连排三个，如果超过这个数字，则难免形同字典，呆板而刻意。但巧趣联却是例外，它可以专门连排同旁字，以获游戏之效。

第四章 对联修辞

1. 每边内部的字，其偏旁部分相同

三个土头考老者；

五家王子弄琵琶。

——巧趣联

上联"考老者"三字，小篆偏旁本不相同，但楷化之后，上面都是土字加一撇。下联"弄琵琶"三字，小篆偏旁也不相同，楷化之后，上面共有五个王字。

2. 每边内部的字，其偏旁全部相同

涓滴汇洪流，浩渺波涛，汹涌澎湃泻江海；

森林集株树，楼桁檐柱，樟楠柏梓构梁椽。

——巧趣联

上联各字皆为"三点水"，下联各字为"木字旁"或"木字底"。

以上两例都是"上下异边"。

3. 两边相对的字，其偏旁分别相同

烟锁河堤柳；

炮镇海城楼。

——清代　广东东莞虎门联

该联内含"五行"，依次是"火、金、水、土、木"。

4. 全联的每个字，其偏旁均相同

迎送远近通达道；

进退迟速逝逍遥。

——马车店联

全联各字皆为"走之旁"，即"辵"字的简化形态。

以上两例都是"上下同边"。

（三）异读

指临近的字虽然同形，却异音异义。

海水朝朝朝朝朝朝朝落；

浮云长长长长长长长消。

——河北省秦皇岛贞女祠联

可断作：

海水朝，朝朝朝，朝朝朝落；
浮云长，长长长，长长长消。

读作：

海水 cháo, zhāozhāo cháo, zhāo cháo zhāo 落；
浮云 zhǎng, chángcháng zhǎng, cháng zhǎng cháng 消。

联文中的"朝、长"各有两读、两义。"朝"，一音 zhāo，指早晨，引申为每天（天天）。联中"zhāozhāo cháo"的"朝朝"即此意（余者类推，下联同）。又音 cháo，包括"朝拜""潮水"等义项。联中"海水 cháo"的"朝"本指潮水，这里作动词，涨潮的意思。

延伸阅读："朝—潮"是古今字，"长—涨"则不然

关于"朝"字"潮水"一义，只在极少数字典中收录。其中《辞源》明确指出："潮水"意义的"朝"，通"潮"。查许慎《说文解字》，未见收录"潮"字，说明当时"潮"字可能尚未产生。由此，笔者推断至少东汉以前"朝"有兼指"潮水"的意义，即"朝—潮"是一对古今字关系。姜女庙是明代修建的，明代或许还有舍"潮"字不用，而继续用"朝"的现象，这样，"朝—潮"又可算作通假字，也因此，《辞源》所谓"朝"通"潮"的解释就是正确的。此外，一般书刊在解读该联时，往往直接换字，将上联"海水朝"作"海水潮"，将下联"浮云长"作"浮云涨"，如此等等。前者可以理解，后者则似乎不必。这不仅因为"长"（zhǎng）有"增长"的义项，而且在文字发生学上，我们也找不到"长—涨"为古今字的依据。

"长"，一音 cháng，长短之长，引申为经常。现代汉语口语作"常常"，古代汉语一般单用，但也不是没有叠用的。唐代智远《律僧》诗："滤水与龛灯，长长护有情。"北宋周邦彦《感皇恩》词："为谁心子里，长长苦？"又音 zhǎng，增长、扩大的意思。联中"浮云 zhǎng"的"长"即取此音义。双音词"消长"的"消"是消减，"长"即增长。

二 遣词类

（四）绕口

安排特定的字音和韵脚，有意造成句子曲折难读。

第四章　对联修辞

1. 音同（混异）

童子打桐子，桐子落，童子乐；

丫头啃鸭头，鸭头咸，丫头嫌。

——巧趣联

"乐"古又读 luò，与"落"同音。下联"咸、嫌"也是一对同音字。

移椅倚桐同玩月；

点灯登阁各攻书。

《巧对录》卷八载巧趣联。上联前三字、中间两字的声母韵母分别相同，但下联不完全相对（"点"字出格），故笔者怀疑《巧对录》收录有误。该联一作"移椅倚桐同玩月；<u>等</u>灯登阁各攻书"，似更合理。

音同（混异）式绕口有时还与回文等辞格结合起来，造成更多层次的趣味，如"画上荷花和尚画；书临汉帖翰林书"。

使用绕口辞格的对联，音同的字合为一组，每组包含的字数及全部组数都不可以太少，否则绕口性不显。"地脉默然生麦叶；天河何不种荷花。"该联上下两组各有三个音同的字。"水内钉桩，进一寸，浸一寸；风前点烛，流半边，留半边。""闲人免进贤人进；盗者莫来道者来。""红荷花，白荷花，何荷花好；紫薑子，青薑子，甚薑子甜？"这三副联每组只有两个音同的字。

2. 韵同

望江楼，望江流，望江楼上望江流，江楼千古，江流千古；

印月井，印月影，印月井中印月影，月井万年，月影万年。

——成都望江楼联

上联相传是清人留下的单联绝对。又传及至 1930 年代，四川什邡人李吉玉，以当地"印月"古井为题材对上。

（五）两兼

让一个字既作前面词的语素，又作后面词的语素，即无论该字靠前或者靠后都能够组词，都讲得通。"两兼"与现代汉语中的"句式杂糅"不同，后者属于病句。

李东<u>阳</u>气暖；

柳下<u>惠</u>风和。

——巧趣联

249

李东阳，明代"茶陵诗派"领袖，书法家。柳下惠，本名展禽，春秋时人，因谥号惠，且食邑在柳下，故人称柳下惠，曾受孔孟二人的推许，所谓"柳下惠，圣之和者也。"（《孟子·万章下》）全联可以读作"李东阳，阳气暖；柳下惠，惠风和。"也可以解作"李（树）东——阳气暖；柳（树）下——惠风和"。

落花**生**地豆；

英雄**树**红棉。

——巧趣联

该联没有上一联圆融，"落花"和"英雄"两词的语法结构不同。但"落花生、地豆"和"英雄树、红棉"都是名词，同时"生地豆""树红棉"也都是动宾短语，故此还是属于两兼。

（六）对反

有意识地将某些意义相对或相反的词组成短语，或放在一个句子里进行对举，使人看起来合乎常规，想起来颇觉有趣。该辞格的产生，应当来自某些复音词组合规律的启示。如"天地""春秋"，它们拆开看彼此相对，合成后二者统一。

1. 反义词相连，且同属于一个短语

（小老鼠）偷吃（热凉粉）；

（短长虫）缠绕（矮高粱）。

——巧趣联

"小"修饰的对象是"老鼠"，而不是"老"，但"小老鼠"里的前二字文字相连，意义相反，毕竟有趣。"热凉粉"等以此类推。只是有一点，与"天地""春秋"等有所不同，从"小老"到"矮高"，它们既不构成互成对，也不构成词。

2. 反义词相间，不同属于一个短语

旧同学成新伯母；

老年伯作大姐夫。

——现代　朱曦题熊希龄、毛彦文婚联

作者朱曦是熊希龄（1870—1937）第二任妻子的侄女，也是毛彦文的同学。受熊芷等一干人推举，为熊芷之父熊希龄与毛彦文牵线搭

第四章 对联修辞

桥。毛彦文当时遭遇了表哥毁婚、吴宓纠缠等一系列腻事,正准备做番事业,而熊希龄又恰好在经营香山慈幼院。面对熊希龄的勇猛追求、老同学熊芷的哀求,她最终答应了这桩婚事。1935 年 2 月 9 日,熊、毛二人在上海成婚。据说在两人通信时,毛对熊最初以"老大伯"相称,后改呼"希龄、秉三",故朱曦有此戏谑。上联"旧"对"新",自然工稳,下联"老""大"虽不直接相对,但仔细想想,"老年伯"(泛称)与"大姐夫"("姻亲")之间还真是有距离的。该联与"假山真鹿走;死水活鱼游"(巧趣联)一样,每边都是一组反义词。注意:朱联里的"伯"为不规则重字。

弯竹子,破直篾,打圆箍,枷扁桶,装东装西;
粗棉条,纺细线,织宽布,缝长衫,调南调北。
——巧趣联

与上一联不同,该联每边有三组反义词。由于反义词的分置并重新组词,该联在节奏上较为从容。

(七) 倒文

将一个词或短语颠倒使用。不同于逆序词和语义不变型序换,倒文的结果往往是语义全变。

1. 原文字隐藏

今日幸颐园,明日幸南海,何时再幸古长安,亿兆民膏血全枯,只为一人歌庆有;
五十割交趾,六十割台湾,而今又割东三省,四万里封圻日蹙,欣逢万寿祝疆无。

上联声讨慈禧当年修"三海"、筑行宫,大兴土木的腐败行径,下联指出给慈禧过五十岁、六十岁、七十岁生日之际,正是中国的大好河山被列强蚕食之时。作者将寿辞里惯用的两句"一人有庆""万寿无疆"中的"有庆""无疆"加以换位,变成"庆有"和"疆无",对这位生活上奢靡而政治上无能的西太后,予以尖锐的讽刺。

2. 原文字显现

八十君王,处处十八公道旁介寿;
九重天子,年年重九节塞上称觞。

《楹联丛话》卷二"应制"载，乾隆五十五年九九重阳节前，乾隆从热河木兰围场（今河北承德市围场县）打猎回来，驻跸于万松岭行宫（相传在今山东临沂市费县境内的万松山上），命彭元瑞（芸楣、文勤）改换行宫门联，以便在重阳节时观看。结果彭元瑞只得上联，下联由纪昀对出。该联两边中前句的"八十""九重"，分别被换位成"十八""重九"，此外还将"松"字拆为"十八公"。虽是奉承之作，却也显示出两人高超的修辞手段，切人（乾隆）、切地（万松岭）、切时（重阳节），允为佳作。"介寿"，即祝寿。

（八）飞白

故意仿效某种错误的说法，以期取得特殊的表达效果。"白"，别也，指把字读错或写错。

曲礼一篇无母狗；

春秋三传有公羊。

《巧对录》卷六载，清初秀才韩慕庐未中举前，在一蒙馆任教糊口。蒙馆主人识字不多，却经常要参与教学，而且不听韩的劝告。某日，韩外出，学生在朗读《礼记·曲礼上》篇时，将"临财毋苟得，临难毋苟免"的"毋苟"读成"母苟"。此事碰巧被当地的一位名士听到，他错以为是韩秀才所教，等见到了韩，遂高声作七字讥之，曰："曲礼一篇无母狗。"令韩作对语，韩应声曰："春秋三传有公羊。"名士大服，并由此得知原是蒙馆主人在误人子弟。该故事中的名士将错就错，出句难人，即属于飞白。"三传"，旧传解释《春秋》的有三部著作，它们是《公羊传》《谷梁传》和《左传》。

山管人丁水管财，草管人命；

皮裹袍子布裹裤，马革裹尸。

《龙门阵》某期载，相传民国初年，时任四川陆军第三镇镇将孔兆鸾文化水平低下，笑料甚夥。譬如将"草菅（jiān）人命"讹读为"草管（guǎn）人命"，将"马革裹（guǒ）尸"讹读为"马革裹（lǐ，后简化字作'里'）尸"，于是有此讽刺联。上联前句，依据的是堪舆（风水）学"理论"。

三　造句与作联类

（九）串组

将某些事物名称连接起来，使它们在新的语境里能够表现一定的意义。这些事物名称通常为同类。

1. 直接连接

中国　捷克　日本；
南京　重庆　成都。

该联写于抗日战争结束之后。上联是三个国名，下联是中国三个城市名。实际为中国人民终于战胜了日本帝国主义而欢呼，为国民政府回迁南京而庆贺。联中"捷克""重庆"二词都有兼义，即变成动词性短语，其中"捷"字不好作本义理解。

狂夫　感遇　枕中记；
贫女　伤春　陌上桑。
——笔者集古诗文题目联

《狂夫》，杜甫的七律诗。《感遇》，陈子昂等人的古诗。《枕中记》，沈既济的唐传奇。《贫女》，秦韬玉的七律诗。《伤春》，陈与义的七律诗。《陌上桑》，汉乐府诗篇。笔者将它们串联起来，横向成句，纵向相对。格律还算严谨，内容却无法当真。

2. 借串联词连接

一阵乳香　知母至；
半窗故纸　防风来。
——巧趣联

"一阵""半窗""至""来"为四个串联词，连接四个专名（中药材名称）。"故纸"，当指破故纸，"补骨脂"的别称。不过，四个专名在此都被"顾名思义"（不是兼义）："乳香""故纸"被普通名词化，"知母""防风"被动词性短语化。

卫灵公遣公冶长祭泰伯侯于乡党中，先进 里仁舞八佾；
梁惠王命公孙丑请滕文公在离娄上，尽心 告子读万章。
——巧趣联

该联出自《平山冷燕》第五回"山人脸一抹便转",下联为窦国一出句,上联为山黛对句。用"遣、命、祭、请、于、在、中、上、舞、读"十个串联词,串起了《论语》《孟子》里的几个篇目。其中,"泰伯侯"原题为《泰伯》,"离娄"原指视力极好的一位古人。这里的"离娄"则是作者借该词的另一义项,即雕镂交错分明貌,代指雕饰华美的建筑物。

<u>靖西</u> <u>西宁</u>,<u>防城</u> <u>城固</u>,<u>北海</u> <u>南洋</u>皆保定;
<u>镇南</u> <u>南安</u>,<u>兴国</u> <u>国泰</u>,<u>东莞</u> <u>西沙</u>尽清平。
——巧趣联

全联只有两处串联词,串联的基本都是古今地名。"靖西、防城、北海"属于广西区,"城固"属于陕西省。"南洋"既指自江苏以南的沿海诸地,也指明朝前后有大量汉族移民涌入并建立政权的今东南亚一带。"保定"属于今河北省。"镇南"为云南省南华县的旧称。"南安"属于福建省。"兴国"属于江西省。"东莞"属于广东省。"西沙"指西沙群岛,属于今海南省。"清平"属于山东省,原为县级建制,1956年撤销。"国泰"或指清代广东花县国泰墟,即今广州花都区西北国泰村,它北接清远市界。该联每边前两个分句是直接连接,"靖、防、镇、兴"兼作动词,"宁、固""安、泰"兼作形容词。第三个分句是借串联词"皆、尽"连接,"保定、清平"兼有动词或形容词性质。该联前两个分句还兼用句中顶真。

使用串组辞格,需要注意两点。

第一,如同报幕员说话时间不能比节目演出时间更长一样,串组里的串联词不能太多,其数量要低于(最好远远低于)专名的数量;每个分句至少有一个专名,以防串联词与串联词组词造句。1994年陕西联友以悼念路遥为内容出句求对,出句是:"看*平凡的世界*,*人生*竟如此短暂。"(姚红星出句,嵌路遥两部小说名)最终获奖对句是:"望*哭泣的骆驼*,*背影*已这样模糊。"(谢利平对句,嵌三毛两部散文集名)其中,每边第二句的串联词就稍稍嫌多。

第二,不能拆散,不能半截子,更不能混有其他。吴其敏(1909—1999)挽许地山联:"老凤竟换巢,雨歇<u>空山</u>,凋零<u>国学</u>;<u>劳蛛</u>枉缀<u>网</u>,<u>春</u>残大地,惆怅<u>落华</u>。"许地山有散文集《空山灵雨》、短篇小说集《缀网劳蛛》、论著《国粹与国学》,有具体篇目《换巢鸾凤》《春桃》等，加上名字"地山"、笔名"落华生"，遂成就了这副挽联。但该联是混杂嵌名联，不属于串组联。

（十）缺隐

有意识空缺某字或隐藏某字，以引发读者的联想。

1. 缺字

童子六七人，无如尔狡；

太守二千石，莫若公□。

据冯梦龙《古今谭概·谈资部第二十九》"吕升"条载：明代杨季任做浙江按察佥事时，见一小孩（即少年吕升）抛书包为戏，于是有此出句（上联）。小孩应声而对（下联），却故意剩一尾字不言，要杨有所赏赐。待杨答应后，则对"莫如公廉。"杨接着问："设（倘若）不赏云何？"答曰："莫若公贪。"

人称新郎新娘，原本是旧相思一对；

你吃喜糖喜酒，能不有□风味几番？

某人新婚，有好事者贴此缺字婚联，好让来宾带着个人的感受去"填补"这个空字。

2. 隐字

国之将亡必有；

老而不死是为。

关于该联的作者和创作背景，前后有三个"版本"。第一个，顽固派借给康有为贺寿之机，攻击维新派。第二个，1917年康有为伙同"辫帅"张勋，策划溥仪复辟，遭到革命派辱骂，骂人者（对联作者）乃章炳麟。第三个，1923年康有为来西安，因"盗经风波"，即搬运卧龙寺南宋碛砂版《大藏经》而导致抗议事件，被世人声讨，陕西渭南人武念堂为此撰联，且配了横批"王道无小"。

不管该联为何人所撰，其锋芒所指皆为"康圣人"，这一点确定无疑。就语言资源而言，上联依据《礼记·中庸·第二十四章》"国家将亡，必有妖孽"，只是所引用的文字略有改易；下联依据《论语·宪问十四》"老而不死，是为贼"，是为原文。就修辞手法而言，上下联除了使用嵌名（"有、为"），还分别隐去后面"妖孽""贼"三个字，带有歇后语色彩。武念堂的横批"王道无小",据说系截取"王道无小康"①一语而成,也隐去了主角姓氏"康"字。

又传梁启超为回击政敌,曾将此联改为:"国之将亡必有忠臣;老而不死是为人瑞。"果真如此,则该联作者的问题,当以第一种说法为准。同时,该联也因为梁启超的参与而变成续填联了。

人生不满君能满;

世上难逢我恰逢。

梁恭辰《巧对续录》卷下载陶澍寿百岁翁联。汉乐府《西门行》有诗句"人生不满百,常怀千岁忧",民间有俗语"山中自有千年树,世上难逢百岁人"。作者结合题赠对象的实际,对这些句子加以裁剪补缀;又借七言联有字数限制之机,隐去了最关键的"百"字。较之辱骂康有为一联,这里的隐字更为巧妙,也更为自然。

(十一) 续填

即在原联基础上增添词句。如同在原联上面断句标点,即使用歧义辞格一样,续填之后,整个句意往往发生改变。

1. 续尾

相传古代某官员以仁义清正自命,自题联于官署门口:

爱民若子;

执法如山。

有好事者续填为:

爱民若子,**金子银子皆吾子也**;

执法如山,**钱山靠山其为山乎**。

需要注意的是,该联不是简单的添加,而是先对"子、山"二字进行了"别解",从而还原了这位贪官的真面目。

2. 加头

相传,某书生对自己腹笥颇为自负,曾撰联曰:

---

① "王道无小康",具体出处不详。《礼记·礼运》载,孔子曾提出这样的思想:尧舜时期是"天下为公"的"大同"社会,夏商周时期则是"天下为家"的"小康"社会,前者"大道之行",后者"大道既隐"。

第四章 对联修辞

识遍天下字；

读尽人间书。

后被一老者所问倒，遂收起傲气，自改原联为：

发奋识遍天下字；

立志读尽人间书。

顺便提一下，坊间多以此联附会于苏轼，未必可信。此外，该联违律较多。

（十二）分总

根据事物内部关系，在表达时分为分述和总提两部分。

1. 先总后分

孔门传道诸贤：曾**子**、**子**思、孟**子**；

周室开基列圣：太**王**、**王**季、文**王**。

——巧趣联

按照宋儒的说法，儒家思想的传承存在一个"孔子—曾子—子思—孟子"的路径，即所谓"道统"。旧说曾子著《大学》，孔子之孙孔伋（字子思）著《中庸》。太王是周文王的祖父，周王朝的奠基人，即古公亶父。王季是周文王的父亲，即季历，"王季"是季历死后周武王追尊的称呼。严格来说，对于谙熟国学之人，此联无甚稀奇之处，但"子""王"二字重言且上下相对，确属巧妙。

2. 先分后总

松竹梅岁寒三友；

桃李杏春风一家。

——传统春联

坊间多以"雪月梅花三白夜；酒灯人面一红时"为先分后总联例。吴联以意造境，诚然诗趣盎然。其中的"梅"，因为有落雪在上，皆不白亦白。不过，据清初吴乔《围炉诗话》，该联实为作者《试灯》诗摘句联。大约从宋代开始，"岁寒（三）友"即凝为短语，又因为"春风先发苑中梅，樱杏桃李次第开"（白居易），下联的产生也算水到渠成。如果说，先总后分可以体现出清晰和奇妙，那么，先分后总则有可能体现出繁丽和浑融。同时笔者认为，分总辞格是有具体指向的，不应将它

257

与接应、列锦等辞格混而不分。

(十三) 闪避

故意回答得不明确。往往貌似废话，实则不乏智慧的影子。

泉自冷时冷起；

峰从飞处飞来。

——晚清　俞樾之妻

俞樾《春在堂随笔》篇二载，俞偕妻至杭州游玩，见飞来峰冷泉亭有董其昌题联："泉自几时冷起？峰从何处飞来？"遂与妻各作一"应答联"。此外，黄体芳（1832—1899）题南京莫愁湖胜棋楼联"人言为信，我始欲愁，子细思量，风吹皱一池春水；胜固欣然，败亦可喜，如何结局？浪淘尽千古英雄"，也有闪避的味道。

(十四) 假称

以题写对象的口吻说话，使人如闻其声，颇感真切。

1. 对话

咳！仆本丧心，有贤妻何至若此；

啐！妾虽长舌，非老贼不到如今！

——杭州西湖岳飞墓秦桧夫妻跪像联

通过打趣两个"坏蛋"，宣泄人们对诬陷者的憎恨。1949年前的某年春节，南方某土地庙的神像前被贴上了这样一副"春联"："咦，哪里放炮；哦，他们过年。"通过模拟土地公与土地婆两人的对话，显示了世俗之人与地祇的"亲密"关系。

2. 独白

我具一片婆心，抱个孩儿送汝；

你做百般好事，留些阴骘与他。

——某地送子观音院联

神是人造的，对联是人写的，借用神的口吻写联劝世，自属正常。陕西周至楼观台有联："存心邪僻，任尔烧香无点益；持身正大，见吾不拜有何妨？"即与此相类。前面谈到黄埔军校的门楼联，"升官发财，

第四章 对联修辞

请往他处；贪生怕死，勿入斯门"①，使用的口吻也是学校当局的。

第四节 综合与补充

一 辞格的综合运用

以上，我们主要讨论了单个辞格的运用，其中已涉及辞格的综合运用。与现代汉语一致，对联辞格的综合运用也包括连用、兼用和套用三种形式。"连用"辞格，可以让人感知美的连续性；"兼用"辞格，可以显示形式意味的厚度；"套用"辞格，则是内涵的丰富性和组织的秩序感的平衡。

就对联实际而言，很多双句、多句巧趣联都属于辞格的套用。下面是三个顶真格套用其他辞格的例子。

寸土为寺，寺旁言诗，诗曰：明月送僧归古寺；
双木成林，林下示禁，禁云：斧斤以时入山林。
——巧趣联

全联是顶真兼不典型回文，并套用析字辞格。前两句是析字的连用。

心口十思，思子思妻思父母；
寸身言谢，谢天谢地谢君王。
——巧趣联

全联是顶真套用析字、排比。排比句还兼层递。

水车车水，水随车，车停水止；
风扇扇风，风出扇，扇动风生。
——巧趣联

全联是顶真套用回文（序换）、转类。扇，作名词用，指扇子；作动词用，音 shān，指扇风。水车的"车"是名词，车水的"车"是动词。

---

① 该联有异文。此前黄埔军校校门所贴对联是"嘉宾庆止/我武维扬"，乃集《诗经》《尚书》句而成。

二 辞格种类的补充

这里补充九个辞格。它们分别是：（一）巧缀，（二）别解，（三）转类，（四）同异，（五）仆继，（六）列锦，（七）反讽，（八）移时，（九）仿词。

（一）巧缀

复生，不复生矣！
有为，安有为哉？
——近代 康有为挽谭嗣同联

该联用的是巧缀辞格，即后句对前句先"曲解"，后发挥。"复生"，谭嗣同的字。与此相类，巧趣联"投水屈原真是屈/杀人曾子又何曾"，甚至前面"通用辞格"一节所提及的"蔺相如/魏无忌"联，也都可以视为巧缀。巧缀辞格，有的称为"顾名（思义）"辞格。

（二）别解

见机而作；
入土为安。
——现代 卢前题巧趣联

该联作于抗日时期。联界多以为"见机/入土"联为陈寅恪所作，或许有误。[①] 该联用的是别解辞格。与巧缀不同，这里只是"曲解"，没有发挥。作者所写对象是地窖式"防空洞"，先触景生情，后对《周易》原话（"君子见几而作"）和中国民间惯用语（"亡人盼土""入土为安"）另做使用，亦谐亦庄。如果是传说中的陈寅恪带着椅子进入楼前大土坑，以防坑中之水的"见机而坐；入土为安"联，那么，上联就是脱化了。

[①] 杨建民：《"见机而作，入土为安"的作者是陈寅恪先生吗》，《中华读书报》2017年10月9日。

（三）转类

布帛为衣，**衣**人德自暖；
丝棉制被，**被**世众无寒。
——布匹店联

该联用的是转类辞格。"衣""被"二词分别出现过两次。第一次是其基本义，名词。第二次是其引申义，动词。衣，音 yì，使人穿衣、遮盖身体的意思。由于两词意义相近，故有成语"衣被海内"。转类不同于巧缀，一个词虽然从 A 词类转到了 B 词类，但两个词义是有关系的。使用巧缀辞格的句子，前后两个说法之间并无必然联系，是作者通过自己的联想，将一个专名和一个短语临时撮合到一起的。

（四）同异

三十年前县考无名，府考无名，道考又无名，人<u>眼</u>不开天<u>眼</u>见；
八十日里乡试第一，京试第一，殿试又第一，<u>蓝袍</u>脱下<u>紫袍</u>归。

其中"人眼不开天眼见""蓝袍脱下紫袍归"两句，使用的是同异辞格。坊间盛传，清代戴衢亨（1755—1811）从十几岁开始考试，直到三十岁也未能考中秀才，同窗为此愤愤不平。为了使他有机会乡试，最后众人帮他捐了个秀才。结果在后来的八十天之中，戴凭着自己满腹经纶，过关斩将，连中三元。在他衣锦还乡的时候，为了发泄满腔怨气，并借以警示当地有眼无珠的考官，遂在故乡的祠堂上留下这样一副对联。其实上述资料未必可靠。据研究，戴衢亨十七岁就已中举，后参加会试和殿试并最终状元及第，其间并非一帆风顺，甚至不乏戏剧性。[①]

（五）仆继

昆山县，山阳县，阳湖县，湖滨从九，历任至四五年知县；
铁宝臣，宝瑞臣，瑞鼎臣，鼎足而三，论交皆一二品名臣。
——佚名题巧趣联

---

① 朱福春：《乾嘉名臣戴衢亨研究》，硕士学位论文，苏州大学，2010 年，第 11 页。

该联有异文，这里取《江南赵氏楹联丛话》版文字。《清稗类钞》版上联与此略有不同。该联用的是仆继辞格[1]。所谓"湖滨从九"，或指作为湖南人的翁延年其政治生涯起步于九品小官而言[2]。铁良（1863—1939）字宝臣。宝熙（1871—1942）字瑞臣。瑞良（1862—?）字鼎臣。三人均为晚清大臣。该联文字重复的规律是：上下联前三句，后句第一字，总是与前句第二字保持一致。换言之，第一句里"头""上身"都在，第二句里"头"不见了，"上身"变作了"头"，新添的下身变作了"上身"，第三句则剧情重现。如战士前仆后继，如刑天以乳为目、脐为口，如韭菜割而复生。

（六）列锦

白马秋风塞上；
杏花春雨江南。
——现代　徐悲鸿（1895—1953）书赠友人联

该联用的是列锦辞格。上联曾被画家吴冠中（1919—2010）改为"骏马秋风冀北"。下联取自元代虞集《风入松·寄柯敬仲》词尾句："为报先生归也，杏花春雨江南。"类似的例子还有郑燮旅居如皋时所题一联："白盐青菜粯子饭；瓦壶天水菊花茶。"

（七）反讽

吕道人太无聊，八百里洞庭，飞过去，飞过来，一个神仙谁在眼；
范秀才亦多事，数十年光景，甚么先，甚么后，万家忧乐独关心。
——佚名题岳阳楼联[3]

吴恭亨在《对联话》卷一"题署一"里收录了此联，并说它"极

---

[1]　该辞格曾被称作"连环"（即顶针）、"越递"。详见余德泉：《对联通》，湖南大学出版社1998年版，第203页。笔者暂时名之"仆继"辞格。

[2]　有人以为，《清稗类钞》版上联"从九"，与"县"字在"铜山县，山阳县，阳湖县"中最后排列第九有关。《一副旧联中"湖南从九"之我见》，新浪网《只说白话的博客》（2007-08-29），http：//blog.sina.com.cn/s/blog_4904cbe901000b5u.html，2019年6月1日。

[3]　余德泉认为，该联作者是清代李秀峰。参见余德泉《余教授教对联》，海南摄影艺术出版社2004年版，第202页。

第四章 对联修辞

为游戏恣肆"。至于作者所用辞格,有人以为是反语,有人以为是揶揄。[①] 笔者取"反讽"的古典意义"佯装无知",暂时将其归类为"反讽"(irony)。

使用"反讽"辞格的对联还可以举出三个。

第一个是前面联律"节奏相应"一节提及的吴鼒题安徽当涂采石矶青莲祠太白楼联,即"谢宣城何许人/韩荆州差解事"联。

第二个是吴恭亨这里紧跟着所举一联:"后乐先忧,范希文庶几知道;昔闻今上,杜少陵可与言诗。"[②] 关于"后乐/昔闻"一联的特色,吴恭亨说在于"较为包括",《清联三百副》说是"议论纵横,语气不凡"。在笔者看来,个中机关全在"庶几知道""可与言诗"两句。"庶几知道"是装傻充愣,强迫他人作私淑弟子状,"可与言诗"也是疯疯癫癫,自我膨胀。历代描写岳阳楼的作者众多,作品也争奇斗艳,作为其中一员,该联作者尽可以选择范仲淹、杜甫及其诗文做代表,并围绕他俩的诗文发表议论,但这里却说了一堆奇奇怪怪的话。事实上,同样的意思,正常人是断不会如此言说的。这才是该联与众不同之处。为了说明这个问题,不妨看一个非反讽语的例子。在成都望江公园的薛涛井边,有一副由时任绵竹县令的伍生辉(1838—1918)所写对联:"古井冷斜阳,问几树枇杷,何处是校书门巷?大江横曲槛,占一楼烟月,要平分工部草堂。"薛涛是否真能与杜甫相提并论,那是另一回事,至少这位清代官员这样认为,且似乎满脸严肃。

第三个例子,见《楹联丛话》卷十二"杂缀"所载:提督余步云(号紫松)曰:"记得圆明园有一戏台联云:'尧舜生,汤武净,五霸七雄丑末耳,伊尹太公,便算一只耍手,其余拜将封侯,不过摇旗呐喊称奴婢;四书白,五经引,诸子百家杂说也,杜甫李白,会唱几句乱弹,此外咬文嚼字,大都缘街乞食闹莲花。'似此大识力,大议论,断非凡手所能为。或以为自大内传出者,近之。"就紧扣戏台联而言,全联确系比喻,但这种比喻太个性化了,可谓疯言狂语,故

[①] 鲁晓川:《论对联创作中的揶揄手法》,《云梦学刊》2004年第2期。

[②] 吴恭亨并未言明,该联作者为谁。有人认为是清代周元鼎,详见中国楹联学会编《清联三百副》,中国诗词楹联出版社2013年版,第66页。

· 263 ·

属于反讽兼夸张。

（八）移时

两舟并行，橹速不如帆快；

八音齐奏，笛清难比箫和。

——明代　陈洽（1370—1426）幼年对父联

《巧对录》卷四转引祝允明（枝山）《猥谈》载："陈洽八岁时，与父同行，见两舟一迟一速。父因命对云：'两船并行，橹速（鲁肃）不如帆快（樊哙）。'洽应声曰：'八音齐奏，笛清（狄青）难比箫和（萧何）。'"其中所涉及的四个名人，其实并非并世而生。鲁肃，三国吴；樊哙，西汉初；狄青，北宋；萧何，西汉初。作者将他们拉在一起，有相声《关公战秦琼》的艺术效果。在此意义上，该联既谐音双关，又兼用"移时"辞格。

（九）仿词

大伟人穿衣、吃饭、睡觉、拿钱，<u>四名</u>主义；

小百姓杂税、苛捐、预征、借垫，一样问题。

——刘师亮题民国十九年（1930）"双十节"联

该联用的是仿词辞格。读者十分熟悉的"三民主义"一词中，有两字被改：一个直接改字（"三"变"四"），另一个谐音换字（"民"换"名"）。刘师亮嘲讽乃至抨击当局的这类对联还有："民国万<u>税</u>；天下太<u>贫</u>。""自古未闻粪有税；而今只剩屁无捐。"

第五章 对联创作

第一节 总体要求及辩证思考

　　严复在翻译赫胥黎《天演论》时，曾明确提出三个翻译原则："信"（faithfulness，忠实准确）、"达"（expressiveness，通顺流畅）、"雅"（elegance，典雅优美）。对此，我们可以理解为："信"是基础，"达"是合格，"雅"是提高。就对联来讲，相应地可以以"切（贴切）、工（工稳）、雅（典雅）"作为创作和鉴赏要求。考虑到游戏性对联和文学性对联的创作实际，还可以加上"奇（新奇）、深（深刻）"两点要求。

一　贴切

　　指紧扣主题，符合情境。

（一）正论
　　往大里讲，应符合"这一类"。例如书斋联：
　　春风大雅能容物；
　　秋水文章不染尘。
　　该联固然为佳作，上联也涉及春天，但全联实非春联，春节贴它并不合适。
　　往小里讲，应符合"这一个"。例如薛诗雨"自题薛氏支祠"联：
　　吾先人由西蜀来兹，启十七世门楣，只耕读相传，不敢远引皇祖奚仲；予小子自古杭罢郡，承五百年堂构，愿本支勿替，常思勉为善士居州。

该联所述"吾先人""予小子"事具体确凿，薛姓总（本）祠及其他分（支）祠只能借鉴后面"奚仲""薛居州"两个名人典故，而不可照搬前面"由西蜀来兹""自古杭罢郡"等语句，因为每个薛姓分支的历史是不同的。

类似的现象还有很多。东汉时曹操设置了潼关，战国时秦孝公设置了函谷关，在有清一代，前者古城楼曾有联云："华岳三峰当槛立；黄河九曲抱城来。"后者亦有联云："未许田文轻策马；愿逢老子再骑牛。""二关"同扼长安至洛阳的历史古道，且相距甚近，但由于两位作者下笔时皆紧贴对象，或关地理形势，或扣历史故事，甚至还可能顾及辖区沿革和乡民情意，故此二联难以换位。

（二）辩证思考

诚如苏轼所言："作诗必此诗，定知非诗人。"（《书鄢陵王主簿所画折枝二首》其一）此处之"切"也不可太黏太死。如果纠缠于烦琐而无谓的细节，则可能缩小读者联想空间，减弱其阅读兴趣。有时以"雅"代切，反而可以收到惊喜之效。

2016年夏，笔者随团游览了太白县黄柏塬风景区。在"原始森林"景区一段，想象中的拱抱之松所见不多，却领略到了油画般的涧溪之美。晨光照射，水烟弥漫，溪水似流非流，清澈见底。这些通过照片和记忆分析出来的情景，当时只是看了个大概，对此天然图画，笔者更多的反应是惊呼和沉浸，一副写景联也随之口号而出："醉意自浓，何须美酒；韶光且住，待觅画师。"过后想来，有人曾经批评伊秉绶题扬子江畔金山明月亭联（"月明如昼；江流有声"），认为普适性过强，而在这方面，拙联走得似乎更远。

需要强调的是，这里的"雅"物，最好是普适而不空泛，即"普"不乖"特"，"普""特"两宜。如此既合物性，又超然物外，似切非切，一派穆若景象。邹弢（1850—1931）在《三借庐笔谈·楹联》里有"不难于切题而难于超脱"之说，极显高明，但它并非回避现实、刻意"媚雅"的同义语，更不是粉饰现实、攫取名利的理论依据。

第五章 对联创作

二 工稳

指作者基本功扎实，所作对联给人以"合格""标准"乃至不可更移一字的印象。

（一）正论

在这方面，有不少传统对联可谓楷模。例如明刻本《状元图考》里的一副春联：

天增岁月人增寿；
春满乾坤福满门。

两边各含两个不相等自对短语，皆先谈宇宙，后及人生。全联上具象，下抽象，同时紧扣春节主题。

无情岁月增中减；
有味诗书苦后甜。

这是传统格言联。"增中减""苦后甜"两短语，自对兼上下对，内容上更是警策之言。

（二）辩证思考

一名对联爱好者，确乎应将对仗工稳作为学联的基本功。但对于已入联门者来讲，却可以另有一番说法。与其他文体创作"不以文害辞，不以辞害志"一样，撰联时也不提倡胶柱鼓瑟，为求工稳而工稳。阮元擅改孙髯翁联及其失败，可视为这方面的反例和教训。[①] 阮元版大观楼联是："五百里滇池，奔来眼底。凭栏向远，喜茫茫波浪无边！看东骧金马，西翥碧鸡，北倚盘龙，南驯宝象。高人韵士，惜抛流水光阴。趁蟹屿螺洲，衬将起苍崖翠壁；更蘋天苇地，早收回薄雾残霞。莫辜负四围香稻，万顷鸥沙，九夏芙蓉，三春杨柳／数千年往事，注到心头。把酒凌虚，叹滚滚英雄谁在？想汉习楼船，唐标铁柱，宋挥玉斧，元跨

[①] 无论是孙髯翁版还是阮元版，大观楼联里"趁蟹屿螺洲"一句，在《楹联丛话》里均作"趁蠏屿螺洲"。今据抱柱联改正。

革囊。爨长蒙酋，费尽移山气力。尽珠帘画栋，卷不及暮雨朝云；便藓碣苔碑，都付与荒烟落照。只赢得几杵疏钟，半江渔火，两行鸿雁，一片沧桑。"

阮元为人仔细，一下子就发现原联有两个"心"字；也有一定才气，懂得以镶嵌之法，成就互成之对"藓碣苔碑"。但他首先是一个官员，同时也是一名学者。他对原联"政治上不正确"看不惯，对孙髯翁在对仗上不计工拙亦不满意。于是乎，"伟烈丰功"被他改为"爨长蒙酋"，"披襟岸帻"变作"凭栏向远"，"空阔无边"也成了"波浪无边"。经阮元一路"斧正"，字面上似乎更加工稳了。"酒"和"栏"，皆为实字，"虚"和"远"，皆为虚字，"把酒凌虚"对"凭栏向远"，也比"把酒凌虚"对"披襟岸帻"工细。然而令人始料未及的是，斧正之作不仅在阔达的境界、浪漫的气息方面"不及原文远甚"，而且还出现了"不通"弊端。原联"伟烈丰功"一语是承上启下，指从汉到元试图经略云南的一切统治者，阮元改为"爨长蒙酋"，导致下面句群的意思发生改变。且不说"蒙酋"一词无法落实，即便该词与"爨长"一样代指吴三桂，作者想用吴三桂斜刺里过来，以阻断读者联想到满清王朝，那也是有问题的。第一，吴三桂"费尽移山气力"的目的，难道与唐宗宋祖们一样，也为经略云南而来？第二，从唐宗宋祖到吴三桂，最终都春梦一场，而有足够的表现力展示这种"沧桑"之感的，恐怕是原联的"断碣残碑"，而不是改过之后的"藓碣苔碑"，因为前者象征巨变与荒凉，后者仅代表时间久长。

三 典雅

指文字上不简陋，情调上少流俗。

（一）正论

这方面，中国传统的山水画（"青绿山水"等六种）、花鸟画（"翎毛花卉"），儒家的诗书礼乐，以及儒道释对精神世界的向往与追求，都可以作为典雅情调的文化资源，供对联作者们选择使用。

第五章 对联创作

江山开画本；
花鸟助诗怀。

该联为刘墉（1719—1804）赠亲家尤某的联墨文字。这里不仅将"江山"比作"画本"，而且在"开""助"二词的使用上，也见出作者的功夫来。

鱼鸟清闲，作濠濮间想；
竹石奇士，如魏晋时人。

这是薛时雨题金陵朴园水流云在堂联。感受大自然的亲切可人，远离世俗社会的喧嚣桎梏，此乃魏晋文人的一个重要发现，也是后来文人的普遍理想。"鹤去难回，留片石孤云，共参因果；我来何幸，有英雄儿女，同看江山。"与题水流云在堂联相比，这副题镇江自然庵联内涵复杂了一些，但大体还算雅致。

姓氏不妨偕豹隐；
光芒终许看龙腾。

这是邓廷桢题西安贡院弥封所联。"弥封"就是将考生姓名反转折叠，糊名弥封，待阅卷结束而填写榜文时，才拆封验视姓名。这种防止作弊的举措，虽说科学、公平，却与诗意、雅致有了距离。作者以"豹隐"比拟在前，"龙腾"比喻继后，不脱不黏，可谓化腐朽为神奇。

取于义、存于仁，看柜前客户，各循正道；
通以川、汇以海，让天下财源，齐化善流。

这是温本理2010年参加三门峡金融杯全国征联的获奖联。雅致，既可以是超功利的存在，也可以与实用相结合。如今的征联大赛，参赛者几乎都在设法化俗为雅，即动用一切可能的文学手段，歌咏征联对象的正面形象，渲染对它的美好想象。

（二）辩证思考

高雅的意趣，是一个人有文化、有修养的体现。历史上的诗钟活动，就曾有过不用"丑字"的规定。居室联、景观联等长期悬挂的对联，更是对联作、作者有一定要求，清代甚至因此将对联"雅称"为"楹联"。不过，所谓"信、达、雅"不仅是一体的，而且还有先后次第。"信"在翻译里是"准确",在一般表达里则是"真实"。此外,"雅者,正也"(《毛诗序》),这是古代雅字的早期含义。既为正轨、规范、标准,自应从里到外,堂堂正正,让人真正感到可钦可敬。

在笔者看来,对联既不是宋词末流,也不是当代杨朔散文。为求雅致而一味好古,幽微做作,未必可取;为获诗意而逐文摘藻,违背真实原则,更是要不得。《随园诗话》卷一有云:"味欲其鲜,趣欲其真。"诗人知此,联手亦应知此。2016年,西安地铁新春联有奖征集活动面向全国征稿。很多外地联手忘记了"地名乃历史之符号、历史为变动之现实"的常识,面对电脑屏幕,仍然望文生义,制造典雅。读着这些联作,仿佛听见有人在说:枣庄市即枣庄,枣庄即长满枣树的村庄一般。例如:"纺出大唐经纬线;织成古国往来春。"(纺织城站)"潏河岸上鸟扬歌,声盈车场;花信风中龙聚首,气壮镐京。"(潏河停车场)正如网友所言,这些春联美则美矣,却未必符合当下实际。"纺织城"地区二十年前就开始产业转型,实现多业并举,"纺出/织成"一联更适合当年的情景。至于说"潏河停车场"充满小鸟歌声,则应属于文学想象,其联想逻辑是:有河流就有草木,有草木就有鸟虫。事实上,截至2016年,尽管潏河生态得到了修复,但并不彻底,当地居民与对联作者一样,也渴盼着更大胜利的到来,以便让包括"鸟扬歌"在内的美丽风景线早日重现。

四　新奇

指立意和表现上的与众不同,让读者精神为之一振。

(一) 正论
例如广东揭阳榕城镇关公庙联:
秉烛岂避嫌,斯夜一心在汉室;
华容非报德,此时两眼已无曹。

同样是歌颂关羽,作者却敢于在令人尴尬、遗憾等常人以为不好落笔之处切入,并做出别种解释,从而出奇制胜。

说起遗憾,与此相类的还有岳飞的故事。岳飞被十二道金牌召回,

第五章 对联创作

不仅失去了歼敌的绝好机会,更因此葬送了英雄性命,其严重程度超过了关羽义释曹操。所以,有人这样写他:

我如奉命出师,大敌当前,十二金牌召不返;
公果尽忠报国,权奸在内,三千铁骑杀回来。

静想一下,对"尽忠报国"的岳飞来讲,恐怕不会出现"十二道金牌召不返"的行为;① 果真"三千铁骑杀回来",在皇权至上的古代社会,他就不会以忠义之名而流芳百世了。但作者快人快语,让看惯了"一门忠孝/万世纲常"和"忠贯日月/义勇风雷"一类陈年老货的当代读者,耳目为之一新,同时引起思想共鸣。

此老不攻画,不善书,不精杂诗,压倒蜀吴魏中几多伪士;
其人可托孤,可寄命,可临大节,算来夏商周后一个纯臣。

此乃晚清冯煦(1843—1927)题成都武侯祠联。除了言语用口语、节奏似戏曲之外,作者所选角度也很独特。冯煦笃实好学,少时就有"江南通儒"之称。从政之余,他在学术上也有成绩,并力主学以致用。在这副联里,他用拉人作衬(反衬)的手法,对于干正事、大事的联语主人公做了褒扬。

(二) 辩证思考

苏轼有云:"诗以奇趣为宗,反常合道为趣。"(清代孙涛《全唐诗话续编》卷上引惠洪《冷斋夜话》)就个人而言,新奇需要才气,需要积累,更需要勇敢尝试;对于集体而言,新奇需要氛围,需要引导,需要多数人对旧我的反思和作别。新奇也是有层次之分的,有的是小技巧,有的是小思考,高级阶段则涉及对联观、文学观乃至时下流行的所谓"三观"了。

陈忠实何以写出好评如潮的《白鹿原》?除了之前的文学阅读和生活积累做铺垫,主要是文学观念发生了转变;否则,他绝无可能创造出"好地主"白嘉轩以及令人唏嘘不已的白灵、黑娃等人物形象。与此相

---

① "尽忠报国"是《宋史》卷三百六十五《岳飞传》的说法,所谓"初命何铸鞫之,飞裂裳以背示铸,有'尽忠报国'四大字,深入肤理。"清代钱彩《说岳全传》第二十二回则改为"精忠报国"。

反，对于春联征联，尽管年年有人振臂高呼，倡导一个"新"字，却每每事与愿违，并没有几副与流行之作划清界限，能让人惊呼不已的新春联涌现出来。何也？因为联界懒惰者多，聪明者更多。作者们不是在配合他人，就是在钻故纸堆。这两种做法，既是他们轻车熟路的深重旧习，也是他们扬名获利的制胜法宝。既然征联者、应征者配合默契，共同建立了"良性循环"机制，应征者何必要下大决心、花大力气，从苟且走向蜕变呢？

五　深刻

指立意上的非平面性，最终令人感喟和思考。

（一）正论

如明末进士金声（正希）未达之时自题书斋联：

穷已彻骨，尚有一分生涯，饿死不如读死；
学未惬心，正须百般磨练，文通即是运通。

面对"穷已彻骨"的个人际遇和"文通即是运通"的社会机制，科举士子"饿死不如读死"式的抉择既是现实的，更是血泪斑斑的。

再如梁章钜"闻广州郡守署中一联"：

不要钱，原非异事；
太要好，亦是私心。

"广州郡守"，当指清代广州知府。梁章钜对该联的评价是："此所谓深人无浅语也。"当你从理想的天空回到了现实的大地上，可能会对此前曾有的观念有所反思。这种反思，也许并非终极，或有失高雅，但较之以前的纸上谈兵，它无疑是一次深化和进步。《随园诗话补遗》载九华寺联："非名山不留仙住；是真佛只说家常。"其上联从刘禹锡《陋室铭》而来，还带有浪漫主义色彩，不必当真；下联则显示着禅宗真谛，是"搬水运柴，无非妙道"的另一种表示法，值得虚浮不实者玩味。

再如王天性2008年"五一二"汶川大地震感赋联：

震余遇好人。最难得四海捐钱、万众救灾，满世界竞张义举；

第五章　对联创作

痛定期良策！何日能及时预报、成功防范，到人间便是福音。

如果说上联的内容是令人感动的，那么下联的文字则是难得的。联想到当时有关机构的所作所为，笔者甚至以为联作者太过善良，其笔调太过温婉了。

（二）辩证思考

深刻，来自对生活的反思。它建立在个人独特的思维方式、文学观念之上，同时受到社会环境的制约。深刻伊始，需要的只是真诚和勇气，无关乎个人知识结构。深刻是以求真相为前提的，而真相往往残缺不美。从求真相到求真理，很可能要忍受孤独和痛苦，并牺牲自由与利益。

对于社会上的对联爱好者，可以不提出作品深刻性的要求。对于涉世未深的青少年初学者，更应该允许他们将学习重点放在求美、求善之上。一个社会无须人人深刻，一个人也不可能时时深刻。诗人北岛有言："在没有英雄的年代里，我只想做一个人。"当代对联作手虽多，但几乎都受到联界流俗作法或者古人旧作的影响。如果他们中的某些人，能够从观察生活入手，尽量使自己的笔下不违真实、不悖良心，也就差强人意了。

笔者曾经不揣冒昧地提出"现象写作"，借以增强联界中人在这方面的思考。[①] 如果还有一些对联作手，对当下对联生产和消费机制有所反思，愿意通过涉猎自由文学界等方式，探索人性与人生等命题，则必然增强当代对联创作的深刻性。

第二节　四大民俗对联创作

民俗对联是全部对联的基石，也是其中的大类。集体有春节，个人有婚、生、寿、丧四仪，此时都需要对联的烘托和点缀。从实际出发，本节主要讨论春联、婚联、丧挽联和寿联。创作民俗对联，作者

[①] 参见严海燕《为什么要在联界提出"现象写作"》，《对联·民间对联故事》（上半月刊）2013 年第 5 期。

不仅要专注对联自身，还要顾及眼前的语境。学习四大民俗对联创作，既意味着即将掌握四种对联的撰写技能，同时也会让学习者触类旁通，为此后撰写宗祠联、乔迁联、居室联、景观联等打下基础。

举例来讲，读者可以由春联的拓展——祖宗图谱联，想到福建永定土楼联，继而想到宗祠联；也可以自己将宗祠联分为常规的和特殊的两种，并以梁启超联为后者之代表。永定土楼之承启楼，其始祖名曰江集成，他本是刨土为食的普通农民，却能够子孙相递，经过四代人的不懈努力，终于建成这座别致的大楼。其厅堂联曰："一本所生，亲疏无多，何必太分你我；共楼居住，出入相见，最宜尊重人伦。"梁启超先后参加过戊戌变法和"护国运动"，即使在题广东新会梁氏宗祠联（之一）时，他也念念不忘改革和爱国："溯千年血统，似续相承，废专制行共和，改革先从家族起；入廿纪盘涡，竞争益烈，以保种为爱国，救时还赖子孙贤。"

再如，读者可由嵌名婚联，想到嵌名店铺联、商品联乃至行业联、书院联等。清末民初广州"大同茶楼"嵌名联："好事不容易做，大包不容易卖，针鼻铁，薄利只凭微中削；携子饮茶者多，同父饮茶者少，檐前水，点滴何曾倒转流。"陶澍题四川彭水摩云书院联："化雨无私，忆往昔踏雪来过，曾话春风一席；摩云有志，愿诸生凌霄直上，勿忘灯火三更。"这里的茶楼联是分嵌，书院联整则是整嵌。嵌名联一般以分嵌为巧妙，但如果联作整体质量高，整嵌当然也是可以的。

还可以由寿联分男用、女用及双寿联，想到贺人生子联："凤毛济美；麟趾传仁。"贺人生女联："兰汤洗玉；蓂英纪时。"以及贺人双生联："异香飘九陌；余庆衍双珠。"双生子联："先生后生难兄难弟；一索再索维熊维黑。"双生女联："两美同生，两珠特出；双胞竞秀，双凤来仪。"二胎联："绕庭已喜临风玉；照室还欣入掌珠。"

一 春联

（一）春联概论
1. 从春节到春联
古人将正月初一称为"元旦"。对这个节日予以庆祝，民间俗称

第五章　对联创作

"过年",现代官方则称"欢度春节"。春联,即指过年时贴挂在大门、楹柱等处的对联。

在是否"过(阴历)年"的问题上,现代史上曾有过兴替反复。1912年1月,孙中山政府宣布以新历1月1日为"元旦"。1913年,广东省警察厅发出布告,严禁过旧历年,但并未奏效。1913年7月,北洋政府将农历正月初一改称"春节",算是开禁,此后官方重视新历年,民间只过旧历年。从1929年到1933年,南京政府几乎年年发出"不许过年"的禁令,但因为抵不过民间力量而作罢。从1934年开始,政府对国民过旧历年基本不再干预。

延伸阅读:春节春联的具体环节与时间跨度

清代皇家过年,要提前多日张挂春联(板对),且可以多次(年份)使用,对此《楹联丛话》卷二"应制"有明确记载:"紫禁城中各宫殿门屏槅扇皆有春联,每年于腊月下旬悬挂,次年正月下旬撤去。或须更新,但易新绢,分派工楷法之翰林书之,而联语悉仍其旧。"

民间与此不同,一来时间靠后,二来纸质春联属于一次性消费品。就时间而言,北方俗语"过了腊八就是年"有些笼统,所谓"忙年"大约是从春节前一周算起的,具体来说,是从祭灶日(所谓"小年")开始,而张挂春联的时间,一般选在岁除日。正如东北传统民谣所云:"二十三,灶王爷上天;二十四,写大字;二十五,扫尘土;二十六,炖猪肉;二十七,杀年鸡;二十八,把面发;二十九,贴倒酉;三十夜,守一宿。大年初一满街走,正月十五吃元宵、挂彩灯,二月二,龙抬头。"

祭灶的时间因时因地而稍有差别,历史上有"官三民四船五"之说,现在北方多为腊月二十三,南方多为腊月二十四。明代于谦有一首《腊月二十四夜口号》:"金炉银烛夜生春,爆竹声催节候新。自笑中年强随俗,买饧裂纸祀厨神。"可见明代杭州居民祭灶时,当天书写和粘贴小对联,甚至还要像过年一样燃放爆竹。"二十六,炖猪肉"这句话,在关中叫作"腊月二十六,杀猪割年肉"。杀猪,本指杀自养的猪;割肉,本指去集市买猪肉。但在1970年代,社员自养的生猪必须在平日里卖给公社食品公司,然后获得肉票。只有生产队养的猪才可以在年底被集体屠宰,并分给社员以猪肉。"二十九,贴倒酉",指贴菱

· 275 ·

形纸（斗方）的"福"字或"招财进宝"等组合字，也包括张贴春联等其他门墙饰品，其中"倒"者，到也，"酉"者，有也，都是以谐音寄寓理想。至于春联的张挂时间，据笔者调查，如今的东北人有的继续选在腊月二十九日，有的则早已改在岁除日进行。

在农业社会时代，从开始准备到实际过节再到延长节日（元宵节、二月二、社日），前后加起来可达两个月之久，这与如今体制内人员"春节长假，休息七天"大不相同。这种超长度的时间安排，既让先辈们悠闲自在，又免不了忙碌辛苦。此外，春节期间各地的延长节日也互有差异。在时间上，有的分立，有的合一；在内容上，有的单纯，有的融合。譬如，（农历）二月二，今人雅称"春龙节""春耕节"，因为古人由二十八宿"东方苍龙"之角宿在此夜开始露头，联想到农事，于是北方人敬龙祈雨，期盼远离旱灾虫灾，而多湖多雨的南方人则举办"土地会"等。社日，是立春之后的第五个戊日，一般在阳历三月春风前后。此时春耕已经开始，北方人在社日里经常举办"耍社火"活动，不仅祭社迎神，也包含驱鬼逐疫的意思。再譬如，地处青藏高原与秦岭山地之间的甘肃舟曲，明清以来流行"楹联松棚灯会"，它是楹联、灯会与社火的结合，同时又不免打上地方文化的烙印。以当地盛产的松柏树干、枝叶做棚柱棚顶（如今已变），从正月十二到十九持续十天左右，欢乐高潮在十七、十九两日而不在十五，"耍黑十七"这天街上不点灯，"正月十九迎婆婆"用的是轿子而不是社火高台，迎接的是周围十六村供奉的"圣母娘娘"而不是土地神。

2. 家国狂欢和节日"标配"

冬末，是休闲和总结的时节。春初，是憧憬和计划的日子。人们将岁除、岁首作为辞旧迎新的时间节点，举行系列仪式，以示庆贺和纪念。与婚礼、寿仪、丧礼等活动相比，春节在主体上集体化，时间上固定化。而且，农业社会时代的乡村春节，每每伴随着一系列文化娱乐活动，如传统灯会、社火、现代体育比赛、歌舞表演等。也因此，有人将春节称为中国式狂欢节。其实，至少在次第上，春节是先家庭、家族，后伙伴、集体，有别于西方的狂欢节。具体来说，即正月初一这天，先问好长辈、献饭祖先，再出门与伙伴们打秋千（少儿）、敲锣打鼓（成人）、敬香寺庙（善男信女）等。

第五章 对联创作

如何进行"三观"(世界观、人生观、价值观)启蒙教育?除去学校教育,西方人离不开教堂,中国人离不开家庭。在传统农业社会时代,春节习俗包括供奉祖先、迎送诸神、燃放鞭炮、共进年夜饭、授受压岁钱、熬夜守岁、向亲族长辈拜年等环节,而张贴春联与它们同等重要。除非有特殊的缘由,人们一般都会按时张贴,否则很可能遭遇侧目。2000年代,笔者目睹过三件事:一是有人全家已移居县城,但春节前夕还是回到老房子,贴完春联、上完坟才走;二是有人打算在城里儿女家过年,临行前特意嘱咐其兄弟,届时记着帮他补贴春联;三是有人因心情不好,未贴春联,来走亲戚的人问其邻家:"是不是他家没人?"不难看出,这里的春联事实上已成为户主的宣言书和标志牌。

1980年代前,碍于乡村住户不识字、不善书、不富有,个别穷乡僻壤出现过用碗边沾油,扣在红纸之上以代春联的做法。2000年代前,为省钱起见,关中西部个别农户用"扫尘日"刮下的锅底灰,掺上清水当墨汁,以作书写春联之用。为衬托喜庆祥和的节日气氛,春联文字一般易认好懂,内容正面积极,情调欢快,画面精美。与迎神、放炮等不同,张贴春联既不涉及"封建迷信",又不污染空气,自1949年以来,它从未被官方明令禁止过。

延伸阅读1:春节来历猜想

在笔者看来,目前的春节,可能是合并了冬至(祭祖与纪念阴极阳生)、腊日(庆丰收与祭百神)、旦日(纪念夏历岁首)、立春(迎春神与备春耕)等四大节日元素之后所形成的中华民族最大的传统节日。立春是从汉代至清代的大节,自不必说。《后汉书·杨震传》载:"春节未雨,百僚焦心,而缮修不止,诚致旱之征也。"这里的春节即指立春之节。即便是魏晋时期的腊日,当时的官场可能也有写帖贺腊的风气。20世纪初,在罗布泊古楼兰遗址出土的两件名刺形制的隶书文书,其一即写有"贺大蜡""弟子宋政再拜"字样。"蜡"通"腊","大蜡"即腊祭。许慎《说文解字》"腊"条注:"冬至后三戌,臘(腊)祭百神。从肉巤声。"这个贺腊文书相当于后来的贺年卡(贺岁帖)。不过,对于旦日,王羲之等一干魏晋人似乎没有表现出我们想象的那般喜形于色。唐代张彦远《法书要录》"右军书记"载:"初月(注:即正月)一日羲之白,忽然改年,新故之际,致叹至深,君亦同怀。"如今，冬至节还保留着较多本色，但有的地方更重视与其相似的送寒衣节。腊八节在北方乡村已经淡化，只是在城乡寺院颇为流行（所谓"佛粥"）。最落寞的是大约要数立春节，只有客家人等少数人群还有传承，对于多数人来讲，它仅剩下历法意义和气象意义。"30后"口中的"打春"，在"80后"们听来就像是在说外国语，根本不知道它是"立春日鞭打泥塑春牛"的缩略语。

延伸阅读2：民间过年

《梦粱录》卷六"除夜"条载："士庶家不论大小，俱洒扫门闾，去尘秽，净庭户，换门神，挂钟馗，钉桃符，贴春牌，祭祀祖宗。"读者由此可知宋代尤其是南宋时期，人们准备过年时的忙碌及其次第。除去挂钟馗、钉桃符两样，其他几个项目与如今相当一致。至于除夕发压岁钱，按照传统说法，主要是小孩向长辈行礼问好，长辈为小孩"压祟"祝福。"守岁"即守候新岁，是通过感受特殊时刻，提醒人们珍惜时光。其中老人偏重于"辞旧"和留恋，小孩偏重"迎新"和希望。"守岁"还有一个功能，即一家人在一起说说笑笑，既是为老人延年益寿，也是为孩子驱邪避瘟。不过，通宵熬夜毕竟是违背生理的。苏轼古风《守岁》有云："儿童强不睡，相守夜欢哗。"小孩元气旺盛，也许能够玩个通宵，劳累了一天的父母却可能撑不住。据家母回忆，1949年之前的除夕，做父母的里里外外忙完之后，一般需要先睡一会儿，等到子时再起身炒菜馏馍，在响彻云天的鞭炮声中"接爷"（迎接各路神仙）；顺便取出小孩的新棉衣、新棉裤放在被窝里取暖，等天亮起床时再给他们穿上。

3. 封门功能与审美时刻

从民俗学的角度看，张贴春联也是一种神圣仪式。红色，可以表示火红、鲜艳、热烈，也可以表示血红、刺眼、威严。红纸春联一来表达吉庆，二来也算是"封门"。上门讨债者和其他人等，尽可以在此之前行事，此后则应止步；除去要务、急务，一般事宜都要推至正月初五（"破五"）之后再行处理。

1980年代之前的北方乡村，很多地方还保留着初一早上端着饺子碗，相互欣赏各家春联的习惯。随着年味的淡化、书法功能的退化及春联内容的趋同性，现在农户的门前已很难看到这种人文景观了。与此相关，岁除之前，出门请人当场书写春联，并借此体验汉字变成艺术品的

第五章 对联创作

心理过程,从而让成年人获得愉悦感,让青少年得以艺术熏陶,这是春联另一个功能,即审美功能的体现。可惜,从 2010 年代至今,这个功能的实现路径遇阻。铺天盖地、陈陈相因的机制春联,在帮助国人延续传统的同时,也让他们在不经意间放弃了审美参与。购买者不必关心成联过程,不再赋予眼前的春联以个人体温。

延伸阅读: 讨债、封门及封财门

俗语有云:"债不轻举","债不过年"。清代至民国时期,周期性总结、阶段里完成的传统观念犹在。从祭灶日起,商家催讨债务者即络绎不绝于途,农家也有催租催债者。对此,钟云舫有春联云:"谋生梦好鸡常破;索债人多犬不闲。"虽说不无尴尬或艰难,但多数欠债欠租者最终都能够偿其所欠,从而让自己安然"过关"。1990—2000 年代,社会风气大变。提前消费者多,勇于借贷者多,离职经商者多,赖朋友借款、赖农民工工钱、赖银行巨额贷款等现象亦层出不穷,债主讨债之举既不限于"年关",同时也因欠债者缺乏诚信意识,以及"三角债"等新情况的出现,致使按时清欠的成功率大为降低。

这里所言春联"封门",与"封财门"不尽相同,它还含有不许打扰住户及其所奉神灵等意味。至于"财门",本来是民间的一种讨吉之说,即将住户年末岁首时刻的大门称为"财门",后来变成了一种吉祥纸制品。宋末元初周密《武林旧事》"岁晚节物"条载:(除夕)"及贴天行贴儿、财门于楣。"此外,《中华全国风俗志》"湖南"卷"长沙新年纪俗诗"有云:"贫家早早掩财门,债主虽临难进行。恼煞商家收账客,无钱反吃闭门羹。(除夕辞年毕,用红纸条书'衡门衍庆'四字,将大门闭固,无论何人,不许出进,谓之封财门。穷人多有借此避债者。)"[①]这里的"财门",不仅与"衡门衍庆"(取自《诗经·陈风·衡门》)四字红纸明确联系了起来,而且还变成了避债的工具。

(二) 内容及其变化

1. 常规内容

首先,描写春景春节,祝颂家国未来。"日暖池冰初破玉;阳回庭

---

① 胡朴安编著:《中华全国风俗志(下)》,上海科学技术文献出版社 2011 年版,第 578 页。

柳遍垂金。"这是单纯地写景。"桃符门上千家换；爆竹声中一岁除。"这是单纯地写节日。"云间瑞气三千丈；堂上春风十二时。"看似写景，实是写节日，是将时空作为触发点和容器，抒发春节时的感受。"一门天赐平安福；四海人同富贵春。"这是单纯地祝颂。"春趁梅花香里到；福随爆竹暖中生。"这是结合式祝颂，所写春景春节都比较实在。"天增岁月人增寿；春满乾坤福满门。"这也是结合式祝颂，但春景春节比较虚化，上下联都由大自然联想到人事，极其自然。

其次，面对时事，展示情怀。"微信打开，千里春潮凭点赞；美图分享，万般福字任刷屏。"这是王龙强撰写的央视 2016 年"猴年十佳春联"，是与时俱进。"乐唐虞盛世；庆天地长春。"这是知足常乐。"大有作为新岁月；无边春色好江山。"这是厉兵秣马。"和气自生君子室；春风先到吉人家。"这是自勉自祈。

最后，说新不忘旧，话今兼忆昔。"过去百端，乱扰扰有如水；未来万事，愿熙熙同此春。"这是吴恭亨的学生熊小白某年所撰春联。"才过小龙年，又催千里马；曾经大风浪，更上一层楼。"这是任本命 1990 年《对联》杂志征联获奖联，其中有对国家政治形势的隐喻。"忙碌人停旧岁尾；丰登酒启好年头。"这是笔者为亲戚撰写的 2018 年春联，其中有对农民过去一年里辛苦和忙碌的描写。

2. 春联别调

一般认为，春节是喜庆之节，春联是喜庆之联（所谓"喜联"）。既然春节期间吃好吃的（不吃"穷饭"甚至暂不吃药）、穿好看的（至少外罩衣服要能"见人"）、说好听的（不说败兴的话）、玩好玩的（孩子最快乐、大人最轻松），相应地，春联自然也应该写好读的（喜乐无虞，所谓"椒花丽句"）。然而，过往的事实并不尽然。[①]

除去体现常规套话、民间共识，春联还有可能反映现实、书写胸臆。也因此，有的春联不再替他人或集体设想，而是代之以私人化的表述；有的春联虽然为集体立言，却限于历史环境，不一定喜庆热烈、春意盎然。这是红纸春联的别调，也是桃符春联的孑遗。

清代某进士长久得不到委任，岁除日贴出这样的春联："十年官比

---

① 有人认为，春节源于鬼节，参见徐华龙《春节源于鬼节考》，《浙江学刊》1997 年第 3 期。

第五章 对联创作

梅花冷；一夜春随爆竹来。"① 佚名春联："人因爱富常离我；春不嫌贫又到家。"民国方尔谦晚年生计艰难，题春联曰："埋愁无地，泪眼看天，叹事事都如昨日；剪纸为花，抟泥作果，又匆匆过了一年。"吴恭亨在《对联话》卷十三"杂缀三"的最后，一口气列出七副春联，无一不是对战乱时局的无奈和感叹，如"岁则逝，齿则加，过去一年，一年碌碌；突不黔，席不暖，未来万事，万事茫茫"。当然，所谓特殊感受，也并不总是消极的。晚清吴可读（1812—1879）甲寅（1854）春联："五载郎曹，窃比冯唐犹未老；一官狱吏，若逢周勃也称尊。"作者该年"补提牢"，从此结束了自1850年以来员外郎的生涯，联中虽未谈及春节春景，但一会儿用冯唐事反衬，一会儿引周勃事玩笑，情绪貌似不错。抗战时期，某理发店贴出春联："倭寇不除，有何颜面？国仇未报，负此头颅！"又有人撰"赠出征军人家属联"："化家为国；移孝作忠。"②

以上春联，有的抒发个人感慨，有的代表了集体情状，实际上都是站在岁尾年头，对个人和家庭乃至国家进行回望。它们犹如企事业单位里每年必做的总结、计划一样，虽然没有花团锦簇，却更契合张贴者的内心。

从1980年代至今，写作此类对联者既少，且只能自撰自贴，从未见过有被征联者选中的记录。征联者欣赏的，仿佛永远都是"春莺唱柳/喜鹊登梅"、"甘霖仓满/瑞雪年丰"、"鼎新过往/筑梦未来"、"长安锦绣/盛世和谐"，也不管所贴之处是乡村民居，还是都市城墙；是真的雪落大地，还是作者在制作诗意化文本……年年岁岁花相似，岁岁年年联亦同。不嫌味腻，只求颜美。2014年春节前夕，笔者有感于量入为出的传统观念式微多年，很多名为担保公司其实是高利贷钱庄的机构遍地开花，③ 遂自撰春联曰："年终拨算子，去岁无亏来岁账；子夜望

---

① 该联作者说法有二。一说见《对联话》卷一"题署一"："某进士需次到省，久无差委，除日张门联云：'十年宦比梅花冷；一夜春随爆竹来。'为仙屏（注：即许振祎）所见，大激赏，既知为老候补者，亟谒其巡抚推毂焉，遂补太康令。"另一说为川督锡良所见，门联作者为陕西泾阳人伍生辉，后被授绵竹知县。

② 余姚：《战斗》1939年第46期。此条为时习之整理。

③ 一年后各种P2P平台（peer to peer lending）又风靡中国，其中的"套路贷"致使个别学生退学、流浪甚至自杀。参见《谨防套路深 惩治"套路贷"四部门联合印发〈关于办理"套路贷"刑事案件若干问题的意见〉》，《上海证券报》2019年4月10日。

时钟，迎春更待惜春人。"有学生读后，以为小巧实在，特别是挖掘了传统的过年清账的合理内涵，比较难得，并怂恿笔者投稿参赛，结果两次投出，皆铩羽而归。

延伸阅读： 古代特殊桃符春联

宋代的桃符春联，有的在谐谑逗人，有的在发牢骚。前面曾提及《墨庄漫录》卷八所载一联："东坡在黄州，而王文甫家东湖，公每乘兴必访之。一日逼岁除，至其家，见方治桃符，公戏书一联于其上云：'门大要容千骑入，堂深不觉百男欢。'"如果说这就是春联，那就只能理解为，该联是对王文甫家大业大、人丁兴旺的祝福。又据民国丁传靖辑《宋人轶事汇编》卷十八引《船窗夜话》云：洪平斋（注：洪咨夔，南宋诗人）新第后，上史卫王书，自宰相至州县，无不捃撷其短，大概云：昔之宰相，端委庙堂，进退百官；今之宰相，招权纳贿，倚势作威而已。凡及一职，必如上式。末俱用"而已"二字。时相怒，十年不调。洪有桃符云："未得之乎一字力，只因而已十年闲。"

（三）写法及其变化

1. 常见写法

"户外春风暖；堂前日影长。"这是春天来临时，古人对大自然的亲切感受和仔细观察。

"爆竹两三声，人间易岁；梅花四五点，天下皆春。"这是人事与物候的结合。

"松竹梅岁寒三友；桃李杏春风一家。"这是以物写人，属于高雅一路。

"燕语雕梁，年来岁月何曾异；花明绮陌，春至风云自不同。"这是对循环现象的承认，也是对它的超越。

2. 特殊写法

（1）干支纪年汉字嵌入法

这是清代官宦人家春联的常用手法，现在则不宜直接袭用。如甲子年联："甲兵洗净；子舍承欢。"儿女承欢当然好，但处在国际冲突从未停歇的近现代社会，要想洗甲收藏，又谈何容易？再看甲午年联："甲宅云屯连夏屋；午窗日暖抱春晖。"既然指如云聚集的整片建筑而言，那么零散豪宅即使再豪华奢侈，也只能望洋兴叹了。"盛世清明，新年值卯；鸿图广大，吉月当寅。"1999年是己卯年，正月又称寅月，所谓"夏正建寅"。启功自撰并书的这副楹联，将两个相邻的地支嵌入其中，倒是十分巧妙。

（2）公元纪年数字嵌入法

这是当代才出现的新手法。如徐叔林题1991年春联："一代风流，九州焕彩；九春献瑞，一派生机。"上下联交叉重复，饶有趣味。任本命题2000年春联："再见了，一九九九；您好啊，二〇〇〇。"新旧世纪交替，紧邻的两个年份形成天然对仗，这一点被不止一个联作者所发现，故此有"兔走乌飞，欢送一九九九；龙翔凤翥，喜迎二零零零"等联问世（"零"字当为误写），但似乎都不如任联清新别致。

（3）生肖点题法

该法至今还在推陈出新，继续使用。如"闻鸡起舞；跃马争春。"这是童璞参加《羊城晚报》1981年农历鸡年迎春征联获奖联。生肖共有十二个，其中个别动物形象在传统文化中不够可亲可爱，如何化腐朽为神奇，在春联里巧妙嵌入它们，需要联作者事先做些功课。当代萧晓阳题1996年（鼠年）春联："世清不碍年称鼠；物阜还当品似牛。"该联在这方面做得比较好。

（四）注意事项

1. 春联贴在前门，不贴后门

就词的构成而言，"门户"一词是连文成词的，"门"本指整门，即双扇门，"户"本指半门，即单扇门。从前的民居，前门为门，为双扇门，后门为户，为单扇门。直至1970年代，关中地区乡村建筑仍是这种结构。也因此，春节时前门张贴春联、门神等成对出现的字画，后门则不然。当然，春联之所以不贴在后门，民间还有其他考虑。正如清代顾禄《清嘉录》"门神"条云："或书钟馗进士三字，斜贴后户以却鬼。"自1990年代起，尽管关中乡村的后门已改作双扇门，但依然罕见后门贴春联者。

2. 春联有多种，撰联者应注意细分

从前的春联分得较细：大门联与厨房联不同，民居用联与机构用联有异。因为自 2006 年起西安市城墙（门）每年都在公开征联，以此为嚆矢，2010 年代全国其他古城墙（门）也开始效法，如此一来，个人所用春联与集体所征春联也有所区别。这就要求撰联者把握好对象特征，尽可能做到联境相符。在现实生活中，经常见到有人将"寻常无异味/鲜洁即家珍""书味本长宜细索/砚田可种勿抛荒""伦常而外无高远/孝友之中即治平""生意兴隆通四海/财源茂盛达三江"当作同类春联用。或许在他们看来，厨房春联与厨房联、书房春联与书房联、卧室春联与卧室联、行业春联与行业联之间并无楚河汉界。但笔者以为，既然是春联，还是尽可能向"春天""春意"靠拢为好。具体地讲，过春节时可以贴上述联文，也可以贴："勤俭千年福；和睦一家春。""一庭花发来知己；万卷书开见古人。""春有笑颜人不老；子成大器福常多。""三春草木如人意；万里河流似利源。"

3. 春联属于大众文化，撰联者应注意雅俗共赏

优秀的春联有两个要求：第一，文字不能太生僻，意思不能太深奥；第二，内容不要太俗气，联文不要千人一面。这里的第一个要求，通常不是问题，因为春联从来不是对联高手们一决高下的主战场。据老辈人讲，1949 年前，富裕人家多贴"向阳门第春常在/积善人家庆有余"，平安年份多贴"到处尽逢欢洽事/相看总是太平人"。前者由残诗和《周易》而来，后者是唐代高适的摘句联，两者都没有文字理解上的障碍。不过，第二个要求却一直落实得不够理想。多年来，要么政治化、概念化，要么平庸化、模式化。在传统春联里，有的俗而有味，像"一夜连双岁/五更分二年"；也有的俗如民谚，而艺术性有所欠缺，像灶神联"二十三日上天去/初一五更下界来"。尤其是 2010 年代以降，先请人手写，再丝网印刷的机制成品联，占据了春联市场的半壁江山，且年年都是"财源滚滚随春到/喜气洋洋伴福来"，"门迎春夏秋冬福/户纳东西南北财"一类联文唱主角，让人深感"雅"之不足而"俗"之有余。

4. 社会在转型，撰联者应注意观察和思考

（1）经济作物种植与城镇化

在笔者的故乡眉县，从 1990 年代起，农民就开始大面积栽种辣椒、苹果树、桃树等经济作物，种植小麦、玉米反而成为副业，同时猪哼鸡

第五章 对联创作

鸣式的农家养殖业也走向式微。2000年代,又兴起种植猕猴桃、黑李子、葡萄等,麦田面积仅占农田总面积的三分之一或者更少,养猪养鸡成为个别农民甚至专业户的事情。至2010年代,粮食作物种植几乎完全停止,原来鸡窝、猪圈、厕所等混在一起的家居"后院",也只剩下堆放杂物小棚子和带有陶瓷蹲便器的卫生间。不仅如此,楼顶有太阳能热水器,厨房有天然气灶、电磁炉,卧室有空调、暖气片,院子里有四轮电瓶车,甚至购买小轿车者也不乏其人。就全国而言,2011年中国城镇人口占总人口的比重,数千年来首次超过农业人口,达到50%以上。继工业化、市场化之后,中国进入了城镇化时代。"千百年来'暧暧远人村,依依墟里烟'的乡村中国,正在经历人类历史上规模最大、速度最快的城镇化进程。"①

(2) 家庭养殖与丰收期盼

由于大规模畜禽养殖场带来较为严重的环保问题,国务院于2014年颁发《畜禽规模养殖污染防治条例》。环境保护部、农业部也于2016年联合制定了《畜禽养殖禁养区划定技术指南》。然而部分基层政府实行"一刀切",对低端养殖不问环保水平如何也一并砍掉,其中有的省份提出要引导散养户"退出庭院、退出村庄、退出散养",有的官员发出"养殖就等于污染"的骇人口号。② 本来所剩无多的家禽家畜养殖,此次又遭遇釜底抽薪式打击。如今,不仅"牛羊肥壮猪盈圈/鸡鸭成群鱼满塘"的真实图景已不易看到,即便是"储廪丰盈衣食足/持家节俭岁时长"一类也从实体到观念都受到了冲击。2018年6月初,为重温记忆中"麦浪滚滚闪金光"的田园景象,观看农民下镰收麦的忙碌身影,笔者的一位同事自驾小轿车,离开西安主城区,前往毗邻的长安区乡村,结果一无所获。有位路人告诉她:长安区其他乡村或许还能看到,但必须费工夫寻找;最佳的策略是继续往东走,直至澄城、合阳,或者直接去河南、河北,那样才会万无一失。笔者曾经受邀前往长安区观赏桃花,同样受到当地人的数落:"当年我们长安县出了一个柳青,你们文人要学习他,不要总窝在城市,不要老翻那些老皇

---

① 《统计局:我国城镇人口占总人口的比重首超50%》,《人民日报》2012年1月30日。
② 《畜禽清退绿色农场主留下了一头小毛驴》,《新京报》2019年4月15日。

历。"传朱熹曾题福建考亭书院:"爱君希道泰;忧国愿年丰。"如今中国人的吃饭问题已经解决,政府也允许进口哈萨克斯坦、日本等国的高质量小麦、大米等,加之农民的自主种植权也已恢复,而各种日常开支又在不断增加,于是当下很多农民心里所想的,不再只是岁稔年丰"收成好",而是期望像城里人一样资产增加"收入多"。可以说,因为世异时移,祖宗留下的春联遗产,我辈只能借鉴其法,而无法套用其形了。[1]

(3) 气候变化与人工美化

现实生活中,个别人特别喜欢网上"炊烟柴火饭/牧笛杏花村""祥云临盛世/瑞雪兆丰年"之类的"诗意联",且不管具体年代及实际状况,都将其作为春联使用。这些人仿佛"生活在别处",对于当下基层政府简单粗暴的环保手段一无所知,[2] 也从未察觉到1990年代以来全球气候剧变。2014年春节来临,笔者打算以日常生活为题材,写一组现代城市春联,哪知从初一到十五,走了两次(圈)西安城墙根和两个大公园,发现可资借用的传统文学意象几乎为零。天上不落瑞雪、澍雨,树上难觅黄鹂、喜鹊,吸进肺腑的是雾霾,给你惊喜的是公园里的假红梅。无奈之下,只好以"人齐盘上丰登果/炉赤火跳希望苗"为结果,匆匆收笔。归途之上,忽然想起鲁迅在1930年代致日本山本初枝的信里的一段话:"我为了写关于唐朝的小说,五六年前去过长安。到那里一看,想不到连天空都不像唐朝的天空,费尽心机用幻想描绘出的计划完全被打破了,至今一个字也未能写出。还是凭书本来摹想的好。"[3] 这也算是为自己的"偷懒"行为找到托词了!

延伸阅读: 城乡春节的变化

大约从1990年代开始,城乡春节出现了显著变化。第一,彻底结束了"革命化的春节",从单纯娱人恢复为娱人娱神。初一此日,善男

---

[1] 可参见笔者为《中楹论坛丙申猴年春联大赛我为我家写春联获奖作品》所写的编者按,《长安联苑》2016年第1期。

[2] 基层情况可参见《生态环境部公开回应山西临汾水泥封堵村民炉灶事件》,中国新闻网(2019-12-26), http://www.hi.chinanews.com.cn/hnnew/2019-12-26/4_116024.html, 2019-12-26。

[3] 鲁迅:《致山本初枝》,载《鲁迅全集》第十四卷,人民文学出版社2005年版,第279页。

第五章　对联创作

信女前往附近寺庙里敬香，再次成为城乡过年之常态。第二，与现代城市生活节奏加快相一致，不少乡村取消了"走忙罢"，连春节"走亲戚"也缩短为七天甚至更少。所乘交通工具和所带礼品，也从1990年代骑着自行车，布包皮包里装着小饼干、自包挂面、麻花、白糖，过渡到2000年代骑着摩托车载着大袋装糕点（所谓"副食"）、奶制品，再到2010年代开着小轿车，后备厢载着袋装大米、瓶装油等。为了省时省事，即使到了亲戚家，除去岳父岳母健在的媳妇娘家，其余一般仅吃顿午饭，甚至不吃饭就离开，更不需要主人往兜里塞小馒头（关中称"回花花馍"）。第三，全球温室效应加剧，暖冬现象频频出现，腊月少雪，水位下降。除去东北、西北等部分高寒地区外，北方城乡很多人不再戴棉帽，留长发的年轻人为了炫"酷"，甚至连单帽都不戴。城镇在无休止地扩张，紧随房地产运动之后的是城镇化运动，由钢筋水泥组成的高楼大厦不断代替土木砖木的传统民居，部分大雁早就不必北雁南飞，许多春燕也难寻旧主垒巢。保护乡村古树的政策执行嫌晚，为了修路、卖钱，许多合抱之木被砍伐、盗伐。在城市，历史上绿化欠账、给草木喷药、无处不在的噪光等，也都对点缀其间的草木及栖息其中的小虫小鸟造成影响。第四，年味变淡，春联红火。

5. 春联市场复杂，用联者应注意挑选

（1）门联是主人的宣言书

如今的春联用联，来源不一。有专门撰联的，有因袭通用联的；有义务书写的，有从市场购置的；有买手写联的，有买机制联的。对照现代传播学的定义，张贴春联应属于大众传播，春联既贴在了你家门口，无异于是你的宣言书。户主或负责人可以不撰春联，但要挑选合适的春联，否则你不关心的事儿，社会可能强迫你去关心。

（2）政府机关和事业单位忌贴商业联

政府机关以行政管理为职能，事业单位具有公益性和非营利性。在这些单位的门口张贴商业性对联，有违其服务宗旨和机构性质。2013年春节，陕西某县看守所贴出一联，"客满九洲生意旺；商通四海财源广"，谁也不曾想到，该联连同横批"恭喜发财"一起引发了网络热议。议论的焦点，不是其中的"州"被错写为"洲"字，而是该联的商业性内容，所谓"难道是'发财'春联当真击中和对应了某种职业

暗文化的尴尬?"① 从民主监督的角度看,这种"尴尬联"的曝光率不妨高一些;但倘若当事人职业观正确,贴联事件确属无心之过,这种"尴尬联"无疑越少越好。2019年春节,河南某镇卫生院贴出春联:"大财源（日进斗金）行旺运;好生意（招财进宝）开门红。"横批"生意兴隆"。结果,同样引来受众的围观和批评。受众既不是指摘该联上下联贴反,更不是惊叹"日进斗金"和"招财进宝"四字变一字的"合文",而是发出"日进斗金,这太直接了吧"式的调侃。对此当事方回复说,是后勤人员的疏忽所致。② 这与前面一联发酵后,看守所方面回应说乃临时工所为,显然同属一个公关模式。无论两副对联背后的真相如何,它们都是不该发生的文化事件,所有公共机构都要吸取其中的教训。

附一　春节守制联

人们在春节期间所见最多的,就是以红纸面目出现的"红对子"。这是常规的贺岁联。偶尔还会遇见以其他色纸写成的"紫对联""绿对子"和"黄对子"等。这是近三年内有亲人去世的人家所贴的对联,它看似别调,实亦常规。

1. 称谓的恢复与守制联的变化

（1）"守制联"

截至2009年,在当代人编撰的各类联书里,笔者尚未发现有人注意到这类联作并予以正式命名。即使在《中国楹联报》等专业报刊上,也只看到陕西徐熙彦、湖南方专文、安徽丁玉群等个别作者谈及它们,并分别命名"春节怀亲联""春节怀念联"等。据先父生前解释,对于这类特殊春联,传统的称呼是"守制联""服制联",即遵守居丧制度或丧服制度联,口语称作"家里有服的春联"。

（2）居丧制度

在民间,居丧制度首先体现在丧服的五种分类,即斩衰（"缞"）、齐衰（"缞"）、大功、小功、缌麻上;同时,在举行祭奠仪式与连续三

---

① 《"发财"春联泄露了什么隐秘》,《陕西日报》2013年2月22日。
② 参见《卫生院张贴"生意兴隆"对联,致歉声明这样解释……》,《大河报》2019年2月10日。

第五章　对联创作

年守孝期间，也能够看到它的表现形态。1970—1980年代，笔者曾亲眼看见失怙失恃的同学以白布鞔鞋，男孩子在帽子上缠白，女孩子在发辫上缠白，以及有身份的成年人戴黑纱于衣袖等情景。1990年代以后，"守制联"逐渐得以恢复，但由于皮鞋普及、民间忌讳等原因，鞔鞋等风俗未能复现。现代人寿命延长，但城市公共空间逼仄，对于出现在公共场合的缅怀生命现象，人们不免过于敏感。记得媒体曾报道过一个事件：在2000年私家车普及之前，乘客身着孝服搭车，出租车司机直接拒载。

身着孝服是最普通、最显在的守孝方式。也因此在很多时候，守制与守孝、守制联与守孝联，前者成为后者的主要体现者，甚至被看成一回事。不过在古人那里，与守制、守孝相伴随的，还有很多其他的讲究。概言之，即要求死者家属在饮食起居等诸多方面，都要有异乎寻常的表现。《孝经》"丧亲篇"有云："礼无容，言不文。"古代官方更是规定，居丧期间不任官、不应考、不嫁娶，民间甚至有不同房、不庆生、不做寿、不贺岁等习俗。1949年前，民间还有踵步前人做法，在父母坟旁搭庵守墓，直至三年守孝期满的情形。

（3）从守孝联到特殊春联

身上在特定日子披孝服，门上在特定日子贴守制联。门联，是中国人对自家门口的穿戴打扮，也是户主心声的文字表达。即便在普天同庆的春节期间，门上所写内容与所书形式，也要受守孝制度的影响。不过，就像古代"三不"规定、"四不"习俗在明清以后被松绑，在民国以后被淡化一样，后来的春节守制联似乎也有一些细微的变化。例如，在传统守制联里，不仅文辞朴实，叙述平静，而且在内容上仍然落重点于守孝。如"天下皆春色；吾门独素风"。然而到了"有意思亲亲不至／无心过年年又来"里，不仅使用了衔字等修辞手段，与刘勰概括的"丧言不文"传统相悖，而且通过反衬，暗示了其他人家正在过年这一时间背景，突出了守孝者与春节背景之间的不适应性。换言之，这种门联此前是系列守孝联的一部分，后来则与春联发生"交集"，变成了一种特殊春联。"人皆赏节双目喜；我独思亲两泪流。"发现于青海湟源的一本清代对联集里，也载有类似的一副守制联。

延伸阅读： 守服与除服，三年与三天

记忆中的1970年代关中，子女们"头七"之内穿的是"重孝服"，

俗称"长孝衫",包括头上裹白布条、身上穿白棉纱布长衫(后来改为白洋布长衫)。大概因为要劳动、学习,所以到"头七"之后,就改穿"常孝服",俗称"白褂子",即仅上身穿白。"百日"后"白褂子"也见得少了,很多人只保留白布靰鞡等风俗。但每逢周年上坟时,还是要穿"白褂子",直至三周年那天除服,一场丧礼才算正式结束。除服,古称"禫服",民间又称"解服""脱服",即死者子女除去孝服,改换平常衣着。此后,死者牌位也由"灵位"换成"神位"。

据老人回忆,因为有孝服在身,一开始完全不贺岁,后来改为初六起出门贺岁,到了1949年后就逐渐正常化了。《仪礼·丧服》中最早提出子为父母、妻为夫、臣为君守三年丧期(实际为27个月)。汉初形成的《礼记》一书,又对三年丧期内的守丧行为提出了具体标准。作为苦行僧和功利主义者的墨子,从社会生产力水平的实际出发,舍周礼而尊夏礼,在《墨子·节葬下》里明确反对三年居丧制度。1949年后,干部职工有直系亲属(父母、配偶、子女)去世,单位一般给三天奔丧假,最长七天。

2. 现状调查与城乡对比

笔者曾于2000年在故乡观察、在学生中调查,并查阅地方志,得知目前春节守制联情况大致如下:

第一,就时间来说,一般连贴三年。"大舜思亲慕五十;周公守制定三年。"这与连续守孝三年的民俗相一致。至于个别贴一至两年即恢复用红纸的,虽为事实,却不合古制。"尽七""百日"与"三周年"是民间最为看重的三个悼亡日。没有贴满三周年即匆忙撤换守制联,从中反映出的是现代人的从众心理,以及人心不古、急于趋吉的社会趋势。

第二,就用纸颜色来说,有变化的,也有不变化的,而以变化为常。后者更能体现出民间智慧,属于特种情感的细腻表达。

第三,在变色联中,以头年紫(蓝)、二年绿、三年黄色者居多。此外,还有依次为①白、绿、黄,②白、黄、绿,③黄、绿、粉红等其他种类的。其中③黄、绿、粉红色的习俗,流行于陕西商洛"下户"人(康乾年间从南方等地迁居商洛的客籍流民)中间。不难发现,他们第三年所贴联的粉红色,与来年即将转入常规的春联颜色(大红色)已很接近。

第四,在非变色联中,也有种种不同。有的一直贴绿纸联;有的一

第五章 对联创作

直贴紫纸联；有的为男性亡人贴紫纸联，为女性亡人贴黄纸联。

第五，守制联在各地乡村的存续状态并不均衡，虽为有服人家，但不贴任何形式的春联的大有人在；而在都市，春节贴守制联的几近绝迹。

3. 春节怀亲的内容与变化无多的写法

春节守制联，在内容上以怀念亡亲为主，同时也兼顾春节背景。

"守孝难还礼；思亲不贺年。"这是正宗的守制联，质木无文。

"谨守堂前服；不知门外春。"虽然也是言守制，但开始既质且文了。

"思亲腊尽情未尽；想父（母）春归人未归。"这是通用守制联。

"年在严何在；春回椿不回。"这是专用（亡父）守制联。

"守孝不知红日落；思亲常望白云飞。"这是带有文采的守制联。

延伸阅读：广义"守制联"

据先父生前解释，所谓"守制联"可能是一个笼统说法，1949年以前，部分人家守制贴联的时间不局限于春节。另据报道，陕西林随喜2003年发现了一个晚清对联手抄本，其中既有广义上的婚联或者特殊的传统婚联（定亲、鬼婚、娶妾），还有广义上的丧挽联或者说丧挽联的延续即孝联（三七、五七、七七、百日、首周、二周、三周），这些对联品种如今已属罕见。综合以上两种信息，笔者推知：第一，前人追思亲人不仅周期长，纪念日多，而且在每个纪念日都可以配联。第二，倘若我们能够弄清这种"孝联"的全部情况，守制联就可能产生狭义与广义之分。简单地讲，除去目前的春节怀亲联，还有纪念日怀亲联。事实上，在家父去世三周年的当天，笔者也听从了乡里人的说法，匆匆撰书了两副对联：一白一红，祭奠者上坟前贴白纸联，祭奠者走后改贴红纸联，内容近乎"除丧虽然在此日/思亲何止唯三年"，"三年之中驹过隙/此日以后凤呈祥"之类。"礼失而求诸野。"后来，笔者才从其他地方得知，这种讲究属于旧俗的"复兴"，而不是"新法"的开行。

附二 副春联与春条、春牌、挂钱、祖宗图谱卷轴

1. 副春联

（1）灶神、井台等六处小对联

春联主要贴在大门等处，并为住户或单位（机构）而撰写。在乡村，还有一种贴在神龛两旁，主要为家里的灶神、仓神及门外的土地神而撰

写的小对联，算是家门大联的补充。例如："红火通三界；青烟透九霄。""年年取不尽；月月用有余。""土中生白玉；地内产黄金。"这些对联都是结合具体神祇，表达农民朴素的祈福纳祥念想。不仅家里如此，从前井台（房）、打谷场、牛马车棚等处，也有张贴春联的。如"绠引银瓶出；盘频玉液浮。""谷有田场桑有圃；棋为日月酒为年。""两轮如日月；一车载乾坤。"对于以上六种联作，笔者暂且名之"副春联"。有的"副春联"还具有复合性，如清代云南某土地神像（见图5-1）[①]，将所谓"猪神"与土地神相连，并取名"猪栏土地"，神像两侧也配有对联。

图5-1 特殊土地神像 薄松年收藏。高22cm，宽14cm。题为：（旺）猪栏土地（相）。联文："一年高似象；四季大如牛。"

---

① 王海霞主编，姜彦文分卷主编：《中国古版年画珍本·综合卷》，湖北美术出版社2015年版，第313页。

第五章 对联创作

（2）财神、福德祠两处小对联

财神属于大神，如果是从前，须亲身前往庙宇才可能拜求。至1990年代中期，市场经济全面展开，财神信仰在民间重新抬头，部分农民、商户开始在家里设祭财神，城镇酒店、饭馆等处更是兴起了供奉电子财神的新风气。财神配联，因各地所奉财神不同而不同，如文财神范蠡配联："铜山久种无边树；金谷时开得意花。"武财神赵公明配联："铁面扬威能点铁；金鞭耀武自堆金"。

在民间，土地神不仅是衣食父母，还是村庄和院落的保护神。与城隍庙只有县级以上城市才可以官准设立不同，土地祠几乎遍布每个村庄和院落。土地龛，有时也称"土地祠"，但形制较小，常附着于住户院内之墙中间靠下位置。清代至民国时期，个别富贵人家土地龛稍大，龛所在的照壁上有大面积的砖雕装饰，这时的土地龛往往又称"福德祠"，并配联："果是年高多福德；唯从心正集祯祥。""职司土府神明远；位列中宫德泽长。"像山西祁县乔家大院，就是这样。

延伸阅读1：灶神联除旧布新的时间、纸马与配联的离合

关中地区的祭灶仪式虽然也在腊月二十三完成，但很多农户只将旧的小对联撕下烧掉，并不立即粘贴新的小对联，所有的纸质小对联都在岁除日与大对联一起粘贴。有的甚至全部移后，即在岁除日先撕旧的，后贴新的。

前面谈过，神龛里或墙上的纸质神像，也属于广义上的纸马。纸马以单色（黑色）为多，印在红、黄纸或者白纸上面，也有套色印刷的。其上往往只有神像而没有文字，或者只有神祇之名而没有小对联。像明清时期流行的痘神纸马，就只有"痘疹娘娘""散花郎君""痘疹使姐"等神名。据笔者记忆，1970—1980年代之交的关中乡村，每逢过年时，所贴灶神等木刻版神像也都只见神名，少见配联。对于没有附印小对联的，有的人家先补写，再与神像一起贴，有的人家只贴神像了事①。1990年代以后，人们的统合意识增强，加之机器制版代替了手工印版，市场上出售的神像全部像联一体化。居民买了彩色神像也就同时买了红色小对联，再也无须操心补联之事了。

---

① 这种简单化的做法，有点类似后来的只立亡人照片而不写牌位。

延伸阅读2:"五祀"与岁除祭拜

富察敦崇《燕京岁时记》"门神"条载:"夫门为五祀之首,并非邪神,都人神之而不祀之,失其旨矣。"五祀,祭祀住宅内外的五种神。《礼记·月令》:"'孟冬之月'天子乃祈来年于天宗,大割祠于公社及门闾,腊先祖五祀。"何谓"五祀"?郑玄注:"五祀,门、户、中霤、灶、行也。"王充《论衡·祭意》:"五祀报门、户、井、灶、室中霤之功。门、户,人所出入,井、灶,人所欲食,中霤,人所托处,五者功钧,故俱祀之。"行神,道路之神。中霤神,说法不一,有室中央神、窗神、土地神、宅神等之说。至于门神、户神,则分别指屋前大门(双扇)、屋后小门(单扇)之神而言。1949年前后的岁除祭拜,有一祭祖、二迎神、三礼佛之说。其中所迎之神,包括室外的土地神、院中的天地神、井台的龙(王)神、牛马棚的牛马(王)神,以及室内的灶神、仓神等。礼佛,则在善男信女的家庭(佛堂)里进行。初一,还要去本门宗祠及附近的佛寺、道观等宗教场所敬香。

2. 春条与春牌

在关中,与春联习俗相关的,还包括炕帖和院帖。它们是一张张贴在炕墙、院墙上的红纸条。上面写有自我祝福语和新年吉祥话,像"心广体胖""满院春光"等。一般都是单条语,很少写双句子或多句子。这些炕帖和院帖大概是春帖子习俗的旁衍和孑遗。经调查,老北京等地的春帖子民俗比较正宗,多称为"春条"。据说有的"春条"竟达四尺之长,十几个字之多,但句子往往成双而不对偶,像"宜入新年,阖家安然,千祥云集,大吉大利"。

春条虽不属于对联形式,却与春联一起书写、张贴。1980年代,先父每年替人书写炕帖、院帖,其用纸都是写完春联、副春联之后的下脚料,宽约四指,长一尺;不过当年求书炕帖、院帖者寥若晨星,上门者主要求书春联。如果说,前者体现了老辈人节约用纸的好习惯,那么后者则透露出春条已不再成为春节必需品的历史信息。

有趣的是,自1990年代开始,门上张贴铜版纸的"福"字(斗方)成为新时尚,并从正倒贴俱有的混乱状态,恢复到只于水缸、垃圾桶等处倒贴。与此相适应,售卖或者书写"福"字的习俗也兴盛起来。这大概就是清人笔下的"春牌",只是它已不再是牌子,也因为没

· 294 ·

第五章　对联创作

有影壁可挂，故而演变成当下的模样。

3. 挂钱

（1）挂钱的概貌

在"对联简史"一章，笔者提到清人过年时一种常见的纸质装饰品——"挂钱"。较之于对联，"挂钱"往往给人以神秘感。它是垂直悬挂的几张长方形镂空纸条，上面一小部分粘贴在门上方，下面大部分悬在空中。上面齐整，下面呈锯齿状，以五张居多，也有七张甚至三张的。它貌似剪纸，实为刻纸，因为它主要用凿刀镂刻，然后以金铂粘上而成，与细密的剪纸比起来，它相对粗犷。从清代到当下，"挂钱"年俗一直在整个北方和部分南方乡村流行，并从寺院道观延伸至一般民居。其粘贴位置，一般在对联横批的上方或下方。在关中部分地方，"挂钱"甚至可以出现在结婚和丧葬仪式上。①

（2）挂钱的制作

作为传统"非遗"项目，"挂钱"原是一张张逐个粘贴，纸张颜色不一，如果是五张的，多为"头红、二绿、三黄、四水（粉红）、五蓝（紫）"。每张纸分为中间膛子、左右边框和下面穗子等三部分。中间膛子刻什么图文，一开始可能不固定。在《清嘉录》里，凡取材于人物故事的，其图称作"欢乐图"，两旁的小对联称作"欢乐对"。后来改为中间刻"福、禄、寿、禧、财"等吉祥单字，周围是古钱、水纹、花鸟等图案。大约从2010年代起，参与春节纸制品制作的厂家，逐渐挤占了传统手工制作者的市场空间，它们除了改进工艺，变换文字，有的还简化了工序，将五张纸并在一起进行机器印制，颜色也全部改为红色。到了2020年，关中地区还出现了机制仿布型连体"挂钱"。

（3）挂钱的来历

有专家认为，"挂钱"诸物由古代立春日悬挂、张贴、簪戴的"春幡""春胜""春帖"演变而来，并认为到了宋代，它们与元日习俗日趋融合，如《梦粱录》卷六"十二月"所载："（南宋）街市扑买锡打春幡胜、百事吉斛儿，以备元旦悬于门首，为新岁吉兆。"从挂钱的远

---

① 陈喜炜：《关中的多彩门笺》，西安日报社官微《日报天天看》（2017-11-13），https://mp.weixin.qq.com/s/ew-b4BNKCeSpU15e2_RUYQ，2021年3月10日。

· 295 ·

源上讲，此说不无道理，但如今所见的"挂钱"已明显加入了"钱"的元素，例如老北京人就用之"拒穷"。也因此，本书前面依据清人的描述，将"挂钱"看作对"压胜钱"的彩纸化模仿。只是随着人们观念的变化，"挂钱"驱邪的一面被遗忘了，剩下的只有对世俗幸福的联想和渴望。在某些地方，"挂钱"之所以改称"门笺"，据说就是因为当地官员认为"挂钱"之称过分直白和俗气。

（4）挂钱的改名

"挂钱"在全国各地还有若干别称，如"门钱""红钱""挂千""挂签""挂帖""春吊""五色挂钱""郯城凿画"。据笔者调查，在关中各区县，它又被称为"春帘"（凤翔区）、"金马钱马"（眉县，见图5-2）、"门旗"（礼泉县）、"门吊子"（泾阳县）、"门头子"（旬邑县）、"穗（絮）子"（灞桥区）、"纸流苏"（蓝田县）等。有专家认为，当代"挂钱"应该恢复其雅称"春幡"，以便形成以"春"开头的春节纸制品系列。在笔者看来，"挂钱"这一名称暂时还是不改为妥。这里的第一个理由是，"春幡"在当代客家人群还有传承，或指竹竿上高挂的长条形旗帜，或指立春时节客家妹子和小孩子所佩的装饰品，它们是正宗意义上的"春幡"，与这里的春节时节装饰门口的挂钱有较大差异。如果改"挂钱"为"春幡"，可能会造成受众概念混乱。第二个理由，笔者在前面已经谈过，即如今所见的"挂钱"已加入了"钱"的元素。"挂钱"与横批一样，粘贴在门的正上方，早期还五颜六色，与门两边红彤彤的春联相得益彰，且一动（飘扬）一静（固定），配合默契，很好地烘托了节日气氛，即便未到二月二就被风吹落，也不打紧，因为"过门钱，落门钱，落到地上都是钱"。

延伸阅读：清代挂钱情况与当代挂钱的位置及颜色变化

挂钱正式形成于清代。清代天津诗人周宝善有年俗诗曰："先贴门笺次挂钱，撒金红纸写春联。竹竿紧束攒前带，扫房糊窗算过年。"富察敦崇在《燕京岁时记》"挂钱"条里说得具体："挂千者，用吉祥语镌于红纸之上，长尺有咫，粘之门前，与桃符相辉映。其上有八仙人物者，乃佛前所悬也。是物民户多用之，世家大族鲜用之者。其黄纸长三寸，红纸长寸余者，曰小挂千，乃市肆所用也。"富察敦崇所言与本书"对联简史"一章所引《杭州府志》的记载有所不同，他称"门笺"为

第五章　对联创作

图 5-2　"金马钱马"（站在门前右边者为本书作者）

"挂千"，并指出"民户""粘之门前"，这与如今的民俗基本一致了。所以如此，大概是《燕京岁时记》初刊于光绪三十二年（1906），即到了光绪帝统治的末期，而此时"挂钱"的风俗已有所改变的缘故。那么，为什么"世家大族鲜用之者"呢？笔者推测，这可能与清代满族老宅的一件标志性物件有关。它就挂在大厅门外的屋檐下，虽然也叫"门楣"，其实是用上等红绸制成的工艺品；更重要的是，它与"挂钱"相似，也有五色交错的穗子，只是在数量上多达108个。

　　当代挂钱的位置是相对的。以关中为例，1970年代末，该地区农屋以土木结构为主，正门多是双扇门即"三槛（坎）门"（门槛是下槛，题字或图画区的上下横隔板分别是上槛和中槛）（见图5-3）。当时，已有部分农民开始重续张贴对联和挂钱的传统。高者，将挂钱贴在上槛之上的墙面；低者，贴在中槛（即带有"户对"的横隔板）下沿。1980年代变成砖混结构（俗称"一砖到顶"）后，"三槛门"上中槛之间的长方形木板被铁（木）竖条取代（后面可嵌玻璃板）。到了2000年，城乡开始一体化，农屋也改为钢筋混凝土结构，大门为平日里只开小门的大铁门。大铁门没有两边门框，原来上中槛及中间的题字图画区，也与大门分离，成为砖混门楼的一部分。由于门头高大，只好将挂钱挂在题字图画区的下沿。此外，北京有贴之于"门首窗前"的旧俗，

· 297 ·

图 5-3 "三槛门"（中槛两个柱形凸出物叫"户对"）

南方也有继续挂在屋内的。

就当下手工制作的挂钱而言，有的分五色，而每纸单色（正宗，但一般不设黑白二色）；有的五纸全为红色（简化）；有的套色，即在前两者上面贴金箔纸，或者将五色纸图案重新组合为彩色；有的染色，即将五纸分别染为彩色。此外，原来流行于眉县等地的"金马钱马"，是指五金马（贴在门上的镂空纸，即挂钱）、三钱马（贴在金马上的木版拓印黄裱纸），据说寓意"三皇治世""五帝为君"。2010年以降，"金马钱马"里的"钱马"已然少见。长安区的习俗与此不同，是在挂钱的下面衬以同样大小和图形的黄裱纸，或者将黄裱纸叠成三角形。

4. 祖宗图谱卷轴

一年一次悬挂出来，且上面有文字的过年纸制品或类纸制品，还有祖宗图谱卷轴。

与副春联、春帖子、挂钱的一次性消费不同，祖宗图谱卷轴是装裱好的，过年时取出来悬挂一下，过了正月十五即春节结束以后，则撤下并保存起来。卷轴上的文字，除了不断更新的先人名字，就是画面两旁的对联（楹联）了。不过，这种卷轴对联既可以自带，如同神像对联印在一起的副春联一样；也可以是配型另加的，就像明清客堂摆设的那样，一幅中堂，外配相对独立的一副对联。如果是后者，则需要专门撰写对联了。就笔者所见，有的是因袭，有的是新编，有的模式化一些，有的具体一些。2000年代，笔者曾应某人所邀，写过一副祖宗图谱对联："六百年风雨忽过，几知槐树旧闻，分枝新话，百感起家辛苦事；五七辈子孙递出，都愿冥顽有教，定省得安，一门处事谨良人。"

5. 其他纸制品及类纸制品

除了以上这些，过年时的纸制品及类纸制品还有灯笼、窗花、年画等，这些用品上面同样会有文字，包括对联文字。其中的年画，在明清时期都是木刻水印版，近现代有了手绘拍照、戏剧影视拍照等机器印刷版，内容上以童趣表现、祈福求安为主，也有神话小说故事、戏剧影视故事，后来甚至把专业画种也加了进来。例如杨柳青画社1980年代出版、画家邹起奎创作的一幅二尺中堂，配有一副红纸集句联："入日高山生翠霭；穿云飞瀑泻银川。"就属于配联的山水年画。不过，这类过年用品，其配联比率还是比较低的。这也为后来出现的楹联企业提供了一个商机。

延伸阅读：其他纸制品及类纸制品的现实处境

救联先救载体。如果可能的对联载体不复存在，或者开始式微，那么对联的"寄生"就成为问题。事实上，对于春节来讲，灯笼、窗花、年画有的还有一定需求，有的已然不再是春节标配。以2010年代的眉县为例，居民门口的仿绸灯笼可有可无，小孩手里的灯笼多半外壳塑料化、光源电池化，传统所谓"十五夜里碰灯笼"，如今再碰也不会自燃和破碎。因为贴在玻璃上不好清洗，大多数人家便不再贴窗花了。至于年画，无论是逼真的或夸张的现代图画，还是照相版"莲年有余"类木刻、手绘传统年画，对于互联网时代的中青年用户来讲，都不可能魅力如昨；很多人家墙上所贴的，都是企业赠送的广告画加日历，就像"文化大革命"时期农民自购的样板戏剧照加日历一样。楹联企业若想进入这些领域，就不能不直面这种现状。

二 婚联

(一) 名称和常见类型

1. 名称

婚联是指结婚时所贴的对联。既然结婚是"二姓合婚/百年偕老"的事件，婚联自然离不开记述婚礼，祝愿新人。

2. 常见类型

(1) 娶亲联

在传统农业社会里，结婚意味着女方投靠男方家庭，并和公婆生活在一起（古代叫"归"）。尤其是在古代，结婚者年龄普遍偏小，女孩子"过门"早，视公婆为第二父母的认同率也高。所谓"一家之主"，即男方的父母、未来的公婆。操办婚事是辛苦的，为儿子娶妻却是荣光的，这种辛苦与荣光也尽归一家之主所有。与此相适应，撰联者的口吻也多在第三者与一家之主之间徘徊。例如从前人们耳熟能详的一副婚联："幸有香车迎淑女；愧无旨酒宴嘉宾。"上联有对新娘的赞美，下联又有对来宾的抱愧。如果作者是新娘家长，则不会如此措辞。如方尔谦为女儿与袁家嘏新婚撰联："两小无猜，一个古泉先下定；万方多难，三杯淡酒便成婚"，就是以一长辈的口吻平静叙事。

(2) 嫁女联

与娶亲相反，嫁女意味着女儿将被迎娶到男方家里，即离开父母及出生地（古代叫"适"），从此成为娘家的"一门客"。由于骨肉分离，加之农业社会交通不便、捎信艰难，特别是对新郎及其家人的品性不是很了解，此时无论是做父母的还是做女儿的，心里都不是滋味。在娘家，她很可能一直是父母的掌上明珠，如今却忽然要去一个陌生人家生儿育女，去做人家的儿媳妇，怎会不让人担忧和失落？连《战国策》里说一不二的赵太后都要为女儿祈祷"必勿使反"（因遭遇变故而被迫返回娘家），何况普通人家？清代宋崶卿有一副嫁女联："朝夕相依，只说是我家儿，谁知是人家妇；羹汤学作，未谙尔阿姑性，先遣尔小姑尝。"其中上联说得幽微而真实。据笔者记忆，1970年代关中嫁女，虽说也收礼待客，且在时间上比婚礼提前一天，却并不显得十分喜庆，更未看见有张

第五章 对联创作

贴红色对联的，倒是准新娘子哭鼻子抹泪，而老人在一旁劝慰的情景所在多是。1990—2000 年代，笔者在陕西城乡见过四副嫁女联，都是传抄而来的传统对联：一是"百尺丝萝欣有托；千年琴瑟永和鸣。"这是借用红拂女自谦的口吻，表达了女方父母"终于完成一桩心愿"的欣慰和人们对新婚夫妇的共同祝福。二是"应要睦邻和妯娌；更须敬老奉翁姑。"这是为了儿女能够在男方家立足和幸福，女方父母结合新的形势对其所做的传统道德教育。甚至作为旁观者，也会跟着祝福："好女嫁出成贤妇；佳音频传到娘家。"三是"此去有家，公婆同样知冷热；思乡常记，父母永远不炎凉"。这是以家乡长辈的口吻说话，对女孩的婆家和亲生父母家皆有照顾，属于堂而皇之的通用嫁女联。四是"宝马迎来云外客；香车送出月中仙"，这是描写出嫁这天的情景，且以第三者的口吻出之。至于娘家待客的席棚联，多用"惟有薄肴遗爱女/愧无美酒待高朋"一类。

（3）招赘联

招赘是"反客为主"、"女娶男嫁"。对于女方家庭而言，招赘不仅意味着增加了人丁，强壮了劳力，老两口的生活有了依靠，而且让男从女姓（后来也有子改婿不改的），从另一角度延续了女方家的血脉。面对如许喜事，自然要有婚联的配合和渲染。通俗的有："进得贤郎犹是子；生成好女亦如男。""贤婿做儿福中福；爱女为媳亲上亲。"典雅的有："借说秦楼偕弄玉；今知甥馆是萧郎。""袒腹床东歌荇藻；承颜堂北拜椿萱。"横批多用"东吴招亲""一代新风"一类。

附一 新人双方对对子

此类对联之前主要包括两种：一是新郎、新娘本人亲自对对子，二是双方家长请人代对庚帖对（庚柬对）、轿对。前者有《醒世恒言》第十一卷所载"苏小妹三难新郎"之故事，后者有"鱼水千年合（男方庚帖出句）；芝兰百世荣（女方庚帖对句）"，以及"日明月明，日月同明（男方轿联出句）；女好子好，女子都好"（女方轿联对句）之传说。但苏小妹其人既无考，其故事更难视为一种风俗；[①] 后两例也只是分别

[①] 这是就民俗材料的实证性而言，若以比较文学的研究成果，中外民间故事皆存在一个难题求婚的母题。也许"苏小妹三难新郎"的故事，正是这一文学母题的一个体现。

流行于苏北和江西吉安、崇仁、永丰一带的旧俗,虽有博弈一样的趣味和催人读书的功能,但在新的历史语境下能否恢复,以及恢复到什么程度,尚有待观察。

2017年,"联坛十秀"(之一)王家安与女硕士杨甜成婚,婚礼采取凤冠霞帔的中式形式。当新郎手捧绣球来到帐前,新娘的闺蜜们给他出联"咏关雎一二三章,情相悦,心相映",新郎则对以"鸣锦瑟百千万遍,家更安,梦更甜"。①

附二　贺婚联

除了在主要场所张贴婚联外,婚事的主家可能还会收到贺婚联。所谓贺婚联,即亲戚朋友通过各种方式送来的祝贺结婚的对联,其中有的写成了书法形式,有的是纯文字形式。对于这些贺婚联,婚事主家可能还会在婚礼现场悬挂和诵读,有的甚至装订成册,以做纪念。

婚事操办者自己定点张贴的婚联,有的是根据新人的实际情况专门创作的,有的则是抄写古今通用婚联。为什么会有抄而不撰的现象呢?这是因为:第一,新人们在成家立业之前,可入联的事迹和成就不多,故此不好下笔,这也是古代婚联比寿联少的原因之一;第二,结婚是人生大事,需要顾及的方面很多,而婚联不过是婚礼上的点缀之一,在婚礼现场贴上"乾坤定矣/钟鼓乐之""凤凰鸣矣/琴瑟友之"一类通用婚联,既堂而皇之,又无任何非议,如此低成本高回报的美事,何乐而不为?

贺婚联是自贴婚联的重要补充。传统的贺婚联,大多是朋友、同学及父执辈等熟识之人,根据自己所长,自由撰写并送达,往往视角独特,文辞典雅。如今流行的贺婚联,少部分为熟人撰送,大部分属于"遍撒英雄帖"后的应征联。主人图个喜庆,撰联者也是随喜,至于谁嵌名生硬,谁撰联精心,都不是在场者关注的焦点。这里且看几副清代至民国的贺婚联。

清代陆兰生贺祝庆年婚联:"红烛夜深观博议;绿窗风静咏周南。""博议",传说南宋吕祖谦在新婚蜜月里完成了《左氏东莱博议》。"周

---

① 《兰州夫妻举办中式楹联主题婚礼　美了新人醉了亲友》,《兰州晨报》2017年8月14日。

第五章 对联创作

南"实际代指《关雎》,《诗经》第一篇《周南》里的第一首诗《关雎》乃情诗之祖。民国佚名贺赵叔孺娶林姓女子新婚联:"得与梅花为眷属;本来松雪是神仙。"下联由赵叔孺"近世赵孟頫"的名号而来,上联联想林逋"梅妻鹤子"的典故而成,上下联末尾两个字合起来恰好是"神仙眷属"。"神仙眷属"既是表示比喻的成语,也是道家炼丹术里"夫妻俱仙"法门,有葛洪与鲍姑、刘纲与樊云翘的故事传为佳话。王绍湘贺田子谷、李咏兰婚联:"秦晋迭联姻,侄后姑先,又见荆庭迎淑女;中倭犹转战,暮婚晨别,莫因柳色怨封侯。""三荆"本指田真等兄弟三人,这里以"荆庭"代指田姓人家。"暮婚晨别"来自杜甫《新婚别》,原句是"暮婚晨告别,无乃太匆忙",这里指为了抵御日寇,作为军医的田子谷刚完婚不久就得赶回部队。"莫因柳色怨封侯"一句反用王昌龄名诗,且以"柳"对"荆",颇为出彩。

梁恭辰《楹联四话》"诙谐"载:潘(男)、何(女)二姓结婚。女家曰:"吾女无所望,但愿到彼家有饭啖足矣。"男家曰:"我亦何望,但愿媳妇进门以为抱孙之地。"某贺以对联云:"有水有田方有米;添人添口便添丁。"该拆字联不仅巧妙、自然,反映出真实、朴素的民间情愫,且不偏不倚,同时顾及嫁娶双方,允为贺婚联中的佳作。

(二) 当代婚联及其类型
1. 家庭格局的变化
(1) 第三家庭出现

受家族观念淡化、住房条件改善及时代风尚的影响,当代年轻人的聚居观念发生了根本性变化。夫妻俩再加孩子,甚至只要"二人世界"即丁克家庭的小家庭结构风靡一时。他们不但抛弃了 1949 年之前的"四世同堂",甚至连"三代同檐"模式都开始逃避。自 1980 年代开始,儿子、儿媳与父母、公婆分家单过的情形渐成气候,即使乡村的儿子和城市里的独生子女,也有跟风之势。在乡村,婚联内容暂时变化不大。在城市,许多作品只在两位新人身上做文章,嵌名婚联也因此发达起来。

不过,无论是在城市还是乡村,儿女与父母的关系并未完全西化。绝大多数青年上大学、在城镇买房及结婚的费用,依然由父母主要负担或参与分担，而不像西方那样不再依靠来自父母的接济。加之中国当下老龄化问题极为突出，2000年代中后期文化界又转向弘扬国学，所以在婚联中继续提及孝顺与感恩字眼，不但有人道主义的理由，而且有现实环境的依据，无论如何都不算过时。

（2）儿媳未必孝敬公婆

由于男女平权观念普及，"80后"至"00后"城镇独生女儿增多，以及乡村人才向城镇流动，孝敬行为的主体和客体也在变化。此前是"养儿防老""女婿半子"，如今随着儿子儿媳一家的独立，年轻夫妇们更趋向于对双方老人平等尽孝，甚至出现了与此前模式完全相反的局面。为解决姓氏传承等问题，江浙一带兴起了"两头婚"。

在传统中国社会，一般家庭都是儿女双全，儿子（主外）和儿媳（主内）主要孝敬老两口，女儿（主内）和女婿（主外）主要孝敬亲家，两家都比较自足、圆满。尤其是儿媳，一来进（过）门较早，二来受父母教育和社会规范，反倒可能受公婆等长辈压迫。这方面，《孔雀东南飞》里温顺的刘兰芝固不能幸免，连《红楼梦》里泼辣的王熙凤也要夹在低俗的婆婆邢夫人与不大出头的姑姑王夫人中间受气。到了当代中国，儿子儿媳比较早地自立门户，男女平等的社会意识又很流行，儿媳能否孝敬公婆，只能看儿媳的人品，特别是之前所受家庭教育了。在1990年代的中国城市，有"儿子是给别人生的，女儿才是为自己生的"的民谣。在2000年的乡下，个别地方出现了公婆染病在床，丈夫一人负责老人便溺，儿媳则不近病榻的情形，甚至夫妻双方皆弃男方父母于不顾，以致被老人告上法庭。原本作为家庭主力军且共同进退的儿子儿媳共同体，在此被分化了；原来公婆家和儿媳妇娘家既各自自足又友好往来的动态平衡，也从此被打破了。

2. 城乡婚礼、婚联的异同

（1）婚礼的异同

现代城市举办婚礼，往往娶妻与嫁女合二为一，即将双方父母都请来赴宴，并安排在前排就座，接受儿媳、女婿一律化、公开化的"爸妈"新称呼。2010年代乡村举办婚礼，由于婚庆公司的参与，其形式也与城市礼仪不断接近。

乡村婚嫁风俗的变化，不仅表现在1990年代开始的"改口"，更

第五章 对联创作

表现在婚礼的中西合璧上。关中传统的迎亲队伍，由抬花轿的（后来花轿被马车、自行车、拖拉机、小轿车等依次代替）、扛衣架和其他嫁妆的人员组成，其中并不含新郎。而送亲队伍，则由"送女的"客人组成，包括女方的族人和亲戚，"压轿"有童子，扶掖有"喜娘"，其中不含女方父母。在新娘"过门"时，要有属相相符的"接新媳妇的"的中年妇女领进来。如今与城里一样，车队主要迎接送亲的客人，至于电视机、洗衣机、钟表等新式嫁妆，则提前送至新郎家。村里的妇女们可能会像从前一样，从旁打听新郎家给了多少万元的彩礼，但不会叽叽喳喳评头论足搭在院子衣架上的被子、镜子等陪嫁之物，因为这些东西不再被富裕起来的人们看重了。此外迎亲队伍也变了，不但新郎要亲自迎亲，而且增加了西式的伴娘（实际代替了喜娘）和伴郎（新增）两大角色。传统的喜娘由中年妇女担任，只负责扶掖、照顾新媳妇，不参与"拜天地"仪式，如今则要求伴娘伴郎都要未婚、形象好，且全天陪同新娘，甚至也要站在彩台上被司仪提问。传统的"压轿童子"则予以保留，不过"压"的不再是花轿，而是小轿车。

（2）婚联的异同

在城市，婚事操办者不一定是男方家长。如果女方父母在城市工作而男方父母在外地，操办者往往就是女方家长。城市婚联分为两处：一是新房门联及新房所在的居民区单元门联，二是举办婚礼（宴席）的饭店门联。大概因为多数宾客是直接去饭店参加婚宴的，不一定有机会看到前两处婚联，所以饭店门口或婚礼现场的婚联，有时只就新人和婚礼做文章，不太顾及宾客的因素。这一点，与乡村婚礼中的席棚联不大相同。至于娘家大门，如果要贴传统婚联，一般选喜庆的，如"桃面喜陪嫁/梅香和衬妆"；也有选严肃的，如"入院勿丢慈母训/出闺宜守我家风"；或者活泼又典雅的，如"求我庶士/宜其室家"。

不同于城里的是，2010年代乡村举办婚礼的地点，往往是在主人家的大门外，由婚庆公司临时搭建一个露天折叠（拼装）舞台。北方乡村张贴婚联的场所主要有四处：新郎家的大门联（门楼联）、二门联（大房门联）、洞房门联（新房门联）、大门外的席棚联（宴席联）。四处婚联分工既明确，相距也不远。其中，大门联是给所有来宾看的，偏重于喜庆热烈；二门联是给主要亲友和自己家人看的，更多温馨实在。

至于洞房门联，自不必说是婚联里最核心、最华美的部分。诸如天作之合（"乾坤位定人间好／男女缘成天上奇"）、蓝玉早种（"轻画黛眉欣此日／同骑竹马忆当年"）、芙蓉帐暖（"秦楼凤奏三更曲／桂子香浮五夜云"）、麒麟来怀（"今日银河喜初度／他年玉树卜生枝"）、比翼齐飞（"一心同步百年路／双手共描二月春"）之类，都可作为题中之义。写法上，传统联书里的月份婚联、季节婚联、姓氏婚联琳琅满目，足资借鉴。

2013年国庆节期间，家兄为侄子操办婚礼，嘱咐笔者拟写婚联寄回。其中大门联、二门联和新房联依次如下："婚庆喜联国庆，庆庆喜多，贺喜醪盈琥珀盏；梁州情定雍州，州州情笃，含情乐响凤凰楼。""比翼路如渭河永，须互爱更兼互敬；双亲恩似秦岭高，有新家犹念老家。""学科有加，伦理从今并地理；情话随意，英文应不碍中文。"前两副平淡无奇，最后一副紧扣侄子（中学地理教师）、侄媳（中学英语教师）的职业下笔，或可视作雅谑。

现实婚礼中，有的给祖父母卧室、父母卧室、厨房、收礼棚等处也贴上对联。如"五桂堂前夸并茂；一兰阶下引丛芳。""今岁乐栽连理树；来年欣看绍裘人。""美味此间夸巧手；高情今日谢芳邻。""接宾先问风尘苦；提笔再书姓字香。"

延伸阅读：传统月份婚联、季节婚联举例

正月新婚：才贴桃符梅正艳；又迎鸾凤喜添翎。二月新婚：杏坛春暖花并蒂；兰闺日晴燕双飞。三月新婚：三月桃花红锦绣；万盏银烛引玉人。四月新婚：豆蔻正开香尚蕊；喜薇才放露初匀。五月新婚：花开并蒂蝴蝶舞；连理同根杨柳青。六月新婚：双飞黄鹂鸣翠柳；并蒂红莲映碧波。七月新婚：云汉桥成牛女渡；春台箫引凤凰飞。八月新婚：秋色平分佳节夜；月华照见玉人汝。九月新婚：诗题红叶同心句；酒饮黄花合卺杯。十月新婚：花放美蓉春尚小；酒斟琥珀夜初长。十一月新婚：画眉笔带凌云气；种玉人怀咏雪才。十二月新婚：合欢共醉黄封酒；度岁新添翠袖人。春季新婚：景丽三春，桃花灼灼；祥开百世，瓜瓞绵绵。夏季新婚：玉轸风薰，琴声和畅；金闺日永，花气细缊。秋季新婚：玉律鸣秋，鹊桥路近；金风涤暑，鱼水欢谐。冬季新婚：候届玄英，朱陈结好；心盟白首，梁孟相庄。

第五章　对联创作

3. 与外族、外籍人结婚及其婚联

汉族与少数民族结合，中国人与外国人结合，历史上不乏其例。如今的诗联界，依然不时有同情汉代王昭君、艳羡民国陈香梅的作品出现。改革开放后，"涉外婚姻""跨国婚姻"不仅不再是个例，甚至在某些地方、某些人群中成为潮流乃至常态。笔者有位书法家同事，需要为朋友的女儿书写一副新婚婚联，让笔者帮忙撰辞。这位新娘是在美国留学时，与一位瑞士同学相识相恋的。两人商量好，婚后将乘飞机去瑞士生活一段时间。于是笔者尝试撰联："缘契红绳牵，姻结两岸；春回银燕至，巢筑三国。""当铭一世百年诺；无负双亲万里心。"

附三　"荤对子"

婚联里有雅谑联一说。1943 年，张琴秋与苏井观在延安结为夫妻，新房的墙壁上张贴着原红四方面军老战友所撰婚联："两位老家伙；一对新夫妻。"[①] 该联亲切风趣，显示出赠联者与当事人之间亲密无间。与一般雅谑联不同，"荤对子"专以性玩笑打趣新人。其中，有的示以性暗示、性议论，有的直言不讳地进行性白描、性叙述；有的亦庄亦谐，有的纯属玩闹；有的机智俏皮，让人掩口葫芦，有的粗鄙无聊，留下嘘声一片。

"荤对子"不仅与婚联结缘，有时还会出没在其他社会领域。[②] 只是由于结婚意味着两性和合，"六礼"之后就是"敦伦"，故而容易招惹好事者以"荤"联代替婚联。如果说，集四书句联"彼丈夫也，令闻广誉施诸身，若是则过人远矣/有妇人焉，袒裼裸裎于我侧，如此其动心否乎"还处在边缘地带，那么，前面提及的戏题熊希龄、毛彦文婚联"雄（熊）心不已/茅（毛）塞顿开"无疑已开始涉"荤"。何淡如贺朋友十月新婚联"雪点梅花，昨夜不知五六出/灰飞葭管，小阳初入二三分"，表面上是从物候学和古代"候气术"两方面出发，点明婚礼的季节、月份，文字甚是雅致，实际上可能别有所指，且不乏酸腐之气，只不过不像"不破坏焉能建设/大冲突乃有感情"那般赤裸裸顽皮

[①] 宋凤英：《红军传奇女将领张琴秋的情感世界》，《党史博采》（上）2006 年第 3 期。
[②] 参见《中山镇征集"荤"对联起争议》，《重庆晚报》2005 年 8 月 4 日。

与恶俗而已。至于民国以降，从数学、军事等角度作喻戏人并盛传于民间的"诙谐联"，其大部分可划归广义"荤对子"。

在传统乡村风俗中，确乎存在新婚之夜"闹（洞）房"的环节，以及"不闹不热闹""人不闹鬼闹""新婚三日无大小"等说法。从汉代到民国，笔记、方志等古文献也都有这方面的记载，甚至当今的汉语词典里还保留着一个"专业词语"："戏妇"（俗称"耍媳妇"）。改革开放之后，极个别脚步已经进城、头脑却依恋乡村旧俗的文化人，有时也会当众表演"荤段子""荤对子"。冷静解析这些婚俗和说法，会发现其中可能包含着狂欢、趋吉及加速彼此熟悉程度等积极含义，甚至有性启蒙、宣传人口生产等功能。然而时代不同了，绝大多数新人彼此交往已久，对婚育知识也有所了解，同时个人尊严和隐私保护意识也在不断增强。在现代城市，传统婚俗的某些环节和做法已被弱化和文明化；在乡镇，某些失去底线的婚闹恶作剧甚至受到司法的关注和阻截。①

在这种背景下，如果有人积习难改，在撰联贺婚和骋才游戏时依旧"不避荤腥"，那么他就应该注意：第一，厘清自己与新郎新娘的关系，自重身份；第二，分清场合，把握分寸；第三，增强艺术性和精致化，多些新鲜感和社会内容；第四，偶一为之可谓歪才，一味沉湎则恐入歧途。

附四 复婚联、再婚联及其他婚联

1. 复婚、再婚及其婚联

前面所谈，主要是新婚（初婚）婚联。新婚婚联是婚联的主体。至于非主体的复婚婚联和再婚婚联，自古所传数量既少，其原因和问题也值得探讨。

第一，婚联与婚礼紧密相关，凡不举办婚礼者，张贴婚联的诉求自然不强烈，而复婚、再婚是否举办婚礼，也无一定之规。不像"结发夫妻"，既觉新鲜而神圣，自需公开且铺张。相反地，复婚者都是彼此熟悉的老面孔，悄然和好者多，大张旗鼓者少。再婚者分为两种：一方

---

① 参见沈彬《闹新娘，打着传统的幌子耍流氓》，腾讯评论第4181期（2018-02-28），https://view.news.qq.com/original/intouchtoday/n4181.html，2018年5月1日。

第五章　对联创作

为初婚者，一般要举办婚礼；双方都是二婚，即所谓男子"续弦"、女子"再醮"者，则想热闹的可以举办，嫌费事的则无须多此一举。

第二，古代也有离婚、复婚的，但属于小概率事件，而古人再婚多半是因为丧偶。《长生殿》里称卓文君早寡是"琴断朱弦"，即与丧偶有关。也因此，古代再婚者多是中老年人，再婚婚联"千里姻缘一夕会；半生佳偶百年亲"一联，即此写照。现代人与此不同，受欧风美雨的影响，中国社会自1980年代末到90年代初开始，出现了阴阳大裂变。结婚后离异、离异后再结婚的现象急剧增多，很多人也不再以此为耻。离异的原因，以婚外情（性）、性格悬殊且不相包容，以及一方不履行家务为多，以致2001年新《婚姻法》被迫将"夫妻应当互相忠实互相尊重"作为基本原则列入其中。2007—2016年近十年间，中国甚至出现了初婚率越来越低、再婚率越来越高的诡异现象。①

再婚者主要为离异人士，其中不乏新婚不久的年轻人和已抱孙子的老年人。古人复婚，就"破镜重圆""鹊桥再架"本事而言，徐德言与乐昌公主是失而复得，牛郎与织女更是望眼欲穿，他们与如今复婚的主要形态，即先因感情破裂而离异，后因各种缘故而复合的情形也不相同。所以，如今使用传统的再婚联、复婚联，其实是一种模糊化行为，使用者只着眼于第二次结婚，至于为什么会第二次结婚，则尽量不去与古人做比对。

第三，一般认为，复婚是"破镜重圆""鹊桥再架"，再婚是"梅开二度""琴瑟重调"。但不少对联集都将"钩弋朱弦欣再续；乐昌宝镜喜重圆"划归再婚联②，这实际上是非新婚婚联的第二次被模糊化。这让我们想起相传为卓文君所作的诀别诗及其"朱弦断，明镜缺"的句子，想到了"月圆"这个在新婚、复婚、再婚婚联里都曾显露身影的意象，甚至想到了现行法律并无"复婚证"一说，复婚在法律意义上仍属于再婚的现实状况。

---

① 《中国婚姻10年大数据：再婚人数逐渐增加这个省离婚率最》，腾讯财经（2018-03-26），https://www.jiemian.com/article/2014623.html，2020年3月1日。

② 明代程登吉：《幼学故事琼林》"夫妇"篇曰："结发系是初婚，续弦乃是再娶。"下注："《汉书》：武帝令钩弋夫人赵氏弹琴，弦忽断。赵氏泣曰，断弦者凶兆。帝曰，可续，以外国所进鸾血作胶续之。"

第四，鉴于以上分析，如今写作婚联，要么普适性强一些，要么据实下笔，只要不违背喜庆原则，不违背双方当事人意志即可。

当然，指出传统的非新婚婚联比较少，不等于说它没有。从清代到今天，还是有人写过这类婚联。如复婚婚联："前情谅解都如梦；后景欢娱总是春。"既不回避过去，更能够着眼于当下与未来，平实叙述中略带文采表现。"堂前乍见浑如昨；帐里回思恍若新。"对比复婚者前后心理变化，深沉而含蓄。"再沐爱河重挽手；新栽绿树永交柯。""鸳分复合情犹热；月缺重圆光更明。"这两副是就当下的复婚说一些简单祝福的话。

再看再婚婚联："苑上梅花欲二度；房中琴韵自重调。""鸾胶新续夸双美；凤翼齐飞庆百年。"这是通用再婚婚联，自《诗经》以来"调琴瑟"就是处理夫妻关系是的代名词。"锦堂叠见双星寿；碧沼重开并蒂花。"这是老人再婚婚联。"海燕引雏朝凤阙；江鱼带子跃龙门。"这是带子再婚的婚联，也有人将其作为二次嫁女的专用联。

此外，再婚也有被贺婚的。李渔"贺王子玠京兆续娶"联曰："鸾胶今日续鸾胶，依旧是名门淑女；凤卜将来扬凤卜，还须应丹穴佳雏。""丹穴佳雏"，本作丹穴灵雏，这里指杰出后代。如果李渔未将"鸾胶"一词泛化，即既指男子丧妻再娶，又指女方丧夫再嫁，那么这位顺天府王守才（子玠）府尹就是一个三婚者，而他续娶的则又是一个黄花大闺女，而非丧偶或离异者。钟云舫有过一副"喜姻类"对联："好姻缘结在百年前，喜皓月重明，朱弦再续，既克遂室家之愿，敢漫功名汝来乎，恰逢景运开通，藉此寻师，要立蓬洲三岛雪；奇男子心游五部外，奈严慈将老，色笑难违，正欲驰欧美之观，几番踯躅吾去也，厥后高堂侍养，得卿助我，足当瀛海一帆风。"原联下有注："为许春谷续弦作。仪陇人，从军西藏，归拟娶后游学日本。命意如此。"

2. 集体婚礼、旅行结婚、金婚纪念及其对联

早在民国时期，就有了集体婚礼这种舶来品。与传统婚礼相比，集体婚礼不但摒弃了颇费周章的择日，还将婚礼的主办方更换了，即由家庭操办改为由单位（机构）举办。它提倡新观念、新风尚，反对旧的彩礼制度和铺张浪费的作派，主张以爱情为基础的现代婚姻观，并遵守登记结婚等现代婚姻管理制度。集体婚礼只是一种简化了外在形式的结

第五章 对联创作

婚方式，一对对新人来去自由，彼此之间也不必相识。同时，这种新的婚礼形式也是因地制宜、与时俱进的。2000年代前，如果属于军婚且在军营举行集体婚礼，新人们可能只戴一朵大红花，其父母也不必到场。到了2000年代，社会上的集体婚礼往往有商业公司介入，增加了婚车巡城、栽爱情树等环节，父母也大都是婚礼的见证人。至于现场是否悬挂婚联，则情况不一，有挂的，也有不挂的。笔者曾应约写过一副集体婚联："合欢即吉日；并蒂在同心。"

作为一种集体风尚，旅行结婚大约始于2000年代，主要是学习西方度蜜月（honeymoon）的做法，领略大自然的美好，享受二人世界。到了2010年代，又从跨省游玩变成出国旅游，从自理自助变成依靠商业公司运作。其中，有的领了结婚证后就启程，有的在办完婚礼后才出发。不管何种情况，这时若写旅行结婚婚联，就都带有贺婚联的性质了。如"异乡当思故乡美；蜜月更觉岁月甜"。

年轻人拍摄套餐性的婚纱照，是1990年代引进于台湾的生活时尚。在此前后，流行于西方的纸婚、银婚等概念及其纪念方式也传入了内地。到了2010年，不满足当年只有一张小小黑白结婚照的"20后""30后"老人们，也跃跃欲试，补拍婚纱照，并且很快从城市渗入乡村。在传统中国社会里，夫妻之情多被亲情所主导，原有的爱情成分往往被人忽略。[①] 特别是在生儿育女之后，他们此生在人间的纪念仪式，就只有看似热闹的寿礼及他们看不到的葬礼了。在"家和万事兴"等家庭文化的熏陶下，"50后"及此前的人们其婚姻状况相对稳定，他们中的大多数以离婚和再婚为异常、缺憾乃至于羞耻。对于这些中华儿女而言，西方所谓 Silver wedding（银婚，结婚二十五周年）、Golden wedding（金婚，结婚五十周年）和 Diamond wedding（钻石婚，结婚六十到七十五周年）并非高不可攀的生活指标。"在这个世界上，即使是最幸福的婚姻，一生中也会有两百次离婚的念头和五十次掐死对方的想法。"兰迪斯太太的那句话因为《幸福婚姻法则》而传遍全球，其实它只是一个极端表述。中国式婚姻有勉强维持的，但更多总体和谐的，甚

[①] 在个别多子家庭，父母到了晚年，儿子们往往以能力有限和妻子有异议为由，一人只愿意赡养一位老人，导致两位老人被迫分开，承受着生活上的不便和情感上的折磨。

至一辈子从未红过脸的中国夫妇也不乏其人。披着西式婚纱，拍一张大半辈子婚姻纪念照，就是给这些中国老人平添一种全新的人生体验。此时此刻为他们送去祝福性对联，可谓中西文化合璧的体现。为此，笔者特请几位联友尝试撰写金银钻石"三婚"纪念联。卫建国题金婚联："此生何契阔，想五十年前，交颈同倾春醅绿；与子共从容，待三千日后，并肩还看夕阳红。"王天性题钻石婚联："遇两心靠拢始结良缘，喜见儿孙成大器；凭六秩乐忧悉归往事，还携理解度余年。"笔者亦凑趣银婚联："娑婆已半多，无悔当初，只为前缘执玉手；鸳侣皆劳苦，并非唯我，再凭真爱订金婚。"

延伸阅读：婚礼的意义及变迁

在传统社会里，婚约和婚礼最为重要，官方登记次之。而婚礼具有多重意义，包括心理的（认识并认同对方）、生理的（被允许"圆房"）和社会的（将承担生儿育女和养家糊口责任），也因此，如果传统婚联中偶或出现"被翻红浪""含羞人"等性暗示及特殊表情字眼，应该不难理解。但是，现代社会尤其是网络时代则不然，从公共场合要求讲文明，到性知识普及、贞操观念变化，都意味着婚联作者不必在这方面蹈袭古人。其构思重心，理应放在结婚心理意义和社会意义的发掘上。

事实上，就全部婚俗而言，遭受娱乐圈和商业圈冲击，从而被西化、被"移风易俗"的环节还有不少。除了"问名""纳吉"等早被自由恋爱甚至婚前同居风气基本取代，导致不少现场新娘只有高兴、亢奋而不再羞涩、矜持外，2000年代变化最明显的，乃是被传统审美视为空茫不吉的白色与婚服（婚纱）结缘，开始全面取代凤冠霞帔或大红外套，同时，选择在"五一""十一"和周末等公共节假日结婚，也取代了按八字测算婚期并在正月等时间结婚。至于新娘前往祠堂"祭祖"的风俗，早已不复存在，"文化大革命"中改为向领袖画像鞠躬，2000年代又变成向现场双方父母鞠躬、敬茶。只有在影视剧中，偶尔还能够听到传说中的套词："一拜天地，二拜高堂，夫妻对拜，送入洞房。"中国人为什么要在结婚时"祭祖""拜天地"？因为结婚是神圣的，除去感恩祖先和天地神灵，更是在昭告他们，并请他们出面见证。这与近现代西方人去教堂举行婚礼，并在牧师或神父或官方认可律师的见证下，宣称"在上帝面前"如何如何，其实是相通的。

第五章 对联创作

总之，现代人生活方式不同、人性自由意识增强及法律上的宽容让步，① 都会影响到婚礼婚俗的调整与两性交往方式的改变。这种调整和改变，既昭示着某种意义上的进步，如以双方爱情为基础、以个人幸福为旨归；同时也意味着新的社会问题和伦理问题的产生，如性自由对身体的威胁和对婚姻的侵蚀②、个人对家庭责任的主动简化以及由传统陋习、现代资本和女权主义合成的性别对立。一个具有现代意识和求实精神的对联人，应该对这一切都有所了解和思考，以便采取更合适的撰联策略。

三 丧挽联

（一）常规丧挽联

1. 丧挽联与挽联

就古代文献而言，春联最早，丧挽联最多。这里的"丧挽"是一并列型结构，且"丧"与"挽"不尽同义。"丧"，甲骨文从噩从桑，小篆从哭从亡，本义死亡或哭亡者。"丧乱""居丧""治丧"等词，即与该词本义直接关联。"挽"，古字从"車"，即"輓"，本义牵引车辆。古代出殡时，执绋者（拉绳助车的人）一边"挽丧"（牵引丧车），一边唱"挽歌"，其中为皇亲国戚服务者还雅称"挽郎"。表悼念义的"挽诗""挽辞"，即由此产生。

"丧挽联"，是指治丧（悲悼亡人和办理丧事）和吊唁（送埋亡人和安慰家属）时所用的对联。治丧联，亦称殡葬联、丧葬联、丧事联；吊唁联，亦称吊挽联、哀挽联。前者由丧主贴在自家门口及其他相关地方，后者为亲朋好友及社会组织所送。两种对联主体既不一致，内容自应有所区别。通常所谓"挽联"一词，有时专指后者，有时是二者的统称。在实际写法上，二者偶尔也有互渗的情形。

---

① 2001年最高法关于《婚姻法》的司法解释及随后的《婚姻登记条例》，删掉了1989公布的《关于人民法院审理未办结婚登记而以夫妻名义同居生活案件的若干意见》中"非法同居"二字，改为中性化的"同居关系"。

② 《张文宏：如果家有女孩，这一针疫苗尽量早点打！》，网易号《孩子通》（2020-07-15），https：//www.163.com/dy/article/FHH8KD1C0526F7AE.html，2020年12月1日。《南京今年新发现艾滋感染病例最小16岁》，中国江苏网"教育资讯"（2020-12-01），http：//edu.jschina.com.cn/jy/202012/t20201201_6894151.shtml，2020年12月1日。

延伸阅读：大众挽联和应征挽联

对联兴盛与传媒发达，使得挽联的递送方式、作者队伍和哀挽时间也在悄然发生着改变。

传统意义上的致挽者，主要是远近亲戚和三朋四友，而且大都将挽联直接并及时送达亡人家属手中。大约从1910年代起，某些公众人物去世和喋血事件发生后，往往会有大量挽联见诸媒体，或陈列实地。很多挽联作者，此前与亡人并无过从，其挽联也不一定写成书法形式。互联网时代的到来，加剧了这种现象的增多。2016年，翻译家、作家杨绛去世，某联友为她写了挽联，并发表于对联刊物。据事后了解，他并未读过杨绛的著作，遑论认识杨绛本人，此次写作挽杨绛联的素材，全部来自百度搜索。

从一个人去世，到众人为他撰联哀悼，中间往往存在时间差。笔者以为，凡私下撰写了挽联而没有及时送达，或没有打算送达丧主（一般为嫡长子）手里或吊唁厅、殡仪馆的，只要写作时间在数日之内，都可以称作挽联，如近些年电脑和手机上连绵不断的挽名人联：2017年"挽余光中"联、2018年"挽霍金"联、2021年"挽袁隆平"联。相反地，如果撰联时间与去世时间相距甚远，则一般不在讨论之列。

互联网时代的另一个挽联现象，就是当联家有亲人、老师去世时，也像公开征集寿联、婚联、开店庆贺联等一样，在网上公开征集挽联。这与民国时期在报纸上刊登"哀启"有些相似。由于应征者来自五湖四海，与征联者的亲密度也各不相同，对亡人的了解又全然出自征联者之口，因此所征挽联在质量上可能参差不齐。不过这一点无关紧要，对于征联者来讲，他们主要在意安慰效应。

2. 丧挽联场合

在乡村，治丧联的细目较婚联稍多，包括大门联（封门联、发丧联）、灵棚联（灵堂联、祭拜联）、席棚联（宴席联）、戏棚联（戏台联）等，有的还延及坟墓联。在城市，治丧联主要供丧主门口或灵堂两旁贴挂，同时，在殡仪馆内举办告别仪式时，也可能用到它。自2010年代后，告别仪式上的治丧联多由原来的手写改为通过电子屏幕显示。哀挽联，从前是在客堂里独立展出的，如今有的直接附在大花圈上。1949年之前，某些重要人物死后，亲友们往往要为其作"哀思录"

第五章 对联创作

"荣哀录",其中就包括这些哀挽联。

延伸阅读:送花圈

花圈习俗为"舶来品",最初并非为丧礼专用。1912年,民国政府在新颁布的《礼制》和《服制》中规定:"吊丧来宾,男子左腕围黑纱,女子胸际缀黑纱结;吊仪除挽联、挽幡、香花外,还有'花圈'。"在关中乡村,因丧事而送花圈的习俗,也经历过不同阶段。1970年代,只有亲戚朋友才送来圆形或心形的小花圈、菱形金斗等,且多为手工自制,死者家属和本族人只参与治丧,不送任何丧葬礼品。2000年代中后期,不仅小花圈改为大花圈,自制改为购买,而且有的地方与城里一样,也将死者子女、孙子女等人的姓名缀在大花圈上,侄子辈则有所谓"行孝榜",就像每逢婚事,本族人也改为"凑份子"一样。

3. 丧挽联特点

无论是讣告、悼词,抑或是这里的丧挽联,对于死者的死因、生平事迹等都有可能涉及。但与前两者不同,作为最具文学潜质的民俗对联,丧挽联与秦汉之际的《薤露》《蒿里》一脉相承,一则侧重表现痛惜之情(丧)和劝慰之意(挽),二则还要对以上内容进行概括化、艺术化的处理。

这里所谓艺术化,是指除了借日月、季节等自然现象及其变化做文章外,丧挽联有时还会使用代称、用典等辞格。笔者的继祖母去世时,适逢秋雨绵绵,记得当时灵堂门口有联:"惨看秋风扫黄叶;愁教明月照空堂。"这是借物候现象,渲染悲凉的气氛。1940年11月,湖南湘乡各界在昭忠祠举行追悼会,缅怀坚持抗日、宁死不屈的国民党76师政治部湘乡籍女烈士谭熙云、彭馨临、陈定亚,会场联是:"深闺未字,易髻从戎,几千里结伴南行,看满地黄尘,明日三更三瘦影;强寇骤临,危城以陷,七六师绝援西去,叹龙山匹练,斜阳一缕一消魂。"这是用宋词式语言来煞尾,让读者在肃然起敬之余,又难禁酸楚与怅惘。李篁仙挽汪玉笙同年联:"人如黄菊凋残,会中酒寒深,秋黯园林病司马;我亦青莲摇落,念解衣情重,春沉潭水哭汪伦。"在这里,作者用晚年病重的司马相如与"桃花潭水"旁送别李白的汪伦来代指亡人。

艺术化不等于反真实。如果不顾实际而刻意表现或一味夸张,则必然走向虚假和谀颂。在兼顾真情实感方面,太多陈词与套路的当代挽联，似乎不及天真通脱的民国挽联。正如孔子所言："非其鬼而祭之，谄也。"（《论语·为政第二》）也正如向义在《论联杂缀》里所分析的："盖年届耄耋，中人之愿已足，有何可痛？作者只能将自己关系叙出，表共哀悼之情。若绝无关系，空为颂扬，几与寿联无别，不如其已也。"

4. 丧挽联类型

（1）痛哭悲伤型

民国湖南桃江夏学庭挽姊妹联："姊妹共八人，几年菱厥叶，几年菱厥花，手足痛分离，叫为弟从哪个哭起？母亲近七秩，一声我的儿，一声我的肉，肝肠悲寸断，问此事将何日丢开？"撕心裂肺，让人不忍听闻。民国某女婿挽联："贫则以与财，饥则以与粟，垂爱比双亲，讵期岱岳旋倾，未报涓埃归地下；殓不凭其棺，葬不临其穴，扪膺惭半子，安得朔风正厉，为吹血泪到灵前。"该联也是椎心泣血，甚为沉痛。其中下联前两句是对《祭十二郎文》里"敛不凭其棺，窆不临其穴"的改用。

（2）敬仰惋惜型

毛泽东挽续范亭联："为民族解放，为阶级翻身，事业垂成，公胡遽死？有云水襟怀，有松柏气节，典型顿失，人尽含悲。"因为政治"事业垂成"，他的去世让人惋惜。晚清孙雄（1866—1935）挽宗源瀚联："学术综申韩庄老，治行追召杜龚黄，老成人自有典型，剡当时局艰辛，孰如公谋国心丹，忧民发白；循声留浙水东西，硕望重大江南北，明德后宜生达者，幸得缔交令子，胡使我缘悭觌面，泪洒招魂。"前面大都是敬仰，最后"缘悭觌面"一句才道出遗憾。

（3）回忆惆怅型

该类对联往往包含今昔对比、人我对比。袁枚挽蒋麟昌联："一榜少年今剩我；九原才子又添君。"上联明示孤寂，下联暗含赞颂。现代孙镜忧挽冯敏之联："昔年于役保阳，昕夕趋承，促膝纵谈天下事；此日怆怀涿郡，幽明暌隔，伤心不见老成人。"总体上平实道来，但上联偏于"目接"，下联转为"神遇"。

（4）沉痛悲愤型

1939年，时任上海租界法官的郁华，因为拒绝宣判夺取他人性命的特务无罪,被汪伪"76号"派人杀害。此时,弟弟郁达夫已经离沪,只能泣以挽联,并揭诸报端:"天壤薄王郎,节见穷时,各有清名闻海内;乾坤扶正气,神伤雨夜,好凭血债索辽东!"当代台湾张龄挽谭魏生联:"当晦盲否塞之交,来日大难,先死谁云非幸事?念徐陈应刘而恸,幽忧为疾,他生切莫作词人。"上下联尾句尤为犀利扎心。

(5) 展示凸显型

邵力子挽孙中山联:"举世崇拜,举世仇恨,看清崇拜或仇恨是些什么人,愈见先生伟大;毕生革命,毕生治学,倘把革命与治学分成两件事,便非吾党精神。"该联的精彩,固然在于上下联后两句的议论,但前面两组精警之句,却是展示了两种社会和人生的奇观。蔡元培挽鲁迅联:"著作最谨严,岂徒中国小说史;遗言犹沉痛,莫作空头文学家。"鲁迅一生可写之事很多,上联仅涉及《中国小说史略》,是出于对鲁迅没有好文章之说的反击;下联也只就"莫作空头文学家"做文章,显示了鲁迅遗言于作者印象之深。

(6) 对话欲言型

沈钧儒挽鲁迅联:"这世界如何得了,请大家要遵从你说的话语,彻底去干;纵躯体有时安息,愿先生永留在我们的心头,片瞬勿离。"上联有号召,下联是祈愿。前述徐懋庸挽鲁迅"敌乎/知我"联,则纯为心灵对话。

(7) 达观劝解型

晚清严修(1860—1929)挽冯学彦联:"振古如兹,举世谁无老病死;惟君何憾,可传犹有画书诗。"死亡本属悲哀之事,但如果死者是一位年过八旬且寿终正寝的幸福老人,民间则称之"喜丧",所谓"以死者之福寿兼备为可喜也"(《清稗类钞·丧祭类》)。与"既悲君逝,复念吾衰"一类悲苦情调不同,该类对联多出自性情豁达者的笔下,而且他们对亡者及其受者(亲属)也比较了解,故有如此言说。1931年,诗人徐志摩乘飞机在济南不幸遇难,时任中央研究院院长的蔡元培挽曰:"谈话是诗,举动是诗,毕生行径都是诗,诗的意味参透了,随遇自有乐土;乘船可死,驱车可死,斗室坐卧也可死,死于飞机偶然者,不必视为畏途。"上联是联想式赞美和告慰,看似别致,实走寻常路线;下联究竟是代逝者而示生者,还是从曾经的大学校长的职业习惯出发,顺势劝导世人，抑或其他意蕴的表达，似不好遽定，但不管怎样，其表层含义都是显豁无疑的，即充满达观乃至笑傲的意趣。

（8）旌善务实型

前面谈过，与治丧联不同，哀挽联是第三者送达的，有时包含安慰家属的成分。曾国藩挽梁俪裳太史太夫人联就是这样："八年九子四登科，更芸馆齐名，相与掞藻摛华，合众口曰难兄难弟；万里孤云一回首，痛萱帏永隔，尚冀节哀顺变，留此身以事父事君。"在古代社会里，相夫教子是女子的本分，也是她们的主要成就。该联上联是旌表老妇人，也是告慰其在天之灵，下联则先同情，后劝慰其子女。这里的问题是，不是所有亡人都有梁俪裳母那样的成就。譬如，某七旬农妇，中风卧床十年后去世，急需撰写治丧联，对此当如何下笔呢？说"泣血"，似乎夸大其词，用"鹤唳"，亦觉貌雅实俗，考虑再三，笔者决定借鉴哀挽联的做法，即加入旌表和安慰亲属的成分，同时也算实话实说。联曰："夫君已尽心，儿女已尽孝，仰天唯有两行泪；襁抱再难入，音容再难亲，传梦还期来世缘。"既未脱离治丧联的本体，同时因为真实而显得亲切，对亲戚邻里也是一种暗示和教育，该联因此受到当事人和来宾的认可。

5. 挽者的立场、措辞和语气

因为挽者与死者的关系各不相同，撰写挽联时，挽者的立场（视角）、措辞、语气等自然也有差异。"最怜儿女无知，犹自枕畔娇啼，问阿母重归何日；但愿苍穹有眼，补此人间缺憾，许良缘再结来生。"代孩子呼唤亡人，盼来生再结良缘，这是丈夫挽妻子联。"小草沐栽培，念教泽无涯，久叹源流泗水远；高山殷向往，庸音容永隔，空怀道范岳云深。"感恩逝者，这是学生挽老师联。"笔砚几相同，若论青蓝，我且视为畏友；门墙今顿寂，遍罗桃李，畴有似此良才。"赞扬逝者，这是老师挽学生联。

关系远近不同，感情浓淡有异，这可以从悲悼语气上读得出来。如挽曾伯叔祖、伯叔祖通用联："事业已归前辈录；典型留与后人看"，该联语气平缓，没有任何细节描写和场景渲染。

左宗棠有两副挽联，一挽曾国藩："谋国之忠，知人之明，自愧不如元辅；同心若金，攻错若石，相期无负平生。"二挽胡林翼："论才

第五章 对联创作

则弟胜兄，论德则兄胜弟，此语吾敢当哉？召我我不至，哭公公不闻，生死暌违一知己；世治正神为人，世乱正人为神，斯言君自道耳。功昭昭在民，心耿耿在国，古今期许此纯臣。"都是哀悼同道中人，但公谊私交不尽相同。其中挽胡林翼一联的悲伤感更为突出，个中缘由，不难自历史长河中寻觅。

挽联，有时还涉及男女长幼之妨，因此需要在措辞上考虑周全。曾国藩挽学生黄彭年之妻联："得见夫子为文学侍从之臣，虽死何恨；侧闻人言于父母昆弟无间，其贤可知。"上联明言黄被授予翰林院编修的事实，下联暗引孔子赞扬闵子骞的话。况周颐在《眉庐丛话》里称该联"语庄而意赅，斯为合作"。

延伸阅读："苏颂挽韩绛联"及寿挽联的区别点

梁章钜在《楹联丛话》卷十"挽词"里提及一联对仗句："三登庆历三人第，四入熙宁四辅中"，并称这副"苏颂挽韩绛联""的是挽联之体"。这种说法是靠不住的。首先，南宋叶梦得在《石林燕语》里只言"挽辞云"，并未说"挽联云"。今人仅据梁章钜之说即推测它是最早的挽联，这是不严谨的。事实上，它不过是一首七律中的一联而已。① 其次，单就这联对仗句本身而言，作者只是概括了死者的事迹，与笔者这里强调的丧挽联侧重点相比，该联并无多少特定情感成分。撰写丧挽联可以借鉴寿联的写法，但如果丝毫不涉死亡，那就难称其为挽联了。

6. 以理性为主调的挽联

挽联寄哀，本属天然。但如上所言，挽联其实又包含关系亲疏、情感浓淡之别。此外，有的人或因为高龄，或因为修养高，或属于理性性格，对人生看得通透，也不一定一味地伤感或渲染。如钟敬文挽聂绀弩联："晚年竟以旧诗称，自问恐非初意；老友渐同秋叶尽，竭忠敢惜馀生。"

如果说直系亲属等人哭天抢地，代表感性一极，那么政治人物等给

---

① 此联实为苏颂《司空赠太傅康国韩公挽辞五首》之五，收入《全宋诗》。作者苏颂，字子容。全诗如下："文物衣冠萃一门，如公终始见舆言。三登庆历三人第，四入熙宁四辅尊。继世拜封前及后，并时当政弟连昆。汉袁杨与唐萧杜，更有清风在裔孙。"

予亡人以冷静结论和导向性评价，则可以代表理性一极。"新文化中旧道德的楷模；旧伦理中新思想的师表。"从后来披露的"蒋公日记"可以看出，"蒋总统"对胡适的政治成绩及学者人品不乏诟病，但在公开场合却每每给予宽容甚至优待。在撰写这副"挽胡适联"时，作者也是客观评价，礼貌措辞。作为"历史中间物"（鲁迅语），胡适确乎是一个独特的人。他高呼自由，又反对革命；算不上民主斗士，也非常规的御用文人；奉母命与旧式女性完婚并携手一生，又在婚前婚后与中外两个知识女性发生灵肉关系。

当然，像"蒋总统"挽胡适联这般"无情"的挽联还是少见。政治人物可以不煽情，但通常也不回避恩德情谊。"师事三十年，火尽薪传，筑室忝为门生长；威震九万里，内安外攘，旷世难逢天下才。"李鸿章虽然位居显赫，与曾国藩平级，但当自己曾经的老师和恩人去世后，他还是先叙旧，后评价。

"四镇多二心，两岛屯师，敢向东南争半壁；诸王无寸土，一隅抗志，可知海外有孤忠。"据传，该联为康熙帝为郑成功灵柩迁葬大陆所作。上联写清兵南下之初，明朝四镇离德离心，或走或降，唯郑成功独据八闽，坚决御敌；下联写明室灭亡之后，郑成功挥师出海，收复台湾，以为重整乾坤的基地。该联的实际作者待考，如果真是康熙帝所撰，则作者称赞对手的无畏和忠诚，或可见出一代帝王的真心肚量，或是出于政治策略上的考虑。

（二）不易下笔的挽联

如果说，春联是祝酒歌和元旦献词，婚联是围城内外的同声欢呼，而寿联是夕照下的回首和随喜，那么，挽联就是翻开人生底牌的悲歌了。它让世人回归冷静，并直面终将到来的人生终点。也因此，清代参与挽联创作的对联高手最多，挽联也成为四大民俗对联里最易个性化、文学化的联类。

不过，挽联的个性化、文学化优势，有时会与其实用性功能发生冲突。从世俗的角度讲，酬赠往来乃社交行为，应该力避节外生枝。如同在他人结婚时，慎写"荤对子"一样，特殊情形下的挽联，也要特别注意联文的妥帖与否。此时如果要送以挽联，理性的做法是：或走寻常

第五章 对联创作

路线，或留出余地，或回避尴尬，或升华主题；如果实在不愿违心费神，也可以无视"活着不来往，死了吊回丧"的民间法则，不撰不送。总之，一切才情、冲动、委屈、牢骚等都可以暂时压下，不必因为一时的失控而招致误解，加重彼此嫌隙。令人遗憾的是，笔者这里的分析和建议属于纸上谈兵，生活里的情景有时是这样的：某甲对某乙有意见，某日某乙忽然死亡，某甲不是在某乙死后一段时间再发言，也不是通过回忆录、散文等相对从容的文体予以说明，而是借着撰写挽联之机，急不可耐地表现了出来。这种不做避讳、不计后果的行为，天真地诠释了历史情境，让人心的波澜和人际的距离，赤裸裸地展现在读者面前。它方便了后人对历史的解读，却让当事人和部分读者感到不可思议乃至于憎恶。

1. **生前是争议性人物**

辛亥革命时期，陕西蒲城人郭坚（1887—1921）创建了一支劲旅——陕西靖国军，并获孙中山赞扬。后来郭治军不严，自身也桀骜不驯，结果被冯玉祥以"土匪"之罪名诱杀于西安。"同盟会"陕西首批会员、"蒲城第一风流人才"张东白（1854—1923）为郭坚撰写了挽联，联曰："秉性不寻常，允推当代英雄汉；盖棺难定论，须待他年太史公。"首先肯定了郭的革命家风采，接下来却顾左右而言他。不管作者出于什么考虑，他的这种"留空白法"，都为日后对亡人做出更全面的评价埋下了伏笔。

2. **为非正常死亡**

所谓非正常死亡，这里指不是因病而亡，更不是寿终正寝。

（1）死于溺水

有人挽溺水而亡者曰："百岁亦何为？世路崎岖，不如乘风破浪去；一抔安足恋，江流浩渺，同在高天厚地中。"[1] 该联有对世事的气愤，也有对人生的通透，算是双关，也是升华，总体上不算出格。

（2）死于自杀

当代邹今希挽某自杀女联："女拼一死功夫，殒玉消香，往事已成

---

[1] 该联选自常江《对联知识手册》，中国青年出版社1990年版，第241页。原文作"一杯安足恋"，疑误。一抔，代指坟墓。

千古恨；男若三生有幸，改邪归正，他年来告九泉知。"男方嗜赌如命，妻子屡劝无效，愤而自杀。该联即应女方亲属之请而作。作者以叙事和哀悼为主，虽然有对男方的批评，但并无激烈之词，更多的还是希冀，总体上在男方可接受范围之内。

（3）死于醉酒

汤化龙（1874—1918）挽田骏丰联曰："不分伯仁由我死；再交公瑾待他生。"该联背景是：袁世凯死后，段祺瑞实际把持政权，梁启超、汤化龙等人弃党为派，将原进步党改组成宪法研究会（人称"研究系"），支持段祺瑞，反对《临时约法》，后又退出段祺瑞内阁。某日汤化龙请客，田骏丰（1878—1917）因痛饮梁善济所带汾酒而过量，醉死于汤家，汤顿足大哭。在追悼会上，汤化龙出示了这副挽联。联文里的"不分"，当作"不料"解释，与清代谭献《一萼红·黯愁烟》词"不分中年到时，直恁荒寒"里的"不分"同义。"由我死"，即因我死。该联上联意外里含自责，下联失落中有称颂，全联既不回避尴尬的现实，又吻合常规的写法。

延伸阅读：对吴恭亨挽联使典论述的一点看法

吴恭亨在《对联话》卷九"哀挽四"中认为，"挽联之工，以使典为难，使典而毫发无恨为尤难"，并举出包括汤化龙联在内的挽田骏丰系列联的例子。其实，要想做到完全意义上的"毫发无恨"并非易事，因为"一切比喻都是蹩脚的"。回顾汤化龙挽田骏丰联：该联上联取自《晋书》卷六十九《周顗传》"我不杀伯仁，伯仁因我而死"的典故。王导有条件、有能力援手救人，但还是沉默冷血，这是因为他误会了周顗（伯仁）并嫉恨他，就像金庸笔下的段皇爷本可以救活皇妃与周伯通的私生子，却因为权力与性的耻辱感而最终放弃一样。从现代法律的观点看，他俩都涉嫌故意杀人罪。而汤与田的故事与此不同。汤在出国之前请在京同志赴宴，结果发生意外，他固然有照管不周之责，却绝无袖手旁观的恶意成分。换言之，"不分伯仁由我死"只是代指朋友之死与自己有关，且自己为此十分痛悔而已。

3. 彼此关系尴尬

亡人生前与挽者有隔阂，或者是挽者的前岳父母，如此等等。

在"对联性状"一章，举过徐懋庸逞一时之快，导致自己麻烦不

第五章 对联创作

断的例子。在这方面,性情中人王闿运有挽曾国藩联、"千古功臣"张学良有挽蒋介石联,两位作者敢作敢当,并不以此为忤,但他们只能算作特例而另当别论。面对此情此景,常人即使无内疚之意,至少也会像徐懋庸那样烦闷不已,岂有无动于衷之理?因为袁世凯临终一句"杨度误我",王闿运曾经的弟子杨度,随即撰写"共和/君宪"一联而自辩,即可说明部分问题。

这里再看二例。一是陈炯明挽孙中山联。孙中山与陈炯明先为同志,后成仇敌。1924 年,陈炯明欲借广州商团事件而武力统一广东,遭到孙中山两次东征反击。1925 年孙中山病逝,即将败北的陈炯明竟然也写了挽联。联曰:"惟英雄能活人杀人,功罪是非,自有千秋青史在;与故交曾一战再战,公仇私谊,全凭一寸赤心知。"这种表面客气、内里不服的文字,自然不难被人识破,于是便有了邵力子妙改陈联的历史传说。

二是章炳麟挽孙中山联。章、孙二人同为辛亥革命的风云人物,但前者主张先光复后革命,后者主张反满、民主和均田同时进行,在具体做法上也多有龃龉。"孙郎使天下三分,当魏德萌芽,江表岂曾忘袭许;南国本吾家旧物,怨灵修浩荡,武关无故入盟秦。""洪以甲子灭,公以乙丑殂,六十年间成败异;生袭中山称,死傍孝陵葬,一匡天下古今同。"第一副联,因为不满孙中山与奉系、皖系军阀结成反直同盟,故将其比作孙策;抱怨他未能听从自己劝告而毅然北上,认为这与楚怀王盲目入秦无异。可以说,该联更多地体现了章炳麟的个人见解,未必算作谠言嘉论。第二副联,拉洪秀全、朱元璋给孙中山作衬,前者反衬,后者正衬。如果忽略现代革命与古代暴动之不同,仅从艺术角度看,该联联想巧妙,尚不失为佳作。

此外,坊间还流传一副"章炳麟挽孙中山联":"举国尽苏联,赤化不如陈独秀;满朝皆义子,碧云应继魏忠贤。"但可信度较低。上联不满孙中山"联俄容共"政策,尚可说得过去,下联将厝棺北京碧云寺的孙中山比作魏忠贤,则无论如何都让人难以置信。《礼记·曲礼上》有云:"邻有丧,舂不相;里有殡,不巷歌。"何况章炳麟与唐少川当时还担任着孙中山追悼会筹备处的干事员。章、孙二人平日里再有矛盾，章炳麟性格再乖张，也不至于如此作文行事。①

延伸阅读：挽联讨论的引申与补充

第一，古人"居丧不赋诗"，以表达对父母无上的敬意和自己内心无比的悲痛。古代文学史不乏"悼亡诗"，却少"哭亲诗"即为佐证。清联虽多，同样少见"哭亲联"。笔者父亲去世后，因一时难觅合适人选，遂联合姐丈草草撰书了丧联。当时自己心乱如麻，事后有人询问丧联原文，笔者茫然而无所对。

第二，挽联的对象应该是人而不是物。2021年一位网名"兰台"的作者撰写了一副"挽国学大师网站"联："万卷化诸尘，盛世岂容存鲁壁；六年归一梦，寒门何处哭秦灰。"不难看出，作者是在比喻（拟人）的意义上使用"挽联"一词的。

第三，作为当代对联作手，隔着近百年的时光撰写"挽孙中山"联，这种"穿越剧"行为是作者将缅怀联与挽联弄混的表现。更有甚者，某网站出题让联友"拟代某古人挽某古人"，这更属于写作练习或者对联游戏。这里只有一种情形例外，那就是像1933年才出现的挽李大钊联、1979年才出现的挽徐懋庸联、1980年才出现的挽刘少奇联。由于特殊原因，三人的追悼会都是事后补办的，这时出现的缅怀联可被视为挽联。如钟敬文撰联徐懋庸挽："敌我岂难分？众口今看公论在；文章应不朽，一篇长伴伟人传。"

附一 自挽联

1. 复杂的自挽联

前已述及，"执绋挽车"原指宾客手攀大绳，帮忙牵引灵车。后来棺椁由车载变成人抬，无须人力牵引，送殡人只需排成两列，共执白带，象征性地走在棺椁前面或两旁即可。上古有所谓"挽歌"，即执绋挽车、为死者送葬时所唱的诗歌。

人死是遗憾的，却又是无法避免的。出于种种复杂的际遇及心境，六朝时陆机、陶潜、鲍照等人写有自祭、自挽或自作墓志铭的作品，即

---

① 参见《汤志钧：章太炎挽孙中山联辨伪》，搜狐号《历史研究》（2018-03-27），https://www.sohu.com/a/226438897_523187，2019年6月1日。

生者为自己写哀悼文学。或许受此影响，后世的挽联中也产生了自挽联。这是一种特殊的对联，从感情上说，很难提倡联人们创作它，尤其是对于涉世未深的青少年而言；但作为挽联之一种，成年读者不妨从文学的角度了解一二。

2. 自挽联类型

创作自挽联最多的是清代人，其次是民国人。他们的自挽联大致可分为以下几种。

（1）直面死亡　有"晚清第一酷吏"之称的毓贤，在山东、山西任上仇教排外，滥杀起义军和教民。清廷迫于八国联军的压力，将正在前往流放之地的毓贤处死在甘肃。临刑前，毓贤有自挽联二，其一曰："臣死国，妻妾死臣，谁曰不宜？最堪悲老母九旬，娇女七龄，髫稚难全，未免致伤慈孝治；我杀人，朝廷杀我，夫复何憾？所自愧奉君廿载，历官三省，涓埃无补，空嗟有负圣明恩。"这是针对意想不到的死亡而发言。这里有愚忠和偏见，也有无奈和沉痛。

（2）总结此生　如清代山东某士子客死他乡，濒危时作一联云："五千里北辙南辕，看人富贵受人怜，落拓穷途，何处洒狂生涕泪；十一次东涂西抹，呕我心肝催我命，仓皇歧路，再休题名士风流。"科举制度成就了许多寒士，也戕害了许多寒士。1930年吴佩孚自作挽联云："得意时清白乃心，不纳妾，不积金钱，饮酒赋诗，犹是书生本色；失败后倔强到底，不出洋，不走租界，灌园抱瓮，真个解甲归田。"该联下联所言基本属实，作者也以至死不当汉奸而为世人所钦佩；但上联"不纳妾"一句则有些复杂，即便他真的这样想，却未必做得来。对于该类自挽联来讲，"挽"的成分有时不显。

（3）嘱咐后事　梁恭辰《楹联四话》卷四"挽联"载某人代林氏妇所作（自）挽联："奴别良人去矣，大丈夫何患无妻，愿后日重订婚姻，莫向生妻谈死妇；儿依严父艰哉，小孩子定仍有母，倘常时得蒙抚养，须知继母即亲娘！"这里有人情的温暖，更有人性的光辉，别夫嘱子，催人泪下。

（4）总结兼嘱咐　如清代湖南某老中医临终前撰一联云："我愧无能，卅载功夫，可谓深焉！终难治贫者病根，富家钱癖；人死何如？五尺棺木，亦云足矣！更毋须经忏损产，苫块伤身。""苫块"，"寝苫枕块"的简缩，指以草荐为席，土块为枕，这是古代居父母丧时的礼节，直至2000年，关中部分乡村还保留着这种"坐草"（守灵）风俗。该联既有忧虑社会病患的深刻，也有看穿人生生死的豁达。《新编挽联合璧》（1914）所载一贫士自挽联："今世已如斯，受人间百倍劳操，九死方能抛恨去；他生须记着，任地下十分折磨，万难切莫带穷来。"作者对人间辛苦和贫穷的体验，可谓深入骨髓。

（5）作知足和洒脱状　如俞樾的自挽联："生无补乎时，死无关乎数，辛辛苦苦，著二百五十余卷书，流播四方，是亦足矣；仰不愧于天，俯不怍于人，浩浩落落，数半生三十多年事，放怀一笑，吾其归乎。"《新编挽联合璧》所载一名士自挽联与此类似："烦恼皆由自取，英雄气，儿女情，历尽了无数酸辛，今朝脱却牢笼，得冲霄汉乘箕尾；文章本是天成，六经义，百家言，辨正他许多疵谬，异日藏于石室，定有灵光射斗牛。"

（6）自我调侃　民国初年广东大埔名医邓窗珊临终自挽："这番与世长辞，穷鬼病魔无须追逐来泉下；此次乘风归去，春花秋月只当飘泊在异乡。"死了死了，一死百了。上联是与艰难人生之作别，下联是对未来世界之展望，谐谑之中透露着辛酸，大限之前洋溢着豁达。清代翁照自挽联："园地久荒芜，纵然嘉木成荫，争似我孤怀落落；诗文多失散，若有良朋问稿，只道他妙手空空。"有孤高情怀，故豁达潇洒；虽诗文高手，却懒得写作。看似自主，其实无奈。无常一到，欣赏和写作全部停止，此乃"含泪的笑"。

迄于当代，由于众所周知的原因，自挽联成为罕见联类。2000年代以来，有个别中青年联人偶尔为之，但多半是借此练笔而已。如谢郎衣袖（真名王雨楼）"再挽"联："有未读之卷，有欲倾之交，惜天不假年，君向湖山应哭我；难独善其身，难兼济时下，恨生无建树，江淘日夜启来人。"[1] 究其实质，还是一种自我抒怀。至于挽身体某一器官，如南顾《戏挽老牙》："悲我之牙，未尝美醴珍肴，遽归泉下；冀君此去，得遇纪翁刘老，携返人间。"[2] 就更像韩愈《毛颖传》之类的诙谐之作了。

---

[1] 曲景双主编：《中楹百家》，中国诗词楹联出版社2014年版，第204页。
[2] 曲景双主编：《中楹百家》，中国诗词楹联出版社2014年版，第263页。

第五章 对联创作

附二 生挽联

1. 不可轻为的生挽联

生挽，是指给尚在人间的人写的挽联。就此定义讲，自挽也是一种生挽。不过这里的生挽联，专指给其他活人所写的挽联。挽联本为亡人而撰，这是人尽皆知的常识。像陈寅恪那样，为了濒死的妻子作挽，实属特殊历史背景下的个案。就一般情况而言，平白无故地生挽他人，无异于咒人早死；一旦被挽者知晓，轻者与你割袍断义，重者与你对簿公堂。所以，历史上无人提倡写作这种挽联。如果有人技痒难耐，一定要写它，则应该遵守这样的前提：对方主动要求，至少默许你这么做。

2. 陈寅恪、曾国藩、张伯驹所撰生挽联

陈寅恪之所以生挽妻子唐篔，一是出于对自己这对苦难夫妻生命周期的估计，二是出于对患有严重心脏病又几近瘫痪的妻子的悲悯，并感恩她陪伴自己走完一生，三是出于对自己身处凄风苦雨之中的悲哀和绝望。陈的原联是："涕泣对牛衣，卅载都成肠断史；废残难豹隐，九泉稍待眼枯人。"让人悲上加悲的是，遭遇双目失明、骨折瘫痪等多种疾患的陈寅恪，先于妻子一个多月即于1969年10月7日含恨离世。[①]

曾国藩生挽汤鹏的故事，来自传为李伯元所著的《南亭笔记》卷八所记："曾与汤海秋称莫逆交，后忽割席。缘曾居翰林时，某年元旦，汤诣其寓贺岁，见砚下压纸一张，汤欲抽阅之，曾不可。汤以强取，则曾无事举其平日之友，皆作一挽联，汤亦在其中。汤大怒，拂衣而去，自此遂与曾不通闻问。后曾虽再三谢罪，汤勿理也。"[②] 但曾国藩在《祭汤海秋文》里并未涉及这一关节，其中仅仅提及："我行西川，来归君迓。一语不能，君乃狂骂。我实无辜，讵敢相卜？"说明两人的绝交另有隐情，大概是汤听信传言，认定曾给自己看相算卦云云。

1980年，受梅兰芳遗孀福芝芳之邀，张伯驹夫妇前去福家赴宴。张因为"多喝了一点"，回家后给福芝芳写了一副挽联："芷气同芳，入室芝兰成眷属；还珠合镜，升天梅福是神仙。"联中嵌有梅兰芳、福

[①] 《陈寅恪之死：泪流不语且不留遗嘱》，凤凰宽频（2009-07-29），http://book.ifeng.com/culture/6/200907/0729_7462_1275140.shtml，2019年6月1日。

[②] （清）李伯元：《南亭笔记》，薛正兴校点，江苏古籍出版社2000年版，第100页。

芝芳夫妇姓名。时隔不久,福芝芳因病逝世,张写的这副挽联居然派上了用场。后来他在给友人的信里提及此事,称"亦所不解者"①。此桩文坛异事,起因于旧式文人积习难改,私下生挽他人,结果一联成谶。

3. 生挽联类型

张伯驹生挽他人,作为被挽之人的福芝芳大约浑不知情。除此之外,现实生活也有人或主动请索,或默许他人生挽自己。这又是为什么呢?原因大概有二:一是自知命不久长,希望能提早看到文友们送自己最后一程的情景;二是联友之间做游戏,找个好玩的话题练笔。这两种情形,可分别称为"真的生挽"和"假的生挽"。

"真的生挽",在湖北监利一中退休教师刘顺阶身上出现过。作为"50后"语文教师,刘顺阶此前曾培育出黄浩、王丹、王望等联坛新秀。2012年,他在获知自己身患重症后,特向联友发出"《生挽集》约稿书",自称对生死之事并无过多执念,但对一生挚爱的对联放心不下,想在有生之年看到联友们对自己的特殊馈赠。李晓娴撰生挽联曰:"君家山水曾游,君门子弟同交,溯因缘遽感多情,不忍青衫吟楚些;或怆风云幻局,或谶龙蛇劫运,嗟人事频劳寄语,莫招黄鹤到荆台。"杨永立撰生挽联曰:"古其云者,即求师必学,求学必师,韩文公有三千之手栽,广为人说;今既泰然,则视死如生,视生如死,孔夫子曰六十而耳顺,诚不我欺。"刘于同年12月不幸去世。

"假的生挽",在2000年代中国楹联论坛发生过。如时习之"金锐生日求挽而戏作"联:"记当年初到中楹,金锐水平,曾为巧对;痛此日遽闻噩耗,玉楼丹诏,恰是生辰。"方小四"戏挽谢郎"联:"骑鲸客数十载竟难留,恐别后哀深,画里青衫须错认;抱犊山二三子今犹在,记当时花发,岭头红树欲相扶。"

附三 坟墓联

1. 组成和分类

死者在下葬之后,还要被人追思纪念。在时间上,它表现为设立"七七斋"等纪念日;在空间上,它表现为建祠、立牌坊、立碑、修陵

---

① 杨建民:《张伯驹所作几副挽联》,《对联·民间对联故事》2006年第11期。

第五章 对联创作

园等活动。前面已经谈过守制联（时间），这里再来说说坟墓联（空间）。坟墓联与丧挽联既有联系，又有不同。前者是张贴、悬挂于阳宅及其相关地方的，一般简称挽联；后者作为它的延伸，是书写、雕刻在阴宅及其附近的，一般简称墓联。

坟墓联，是坟茔用联（外面）、墓穴用联（地下）的合称。它包括墓门联、墓碑联、坟墓附属建筑物联等三类。墓门联，有坟前门联（露天）和墓室门联（地下）之分。墓碑联，指墓碑（含墓碣墓表）和碑楼上的楹联，多为普通人家守孝期满后立碑所刻。坟墓附属建筑物联，指坟墓旁边的祠、庵、墓堂、牌坊、华表、石柱等建筑物上所刻楹联，这些建筑物多为明清以来富贵人家或公众人物所特有。

延伸阅读： 坟墓及其坟墓联及墓祠

"坟墓"一词，由两个意义相关但并不相同的语素组成。《孔子家语·曲礼公西赤问》载"吾闻之，古也墓而不坟"，今民间也有"死后砖箍墓"和"清明上坟"之说，可见"坟"与"墓"本来泾渭分明。把二者连起来变成一个语言单位，属于连文现象。通常所谓墓联，完整的称呼应是"坟墓联"。

为了让守孝者及祭祀者少受风吹雨淋之苦，从汉代起，上层社会就有在坟旁搭建简易建筑的习惯，这是祠的早期形态，当时称"冢舍"或"石室"，后世叫"墓祠"。如《汉书·游侠传·原涉》："乃大治起冢舍，周阁重门。"普通百姓没有这个特权，遇事只能"路祭"。唐代开始有了"功德寺"和"坟寺"，前者为追荐冥福而设，后者为守护坟墓而建，至宋元时期发扬光大，大臣贵族的叫"坟寺"，望族富户的叫"坟庵"，皆常驻僧人。明代嘉靖十五年，官方颁布法律，"许民间皆联宗立庙"，从此，作为全族人祭祀和议事场所的祠堂迅速普及。帝王将相的祠堂称"家庙"（清代泛指所有祠堂），其余称为祖祠、宗祠、房祠。不过，原来坟旁建祠的风俗并未马上消逝。广东潮汕后溪村有位金姓祖先夫妇，下葬于明末，清初时后人打算为其修祠，却找不到风水宝地，后索性将祠堂建在祖先坟墓所在的土地上，从而形成祠中有坟的"墓祠"式特殊格局。祠堂门联曰："祖德难忘修俎豆；宗功图报荐馨香。"

2. 内容和写法

撰写坟墓联，主要从"人死之后"和"此为坟墓"两个角度下笔，即所谓"登岵屺杳然不见；望山丘屹立有存"。甲作者可以"照坟惟明月；扫墓有清风"，表现真实的凄凉，乙作者可以"四面云山谁作主；几家烟火自为邻"，视死如生。也有部分坟墓联，像挽联那样颂亲感恩，如"父兮母兮，昊天罔极；抚我育我，何日忘之"，但悲痛的成分已经减淡。至于像"无罪获冠，横流炼狱；有缘摘帽，惜赴天堂"一类，纠结于具体政治遭际，并借死后传说去处做文章的，并不常见。同样，像李篁仙题继室蒋氏墓前华表联"如此青山，片石三生了无恨；是何黄土，十年双葬可怜人"也比较少见，该联关涉坟墓和哀挽两个方面，其中哀挽成分很重，可看作挽联的延伸。

3. 单句联举例

受环境所限，坟墓联多为五七言。通用坟墓联有："一生直道服乡里；万古佳城荫子孙。"这是赞颂墓主生前德行，并以为福报会落实于后裔的。"佳城"，指坟墓。"不求金玉贵；但愿子孙贤。"这是表示墓主遗愿的。夫妻合葬坟墓联有："吉人眠吉地；佳偶奠佳城。""奠"，这里是安息的意思。以为选中了好风水的坟墓联有："此地好山好水；其人如佛如仙。""倒骑龙本牛眠地；须坐虎是马鬣封。"后者偏于古代堪舆学的"专业性"表现，怀念先人之意不显。涉及坟茔环境的坟墓联有："终古伴居唯木石；群山罗列似儿孙。"该联舍弃虚套和功利，而直奔当下，平实描写中有伤感，冥冥对话中有慰藉，体现了坟墓联的当行本色。"三尺青碑书姓字；一堆黄土盖文章。"这是文人坟墓联。"云连宝婺长眠地；月映瑶台不夜天。"这是女性坟墓联。"当年不破书千卷；此日谁怜土一丘。"这是律诗笔调。

4. 双句联、多句联举例

通用坟墓联："青石载孝名，可晓血缘脉络；紫毫书故地，不忘祖业根基。"该联宣讲坟墓联的功能，突出孝亲敬祖之旨。安徽枞阳县老庄乡桃园村田雪梧坟墓联："行万里路，读万卷书，到头来依然白顶青衫，荒山野老；无千载名，有千秋恨，在死后应向九天诉苦，十殿伸冤。"该联有个性，有文采。"白顶青衫"，清代秀才打扮，着青衫，戴银顶。安徽安庆市长凤乡柘山村王基铸坟墓联："一事无成，此次作人不算；百端待理，下回出世再来。"安徽阜南县中岗镇张志守坟墓联："大梦总同归，孰能逃垅中一穴；后缘如未了，还可证石上三生。"这两副清代坟墓联，与前面潇洒落拓的自挽联相仿佛。"儿孙自有儿孙福，由他去吧；山水常萦山水情，让我安之。"该联索性走向摹态和口语化了。

5. 明代坟墓联、明清自题坟墓联举例

坟墓联在明代就已经产生。在李开先墓所在的章丘"李氏先茔"里，至今保存着茔地石碑联："漫漫长夜何时旦；瑟瑟高松不计年。"这与"终古/群山"一联颇为相似，给人以空茫失落之感。在乔应甲的故乡临猗，现存其父母坟墓及神道碑，在碑阳"敕封文林郎四川道监察御史联轩乔公神道"正文的两侧，有一副神道碑联，为乔应甲手笔："堕泪残碑，哀哀父母今何在；痛怀修夜，楚楚肝肠只自知。"明代学者朱国祯在《涌幢小品》卷六《圹对》有记："吴明卿（注：即'后七子'之一的吴国伦）自作生穴，旁为祠，题其柱曰：'陶元亮属自祭之文，知生知死；刘伯伦荷随行之锸，且醉且醒。'"这里上联言陶渊明事，下联言刘伶事。其中的"生穴"即生圹，指生前预造的坟墓。赵翼《陔馀丛考·生圹》认为，生圹风俗起源于汉代。《后汉书·赵岐传》："（赵岐）年九十余，建安六年卒，先自为寿藏。"李贤注："寿藏，谓冢圹也。称寿者，取其久远之意也；犹如寿宫、寿器之类。"叶向高曾在京师修建义园（丛葬之所）一座，专门暂存在京亡故的福州十邑乡亲的遗骨，并亲撰楹联曰："寄语往来人，莫为功名抛骨肉；伤心丘垄地，得归桑梓即蓬莱。"于谦坟墓修就后，杨鹤题其华表柱铭联："赤手挽银河，君自大名垂宇宙；青山埋白骨，我来何处哭英雄？"

清代名医徐大椿（灵胎）（1693—1771）生前为自己撰了两副坟墓联："满山芳草仙人药；一径清风处士坟。""魄返九泉，满腹经纶埋地下；书传四海，万年利济在人间。"第一副紧扣职业和操守，第二副先说遗憾、再表补偿。《楹联丛话》卷十"挽辞"有云："毕秋帆自营生圹于邓尉山，并自作挽联云：'读书经世即真儒，邃问他一席名山，千秋竹简；学佛成仙皆幻相，终输我五湖明月，万树梅花。'"既然修了活人坟墓，为何不题写楹联于上面，而要另外题写自挽联呢？鉴于该书没有坟墓联一项分类，笔者怀疑该联本作墓碑联，"自挽联"一语或为梁章钜所下。

6. 当代自题坟墓联、古墓新题联和公共坟墓联举例

当代人也有自题坟墓联的。如陕西张过生前自题坟墓联："人生好似一场梦；功业却能千古名。"它表现了一个基层文化干部的人生观和价值观。

原来随处可见的古墓古祠，先是遭遇自然风化和人为毁坏，如今适逢旅游与古文化资源大整合政策，又被重修重建。安徽六安县英布坟墓新题联："黥面又何妨，犹敢率刑徒举义，从项依刘，王霸扶持都是错；担心原有故，只因见走狗全烹，兴兵反汉，英雄觉悟总嫌迟。"该联名义上是坟墓联，却与坟墓并无直接关系。在内容展示和艺术表现上，它与其他历史名人的祠庙联一般无二。

公墓不是新生事物，却与城镇购房一样，成为2000年代以来中国民生的一个纠结。某地公墓联有云："毋须风水相争，合茔共享，那能独占；若是阴魂真在，群聚言欢，胜似孤居。""多腾一分地，留给活人，也是贡献；营建百老坟，共享佳景，才算公平。"这是以人多地少为由，外加人多热闹的民族想象，劝说人们死后葬于公墓。显然，它融合了官方宣传和民间说法两方面的因素。作为单纯的坟墓用联，如此措辞自无不可；但如果放眼全国新时期殡葬改革的大背景，凡对此有过具体了解和真切感受的读者，心中可能会涌起更复杂的滋味。[①]

附四　祠庙联

1. 从入祠到入图

在某些联书里，祠庙联往往与佛寺联、道观联等宗教联放在一起编排。其实祠庙联比较复杂，与这里的丧挽联还有一定联系。

人死之后，祭挽、下葬、纪念、立碑都是个体性的，而入祠则带有集体性。清代黄钊编纂的《石窟一征》（又名《镇平县志》）"礼俗"卷四上云："俗重宗支。凡大小姓，莫不有祠。一村之中聚族而居，必有家庙，亦祠也。"民国时期，普通死者在安葬受祭结束后，其户口在

[①] 关于殡葬改革及其失误的讨论，可参见以下资料《殡葬领域最"暴利"建议将公墓纳入城市发展规划》，中国网（2011-04-15），http：//www.china.com.cn/news/txt/2011-04/15/content_22363566.htm，2019年6月1日；《河南周口村民：不反对平坟 但得给祖先安息之地》，中国网（2013-02-27），http：//www.china.com.cn/news/shehui/2013-02/27/content_28069572.htm，2019年6月1日；《公墓乱象调查》，《济南时报》2013年4月2日；《治理殡葬业乱象：破除垄断重于观念引导》，《南方都市报》2013年4月5日。

乡村的，神位入住村祠；在城市的，神位入住市民自设的"小祠堂"。

后来村祠遭到毁坏，农民只好将"祖宗谱系图"卷轴（关中称为"先人缯""先人荣""神轴""轴供""荣案"等）悬挂在长房长孙家里，市民也改为在家里悬挂或摆放父母遗像。习惯上，村祠有堂号、祠联。祠联在写法上，或追根溯源，或颂祖盼孙，或类似家训。如谢氏祠联："乌衣望族；宝树家声。"常规祠联："堂势尊严，昭奕代祖功宗德；孙枝繁衍，承万年春祀秋尝。""百年燕翼惟修德；万里鹏程在读书。"

2. 先贤祠与牌坊

（1）从坟墓到祠和牌坊

对于已然作古的社会贤达及本地重要人物，官方或民间往往为其修建纪念堂性质的祠或牌坊。祠和牌坊文化，也因此成为墓葬文化的延伸。以陕西而言，东府有司马迁祠墓，西府有张载祠墓。司马迁的坟墓是衣冠冢，前祠后墓，合二为一；张载则坟墓与祠堂分置两处，且距离较远。再如史可法殉国后，人们建衣冠冢于城外梅花岭上，后在史氏宗祠东宅建立"忠烈祠"。如今的"史可法纪念馆"修建于乾隆年间，祠墓均南向，东墓西祠，并列通连。晚清官员、收藏家姚煜题史可法祠联："尚张睢阳为友，奉左忠毅为师，大节炳千秋，列传足光明史牒；梦文信国而生，慕武乡侯而死，复仇经九世，神州终见汉衣冠。"

这里有两个现象需要指出。一是对于先贤人物，人们不仅在其坟墓所在地修祠立庙，供人瞻仰祭拜，还经常在其出生地、生活地、宦游地、死亡地等处也如法炮制。像著名的武侯祠，不但安葬之地陕西勉县有，病逝之地陕西岐山及配祀之地四川成都等其他多处亦有。就史实而言，有的可考，有的无考；就名称而言，有的叫武侯祠，有的叫"三顾堂"等其他名字；就所悬刻楹联而言，有的为本祠专门而作，有的则从其他武侯祠挪用而来。前者如"心在朝廷/名高天下"（南阳）、"两表酬/一对足"（襄阳）、"能攻心/不审势"（成都），后者如"成大事/仰风流"（撰者错定为冯玉祥）、"收二川/取西蜀"（陕西岐山和河南南阳均有）。二是有些祠联的历史内容，不一定真实。安徽"枭姬祠"，又称蠙矶庙、灵泽夫人祠、蛟矶山孙夫人庙。陕西"王宝钏祠"俗称"寒窑"。"枭姬祠"有祠柱联曰："思亲泪落吴江冷；望帝魂归蜀道难。""寒窑"有祠柱联曰:"十八年古井无波,为从来烈妇贞媛,别开生面;千余载寒窑向日,看此处曲江流水,想见冰心。"二联均为优秀之作,但"孙尚香"其人的名字及对丈夫刘备一往情深的事迹,[①] 王宝钏其人的真实性及所处的年代,这些信息并无史书可考。可以说,两副祠联在很大程度上是受小说《三国演义》和戏曲《王宝钏》影响而撰就的。

延伸阅读: 明清牌坊与"生祠"

就结构而言,明清牌坊近源于唐宋里坊的坊门。这里的牌坊,主要指统治者为表彰"嘉德懿行"而设的石功德坊、石百寿坊、石节孝坊,以及作为主要建筑附属品的石庙宇坊、石陵墓坊,不包括如今再次流行的(水泥)地理标志坊。建立功德坊、百寿坊、节孝坊,有的在坊主生前进行,有的在坊主死后进行。如果死后立牌撰联,则类似于表彰死者生前德行的诔文;如果生前立牌撰联,则类似于两汉的纪功碑。据考察,明代多功德坊,清代多节孝坊,前者是为了激励人才,树立楷模,后者则是激励汉族官员效忠清廷的历史"隐喻"。牌坊联的联文内容,彼此大同小异。如乾隆五十二年建立的厦门市汀溪镇许承宰妻子江氏"贞寿坊"牌联曰:"寿满百龄,虬龙继节干宵近;堂开五代,雏凤衔恩刷羽新。"道光十五年山西原平武访畴为其母修建的"阳武村朱氏节孝牌坊"主坊影壁联曰:"茹蘖饮荼,数十载鹄歌矢节;丸熊封鲊,九重天凤诰物休。"咸丰四年建立的赤峰市"蔡家沟杨太孺人贞节牌坊"牌联曰:"光照卯金,青灯有焰;芬流天水,古井无波。"卯金,卯金刀的简称,指杨所嫁与的刘姓人家。建立牌坊是有条件的,一是须经皇帝(民国改为政府)审批,二是需要金钱赞助,所以历史上安徽、江苏、福建等富商云集的地方比较多见。为个人建立牌坊的制度,直至民国时期依然存在。

明代还流行"生祠"一说,即为活人修建祠堂。赵翼认为生祠起源于汉代(《陔馀丛考》卷三十二"生祠")。唐朝对于现任官员立碑或立祠尚为严格,迄于明代则有泛滥之势。顾炎武曾经感叹道:"今代无官不建生祠,然有去任未几,而毁其像,易其主者。"(《日知录·生祠》)至于明代各地督抚(包括大名鼎鼎的袁崇焕)争相为魏忠贤立生

[①] 符丽平:《"螺矶传说"考析》,《成都大学学报》(社会科学版)2007年第6期。

第五章 对联创作

祠，以致魏祠"几遍天下"，更是臭名昭著，传至于今。

（2）公共牌坊

除了以上个人功德坊、百寿坊、节孝坊之外，民国时期还产生了一座公共牌坊。1946年，国民党政府在湖南芷江建立"受降纪念坊"，牌坊的正面（具体见"对联性状"一章）、背面各有题额及对联。其中，背面中门领额是"万古流芳"（王东原书），其下为受降纪念坊记216字铭文。东门题额是"名垂青史"（居正书），西门题额是"气贯长虹"（王云五书）。主联是："名城首受降，实可知扶桑试剑，富士扬鞭，还输一着；胜地倍生色，应推倒铜柱记功，燕然勒石，独有千秋。"（何应钦撰）边联是："我武自维扬，沧海依然归禹弓①；受降行盛典，神州从此靖烟尘。"（白崇禧撰）

3. "祠庙"

（1）"祠""庙"的分工

"祠""庙"相连合称为"祠庙"，源于两者曾经相同的功能承担。在先秦，"庙"指帝王、贵族的祭祖之所，即所谓太庙、家庙，也是政权象征。到了两汉时期，墓地之"祠"兴起。因为"祠""庙"都有祭祖功能，"庙"随后被主要用于供奉民间神祇，如土地庙、城隍庙、妈祖庙等，祠则继续用于祭祀祖先和名人。

（2）"庙"称呼的泛化

因为孔子、诸葛亮、关羽等历史上的真人，被后世统治者封王、封侯甚至封帝，同时也被民间圣化和神化，即所谓"侯而王，王而帝，帝而圣，圣而天"，故此民间多以"庙"名称其受祭场所，像"武侯祠"俗称"诸葛庙"，荆州的"关羽祠"到了运城叫作"关帝庙"。在民间，经常会看到有人佛教、道教、儒教不分，将寺院、道观、祠堂一律称为"庙"的情形。在小说《白鹿原》里，白嘉轩反对给田小娥修庙塑身，理由是这样做"是不敬神倒敬起鬼来了"，这说明修祠立庙确实是有标准的，同时也透露出"祠"在民间被泛称为"庙"的历史信息。

---

① "禹弓"一词费解，参见潘振文《受降坊对联失律之我见》，搜狐号《对联天地》（2019-08-26），https://www.sohu.com/a/336503179_448752，2020年9月1日。

(3)"庙"反被称为"祠"

建筑里供奉的都是"吕祖",在有吕洞宾墓地的邯郸称"祠"(真人),在其他地方称"庙"(神化),这无疑是"庙"称呼泛化的结果。奇怪的是,民间还存在一股逆泛化潮流,明明是"庙"却也称为"祠"。这方面最著名的例子就是"月老祠"。"月老"是虚无缥缈的人物,按理应该为之建"庙"才是。但事实上,传说中始建于唐代的商丘月老祠及清代所建的杭州南屏山月老祠,都是以"祠"命名的。唐代李复言写有传奇《续玄怪录》"定婚店"篇,月老的故事就诞生在商丘那里。笔者不太明白,当时的人们是否将传奇虚幻当作真人真事了?还有,同样传为唐代始建的陕西商南"都土地祠"也让人生疑,即便唐玄宗真的封商山土地神为"都土地",当时该建筑的名字是否叫作"都土地祠"呢?

四 寿联

(一)名称

寿联,指为中老年人祝寿所用对联,分寿仪联、贺寿联两种。

《楹联丛话》卷一"故事"、卷二"应制"里有不少明清寿联或类似寿联的记载。其中,邱岳献给张居正金质楹联的离奇故事,贺康熙六十"万寿"、乾隆八十"万寿"时的空前盛况,最为引人注目。民国时期,官宦和富贵人家讲究较大,每逢正寿(五十、六十、七十、八十等整十寿辰)必摆寿酒,而一般人家则以寿面代之。

1949年后,祝寿风俗在民间基本消失,及至改革开放后又有复兴之势。据笔者观察,首先,受时代风气、经济条件、本人名望以及个人意愿等因素影响,一个人是否需要准时做寿(即举行寿仪)及如何做寿,有时彼此情况悬殊。就关中乡村而言,有的请剧团唱戏,请婚庆公司司仪主持,请全村人吃席;有的简单招待一下亲戚和本族人,甚至直接拒绝做寿。其次,即便做寿,寿联也远不及春联、婚联、挽联普及,很多寿仪只挂一个红色"寿"字中堂而不贴寿联。再次,"过生日"可以年年都"过",做寿则未必。虽然传统上有"人过三十即可称寿"的说法,但一般来讲,三十岁、四十岁并不公开做寿,如民谚所云"三十四十无人得知,五十六十打锣通知"。因各地做寿风俗不同,另有很多说法。例如"做七不做八,做八拿刀杀",指八十岁寿辰延至下年补行或提前一年庆寿。"不贺百岁寿",因为"十、百"为满,满易招损,故不贺。男子"做九不做十",指以虚岁计数,即在周岁四十九、五十九等做寿,"九"者久也,同时也是为了留有余地,以裕后人。"做一不做十",指周岁五十一、六十一等做寿,因"一"为开始之数。女子"做足不做零",指以周岁计数,即准时在五十、六十等做寿。

延伸阅读: 拒绝做寿

现实生活中,个别耄耋之年即七十至九十岁的老年人可能拒绝做寿。何以如此呢?或嫌其俗气和麻烦,或不想让它提醒自己又老了多少岁。如今"60后"以降的中青年女性与其同龄时期的父母辈相比,着装和心态更是普遍年轻化。她们早已经习惯于西式的、个人化的"庆生"(受港台影响偶尔使用的一个词),对传统的、伦理化的"过寿"(传统流行说法),部分中青年女性会产生异样的感觉。如果你给一位过三十岁生日的时尚女性抄上一副传统寿联"三十初进延龄酒;百年喜开益寿花",她可能在唱《生日歌》(Happy Birthday to You)、吃氢化植物油蛋糕之余,认为你在"搞笑"。因为此时此刻,她所念想的依旧是年轻漂亮与潇洒浪漫。所谓"健康长寿",对她来讲仿佛是一个遥远的存在,实在谈不上是当下的祈求。换言之,在人均预期寿命已提至77岁(2018年国家卫健委发布)、被欧风美雨不断吹打的今天,你的寿联未能与世推移,契合她们的心理。要知道,从2000年代起,一位五十岁的城市女性("50后""60后")都可能做过全脸拉皮术,即使在公共场合,也会放弃自己年轻时代的麻花辫、马尾辫或带卡披肩发,而与青年人("80后""90后")一样"披头散发",遑论她们的妹妹和晚辈。而在笔者的记忆中,在1970年代的关中乡村,每位五十岁的农妇,无一例外都身着月白色或黑色裤褂,且以自织粗布衣料为主,机器棉织物和化纤织物为辅;至于头发,也都梳髻插簪,并带发罩。

(二) 主要内容

1. 渲染气氛

做寿是喜事,要想方设法让寿主(又称"寿星"或"寿星老儿")

快慰，让拜寿者也趁机"沾些喜气"，故而寿联以概括、赞颂、祝贺、期盼为主要内容，渲染、夸饰之词在所难免。

例如，旧时通用寿联："诗谱南山，筵开西序；樽倾北海，彩舞东阶。"清代郑仁圃贺陈望坡七十寿联："望重达尊，北斗尚书南极老；恩承敬典，天朝耆旧地行仙。"易顺鼎贺如夫人（即妾）何玉颀寿联："佳人才子总情痴，女爱男欢，愿生女皆佳人、生男皆才子；花好月圆无量寿，天长地久，看地上花常好、天上月常圆。"甚至曾国荃因病回乡调养，李篁仙也能如此为他贺五十岁寿："天特以黄发相加，自李邺侯退居衡岳而来，刚当一万八千日；公肯为苍生再出，到文潞国征起洛阳之岁，还报九重三十年。"

2. 变化内容

根据寿主的具体情况，寿联在内容上有诸多变化。

（1）谈及功名事业

例如康有为贺吴佩孚五十寿联："牧野鹰扬，百岁勋名才一半；洛阳虎踞，八方风雨会中州。"作为当时中国最大的军阀，吴对此当然感到受用。章炳麟贺弟子黄侃五十寿联："韦编三绝今知命；黄绢初裁好著书。"黄侃曾言"五十岁以后再著书"，故而章联有如此字句。

（2）称扬个性人品

例如近代任澹园贺星云上人四十寿联："者个头陀有点来由，四十年中，好结交名士才人，剑仙羽客；平生和尚作些甚么，三千界外，爱赏玩梅花杨柳，古画奇书。"和尚不专心修行而喜好交友观花，可谓奇事。

（3）话说与寿主的友情和缘分

俞樾贺沈兰舫五十寿联："共学东湖，同客西湖，坐对腊灯怀旧雨；五年迟我，一日先我，互斟春酒祝长生。"无论是上联的过从还是下联的巧妙，两种写法都能让寿主高兴。

（4）从功名到缘分都谈

左宗棠贺杨昌浚寿联："知公神仙中人，勉为苍生留十稔；忆昔湖山佳处，曾陪黄菊作重阳。"上联涉及功业，作者极力渲染这位今天的寿主、曾经的部下的德行，大有"安石不肯出，将如苍生何"的意味。下联涉及友情，展示的是自己从前为他做寿的情景，温馨而

第五章 对联创作

美好。

(5) 祝愿寿主多福长寿

"多福"含子孙众多，或有出息，"长寿"含身体康健，或葆有童心。这是寿联写作着墨最多的内容。如吴恭亨代笔贺贺龙之父六十寿联："酿酒寿公，我所思多收数庤麦；提刀杀贼，儿之功隐若一长城。""庤"，这里当指庤桶。近代萨农贺"清御史第一人"江春霖（杏村）六十寿联："遗老入山天与健；直名在史寿无涯。"阮元贺刘墉母九十寿联："帝祝期颐，卿士祝期颐，合三朝之门下亦共祝期颐，海内九旬真寿母；夫为宰相，哲嗣为宰相，总百官之文孙又将为宰相，江南八座太夫人。"这也是官员家属寿联的惯用作法，即以丈夫、子孙的发达来衬托老夫人的荣耀和母仪，与前面所述的挽联有相似之处。

（三）注意事项

1. 分清贺者与寿主的辈分关系

近代周凤梧贺人五十寿联："吾辈当惜分阴，万八千日莫虚掷；劝君更尽杯酒，四十九年应知非。"这是同辈之间的语气。前面提及藏书家高燮（吹万）（1878—1958）贺郑逸梅六十寿联："人淡如菊；品逸于梅。"郑逸梅原姓鞠，古"鞠"与"菊"通。这种以嵌名形式撰写寿联的做法，同样限于同辈之间，若移之于为尊长祝寿，则有失古礼。

2. 弄清寿主的性别、年龄甚至人数

传统寿联的资料较全，包括通用寿联、男寿联、女寿联、男分龄寿联、男分月寿联、女分龄寿联、女分月寿联等七大类。

以男性分龄寿联为例，"大衍宏开筮羲易；知非伊始进尧年。"《周易·系辞上》云："大衍之数五十。"《淮南子·原道训》载："（春秋卫国）伯玉年五十，而有四十九年非。""温公正入耆英会；马氏咸称矍铄翁。"司马光被封"温国公"。北宋文彦博留守洛阳，仿照白居易"香山九老会"的形式，邀在洛阳的七十岁以上的官员十三人聚会，请六十四岁的司马光作《洛阳耆英会序》。"矍铄翁"，马援的代称，马援六十二岁时还主动请战出征。"飞熊此日犹藏渭；五羖于今正相秦。"百里奚七十岁时，被秦穆公用五张黑羊皮赎回，拜为大夫，后人称之"五羖大夫"。"杖朝步履春秋永；钓渭丝纶日月长。"传说姜子牙八十

岁在渭水支流磻溪遇见西伯侯姬昌，后被封为国师。"人生五福当推寿；天保九如合献诗。""九如"，见《诗经·小雅·天保》，指如山、如阜、如陵、如岗、如川之方至、如月之恒、如日之升，如松柏之荫、如南山之寿。五福，出自《尚书·洪范》："一曰寿、二曰富、三曰康宁、四曰攸好德、五曰考终命。"东汉桓谭在《新论·辨惑第十三》中把"考终命"更改为"子孙众多"。

在使用和学习时，要注意分辨具体内容。以年龄而言，六十岁称为"花甲之年""耳顺之年""杖乡之年"，七十岁称为"古稀之年""悬车之年""杖国之年"，八十岁称为"杖朝之年"，一百岁称为"期颐之年"。除此之外，祝寿还有"喜寿""米寿""白寿""茶寿"之说，其中"喜寿"指七十七岁，"米寿"指八十八岁，"白寿"指九十九岁，"茶寿"指一百〇八岁。再如哲学家、逻辑学家金岳霖过八十八岁生日，老友冯友兰撰贺寿联："道胜青牛，论高白马；何止于米，相期以茶。"上联颂寿主的学术成就堪与古代哲学家、逻辑家比肩，下联即涉及老年人年龄的别称问题。

如果加上性别因素，则又是一番变化。如贺女四十岁寿联，可以用"宝婺星辉歌四秩；蟠桃瑞献祝千秋。"贺女五十岁寿联，可以用"庭帏长驻三春景；海屋平分百岁筹。"贺男女双寿联，可以用"堂上椿萱夸并茂；壶中日月庆双辉。"

个别时候，"双寿联"的两位寿主可能并非夫妻关系。成惕轩"寿何总监雪竹六十、孔参政雯掀七十"联："以法去害群马，以言救在泽鸿，议席戎旃，各有千秋光楚乘；或闲钓东海鳌，或健射北平虎，心从耳顺，定教一例到彭年。"何、孔二位大概都是行伍出身，且都是湖北人，但两人的年龄既不同，此时的职业也有所差异。

3. 尽可能撰写切人切事的新寿联

各种联选里的传统通用寿联，是供应酬应急和撰联参考的，且往往良莠不齐。尤其是女性寿联，几乎全是空洞的渲染。这是"拜"时代"所赐"的结果。如今的撰联者，应留意古贤前辈的写作思路和别致之处，尝试撰写符合眼前情形的新寿联，不必总在故纸堆里做文章，包括摘取眇焉悠邈的"九如"和被鲁迅批评过的"莱彩"等词汇。

寿联可以用典、引文，也可以不用典、不引文。前者如周恩来、董

第五章　对联创作

必武、邓颖超联名遥贺被国民党软禁的马寅初教授六十岁寿联："桃李增华，坐帐无鹤；琴书作伴，支床有龟。"以及蔡元培贺刘海粟四十岁寿联："技进乎道，庶几不惑；名副其实，何虑无闻。"后者如高燮贺郑逸梅五十岁寿联："五十年华全绿鬓；三千弟子半红妆。"以及清代张向莱贺梁同书夫妇九十岁、九十一岁寿联："人近百年犹赤子；天留二老看玄孙。"就上面的四副贺寿联而言，不用典、不引文者不但同样精彩，而且更让人过目不忘。至于李渔贺朱建三寿联："七夕是生辰，喜功名事业从心，处处带来天上巧；百花为寿域，羡玉树芝兰绕膝，人人占却眼前春"，虽然还是事业有成、家庭美满的老套之辞，但其中的联想却是相当巧妙，因此也值得借鉴。

附一　自寿联

1. 常见类型

与自挽联一样，寿联中也有自寿联一说。与自挽联、常规寿联不同，自寿联往往笔调轻松，没有前者的沉痛与压抑；面目也较为朴素，少见后者的富丽堂皇。如清末民初王孝煃（1875—1947）《乡饮脞谈》所载晚清陶善之九十岁自寿联："排排坐，吃果果，童子六七人，从吾所好；欣欣然，斗虫虫，彭祖八百岁，视我犹童。"既有童言童行，也有稽古用典，始于活泼而终至典雅。钟耘舫代父题六十自寿联："自惭一世虚生，不堪刘季万钱贺；难得六亲共聚，愿作平原十日游。"上联借刘邦"贺万钱"的典故，显示寿主的自谦；下联借秦昭王写信平原君的典故，表达对贺寿者到来的喜悦。主人公显然在与来宾进行交流，在说着类似婚联里"愧无旨酒宴嘉宾"一类的"答谢词"。这样的自寿联其实是自贴寿联，是公开示人的。前面提及钟云舫五十自寿联："世事总浮云，止口休谈名与利；少年曾几日，回头又见子生孙。"该联体现出作者对人生的感悟，属于常规自寿联一列。近代李石冰自题七十寿联："老何所求，一袭绣衣，曾经沧海；传之勿替，三冬文史，差胜全籯。"上联以反问起笔，突出了一个归来者的形象；下联将东方朔"三冬文史足论"与汉代民谣"遗子黄金满籯，不如一经"套在一起，传达了一种文化传统。现代钟敬文九十岁自寿联："世途惊险曾亲历；学术粗疏敢自珍。"作者的联作大都内容充实，文笔朴实，该联亦是如此。无论是感慨世事还是自我满意，都不激不厉，平静道来。

2. **特殊类型**

当然与另类春联一样，自寿联里亦偶有煞风景之作。"对联格律"一章曾引述杨度四十二岁生日自寿联："开天辟地，先盘古十日而生；东奔西逃，享民国七年之福"，即为此例。相传盘古生于农历十二月十八日，杨的生日为农历十二月初八。杨虽为"筹安会"之首，但复辟运动很快失败，自己只好漂泊于京、津、沪等地。如果说该联上联的对比显示了作者的自负，那么下联的反语无疑包含他的牢骚。

附二 冥寿联

1. **罕见的联类**

冥寿联，也称冥诞联，是指为亡人过生日时所用对联。尽管传统上有视死如生、"祭如在"之类的说法，但毕竟"人死如灯灭"。普通人死后，经历了"七七斋"、百日、周年等纪念活动，作为其亲属即已尽心。真正为亡人过冥寿者，往往是那些非普通人物，或者非普通人家。与此相关，冥寿联遂成为一个罕见的联类。绍兴图书馆藏有民间抄本《翰墨缘》，大约为清代中期刊印，其中收有冥寿联："群仙赴瑶台，五色祥云辞白鹤；开筵设玉殿，一点红日照青鸾。"另据《古今联语汇选二集》"杂题"载："萧芸浦（注：名绍菜，号芸浦，晚清著名盐商，清廷封赠'萧义士'称号）先生冥寿联：'乃公见义不见利，百万户至今唱西江月；孝子事亡如事存，八十翁在天为南极星。'又冥寿联：'孝子事亲，同此百年一日；仁者必寿，何分天上人间。'"

2. **名人诞辰周年纪念联**

在当代，相当于冥寿联的，是各类已逝名人诞辰周年纪念联。如钟树梁1988年参加杨升庵诞辰五百周年征联获奖联："对湖水而仰前贤，遗我清芬，六月荷花八月桂；望滇云还伤远戍，著书边徼，一重楼阁万重山。"很多时候，已逝名人诞辰周年纪念联，与该名人逝世周年联之间并非泾渭分明。这大概与所题对象的共同性有关：同为作古之人，且去世时间可能较长。

第六章 对联书法

第一节 对联与楹联

一 从对联到楹联

(一) 概念的辨析

在当代语境里,"对联""楹联"二词往往可以互换使用。例如,《中国楹联报》之"楹联"与《对联》杂志之"对联",二者所指完全同义。但在清代则不然,"联对""联语"等是别称,"楹联"则是所谓雅称。为什么"楹联是对联的雅称"呢?大概因为"雅致"的对联可以被书写、贴挂、镌刻,而巧对、无情对等游戏之作,闲暇之余玩玩可以,书写、贴挂、镌刻则大可不必。果真如此,则说明清人关于对联称呼的"讲究",可能包含两重含义:一是文字语义和价值取向,二是呈现方式和对联载体。正是在这里,清人自以为找到了"对联"与"楹联"的楚河汉界。

在"对联性状"一章,笔者将对联分为书写型和非书写型,且因为语境的变化而不尽赞同"楹联是对联雅称"的说法。不过,为了内容叙述上的方便,同时与书法界的称呼相接轨,本章这里也套用清代梁章钜的分法,将那些与书写、建筑相结合的对联,用"楹联"一词表示。

在书法界和装裱界,"楹联"一词主要表示一种书法幅式(样式)。所谓"楹联书法",即表示书法家将要或已经完成的作品样式,是由左右两部分共同组成的对联(楹联),而不是写在同一张纸上的立轴、横披、扇面、中堂、手卷及由多张纸单页纸组成的册页，如此而已。盛行于当代联界的"联墨"一词，大体上与书法界"楹联书法"一词相当，本书有时也用到该词，以表示书法墨迹及其制作、影印件等意义，但不涉及其他意义。例如本书所称"孙星衍联墨"，仅指从书影上得知，书写者为孙星衍，至于撰联者为谁，如果上面未明确标注"撰"字等字样，则不好遽定。

（二）楹联的完成

1. 四个环节

无论是在室内上墙、铺案、把玩的，抑或是在室外贴出、悬挂、凸显的，楹联最终都要接受受众的欣赏和阅读。为此，首先需要编撰文辞，形成纯文字的对联，即"联语"（"楹联文辞"）。接下来，还要书写文辞，将纯文字的对联变成书法，即"联墨"（"楹联书法"）。再下来，如果打算长期保存，则需要进一步加工制作：或装裱成轴，或裱褙装框，或制板制布，或砖雕石刻，或烧制熔铸，如此等等。

由此可见，一副楹联的彻底完成，通常需要编撰、书写、制作、展示四个环节。如果说撰写阶段的对联产品，还可以称为"对联"的话，那么后续阶段的对联产品，无疑已变成名副其实的"楹联"了。坊间常说的"抱柱联""联板""联对""板对""木板对联"等，即指在完成制作之后，可以附着在堂柱、亭柱等建筑物上的对联产品。

为了将"楹联"更好地固定在圆柱上，并与建筑背景浑然一体，传统的"抱柱联"通常都是木质曲面，部分地区也有竹质曲面的。"板对"等则情况不一，如果不是长期悬挂，或者所依建筑物并非圆柱形，这些"楹联"可能就是直面之物。

2. 编撰与书写的分离

从古代至近代，编撰与书写两个环节，基本上是合二为一的。因为在私塾教育中，识字、写字和对对子，三者本来就是同步或穿插进行的。一支毛笔，它既是学习工具，也是日常用品。一个读书人，或许他的"毛笔字"不够出色，但绝无不会"毛笔字"之理。由于撰联、书联往往同出一人之手，今人所谓"写一副对联"，若放在从前操作，就是一个识文断字者用毛笔在小纸片上写写改改，甚至在脑子里直接拟

第六章　对联书法

好，然后在大纸上一挥而就的过程。20世纪初，科举既被废止，钢笔也开始传入中国，自兹以降，书写毛笔字的技能逐渐从一般文化人身上脱落。迄于当代，绝大多数国人都难以提笔蘸墨，一般的对联作手也只有在书法家的配合下，方可完成楹联创作。年深日久，这种情形早已经成为联界的常态。至此，对联的编撰、书写、制作、展示四个环节完全分离。从"对联"到"楹联"，通常是甲负责编写对联文辞，然后交给乙来书写，又交给丙来装裱完善、刻字做板等，最后丁作为主人再将其悬挂出来让受众观看。

3. 制作的手工业化和现代化

上述四个环节中，制作是特殊的一环，已属于跨专业的行为。根据材质和工艺不同，可分为装裱、制板、砖雕、石刻、烧制等形式。如果说对联联语是作家对文字的组织，楹联书法是书法家对联语的书写，那么，楹联制作就是工匠对楹联书法的加工和二次创作。工匠们从事的是工艺美术活动，他们的任务就是将眼前的一张张楹联书法，转化为具有观赏性的艺术品。这里最常见的形式，就是楹联装裱。

装裱伊始，其工作均与"卷册"相关。无论是倚墙而立的挂轴（楹联、中堂、横披、立轴等），抑或是依次展开的册页、手卷，它们都是"卷"起来的。直至清代引进了玻璃，才有了无需蜷缩、直接入框的"镜芯"。与此相适应，现代楹联装裱也分两种形式：一是将"软片"装裱成轴，二是裱褙成"镜芯"然后装框。前者需要裱褙、镶边、上杆（天头、地脚）等；后者只是裱褙，并不上杆。自1990年代起，随着材料科学的进步，装裱界出现了机器裱。2000年代以后，为了更好展示和方便打理，很多有经济能力的机构、家庭都倾向于裱褙装框。

二　引进书法与陷入迷思

（一）从引进书法到介入书法界

1. 倡导"联墨双修"

自学会成立之日起，中楹会即高度重视对联与书法的结合，包括从书法界积极引进兼擅诗联的人才。早期两位会长魏传统、马萧萧身体力行，以中国书法家协会会员身份加入中楹会并最终成为副会长的倪进祥更是"联墨双修"。与此同时,各个地方学会也涌现出不少书法人才,如湖南余德泉(章草)及其硕士生鲁晓川(何绍基体行书)、浙江施子江(碑体行书)、陕西张维社(行书)、山东高宝庆(行书)等。中国书法家协会会员孟繁锦在担任中楹会会长期间,不仅以一笔腾挪跌宕的草书震撼了联界,还一手促成了2007年"中国楹联界首届自撰楹联书法展"(中楹会主办)的举行。

2. 联姻书法界

蒋有泉接任会长后,继续推进联墨合璧工作。2015年,由中楹会、中国教育网络电视台书画台联合举办"孟繁锦奖"全国联墨大展赛,并设立"联墨双修奖""楹联创作奖""书法创作奖"等。2018年,中楹会、中国书协联合举办"纪念改革开放四十周年全国楹联书法大展"。

值得一提的是,2004年中国书协举办"全国第五届楹联书法展"时,曾特邀中楹会副会长刘育新、常治国评出本次书展"自撰佳联奖"10名。但从第六届楹联书法作品展开始,该展又取消了"自撰佳联奖"。第五届评委李文岗认为:既然是书法奖,归根结底要看书写水准。[①] 毋庸讳言,李文岗的表态体现了书法界的本位意识。

(二)跑偏路径和陷入迷思

1. "我是谁"

吸纳书法家进入楹联组织,与书法组织联合开展活动,这些策略都有可取之处。前者开阔了楹联界的视野,避免做井底之蛙,后者扩大了楹联组织影响力,也为提升当代书法家的文化素养做出了贡献。然而,楹联与书法毕竟是两种文艺形式,联界如果因此迷失自我,离开了自己的立足点,"反认他乡为故乡",则无疑进入了认识误区。[②]

应该清醒地看到,在现实社会中,书法的地位早已得到公认。自2011年起,"书法学"甚至成为"美术学"下的二级学科,与"中国

[①] 参见谷国伟《面对全国第六届楹联书法作品展 您如何应对?》,《青少年书法》2009年第8期。

[②] 参见严海燕《关于对联的文学性及其他》,《对联·民间对联故事》2004年第4期。

第六章 对联书法

语言文学"下的"中国古代文学""汉语言文字学"等平起平坐。而对联则不同，迄今为止，它依然徘徊在"民俗学"与"民间文艺学"之间，形如一只"学科蝙蝠"。联界中人如果心不在焉，不守望"对联文本"（文字、文辞、文学）这个"根据地"，忘记了自己使命之所在，可能会空耗许多时光，错失改变自身命运的历史机遇。

2."我在干什么"

某些对联报刊忘记了自己对联媒体的身份，为了平衡各方关系，或赢得经费支持，将大量三四流书作及其欣赏文字纳入版面，并予以超大篇幅待遇。某些对联图书不仅越界发言，而且琐碎不堪，将对联艺术的联墨分析，变成对书法艺术的全面介绍，既偏离了本体和重心，也少有自己的心得和发现。

在具体论述时，有的缺乏批判意识，有的随意孟浪。例如，个别书法家将两列（行）相对的楹联品式，写成接排式的非楹联品式。这在书法界都不被完全认可，而某些对联图书竟对此大做展示。现代学科是以现代科学为基础，要求所申报的学科必须经得起考古佐证、实证研究及现代分析法的检验等。陈振濂等体制内人，曾打算提升书法学为一级学科，结果遇到同行的质疑。[①] 而联界在没有严格比对学科要求的情况下，贸然以"学"之名称呼联墨，提出所谓"楹联书法学"的概念。

乘着2014年以来国内弘扬国粹的东风，号召对联人兼习书法等其他艺术，这是领导者审时度势、因利乘便的表现。只是有一点，不要指望古今文人的知识结构完全相同，不要幻想历史上联墨双畅的场景在今天完全重现，这既不可能，也无必要。

三 从对联书法到对联篆刻

对联不仅与书法常来常往，而且与篆刻也有一定联系。篆刻家手中的石块虽小，赶不上书法家笔下的四、六尺宣纸，每方所刻也不过七八

[①] 《书法教授反对设立书法学院，咋回事?》，搜狐号《书艺咀华》（2019 - 05 - 12），https://www.sohu.com/a/313541663_652829，2020年9月1日。

字，但先驱者还是做过这样的实验，即将篆刻与对联结合起来。既然联界有"对联书法"一说，那么不妨称为"对联篆刻"。

1945年某日，柳亚子约请郭沫若、曹立庵到家做客。柳脱口一句"才子居然能革命"，郭随即对曰"诗人毕竟是英雄"。曹以其为文坛佳话，遂以刀记之，并在翌日将印章交到柳亚子手中。有"篆刻王"之称的现代篆刻家谢梅奴，嗜梅成癖，所治之印中有一联云："愿与梅花作奴仆；且将铁笔遣生涯。"画家朱其实，其自用印的印文为："任头生白发；信手写黄山。"

与对联书法一样，对联篆刻也有摘句联。明代文彭曾治过一印"盈盈秋水；淡淡春山"，即摘用北宋词人阮阅《眼儿媚》词末两句。

图6-1是当代付贵宁的两方（一对）对联篆刻。作者既是中楹会会员，也是中国书协会员。他自撰自刻的印文为："柳舞；云游。"上联是朱文，下联是白文。

图6-1　释文：柳舞；云游。

由于年轻时偶尔也把玩对联篆刻，笔者曾忽发奇想，建议联界"将篆刻型对联朱白（二色）相对、书体变换的特点，移植到书写型对联中来"[①]。换言之，也可以让对联篆刻影响对联书法。

---

① 严海燕：《关于对联的文学性及其他》，《对联·民间对联故事》2004年第4期。

第六章　对联书法

第二节　书写与贴挂

一　从联文到联墨

(一) 书写和钤印

1. 横批

横批也叫横额，一般是四言短语，有时也有三言、五言的情况。

书写横批时，传统的做法是自右至左。字的尺寸，也与联文里的字一般大小。当然，也有参照匾额配楹联的模式，将横批的字写得宽敞舒展的情形。又因为在传统楹联里，无论字数多少、是否拥挤，其"天"一般不超过横批的"地"，所以民间有所谓"穷对子、富额子"之说。也就是说，横批太短、太窄，压不住下面的楹联，就显得不协调。

2. 联文

(1) 整饬与参差

就整齐度而言，联墨创作有两种基本类型。一是每字之大小、字间之疏密基本一致，左右看起来很是对称，此为常式。二是其字忽大忽小，忽正忽斜，只是两联的末了皆拾掇停当，左右基本齐平，此为变式。前者的样式随处可觅，后者的样式可参看图6-2。

历史上，有人将落款写在下联尾字的下面或附近，导致下联上缩或变形；还有人将上下联连在一起书写，即上联写完了还有空白，便接着写下联。从美学效果上看，这些做法都不如以上基本类型理想。

(2) 龙门对和琴对

联文用一列（行）即可写完的，最为常见。上款写在上联的右边，一般从比上联低一到两字处起笔。下款写在下联左边中间靠下的位置，不与联文齐脚（见图6-3）。自1990年代起，不少中青年书法家倾向于将下款提至中间靠上位置，给人以挺拔之感。

有时联文较长，需要写成两列（行）乃至多列（行）。这时，列列（行行）之间应该齐头；但最末一列（行）不能齐脚，以便留白题款。这种图式很像"门"的繁体字"門"，因此有人称之"龙门对"（见图

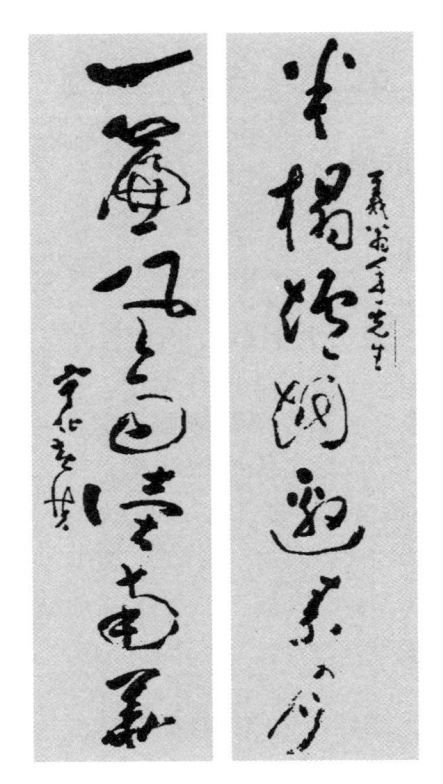

图6-2 释文：半榻炉烟邀素月；一帘风雨读南华。
上款：义翁年先生。下款：宁化黄慎。

6-4)。"龙门对"上款写在上联最末一列（行）后面，下款写在下联最末一列（行）后面。

倘若联文字数很少，如三言、四言，也可以将款识部分从联文的旁边，分别移至上下联的下面。这种图式形似古琴，因此有人称之"琴对"（见图6-5）。

3. 款识

(1) 上款、下款及其意义

款识也叫题款。"款"者，刻也；"识"者，记也。两字合起来也可作名词讲。

款识有双款、单款之分。双款里的上款写题赠对象（受书人）、撰

第六章 对联书法

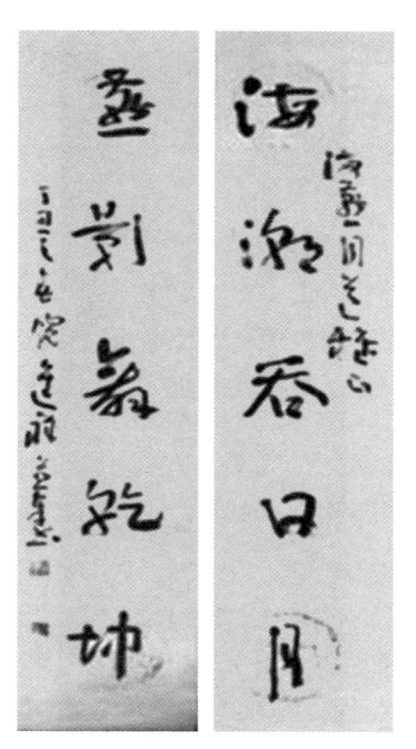

图6-3 释文：海潮吞日月；燕影舞乾坤。上款：海燕同道雅正。下款：丁丑（注：即公元1997年）之春倪进祥并奉书。

联者姓名、集句出处。下款主要写书写者姓名，有时也附上书写时间和地点。也有不题上款，或者将其并入下款的情形，此即所谓"单款"。就交代清楚、方便后人而言，无论直接写作双款，还是上下款合并，都以写全要素为好。

钱沣、康有为等人的楹联书法一般都是单款。钱沣的单款，很多时候甚至只写一个"沣"字。康有为同样俭啬，据说只有在双方关系特殊，或有受书者愿意给予足够多的润资时，才在上款里写明受书者为谁。如今是市场经济时代，情形似乎"翩其反矣"。有些受书者出于俟后升值的动机，主动要求书写者勿写题赠对象。后者的作派固然可以理解，但作为书写者，还是要在题款的问题上考虑周全。

延伸阅读：款识里的书写时间

在民间，有"正端二花，三桐四梅，五蒲六水，七瓜八桂，九菊十阳，

· 351 ·

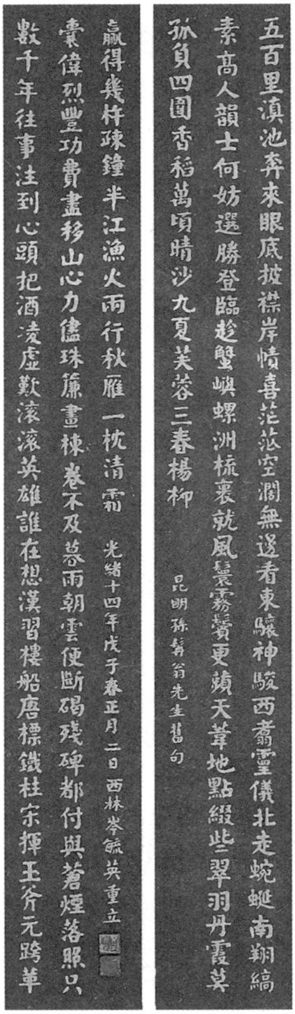

图6-4 释文：五百里滇池奔来眼底。披襟岸帻，喜茫茫空阔无边！看东骧神骏，西翥灵仪，北走蜿蜒，南翔缟素。高人韵士，何妨选胜登临。趁蟹屿螺洲，梳裹就风鬟雾鬓；更蘋天苇地，点缀些翠羽丹霞。莫孤负四周香稻，万顷晴沙，九夏芙蓉，三春杨柳／数千年往事注到心头。把酒凌虚，叹滚滚英雄谁在？想汉习楼船，唐标铁柱，宋挥玉斧，元跨革囊。伟烈丰功，费尽移山心力。尽珠帘画栋，卷不及暮雨朝云；便断碣残碑，都付与苍烟落照。只赢得几杵疏钟，半江渔火，两行秋雁，一枕清霜。上款：昆明孙髯翁先生旧句。下款：光绪十四年戊子（注：即公元1888年）春正月二日西林（注：指广西西林）岑毓英重立。

· 352 ·

第六章 对联书法

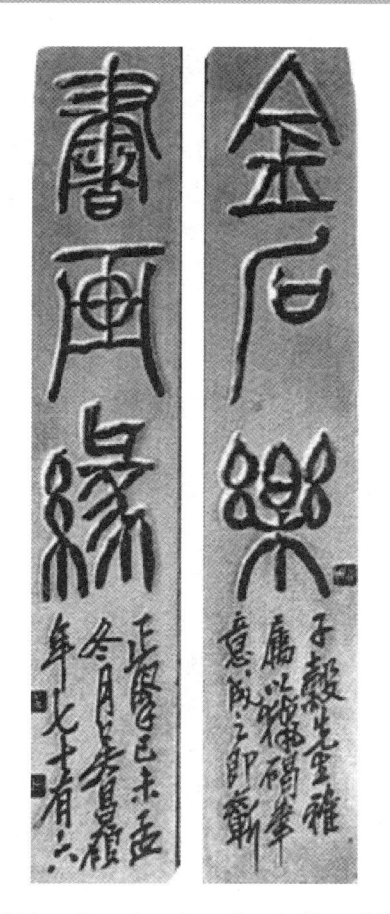

图6-5 释文：金石乐；书画缘。上款：子谷（注：指苏曼殊）先生雅属，以猎碣笔意成之，即蕲（注：通"祈"）……下款：正掔（注：同"腕"）。己未（注：即公元1919年）孟冬月，吴昌硕，年七十有六。

十一葭月，十二为腊"之说。如果书法家雅好传统，不妨按照"银柳插瓶头""杏花闹枝头""桃花粉面羞"等物候信息，写上这些以花草命名的月份的主要别称（雅称），即孟春正月柳月、仲春二月杏月、季春三月桃月、孟夏四月槐月、仲夏五月榴月、季夏六月荷月、孟秋七月巧月、仲秋八月桂月、季秋九月菊月、孟冬十月阳月、仲冬十一月葭月、季冬十二月腊月。顶多再加上榴月为"蒲月"，葭月为"冬月"，巧月

· 353 ·

为"瓜月"等。因为农历月份的别称众多，动辄七八个乃至二十多个，其中不少名称属于生僻之词。有的还容易相混，如梅月既指南方梅雨季的四月，又指"梅花吐幽香"的腊月，甚至指"十月小春梅蕊绽"（欧阳修句）的十月。所以记住并署上主要别称即可，不必为自己也为读者增加新负担。启功生前不仅书写简化字，还以公元纪年法题写款识，这种通人手段，值得思考和借鉴。

（2）署名与误判

有些书法家在具名时，习惯于只署自己而不缀撰联者，甚至在书写抱柱联时依然如此，根本不问撰联者是否在世。这种省俭过头的"传统"，在人文鼎盛的清代、民国，或许还有其历史合理性，但到了书法家与对联家相对分离，且多数书法家并不擅长"撰并书"的今天，实在有检讨的必要。

这种行为既不符合现代民权观念，同时也给日后的联墨考证带来不必要的麻烦。① 例如，笔者曾将"养天地正气；法古今完人"一联判为谢晋元所撰。后来看到孙中山联墨图片（见图6-7），发现上款"介石吾弟撰句属书"字样，方才省悟到自己误判了撰者。在没有发现更新的材料之前，该联的作者应归蒋介石。

历史经验证明，所书对联的内容越是久远、文句越是生僻，其来源和撰者就愈加难以考证。再如"书似青山常乱叠；灯如红豆最相思"一联，梁章钜在《楹联丛话》卷十三"杂缀"里有过交代——《秋雨庵随笔》云："葛秋生（庆曾）斋中悬一联云：'书似青山常乱叠；灯如红豆最相思。'语极清新。'青山'句，秋生自拟；'红豆'句，则许滇生太史（乃普）所对也。"文中讲得清楚，该联乃葛庆曾、许乃普二人合作；但有些书刊只署一位撰者，有些甚至以讹传讹，将它误记在纪昀的名下。

延伸阅读：款识里的"撰并书"

"撰并书"是现代人的规范标注法。明代丰坊（道生）的小楷《跋张旭〈草书古诗四首〉》，曾用"鄞丰道生撰并书"之句落款。清代使用这种标注法的虽不乏其人，但为数不多。张之洞有一联墨"鱼

---

① 参见严海燕《名联著作权应属谁》，《对联·民间对联故事》2006年第4期。

第六章 对联书法

鸟亲人濠濮想/桂山留客楚骚辞",落款即有"撰并书"字样（见图6-6）。从联文和书法上看，这应当是一件完整而真实的"自己原创+自己书写"对联书法作品。相反地，某公司在2009年仲夏精品拍卖会展出的、落款为"丙午入都前张之洞撰并书"的抱冰堂联，却非如此。该联联文"不嫌老圃秋容淡/顿觉皇州春意回"实为集宋诗句，只是被作者略有改造而已。按照常理，该联款识应该出现"集（句）"字样，或者不做出处交代也可以理解，但受众看到的却是"撰并书"三个字。这到底是张之洞误署，还是为他人所加，尚有待考证。

（3）穷款、长款与字（联）古款今

款识文字较少，左右各一列（行）即可写完的，叫作"穷款"（见图6-3）。款识文字很多，需要采取包围上下联的方法进行书写的，叫作"长款"（见图6-8）。上下联款识文字是允许通读的，换言之，上款位置写满了，可以接着在下款位置写（可参看图6-5释文）。对于"琴对"来讲，上下款必须都有，且文字数量大体相等，否则有失对称。

相对于联文字体，款识字体要有所变化。变化的原则是"字（联）古款今"。为省事起见，凡联文写作篆、隶、楷、行的，款识可以写作行楷或行草。同时，款识文字的大小也要调整。通常情况下，联文文字与款识文字大小之比为3∶1。不过，在郑燮的琴对"瘙痒不著赞何益/入木三分骂亦精"里，这个比值提升至2∶1，到了陈鸿寿的琴对"山水香草/铁石梅花"里，它又缩减为5∶1。

4. 印章

（1）钤印的意义

钤印是联墨制作的最后一道工序。其目的不仅在于点缀异彩，使得全联红白相映，更主要的是利用印章的色彩、形态、位置等，对对联格局产生调节作用。同时，与一般生活钤印一样，书画钤印也是一种身份证明，即对象认领行为。只要不属于春联、挽联等一次性消费类型，一般联墨都要用印签章。像谢无量那样，作书而常不用印的情况，在近现代书画名家中比较稀见（见图6-9）。

图 6-6 释文：鱼鸟亲人濠濮想；桂山留客楚骚辞。上联右：请命入觐（注：据《清史稿·列传二百二十四·荣禄王文韶张之洞瞿鸿禨》，张之洞光绪二十九年即 1903 年觐见慈禧，光绪三十三年即 1907 年离任湖广总督入京），长夏无事，因忆十桂堂为湖北署中第一名　上联左：胜之区，其余小蓬壶、魁星阁不足以较其短长，而十　下联右：桂之楹联清新雅饬，尤为吾惬心之作，今幸案头有　下联左：残笺破纸，不妨喜为一书，以志不忘。张之洞撰并书。

第六章 对联书法

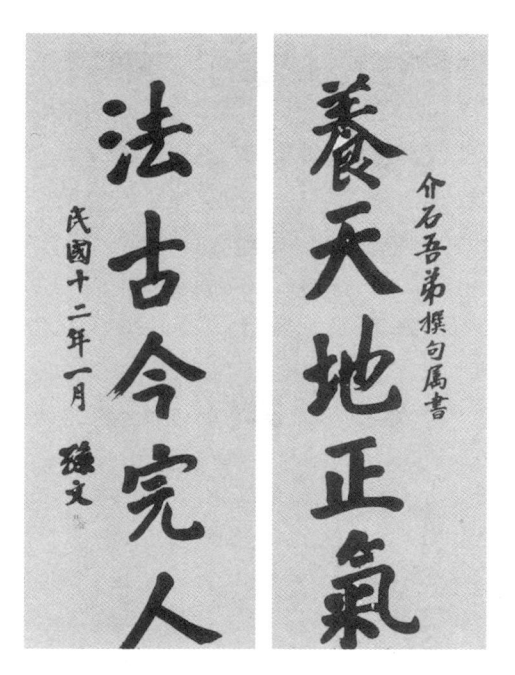

图6-7 释文：养天地正气；法古今完人。上款：介石吾弟撰句属书。下款：民国十二年一月。孙文。

（2）名号印、斋馆印与闲印

书画印章，包括名号印（姓名章）、斋馆印和闲印（闲章）。第一种是必需的，后两者则可自由选择。以吴昌硕联墨为例（见图6-5），全联有三个印章，都是名号印。上联左下角有一个，印文"归仁里民"（别号，"归仁"为吴昌硕故乡地名，白文）；下款左侧有两个，印文分别是"俊卿（吴昌硕之名，朱文）之印"和"仓硕（吴以昌硕为字，仓硕属于别署，白文）"，其中朱文印最重要。名号印可以集姓与名（字）于一体，而只钤一枚；也可以一姓印（或一名印）一名印（或一字号印）成对出现。若钤两枚，则两印大小一致，朱白相配。偶尔也有上小下大，[①] 其中一印阴阳合字等情形。

[①] 有人认为，印章一般上小下大，上轻下重，上朱下白（使用款识姓名、斋馆印则为上朱下白），与绘画中的点苔法相似，即所谓远小近大、内紧外松。参见刘一闻《对联10讲》，上海书画出版社2004年版，第34页。

· 357 ·

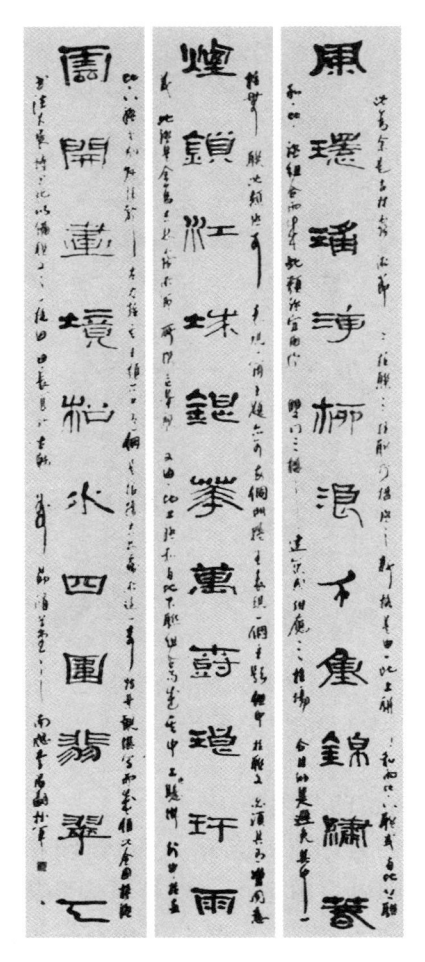

图6-8 释文：（上联，挂中柱）烟锁江城，银花万树琅玕雨；（下联一，挂右柱）风环瑶海，柳浪千重锦绣春。（下联二，挂左柱）云开画境，松水四围翡翠天。长款：（右之右）此为余题吉林雾凇节三柱联。三柱联乃楹联之新格，是由一比上联和两比下联或两比上联（右之左）和一比下联组合而成。此类联宜用于双门三楹之建筑或相应三柱场合，目的是避免其中一（中之右）柱无联。此类联可表现一个主题，亦可每个门楹各表现一个主题，但中柱联文必须具有双关意（中之左）义。此联是余为吉林雾凇节所撰言景联，联文由一比上联和两比下联组合而成，其中上联悬挂于中柱，两（左之右）比下联分别悬挂于左右柱，其主题亦只有一个，是根据吉林雾凇这一奇壮景观撰写而成。值此全国楹联（左之左）书法大展，特书此以备联文之一格。甲申（注：即公元2004年）长夏于古韩州勖修堂之南窗。李俊和拙笔。

第六章　对联书法

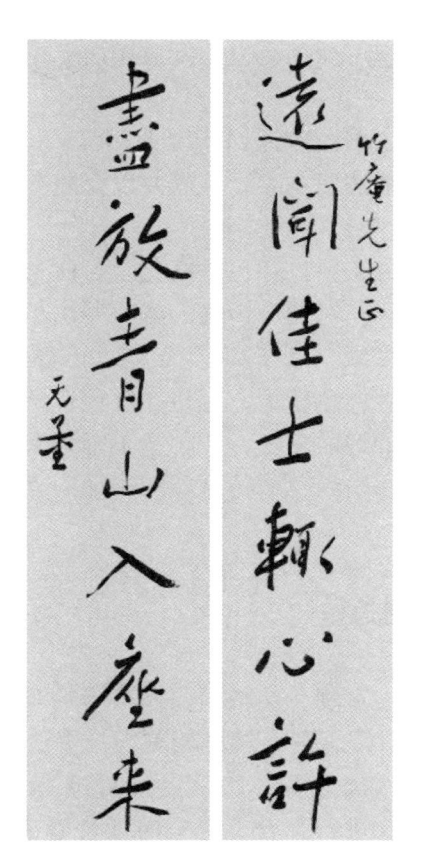

图6-9　释文：远闻佳士辄心许；尽放青山入座来。上款：竹庵先生正。下款：无量。

斋馆，是指印主读写、起居、雅集等活动的场所。斋馆印有时被视为闲章而钤在右边，有时则与名号印一起钤在左边，具体位置一般在名号印之下，印文多为朱文。

闲印以闲话如（生肖、籍贯）或警句（如"明月前身""晨钟暮鼓"）为内容，一般钤在右边，依所处位置分为起首印（章）、腰章、压角章等。闲印形状不一，有椭圆形的，有长方形的，其中那些随石赋形，呈现出不规则的，也叫随形印。

名号印、斋馆印和闲印属于篆刻艺术范畴，对它们的使用需要一定的书法空间意识。三种印型用好了，可以补通篇之不足；反之，则可能

· 359 ·

有蛇足之嫌。初学者宁可少用，也不要滥用。

（3）印泥

与办公印泥不同，书画印泥属于专业用品。一瓶优质的书画印泥，色泽沉着而细腻，落纸沾而不渗，且需要以瓷瓶存放，不能随便置之于金属盒。

一般印泥以朱砂为主料，颜色呈红色。若所书之纸也是红色，书画家就不好直接下手钤印。对此，传统的解决办法是：先在白色宣纸上钤好，而后剪贴至红色宣纸。到了 2000 年代，五颜六色的印泥被研制出来了，书画家可以蘸着白色印泥，直接在红色宣纸上钤印。

不仅如此，印泥的绚丽多彩，还拓宽了书画家的审美选择空间。譬如，有人特别喜欢使用暗红色的仿古印泥，如同喜欢使用仿古毛边、仿古宣纸一样。

（二）书写工具的选择

1. 纸张大小

对联用纸的长度、宽度，应依据门框等附着对象的情况而定，不能太长（短）太宽（窄），否则不够协调美观。书法界所用宣纸，通常有三尺、四尺、六尺和八尺之分，若手头一时没有合适的，也可以用剪刀、糨糊，裁短接长，进行弥合。弥合时要注意上下对齐，搭接对等，不要弄得歪歪扭扭，或者一边长一边短。此外，对联较宽，横批较窄；对联长，横批短。一般来说，折叠方格（只有暗格）、勾画方格（有明有暗）也是一个必备的程序。

需要指出的是，历史上确有一些书法家，由于操作娴熟，特别是出于行草书抒情的需要，在预先没有折叠方格的情况下，洋洋洒洒，一路写来。或者大致折叠了方格，即只规划了每个格子的大小，而没有规划每个格子的中心，结果等到实际下笔时，会有个别字"不守本分"，跨界出格。这类人物，除了清代"扬州八怪"之一的黄慎，还有现代齐白石、谢无量、张大千等人（见图 6-9）。不过，这种行为只发生在少数人身上，对于多数人，特别是联墨初学者来讲，这样做未必会有好的效果。2010 年代后，坊间开始出售两种加工过的红帖纸：一种是机裁的无方格的对联红纸，另一种是机制的带瓦当图案甚至洒金的空白对联

第六章　对联书法

红笺。前者只是将大张红帖纸裁剪了一下，属于粗加工，后者则从纸质到印刷都做了改良，几同书画家常用的宣纸空白对联。有了它们的帮助，书写者就可以省去诸多烦劳，包括裁纸、弥合与制造格子。

2. 纸张颜色和质地

对联用纸的颜色，往往因对联种类不同而有所变化。

题赠联多用浅色（宣）纸，让人感觉清新雅致。春联、婚联和寿联通常用红纸，以烘托喜乐吉祥的节庆气氛。唯一的例外是，由于满族尚白，当年清廷选择白纸做春联，以红（里）蓝（外）二色镶边。这在富察敦崇《燕京岁时记》"春联"条有过记载："惟内廷及宗室王公等例用白纸，缘以红边蓝边，非宗室者不得擅用。"挽联一律用白纸，以示空茫失落，悲伤于怀。至于寺庙、法事联，则以黄色最为常见，其中的缘由，据笔者猜测，当与传统的五行文化有关："五色"中的"黄"对应"五志"中的"意"，宗教活动需要以"意"告"天"。

至于纸的质地，凡欲一次性消费者无须多虑，只要不过于光滑，能够吃墨即可。平日里练习也是如此，无论是麻纸、草纸，还是新闻纸、道林纸，都可能为我所用。只有书画家的创作用纸比较讲究，此前由于经济原因，还有迁就的可能，到了1990年代以后几乎都用宣纸。按照书法家的共识，其中生宣适用于行草，熟宣适用于正书和小楷。

3. 墨汁、墨锭

研磨墨锭能够沉稳心态，但也比较耗时，为此苏轼曾发出"非人磨墨墨磨人"之叹。也因此，现代人基本改用墨汁。书写春联、治丧联等可用一般墨汁，书写居室联等则需用高级墨汁。

墨汁由炭烟、骨胶、添加剂和溶液组成。出于对物品天然性的执着和墨色效果的讲究，有的书法家弃墨汁于不用，转而模仿古人以墨锭研墨，也有人先在砚台中倒入墨汁，再以墨锭研墨。然而，古代墨锭为原生态材质，所谓"乌玉藏真贵；黄金换未当"，如今部分墨锭则与部分墨汁一样，改用化学炭黑为原料，故须注意甄别，并避免误服。

4. 广告色、金粉

有的书写场合，不用墨汁而改用美术颜料。譬如书写守制联，在1990—2010年代，笔者就曾多次见到书写者以广告色来取代墨汁的。不过，据笔者个人体会，这种新的着色剂并不好驾驭。不管是在白纸上

· 361 ·

写蓝字,还是在蓝(绿)纸上写白字,都容易出现广告色色淡、堆墨、跑墨等现象,因而需要揣摩习性,谨慎操作。顺便说一下,"广告色"这一名词,在1990年代之前比较流行。随着丙烯的引进和喷墨技术的出现,很多人只听说过水粉而不知道广告色。一般而言,水粉就是广告色,与丙烯一样都属于不透明水彩颜料,可用于较厚的着色;除了价格上比丙烯便宜,其他方面不如丙烯。

普遍使用金粉(铜粉)书写对联,大约始于1990年代。据笔者记忆,一开始主要用于婚联、寿联的书写,很快地,书写春联也时兴用金粉了。一来生活比以前改善了,有了一定的经济基础;二来在红纸之上铺上铜粉黄字,富丽堂皇,更易唤起观者的喜悦感、满足感。对于从市场购置的金粉,此前民间往往用汽油、白酒等予以稀释,并配合清漆、白芨等黏着剂来调和。2010年代后,由于喷墨等技术快速发展,各种不同光亮度的金粉、专用稀释剂、调金油等出现在人们的视野里。甚至一些年轻人干脆买来丙烯酸金色颜料,以代替金粉。

金粉对联虽然已经成为流行样式,但并非受所有人的欢迎。有些老先生认为它俗气,张扬有余而内敛不足;有些讲究风水的人认为它只是好看,其实不如红纸黑墨有煞气,说到底并不很实用。

5. 毛笔

"囊底毛锥惊脱颖;怀中江管梦生花。"毛笔不仅是古人的日常用具,更是古代文人的饭碗。南宋陈槱《负暄野录》卷下载:"俗论云:善书不择笔,盖有所本。褚河南尝问虞永兴'吾书孰与欧阳询?'虞曰:'询不择纸笔皆得如志,君岂得此!'裴行俭亦曰:'褚遂良非精墨佳笔未尝辄书,不择笔墨而妍捷者,余与虞世南耳。'"不过,"善书不择笔"之说与禅宗思想、书写状态、书写能力等有关,特殊情形下有理,通常道理上欠通。谓予不信,请看一例:用秃笔临习王宠的空灵小楷《前赤壁赋》比较合适,却无法临习文徵明的纤细小楷《老子列传》。所以陈槱又补充道:"余谓工不利器而能善事者,理所不然,不择而佳,要非通论。"这才是比较客观的态度。

事实上,关于毛笔的选择,自古泊今都是一个问题。明代陈继儒在《妮古录》里提出"笔有四德:锐(注:今称'尖')、齐、圆、健",乃是建立在黄鼠狼毛、野兔毛等原材料供应充足的基础之上的。据笔者

第六章　对联书法

2010年代在西安市书院门古文化一条街调查，由于各种原因，一支纯正的4厘米狼毫笔的成本价在二百元以上，其市场价往往令普通家庭的初学者望而却步。1990年代，源自日本、韩国的尼龙材料杀入中国制笔领域，并在加健的名义下大面积地取代了原来的兽毛（猪鬃、石獾毛、山马毛等）、人造纤维（涤纶）和植物纤维（麻），成为毛笔制作的辅料甚至主料。圆柱形的尼龙锋颖不同于圆锥形型狼毫锋颖，尼龙毛笔弹性好，价格低廉，但笔毫中实而不吸水，摸起来有些刚硬扎手，用起来也不很听使唤，不易传达出书法的韵味。本来一分钱一分货，加之工业社会早已经到来，这种尼龙加健的做法本来也无甚大错。真正的问题在于，不管是纯粹的狼毫还是兼毫，不管是硬毫配软毫（如所谓"白云"）还是硬毫配硬毫（如紫兔背、黄狼尾之毛相配），不管一支毛笔上狼毫与他毫之比为2∶8还是8∶2，部分商家不够诚实，并不告知顾客柱毛披毛、主料辅料的配用真相，个别卖主甚至以次充好（以旧毛、断毛代替新毛、整毛），以假乱真（将羊毛染作黄色、把尼龙毛说成狼毫、用狗獾毛冒充石獾毛）。这些都引起了消费者的反感和警惕。

另外，什么样的笔写什么样的字，也有一定之规。对联上写的多为大字，所以非大笔不可，小笔可用来题款，若用来写大字，则会损坏毛笔。此外，行草用狼毫，正书用羊毫，前者取其流转顺遂，后者取其墨色饱满。这些本来也属共识，但现在亦不尽然，在某些有个性、有成就的书法家那里，两者有时是不甚作大的区别的。至于初学者要用羊毫、劣笔，进步者可用狼毫、佳笔，以免日后遇见羊毫、劣笔时产生极度不适应感之类，也都可以参考，而不必胶柱鼓瑟，非要作为一定之规不可。尤其是使用劣笔一说，如果经济条件允许，为何不能一直使用佳笔，而非要使用劣笔呢？相反地，如果劣笔太劣，导致初学者的兴致一开始就被败坏，从而裹足不前甚至因噎废食，那么这种效法顾恺之食蔗式的励志之举，又意义何在？

二　从贴挂到接受

（一）布局

个别对联是以中堂或条幅形式写成，上面两列文字对齐，古称

"联屏"。它们在悬挂时，也是作为一个整体而无须考虑左右。但常规对联则不然，因为分为两截（两张纸），自然存在孰左孰右的问题。

按照传统，对联的书写方式应是由上往下、由右往左。本书第二章也已经谈过这个"以左为上"的习惯。20世纪以降，出版界风气渐变。1915年，赵元任等人在上海出版《科学》杂志，封面刊名采取左起横排形式。1955年元旦，《光明日报》率先实行左起横排版式。受此影响，人们的日常书写和认读方式发生了根本变化，书法、对联虽然特殊，也不免受其感染。加上思想活泼而声誉卓著的启功在题写匾额方面的身体力行，横批也可以左起书写，似乎成为新的不成文的规定。甚至有人更"彻底"地提出，联文也要从左边念、左边贴，其理由是：横批为手，它所指引的方向既变，下面岂有不听命的道理？

在此，笔者想起王力生前在《和青年同志们谈写信》里提出的一个问题："信封上不要写'父亲大人安启'或'王力伯伯收'等字样。因为信封是给邮员（或送信人）看的"，"收信人的姓名后面要加上'同志''先生'等字样，这也是礼貌问题"。结果，有人反对王力的意见，认为不能翻老皇历，要看到如今邮局和写信人、受信人的关系，已经不如从前那样亲密，说白了，就是八分钱的关系。信封称谓的讨论发生在1980年代。如今我们反观那位反对者的话，发现他是站在"终端"的立场上思考问题的；虽然有违历史习惯和社会伦理，却可能简单实用。可惜的是，21世纪手机时代到来了，手写纸质书信逐渐被淘汰，这场讨论的意义也随之消解。同样，要彻底改革对联张挂方式的言论，似乎也不无道理。笔者甚至可以为它贡献一个"证据"：1988年，辽宁朝阳文物部门开始清理著名的辽代文物北塔，其中出土的"吉星高照"铭文砖，上面的四个汉字即从左往右横向刻写。

不过，为了不使问题复杂化，笔者主张暂时因袭传统的办法：横批右起书写，如同郭沫若题写"大雄宝殿"一样；联文右起张挂，即上联在右，下联在左。需要注意的是：这里的左右，是指一个人面对建筑物张挂楹联时，该人身体的左右。就像月亮的出现与圆缺，也是自右向左一样，即新月弓背朝右，残月弓背朝左，两者合起来则形成小括号状。

第六章　对联书法

（二）语境
1. 室内室外
（1）"挑山对联"今何在

前已述及，对联之所以在明清兴盛，其中一个重要原因，即在于当时既有高大的建筑空间，又有对称的桌凳布局与之配合。这种高大建筑，陕西叫作"大房"、"庵间房"（或作"鞍鞯房"），因为有屋架，屋脊两边呈斜坡式，故俗称"两搭儿"。在传统乡村，家底殷实的为砖混结构，一般家庭则为土木结构。其内部卧室的上方，往往设计有阁楼，用于存放麦包、棺材等杂物。但它与后来兴起的两层或两层以上的楼房有所不同，楼房在民间叫作"洋楼"。"庵间房"的正厅高大空阔，上面的椽檩清晰可见。在正厅或主人书房、卧室的墙上，可以悬挂字画。因为正厅以山水中堂、两边对联最为常见，故此民间把这种配合中堂的对联也叫"挑山对联"，中堂和对联合起来叫作"一套挑山"。

楼房兴起之后，为了有所区别，"庵间房"便被称作平房。1949—1980年代，城镇企事业单位的家属区甚至部分工作区的建筑，多为联排式简易平房。这种简易平房，可谓"庵间房"的缩小版兼连锁版。它不同于1990年代在关中兴起，使用预制板或混凝土现浇结构，有平坦的屋顶可晒五谷的"半边盖"小平房。简易平房本来就不高，加之天花板的设计，致使屋内高度第二次受限。好在它有一个专门的客厅，虽然面积不大，但两个单人沙发夹一小茶几的布局，使得"中堂"配"对"的传统装饰形式，算是基本上延续了下来。

1980年代起，城市中低层楼房开始取代普通平房。这种楼房共五六层，层距不高，面积不大，没有专门的客厅。主卧室主要摆放时兴的电视机以及与之配套的长沙发。也有部分人家在墙上悬挂书画，但客人看到最多的，往往是横披、立轴而不一定是对联。对联在家居装饰中地位下降，不再成为必需角色。历史进入21世纪，高层楼房全面崛起，同时家居面积扩大，许多人家由原来60平方米左右的低层小居，陆续搬至90平方米以上的高层大室。与此同时，人们对墙饰的选择也趋于多元化，不再唯传统装饰形式是从。在此环境下，昔日风光无限的对联，显然已经辉煌难再。

· 365 ·

（2）门框门墙两不宜

室内如此，室外也不"安宁"。1910—1970年代，农户正门以双扇门居多，大者可进马车，中者可以进架子车，小者可进手推车。门扇在中央，门框（门枋）上面和门楼墙的正面，平展而宽敞。对联若贴在门框，紧凑团聚；贴在门楼正墙上，开阔大气。

1949年后，城镇居民的家门也像办公室门一样，逐渐改作单扇（木）门。单扇门没有门槛，上槛与中槛之间有可以活动的玻璃窗，门套边框和中槛虽平却窄，不易张贴对联、横批。等到楼房（这里特指"单元房"，不包括"筒子楼"）代替平房后，城镇居民的房门又改作平日里只开母门的子母（铁或木）门。子母门没有窗户，上槛相当于原来的中槛，左右边框窄且不平，更无法平铺对联。更为致命的是，很多单扇门和子母门紧邻墙角或其他住户，门前两侧逼仄不便，有的门口还有狭长的走廊。如此一来，对联的对称美，便无法继续依靠建筑环境而得以完美体现。对联不能舒展于两个边框或者外墙，只好遭受委屈：有的被贴到门扇上，虽对称却显拥挤；有的既贴在门（套）左右，又外延长至紧邻的墙面，等于门套和墙面各跨一点，横批也半吊在门套的上檐，未全落实；有的门上、墙上各贴一个单幅，仅靠横批使上下联大体落在墙的正中间；有的还因为联长门短，干脆在正侧面墙各贴一个单幅，结果侧面墙联的文字很难一下子被看清；有的将横批贴在门套正上方的墙上，将对联贴在远离门口的走廊尽头。[1]

由于乡村宅基地有限，个人诉求不同，2010年代，这种家居的外观结构和对联的窘困处境，也由住户相连的城市，开始向独家独院的乡村渗透。

2. 受众心理

一般而言，篆隶草行楷"五体"之中，篆书高古，草书飞扬；虽说各有千秋，但难以辨认是二者共同的遗憾。隶书是一种过度。楷书、行书于大众最为稔知，大众在对联上看到了它们，自然也最感亲切。此外楷书庄重矜持，与篆、草相比，既不作高深状，也不张扬自显，比较

---

[1] 详见严海燕《2021年春联张贴不规范现象及分析——以西财汉语2002班同学家门春联为例》，《对联》2021年第11期。

第六章　对联书法

适合传统圣贤之地等人文语境。

家庭乃人生港湾，步履匆匆的现代人，无不希望这里节奏舒缓，情调温馨。作为个人，你可以欣赏兔起鹘落、令人血脉偾张的狂笔大草，但如果将它带回家悬挂，则未必合适。

1990 年代某年春节前夕，笔者站在西安市"书院门"牌楼下的对联摊位旁，观察着那些前来购买春联的顾客，发现他们大都喜欢启功体行楷书（见图 6-10）①。尽管近在咫尺，另有一家写魏碑体的，且书法水平不亚于写启功体者，但人气就是不旺。可见在现代城市社会，人心似乎是矛盾的，那些节奏太慢、风格高古的作品，同样难以引起受众的共鸣。

3. 纸上抒情

按照唐代孙过庭的说法，书法可以"达其情性，形其哀乐"（《书谱》）。这一点，在唐代颜真卿的《祭侄文稿》里可谓表现得淋漓尽致。颜氏的笔墨情趣本来是自然的，所谓"无间心手，忘怀楷则"（《书谱》），而那些认同书法是抒情艺术的后世书法家，则更多表现为一种自觉的追求。他们的一个重要做法，就是特别注意文辞与书体的配合，换言之，语境和书法的关系在这里有了更细致、更微妙的吻合。

看看书法家徐利明的一段话："再如对联'听鸟说甚；问花笑谁'，联语立意奇妙，富有幽默感。此语时即为之打动而欲写出，故以北碑中率朴洒脱一路书风的字形用笔为本，并在痛快的笔势运动中加以夸张，在用墨上则以宿墨作浓淡枯湿的变化相配合，以求幽默爽畅的情趣，与联语的文学情境相生相发，而创造出此作特有的书法艺术情境。"②

顺着这条思路，读者可能会想起昆明大观楼联。该联文字语势畅达，词采斐然，遗憾的是却被配以古拙厚重的颜楷形式。笔者初次看到该联图片，即生方枘圆凿之感。倘若当年云贵总督岑毓英与幕僚赵藩商量一下，像乾隆年间陆树堂第一次书写一样，另择一体（譬如选择比较折中的行楷），或许可使这里的文学、书法因素更为交融，真正体现

---

① 这里展示的启功行书图片，选自网文《启功对联 5 副，写进生命深处》，搜狐号《南山子春秋》（2019-03-16），https://www.sohu.com/a/301649980_175644，2019-06-01。
② 徐利明：《创作的手记》，中国书法江湖网（2008-09-09），http://www.sf108.com/bbs/viewthread.php?tid=4818，2009 年 6 月 1 日。

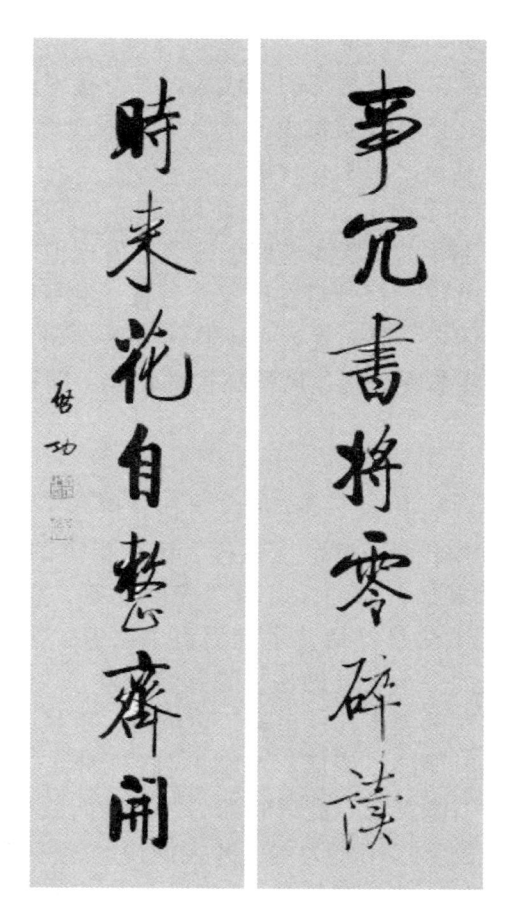

图 6-10　释文：事冗书将零碎读，时来花自整齐开。下款：启功。

出联墨相得益彰的美学效果。

延伸阅读： 收纳

裸露的纸质楹联在张挂了一段时间后，往往需要收纳。第一步，用掸子、绸绢等进行掸尘和轻抹，注意慎用吸尘器。第二步，先两手松卷，后执轴卷实，最后扎上画带。第三步，无论是否配有画盒，为防蛀和防挤起见，一般还需要裹以干报纸；如果担心报纸渗墨，可在包裹之前加层牛皮纸。

第六章　对联书法

第三节　清代楹联书法

一　总体风貌

（一）"崇碑抑帖"与清联字体

有学者通过印证晚清人的日记后发现，扇面和对联是当时应酬书法中最为流行的形式，晚清人并称其为"扇对"，其数量远远超过条幅、手卷、册页等。[①] 与扇面等其他书法表现形式一样，清代楹联书法也接受过历史大潮的洗礼，也从师法"二王"的帖派，到师法北碑的碑派，最后达到两者融合。透过整个演变过程，笔者注意到有一个一以贯之的元素，即文人们在日常书写中使用最多的字体——正书（特别是楷书）及其变化。

1. 开风气者阮元

就治学而言，阮元主要是一个经学大家。他的"书分南北""南帖北碑"的划分，不过是其求真务实的汉学精神在书法史领域的一个反映。阮元第一次梳理了魏晋以来书法的变化，并将既有书法划分为南北两大体系，认为北派保存了隶书的古意，是为书法正传，而北派书法又源于碑石，因此主张学书者当以习碑为主。阮元的书法理论，从文字学角度看，强化了书法与其"寄生""宿主"即汉字之间的关系，有其积极意义；从书法发展的角度看，它又像宋代汉字印刷术一样，再次固化了字体，因而是一种审美保守行为；从政治文化的角度看，它是清代文人溯源寻根、追求正大气象，同时渴望实现有限的自由、力争内外无碍的一个象征。

"碑""帖"虽然都可能是拓本，但二者还是有所区别的。"碑"是原碑，"帖"是法帖，前者的出处是生活中真实建立的竖石，后者的出处是为了学书而摹刻的横石或木板。如果前人的书法杰作真迹无存，那么"碑"无疑就是最可靠的文献资料。阮元否定钩摹本《兰亭集序》为王羲之所书，祭出是正是"碑派"式证据。在阮元看来，真正的王

[①] 参见白谦慎《晚清官员为何多书法大家？》，《北京青年报》2016年1月24日。

字应存隶意，就像当时新出土的东晋民间墓砖"晋永和泰元砖"上的文字一般，而《兰亭集序》文字恰恰缺少隶意。阮元用于"三段论"式推导的大前提是有问题的，却在客观上为清代碑学的兴起产生了"导其流"的作用①。

2. 集大成者康有为

阮元预言了碑兴帖衰的大趋势，但他及其支持者钱泳对于"碑""帖"各自利弊的看法还算中正。阮元承认"碑榜"存在"六书混淆，向壁虚造"（《北碑南帖论》），以及"遭时离乱，体格猥拙"（《南北书派论》）的瑕疵，就像"尺牍"也存在"唯王谢子弟握之，非民间所有"（《晋永和泰元砖字拓本跋》）的遗憾一样。钱泳也认为"长笺短幅，挥洒自如，非行书、草书不足以尽其妙；大书深刻，端庄得体，非隶书、真书不足以擅其长也"（《履园丛话》）。然而到了康有为那里，不仅帖学、唐碑因为翻刻摹拓过多而失真，不可以继续学习，就连汉隶也无法进入其取法对象范围。康有为大概以为找到"不规整""有意趣"的北碑，就是找到了开启书法宝库的金钥匙，找到了维新变法的新战场，岂不知有一得必有一失。北碑再怎么写，也只是一种字体，其抒情性更是无法与行草书相提并论。阮元等一干"康乾盛世"文人可以不论，某些晚清文人果真能从骨子里反抗庸常，追求变革，那就应该让后人看到他们的行草书，至少在个别充满抗争意识和浪漫精神的楹联里如此，而不是依旧示人以千篇一律的楷书和行楷。

（二）不同背景下的各时期清联书法

1. 晚明至清初

明末清初，张瑞图的生辣、朱耷的古怪及王铎的开张，都让人想到晚明浪漫主义思潮。朱耷（1626—1705）的"图书自仙室／山斗望南都"联，借着联脚"都"字右耳旁竖画极长，左边留下空白之机而巧妙插入作者之号"八大山人"（见图6-11）。这种将款识直接附在下联的形制，前面有张瑞图导其路，但没有如此之巧，后代则鲜见有继承

---

① 参见丁文隽《书法精论》，中国书店出版社1983年版，第168页。原话是："郑燮、金农发其机，阮元导其流，邓石如扬其波，包世臣、康有为助其澜，始成巨流尔。"

第六章 对联书法

者。至于清代中期陈鸿寿等人的"琴对",上下联底部皆有款识,与此并不相同。

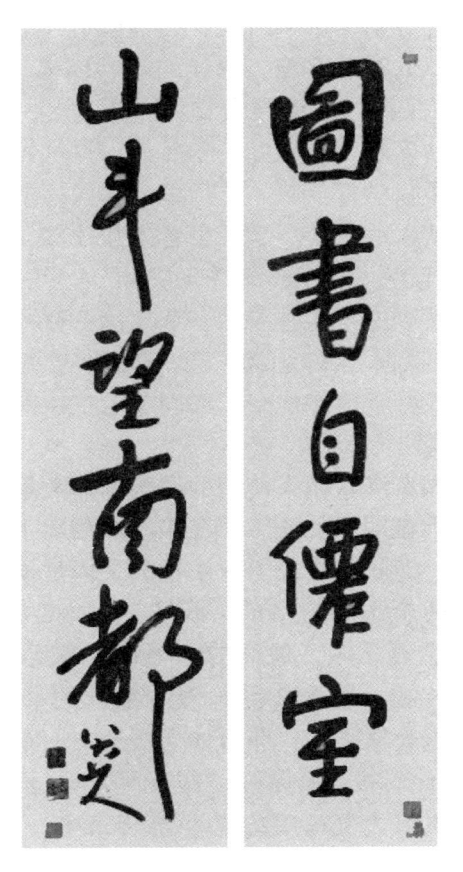

图 6-11 释文:图书自仙室;山斗望南都。下款:八大山人。

有清一代,有篆隶杰作,甚至有何绍基的行书杰作,但是除了黄慎等极个别人外,绝少出现较为纯粹的草书作品。即便是楷书佳作,我们从中也难见唐楷式的不苟和自信,更多的则是赵之谦式的圆熟和流媚。这不能不让人想到时代与字体、压抑与局促这个话题。可以说,清代楹联的成就是巨大的,但也是有缺憾的,阮元试图修改孙髯题大观楼联就是一个证明;清代书法的成就也是巨大的,但也是有缺憾的,黄慎式人物的匮乏和赵之谦式人物的出现也是一个证明。

2. 顺治康熙时期

康熙尊董，乾隆好赵，影响所及，天下读书人争相临摹，朝中大夫更是趋之若鹜，并以此邀功希宠。明代的"台阁体"，此时变成了"馆阁体"，其代表人物张照，被康熙帝誉为"羲之后一人"。喜欢写这种柔翰行书的，还有恽寿平、查士标、姜宸英、笪重光等人。乾隆年间又出了一个于敏中，不仅学董、赵，还学皇帝本人的书法。另一方面，隶书、篆书开始受到清人的重视。学汉隶者人数较多，其中以郑簠、王时敏、朱彝尊等人为代表，但其成绩并不突出，只可算作清隶的先驱人物。学篆书者相对较少，主要有王澍、董邦达、黄树榖等人，他们所作篆书，大体从徐铉翻刻本《峄山碑》和李阳冰《三坟记》而来，为追求用笔匀称，个别人甚至剪锋烧毫，形同美术工一般。

3. 乾隆嘉庆时期

自乾隆以降，周秦汉六朝人使用的碑版彝器大量出土，金石考据蔚然成风。著名的散氏盘即于乾隆年间在陕西凤翔出土，嘉庆年间被收入皇宫的。这个时期，楹联书法最引人注目的字体是篆隶。篆书之中，又分为钱坫、邓石如两个不同的路子。钱坫、洪亮吉、孙星衍、张惠言、张廷济等人是一批金石学家，他们的篆书在王澍等人的基础上更求精致，字字从《说文》出，整个作品弥漫着浓郁的书卷气。与这种匀称整饬、宛转柔美的玉箸篆不同，邓石如受石鼓文、秦汉瓦当、汉碑碑额等启发，以长锋羊毫作书，加提按动作于平动笔法之中，使得笔道健美、结体开阔，给人以大气磅礴之感。至于隶书，则以伊秉绶成就最高，他的字大巧若拙，笔道平直而均匀有力。邓石如、桂馥、陈鸿寿等人的隶书也有一定特色。

所谓"扬州八怪"，一般指金农、郑燮、黄慎、李鱓、李方膺、汪士慎、罗聘、高翔等八位扬州书画家，有时也包括华嵒、边寿民、杨法等人。郑燮、金农、杨法等人在作画之余，经常涉猎楹联书法，且自出机杼，尽显奇姿异态，与正统书法迥然有别。不过，在当代学者看来，郑燮的"六分半书""缺乏统一的艺术基调"[①]，金农的漆书也让人在短

---

① 陈振濂：《历代书法欣赏》，陕西人民美术出版社1988年版，第179页。

第六章 对联书法

时间内难以"作出准确的评价"①。至于杨法的书法，属于以明代赵宧光草篆为基础的另类探索，更不好说它是成功的。

师法唐人碑版，也是该时期书法界的一种风气，并被自然地带进楹联书法领域。翁方纲、刘墉、梁同书、王文治四位大臣，人称"清四家"，他们除了共同学董、赵、米芾、苏轼，王文治还学李邕、褚遂良，其他三位则都学颜真卿。四人之外，另有钱沣学颜，赵翼学柳。

4. 道光咸丰时期

清代碑学之兴，实际上自乾隆嘉庆时期即已开始。乾隆帝施行"文字狱"一百三十多次，创有史以来文字狱数量之最。"文字狱"多因统治者心中有鬼而捕风捉影，处罚时动辄斩首凌迟，且株连多人。正是由于这种恐怖主义的政治背景，金石考据之学复兴了。它一方面改变了文人的人生方向，使他们早早告别了做"帝王师"的美梦，转而踏上"一事不知，儒者之耻"的学者化之路；另一方面也使他们尊古为新，从一个看似无足轻重的侧面入手，修改书法文化的格局，矫正人们的审美趣味。阮元的《北碑南帖论》等为发轫之作，包世臣在《艺舟双楫》中又以老师邓石如篆隶成就为证，极力推崇碑版，终于"迄于咸同，碑学大播"（康有为语）。阮元、包世臣、康有为等人提出"尊碑"，虽不乏偏颇，却也包含深刻，无论是对临习唐楷者"中怯"的指证，还是出于民族自强的文化隐喻，都有一定道理。因为碑派的崛起，楹联作品也随之出现了新的书风，尤其是赵之谦的北碑行楷，可谓民国时期于右任北碑行草的先声。这个时期最重要的人物是何绍基，虽自称学隶学篆，其书法根底其实在于颜体。其他书法家，还有钱泳、吴熙载、杨沂孙、张裕钊等。刘熙载书法议论不错，却与包世臣一样，手上功夫不过尔尔。王闿运、俞樾皆以书法为余事，无心参与书艺竞技。

5. 同治光绪时期

这个时期出现了"四大考古发现"，其中三种与文字和书法有关。殷墟甲骨、汉晋简牍、敦煌写经等古籍的重见天日，大大开阔了人们的视野，为他们的书法创作提供了全新的养分，最终涌现出吴昌硕、康有为、李瑞清、曾熙等一代大家。这个时期有成就的书法家，还有碑帖兼

---

① 陈振濂：《历代书法欣赏》，陕西人民美术出版社 1988 年版，第 177 页。

收的何绍基、翁同龢，好古成癖的吴大澂及以《集殷墟文字楹帖》而独步天下的罗振玉等人。陆润庠等人的楹联书法虽走"馆阁体"一路，但也清华朗润，努力自具面目，适合有同口味的读者一览。曾国藩志在齐平，其次为作文事，其书法与左宗棠等人一样，多作行楷，"致用"而已。

晚清时期，写字应酬完全进入官员、名人的日常生活。由于极耗时间、精力，购买墨汁或使用磨墨机，以提高书写效率，遂渐成文化时尚。此外，代笔现象也极为普遍。潘祖荫（1830—1890）接受了为同治帝大婚编撰婚联、屏条的任务，因应接不暇，只好函请翰林院同事兼同乡吴大澂，嘱他找人援手。李鸿章日理万机，也曾请幕府兼女婿的张佩纶捉刀撰联。不仅如此，由于书写量过大，部分书者只写联文，暂时不落款。其中有的是嫌换笔麻烦，打算有了一定的积累之后，再统一用小笔落款。有的则是先写好联文，以后需要给谁赠书时，再写受书者的姓名等。不难想见，这种特殊的落款处理方式容易产生一些问题。

二 技术考察

现存清代楹联书法主要是纸本，绢本很少。这些纸本用纸讲究，质地和花色丰富多彩。据曾在常州博物馆长期任职的叶鹏飞介绍，纸本种类有生纸、熟纸、花纹笺、洒金笺、泥金笺、蜡笺、珊瑚笺、虎皮笺、瓦当纸等，颜色又分大红、粉红、金黄等，可谓琳琅满目，应有尽有。[①] 展示在这些多姿多彩的纸本上的，有联语、款识、印章等。这里主要讨论其中的款识形制、联语里的重字等技术性问题。

（一）复杂的款识
1. 少部分款识完整

以现代眼光打量清代楹联的款识形制，大体可分为两类：少部分全面、明确，大部分简单、随意。前者如阮元隶书联："礼记曰期颐，易卦之颐口自实；左传云养福，书范之福身其康。"这位阮芸台不仅在下

---

① 参见叶鹏飞《名家楹联》，西泠印社出版社2006年版，第5页。

第六章 对联书法

款里提及自己的号,还在上款里点明作者,所谓"余自撰联句,皆吉祥恒语。"(见图6-12)梁同书行书七言联:"五风十雨岁则熟;左餐右粥身其康。"作者大概不愿掠人之美,上款径置以"放翁句"三字,以说明联语的真正作者。

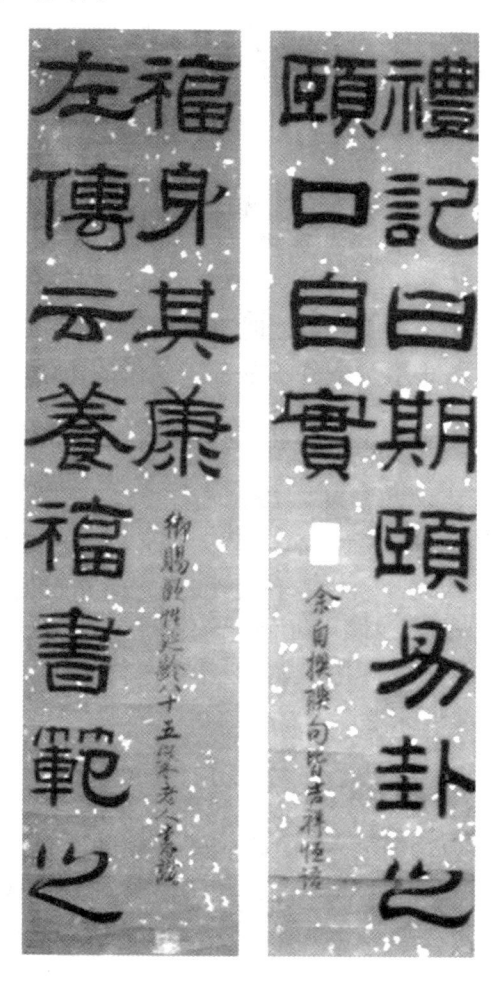

图6-12 释文:礼记曰期颐,易卦之颐口自实;左传云养福,书范之福身其康。上款:余自撰联句,皆吉祥恒语。下款:御赐颐性延龄八十五岁老人书识。

2. 大部分款识不完整

清人书写楹联书法的目的，主要在于交流与出售。受赠者和购买者看重的，第一是书法如何，即书法水平和书者名头，第二是文辞本身，即所写之言是否让人欣然接受。对于对联文辞的来源，即在联语作者究竟为谁的问题上，显然没有投入同样的关注热情。也因此，体现和保护联语作者著作权（包括集字联作者的署名权）的署名规定，亦未达成社会共识。

在现存楹联书法中，最常见的款识就是上款写"某某属"（正、鉴），下款写书写者姓名（字号），相当于信封上的上（右）写寄某某收，下（左）写某某寄。只有郑燮、刘墉等个别人的下款，才在姓名之后加一个"书"字。

许多清代楹联书法的书者，同时也是饱学先生，对于他们来讲，写出一副五七言联自非难事。或许正是基于这样的印象，今天的读者每每倾向于"楹联书法的书写者＝该联联文的作者"的判断。例如"一榻梦生琴上月/百花香入案头诗"联，下款所署既为"少穆林则徐"，那么联作者与书写者一定都是林则徐。此外，凡是注明"集句"的，也都是书写者自己的"集句"，而不是抄写他人所集之联。例如张惠言（1761—1802）"颂古思今，道在作者/登高念远，时自乐之"联，其上款既署"集峄山碑字"，那么该联作者必是张惠言无疑。

（二）对问题款识的解读
1. 警惕不完整款识

然而遗憾的是，这种书联者与撰联者同为一人的判断，其实是一种想当然。例如康有为"斯文在天地/至乐寄山林"联，它没有上款，下款也只写了"康有为"三字。笔者第一次看到它的时候，当即指出：其联文或为康有为抄来的《兰亭集序》集字联，而另一位联友却认为，这是康有为自己"撰并书"的简化形式。俞樾隶书联"喜延明月常开户/贪对春山不下楼"，也未写联作者，只写"某某兄属"和"曲园俞樾"。难道它的作者是俞樾，抑或是"某某兄"吗？其实都不是。其真正的作者，乃是"对联修辞"一章谈过的南宋刘克庄。图6-15所示的"归愚识夸涂/汲古得修绠"联，其作者也不是"花隐年先生"或

第六章 对联书法

"复堂李鱓",而是唐代文豪韩愈,因为原诗是古体诗,所以这副摘句联才出现了平仄不合律的问题。

注明书联者而模糊撰联者,这种做法当时也许有其合理性,即不管书写者和受众是否知晓联作者是谁,双方都不认为在款识里注明这一点有很大的必要性,换言之,双方的交流及楹联书法的传播并不会因此受到影响。但随着撰联者主体意识的增强,这种合理性变得越来越小。正如本书前面所指出的,一方面它有可能误导后人,造成对联传播细节的混乱,另一方面它会为后人平添一笔笔糊涂账,让试图解谜者纠结不已。"发上等愿/择高处立"联,即为这方面的一个典型。① 不管这里的拍卖品有没有赝品,也不管该联部分或全部意思是否来自格言小品,从左宗棠到郑孝胥共计八九个人,居然不曾有一位书写者就联文作者披露相关信息,这实在让人震惊和不解。因为信息不足,即使到了今天,有人想对该联进行考证,往往也是无功而返。

2. 关于集字联

完全意义上的集字联,包括联文、书法两个要素,即从联文单字到书法字迹,都源自某个碑帖。这就好比今天看到的"西北大学""陕西师范大学"等大学校牌,都集自鲁迅墨迹一样,又好比唐代怀仁和尚集《王圣教序》,所集单字全部来自王羲之字帖一样。今天用电脑可以轻松合成《兰亭集序》(禊帖)集联,且字字之间少有违和感,让人乍看之下,仿佛王羲之重返人间"撰(联)并书(写)"一般(见图6-13),这在古代是不可想象的。古人恐怕没有几个愿意重走怀仁路子的,对于多数人来讲,他们找字凑字的目的是生产对联,而不是生产书法。换言之,在实际应用中,"集字联"主要指向语文意义,与书法并无多大关系。无论是集字联"为文期合古/作事不因人",抑或是非集字联"江山开眼界/风雪炼精神",它们作为文艺作品一旦被制造出来,都可成为书法家迭相书写的对象,哪怕这些书法家使用的是另外一种字体或书体。例如清代金石学家何溱曾经"集禊帖字",即集《兰亭集序》里的单字成联,并收入所著《烟屿楼笔记》之中,鲁迅选取其中一联,书赠瞿秋白,并落款"录何瓦琴句"(见图6-14)。显然,

---

① 参见王磊《一波三折梅园对联作者考》,《对联》2020年第4期。

这里的联文单字与《兰亭集序》相关，但整个联文的意思及鲁迅所用字体（书体）与《兰亭集序》无涉。就后者而言，《兰亭集序》所用为行楷，鲁迅则用隶书化的楷书。

图6-13　释文：为文期合古；作事不因人。

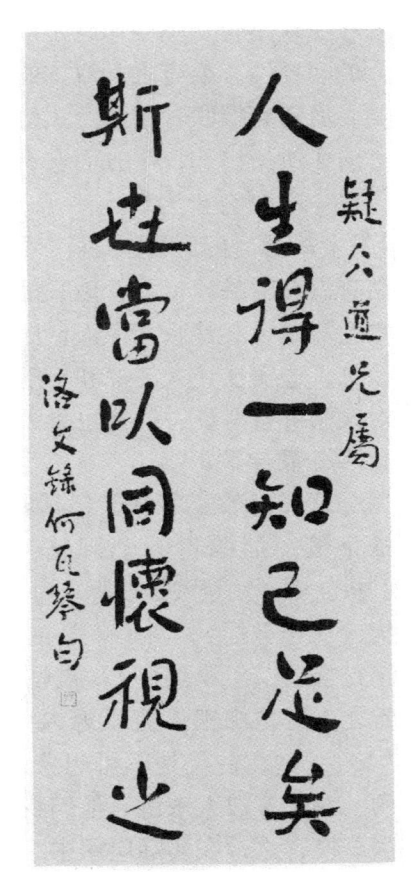

图6-14　释文：人生得一知己足矣，斯世当以同怀视之。上款：疑冰道兄属（注："凝"，瞿秋白笔名，鲁迅称之"疑冰"）。下款：洛文录何瓦琴句（注：洛文，鲁迅笔名。瓦琴，何溱的号）

第六章　对联书法

3. 警惕其他有缺憾的款识

款识的不完整，既是一个缺憾，也是一条线索。如果循着这条线索走下去，有时会发现一副对联的其他问题。

图6-16所示楹联书法，来自一本书画拍卖会宣传册（图录）。①该联乍看之下，似是陈介祺（1813—1884）、吴大澂（1835—1902）二位金石大家合作（合撰）的六言联，且上联出诸隶意楷书，下联出诸篆书，颇为别致有趣。但如果进一步端详，则会发现它有两大疑点：一是款识、钤印皆在上下联的右下方，且无其他文字说明；二是由唐诗"预栽花木待春风"裁剪而来的"栽花木待春风"，其节奏是三三式，与"子乐作鼓鼍钟"节奏不对应，词句不对仗，甚至同为平声结尾。

吴大澂的其他楹联书法，其对仗都比较工稳，为何唯独这幅联语难以索解，且与"上联"陈介祺联语互不对仗呢？答案也许只有一个：它们本不是一副彼此相配的上下联，所以形成如今这副面貌，乃是后人"拉郎配"的结果，且各有裁剪。坊间所谓陈"顺手提笔"写之、吴"稍加思索"相和之类的说法，估计是今人的臆想罢了。据研究，吴、陈二位生前只是通信十年，并无"谋面之缘"②。

（三）"穷款"的自我分置

这里指上款字数很少，却分置于上联左右的情形。今天的书法家在题写款识时，都是尽可能写成一列（行）。虽然有时也会出现"两列夹半联"的情形，但多是因为款识文字属于长款（包括释文、联序），一列（行）不够写而被迫如此。清代楹联有一种款识，其格式与此不同，它的上联（右幅）也是"两列夹半联"，但其款识文字却是寥寥数字的穷款。查阅《名家楹联》一书所列联墨影印件，你会发现有清一代作如此款识的书法家有六七位属于"扬州八怪"群：李鱓（"书奉/花隐年先生"联）、李葂（"庚午春题为/森老宗长兄"联），还有于敏中（"书为/凤来先生雅鉴"联）、赵翼（"书为/仲山学长先生"联）、洪

---

① 北京琴岛荣德国际拍卖有限公司编：《北京琴岛荣德2019年艺术品拍卖会·中国书画》，编号1145。

② 孙慰祖：《一代金石家的学术艰辛与痛楚——陈介祺十钟山房印举》，《上海文博论丛》2007年第3期。

亮吉（"句赠/山民先生翰林正之"联）、赵之谦（"集圣教序书请/丹林尊丈大人政"）等人。现代徐悲鸿的部分楹联（如"书奉/梦坡先生雅教"联）之所以也是这般落款，显系承袭李鱓等先贤同行而来。关于"两列夹半联"具体样式，可参看图6-15所示李鱓一联。

图6-15 释文：归愚识夸涂；汲古得修绠。（注：夸，夷的异体）上款：书奉/花隐年先生。下款：复堂李鱓。

图6-16 释文：载花木待春风；子乐作鼓鼗钟。上款：簠斋陈介祺。下款：吴大澂书。

区区一个穷款，为何也要自我割裂，分置两处呢？在笔者看来，它可能就是一种书写习惯而已。就像有人写信封时，将"请寄""烦交"

第六章 对联书法

与收信人姓名分作两列（行），其目的无外乎为了一目了然和郑重其事一样。不过这样一来，可能会给受众带来两个感觉上的变化：一是视觉中心上移，整个对联给人以挺拔之感；二是上联的自足感在空间和心理两个维度被强化，左右两幅的平衡更加依赖对联的主体文字——联文。

（四）重字和叠字的书写

在联语里，偶尔还会出现重字叠字。重字和叠字固然有其特殊的修辞效果，但毕竟多占了一个音节。诗钟讲求高度雅洁，所以禁止它们出入其间。对联虽然允许它们的存在，但在被雅称为楹联的对联书法里，重字与叠字还是比较少见。笔者在《名家楹联》一书里，只找到两件分别含有重字与叠字的联墨影印件：一件是罗振玉甲骨文集字联"佳羊佳牛，以享以祀；为宾为客，来宴来宗"（见图 6-17），另一件是附录里丰子恺书写王安石诗摘句联"草草杯盘供语笑/昏昏灯火话平生"（见图 6-18）。这里需要交代一下：罗振玉（1866—1940）虽属跨朝代人物，但他对甲骨文的杰出贡献却是自清末即已开始的，丰子恺（1898—1975）则"吾生也晚"，笔者之所以将他拉来，只是为了说明问题，并非将丰视作清代楹联书法的代表。

今天的书法家经常用异体字、通假字与叠字符（连续重字号）等手段，来处置书写过程中遇到的非连续重字与连续重字（即叠字）情况。但展案把玩的楹联书法中，以单句联最多，它们一来字少，二来需要对读，原来为了追求字形变化（以应对叠字）和简化书写（以应对重字）而产生的种种手段，若在此直接使用，则未必合适。丰子恺所书一联在"草草""昏昏"两处用了手写体叠字符，它给人的感觉既活泼自然，又不免荒率简陋。也许有人会以行草书、"孩儿体"等为由，为丰的做法辩护。但在笔者看来，两个位置相同、写法相同的符号，形如"洞庭天下水/岳阳天下楼"联一般，无论怎么说都有规避的必要。事实上，这副摘句联在丰子恺的一幅文人画里也出现过，而且也是含有叠字符的模样。大概在画家丰子恺的意识里，楹联书法并非一种需要特殊对待的艺术形式，因此无需他于往常画画儿题款的习惯之外另做筹谋安排。

· 381 ·

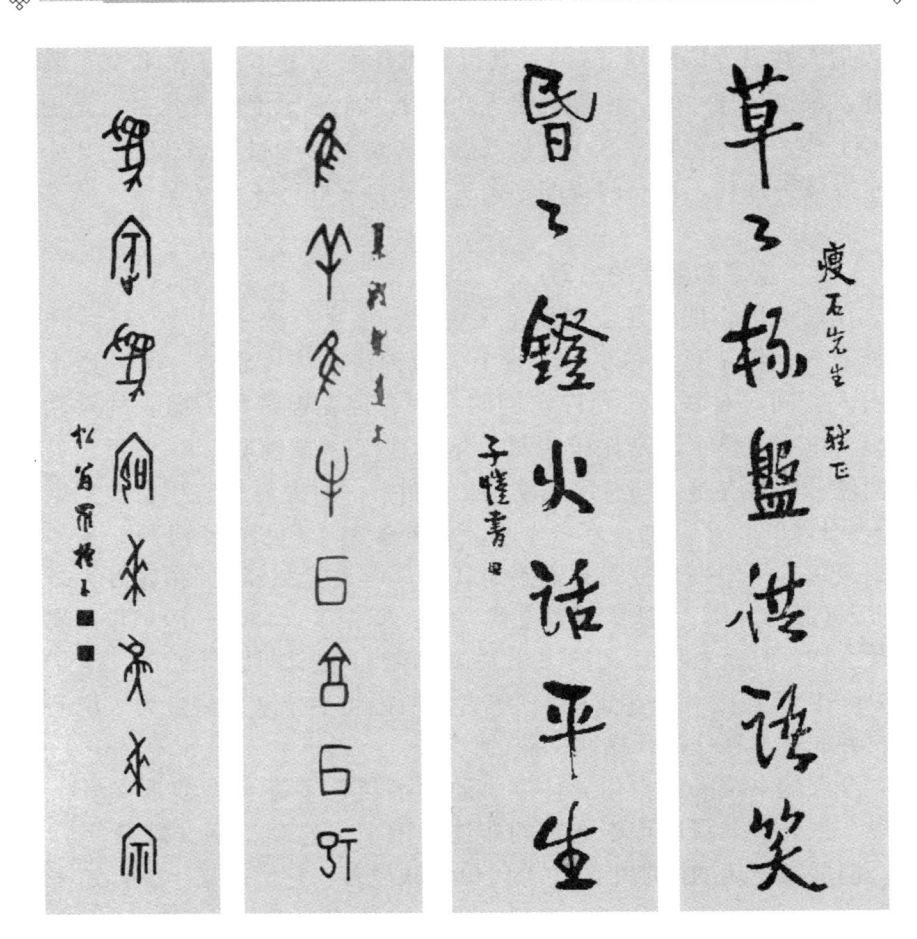

图 6-17 释文：佳羊佳牛，以享以祀；为宾为客，来宴来宗。上款：集殷契遗文。下款：松翁罗振玉。

图 6-18 释文：草草杯盘供语笑；昏昏灯火话平生。上款：瘦石先生雅正。下款：子恺书。

与此相反，罗振玉的甲骨文集字联就比较老实。面对"佳""以""为""来"四个重字，书写者只对"佳"字做了微调，其余三字则临写如一。当然，当年的甲骨文书法还处在实验期，书写者在用笔结字和行气配合上不很成熟，带有更多小篆书法的特征，临写如一也是这种局限的外在反映。另一个反例是黄文中题并书杭州"西湖天下景"亭联（见图6-19），其上下联各有五组叠字（重叠式合成词），对此黄没有

· 382 ·

使用手写体叠字符，而是同样老老实实写好每个字，而且不管写作行楷（如"山山"）还是行草（如"处处"），每字前后变化都不大。

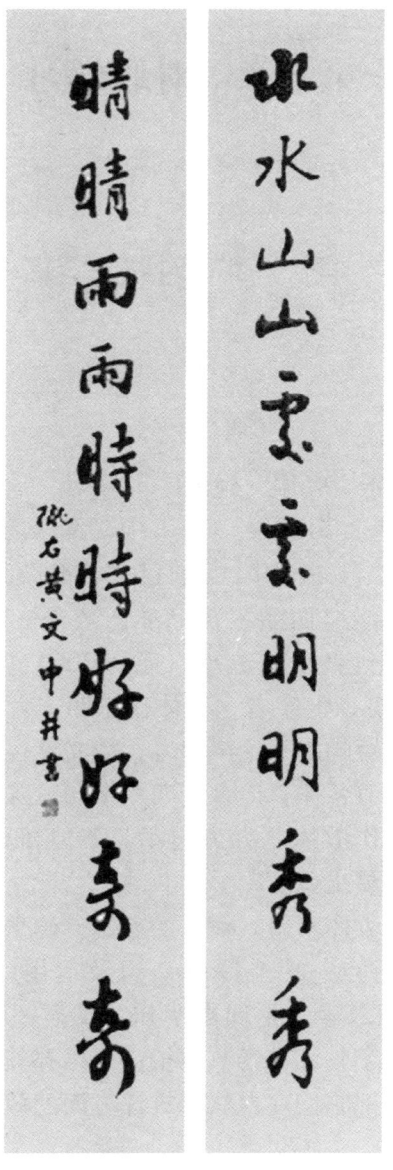

图6-19 释文：水水山山，处处明明秀秀；晴晴雨雨，时时好好奇奇。上款：（无）。下款：陇右黄文中并书。

第七章 对联学习

第一节 对联学习

一 学习总说

（一）从向义划分"联体"说起

在前述《六碑堪贵山联语》一书中，编著者向义（1892—1970）除了辑录贵州联语 14 卷，还附上了自己"论联杂缀"1 卷。"杂缀"里既有"神、逸、妙、能"四品鉴赏标准，又有诗体、四六体、箴铭体等联体划分。向义的这些研究成果，受到 2000 年代以来联界的关注。向义认为，"联语中五、七字者，诗体也；四、六字者，四六体也；四字者，箴铭体也。长短句之不论声律者，散文体也；其论声律者，骈文体也。联之为用，虽兼各体，但多用四六字句，殊觉寡味，当以长短互用，方见流宕之致。作散体非大力包举，不能雄浑。夫既为词章之绪馀，自以诗词句法较易出色。"[①]

向义以上所论，大体不差。对联的来源，确乎多种多样，而非骈文一途，因此对它们特点、功能等的认识及运用，也需要像中医那样"辨证施治"。骈文四六字句是偶数字句，虽显铿锵，却难以荡漾；近体诗五七言句是奇数字句，有音节空拍，可以补其不足。至于长短句的散文，更可以借来发挥它们在自然、雄浑方面的效用了。

[①] 向义：《论联杂缀》，载向行端编著《黔联璀璨——附贵阳风物杂话》，贵州人民出版社 2003 年版，第 434 页。

第七章 对联学习

只是有一样，向义专门命名四字"箴铭体"，其必要性似乎不大。箴、铭、颂、赞四体，其句固然多为四字，但也只是押韵而已，与对联格律并无关系；而骈文里的四字句不仅比比皆是，还讲求对仗、平仄，可以直接与对联格律对接。也因此，本书在联律一章，将二二节奏四言联句一律视为骈文句式来进行分析。再者，向义以上所言，仅限于字数、句式及其形式效应，但实际上对联作者在创作过程中，不仅学习多种文类，而且从格律到技法、从词汇到语法等方面都有所汲取和融合。

（二）从对联学习到对联教育

以下将分五个方面，探讨"对联学习"这个话题。这里先说明两点：

首先，在实际学联过程中，触角所及，可能不止于这五个方面。例如叶公好龙（真名李强）撰"无题"联："清酒深杯，付诸沧渤；狂花痴种，开到荼蘼。"看到"开到荼蘼"一句，笔者不禁想起王菲演唱的歌曲《开到荼蘼》（选自1999年专辑《只爱陌生人》）。叶公好龙果真对此有所借鉴，那就说明对联创作可利用的资源是广阔的，其中包括日常生活。再者，某些对联作者总喜欢效仿、套用古人的字句，他们未能借机将自己对"美"的发现，变成对"美"的理性认识，甚至借此开启自己的禅悟状态，所谓"学诗浑似学参禅，悟了方知岁是年。"（北宋龚宗元句）其实后者也是学习一途，而且是重要的途径。再如，前述潘力生题人民大会堂联："一柱擎东亚；群星拱北辰。"由这个著名的短联，笔者想到了长短联各自优长。短联重在蕴含，故其讲求凝练、隽永；长联需要潇散，故其讲求收纵、脉络。相应地，学写短联不妨借助五律等近体诗，学写长联则可以多读词曲、骈文乃至古文等。

其次，对联教育可以是专门、定期、系统的，而对联学习则不然。一个对联学生（学员）固然要将对联学习贯穿于其对联教育的全过程，但对于一个对联学习者来讲，则要准备随时学习乃至终身学习对联。事实上，参照保罗·朗格朗"终身学习"理论，任何一个对联爱好者，无论他是否上过对联课、参加过对联培训，都应该不断充电，以期获得新的适应力，更好地实现自我。本章这里所写的内容，既适合对联自学者阅读，也可供对联教师及其学生（学员）参考之用。

二 以诗词学习为基础

（一）延续格律

与孟昶"新年纳馀庆；嘉节号长春"联一样，后世单句联中的大多数走的是近体诗（这里主要指律诗）路子：字数以五七言为主，对仗严格，符合基本平仄格式及其节奏。这些内容前面已经涉及，这里再补充一些例子。

1. 常规节奏诗式五言句

宋代朱熹联墨"鸢飞月窟地；鱼跃海中天"，明代左光斗题书斋联"风云三尺剑；花鸟一床书"，清代邓石如草书对联"海为龙世界；天是鹤家乡"，近代宋教仁赠冯平联"白眼观天下；丹心报国家"，其节奏皆为二三。

2. 常规节奏诗式七言句

相传明代徐渭自题画联"几间东倒西歪屋；一个南腔北调人"，明代刘宗周（1578—1645）（念台）自题左都御史任上联"无欲常教心似水；有言自觉气如霜"，清代孙星衍联墨"莫放春秋佳日过；最难风雨故人来"，近代孙中山挽蔡锷联"平生慷慨班都护；万里间关马伏波"，现代陈独秀题赠刘海粟联"行无愧怍心常坦；身处艰难气若虹"，当代林凡1997年赴美国旧金山举办展览获中美文化交流特别奖春联"一夜春风新世界；万家灯火旧金山"，虽然前三副的意义节奏与后三副的稍有不同，但大体上皆可按四三声律节奏予以处理。

3. 非常规节奏诗式七言句

这在前面已经谈过。另有杨慎题昆明华庭寺一联："一水抱城西，烟霭有无，挂杖僧/归/苍茫外；群峰朝阁下，雨晴浓淡，倚栏人/在/画图中。"其尾句的语法（意义）节奏亦为三一三。更早的还有杨亿对寇准联："水底日/为/天上日（寇）；眼中人/是/面前人（杨）。"当代则有启功联墨："临岩松/似/餐霞客；倚涧花/如/照水人。"这些都类同陆游《秋晚登城北楼》诗里的句子："一点烽/传/散关信，两行雁/带/杜陵秋。"明代《金声巧联》收有咏燕联："只因春色好/才到；岂为主

· 386 ·

人贫/不归。"该联语法（意义）节奏为五二，这也让读者想起李颀《篱笋》"色/因林/向背，行/逐地/高卑"，以及杜甫《宿府》"永夜角声悲/自语，中天月色好/谁看"等唐代诗句来。它们都别致而有张力。

4. 有拗有救

在近体诗里，特拗句合格，上下互救和本句自救的诗句也合格。对联延续了这一拗救传统。试看前人集兰亭集序联："每临大事有静气；不信今时无古贤"联，这里上四六拗，下五救。"闲时坐听水流竹；静极不知人在山"联，这里主要是下三拗，下五救，同时鉴于上五半拗，故而也算一字双救。

5. 宽严有度

前人的五七言诗式联，尤其是集字联，并非都是平仄合格的。有的出现三平调，有的犯孤平。仍以集兰亭集序联为例：三平调者有："当无事时自固气；大有为者能知人。""相知当不在形迹，修己岂可殊初终。"犯孤平者有："万年觞有清和气；一品集无仰俯文。""斯之未信斯能信；有所不为有可为。"此外，当代启功联墨："行文简浅显；临事诚平恒"，也是三平调。

对此，今人的态度应该是：严于律"诗"，宽以待"联"；严于律"今"，宽以待"古"；严于自创，宽于集字；严于律己，宽以待人。

（二）使用技法

堪称天籁之作的对联固然也有一些，但究竟可遇而不可求。一般对联写作，都离不开技法的辅助。当代有这样一副对联："是姓'社'，还是姓'资'，用'三个有利于'来判断；要防'右'，更要防'左'，以'百年不动摇'去力行。"该联最大的缺憾不在平仄和对仗，而在于政治性强而文学性弱，两个政治口号固然精辟，却因为少了艺术的浸润而显得枯硬。程颐有云："文固所以载理"，然"文亦自有其理"。相反地，同样是带有政治色彩的联作，熊建权参加湖南桃江纪念毛泽东诞辰100周年征联获奖联就好得多："再度仰遗容，值冥诞百龄，纪念堂前移步缓；几回思往事，呼人民万岁，天安门上应声高。"这里，由"移步缓""应声高"二短语所展示的人物形象甚是突出。作家陈忠实去世后，联界挽联如云，其中解维汉联曰："先生何许人？一张皱脸，一片热肠，每曾动挚情，奋笔直追杜工部；死后谁知己？几士称朋，几番忆旧，未必皆同道，等闲岂识白鹿原。"上联抓住人物特征，给读者以画面感（"皱脸"），下联先罗列现象，后发独特认识（"未必皆同道"）。出笔既轻松自然，暗中又使用了诸多手法和技法。

综观历史，在元明清叙事文学全面兴起之前，诗词一直是中国文学的主干部分。所谓文学化，很大程度上即诗化。为使对联更加文学化，更为读者所青睐，对联作者不仅在格律上离不开诗词这块基石，而且在技法方面也得益于旧体诗人许多。

1. 情景合一

为视听所感染，而后情从中来，此属平常，关键是怎样表达此种语境下人的感情。当代王天性题陕西合阳黄河魂游览区联："登舟过龙洞，阅世谒碑林。妙曲唱时，兴随白鸟翩翩起；治水造丰年，围滩生胜境！锦麟跃处，心逐黄河滚滚流。"该联最抓人心的，是上下联最末两句。鸟鸣芦苇而兴随之起，鱼跃水面而心随之动。面对此情此景，作者没有旁生枝节，引进其他表现手段，而是在情与景、甲景与乙景之间进行巧妙组合，互为生发。具体地讲，即首先让一个景物进入读者的关注中心，而后再让另一个相关景物与人的感情产生同向乃至同一联系。读着这副对联，很容易使人联想起刘禹锡"晴空一鹤排云上，便引诗情到碧霄"，以及毛泽东"把酒酹滔滔，心潮逐浪高"等诗词字句。

2. 以景结情

南宋沈义父《乐府指迷》有云："结尾须要放开，含有余不尽之意，以景结情最好。"该法特为奇妙，不仅可借景寓情，省俭笔墨，而且给人以荡漾的心态和咀嚼的余地。阮元题杭州府贡院一联："下笔千言，正桂子香时，槐花黄后；出门一笑，看西湖月满，东浙潮来。"明清时乡试的正规考场叫贡院。这里不仅点明考试的时间（乡试俗称"秋闱"），更主要的是不露声色地写出了考试结束后，考生扬眉吐气的解放感和举目四望的得意神态。类似的还有重庆涪陵碧云亭联："看碧云亭新霁初开，一笑昂头，出寺钟声破空去；问黄山谷旧游何处？几回搔首，隔江岚翠扑人来"。

3. 虚实相生

只虚不实，则缥缈无着；只实不虚，则质木无韵。所以，虚境必须

第七章 对联学习

借实境来实现自身，实境应在虚境的统摄下加工自身。

有的是上虚下实。如江西九江庐山仙人洞联："仙踪渺黄鹤；人事忆白莲。"虽说黄鹤、白莲均属尘封了的历史，因而都可以"虚"概之，然相对来讲，仙踪为虚中之虚，人事为虚中之实。这里以前者为上联，诱人神往，以后者为下联，沟通古今。

有的是上实下虚。如明代担当和尚题云南大理鸡足山某寺联："万山排紫绿；一室贮清虚。"上联"紫绿"属于半实，已见巧妙；下联"清虚"则为全虚，更显清逸。

有的上下联皆有虚有实。如相传朱熹曾为福建漳州芝山书院（位于开元寺之后）题联："鸟识玄机，衔得春来花上弄；鱼穿地脉，挹将月向水边吞。"后因书院移至开元寺内，对联里原本勉励学子之意，遂变成了对大地回春的描写。"开元"，即新年。这里上联鸟落花枝是实景，但"衔得春"则为虚写；下联鱼舀月亮是错觉，但"水边吞"则为实写。

4. 先闻声后显形

柳宗元三韵小律《渔翁》里"烟销日出不见人，欸乃一声山水绿"两句，赵嘏《长安秋望》里"残星几点雁横塞，长笛一声人倚楼"两句，都是名句，其后句都是先闻声后显形。

陶澍（文毅）题上海豫园湖心亭联云："野烟千叠石在水；渔唱一声人过桥。"当代周继勇亦有联云："牧笛一声山滴翠；鱼篓三尺水浮金。"或许，两位对联作者对前面的唐人诗句有过借鉴。此外，传统的周年（祭亲）联"入室如闻新謦欬；趋庭犹见旧衣裳"，也是（仿佛）先闻谈吐，后见穿戴。

5. 顺写与反写

先承认现实，后翻转逆挽，甚至化腐朽为神奇。前面提及的"一冬无雪天藏玉／三春有雨地生金"，其实也是这般思维，只是它不是当下作诗情画意处理，而是寄美好希冀于未来。卜用可题觅古琴台而不得联："我亦当年樵子，席地而盘，对四围秀水青山，怦然心动；何须昔日琴台？握风于手，弹一曲天高云淡，不欲人知"，也是当正常预期失落之时，作者进行诗意性化解。

相反，前面对仗种类章节提及的"愿将佛手双垂下／摩得人心一样平"一联,却从一开始就自言自语。它异想天开,反弹琵琶,另有一番境界;只是与常规写法的佛教联相比,它并不是真正的悖逆。顺写者,是先顺后反;反写者,是反中有顺。

当然,也有某些情形比较复杂。如前面"对联创作"章提及的挽溺水者联:"百岁亦何为?世路崎岖,不如乘风破浪去;一抔安足恋,江流浩渺,同在高天厚地中。"乍看起来,该联也是自始至终与常人挽联的悲戚遗憾针锋相对,与世俗幸福观念里的人活百岁、寿终入土等格格不入,实际上这一切都是随物赋形、相机化解的结果。说到底,它与"一冬/三春"联一样,都是就眼前的遗憾而展开。如果将它与"愿将/摩得"联的完全性借题发挥相比,就会发现两者还是有一定差别的。

6. 先隐后显

传统建筑、绘画讲求藏与露,旧体诗词更是不在话下。诗词作者利用读者的期待心理,制造屏风式效应,可以"犹抱琵琶半遮面",半露半藏;也可以"风吹草低见牛羊",先隐后显。对联当然也有这方面的例子,先隐后显者尤其为多。除去本书"对联性状"一章提及的曾国藩题四川新都桂湖"五千里/一万顷"联,还有郭沫若题济南李清照故居联:"大明湖畔,趵突泉边,故居在垂杨深处;漱玉集中,金石录里,文采有后主遗风",以及较他俩更早的阮元题西湖平湖秋月联:"胜地重新,在红藕花中,绿杨荫里;清游自昔,看长天一色,朗月当空。"

7. 纵目和收视

前面在谈及"设问"辞格时,提到徐渭题杭州凤凰山城隍庙联:"八百里湖山,知是何年图画;十万家烟火,尽归此处楼台!"这种情形的先纵后收,仅是广义的擒纵之法,与这里的"纵目和收视"不尽相同。站在后者的立场看,"尽归此处楼台"只算得上书法里的"驻笔",接下来还可以深化和转折。

"收视反听"一短语,一般解释为不视不听。其实,它有时是指从外部回到内心,倾听自我。在诗词"开轩面场圃"(孟浩然《过故人庄》)、"窗中小渭川"(岑参《登总持阁》)等句子里,不仅有对所见内容的描述,而且还有主观对客观不经意间的改造。到了清代嘉庆十六年进士陈大纲那里,他题写的岳阳楼联"四面湖山归眼底/万家忧乐到心头"就更为显豁了——先观看后感触,最终倾听自己灵魂的声音。

8. 使用复杂、别致的句式

诗词有特殊句法，这一点也可以为对联所用。

（1）活用　湖南岳阳洞庭湖君山二妃墓（湘妃墓）有联："君妃二魄芳千古；山竹诸斑泪一人。"这里的"泪"活用作动词，指流泪。晋代张华《博物志》卷八（史补）载："尧之二女，舜之二妃，曰湘夫人。舜崩，二妃啼，以涕挥竹，竹尽斑。"郭君禧1992年参加法制楹联全国征联有奖赛获奖联："十载辛勤，赢来化雨春风，灿烂文光昌国运；千秋鼎盛，仰仗真经宝典，严明法制福人寰。"其中的"福"，活用作动词。

（2）错位　所以错位（列），有时是出于格律的考虑。如彭玉麟题湖南临武文庙联："鲁壁藏经，道阐关闽濂洛；杏坛定艺，统传虞夏商周。"下联是依朝代顺序，上联却打破了"濂洛关闽，周程张朱"的正常排序，将"濂洛/关闽"前后对换。这样做的目的，应该在于协调平仄。因为节奏点"闽"在平水韵里是平声，正好与下联同位置的"夏"平仄相对。类似的情形，还有清代名将岳钟琪赠扬州乐善庵蜀僧大嵒联："有月即登台，无论春秋冬夏；是风皆入座，不分南北东西。"此外，前面"对联格律"一章里提及的丁晏题魁星阁联（"以斗量才/如金惜墨"）等都有句子倒装现象。

有时则不仅仅为了合律。山东泰安泰山南天门有石刻联："门辟九霄，仰步三天胜迹；阶崇万级，俯临千嶂奇观。"倘若将"门辟九霄"理解为：打开了此门，就打开了九霄之门，那么"门辟九霄""阶崇万级"两句也就可被看作"辟（动词）九霄门""崇（形容词）阶万级"的倒装，其结果不仅调整了对仗、平仄，也突出了南天门"门"和"阶"的特殊性。

（3）省略　王力在《诗词格律》里，将近体诗句这一语法特征叫"不完全句"，主要指省略谓（动）语（动词）。本书对其省略范围有所扩大。

第一种，省略谓（动）语（动词）。如安徽安庆大观亭联："倚槛苍茫千古事；过江多少六朝山。"倚槛想起，过江看到，后面的两个动词都被作者省略，代之以在宾语之前加上定语，以扩大内涵，形成张力。从"倚槛"到"千古事"，不过泛泛之谈，而"过江多少六朝山"一句，则漂亮至极。这里还包括省略动词性、副词性的标志词。成都杜

· 391 ·

甫草堂联:"读史数千言,秋天一鹄先生骨;草堂三五里,春水群鸥野老心。"上下联的后一句,均为省略了标志词("是、乃"等)的判断句。

第二种,省略主语。完全句有主语,利用它造句,可能平淡无奇,也可能平中显奇。如张之洞题湖北恩施问月亭联:"亭如人好;月比山高。"因为辞格的使用,使得该联虽是寻常主谓句,效果却不同凡响。不完全句与此路径不同,原来的主语被省略,作者单刀直入。如清代长沙"衡山会馆"联:"八百里浪迹归来,相逢萍水;七二峰从头数去,尽是家山。"上联是说,入住会馆的衡山同乡从老家来到长沙,如相逢萍水,倍感亲切;下联指彼此在谈话间、在回忆中,不忘所自,以家乡为自豪。上下联都省略了共同主语。

在无主句中,主语没有了,单句的字数就少了,为了凑成习以为常的五七言等句式,自然需要在状语、定语等位置加字。与上面"倚槛/过江"联近似,真德秀(1178—1235)为自己读书的福建南浦粤山学易斋所题联"坐看吴粤两山色/默契羲文千古心",其定语的运用同样成功,尤其是"千古心"之语一出,全联顿时生色。有的主语省略得不彻底,部分语言片段还在,只是其结构发生了改变,读起来煞是别致。如明末屠夫徐五居室联:"仗义半从屠狗辈;负心多是读书人。"按照上下文,这里的主语应是"仗义者""负心者"之类,因为"者"字之类的词被省,于是定中类型的短语,变成了动宾型的词。

(4)紧缩 诗词句子是一种高密度句式,无论是其语义单位还是语法单位,各自都是紧密相连的,从而给人以浓缩之感。如前面挽联一节所引安徽芜湖枭姬祠联:"思亲泪落吴江冷;望帝魂归蜀道难",即为典型的诗词句式。全联可解析为:孙夫人思念东吴父母,泪水落于吴地之江,使其变冷;传说中得知丈夫刘备病死军中而投水自尽,有如古蜀国的望帝一样,要想魂归西蜀很难。如此复杂的内容,是需要相应的句式配合的。事实上,该联上联套用了隋末唐初崔信明的著名残句"枫落吴江冷",下联用李商隐"望帝春心托杜鹃"句式(联中的"望帝"可视为借对)。

更多的紧缩则采用紧缩复句的形式。如上海豫园得月楼有联:"楼高但任鸟飞过;池小能将月送来。"无论是先扬后抑,抑或先抑后扬,上下联都是转折复句的紧缩,都是为了突出"月"之"得"。湖南桃花源衬秀轩有联："问俗已非避秦世；爱奇愿作住山僧。"上下联可分别被视为转折复句、因果复句的紧缩。苏州曲园回峰阁有联："春归花不落，风静月长明。""归"，归去、离开。上联前后之间属于转折关系，下联前后之间关系不显，可理解为递进、并列等关系。袁枚题南京随园联（二）："不做公卿，非无福命都缘懒；难成仙佛，为读诗书又恋花。"上下联第二句均为并列复句，其中"非无福命都缘懒"属于对举，"为读诗书又恋花"属于平列。

此外，对联作者自己也要发现和试用某些别致的句式。吴进文2007年参加山东单县"园丁杯"征联大赛获奖联："甘守清贫，未必清贫，看桃李满园，又是一番境界；不求闻达，何妨闻达，有栋梁济世，已然无限风光。"笔者首次看到它，即想起毛泽东的词句："不似春光，胜似春光"和"无限风光在险峰"。不知作者在创作过程中，是否有意无意地借鉴过后者？

9. 炼字炼句

当代黄浩题游览终南山联："此去何堪？纵多秋色难成醉；欲言又止，抱得青山不忍归。"上联，写游山结束时的惆怅。选择问句开头，醒人耳目；继而辅之以假设句，以表达"曾经沧海难为水"式的慵懒，似答案又非答案。下联，写意识到必须下山时的表情。情到深处反无语，只有默默地与所爱之物拥别。"抱得青山不忍归"，一个"抱"字用得精彩！纵然掩卷闭目，依旧形象俨然。山乃庞然大物，要想拥抱它，要么以自己的双臂贴之于一点，要么在想象中缩小它，而后以精神之臂相拥。作者可是双管齐下乎？虽然《红楼梦》"秋窗风雨夕"一诗里，也有"抱得秋情不忍眠，自向秋屏移泪烛"的句子，但"抱"的是秋情，是纯虚的，与这里的"抱"山不尽相同。

10. 借用民间资源

在人文科学和社会科学之间，文学偏向于前者。文学与原始神话、宗教及民间传说等非理性、非主流文化，素有渊源。呼天抢地、造化弄人，我们在阅读古人的诗词作品时，不时会碰到这样的描写和字眼。作为与诗词血脉相连的对联，对此自然也有所借用。

看看顾复初题湖北蒲圻"凤雏庵"联："造物多忌才，龙凤岂容归一室；先生如不死，江山未必许三分。"上联是说，卧龙（诸葛亮）与凤雏（庞统）都属于杰出人才，他俩不可能同在一个领袖麾下共事，此乃天意。作为21世纪的读者，我们大可不必较真古人的天命观。我们只需确定：面对一种不可知事物，作者这种本能的、文学化的感慨，是直通民间思想资源的。类似的例子，还有"对联创作"一章引述的安徽枭姬祠祠柱联。

江峰青题嘉兴南湖酒仙祠联："君手中彩笔是谁携来，醴陵有后人，此物合当还故主；我江上布帆偶然戾止，丛祠吊明月，今宵倘许认前因。"这是一副别致的祠庙联。"此物合当还故主"一句，体现了作者的浪漫与自负。它的生成，既靠江淹曾被封"醴陵候"和自己此时担任嘉兴府嘉善县知县的事实，更靠李白"梦笔生花"与江淹"梦笔"及"江郎才尽"的传说。

除去"迷信"用词和美丽传说，被对联所借用的，还有民谣俗谚。在"对联创作"一章，本书引述了李石冰自题七十寿联。下联"传之勿替，三冬文史，差胜全籯"里的最后一句，其最早的源头即是俗谚。《汉书·韦贤传》"卷七三·韦贤传"有云："故邹、鲁谚曰：'遗子黄金满籯，不如一经。'"李石冰联里"全籯"一语，也就是这条汉代俗谚里"黄金满籯"的意思。

11. 劲健与徘徊

以唐代近体诗为代表的五七言诗句，铿锵有力，如同古代士大夫引吭高歌。将它们引入对联，无论是独用还是配合使用，基本上都可以担负其责。以宋词为代表的有提顿字或领字的词句，往往两三句相结合，或者垫跌有致，起到平衡节奏的作用，或者一步三回头，另显缠绵语义之妙用。此亦王国维所言"诗之境阔，词之言长"的外在表现之一。此外，律诗每每颔联写景，颈联抒情，词上片写当下（实景），下片忆过往（虚景），诗词的这种结构安排，也都有可能为对联所借用。

以上是就常规情形而论。个别五七言句，情调柔弱如词。正如元好问所言："拈出退之山石句，始知渠是女郎诗。"此外，五言与七言也有功能上的差别。五言句内涵表达受限，但因为字数少，即使放在联首，也好搭配，只要后面紧跟一个四言句或者七言句等，予以承接、补充、并列、引申即可。七言句与此不同，因为比较长，与它搭配的句子如果太短太少，或者太挤太乱，都可能产生皱而不展等弊端。

在"对联格律"一章，笔者引述了许仙屏题陕西兴平马嵬坡杨贵妃墓联："谷铃如诉旧愁来，蜀道秦川，过客重谈杨李事；墓粉还将秋色补，雨尘云梦，伤心何似汉唐陵"，并分析过它前后两个七言句未能变奏的瑕疵。在笔者看来，将一个情调上属于词的七言句放在联首，已属涉险；中间只安排了一个四言句，且意义上与后句紧联，与前句联系不显。借用近体诗的说法，这里"起承转合"的"承"没有做好；借用书法的说法，这里用笔不够到位；借用文体学的说法，这是作者忽视了对联特有语感的结果。

12. 凸显修饰语

陕西马嵬坡杨贵妃墓联："兵变将无权，可怜杨柳芙蓉，到处成朝朝暮暮；君临妾不返，待到西宫南内，再休问世世生生。"该联在技术上的亮点，不仅在于第二、三句是来自对《长恨歌》的引用和改造，更在于作者将短语"朝朝暮暮""世世生生"（"生生世世"的倒装）置后突出。这两个短语，通常是作为状语放在动词谓（动）语之前的，类似于古代汉语里的名词作状语。《长恨歌》里有一句"（圣主）朝朝暮暮情"，实指朝朝暮暮思念之情。该联将修饰语置后，不禁让人想起宋词名句："两情若是久长时，又岂在朝朝暮暮。"

（三）文辞的流连

以唐宋诗词为代表的古代诗词是精美的，其中不少对仗句更是凝聚了作品的精华；而对联与律诗一样都讲对仗，且对联的对仗更为精粹。这就使得对联作者在学习诗歌格律、技法的同时，还对具体的文辞也流连不已，经常不由自主地将其纳于自己的笔下。

1. 摘联

这是最直接、最常见的方式，主要摘取律诗中间两联，人称摘句联。"摘句联"属于使用范畴，不属于创作范畴。本书在此是在实用和消费的意义上讨论摘句联的。

（1）有的读者比较熟悉　1930年代，郁达夫自上海迁居杭州，两年后造新居"风雨茅庐"一处，并书写杭州前贤龚自珍《咏史》颈联"避席畏闻文字狱，著书都为稻粱谋"，悬之寓所。1989年，冰心摘取乡贤林则徐《赴戍登程口示家人》之颔联"苟利国家生死以，岂因祸福避趋之"，送给"作为市人民代表的爱女吴青"。

（2）有的读者不很熟悉 刘墉题山东潍坊十笏园四照亭联"掬水月在手；弄花香满衣"，其实为中唐于良史《春山夜月》之颔联。杭州西湖孤山寺联"不雨山常润；无云水自阴"，为中唐张祜《题杭州孤山寺》之颔联。至于书斋联"我自注经经注我；人非磨墨墨磨人"，依据《随园诗话》卷四的说法，也是清代吴文溥的诗句。

除了律诗中间两联，摘句联有时还选择其他来源。春联"寒雪梅中尽，春风柳上归"，乃李白《宫中行乐词八首（其七）》之首联。2008年西安曲江遗址公园建成并开放，其中曲江亭联"花明夹城道，柳暗曲江头"，为沈亚之排律《春色满皇州》第二联。

2. 引句

引句也是辞格之一，它不像摘句联那样整联摘用，而是取其一两句为我所用。

弘一法师（李叔同）题福建晋江摩尼教草庵嵌名联："草积不除，便觉眼前生意满；庵门常掩，毋忘世上苦人多。"上联中"便觉眼前生意满"一句，就属于引句。后来，弘一法师又将该联书赠给晋江安海俞啸川居士，并将"便觉眼前生意满"改作"时觉眼前生意满"。他在补跋里写道："此数年前为草庵所撰寺门联句。下七字疑似古人旧句，然亦未能定也。"弘一法师所疑不差，"便觉眼前生意满"确乎来自南宋张栻的《立春偶成》，原文是："律回岁晚冰霜少，春到人间草木知。便觉眼前生意满，东风吹水绿参差。"

延伸阅读： 半引半对

即先摘引别人一句，然后自己对作一句。因为全联只有两句，如此一来，有点像对对子，作者本人只创作了一半。显然，这是一种特殊的创作现象，与一般的引用有所不同。如清代洪亮吉的著名联墨："春水船如天上坐；秋山人在画中行。"其中上联来自杜甫的七律《小寒食舟中作》。陆游作有七古《同何元立赏荷花追忆镜湖旧游》，其中两句"三更画船穿藕花，花为四壁船为家"被后来的对联作者们充分利用。第一句被济南古水仙祠联所用："一盏寒泉荐秋菊，三更画船穿藕花"（见刘鹗《老残游记》）。第二句被两家所用：扬州何园东园联"月作主人梅作客，花为四壁船为家"，以及绍兴朱家台门石柱联"地似三山春似海，花为四壁船为家"。当代张中行（1909—2006）代梁树年作画题联："何时少墨同多墨；此时无声胜有声。"下联为梁事先想好，引自白居易《琵琶行》，上联则是梁请张所对。

3. 集句

以集句方式进行创作，这在诗歌创作中就有，所成作品多被归入"杂体诗"。到了对联，所集对象从诗句扩大至诸多文体里的句子。这里先谈谈集诗句为联。

彭玉麟题泰山联："我本楚狂人，五岳寻山不辞远；地犹邹氏邑，万方多难此登临。"上联两句来自李白的同一首古风《庐山谣寄卢侍御虚舟》："我本楚狂人，凤歌笑孔丘。""五岳寻仙不辞远，一生好入名山游。"只是第二句略有变动。下联两句来自两首不同的作品，一首是唐玄宗《经鲁祭孔子而叹之》之颔联："地犹邹氏邑，宅即鲁王宫"，另一首是杜甫《登楼》之首联："花近高楼伤客心，万方多难此登临。"

梁启超集句联："得剑乍如添健仆；闭门长似在深山。"均来自两个晚唐人的诗作，即司空图《退栖》之颔联："得剑乍如添健仆，亡书久似失良朋"，与郑谷《次韵和秀上人长安寺居言怀寄渚宫禅者》之颔联："出寺只知趋内殿，闭门长似在深山。"

《楹联续话》卷二"胜迹"载：林少穆有集句题京师陶然亭联云："似闻陶令开三径；来与弥陀共一龛。"林则徐的这副集句联，分别来自苏轼的七律《李伯时画其弟亮功旧宅图》颈联："近闻陶令开三径，应许扬雄寄一区"，与秦观的绝句《处州水南庵二首》（其一）后两句："市区收罢鱼豚税，来与弥陀共一龛。"其中"似闻""近闻"略有不同。

1929年，吴宓不惜与原配离异而狂追毛彦文，结果遭毛拒绝。为此，陈寅恪集句打趣他："新雨不来旧雨往，他生未卜此生休。"上联集杜甫《秋述》文句："常时车马之客，旧，雨来；今，雨不来。"意思是过去宾客遇雨也来，而今遇雨却不来了。下联为李商隐《马嵬》诗句。该联还巧妙地嵌入"雨生"（吴宓字）二字。

4. 改诗

改诗不同于化用，化用后作品还是自己的；但改诗的结果，即所

"作"对联往往与原诗关系密切。如《幼学故事琼林》里"爆竹一声除旧;桃符万象更新"一联,明显是对王安石《元日》诗的对联式缩写。王的原诗是:"爆竹声中一岁除,春风送暖入屠苏。千门万户瞳瞳日,总把新桃换旧符。"五代僧人贯休,晚年至杭州作《献钱尚父》诗呈吴越王钱镠,其诗颔联云:"满堂花醉三千客,一剑霜寒十四州。"后来,孙中山将其改为:"满堂花醉三千客,一剑霜寒四十州。"

袁枚《随园诗话》卷二载,"苏州薛皆三进士(注:当指薛起凤)有句云:人生只有修行好,天下无如吃饭难。"后人将其改作对联,曰:"人生惟有读书好;天下无如吃饭难。"即将原偶句之"只"改作"惟","修行"改作"读书",境界虽有改变,但痕迹犹在。

有的对联,可谓集句与改诗的"交集"。如清代姚兴荥题马鞍山采石矶太白楼联:"狂到世人皆欲杀;醉来天子不能呼。"上联来自杜甫《不见》:"不见李生久,佯狂真可哀。世人皆欲杀,吾意独怜才。"下联来自杜甫《饮中八仙歌》:"李白一斗诗百篇,长安市上酒家眠。天子呼来不上船,自称臣是酒中仙。"

5. 化用

刘长卿有"古调虽自爱,今人多不弹"句,王维有"每逢佳节倍思亲"句。而据《楹联续话》卷三载,严问樵(注:即严保庸)因"姬人(注:即妾)没于清江"而哭以联云:"不合时宜,唯有朝云能识我;独弹古调,每逢暮雨倍思卿。"这里的下联出处何在,不是了然在目吗?

近似化用(所谓"脱化")的例子也有。杜甫《不见》诗有"敏捷诗千首,飘零酒一杯"一联,清人则有"高山流水诗千首/明月清风酒一船"的楹联,大约由前者扩充改换而成。

还有一种情形,不好确定是否属于化用。现代张难先(1874—1968)挽石瑛联:"哭公只有泪;提笔竟无言。"众所周知,苏轼《江城子·己亥记梦》有"相顾无言,唯有泪千行"两句。也许张难先撰联时想到了这两句,于是化而用之;也许面对老友的去世,他很是伤心,下笔时脑子一片空白,所撰之联只是据实而说。

6. 隐括

化用有时是刻意的,有时是随手拈来的,有时是二者的结合。清代学者顾鋆（1659—1716）题浙江嘉兴南湖烟雨楼长联："湖山点缀，量来玉尺如何？漫品题、几回搁笔，曾记碧崖绝顶，看波澜壮阔，太湖无边。停桡渐北斗斜横，趁凉月、从三万六千顷苍茫湖水摇归，生憎鸟难渡。为饶游兴，白袷宁抛，还思暮暮朝朝，向断桥问柳寻花能再？最是撩人西子，偏画眉深浅入时。早匡庐失真面，恨铅华误了倾国，强自宽，也悔浓抹非宜，天然惟美鸳鸯，湖畔喜留香梦稳/楼阁玲珑，卷起朱帘最好！破功夫、半日凭栏，管甚沧海成田，尽想象淀濛，层楼更上。远树迷南朝兴废，任晓风、把四百八十寺多少楼台吹散，愁煞燕双飞。知否昨宵，绿章轻奏？要乞丝丝缕缕，将孤馆离情别绪牵牢。却怪作态东皇，竟故意阴晴错注。寓高处不胜寒，罔薆笠载得扁舟，欲坐待，又怕黄昏有约，到此未逢烟雨，楼头闲话夕阳残。"南湖原称"鸳鸯湖"，在该联上下联最后两句里，读者也看到了"鸳鸯湖""烟雨楼"的嵌名。对于作者而言，诸多唐宋诗词及明代杨慎的《临江仙》都熟稔于心，他先是对这些诗词进行改造，而后在该联里引用了它们。诗词有所谓隐括诗，该联亦可称为隐括联。

7. 翻新

李白《夜泊山寺》有"危楼高百尺，手可摘星辰"之句，极是夸张。大约从此开始，小说野史和山川名胜之建筑，名曰"摘星楼""摘星亭"者时或有之。广西桂林七星山天玑峰顶有一亭子，即名曰"摘星亭"。当代成渤为之题联："登临不可摘星，万里长空凭点缀；到此何妨驻足，一亭山色任流连。"该联上联与李白原诗相比，属于反弹琵琶式"改革"：先坐实"摘星"行为，再假劝"摘星"之人。上联的这种构思方式，有似于巧缀辞格。

三 吸纳骈文质素

对联接受骈文的滋养，除去用典和藻饰，大约来自三个方面：一是句式选择，二是平仄安排，三是节奏感。关于骈联的六种基本句式，本书在联律（平仄及其节奏）部分已经谈过。联手"叶公好龙"因"八言联"而闻名于网络，就是指他擅长创作四言双句联，即四四四四式。

例如，他撰写的"古井无波，月华深注；清阶不扫，梧叶闲堆"，以及"万籁俱消，摊开清梦；片心忽动，唤起红莲"二联。

倘若做进一步探究，则必然涉及五七言句和超七言句。此外，仅就宋骈而言，句数上，开始出现了三（分）句对偶句即三句联；重字率上，也出现了两个及其以上的重字。这让笔者想起明清格言小品，也想起传说中的朱熹题松溪县学明伦堂联："学成君子，如麟凤之为祥，而龙虎之为变；德在生民，如雨露之为泽，而雷霆之为威。"虽然联界有人将这种对偶句也称作对联，并群起而效仿之，但在笔者看来，它们更像是宋骈或明清格言小品里的截句。

（一）五、七言句

前面谈过，五、七言诗式句的节奏，分别是二三、四三。这种节奏形式，除了主要存在于近体诗之外，在庾信的《春赋》、孔稚圭的《北山移文》等个别骈赋里也有一些。与五、七言诗式句及其节奏不同，五、七言骈式句并非骈文的主流句式，其节奏形式一般也不作二三、四三，而是呈多样化的格局。

1. 五言句

一四　沈约《谢灵运传论》有云："若/前有浮声，则/后须切响。"庾信《哀江南赋序》有云："畏/南山之雨，忽践秦庭；让/东海之滨，遂餐周粟。"这两个骈文双句联的前一句，均为一四。而《三国演义》载湖北当阳玉泉山关帝庙联："赤面秉赤心，骑/赤兔追风，驰驱时无忘赤帝；青灯观青史，仗/青龙偃月，隐微处不愧青天。"其中第二句也是一四，同时与骈文句子一样，"一字豆"后面的"赤兔追风""青龙偃月"可继续被切分为二二。

二一二　刘勰《文心雕龙·情采》有单句对："（夫能）设模/以/位理，拟地/以/置心。"该句式中间多为虚词，如"以""而""之"。当代于雪棠有一言志联，其中也采用了这种句式："读史/以/医愚，学诗/以/广识，也曾把闲情偶寄一钓竿，傍隐隐青山，悠悠绿水；教书/而/立本，敬业/而/乐群，更待将雅韵远承三闾赋，醒芸芸俗子，碌碌庸人。"不难看出，该联上下前两个句子与骈文句子酷似：中间是连词"以"，"以"的前后各有一个双音词或双音节短语，后一个均表示前一

第七章 对联学习

个的目的，其内部结构均为动宾式。

2. 七言句

二五 王勃《滕王阁序》有单句对："台隍/枕//夷夏之交，宾主/尽//东南之美"，即为二五。其中"枕夷夏之交""尽东南之美"可继续切分，但即使作二一四，处在第三位置的字通常也不讲求平仄相对。再如庾信《哀江南赋序》有双句对："（况复）舟楫路穷，星汉/非//乘槎可上！风飙道阻，蓬莱/无//可到之期。"所以，还是作二五较为合适。类似节奏的对联有，近代某教官署联："此署/非//州县公门，何妨私谒；所由/是//圣贤直路，不许横行。"丘逢甲题潮州金山酒楼联："凭栏/望//韩夫子祠，如此江山，已让前贤留姓氏；把酒/吊//马将军墓，奈何天地，竟将残局付英雄。"

五二 与五二相反，清代王翚（1632—1717）题咏国画联墨："合//六法气韵/为用；得//三昧画理/自神。"则可以被视为五二。

三四 庾信《哀江南赋序》有双句对："陆士衡/闻而抚掌，是所甘心；张平子/见而陋之，固其宜矣！"其中两个七言句为三四，加上四言句，成为七（三四）四。类似的句子在对联里有不少。①

现代朱贞白（1892—1953）题澧州（湖南澧县）南楼联："八百里/秋水洞庭，溯源此近；二千年/美人香草，把笔谁来？"当代曹云霖题雁荡山龙鼻洞联："半日清游，寻此间/鸿印雪泥，总关灵秀；千秋旧约，看壁上/唐碑宋碣，大有因缘。"

除去七四七四式，其他包含三四节奏的句式，则有清代梁同书格言联联墨："能受苦/方为志士，肯吃亏/不是痴人。"

二一四 庾信《哀江南赋序》有双句对："傅燮/之/但悲身世，无处求生；袁安/之/每念王室，自然流涕。"其中两个七言句为二一四。清代方维甸（葆岩）（1759—1815）题河北涿州张飞庙联："使君/乃/天下英雄，谊同骨肉；寿侯/为/人中神圣，美并勋名。"也用了类似的句子，但对联句子的句式特征不如骈文句子显著。

---

① 三四节奏句式的文体归类，还需进一步研究。对联是雅俗共赏的，语言介于文白之间，仅凭语言风格要分清何为偏文的骈体句式，何为偏俗的曲体句式，有时并不很容易，可能还要结合凝重感、完整度等进行综合研判。

三一三　王勃《滕王阁序》有单句对："地势极/而/南溟深，天柱高/而/北辰远。"其为三一三。再看张之洞题武汉武备学堂联："执干戈/以/卫社稷；说礼乐/而/敦诗书。"该联为集联，上联出自《礼记》，下联出自《左传》。其中"以、而"二字相对，在对联里相当常见。

一二四　李商隐《上河东公启》有双句对："检/庾信/荀娘之启，常有酸辛；咏/陶潜/通子之诗，每嗟漂泊。"民国熊种清自挽联："哀/吾生/瞬近八旬，复睹兴邦已无及；倘/此数/延长廿载，再来杀贼未为迟。"在实际操作中，该类联首句亦可被划作三四，如此一来，处在第一位置的字则不必平仄相对。

二三二　王勃《滕王阁序》有双句对："落霞/与孤鹜/齐飞，秋水/共长天/一色。"钮永建（惕生）（1870—1965）挽章炳麟联："以经学大师，奋笔/为民族/争光，乾嘉以来无有也；负儒林重望，著书/作教授/终老，顾黄而后仅见之。"

（二）超七言长句及其他

1. 十言和八言

宋骈打破了四六的束缚，不仅有六六六六式双句对句，而且无论是单句对还是双句对，都有超七言的长句分句。如兼跨两宋的孙觌有《西徐上梁文》，其中即含十言加六言的双句对："以/二百五十亩公田/之入，尽归/酒姥之家；为/三万六千日醉乡/之游，独占/地仙之籍。"李篁仙则有题长沙定王台联："有远孙/绍/汉四百载宗祊，只余/贫国分藩，剩与筑台望慈母；向何处/访/景十三王茅土，除却/河间好古，独来酾酒奠斜阳。"除去第三句为诗联式七言，前面两句也分别是十言和六言。

超七言句在宋代之前其实已有一些，只是数量上太少而已。如沈约《谢灵运传论》有八言单句对："相如巧为形似之言，班固长于情理之说。"近代则有八言婚联："但愿和合百千万岁；为歌窈窕一二三章。"

2. 对四四四四式对偶句文体归属的说明

作为古代相当晚熟的一大文体（诗钟除外），对联对先前出现的文体几乎都有过取法：诗、词、曲、赋、骈文、散文、八股文……而各种

第七章 对联学习

文体的文体特征往往是有"交集"的。譬如，四四四四式对偶句，在骈文、词甚至在个别箴铭颂赞（应用文之四种）里都是存在的。鉴于此，我们不说前述联例都是联作者向骈文学习的结果。这里之所以以骈文的名义列举，只是由于它们符合骈文句式，而读者很多时候又无法探知每副联作的具体取法过程。

（三）句脚平仄

前面在讨论多句联句脚平仄时，提到了骈文的平仄单位。萧统《文选序》有云："次则箴兴于补阙，戒出于弼匡，论则析理精微，铭则序事清润，美终则诔发，图像则赞兴。"对于这个句群，一般选本都不用分号，全以逗号断句。但稍加分析就会发现，这里每两句就形成一组新意义。最妙的是全句群句脚平仄，假如将它们接起来，则形成："［阙（仄），匡（平）］；［微（平），润（仄）］；［发（仄），兴（平）］"，亦即凡意义紧密的两个句子，其句脚平仄相反，意义有距离但毗邻着的两个句子，则句脚平仄相同。

当然，骈文（特别是唐代以降的骈文）讲究平仄，只可算作修辞而非硬性规定。也因此，并非所有骈文作品都如此安排句脚平仄。但话又说回来，上面提到的寻找平仄单位的方法，毕竟是一种有章可循且可形成声律之美的平仄模式，因而值得联界借鉴。

四 吸纳其他文体质素

（一）文言文
1. 涉及音韵、训诂、语法等古汉语知识

清代朱琦（1769—1850）题志勤堂对联："士所尚在志，行远登高，万里鹏程关学问；业必精于勤，博闻强识，三馀蛾术惜光阴。""识"通"誌"（志）。"蛾"，古"蚁"字。"蛾术"，蚂蚁学习衔土筑巢的技术，引申为勤奋学习。

梅兰芳（1894—1961）挽刘天华联："嗟君是神州有数之才，旷乐难逢，揽谱合倾沧海泪；牗我以乐府移风为志，牙琴忽渺，归真忍与楚累期。""牗"通"诱"，劝导的意思，属于古音通假，若依其本义"窗

户"解释则不通。"揽谱",所谓"谱"指刘、梅二人共同研究并出版的线装本《梅兰芳歌曲谱》。"楚累",屈原的代称。

吴恭亨八言婚联:"似舅君可方何无忌;嫁女人言得王右军。""方",比拟的意思。若对此古汉语常用词不知,则全句无从理解。"何无忌",东晋将领,酷似其舅。"王右军",即王羲之,有"东床快婿"典故。

左宗棠题浙江宁海方孝孺祠联:"慷慨志犹存,一瞑奚惜;名节事极大,十族何妨。""奚惜",由于是疑问代词作宾语,且为反问句,故宾语"奚"前置。若依现代汉语的习惯,"奚惜"则为"惜奚",即有什么可吝惜的。"瞑",闭眼,这里指死亡。

伊秉绶题惠州府署联:"合惠循为一州,江山并美;种竹梅成三友,心迹双清。""心迹",指思想和行为两个方面,而不是单指心事、心情。换言之,它是由两个动词组成的一个短语,而非一个联合型复合式合成词。与此类似的,还有清代初彭龄(1749—1825)格言联"当局能肩天下事/读书要见古人心"里的"当局"。

2. 涉及用典等修辞手段

彭元瑞题京邸春联:"门心皆水;物我同春。"也许敏感的读者可以猜出该联大概的意思,但未必能够确指,原因在于这里的上下联都在用典。"门心皆水",出自《汉书·郑崇传》:西汉郑崇因进谏汉哀帝刘欣勿封外戚、勿近男宠董贤而开罪刘欣。有人趁机进谗,说他门庭若市,恐有经济问题。郑崇对刘欣曰:"臣门如市,臣心如水。愿得考覆。""物我",出自《列子·杨朱》:"君臣皆安,物我兼利,古之道也。"全联化用古文,既襟怀坦白,又关涉春天。

前面提及清代方维甸题河北涿州张飞庙联:"使君乃天下英雄,谊同骨肉;寿侯为人中神圣,美并勋名。"假如读者不知《三国演义》里曹操和刘备煮酒论英雄的故事,不知《三国志》里曹操奏请汉献帝封关羽何种爵名,则无从理解该联的意思,以及它所使用的衬托手法。"寿侯","汉寿(注:地名)亭侯"的简称。

旧时撰写宗祠通用联,往往需要查找和引用相关典实,以示该姓祖先之不凡。如湖南韶山毛氏宗祠门联:"注经事业;捧檄家声。"上联用西汉毛亨、毛苌注解《诗经》事,言立言之事业;下联用东汉毛义捧檄见母,母慰而己悦事,言为人之孝道。

第七章 对联学习

3. 涉及说理方式、逻辑、语气词等文脉内容

近代庾文簶挽蔡锷、黄兴联:"人忌湖南,奇才爱其过;人爱湖南,奇才居其功。自去年上界将星,同倾衡岳,湖南犹是也,彼奇才则复何如?呜呼!奇才无福,湖南更无福／天厌民国,豪杰不当生;天助民国,豪杰何当死?况今日西邻战线,渐逼亚洲,民国已骚然,而豪杰之亡若此。噫嘻!豪杰可悲,民国尤可悲。"这里的判断、推理、行文口吻、语气词等,让我们想起文言说理文甚至八股文。梁启超题广东新会梁氏宗祠联(之二)也带有这种色彩,作者虽是联合上书请废八股取士的带头人,又是新文体的倡导者,但毕竟浸淫旧学日久,想彻底摆脱八股文句式构造和思维方式的约束,又谈何容易?[①] 联云:"作室者去其旧而惟新是谋,试看哲匠经营,大厦广搜众材,治国规模如此矣;法祖者师其意不必泥其迹,敢向宗人演说,合群乃能保种,自强根本在斯乎。"

(二) 古白话和现代白话文
1. 以三位对联作者的作品为例

清代严保庸赠僧六舟联:"商彝周鼎,汉印唐碑,上下三千年,公自有情天得度;酒胆诗肠,文心画手,纵横一万里,我于无佛处称尊。"一副对联,如果内容上多叙述,句式上多散文化,语义上多浅俗,必然影响其审美表达。为此,在散文句上做文章,使其成为"有意味的形式"(significant form),便是有心者的必然选项。该联前面平平,出彩全在尾句。僧六舟本是僧人,却嗜好实地访碑、亲手椎拓,与现代考古、文物保护界人士颇多相似作为,像个世俗人,"有情天"里的众生。相反地,作者严保庸本是从政的,却擅长写意花卉等文艺事项,是官员里的艺术家,为表自谦,作者说了一句表面上事关佛教,实际上又与佛教无关的话。"我于无佛处称尊"是一个散文句,本来平淡无奇,但这里既是用典(成语),又是比喻,相当漂亮。"公自有情天得度"一句,大约是为了对仗而杜撰的一种说法,佛教欲界有六重天,

---

① 参见文贵良《梁启超对八股文的解构:从"二分对比"的改装到"三段论法"的引入》,《文艺理论研究》2010年第2期。

色界有十七天，其中并无"有情天"之说，但在这里却同样有意味。另外如本书第一章所言，这种交错而写的笔法，有八股文的影子。

刘松山2008年参加"妈祖阁"海内外征联获奖联："天风自海上吹来，绕此麒山，最流连楼阁生辉，人文溢彩；敬意从心头涌起，瞻其凤貌，更仰止恫瘝在抱，利济为怀。"刘熙载《艺概·诗概》有言："大抵文善醒，诗善醉"。"敬意从心头涌起"这类词句，一般是进入不了诗词的。就此联句而言，无非是说"（我）发自内心地敬仰（你）。"倘若一定要说它与现代白话文有何不同，那也只是多了一个倒装环节而已。

卜用可2010年参加山西孝义中国"孝·义"楹联有奖大赛获奖联："问古邑人文何厚？将史书缓缓翻开，孝为注脚；叹今时事业之兴，循大道悠悠探去，义是源头。""孝为注脚""义是源头"两句都是暗喻，两句前面都可以加上"你会发现"四字。作者喜欢在联中用复杂句或复句等散文化句式，却又出之于短句+短句的组合形式，并对某些成分予以简化，说话直白而生动随之，语义连贯而节奏铿锵。尤其是最后两句，具体来说，字数上为七（五）四，句法上第二句为主谓句，两句意思藕断丝连，这让笔者想起"看四壁云山青来剑外/送一篙春水绿到江南"一联。至于作者的另一副对联——《燕赵都市报》第六届"2013新年春联大行动"获奖联："春来好运来，福如碧草随风长；仓满金杯满，笑若阳光到处飞。"除去"福如碧草随风长"一句，算是古人简单比喻的兼语式延长，其他句子所包含的组词造句方式、文学表达方式，几乎都可以从现代汉语特别是现代白话自由诗里找到。

2. **诗联语言的门槛**

如上所示，作为一种文体语言，对联语言的门槛并不很高。它经常将诗词里一个浓缩了的、诗意化的句子通俗化、散文化之后，纳入联文。涂怀珵1995年参加纪念世界反法西斯战争胜利50周年征联获奖联："八年万众捐躯，终看日落秋风里；一旦五强携手，如报春回夏水前。"上下联前句宛如白开水，如果没有后句的配合和逆挽，这样的对联可能乏善可陈。有时，甚至将一个古白话或今白话句稍加修剪就投入使用了。如戏题某贪官调离联："早走一天天开眼；再留此地地无皮。"

第七章　对联学习

石钩2005年参加湖北省第26届春联大奖赛特等奖联："春风砺志，以和谐为目标，以贤能为榜样，以振兴为己任，以人为本；天道酬勤，还碧绿于大地，还清澈于江河，还纯洁于少年，还利于民。"上联除了首句，几乎全为时政口号，下联收尾也属老生常谈；但中间三个句子则不无意味。"还……于……"是将口语化的"把"字句（把碧绿还给大地）换成了书面语句式（还碧绿于大地）。这种散文句式貌似文言，却易于理解。

（三）戏曲和小说

戏曲来自民间，相对于诗文而言，它一少思想束缚，二少格律束缚。李渔是戏曲理论家，也是编剧家，还懂得作诗写小说，所作对联清新流畅，没有寻常头巾气与道学气。这里，重点剖析一下他的题庐山简寂观联："天下名山僧占多，也该留一二奇峰，栖吾道友；世间好语佛说尽，谁识得五千妙论，出我仙师。"

开头七言句直言现象，接着提出对策，意思交代既完整，又不言语啰唆，展拓与简洁并美，戏曲与诗文优点共呈。笔者初读"天下名山僧占多"，以为诗句；再读"世间好语佛说尽"，方觉近乎曲文；等分析了"也该留一二奇峰，栖吾道友"句式结构后，才想到那副三四（四）节奏的戏台联："想当年那段情由，未必如此；看今日这般光景，或者有之。"想到王实甫《西厢记》里三四加四结构的唱词："听得道一生去也，松了金钏；遥望见十里长亭，减了玉肌。"想到将（三）三四节奏分开的湖北襄樊武侯祠联："画三分，烧博望，出祁山，大名不朽；气周瑜，辱司马，擒孟获，古今流传。"相比于后几副，李渔联的戏曲笔墨与诗文结合得更紧密，有一定顿挫感和力度，语感平滑等痕迹较浅，值得玩味学习。李渔联作里与此相近的还有题千手观音法像联："一身现像有多般，称大士不离本号；千手指人登宝筏，奈众生尚有迷津。"

意象是缩小的场景，场景是放大的意象。情节可以为诸多文体所共用，虚构也不再是小说的专利。在意象的使用上，新诗与旧诗相通。杨朔散文已经涉及虚构和情景，余秋雨更是用小说家的笔法还原历史现场。如果说苏轼的桃符春联"门大要容千驷入／堂深不

· 407 ·

觉百男欢"还有议论成分而不尽纯粹的话,那么,吴金城获央视网 2014 马年春节春联征集活动最佳作品称号的"千里回乡,远看门前福字大/全家聚首,只听屋内笑声高"就真的只叙写场景而不声张,仿佛来自第三者的视觉,读起来像一幅画、像一首律诗里的颔联了。这种写法与读者常见的概括性强、直接抒情的创作路径,显然有别。前面提及 1990 年代林芳胜挽母联:"昔日回家,落座长聆千句话/今朝拜母,登堂只见一炉香。"倘若沿着这里的对联创作路径追溯,那么林联大约要算奔驰在该路径上的当代先驱性作品了。近三十年过去了,今天我们又看到了相似的场景。

(四) 辞赋

以辞赋为联,其典型者如此副题中国书画联:"卫夫人真,张文舒草,秦程邈隶,太史籀篆,合钟瘦胡肥,刘行王楷,颜筋柳骨,褚帖魏碑,历代洋洋洒洒法书,罗致山窗,洵足移人心志;释仁济梅,郑所南兰,邱庆余菊,文湖州竹,并戴牛赵马,顾柳徐花,滕蝶梅鸡,于荷燕景,天下怪怪奇奇名迹,绘呈几案,亦能陶我性灵。"不厌其烦地举例、展开,其实就是在渲染甚至夸张。辞格里的排比、对类里的自对也因此如影随形,经常在该种对联里现身逞能。

与上联的"分——总"不尽相同,清代金安清(约 1817—1880)题黄州苏轼祠联则是"总——分——总":"一生与宰相无缘,始进时魏公误抑之,中岁时荆公力扼之,即论免役,温公亦深厌其言,贤奸虽殊,同怅君门远万里;到处有西湖做伴,通判日杭州得诗名,出守日颍州以政名,垂老投荒,惠州更寄情于佛,江山何幸,但经宦辙便千秋。"作者不假借比兴,将苏轼与朝廷之间有代表性的三个关系事实,在此一一罗列。下联也如法炮制,都是先七言总说,然后三四个句子跟进,分别而说,最后做一引申。朱熹有云:"赋者,敷也,敷陈其事而直言之者也。"金安清联即是如此:直接说,展开说。

辞赋中的骈赋,承袭了骈文两大词汇特点:藻饰加用典,而部分对联也是如此。王翼奇题萧山南江公园寻桂听鹂馆:"何以遣闲情?春听黄鹂,秋寻丹桂;不妨谈逸事,诗成吟月,笔梦生花。"该联含有多个表示颜色、风月、珍禽、奇葩的词,与作者擅长错彩镂金、铺锦列绣的

第七章　对联学习

骈文明显有关。成惕轩"挽孙院长哲生"联："当蟾兔明灭间，哀音骤至，记七年掌院，叹今夕骑箕，正中秋之后二日；于夔龙勋业外，清望犹高，洞百国宝书，操连番玉尺，是北斗以南一人。"这里，明月光辉、有人去世、辅弼良臣、选人评诗、杰出人物等意思的表达，都被代之以典故的形式。至于"以南（来）"对"之（而）后"，这在骈文、骈赋中属于司空见惯。如《金瓶梅》第三十九回玉皇庙牌坊联："黄道天开，祥启九天之阊阖，迓金舆翠盖以延恩；玄坛日丽，光临万圣之籓禋，诵宝笈瑶章而阐化。"不仅以"而"对"以"，而且上下联联尾还是上平下仄，颇像骈文、骈赋中的某一组对偶句。

（五）格言小品

关于格言小品对于对联的影响，本书"对联简史"等章已经谈到，这里再举一例。以保护祖国文物而著称于世的现代书画家叶恭绰（1881—1968），其行楷联"立志不随流俗转／留心学到古人难"被多个联墨集子所收录。许多读者都被该联不俗的品位所折服，却未见有人考证其出处，都以为它是叶恭绰的自作联。其实，成书于同治年间的《重订增广》"上韵"里就有该联的影子："留心学到古人难，立脚怕随流俗转。"只是由于作者周希陶要将该对偶句归入押上声"减韵"的一类对偶句群，所以与叶联联墨的文字相比，我们所看到的书中文字是上下句（联）颠倒的。虽然不敢断定这就是叶联的最早出处和直接源头，但两者的高度相似，至少使笔者有理由怀疑叶联的非原创性。

五　重视对课经验

（一）对课的功能

对课，是由单字对到多字对，由单句对到双句对。正如鲁迅在《从百草园到三味书屋》里所回忆的："我就只读书，正午习字，晚上对课。先生最初这几天，对我很严厉，后来却好起来了，对课也渐渐地加上字去，从三言到五言，终于到七言。"鲁迅以"比目鱼"对寿镜吾先生"独角兽"的故事，迄今犹为联界津津乐道。

前面谈到，对课促生了大量巧对。这是对课的结果之一，而非其功能表现。对课的两个基本功能是：第一，让学生学会了近体诗、骈文的基本句式及其组合，这一收获不仅于学生的诗、骈及双句联联创作有直接意义，也为他们今后驾驭多句联乃至八股文奠定了基础；第二，通过展示对偶句及对偶句群的生成过程，为学生今后在口语及其他文体的影响下，自行生产各种非诗骈体句式及其组合既提供了可能，同时又做了格律方面的暗示，即任何时候都要尽可能讲求对仗、平仄、节奏等。

（二）由对课走向创作

1. 典型诗式句与骈式句组合产生了双句联

如《训蒙骈句》："枕上怀人，梦断还思倾国色；庭前饯客，酒阑更赠绕朝鞭。"《笠翁对韵》："枫叶半山，秋去烟霞堪倚杖；梨花满地，夜来风雨不开门。"这是诗骈两种句式的初步结合，也是双句联中最基本的句子形式，即四七四七。

2. 双句联里出现了单句非典型诗骈节奏

如《声律启蒙撮要》："女子眉纤，额下现一弯新月；男儿气壮，胸中吐万丈长虹。"上下联的后句虽然还是七言，却不再是诗式句节奏四三，而是新的节奏三四或二一四。

3. 部分蒙书出现了三、四句联

民国佚名的《时古对类》，将《声律启蒙撮要》等书里的双句联变成了三、四句联，从而将单幅字数由十一字增至十七字。"二老海滨居，一在北一在东，不期同归西伯；八元应运出，或为兄或为弟，何意均成帝师。""车同轨，书同文，行同伦，大道公行于天下；党有庠，乡有序，国有学，斯文独盛于中华。"

4. 实际创作中句式组合走向多样化

说明两点：第一，这里主要谈谈双句联（齐言和非齐言）和三句联（非齐言），至于自对句、四言句等暂不涉及。[①] 第二，本节所谈的

---

① 关于齐言三句联，这里且举一例。轻雪（贾雪梅）题芥子园联："闲情寄十亩园中，聊安排碧沼幽花，笑称泉石经纶手；浮生只一场戏耳，愿装演美人名士，同看金陵烟雨天。"三句都是七言句，节奏却不同，不仅第三个诗式句与前两个不同，第二个与第一个也不尽相同。第二个可以视为三四曲式句，第一个为二一四散文句。

第七章　对联学习

节奏划分、单句字数等内容，在本书"格律"一章也都出现过，只是角度、联例有所不同，读者可互参对读。

（1）散句式双句联

①诗骈结合型　属于此种类型的联作较多。除了四七四七，还包括五六五六等四种。先看五六五六，如曲阜孔庙诗礼堂联："一景会山川，百代人文渊薮；两楹开宇宙，万古吾道宫墙。"六七六七（多见），如当代刘江林题教师应征联："寄情桃李之中，青春渐逝心无悔；励志云天而外，白发频添事竟成。"七四七四（相对少见），如前面谈到的曾国藩赠郭云仙联："好人多自苦中来，莫图便宜；世事多因忙里错，且更从容。"五四五四（相对少见），如清代包世臣题书斋联："喜有两眼明，多交益友；恨无十年暇，快读奇书。"

②诗诗结合型　属于此种类型的联作较少。就笔者目力所及，其中以五七五七为多，如湖南湘潭关圣殿联："天地一完人，文武才情忠义胆；古今几夫子，英雄面目圣贤心。"至于齐言的五言句、七言句，即五五五五与七七七七联例，则属罕见，笔者仅在《对联话》里发现近代刘建藩挽蔡锷联："相喻独秀峰，永怀大洲驿；谁谓三神山，竟为五丈原。"在当代钟华一所编《清联》里发现江峰青题陶然亭联："果然城市有山林，除却故乡无此好；难得酒杯浇块垒，酿成危局待支持。"罕见的原因，大约是联作家嫌其与近体诗节奏距离太近，有丧失对联特征之嫌吧？

（2）非齐言三句联

①五四七、五四七　这种类型最为常见。孙玉庭（1753—1833）挽黎世序联："只手障狂澜，立德立功，水土平成君不朽；八年联旧雨，如兄如弟，芝兰凋谢我何堪。"有时这里的五言句、七言句，可能不是诗式句节奏二三、三四。如伊秉绶题惠州朝云墓联："从南海来时，经卷药炉，百尺江楼飞絮雪；自东坡去后，夜灯孤塔，一湖风月冷梅花。"该联首句就是三二（一二二）。

②五六七、五六七　这种类型也能见到。严寅亮（1854—1933）题四川江油匡山书院联："望远特登楼，分明几座村庄，红杏丛中沽酒斾；感怀凭倚槛，遥忆先生杖履，白云深处读书台。"

③七四七、七四七与四七七、四七七　以上所举三句联，七言句都

在尾句位置。此外还有一种类型，即七言句被放在首句或中间位置。这种类型的三句联，虽然不乏其例，但在语感上不够从容和有序。金武祥（1841—1924）题江苏江阴环川草堂联："芙蓉江上占林泉，解组归来，胜境重开摩诘画；桃李园中宴花月，飞觞歌咏，良游愧乏惠连诗。"如果对该种类型的诗式七言句进行变奏，效果可能会更好一些。如丘逢甲题潮州韩山书院联："凭栏/望韩夫子祠，如此江山，已让前贤留姓氏；把酒/吊马将军庙，奈何天地，竟将残局付英雄。"再如沈葆桢题成都杜甫草堂联："地有千秋，南来/寻/丞相祠堂，一样大名垂宇宙；桥通万里，东去/问/襄阳耆旧，几人相忆在江楼。"

5. 单句节奏走向多样化

在前面双句联、多句联的例析里，实际已触及这个问题。这里以七言单句联为例，再专门谈谈。七言句节奏除了最常见的四三，还可再分为：

①三四（较多）　佚名联："身心外/别无杂念；天地间/唯有文章。"

②五二　现代徐特立赠青年王汉秋联："有关家国书/常读；无益身心事/莫为。"

③四三　相传王文治赠福建屏南县张步齐联[①]："得//好友来/如对月；有//奇书读/胜看花。"

④三一三（近体诗折腰句）　北京故宫乐寿堂联："智者乐/兼/仁者寿；月真庆/共/雪真祥。"

6. 多句联中单句字数增多

三言句　清代吴獬题武汉大观园联："大如天，君山拳石；观于海，洞庭一杯。"

八言句　江苏江阴阁典史祠联："七十日带发效忠，表太祖十六朝人物；三千人同心赴义，存大明一百里江山。"

九言句　近代王树枏（1859—1936）题乌鲁木齐农林试验场联："萃天山南北异果奇花，重编塞国群芳谱；教绝域人民男耕女织，三复豳风七月诗。"

[①] 该联作者有董其昌、王文治、冯文蔚等多种说法，本书暂取王文治说。参见莫沽《一座茶香氤氲的贡生宅》，南屏新闻网（2018-11-30），http://www.todaypn.cn/2018-11/30/content_852172.htm，2019年6月1日。

第七章 对联学习

十言句 台湾高雄郑成功祠联:"由秀才封王,主持半壁旧河山,<u>为天下读书人顿生颜色</u>;驱外夷出境,开辟千秋新事业,<u>愿中国有志者再鼓雄风</u>。"

十一言句 近代向梅潭挽王闿运联:"汉廷著作,晋代风流,机杼独成家,<u>目中何尝有宋元以来诸子</u>;性癖林泉,名倾朝野,门庭无俗客,<u>海内共推为船山之后一人</u>。"

十二言句 清末陈逢元(1836—1857)题湖南大庸关帝庙联:"<u>下邑归东吴版图者凡六十年</u>,论瑞纪天门,不闻俎豆馨香,奉祀虔修孙氏庙;此邦距西蜀边鄙闻近一千里,问神迎社鼓,可趁交通便利,临岐小住汉官仪。"

十三言句 河南开封朱仙镇岳飞庙山门联:"若斯里朱仙不死,知当日金牌北招,三字含冤,<u>定击碎你这极恶滔天黑心宰相</u>;即毗邻关圣犹生,见此间铁骑南旋,万民留哭,<u>必保全我那精忠报国赤胆将军</u>。"

十四言句 李篁仙题鄂城曾文正祠联:"生平亲见范希文,念在狱时蒙被深恩,<u>以未从海内诸君万里共驰驱为憾</u>;自顾何如李供奉,登此山上肃瞻遗像,<u>思无负我公当日千秋相期许之言</u>。"

十五言句 胡君复代庄百俞挽蔡松如母亲杨太夫人联:"<u>佛说一尘一劫无量无边妙莲花化身</u>,德门麟鸾代兴,亦复如是;<u>南无大慈大悲救苦救难观世音菩萨</u>,人海蛟鲸肆虐,母兮奈何。"

7. 两个注意事项

第一,在实际教学中,有的学生领悟力强,一上手就懂得自由选择句数、字数及其自由组合,且句式搭配及其节奏合适。但更多的学生则不然,他们往往需要教师设计出若干组凝固句式,如五四四对五四四,其中后两句又分自对式和非自对式,然后跟着教师亦步亦趋,逐个训练。

第二,可以借鉴其他文体,但对联的节奏不能被带偏了。笔者曾作《试以词之语感题西安乐游原高尔夫俱乐部并陈总联》:"九州本丽人,转而今,平山截水,挖地填坑,红尘万丈早弥空。印把青蚨一联袂,顿毁斯文旧梦;屡劫馀赢体,算幸甚,人出俊才,塬留残土,绿草高台最舒目。骋怀吊古两随心,且吟夕日昭陵。"现在看来,此次实验不算成功。

六　从先贤时贤处获益

（一）寻求滋养
1. 借用诗文资源

古人撰联大多以诗文读写为基础，因此在这些对联作者的笔下，有时不免带有前人诗文的印痕。与诗词一样，除了"借意"之外，最明显的表现就是"借词""借句"。① 因为借用方式和借用程度有异，联作与原作之间的显隐关系也各不相同。

江峰青题宾川鸡足山望云庵联："孤云竟比老僧闲，看他只在此山，历三百年烽火凭仍，菩提镜台全未改；异日相逢弥勒笑，为问别来无恙，繄十数里丛林不远，竹床经卷可相亲。"在杜牧原诗"闲爱孤云静爱僧"里，"孤云"和"僧"是并列关系，但这里"孤云"作了主语，整个上联都在说它。下联首句，与"孤云竟比老僧闲"形成对字不对句关系（所谓"假平行句"），很可玩味。

前面所引顾复初题成都崇丽阁联："引袖拂寒星，古意苍茫，看四壁云山，青来剑外；停琴伫凉月，予怀浩渺，送一篙春水，绿到江南。"其中，"停琴伫凉月""引袖拂寒星"分别是南朝谢朓的诗句、南宋张炎的词句，"古意苍茫""予怀浩渺"也让人想起明代高启的诗句"坐觉苍茫万古意"和苏轼的赋句"渺渺兮予怀"。

很多时候，现代人学写对联也是这样，离不开前人诗文的沾溉。

邹宗德题韶山联："韶光随水逝；山色逐春来。"除去可能包含的象征意义外，上联时光如流水的比喻，自孔子起就一直在用；下联里"逐"字用得好，但也应有所本，在盛唐王谌五律《除夜》里，曾有"寒随一夜去，春逐五更来"的句子。余德泉题秦始皇兵马俑联："一代声威看马俑；千秋功罪说秦皇。"其中"千秋功罪"一语，近者出现在毛泽东《念奴娇·昆仑》里，远者出现在李叔同《赠津中同人》里。曾小云题侯方域故居壮悔堂（雪苑社）联："雪苑溯曾经，纷繁花下三

---

① 唐代皎然在《诗式》里有"偷语""偷意""偷势"之说，因问题复杂，这里暂不进行比对和展开。

第七章　对联学习

千履；风流寻不见，寂寞人间五百年。"这里的下联来自清代王士禛绝句《高邮雨泊》后两句："风流不见秦淮海，寂寞人间五百年。"2016年，笔者受邀题甘肃永登县鲁土司衙门博物馆书院联："水逐目前，终归东鲁圣人地；书翻窗下，但俟中枢休命辞。"其中"逐""休命"二词，皆源于笔者当年正在使用中的《古代汉语》教材，具体来说，即《巫山、巫峡》《传是楼记》两篇古文。

2. 借用对联资源

不仅是前人时人的诗文，就连他们的对联，也可以为当代人所借用。

梁章钜在《楹联续话》卷四"杂缀（谐语附）"一节，就忠实地记录了这样一则小故事：张伯冶（注：即张骐）又曰："陈曼生（注：即陈鸿寿）尝书一联见赠，云：'冷澹古梅如老衲；护持新笋似婴儿。'莲因（注：张骐之妻钱璞）绝爱之，即仿其意拟得一联云：'古梅盖屋多盘错；新笋出林自展舒。'余和之云：'佳卉移栽如选色；异书借录抵征歌。'又云：'奇书贪录如增产；佳卉分培当树人。'意皆相类。"张、钱夫妇二人所作对联，均来自书画同道陈鸿寿一联的启发，钱璞借鉴的是题材，张骐借鉴的是比喻的手法。

国民党官员梁寒操（1898—1975）挽胡适联："名既大，谤亦随焉，学术之争，犹有待千秋定论；健则行，倦即睡耳，哲人遽萎，究难消一代沉哀。"其中"名既大，谤亦随焉"两句，当取自曾国藩挽同乡先辈汤鹏联："著书成二十万言，才未尽也；得谤遍九州四海，名亦随之。"前面春联一节提到任本命的获奖联："才过小龙年，又催千里马；曾经大风浪，更上一层楼。"这种更进一层的构思方式，使笔者想到了清代甘肃按察使查廷华（九峰）（1757—1831）题兰州原河神庙联："曾经沧海千层浪；又上黄河一道桥。"前曾提及纪念杨升庵诞辰五百周年征联获奖联："对湖水而仰前贤，遗我清芬，六月荷花八月桂；望滇云还伤远戍，著书边徼，一重楼阁万重山。""六月荷花八月桂"一句，明显来自对彭元瑞题书房联上联后句的改造。阴历六月是荷月，只有此时才能"遗我清芬"，故而"二月杏花"被换以"六月荷花"。

文伟2008年参加朝阳市纪念赵尚志诞辰一百周年暨颅骨回乡安葬海内外征联获奖联："掷项上头颅，抗日救国，岂任黎民沦<u>虎</u>口；仰胸中血气，舍生赴死，永留飞将驻<u>龙</u>城。"其中巧妙的"虎""龙"相对，

· 415 ·

据说源于作者"朝阳就是古之龙城"的偶然发现。不过，文伟"龙城"（专名）对"虎口"，以及前述涂怀珵"夏水"（专名）对"秋风"的做法，其实是有传统的。《格言联璧·学问类》原注所载联："树德承鸿业；传经裕燕贻。"这里的"燕"通"宴"，安吉的意思，与燕子并无干系。但是，全联于抽象表达之中突然冒出两个类义词（字）"鸿""燕"，瞬间让人眼前一亮。这是该类对联的共同奥秘，也是其魅力所在。还有赵翼挽毕沅联"羊祜惠犹留岘首；马援功未竟壶头"，常江2009年贺拙著《诗词通论》《对联通论》出版联"卓论诗联传蓟北；好朋祝愿递关中"，这两副七言联都是专名对专名，比起文伟、涂怀珵的专名对非专名，更进一步。就赵联而言，"羊"与"马"相对之外，又取岘首山之"首"与壶头山之"头"相对，此为另一处机关设置。

（二）避免争议

1. 慎于发表改写之作

前面谈到，摘句（联）是用联，引句是作联，集句可以看作作联。至于改诗及改写其他文体，倘若是练习、自用，则无妨；若是以此作为个人对联新作而发表，特别是用以参赛时，则必须慎重。这里，改作的水平倒在其次，主要是涉及著作权问题。

（1）练习与自用

现代书画家张大千有赠人联："人到万难须放胆，事当两可要平心。"人皆传诵。但《对联话》卷十一"杂缀一"载："友人陈吉甫纪善有一楹联云：'事到万难，必须放胆；理无两可，总要平心。'说理特真朴。"张联明显是从陈联改写而来。另传中华人民共和国成立之初，书画家齐白石拟以邓石如"海为龙世界／天是鹤家乡"一联（行书联墨）书赠毛泽东主席，结果不慎将下联写成"云是鹤家乡"，待联墨送出后方才发现笔误。对此齐本人有些紧张，作为朋友的张伯驹却认为改作胜过原作。

以上两例是从联到联，此外还有从文到联的。江苏扬州大明寺鉴真纪念堂石碑碑额有联："山川异域；风月一天。"该联联文即来自日本奈良时期长屋王赠大唐僧衣上的文字，僧衣原文是："山川异域，风月同天，寄诸佛子，共结来缘。"1922年，时任江苏省省长韩国钧为《古

第七章　对联学习

大明寺唐鉴真和尚遗址碑记》题写碑额联时，截取了前面两句。其中的异文"一"来自该《碑记》，《碑记》的作者是当时的日本佛教学者常盘大定。

（2）参赛与发表

当代对联生态告诉我们，某些源于前人特别是当代人的改作，轻则遭人非议，重则惹上诉讼。2004年陕西"延河杯"山川秀美征联大赛参赛联："绘绣延河，利在民殷功在国；平衡生态，花欣雨沛鸟欣春"，被指抄袭了阚东明2001年"利君杯"纪念西安事变65周年征联大赛获奖联："药业宏兴，利在民康功在国；君名远播，花欣雨沛鸟欣春。"同年，北京龙庆峡海内外征联大赛参赛联："举棹泛舟，划开龙峡千重碧；登峰揽胜，撷取杏花一片红"，也被指抄袭了苏振学2002年杭州雷峰塔征联大赛获奖联："风月最相宜，我欲弄舟，划开秋水千重碧；桑榆犹未晚，谁同登塔，撷取夕阳一片红。"①

2010年代是对联应征者的黄金时代，其间以改头换面之作兑换名利者，依旧不乏其人。除去参赛联，问世的其他联类也有沾染此风者。②

2. 关于整体套用原联

在对联活动中，还有一种整体套用（剥皮）现象。它们是仿拟辞格的放大，内容上或带有游戏的成分，或寄寓严肃的思想。读者倘若以为不错，也可以以创作联视之。只是与集句联一样，它们在创造性方面，不免下自作联一等。例如南京燕子矶永济寺联："松声竹声钟磬声，声声自在；山色水色烟霞色，色色皆空。"当是模仿明代顾宪成题东林书院联而成。

昆明大观楼联，不仅是联中杰作，而且还开创了长联创作模式，后世许多长联都受此影响，甚至还产生了一批剥皮联。晚清刘蕴良所撰贵阳甲秀楼联，有1915年初版本（206字）、1923年向义会校修订本（174字），相对于大观楼联，两种版本都是整体上借鉴，局部有变动。与之不同，清代江受先嘲讽纨绔子弟来蓉参加科举联，则是亦步亦趋，

---

① 苏振学：《坚决杜绝抄袭剽窃之风》，《中国楹联报》2005年4月22日。
② 参见黄荣章《格言联中的抄袭或疑似之作》，《对联·民用对联故事》（上半月刊）2015年第3期。

属于典型的剥皮联。联云:"五百里蓉城奔来眼底。心中有数,喜洋洋录出遗才,便东游牛市,南谒羊官,西到满城,北观昭觉。假哥骚客,借此宿柳眠花。趁水榭茶亭,商量就拈香换帖;再酒楼烟馆,贪恋著过瘾传杯,莫辜负威仪小帽,履泰朝鞋,义和虾仁,同兴酢肉／数千人蒿目,惨上心头。榜上无名,怒轰轰怨著主考,想文揣时风,诗遵官韵,策操纂要,经旬短篇,废寝忘餐,尚望步蟾折桂。奈邮传报语,叫不应解元老爷;累爱女娇妻,也难当夫人小姐。只剩得半幅号巾,三场题纸,两枚残烛,一个提筐。"①"威仪小帽"等四句,指当年蓉城出产的著名商品。"号巾",指用于对号入座的号码布。"提筐",指考生用以盛文具、食物的提篮。

3. 关于自证作品的原创性

他人作品可以参酌,但关键还是要在构思上自出机杼,在造句上自铸伟辞。这本是任何创造性文体的写作要求。众人题写同一对象,只要是在同一时间交卷,即使发生内容相似甚至只字不差的情形,一般都可理解;若没有时间上的同一性,纵然你在文辞的长短、部分用字上有变化,也容易引起争议,而要想证明你没有参酌别人的联作,却是比较困难的。

2016年11月,兴平张维社来函,希望为他主编的《楹联艺术家》报创刊百期并将转型为杂志,撰写贺联。笔者一时百感交集。由这家小报某几期中国书协会员套红隶书楹联,想到学生的口头禅"小清新";由张维社敦厚谦虚的形象,想到庄子《秋水》篇里的河伯、海若;由各行各业升级改造,想到笔者主编并改版《长安联苑》时,张维社在电话里"高大上"三字谬赞,于是欣然命笔:"百期已满,人不自多,时语频呼高大上;一报常观,联随墨好,旧风尤记小清新。"第二年,在翻检某对联信息时,忽然看到2016年8月出刊的《长安联苑》上,有"联坛十秀"王家安一联:"琢句每期高大上;成诗最爱小清新。"先是惊奇,继而尴尬。记得"联坛十秀"的资料,是在征得方留聚同意后,让学生从《中华楹联》微信公众号复制而来的。因为比较放心,

---

① 该联异文较多,这里以"恶人谷珠楼"哈哈儿的录校本为主,同时参考周渊龙等《古今长联辑注》、余德泉等《古今绝妙对联汇赏》二书同题联文整理而成。

第七章　对联学习

所以编排时对于其中的联作,也只是让学生做了编号,未及仔细阅读。但这一点又怎么证明呢?如果这是一副参赛联特别是获奖联,网友会有什么反应?

4. 反思集体相像现象

(1)"复古体"的兴盛与跟踪

前已指出,2000年代以降,征联活动持续高热。接踵而来的,是联界视野的空前开阔与对联文体的更加自觉。至2010年代中期,各路对联人马通过互联网及线下阅读,纷纷聚焦《楹联丛话》《对联话》《清联三百副》《民国对联三百副》等书,沉醉浓郁,汲取营养。其中,既有作为主体的"复古体"诸位,也不乏闻风而来的"征联体"名家和悄然而至的"老干体"作者。

2014年,被视为"复古体"精神领袖的刘太品,首先肯定了该体的历史功绩。他说:"中国楹联论坛成立的这十年间,正值当代对联创作总体水平迅猛提高的十年,出现这种迅猛提高的内在原因,不是'老干体'对联的创作,也不是'征联体'对联的创作,而是在'取法乎古'的理念指导下,潜心揣摩和学习清代及民国对联名家作品的结果。"①

2016年,针对"复古体"创作群的真实成就和潜在问题,笔者在一篇关于对联流派的商榷论文中,也稍有旁及:"如果非要在当下对联'江湖'中找出具有萌芽状态的'对联流派'的话,那么,笔者提议,活跃在'中国楹联联坛'上的中青年对联爱好者群以及广东的胡豪,或可考虑作为'候选人'。前者以清代对联为主要师法对象,虽然个别作品难避仿古赝品之嫌,但总体上典雅、高古,与时尚的征联体拉开了一定距离,更与老干体不可同日而语……"②

2017年,卜用可明确指出当下某些类别创作的不足:"主张我手写我心的,更多地追求语言文字的雅驯,好用典和拉人作衬,追随的是清联和民国联的风格,奈何很多人的文学积淀又跟不上,只停留在模仿阶

---

① 刘太品:《将复古道,舍我其谁——中国楹联论坛〈中楹百家〉序言》,中国诗词楹联出版社2014年版,第2页。

② 严海燕:《既可以理解 也需要讨论——也谈"对联流派"》,《对联·民间对联故事》2016年第7期。

· 419 ·

段，以至于表达多有纠结，立意也常常隐晦而飘忽。而应制类的，大部分已形成一种模式，以至于从句式到语言风格，渐近僵化，又彼此模仿甚至于摘抄，让人耳目一新的作品越来越少，更别说个性和灵气了。"[①]不管是前者的"模仿"，还是后者的"模仿甚至于摘抄"，两者其实都指向同一现象：集体相像。

（2）"复古体""老干体""征联体"的互驳和共性

笔者附带式的议论和卜用可随笔式的批评，并没有引起当事人的严重关切。即便到了2020年，刘可亮专门谈及这一问题[②]，杂志社也力促当事方参与辩论时，除个别人有赞成有保留外[③]，其他人或申说自我[④]，或不屑一顾，也未形成真正的交锋。因为征联赛事频仍多样，获奖作品里有"白雪"也有"巴人"，楹联组织又不断"评选先进"，你拿奖项我有称号，导致各方都很踌躇满志，都不愿意放弃话语权。虽然此前的纸媒网络上，也曾出现"复古体""老干体""征联体"等高频词语，人们在各种非专题性文字里，也有过各有凭借、相互驳难的情景，但三大创作群体都有自己的中坚和拥趸，辩论起来互不服气。

其实，如前所说，至迟在2010年代中期，联界各方都开始关注古代经典联作。其结果是，"老干体"在更新换代，"复古体"在拓展疆域，"征联体"在复合化。甲网站题写"左公柳"，乙网站也题写"沉香亭"；丙公众号以大众化笔法哀悼名人，丁公众号换作古雅笔法，也写一组。如此一来，仅以大赛获奖联作为依据，指摘对方（你）"锦绣"对"辉煌"浅薄，（他）"百厄"对"千劫"陈腐，（我）"朱履"对"红尘"新八股，似乎还都流于表象。因为如果认为有必要，某些所谓新意象、新词汇、新手法的东西可随时复制移植，为我所用。2010年代中后期，面对"箴言""人文渊薮""恫瘝""澍雨""绮梦""天心"等词汇，联手们不也像发现新大陆一样，争先恐后地将其嵌入自己的联作中吗？所以说到底，如果缺乏观念上的自觉，不从随大流、钻

[①] 卜用可：《对"佳联"的一点看法——〈2016佳联三百副〉序》，《2016佳联三百副》，中国诗词楹联出版社2017年版，第2页。

[②] 刘可亮：《"文学类"对联陷入"联八股"泥潭》，《对联》2020年第5期。

[③] 康永恒：《联须称境 文质彬彬》，《对联》2020年第6期。

[④] 潘洪斌：《古典之美是对联发展的主要方向》，《对联》2020年第6期。

故纸堆、商业化等时尚风气里走出来，发现自我，思考现实，即便在文字上不再拾人牙慧，思想上还是难逃旧我藩篱。年复一年，联界不仅难有孙髯翁、钟云舫一类划时代人物出世，就连朱熹、李渔等集文学灵性与创造精神于一身的杰出联家，恐怕也不会涌现很多。

第二节　对联教学

一　对联教育

（一）广义对联教育

1. 传播知识和组织建设

广义上的对联教育，具有宏观性、零散性、人文性。它既包括学校和社会上一切对联知识传播活动，也包括与此相关的组织建设活动。

传播知识者，如在单位做一场对联讲座、在电台做一次对联节目、为网络平台录制一段对联公开课视频，甚至出一本对联知识小册子，开办一个QQ对联学习群，建一个楹联走廊，借着文艺学、古代文学等二级学科名义招收以探讨对联为实际方向的研究生。组织建设者，如推动对联走进校园和社区，建立对联教育基地和示范基地，培训对联教师。两者都是在普及对联知识，推广对联文化，都可看作对联教育。

2. 建设中的对联学

本书"对联简史"一章指出，在已知研究生招生简章、学位论文封面上，至今未见"对联学方向"字样。只有湖南一家高校比较灵活，将"对联学"三字巧妙地嫁接在二级学科"文艺学"下"民间文艺学"的名目上，形成一个全新的称呼：对联学与民间文艺学。不少研究者因为这个临时性称呼，认定"（从此）对联学科得以确立，与其他学科有了平等的地位"云云，这其实是有失严谨的。

当然，说对联学尚未建立，不等于无视对联研究者的呼声。1984年《楹联学与新联型创论》由台湾黎明文化公司出版，作者张铁君公开提出"楹联学"概念。1989年《中国对联谭概》由华夏出版社出版，作者常江在第一章"概说"里也开宗明义提及"学科"二字。1989年《对联学知识导读》由黄山出版社出版，作者陆伟廉与张铁君一样，也公开提出"对联学"概念。这些都显示了联界的志向和努力。

(二) 狭义对联教育
1. 学校教育和社会教育
狭义上的对联教育,具有具体性、完整性、科学性。它大体分为学校对联教育和社会对联教育两种。作为一种契约式行为,学校对联教育的传授方与接受方相对明确。它由系列对联教学单元组成,无论是知识点的组合还是传授都相对系统。听课者为谁、要达到什么目标、教师需哪些准备、怎样安排教学计划、如何选用或编写教材、布置多少作业为宜、是否收费及标准如何等问题,都会被纳入教学主办方的考虑范围。

对联教育是建设中的对联学与一般教育学的结合。它不仅要求主讲人具有完善的对联知识和较强的实践能力,而且还要尊重教育规律,适合教学实际。以教材建设为例,一个对联高手可以编写出优秀的对联知识读本,却未必能够编写出优秀的对联教材。

对联教育的主要形式是对联课堂教学。参照书法学等实践性学科教学体系,对联课堂教学可以包括对联欣赏(引导)、对联知识(传授)、对联技法(训练)等三部分。这些属于一般讲课内容,适合各个层次、各种场合使用,可简称"三常规"。参照古代文学学科教学体系,对联课堂教学可能涉及对联史和对联文献研究、对联作家作品研究、对联创作创新机制及各体对联研究、对联理论(美学)和批评研究、对联与其他艺术及学科关系研究等五部分。准确地讲,这些已经进入学术研究领域,可简称"五研究"。

2. 学校对联教育的不足
一般而言,学校教育较社会教育更为规范和专业。但具体到当代对联教育的实际,情形可能不全如此。即使到了2010年代,除了周黎霞(小学)、张丹薇(中学)、鲁晓川(大学)等对联教学能手所在学校外,很多地方的学校对联教学仍然逊色于当地的社会对联教学。因为可以称为对联教学能手和学术专家的教师屈指可数,部分学校只好聘请校外人员作为诗联教师。学校对联教育不够理想,既与对联学科建设滞后分不开,也与学校投入不足有关。以高校书法界为例,因为书法学科身

第七章　对联学习

份明确,社会地位高,政府和高校都愿花大力气引进人才。本来属于高校教师编制的书法名家就不少,像欧阳中石(首都师范大学)、邱振中(中央美术学院)、陈振濂(浙江大学)、王镛(中央美术学院)、曹宝麟(暨南大学)等人;随着编制与户籍的脱钩,许多高校又从社会上陆续挖去了诸多国展获奖专业户,以强化本校书法教师师资,助力申报书法学博硕学位点。自由文学界也有类似的情况。相反地,诗词界和对联界都不曾有过这样的幸事。

二　学校对联教学

(一) 传统私塾及其"对课"

1. 蒙馆、经馆与对联学习

本书"对联简史"一章提到,为了与公立新学堂有所区别,原来的"家塾"被称为"私塾",包括"散馆"(塾师自设)、"专馆"(富人开办)、"义塾"(以公田收入、个人捐款等形式集资而成)等。"私塾"以"蒙馆"居多,主要教儿童识字及相关技能,其次还有"经馆",主要为成人攻读科举而设。从晚清到民国,"私塾"一直面临被改造、合并、停办的命运。中华人民共和国成立后,学校模式基本代替私塾模式,除去偏远地方,一般人很少知晓私塾的存在。[①]

蒙馆里的孩子在读完《三字经》《百家姓》《千字文》《朱子家训》等蒙书后,即开始写字、对对子,若情况允许,还可能学至"四书五经"。经馆里的学子则主要学作诗赋和八股文,需要综合运用平仄、对仗、用典等往日所学,并努力提高科举诗文的写作水平。

传统私塾教育自有其缺憾,有些缺憾甚至带有根本性,这在现代文明的映照下显而易见。尤其在培养学生现代意识、普及科技知识方面,私塾教育因为师资、设备的局限而显得孱弱无力。

2. 私塾教育的优长

不过,私塾教育也并非一无可取。仔细想来,它有四大优长。

[①]《湖南最后一个私塾正式封馆　83岁老先生宣布弃教》,新华网(2004-01-04),http://news.sohu.com/2004/01/04/34/news217843424.shtml,2008年5月1日。

第一，重视情操教育和生活教育。《礼记·学记》云："不学杂服，不能安礼。"所谓"杂服"，指"洒扫、应对、进退"之类的生活琐务。《声律启蒙撮要》等对课教材，本来侧重于平仄、对仗等的示范，但同时也包含了自然、生活、做人等诸多人文信息。仅以诚信为例，如果"60后"以降的学子熟读《龙文鞭影》里"布重一诺，金慎三缄"等对偶句，并让它深入人心，那么1990年代"三角债"现象和2000年代经济纠纷中的无赖现象，或许会减少很多。

第二，因材施教，既做大锅饭，又开小灶。从鲁迅《从百草园到三味书屋》"大家放开喉咙读一阵书"一段，读者可以看出，这里至少涉及《论语》《幼学琼林故事》《周易》《尚书》四部书。每个人所学课程不一，同一课程的进度不一，自然需要先生分别授课辅导，类似后来从日本引进的"复式教学"。

第三，学期灵活，课程实用。普通人家的家长，只求孩子会写日常文书、会写对联、会记账（民国增加珠算课）等即可，一旦家里经济拮据，需要劳力，还有可能让孩子提前退学，回家帮忙。富贵人家及求取功名者则相反，一般会让孩子学到二十岁"成人"为止。

第四，学习环境相对清静，学业负担比较适当。私塾教育，主体是蒙馆教育，而蒙馆的职能是受托育人，陪伴孩子成长，只有经馆才涉及提供苗子，参与资源分配。在蒙馆里，先生虽然处境卑微，却也没有上爬的野心和升迁的压力，孩子们天真活泼，不必树立畸形的竞争意识[1]，整个私塾事务也不受后来的劝学所等机构的干预。所开课程及其进度由老先生自己把控，他可以根据课程需要及孩子们的接受程度，随时予以调整。

3. 当代教育的缺憾

遗憾的是，传统教育方式的优长，似乎并未为当代人所继承。大约从1990年代伊始，社会资本大举进入教育市场，城乡和区域之间的教育不公平加剧，学生和家长的考学就业焦虑增大，而管理部门也没有对

---

[1] 由于资本方和媒体无休止地鼓动竞争和付出，而奋斗者又缺乏公平的环境、充足的资源及对等的待遇，导致2020年代初"躺平""内卷"等流行语出现。

于教育资源实行公平有效的分配。① 我们一边欣赏"快乐学习""自主学习""学习不是目的"等西式理念,一边检查、评比、比赛、观摩、掐尖等从不间断,致使功利主义、本位主义、"精致的利己主义"等大行其道,"小学生研究癌症论文获一等奖""我是土猪要立志去拱大城市里的白菜"等弄虚作假、于连式励志之类的新闻也不时冒出。上面规定的课程既多,且几乎没有不重要的,学校和教师对此动弹不得。2019 年,陕西师范大学文学院程世和教授发表《致"部编本"语文教材总主编、北京大学中文系教授温儒敏的一封公开信》,认为只有为孩子们减负,才有可能让孩子们有阅读经典的时间,而不是高举考试大棒,倒逼他们快速提高阅读速度。② 加之部分学校和商家屡屡喊出"不要让孩子输在起跑线上"等漂亮口号,极力蛊惑望子成龙的家长,致使其子女肩上的书包越背越重,近视眼患者越来越多,孩子们的心理健康也受到不同程度的影响。③

(二) 现代教育视域下的对联教学

1. 对联教学背景

2000 年代以降,中小学教育与大学教育的对接出现了裂缝。部分大一新生缺乏专业学习兴趣,④ 四年学习下来,大学生总体质量下滑。对此,高校方面认为是中小学教育出了问题,即虽然将素质教育的口号喊得震天响,其实还是在比拼应试教育;中小学方面则认为自己学生的知识水平普遍高于西方同类学生水平,因此不应该背这个黑锅。

把教书育人之地变成战场和市场,高强度灌输和打鸡血式励志并行,这些做法固然可以取得一时之效,让部分校长和教师的腰包鼓起来,让部分学生冲进傲人的名校,却剥夺了学生的选择和快乐,透支了

---

① 《县城高中:"好学生"逃离,"优质教师"出走》,凤凰网资讯(在人间)(2021-06-07),https://news.ifeng.com/c/86sWZgzV4fn,2021 年 6 月 7 日。
② 《语文改革太急? 教授上书猛批教材总编温儒敏:救救孩子吧!》,搜狐号《禹州微教育》(2019-03-24),http://www.sohu.com/a/303547060_769611,2019 年 6 月 1 日。
③ 与私塾教育下的孩子相比,当下体制教育下的同龄人往往"功课压力大",有的"脾气显得焦躁"。参看《大山深处的私塾》,新浪图片(2015-05-13),http://slide.news.sina.com.cn/c/slide_1_2841_84258.html#p=1,2019 年 6 月 1 日。
④ 《近六成大学新生焦虑情绪高》,《广州日报》2012 年 9 月 27 日。

学生的能量和后劲，阻碍了学生的人格完善和能力形成。学生们很容易读懂萨特、加缪或卡夫卡的小说，却很难读懂像莎士比亚、歌德和托尔斯泰的作品。① 尤其是在人工智能等高科技迅速到来的今天，以知识传授和掌握为亮点的中国基础教育到底能走多远，尚是一个未知数。② 至于将本科内容下放至中学，中学内容下放至小学，甚至将《红楼梦》《白鹿原》等作为中学生必读书目，这类做法也是需要反思的。2018年，教育部提出对中小学生要有效"减负"，对大学生要合理"增负"，2021年又成立了校外教育培训监督司，部分高校教师也提出"打好基础""认真读完一本书"，这些都反映了全社会对上述弊端的不满及改革期待。联界应同情如今的中小学生，尽量做其"陪跑师"，而不做其增负者，不要让他们到了大学再次发出"学够了""学怕了"的可悲声音。

2. 现代对联学教学讨论

（1）谁来教

2013年，教育部出台《中小学书法教育指导纲要》，要求将书法教育纳入中小学教学体系，各学校从小学三年级起要开设专门的毛笔书法课。2021年，教育部下发《中华优秀传统文化进中小学课程教材指南》，要求小学高年级语文课程包含"开展对联欣赏、撰写等传统语言实践活动"等内容。根据以往的经验，凡素质教育课程，不考试则不重视，一考试则可能走样。要避免这种情况的发生，中小学领导和教师责无旁贷。在现阶段，无论是被列为必修课的书法，还是零星开设选修课的对联，都缺少合格的专业教师。③ 2014年，中楹会授予233人为"全国优秀楹联教师"，其中部分人员并非在编教师，而是热爱对联、传播对联的其他行业从业者或退休人员。无论在哪类哪级学校，专职对联教师都属于凤毛麟角。前面谈过，由于诗联界的地

---

① 《北大教授一针见血：今天的教育双轨制，成了家庭资源投入的无底洞》，网易号《家庭教育博览》（2019-07-22），https：//www.163.com/dy/article/EKM78CVJ0526RT30.html，2021年3月1日。

② 钱颖一：《人工智能将使中国教育优势荡然无存》，观察者网（2017-07-05），https：//www.guancha.cn/TMT/2017_07_05_416682.shtml，2020年9月1日。

③ 《学生书法必修课专业老师稀缺　生物老师兼职教》，《齐鲁晚报》2013年12月3日。

第七章　对联学习

位仍未被体制所真正认可，高校可以引进小说家红柯（陕西师范大学）、新诗诗人李小洛（首都师范大学）等人作为有编制的教授和衣食无忧的"驻校诗人"，但至今没有听说有哪位对联界人才有如此待遇。在中小学，对联课一般都是语文老师兼职教学；在大学，则由古代汉语、古代文学、书法等专业课教师来担纲。不管教者为谁，是专职的抑或兼职的，理想的对联教师应该像游泳教练一样，是"下过水"且有过中等成绩的"过来人"，也像老中医一样，面对不同对象，懂得在不同阶段做怎样的调理。此外，扎实的专业基础与敏锐的学术嗅觉也很重要，否则，教师就有可能被学生的抄袭之作所蒙蔽，并对对联教材（读物）里的问题缺乏警觉。据报道，当代诗人寓真的一首《送母回乡》被署名为李商隐，"入选了大量少年儿童诗词读本，甚至被冠以'小学必背'进入各种音视频课程加以贩售"[①]。这让笔者不禁想起对联界的"王羲之联""蒲松龄联"，它们至今还躺在某些大中小学对联教材里。

（2）教什么

从中小学到大学，对联教学都离不开笔者所概括的"三常规"，即对联欣赏（引导）、对联知识（传授）和对联技法（训练），只是各阶段的侧重点有所不同。从理论上讲，在中小学阶段，主要是引导学生对汉字特性进行初步感知，对汉语对偶性思维进行初步锻炼。在本科生阶段，如果是必修课，则应该像书法学专业那样，组织学生进行系统的训练，即分镜头剧本式的对联教学和实践，最终使学生在创作上有所实验，在研究上有所获得。

在研究生阶段，顾名思义，学生将以对联创作为辅、以对联学术为主，即将重点移至笔者所概括的"五研究"，即对联史和对联文献研究、对联作家作品研究、对联创作创新机制及各体对联研究、对联理论（美学）和批评研究、对联与书法民俗等其他艺术及学科关系研究五部分上来。例如张载"夜眠人静后，早起鸟啼先"一联，你可以不对小学生提及出处，但如果是一名本科生或研究生在提问，那么教师就要做

---

① 《这首小学必背的"李商隐诗"〈送母回乡〉，作者竟是现代人?》，搜狐号《澎湃新闻》（2021-03-20），https：//www.sohu.com/a/456468588_260616，2021年3月30日。

·427·

好准备，并将你追根溯源的结果诚实地告诉对方，即它到底来自《张载集》，抑或从二手资料转抄而来，并鼓励学生做进一步考证。再如《笠翁对韵》《声律启蒙》甚至之前的《驯蒙骈句》，它们都有平水韵邻韵通押现象，对此蒙书研究者和大学诗联课师生是否有所觉察？前人这种不够精审的"启蒙"和今天不加提醒的"导读"，会给诗联同好的读者带来哪些阅读后果？

（3）怎么教

首先，要考虑到不同年龄段的学生，其知识结构及心理特征之不同。在中国，虽说自"80后"开始，尤其是"00后"之后，普遍出现了思想开放、代沟时间差缩短的现象，但各年龄段特征的总体态势并未发生根本改变。小学生是一张白纸，天真却懵懂；初中生有了主动求知欲，但同时也有了青春期各种反应；高中生逐渐懂事，但因为高考在即，所以也忙碌起来了。目前虽然有个别高校开设了诗联课，但几乎都属于选修课性质，学生的对联素养比较浅薄，想达到社会上"征联体"水平已很困难，进行现代创作实验更是不易。不少研究生的对联论文也流于表象，多的是套用和引用，少的是鞭辟入里和深度融合。如果中小学教师能够让学生具备对联学习的兴趣和基础，大学教师就可以省去补课环节，全力以赴地带领学生"升级换代"。

其次，要引导中小学生不仅爱美，还要求真、向善；对于当下的大学生，更要有意识地培养其问题意识和独立思考能力。2000年代以来，中国的城镇化建设如火如荼，作为处在这股亘古未有的热浪中的我们，不能只让学生待在空调房里，背诵"天欲飞霜，塞上有鸿行已过；云将作雨，庭前多蚁阵先排"（《声律启蒙撮要》），还应该本着"以宇宙为教室/奉自然作宗师"的精神，附带告诉他们：以上这些美丽的对句及"人似秋鸿来有信"（苏轼）、"将雨蚁争丘"（黄庭坚）等美丽的诗句所反映出的，是农业社会里的消息；由于某些人为的原因，它们所代表的传统物候现象和生物现象，正在我们的视野中渐行渐远。笔者在2020—2021两年春季授课时，随机提问学生"窗外鸣叫的是什么鸟"，结果被问的几位全部错答为"布谷鸟"，并辩解说"中小学教材和老师都是这么讲的，从不知道它是珠颈斑鸠"。这种因现实与书本之间的巨大反差所带来的尴尬，使笔者想起缅甸果敢族学校里的语文教

第七章　对联学习

育情状①，让人哭笑不得。

再次，要激发并保护学生的灵性与天趣，反对拔苗助长，防止将中小学学生创作成人化、单一化。笔者在担任《长安联苑》主编期间，曾与省内外有关学校有过接触，感觉部分中小学诗联课师生过于追求时尚的"励志"，孩子们原本明澈的心灵被所谓"心灵鸡汤"弄得有些"富营养化"了。即使古雅一点的，也是在模仿古人"水惟善下方成海/山不矜高自极天"（《孔子家语》）式的格言化，以及"轻风扶细柳/澹月失梅花"（褚人获《坚瓠集》）式的诗意化。相反地，生活化的对联比例太小，儿时郭沫若"昨日/他年"联式的对联故事更是罕有所闻。大学生写作诗联，不能总是这般模样了。要之，应该允许各阶段的学生借鉴新诗和其他文艺形式，倡导他们接触和题咏新事物。笔者曾有意识地给大学生出一巧趣联上联："分酒器，唯分酒，不唯汾酒。"结果，两个最佳对句所给出的均非另一新事物，而是走向禅悟化与抽象化：一个是"寺中僧，在寺中，亦在世中"，一个是"美梦乡，有美梦，没有迷梦"。面对这种传统性的做法，笔者在欣喜之余，又有一种莫名的失落感。

（4）教材建设

教材是师生之间的纽带，对联教材建设是对联教学的重要基础。如今，各地各校自编对联教材很多，有的是在编教师自己编写，有的是地方楹联学会协助编写。就中小学阶段而言，公开出版的有熊尚鸿《青少年学对联》（1995年湖南师范大学出版社）、李学文《语文与对联》（2003年中国地质大学出版社）及余德泉《余教授教对联》（2004年海潮摄影艺术出版社）等。其中，熊尚鸿本以篇目学习带动知识讲解，没有课后练习题，但附有自编的普通话十三韵《对韵初阶》。李学文本在知识讲解中穿插对联篇目，每节课文后面附有三四个练习题，最后也附有普通话十八韵《对韵》。余德泉本则是对他2003年出版的《对联通》的简化和改写，每讲附有"课堂作业"和"背诵5副对联"，最后附有对平水韵《声律启蒙撮要》内容的注释。相对而言，熊尚鸿本比

---

① 《独家探访果敢：学生用中国教材"祖国首都是北京"》，凤凰网财经资讯（2015-02-13），http://finance.ifeng.com/a/20150213/13502793_0.shtml，2019年6月1日。

较贴近现有《语文》教材的编写体例。

一部合格的教材,首先要有明晰的自我定位。为谁而编?目标是什么?能否适应对方的需要?是否有利于教师组织教学?校本教材和全国性教材,其区别点何在?我们编写的是对联教材,而非诗词或书法教材,对于三者相互关联的部分,如平仄判定、对联书写等又该作何处理?能否大幅度挪移诗词界或书法界的成果,其中的尺度和底线又在哪里?联界有没有属于自己的思考和贡献?将对联教材取名《对联文学》或《对联文化》意在突出什么?"文学""文化"二词,到底所指为何?教材又该如何体现这种所指?让学生背诵对韵,到底是使用平水韵好还是普通话新韵好?"事能知足心常惬/人到无求品自高"(清代陈锷)与"双手劈开生死路/一刀割断是非根"(传朱元璋)两联,前者老成,后者鄙俗,将此类"名作"写进中小学教材,真的妥当吗?

其次,教材与个人专著、论文不同,它要体现学术界的已有成果和共同认识。对联学是一门建设中的学科,有不少观点和文献有待论证和证实。在编写对联教材尤其是中小学对联教材时,尽量不将尚不成熟的见解、未得到公认的材料,直接纳入其中。在入编编者自己的联作和一般化的联墨时,即使有说得过去的理由,也要在数量上有所控制。所以提出这样的建议,主要是为了保证教材的相对稳定性和权威性。事实上,在互联网时代,编者完全有条件放眼全国,追踪前沿,寻觅到经过积淀的意见、被证实的素材及更合适的联作联墨。这里当然需要眼力,但更需要态度。只要编者态度诚恳,素养合格,这第二点要求,即在体现学术界已有成果和共同认识方面,并非可望而不可即。笔者如此饶舌,并非认为对联教材一成不变,不能有其新颖性、独特性。一部新颖而独特的教材,与一篇同样性质的论文一样,永远都会受到使用者的欢迎和同行的敬重。这里只是强调,相对于论文、著作等更为个人化的成果,教材的基础性、服务性功能更为突出。也因此,作为编者,我们应举轻若重,有狮子搏兔的精神,不要因为自己的匆忙和粗疏,给受教者埋下发育不良的种子。

再次,什么样的对联教材是好的对联教材?这个问题最终要靠实践来回答。这里且举出高校中文系古代汉语、书法、中国现代文学史三本课程所用教材的例子,希望给读者带来启发。为什么王力及其弟子郭锡

第七章 对联学习

良的《古代汉语》、邱振中的《中国书法：技法的分析与训练》、钱理群等人的《中国现代文学三十年》能够成为经典教材？因为王力等人以"文选、常用词、通论"为骨架开创了一个教学新体系，与如今某些专家将"训诂、音韵、古文字"等清代小学单列出来，将本科生、研究生学习混而为一的"教学创新"比起来，王力等人的做法更符合本科生教学实际；因为邱振中的书法教材运用的是西方分析思维，打破了"反复临帖""熟能生巧"的传统学习模式；至于钱理群等人的《中国现代文学三十年》，其主要看点则在于编者对第一手材料的大量获取和立论上的不偏不倚。

第八章　对联学术

第一节　分科与化形

一　学科分类

在具有政府编制的文艺社团里,与"创作部(委)"相对应的专业部门,通常是"学术部(委)"。所谓学术,本指对于某种知识长期而专门的研究。对于这个知识体系,在古代中国,通常称为"学问",在近现代中国,则大都转换为"学科"。吴恭亨在《对联话》一书中,曾四次提及"对联学"一词。对联到底算不算一门"学问"?够不够一个"学科"?要回答这样的问题,须首先检视对联文献事实和对联学术成果。

在笔者看来,对联的研究体系,可以有中心与外围之分。中心部分,主要包括对联理论、对联创作研究、对联批评、对联史、对联文献等;外围部分,则有对联民俗、对联书法、对联传播、对联建筑、对联生产等。对联研究的十个分支之间,不一定泾渭分明,在遇到某些个案时,几个分支可能会同时"分享"它们。此外,十个分支的发展并不均衡,对于个别内容独特而充实的,可以以"学"称之(如"对联理论"),对于尚未达标的,不妨暂缓称"学"(如"对联书法")。

(一)对联理论
1. 对联知识体系的系统性思考与总结

狭义的"对联理论",主要回答"对联是什么",包括对联范畴、

第八章 对联学术

对联性状、对联原理、对联美学、对联作者、对联文本、对联修辞等基础理论及其研究。广义的"对联理论",还要回答"如何研究对联",其中既要分析对联构成,还要扫描对联生产、对联消费过程,并进行对联与文化、对联与其他文类、对联史、对联批评等角度的研究。

2. 对联理论的构建和检验

与其他理论一样,一种对联理论的建立,不仅需要表述明确,还需要体系完备。为此,立论者可能抓大放小,有所取舍,即选取对自己有利的,舍去无法支撑自己的。也因此,对该理论合理性的检验,不仅有赖于逻辑的自洽,还有待于历史的证明。

(二)对联创作研究

1. 对联创作研究与创意写作实践

这里所言对联创作研究,主要指对联创作的创新研究和各体研究。与自发、随性的经验式研究不同,学院派式的创作创新研究属于另一种研究范式。后者不但要梳理一般对联创作经验,还可能提出较为独特的对联创作理念,并在这种理念指导下进行自觉的体系化的实践活动。直白地讲,它与 2010 年代以降,风行于京、津、沪等地高校的欧美式"创意写作"(Creative Writing)有些类似。与传统写作不同,这种"创意写作"并非一般性地"增强学生写作素养,使学生掌握常用文体技能",而是直接以培养作家为鹄的,以创意优先为特色。

2. 创新研究和各体研究举例

在"对联创作"一章,笔者提及自己 2012 年提出的"现象写作"理念。它是有感于当年对联创作有所"缺类",并试图以此实验予以"补救"的。至于各体对联研究,则所含对象较多,诸如①短联与长联各自优势及其创作要点,②古代作为书写脚本的对联抄本与现代未必付诸楮墨的大量零散联作之异同,③研究者的对联与对联作手的对联之比较,④不同地域、年龄、知识背景、动机、心境甚至身体健康程度对作者创作的影响及互联网对这些因素的冲击、抵消,⑤民俗联里上梁联的消失或泛化与现代城市乔迁联的撰写需求,⑥现代婚姻中夫妻婚况的复杂性、不对等性与人口生产观念及政策变化对于婚联的影响等,都可能被纳入其中而进行研究。

(三) 对联批评

1. 必要性

对联批评包括两种：一是对联史研究中的批评，二是对于当代对联的批评。这里主要指后者，即针对同时代的对联创作、对联理论等进行分析和评判，包括对其中的问题和错误提出意见。与前一种批评相比，这种批评不仅多了一层现实意义，即直接参与对联发展的历史进程，而且这些具体的批评言论，还将成为今后写作"对联批评史""对联作品接受史"的原始材料。有趣的是，虽然同为当代人，不同年龄段的批评者，其批评角度、批评理论等有时并不相同。

对联批评可以从阅读印象出发，但又不能够停留于此。它需要以对联理论、对联史为背景，以变动不居的生活为参照物，对具体对象予以观照。由于对联批评是从活生生的作品世界和现实世界入手的，因而有可能与原来的对联理论发生龃龉，甚至形成新的对联理论。对联批评不是对联考证，它必须包含价值判断。这种价值判断大致有三种方向，一是重审和发掘对联过往的意义，二是观照和勾勒对联当下的定位，三是指出和预言对联未来的可能。在此意义上讲，真正的对联批评是不可或缺的。事实上，任何文学批评都不像托尔斯泰的朋友所说的，批评家即"谈论聪明人的笨人"。而且，真正的文学批评并不一定比文学创作容易。它有时真的会像法朗士所说的那样，"批评是灵魂在杰作里的冒险"。就对联而言，如果对联创作拒绝对联批评的加入，只允许应征获奖一条路伴随自己，则说明该时期的对联生态不够健全、对联作者内心不够强大。西人"若批评不自由，则赞美无意义"（博马舍《费加罗的婚礼》），此之谓也。

2. 批评实践

创作重在才气，批评要在眼光。前者是在灵感和激情的簇拥下，制作出一个相对完善的文本，后者是凭借理性和经验，判断出文本的价值所在与问题所在。前者年轻人最积极，后者以中年人居多。固然，文学批评也是建立在理解对象的基础之上，它并不排斥甚至需要以审美体验为前提，但这里所言审美体验，并不等同于如今随处可见的"文学欣赏"。后者往往预设立场，掺和了作者名头、已有结论等非理性因素；

第八章　对联学术

若逢庸俗的学术环境,这种"文学欣赏"极易滑向表扬与自我表扬、搔痒与隔靴搔痒。文学批评则非如此,它需要与批评对象保持一定距离。为反抗乡愿主义风气,笔者曾有意识地选取了两位同乡及其创作作为对象,对其进行对联批评实验。① 两位作手与笔者熟稔,在联界也都有一定知名度。在提笔写作之前,笔者没有给他们"打招呼";在具体行文时,笔者对其作品有内部比较,也有相互比较,有赞赏,也有保留。对联批评可以不拘形式。刘太品主编的《佳联三百副》系列(截至2018年度),一改以往同类图书陋习,既对所有入选佳联进行称扬,也对他们认为有问题的对联有所指摘。虽然点评文字不多,短的只有三言两语,却往往直率而切近。这种做法有助于读者冷静头脑,保持理性,并最终为他们欣赏和创作对联带来真实不虚的利益。

(四) 对联史
1. "文学史"不尽等同于"文学的历史"

1990年代之前,中国读者对于文学史教材一概持恭敬和接受的态度,总以为这些文学史教材≌文学的历史≌过往文学事实的集合,文学史里提及的作家、作品、流派、思潮等都具有无可非议的崇高地位。随着韦勒克和沃伦的《文学理论》等书的问世,19世纪丹纳、勃兰兑斯开创的历史主义视域下的文学史写作范式受到挑战,甚至文学史写作的可能性都遭到质疑。事实上,正是在此背景下,北京大学黄子平、钱理群、陈平原及复旦大学陈思和等人曾在全国掀起了一场反思文学史、重写文学史的浪潮,且影响极大,令人至今难忘。

2. 文学史的积累和对联史的写作

就对联史而言,无论是专门的通史,还是通论里的小史,其实都是考证、抽象、寻觅和取舍的结果,只是一般读者未必知晓个中细节罢了。不过,"历史表现"虽然不等于"历史实在",但揭示真相始终是历史学的第一要务。这个真相形如一个仓库,也似一面镜子,它可以保存成绩,也可以提供借鉴。为了能够写出经得住时间检验的对联史,研究者应全面占有材料,准确描述史实,并尽可能多地发现问题,升华经验。在方

---

① 严海燕:《王天性、徐熙彦对联创作合说》,《对联》2017年第12期。

法上，对于存在于对联史上的作者现象、作品现象、思潮现象等，应该有点有面，全面展示。既要抓住典型，允许举例论证，同时也要对集体情状有具体的交代，不可以一笔带过。还可以借鉴新近引进的统计法、地图法、谱系学等社科研究新方法，对其进行数量表示和文化定位。

3. 对联史编写者应具法官思维

全面地占有材料，只是编撰对联史的基础，它还不能保证一部"信史"从此诞生。在取舍材料和评价作品等方面，编写者同样应该加强自觉自律。众所周知，法官与律师不同，律师要最大限度地维护委托人的合法权益，而法官则要判断出谁对谁错。对联史的编者应具法官思维，一碗水端平，不能因为编写者的偏袒、遮掩、敷衍等，造成事实上的不公正，从而损害对联学术，也连累了编写者自己。对联史编写者可以向往"董狐直笔"，直言不讳，也可以像司马迁写《史记》那样有选择、讲个性。但无论怎样，都要基于事实说话，并坚持同一标准，不可以自欺欺人，看人下菜。一言以蔽之，允许树立自己的价值取向，甚至允许眼界不宽，眼光不高，但不应该混淆是非，失去学术操守。

延伸阅读：编纂文艺史反例一则

2000年代，某教师编写地方书法史，其中专门论述并赞许了某书协领导的低水平书法。笔者不解，私下询问一位书法界人士。答曰："这位领导的书法造诣的确有限，对此编写者应该心知肚明，但大家都需要吃饭，以后还要继续见面，所以也只能这样了。"再问："书法史不是书协史，对于低水平领导书法，编写者不予置评即可，何必要口不应心呢？要知道这是在写历史，难道没有想到五百年之后吗？"再答曰："言重了，这不过是一本普通的图书而已，别被'工程''项目''课题'等字眼蒙蔽了。时代不同了，'出名要趁早'，出书也要趁早，国家拨款正等着你们去花呢。你认为他的论述有问题，你可以写你没有问题的论述，最后让读者自己辨别，何必要与众不同，放着'双赢'的金光大道不走，而去为难他人，也为难自己呢？"

（五）对联文献

1. 从文献到对联文献

所谓文献，是指记录知识的载体。文献学，是指对这些载体上的文

第八章 对联学术

字、符号、图像等进行整理、研究的学科。古典文献学，主要包括传统三位一体的目录学、版本学、校雠（校勘）学及辑佚、辨伪、注解、编纂、翻译等方式方法。对联文献，主要指来自传统媒体（报纸、杂志、图书）、现代媒体（照片、录音、录像、互联网）以及实物之上有关对联作品、对联人物、对联事件等有关对联的信息资料。个别情况下，也来自"口传心授"。

2. 整理对联文献

对联文献是开展对联批评的基础，更是写作对联史的前提。在对联学创立伊始的今天，发掘对联文献，还原历史真相，更有重要的现实意义。很难想象，一部被传说和想当然充斥的对联史，会是一部对联信史；一本不加考证，一味引用他书材料的对联教材，会是一本优秀教材。这如同照镜子，只有站在常规镜子面前，才可以全面正确地认识自我，而照哈哈镜则无法承担这样的功能。如果按照朱熹对《论语》"文献"一词的解释，即"文，典籍也，献，贤也"，那么获取对联文献的路径就可以分为两个。尤其在印刷业和现代传媒技术高度发达的今天，对联文献工作者的当务之急，应是想方设法，获取老一辈人肚里和手里掌握着的对联资料，而不是仅仅坐在办公室里，翻检来自坊间的唾手可得的流行之物。当然，对明清以来各种联书的整理和其他零散对联资料的收集，也是对联文献工作者基本任务之一。在对传统对联进行注释时，要力避"我懂的，你都注解，我不懂的，你都不注解"的工作误区。如果出现了昆明大观楼联"万顷晴沙"那样的硬语，则还需要对其进行沿波讨源式追问与求真务实式确认。

3. 利用对联文献

对联资料被发掘和整理出来后，联界和学界还要积极利用它。纸媒时代的学者，有做摘录卡片和读书笔记的习惯，现在是融媒体时代，中青年人可以借助数据库和搜索引擎。无论采取何种途径，都存在一个找到、找全、找准所需资料的问题。并非所有对联图书、报刊都像《楹联丛话》和《对联》杂志一样，有随便点击的网络版。现代对联图书均有版权限制，此前有关对联的内部报刊又数量庞大，如果要查找相关资料，必然存在时间、金钱、毅力、耐心等方面的掣肘。二手资料可以使用，但最好是在你无法获得第一手资料的时刻，而且还要比较版本，订正文字。

(六) 对联民俗
1. 以民间文艺学的角度看对联

与民间文艺相关的联类中,谜联是较为典型的一个。此外,在说书者、编剧、拟话本作家等通俗文学作者的套话和叙述套路里,也经常可见对联或对偶句的影子。"小马乍行嫌路窄,大鹏展翅恨天低。"这是单田芳评书的口头禅,对仗上不无瑕疵。但在清代吴璿的英雄传奇《飞龙全传》里,这个对偶句变成"小马乍行嫌路窄,雏莺初舞恨天低",语法对仗转而工稳了。值得注意的是,小说《飞龙全传》来自前代拟话本和戏曲,而单田芳和吴璿的两组对偶句也都是刘勰所言的"正对",即不仅语言通俗,而且两件事说的是一个道理。

将雅驯的文辞改得通俗一些,更为正式也更为直接的联例,是杭州西湖岳飞墓秦桧夫妻跪像联。该联通行的联文在"对联修辞"一章已有过展示,但在清代中期书画家史培《馀事集》六卷所附联语里,它却是另一副面目:"丞相云哝,我纵不仁,有贤妻何能至此;夫人曰啐,奴虽长舌,无鄙夫那得如斯。"不难看出,单就形象化和流畅性而言,后来民间对该版本的改易是成功的。

2. 以民俗学的角度看对联

与民俗相关的联类最多,这些对联都是在特定时间张贴或送达。春联、守制联、立春联、社火联、端午联等配合的是某个集体活动日,婚联、满月联、周岁联、寿联、丧联、挽联、墓碑联、上梁联、乔迁联等因人而异,没有统一的日子。它们有的显隐不同,如当代春联很普遍,而寿联却相对稀少;有的变化不一,如此前上梁联多,如今乔迁联多。

研究者在做田野调查时,可以做细的项目其实有很多,包括民俗与对联的结合及其变化、工业社会对民俗和对联的影响、政策对民俗和对联的扶持[①]、原生态民间对联和当代民间对联之故事新编等。需要强调

---

① 毛泽东在《关于陕甘宁边区的文化教育问题》(1944年3月22日)讲话中指出:"边区有三十五万户,每家都挂起有新内容的春联,也会使边区面貌为之一新。"《毛泽东文集》第三卷,人民出版社1996年版,第110页。

第八章　对联学术

的是，对联的文化性，不仅表现在对联与诸多学科相互关联，更在于它体现了文化的本义，即人类的创造活动及其背后的观念。笔者曾身体力行，带领学生调查春联等民俗联类的使用情况，结果大部分学生行动起来，少部分学生并未重视。后者之所以如此，原因之一是由于对"文化"一词的认识不到位。

延伸阅读： 从上梁联到乔迁联

北方乡村在1980年代之前，尚属建筑史上的土木结构时代。要建设一所房屋，通常需要建地基、带过梁立柱角、上大梁、安檩条、钉木椽、钉连檐、铺盖房顶、砌墙、安门等九道工序。随着时代的发展，这些以木匠活为中心的工序已成为"非遗"（传统手工技艺）的一部分。九道工序中，以上大梁（安装屋顶最高一根中梁）最为关键。当时，农民如想自建房屋，必须先请阴阳先生择日，看看哪天适宜破土动工、立柱上梁。上大梁这天叫作"上梁日"或"立木日"，最为隆重喜庆。至亲要"交粮""搭红"，以示祝贺，主人要放鞭炮、贴上梁联。上梁联大都贴在正间左右的正柱上，可写"立柱欣逢黄道日；上梁巧遇紫微星。""花开富贵人开眼；日上中天屋上梁。""鸣花炮声声道喜；起大梁步步登高。"安门（安装门窗）日是大功即将告成的日子，个别人家会再贴新门联。如："华构落成千年计；小筑安居四时春。""甲第宏开，肯堂肯构；壬林献颂，美奂美仑。"

农民建房的时节以春冬居多，等夏天一过，房子干透，主人们就可以入住其中。乔迁新居时，要请左邻右舍吃饭，并借机"烘房子"。讲究的人家在乔迁新居时，也要择日和贴对联。乔迁虽然多在夏天，但因为各地风俗不同，春夏秋冬每季乔迁的对联都有。如："小院花香呈翰墨；三春鸟语话文章。""夏屋新迁莺出谷；华堂彩焕凤栖梧。""堂凝瑞气云追月；栋染谷香秋胜春。""岁寒三友添新色；春风满堂聚德光。"1980年代是砖混结构时代，这时砖墙代替了土墙，木梁变成了钢筋梁，主人请老木匠的同时还要叫上泥瓦匠。1990年代是钢筋混凝土结构时代，农民建房往往要请施工队（类似承包商）来进行，原来的"上梁日""立木"也被吊置预制楼板或者当场浇筑（俗称"现浇"）所取代，但放鞭炮、贴对联的习惯依旧。到了2000年代，城镇高层建筑及居民小区兴起，因为住户买的是单位房或社会上的商品房，他们要经手的仅仅是装修，而非传统的整个建房过程，这样一来如果想写对联，也只能写乔迁联，而不再写上梁联，乔迁联遂成为一枝独秀。

与其他民俗对联一样，上梁联、安门联（新居联）、乔迁联可以自撰新联，也可以照抄旧联，但都要贴切合宜。"马达夯基础；铁臂举栋梁"一联属于 1990 年代联人的新创，算是与时俱进。"马达"，指电夯，它代替了石夯和喊号子，"铁臂"，指电动葫芦，后来又改用吊车、塔吊，它代替了人工扔泥、扔砖、扔混凝土、上梁。"栋梁"，是旧词新用，可理解为预制板等主要部件或材料。此外，旧谓奎宿与壁宿主管文运，"玳瑁"指玳瑁梁（华梁），"霜毫"指毛笔，因此读书和想做事业的人家不妨贴"门焕奎璧；栋接云霞"与"玳瑁连云开甲第；霜毫摘藻富春华"二联。《诗经》有《麟之趾》篇，用以歌颂周朝子孙后代兴旺发达；"大壮""中孚"为 64 卦里的两个，《易传》有云"上栋下宇，以待风雨，盖取诸大壮"，"中孚所发，上行之则顺，下信之则悦"。也因此，凡新房华美的人家可以贴"莺声到此鸣金谷；麟趾于今步玉堂"与"碧宇倚云昭大壮；紫微映日焕中孚"二联。但是，来自唐诗的"龙门旧列金章贵，莺谷新迁碧落飞"一联，却不是每个新房都可以使用的，即便使用也不见得合乎当下国情。至于"择里仁为美；安居德是邻"与"上林春色早；乔木知音多"等传统乔迁联，固然属于优秀之作，却更多农业社会尤其是乡村社会特点。是否使用它们，以及使用时是否需要改造，当视每个城镇新房住户的具体情况而定。

（七）对联书法
1. 作为基础材料的清代民国对联书法

对联有口头和书面之分，随着文明的展开、识字率的提高，后者（楹联）成为对联的主要表现形式。在书法学里，楹联与中堂、立轴、横披、扇面、册页等一样是书法作品幅式（样式）之一。从清代到民国，诸多饱学先生用自己的实践为我们留下一笔笔丰厚的联墨遗产。无论是从格律角度还是从书法角度，这些比较成熟的整理成果和研究成果，都值得联界致敬与学习。

2. 联界应如何研究对联书法

有书法界朋友询问笔者：你们联界出台"楹联书法学"的理由充

第八章 对联学术

分吗？一个人学过书法，又学过对联，再参照清代民国的对联遗墨，这样就可以写就一副对联书法，为什么还要学习你们的"楹联书法学"？笔者答曰：对两种知识先提取、后归并，然后进行分享，这实际上是在进行文艺学科之间的相互传播。面对对联学视域下的对联书法这个课题，笔者的任务既不是重复书法学里"邱振中式执笔运笔教学法""字结构与章法"等常识性内容，也不是借机向书法界宣扬《联律通则》，而是在认真学习诸多楹联和查检书法界研究成果的基础上，全面总结联墨内涵，对已有研究成果进行补充、辨正和细化，并尽可能提出新的想法。譬如，古今文化人知识结构不同，清代至民国时期涌现出大批集字联书法，它到底是书法界助力了联界，还是联界助力了书法界？为什么当代集字联书法没有如此发达？再如，书法界有对联书法（楹联），联界能否提醒和协助他们推出对联篆刻？再如，当代书法家将一副短联写在同一张纸上，且左右对齐，对此读者可以接受；但如果上联末尾还有空白，书法家接着写，从而导致左右并不对齐呢？对此，我们是从对联学出发，指摘它淹没了对联特征，还是视其为联墨创新？

（八）对联载体

1. 对联的栖身之所

对联在书写或者变成书法后，并未到此停步，有时候还会被第二次加工。事实上，历史上的对联，其栖身之所不仅有宣纸、桃符、墙壁等，还包括大门、楹柱、墓碑、牌楼、铭旌、镇纸、玉器、陶瓷、宫灯、窗户、屏风等其他载体。对联载体就材质而言，有纸张、木料、竹子、水泥、砖头、泥土、石头、布帛、金属、玉类、玻璃等。[①] 从对联文字到对联制品，其显现文字的方式有涂写、镌刻、熔铸等。从对联制作到对联使用，有的是一步到位的，如对联镇纸；有的是间接的，如抱柱联，它在制成联板（板对）并挂在柱子之后，才算完成。对联（楹联）的使用期限也不一致，抱柱联等无疑时间较长，婚联、丧事联等

---

① 其中金属材质，譬如今安徽博物院收藏的清代汤鹏（芜湖汤天池，非益阳汤海秋）铁字草书对联。

过后即可撤下，至于传说为朱熹所写的题壁联则有些复杂。

2. 对联载体材质的变化

对联载体还可以与时俱进。雍正时期，由于祖秉圭等人的推动，西洋玻璃镜大规模出口中国。以玻璃镜画为核心的围屏、炕屏、插屏、挂屏等奢侈品，颇受上层社会青睐。在小说《红楼梦》里，曹雪芹就不止一次地写过它们。正是在这种背景下，吴骞等人发明了巧不可阶的玻璃联。"玻璃联"的取名，是与制作材料直接相关的。事实上，对于这种由部分特殊篆字组成的书法对联，也只有将其写在玻璃上，才能够真切地获得一体两面、如出一辙的奇妙效果。当代也有人试图恢复这种特殊联类，却未能做到原生态化，而是习惯性地将小篆联文写在宣纸上；因为缺少了直观性，不免有些失真和减味。

至于以铝板代替木板以延长对联（楹联）寿命，三柱联兴起以配合新型建筑，对仿古建筑附带的四柱联、六柱联、八柱联等的称呼和分别，清代至民国时期关中大户人家进门和出门、门楼砖墙的正面和侧面都能够看到楹联等，也都属于对联载体研究范畴。

（九）对联传播
1. 对联传播的要素

从历史上看，对联传播有口述、手抄、印书、楹联实物等方式和载体。与其他传播一样，对联传播也有发送者（sender）、信息（information）、媒介（media）和接收者（receiver）四个构成要素。其中，对联媒介不仅指对联类报纸、杂志等传统平面媒体，以及网站、论坛、博客（QQ空间、微博）、微信公众号、app等现代新媒体，也包括其他形式和实物。现代新媒体的出现，有助于增强交流的互动性和实时性，但也有着信息碎片化、真实度下降、可随意复制等先天缺陷，从而造成接收者用心不专、引用出错、投机抄袭等问题，其他领域如此，联界也不例外。2000年代以来，个别地方楹联学会借助当地行政力量，对公园、旅游景点等本地公共场所悬挂的楹联（板对）进行摸排检查，对部分"病联"予以批评甚至更换，对部分未署名或署名不当者予以补救。至于发送者和接收者，它们在理论上是两个独立主体，但在实际操作中，发送者与媒体人又往往合二为一。譬如，中楹会在自己的网站大力宣传

第八章 对联学术

《联律通则》，《对联》编辑部在自己的新旧媒体上渗透国学，并重点推出他们认为有见地的、有深度的对联论文。

2. 对联传播的环境和过程

对联传播是需要环境的。正值"国学热"和"申遗"成功之际，这是对联发展的"软环境"；传统的平房被陆续拆除，西安市城墙悬挂春联的示范效应在扩散，这是让人时而遗憾、时而惊喜的"硬环境"。由于政治敏感、艺术质量有别等原因，并非所有信息都适合大众传播。发送者和媒体人手中的信息，需要一个"把关人"。在2019己亥年中央广播电视总台春节联欢晚会上，主办方推出对联相声《妙言趣语》，结果在联界掀起轩然大波。为此笔者曾建言《对联》编辑部：提醒央视相关负责人，考虑设置一个语言类节目"把关人"[1]。对联传播的强度、持续性及是否形成"环流"，因环境不同而各有差异。春联传到了北美，就像华人其他文化一样，成了一座文化孤岛，它只是华人店铺出售给普通华人的服务或商品，以及华人在庆贺传统中国节日时的点缀，而且为财产安全计，无论是平时还是过节，店铺和寓所都可能不愿公开在大门门框张贴对联。在这里，对联只是一种少数族裔的文化标识，内容上谈不到新颖，形式上也不必严整。[2] 六朝诗歌传到了奈良时代的日本，引来朝臣长屋王等人的汉诗仿作。在文学史上，这位长屋王的三首怯生生的五言八句诗并无影响，但长屋王的名字还是被中国联界记住了，因为据记载，他还与一首含有对偶句的诗偈有关，这个对偶句后来被刻在了扬州大明寺一块石碑上面，变成了楹联式碑额。不仅如此，这副摘句联还在2020年中国抗击新型冠状病毒肺炎疫情期间大放异彩，如清流一般，滋润了包括两位博士兼作家在内的广大网民的心田，得到他们的高度称扬和积极反思，甚至由此引发了对日本国其他捐赠物资题词的误读和争论。在对联译介方面，除去对少数民族对联的抢救、整理，目前主要是尝试将汉语对联翻译为英语等外国语。

延伸阅读："山川/风月"联的来历及捐赠题词风波

日本作家淡海三船（722—785）以汉语写成的《唐大和上东征传》

---

[1] 《当对联遇到相声——国粹艺术在大众娱乐中的打开方式》，《对联》2019年第3期。
[2] 张小华：《"北美华文楹联专题研究"之一：〈楹联里的中国〉》，《对联》2020年第3期。

记载：时大和上（注：即"大和尚"，下同）在扬州大明寺为众僧讲律，荣叡、普照至大明寺，顶礼大和上足下，具述本意曰："佛法东流至日本国，虽有其法，而无传法人。日本国昔有圣德太子曰：'二百年后，圣教兴于日本。'今钟此运，愿大和上东游兴化。"大和上答曰："昔闻南岳慧思禅师迁化之后托生倭国王子，兴隆佛法，济度众生。又闻，日本国长屋王崇敬佛法，造千袈裟，来施此国大德众僧，其袈裟缘上绣着四句曰：'山川异域，风月同天，寄诸佛子，共结来缘。'以此思量，诚是佛法兴隆，有缘之国也。今我同法众中，谁有应此远请，向日本国传法者乎？"

联界多以此作为"山川异域，风月同天"一联的主要文献来源。①

鉴真东渡的时间（742—754）较长屋王在世时期（约684—729）为晚，"造千袈裟"并绣句一事最早见录于鉴真弟子思讬《大唐传戒师僧名记大和上鉴真传》。此书今佚，与此事相关的残篇文字仍有幸存："远承昔有日本长屋王子，敬信心重，造一千领袈裟，附向本唐，供养众僧。其袈裟缘上绣四句：'山川异域，风月同天，寄诸佛子，共结来缘。'"遗憾的是，无论是该书还是《唐大和上东征传》，皆未详明所绣之句为何人所作。

另据报道，2020年武汉等地发生新冠肺炎疫情后，日本HSK事务局（又译"实施委员会"）捐赠口罩、红外体温枪等救灾物资给湖北各HSK考点高校，并在包装箱上打出"加油！中国"（上面）及"山川异域，风月同天"（下面）字样。提出如此打字主张的，是该局林隆树老人。日本汉语水平考试HSK事务局是日本青少年育成协会的执行机构，林隆树是该实施委员会理事，此前他在中日文化交流其他场合也引用过这两句话。②而其他包装题词，如"岂曰无衣，与子同裳""青山一道同云雨，明月何曾是两乡""辽河雪融，富山花开，同气连枝，共盼春

---

① 个别校对文字参见郭天详《〈唐大和上东征传〉校注本商兑》，《扬州大学》（人文社会科学版）2005年第5期。此外，由"此国"一语可以看出，关于袈裟原本施向何国僧众，两书记录似乎有异。

② 《日韩捐赠物资上火遍朋友圈的温暖诗句　背后故事有深意》，央视新闻客户端（2020-3-1）http://m.news.cctv.com/2020/02/12/ARTIOjILk5UoYZW8GIHwXsLl200212.shtml。又见《日本HSK捐2万口罩标注"山川异域，风月同天"偈语》，《新京报》2020年2月3日。

第八章 对联学术

来"等,则分别为中国留日博士生、港口振兴国际交流课中国同行、日本富山县经贸华人(辽宁)联络官等的主意或创作。① 以上这些引用作法,类似于春秋时期在外交场合"赋诗言志",文雅而得体,尤其是"山川异域,风月同天"题词,它由日本再次输入中国,更给人以历史的轮回感。

由于处在一个非常期间,群情激动,部分网友在未能等到完整信息的情况下,想当然地以为,来自他国捐赠上的题词一定是他国国民所为,遂调侃和嘲讽自己的同胞不如外国人古文化素养高,如"日本人给中国人开诗词大会"云云,个别学者还顺势展开"自我反思"。武汉大学国家文化发展研究院副教授韩晗博士第一个在网上发难,提出《为什么别人会写"风月同天",而你只会喊"武汉加油"?》的质问,并从他不懂"山川异域,风月同天"八个字原来渊源有自开始谈起,重申他关于中国学生缺乏三门课,即伦理、逻辑与修辞的旧观点。② 随后,龙应台博士在脸书(Facebook)上对韩晗网文加以引用,并抢先给出答案,认为这是由于"集体的语言"和"集体的心灵""贫乏、草率、粗糙,甚至粗暴"所致。对此,武汉市市委机关报《长江日报》网络版(2020-02-12)当夜发表长江融媒评论员肖畅的文章,题为《相比"风月同天",我更喜欢"武汉加油"》。该文发表后不久,即自行删除,但报道它的《澎湃财经》"2020年02月12日18时51分新闻"截图,却被网友留存。第三天,胡锡进加入讨论行列,并试图劝和双方。③ 日本《中文导报》也认为:从日本发出的捐赠物资,无疑都带着同胞或邻邦的人间善意,"但因此将之与中国简单直白的'加油'比较并且要分出高下,有可能对这些善意也是失礼"④。

---

① 《误会了?日本捐赠物资上的诗句很多是中国人想的》,北京日报客户端(2020-02-13),http://news.ifeng.com/c/7u1tJ7KHeBB,2020年3月1日。
② 微信公众号《语言与安全》(2020-02-11),https://mp.weixin.qq.com/s/YNvnJiFzDS5CuaM8tV3Amg,2020年2月12日。
③ 《胡锡进:拿"武汉加油"跟"风月同天"死磕,往哪头使劲都荒诞》,搜狐号《环球网新媒体》(2020-02-13),https://www.sohu.com/a/372603672_419342,2020年3月1日。
④ 转引自《日本援助诗为在日华人所拟?李长声:日本人的诗歌传统是和歌俳句》,《南方都市报》2020年2月13日。

· 445 ·

(十) 对联生产

1. 引进艺术生产论

至迟在清代中期，城乡集市就出现了摆摊设点、书写售卖春联的现象。

《清嘉录》是道光年间苏州文士顾禄的著作，此书记述了苏州及附近地区的节令习俗。"清嘉"一词来自"山泽多藏育，土风清且嘉"之语。该书卷十二"春联"条载："居人更换春帖，曰春联。先除夕一二十日，塾师与学书儿书写以卖，榜于门曰春联处。多写千金百顺、宜春迪吉、一财二喜及家声世泽等语为门联，或集《毛诗》吉语、唐宋人诗句为楹帖。周宗泰《姑苏竹枝词》云：'学书儿童弄笔勤，春联幅幅卖斯文。人来问价增三倍，不使鹅群笼右军。'"

从古代到近代，人们的生活节奏缓慢，文盲者众，思想相对单纯，故而并不排斥单调重复的文化信息。即便到了 2000 年代中期之前，人们对于对联信息的获取，依然是通过两种途径来实现的：一种是日常生活所见，另一种是传统平面媒体。由于经济收入有限和文化传播的不平衡，这里起主要作用的是第一途径。联界平日里的活动，也几乎全部集中在现实世界。特别是每当春节临近，各级楹联学会都要开展春联书写活动，当代联界因此而流行一个自造词——"书春（日）"。

不过，此后的情况发生了变化。一方面，春联市场这个最大的对联市场，开始被整齐划一的机制春联所攻破，传统的摆摊书售春联，逐渐沦为乡愁式点缀；另一方面，随着手机特别是微信 app 的普及，各种对联新媒体每天推送着各种信息，鸡零狗碎，从不停歇。前者是因为机械化而再次陷入单调，后者则是由互联网带来的信息碎片化。面对这种前所未有的信息接受困境，有必要引进马克思主义的艺术生产理论。

2. 以艺术生产论观照对联

对联传播是信息交流，对联生产则是特殊商品交换。对联与其他文学艺术一样，也带有意识形态性；对联的真正价值，有时无法用价格来衡量；对联生产在进入对联消费环节后，也会被读者再创造。以上三点，都是对联作为特殊商品的具体体现。不过，再特殊的生产也是生产。全体对联工作者应该学习处理好家国情怀与自身生存之间的矛盾，以便更好地执行责任担当。就对联创作的"变现"方式而言，目前主

第八章 对联学术

要包括应征参赛与受邀撰写，后者虽然近似于邀请招标，但同样也是针对特定对象而临时创作的，与更多程式化色彩的书画生产不同。

生产活动依靠生产力，作为第一生产力的科学技术不应被忽视。2017年11月10日，央视举办"机器人小薇PK楹联界翘楚"，让人眼界大开，更让人陷入沉思。以人工智能目前发展的速度，围绕对联机器人而产生的知识产权、政治倾向、文化伦理等问题，或许会在不久的将来出现。按照马克思主义的观点，艺术生产规定着艺术消费，同时，艺术"生产不仅为主体生产对象，而且也为对象生产主体"[①]。具体到联界，可以说，对联生产决定对联消费，对联消费对于对联生产又有反作用。前者是指对联作为一种观念，在没有外化为产品之前，使用者是无从消费它的。后者是指对联消费结果，会直接影响对联生产。这就要求对联作者和生产者要面对现实，分析对联市场动向，找准自己的位置，既不能做清高状，也不能一味媚俗。消费者是有层次之分的，某些实验性的努力，有可能遭遇"期待受挫"，对此实验者要有思想准备。至于面对呈几何级增长的互联网对联信息，更要根据自己的价值体系和实际情况而有所选择与整合。

延伸阅读：当代对联企业一览

除了在香港特区注册了若干家诗词楹联出版社，联界中人还在大陆注册了若干家诗词楹联公司，如2010年刘太品、常江、叶子彤、曲景双等注册成立的北京九州联艺文化发展有限公司，2018年莫非注册成立的河南莫非楹联文化发展有限公司，2019年金锐、王永江注册成立的北京诗联天下文化有限公司。这些公司主要经营编刊出书、运营有新媒体、举办论坛、组织大赛等业务，莫非公司还开发出对联文化创意产品，并认为"对联传播可考虑以实体形式走向市场"。

二 成果形式

学术活动是一种精神劳动。对于自己的劳动成果，个别人可能

[①] 马克思：《〈政治经济学批判〉导言》，《马克思恩格斯选集》人民出版社1995年版，第10页。

"述而不作"（孔子语），多数人则是"思垂空文以自见"（司马迁语），即留下文字与思想，以实现个体生命价值。记录和传播对联学术成果的传统媒体，大体有四："论文和著作""联话和随笔""编纂和集成"及"教材和体会"。其中，"论文和著作"是现代最通行、最专业的表达方式，"联话和随笔"古已有之，"编纂和集成"属于为他人作嫁衣裳，"教材和体会"虽然与学术相关，但通常被划归教育教学体系进行考察。至于联书序跋、讲座讲话、上课讲义等其他形式，有的包含真知灼见，有的重复他人他书知识，情形并不统一。

（一）论文和著作

现代学术论文，分为交流论文与学位论文。前者新颖独特，洒脱别致；后者中规中矩，全面扎实。学术论文，特别是学位论文，一般要求选题有现实意义或理论意义，提出的论点独特、新鲜，提供的论据可靠、支撑力强，整个论证过程层次清楚、逻辑性强。就论文文本而言，还要求引论（序言）、本论和结论（结语）三部分结构完整，注释和参考文献合乎规范。传统上，展示人文社科类论文的平台，主要是学术综合性期刊和专业报刊、学术研讨会论文集和高校学报三大块。学术论文本来只有质量之分，但如今也有了级别之分。

著作是另一种主要学术表达形式。如果说论文讲求"点"的专精透彻，那么著作就是致力于"面"的全面细致。现实中，也有部分博士生、教师抽取其中部分章节，略加修饰后以论文的形式先期投稿于学术期刊的。论文、著作与教材、编纂等不同，前两者完全是个人思维结晶，享有相对高级的知识产权，因而在发表、出版之前，除了导师、编辑等"把关人"，作者一般不会也不应该大范围征求他人意见。对于问世之后即进入大众视野后的反应，无论是成绩、荣誉抑或是失误、指摘，理论上都应由作者本人承担。

延伸阅读1：与对联有关的中高级别学位论文

让对联进入学人视野，让学界引领对联研究，曾经是联界的共同期盼。然而浏览2000—2010年代与对联有关的硕博士生学位论文，会发现它们有的能给人以启发，有的则阅读收获较小。所以发生这种情况，缘于作者或对对联不很熟悉，或在对联与其他学科融合方面用

第八章　对联学术

功不够，或借鉴联界已有成果嫌多。造成上述三种遗憾，学生作者当然应该领责，但也离不开论文指导老师的影子。与评定职称等一样，当下选拔研究生导师也是唯核心期刊论文、省部级课题等马首是瞻。部分高校教师明显缺乏对联类研究成果，却因为其他方面有"高级科研成果"而被选中，学生一旦无法找到合适话题，就在导师的指导下大胆撰写对联类话题的学位论文；相反地，另一些积极钻研对联且不乏成绩的高校教师，却因为"科研实力不足"而无缘指导研究生做对联研究。

延伸阅读2：联界与核心期刊、普通期刊

核心期刊本来是图书情报专业的研究成果，它更契合理工科学术成果展示的实际，但自2000年代以后，也被管理层大面积引进人文社科类论文展示领域。由于先天不足和其他复杂原因，联界至今没有所谓核心期刊，更谈不到C刊（即CSSCI，南京大学《中文社会科学引文索引》）。甚至连公开发行的普通期刊，在2020年前也只有山西《对联》一家。与诗词界和书法界既拥有老牌的《中华诗词》《中国书法》，后又获准公开发行《心潮诗词》《大众书法》等情形不同，联界在申请新的公开发行的专业纸媒方面一直道路坎坷。尤其是安徽《中国楹联报》、湖南《对联学刊》两家著名联媒，虽曾历尽艰辛，却依旧双双败北。直至2020年，安徽方面才巧借机缘，以安徽文学杂志社为出版单位，从国家新闻出版署申请到新杂志《楹联博览》期刊出版许可证（即CN刊号）。如今是学术至上时代，寻觅新话题、开拓交叉地带，成为硕博层次的学生撰文发稿的一个方向。在此背景下，对联这块处女地也可能引来垦殖者。如果这些来自高校和社科院系统的莘莘学子，将其学术论文尤其是学位论文首发在《对联》等杂志上，且果真有价值、高水平，则其关注度乃至轰动效应一定不弱于首发在其他所谓核心期刊和C刊上。

（二）联话和随笔

无论是清代民国时期的联话，还是现代社会的对联随笔，都属于对联听闻反应和对联读写心得。其主要内容来自三个方面：一是记录和考究对联掌故、对联材料，二是对联创作者记和附带背景材料的"联题

某某"，三是借此寄寓或表达作者的学术思考。相较于西化的正式论文和著作，这两种文体的写作往往不拘一格，比较自由活泼。换言之，很多文字可能有一个言说范围，却不必提出一个鲜明论点。当然，这并不意味着读者可以不加分析、不予区别地轻视它们。它们有的人云亦云，东挪西抄，且不注明出处；有的则在不经意间，散落着弥足珍贵的史实材料、让人心折的思想判断，静俟有缘者去发现与咀嚼。

(三) 编纂和集成

在现代，广义上的编纂，除了对联图书编纂，还包括报刊社对联报刊编辑、出版社对联图书编辑。对相关负责人、编辑、编者来讲，一要舍得气力，千方百计辑佚搜奇，无论是联家别集、专题联集，还是某时段某地区对联总集，争取做到名副其实。二要培养眼光，根据不同书名制订出相应的方案，明白自己在纸质物里究竟应置入哪些内容。三要有服务意识，尽可能详细地注明所辑材料来源，包括资料提供者，这不仅涉及知识产权，同时也是一种善意的表达，因为有了它的指引，读者对相关资料的查检和引用，可能更为方便和可靠。编纂和集成都需要人力成本投入，所以通过付酬等方式进行信息买卖，亦属理所当然。现在的问题是：当下坊间流行的编纂之书和集成之作，有的是为了记录发现、保存文献，有的则带有明显的功利性、商业性。虽说以评职、升迁、赚钱、扬名为目的的编纂行为，在市场经济时代无可厚非，但这类图书的相当一部分，属于剪刀加糨糊，或扫描仪加电脑等速成模式之下的产物，看上去精美实惠，实则粗制滥造。就像如今泛滥成灾的教辅资料一般，出错率、重复率过高，书籍质量与读者付出无法等值，这就不能不让人感到遗憾了。

(四) 教材和体会

对于自己手中的教材，中国学生向来敬同老师，甚至奉之为老师的老师。这个观念和习惯影响很大，以至于让很多已踏入了高校校门的学生都迟迟难以修正。这同西式高等教育更看重给学生开列大量参考书，着意培养他们的独立思考能力，可谓大异其趣。这里有应试教育的阴影，但也不尽如此。作为教材编写者，可以暂不理会"规划教材""项

第八章　对联学术

目教材""全国性教材""校本教材"等诸多人为设定的名目,而是带着情怀和感动,全力以赴地将教材编写好、修订好。须知"第一口奶"很关键,学生(学员)如果不是"带艺投师",那么从中楹某期结业的与从柳州楹联函授院结业的,一定会有某些区别。编写教材,既不能过多照搬他人理念文字,也不能过分凸显编者自我。[①] 要照顾来自各个方面的需求,处理好先进性、科学性与普适性、稳定性之间的关系。

其次,编写一部优秀的对联教材固然重要,但也只是基础和开头。要完成对联教学任务,教师上好每堂对联课,依然是整个任务的中心环节。及时发现学生上课时的种种表现,积极反馈师生对教材的意见,反思自我,总结成败,也是附加在中心环节上的任务。也因此,完成这种实验式、体会式的教学论文的写作,也是有意义的。它是给主管领导看的,更是给对联教师自己看的。它不仅有利于对联教学,而且能够促进对联科研,一如古人所言"教学相长"。

第二节　态度与准备

一　了解学术

(一) 从前人谈起

明代王阳明《传习录》载:"夫道,天下之公道也;学,天下之公学也。"此后遂有"学术乃天下公器"一说。钱锺书有句名言:"大抵学问是荒江野老屋中二三素心人商量培养之事,朝市之显学必成俗学。"杨绛在《我们仨》中不无自负地说:"能和锺书对等玩的人不多,不相投的就会嫌锺书刻薄了。我们和不相投的人保持距离,又好像是骄傲了。"在很长一段时间内,撰文著书、钻研学问都是一种私人行为,尤其是对非文教界的官员而言,无人强迫他们在从政议政之余从事这种非职务行为,除非他们自己认为"文章千古好,仕途一时荣"。文人和官员做学问的动

[①] 教师将自己的作品写进教材,无疑可以提振教师的自信心,也方便他们授课。但如果放眼全省乃至全国,发现自己的创作尚欠优秀,或题材和写法并非稀有,作为联例的典型性不足,则需要郑重其事。不妨先作为口头联例,在课堂上穿插,或写进校本教材进行先期实验,一切待机缘成熟后再做决断。关于对联教材的其他意见,可参看本书"对联学习"一章。

机可以有多种：或者是求真弘道，或者是兴趣使然；或者是自觉自愿之举，或者是某种高压下的无奈选择。做学问的结果也不尽相同：一般化的是自圆其说，发表问世；优秀的是成一家之言，传世久远；杰出的是被普遍采用，为领域法式。做学问的路子分为两种：有的人有意无意地填补了研究空白，今后很可能作为拓荒者而被后代学者记住；有的人在他人奠定的基础上继续奋进，从而比前辈开掘得更深更广，成果更新。

从理论上讲，做学问与找饭碗、做生意不同，生存讲利害，学问须求真。既然"学术乃天下公器"，学人自然应该牢记"博学、审问、慎思、明辨"（《礼记·中庸》）的八字治学方针。无论采取何种治学路径，是知人论世，抑或参禅悟道，是分析式，抑或直觉式，都要一心一意，有做人节操，讲学术伦理。作为个人，应该既有原则，又不学阀，不玩美式"政治上正确"；有进取心，但不钻营，不掠人之美；有热忱，但不要好为人师，更不能不懂装懂。作为配合方，也应该尊重学术规律，和谐学术氛围，不乱施诱惑，不搞"大跃进"运动。

这里看两则资料：第一则，归国生物学家饶毅曾公开批评中国科研体制，他说："在中国，为了获得重大项目，一个公开的秘密是：做好的研究不如与某些人拉关系重要。"[①] 第二则，清华大学社会学教授郭于华发表网文，认为社会转型过程中的学术界有人欢呼学术春天的来临，有人却感受到寒冬的凛冽，前者之所以出现，并非因为发明创新和研究成果的繁荣，而是因为各种头衔、名目、计划、工程的繁多。[②]

（二）反观联界

就当下联界而言，"学术心性"问题并不严重，但也有警惕的必要。有的作者将常识性的文史材料带进对联论文里，并在没有引申出新意的情况下，絮叨不已。这可以理解为对"学术三昧"的认识不足，以及对中小学乃至高校文科开课的隔膜。有的作者从他处复制了对联材料，随即粘贴于自己的书稿里，或者整个论文七拼八凑，使学术文本变

[①] 《北大院长饶毅，弃美籍归国，怒斥：几个老院士围着一个处长赔笑》，搜狐号《云校生》（2020-08-26），https://www.sohu.com/a/414915426_120680042，2020年9月1日。

[②] 《清华女教授怒批：学术研究不是打仗，不需要什么领军人物》，《科技日报》2018年11月15日。

第八章 对联学术

成学术百衲衣。这也可以归因于本人学术训练不足，以及媒体把关不严。但是，有的作者从论点到论述大面积地袭用他人文字，特别是采用他人新近取得的前沿成果却不加注明，最多增加一个参考书目，从而换取相关利益，这无疑涉嫌"学术不端"（即"剽窃、篡改、伪造"三种类型之一）。即便它是一本普及性读物而非学术专著，至少也应算作"学术不规范"（学术失范）。

在英语里，"学术"一词有 learning、science、academic 等多种翻译，但最原始的还是 academic（汉语通常译作"学术界"）。换言之，在现代社会，学术总是被用以与高校等高等教研机构相联系。在此意义上讲，高校、社科院系统的对联研究，是对联进入现代学科体系的必经之途。从 1980—2010 年代的实际情形来看，对联研究团队里确曾有过高校教师等人的身影。然而即便到了今天，对联研究队伍里的大多数，依旧属于业余爱好者及退休后"老有所为"者。而刘太品、时习之等非高等教研机构人员的加入及其优秀表现，更让人们看到了现阶段从事对联学术的人群其结构性缺陷和深层次问题。评估一支学术队伍的现状和前景，不应仅看其人员组成、学术人格和学术能力，还要看其外部支援情况。由于现阶段学术并非自治，而是代之以行政化管理，特别是由于专门研究对联者甚少，因而在学术圈内一直存在（对联）外行审查（对联）内行的现象，而且从研究生招生到各种评审，无不如此。自 2000 年起，各地作协、文联等纷纷推出作家和评论家签约制，同时各级各类自由文学奖（包括评论奖）不断涌现。然而，诗联界特别是联界似乎成了"被遗忘的角落"，掌握着拨款大权的人民团体——作协、文联，至今未见有愿意"养活"勤奋且有实绩的诗联作者及诗联评论者的表态。联界虽说也在联合地方政府，并自设了学术奖，却也是刚刚起步，获奖面和奖金都十分有限。偶然也有对联研究者获得体制内奖励的事件发生，奈何截至目前，也都局限于厅局级等中低级奖项。[①] 与对理工科、重点高校及体制内自由文学的高投入相比，现行体制对诗联研

[①] 参见李祎《来自官方的对于对联的奖励》，《长安联苑》2012 年第 3 期。据该文统计，常江《中国对联谭概》1992 年获国内 13 个满族自治县联合主办的全国首届满族文学奖，严海燕《对联通论》获陕西省教育厅主办的 2011 年度陕西高校人文社科研究优秀成果三等奖。

究特别是对于对联研究的经费支持，实在微不足道。

延伸阅读：联界自设学术奖

关于这个问题，笔者亦曾有过涉及。[①] 自由文学界的学术奖都是作协、著名报刊等出资主办的。联界《对联》等著名报刊暂时还没有这样的力量，2010年代末联界出现的包含对联学术的两大奖项，背后提供支持的是地方政府和民间文化企业。2018年，温州市瓯海区与中楹会共同设立"瓯海杯"中国当代对联文化奖，两年一评，余德泉、常江获首届对联理论奖，孙则鸣、景常春（1950—2021）获第二届对联理论奖。2017年底，三门峡甘棠书院携手中国楹联论坛网站、"对联中国"公众号，决定将原中国楹联论坛年度奖"中国楹联莲华奖"改为坛内外皆可投稿的"中国对联甘棠奖"，继续每年一评，并自第二届起增设年度论文奖。景常春、张梓林、刘锋获第二届（2018）年度论文奖。潘洪斌、曾小云、苏俊获第三届（2019）年度论文奖。

（三）看域外做法

近现代留学生制度让国人眼界大开。在西式高等教学中，教师会开列大量专业参考书，要求在一定时间内读完，并参加课堂讨论课。这对于习惯于唯教师和标准答案是从的中国学子来讲，无疑是一次脱胎换骨的体验。在专业选择上，西式教育既分得细致，又讲求融合。在写作论文阶段，会强调界定概念、问题意识及知识产权意识。大约在2000年前后，这些做法开始大量移植中国。譬如，面对2004年文艺学专业硕士学位论文《雅切——梁章钜对联批评的核心范畴》，细心的读者会发现，作者鲁晓川首先对何谓"范畴"（category）、"对联批评"范畴等进行了界定，而这与对联媒体过往刊登的论文明显不同。此外问题意识亦很重要，如果某位作者抓住了一个有意义的问题，同时手头有足够的材料，个人也有精力和能力来做好这个课题，那么这位作者一定是幸福的。至于加强知识产权保护意识教育，这从2010年前后中国高校规定，硕博士生学位论文必须附上学位论文原创性声明中可见一斑："除了文中特别加以标注引用的内容外，本论文不包含任何其他个人或集体已经

[①] 参见严海燕《"对联学"：曾经的关注与当下的问题》，《对联》2018年第3期。

第八章 对联学术

发表或撰写的成果作品。"

二 献身学术

（一）情怀

德国社会学家马克斯·韦伯有句名言："学术生涯是一场鲁莽的赌博。"笔者将其理解为：由于学历、环境、机缘等不同，同样的艰辛与付出未必会有同样的收获和回报。虽说年轻的"对联学"乃学术富矿一座，但要在短时间内从中提炼出有学术价值的"干货"，也并非易事一件。再说，一篇对联论文的发表或获奖，并不等同于一副对联作品的获奖或中选，纵然你是一位顶尖的对联学者，也绝不可能像顶尖的对联作手那样，依仗熟练的"手艺"，以年均十二万元进项的"效率"，笑傲顾盼于2010年代初期的对联赛场，除非你还有作报告、担任评委等其他劳动的付出。尤其对于体制外的研究者来讲，除了荣誉和名头，获得较大的物质利益的概率几乎为零。即便是体制内的对联研究者，部分学者可能在投稿核心期刊、申领出版补助、申报课题、升级职称等方面获得成功，其他人则未必能如此幸运。

如果说，过往的对联史被种种传说所充斥，如同解析"杂乱纠纷"一样，一时间难以完成"钩稽甲乙、衡量是非"的任务，此为对联研究第一困难，那么对联研究迟迟不被现代学科体系所容纳，"对联之学"形如"学术蝙蝠"，无疑是对联研究的第二困难。某种意义上讲，选择了对联学术这条道路，就是选择了寂寞和清贫。

延伸阅读：联界学人的不同处境与核心期刊上不同的对联论文

在2000—2010年代，政府大幅度提高了科研经费投入，各高校和科研院所为争取更多国家资助，出台了各种量化评价和考核机制，全国随即刮起了"学术大跃进""科研GDP"之风，由此引发了机构内部矛盾和公众关注。[①] 由于高校与科研院所的集体排名、评级与个人晋职、

---

① 参见顾建明《高校教师管理呼唤"养士"意识》，《光明日报》2014年7月30日；刘进、王辉《什么才是真正的"非升即走"》，《重庆高教研究》2020年第5期；搜狐号《C代表文化》(2021-06-10)，轻芒封面《复旦教师杀人案，讨论"非升即走"之外别忘记搞清楚真相》，https://www.sohu.com/a/471438757_121124760。2021年6月1日。

评优，无不与课题、论文、著作、评奖等相挂钩，乃至于实践性极强的中小学教师、医生等职业也受此影响。原来门庭冷落的学术期刊，一夜之间奇货可居，成为各色人等上前围观和竞相公关的对象。杂志社为了有利于自己"创收"，同时满足职称论文作者的需求，其正刊不断加厚，增刊不时出现。其他行政类纸媒甚至文学创作类核心期刊也逆向效法，以"理论版""下半月刊"等名义，纷纷加入收取版面费之列。至于各种论文代写代发公司、专利公司、在港台注册的出版社等，更如雨后春笋一般冒出，共同圈钱分羹。据悉，截止到2014年，中国发表SCI论文26.35万篇，连续6年排世界第2位。①

高校评审高级职称本来就难，尤其是2000年代后，从外语考试、计算机考试，到核心期刊（包括所谓一类核心期刊即C刊）论文、课题、官方奖励、外出进修等，不但关卡增多，而且门槛逐年升高。前面谈过，对联在现代学术领域长期处于边缘位置，中楹会会刊《对联》杂志只被管理部门视为普通期刊，一般对联研究者拟在核心期刊发表论文绝非易事。笔者曾两次向核心期刊投寄对联论文稿件，一家成功，另一家失败。后者主编直率地告诉笔者：C刊需要生存，对联题材的论文给不了他们最需要的转载率、引用率、影响因子等，除非论文作者有高级别头衔、论文属于高级别课题等其他弥补方式。

据笔者粗略统计，除去笔者的1篇外，截至2014年，在"核心期刊""C刊""权威期刊"发表过对联论文的至少还有4篇，作者都拥有编审、研究员、教授等正高级职称。如今重温这些高级别期刊上的对联论文，发现其中的三篇不是陈旧、空泛，就是存在常识性错误，或者是明显的臆测之辞。事实上，它们都未曾给艰难探索的联界以惊喜和指引。站在学术前沿，写出的文字却"货而不售"；"一路绿灯"刊发出来的文字，却是这般模样。这种悖论和混乱，让联界深感困惑和无奈。只有谭婵雪《我国最早的楹联》一文，因为提供了早期对联文献线索而有一定价值。尽管与作者此前"桃符题辞"的判断相比，新论文所下的结论，即敦煌经卷部分文辞乃"最早的楹联"，显得更为大胆，同时

---

① 《中国如何从"论文大国"变身科技强国》，新华网（2016 - 06 - 28），http：//www.xinhuanet.com//politics/2016 - 06/28/c_ 1119128957.htm，2019年6月1日。

第八章 对联学术

也不无争议。①

淮北教育学院古代汉语教师魏启鹏（1942—2018），生前为安徽省楹联学会副会长、首届全国"联坛十杰"之一，但直至去世也都只是讲师职称。元曲专家张月中（1937—2005）、报纸副刊专家龚联寿等人，原来都是术有专攻，只是在评上正高级职称之后，才转而进行对联研究的。这与当下高校秘书学专业教师、大学语文教研室教师参评高级职称之道路，何其相似乃尔！1993 年，北京地质管理干部学院教学部主任兼图书馆馆长常江，凭借《中国对联谭概》《对联知识手册》等著作晋级教授，曾被联界广为宣传，认为这是学术界认可对联学科的表现。② 现在看来，联界可能高估了中国高等教育生态。若以当下苛刻的高校职称评审条件，衡量当年常江等人科研成果，其结局未必令人乐观。

（二）勇敢

这里所言学术勇敢，首先指勇于思考，积极开拓。其中，有的属于纯粹理论探讨，有的则是理论与创作的结合。笔者在拙著《诗词通论》里曾经提及一种特殊自对：本句参差式（不重字）自对，因为在已知对联里一时难觅合适联例，于是自己尝试写作："觉此世间不圆满而参究，小参小得，大参大得，导引世尊步武我；闻彼佛法最便宜以习炼，一习正心，二习正行，无量愿力有缘人。"（具体分析见"对联格律"一章）此外，有感于当下学生族群里生日文化盛行，而其中父母元素缺乏的现状，在贺党永辉博士喜获麟儿一联里也写道："与学海青年同乐，爷有孙，己有嗣，双喜字前，画添瓜瓞；对摇篮赤子寄言：母曾痛，父曾惊，生日歌后，口诵蓼莪。"2012 年在提出"现象写作"理念的同时，更是身体力行，将观察的目光和练习的笔触移向生活的方方面面，包括联界无暇顾及或有意回避的同性恋、转基因工程、出国热等社会新现象、新问题。

---

① 参见王家安《所谓"敦煌春联"系"我国最早楹联"之考辨》，《对联》2019 年第 2 期。
② 参见常治国《以对联研究成果晋升教授 常江希望自己成为联界朋友的"参照物"》，《中国楹联报》1994 年 2 月 5 日。

其次，学术勇敢还包括忠于自我、敢于批评，并允许对方反批评。学人犹如古代的游牧民族，目光要永远向着远方和未知。"我们要准备像李先生一样，前脚跨出大门，后脚就不准备再跨进大门"（闻一多《最后一次讲演》）现实中的学术勇敢，或许不至于如此悲壮，但作为批评者自己，还是要储备一定心理能量，以防遭遇误解和冷落。人天生倾向于被肯定、被揄扬，不是任何人、任何时候都存在接受不同意见的可能性。佛教大乘有所谓"四摄法"，其中之一即"爱语"法。古代所谓"闻过则喜"，其实是有前提的，即被指摘者心悦诚服，意识到自己出了问题。而批评从一开始，即潜伏着一定的对抗性。对于被批评者而言，批评者的声音不仅让他们颜面有失，而且还可能伤及他们的现实利益。批评者本为明辨是非而来，结果却有可能惹上是非。在联界之外，小说批评家李建军、书法批评家梅墨生曾因正常的文艺批评，遭到当事人或旁观者的激烈诟病和不良揣测；在联界，笔者也曾面对来自被批评者的不同反应，亲身领略过那种或感动、或难堪的滋味。

（三）智慧

《菜根谭续编》有云："议事者，身在事外，宜悉利害之情；任事者，身居事中，当忘利害之虑。"这里的下半部分适合对联创作，上半部分适合对联学术。对联学术，尤其是对联批评，绝非不讲方式方法，盲目蛮干，更与炒作和攻讦无干。作为一种评判，对联批评有时会引起批评者与被批评者之间的言论冲突，以及批评者自己内心的冲突。这时的批评者，可能需要审时度势，寻找合适的发声策略。批评不是诉讼，不必以输赢论英雄，只要摆明论点，并争取自圆其说即可。司马迁在《报任安书》里的那句"然此可为智者道，难为俗人言也"，应该不是泛泛推论。菲茨杰拉德《了不起的盖茨比》里有一句名言，"每逢你想要批评任何人的时候，""你就记住，这个世界上所有的人，并不是个个都有过你拥有的那些优越条件"。这里更为明确地启发我们，对联批评应该先讲器识、选择，后求温度、专注，并在批评的时候，不妨抱以罗素所说的"同情性理解"（sympathetic comprehension）。

2020年1月，由山西广播电视台主办的"对联中国"第二届对联中国全国对联高手电视大赛在山西晋城举行。在进入决赛阶段时，评委

第八章 对联学术

们要求三位选手以"我的小康"为主题作联。于是,张丹薇、赵继杰、贾雪梅分别作联曰:"愿景喜成真,共赴康衢,龙腾凤舞兴华夏;素怀清可鉴,惟思化雨,楠茂芝馨报梓桑。""幸在唐虞世,教养无偏,十万春风年画里;皆承雨露恩,鳏孤有保,三千彩梦海棠前。""追梦醉康年,业与时新,人歌化日春风里;卜居安乐土,诗同岁好,家在青山绿水间。"在看完他们的即兴联作后,"(评委们)在肯定的同时,钟振振老师指出有些联中有陈言,有令人审美疲劳的东西。几副联中都有可以改进和提升的地方。一副好联必须有创新,有新意,表达要有个性,要与众不同,陈言务去"[①]。俗语说:"旁观者清"。在笔者看来,作为研究古代文学的资深教授、诗词创作的著名作手钟振振,他在这里的点评属于中肯之论,值得以清联为圭臬的作者们反思;同时,由他在这种语境下发声,并由媒体公之于众也是合适的。

(四) 独立

叶燮《原诗》有言:"大凡人无才,则心思不出;无胆,则笔墨畏缩;无识,则不能取舍;无力,则不能自成一家。"作诗如此,做学问亦如此。

哗众取宠、故作惊人之语,与拾人牙慧、习惯于重复他人,两者皆不足为训。就当下联界的实际而言,问题突出的是后者。譬如,直至2018年,某国家精品在线开放对联课程仍在以讹传讹,将"有志者事竟成/苦心人天不负"一联当作"蒲松龄励志联"来宣讲。这表明当事人此前并未处在对联研究第一线,对于联界不断拨乱反正的历史不了解,加之手头资料陈旧,以致将该联1980—1990年代的坊间误传视为"正版"。不能发出有意义的学术声音,其原因可能有多种。首先是缺乏相对自由的学术氛围,虽有创见与思考,但为环境所阻而无法展开或公开;其次是如前所说,作者不了解现代学术为何物;再次则与作者的懒惰和迷信相关,即习惯于吃自己的老本,或匍匐于某些专家的论断之下。对联学术与其他学术一样,贵在独立发现问题,并善于解决问题。对联学术不同于对联教

---

① 《"对联中国"第二届全国对联高手电视大赛决赛对联及简评》,微信公众号《对联杂志》(2020-01-17), https://mp.weixin.qq.com/s/ooI9n6N6k1RwfJuK5OoBrQ, 2020年3月1日。

学，不需要像传统教学那样，教师侃侃而谈于上，学生唯唯诺诺在下，而是各自摸索，共同前行。从理论上讲，真相、真理、价值、意义，这一切既是学术追求的目标，同时也是学者唯一的皈依。只是有一点，这里所言"真理"是相对而言的，它有时表现为"深刻的片面"（黄子平语）。

对联学术尤其是对联批评的独立性，还体现在批评者与创作者的关系方面。在自由文学界，有时会听到作家讥刺批评家："有本事，你写一部更好的作品让大家瞧瞧。"这是一种抬杠式的表达，从专业分工的角度看，它并无多少道理可讲。在联界，也有作者和第三者对批评者心生不满，挖苦后者："评委都没有说什么，难道你比人家还高明？"这种反问显然把评委的身份绝对化了，也把获奖和入选变成唯一的价值肯定方式。事实上，当下的联界，每年举办几十甚至上百场"某某杯"征联大赛，其中绝大多数属于"选拔考试"，而非"水平考试"，而评委往往形形色色，眼力参差不齐。而且，真正良好的对联生态，也不能只讲"丛林法则"；一部公正的对联史，也不可能等同于对联获奖史。失败者的申诉和旁观者的指摘，与胜利者的分享一样，都应该被给予一个公平的表达机会，只要他们的陈说持之有故，言之成理。学术还不同于广告宣传，应尽可能中立、客观。真正的批评家，并不是作家的对手乃至敌人，同时也可以不是他的朋友。他更像一个敏锐而专业的旁观者，只是愿意表达自己的观感而已；至于作家是否愿意听取，则取决于作家本人的修养和智慧。自由文学界如此，联界亦如此。

（五）认真

仅就对联批评而言，批评者极好的学术装备，自然是感觉的参与与才气的配合。但如果超越对联批评，放眼整个对联学术，则会发现：只有认真的态度与扎实的工作，努力还历史的本来面目，才是研究者最为可贵的品格。这一点，在文献整理方面体现得最为明显。现代学科研究，无一例外都需要学术文献垫底。无论你是做专门的文献研究，还是做理论研究和应用研究，都须臾不可与之分离。一旦面前的对联文献出现错漏，首先影响的就是读者对于对联的基本理解。陈寅恪挽王国维联云："十七年家国久魂销，犹余剩水残山，留与累臣供一死；五千卷牙鉴新手触，待检契文奇字，谬承遗命倍伤神。"乍看这些文字，读者可能似懂非懂。这不能全怪他们，实际上还与三本

第八章　对联学术

对联工具书的错误排印有关，它们都将"累臣""牙签""玄文"错印作"垒臣""牙鉴""契文"。①

对联研究是开放性的，非联界的学者也可以自由进入其间，进行新视觉、新方法的研究，但他们必须遵守共同的学术要求：固定证据并尊重事实。如果对联论文所涉及的基础材料不可靠甚至不存在，纵然作者的论点论证"高大上"，发表论文的载体为"核心期刊"甚至"权威期刊"，同样难脱学术泡沫之嫌。② 民调显示，当下"学术泡沫"有理工科项目和文科项目之分，理工科多是经费的泡沫，文科则多是成果的泡沫。这些泡沫有三大成因：行政权力主导学术研究、学术不端急功近利、课题申报与职称政绩挂钩。③ 作为一名对联研究者，第一、第三点可以不管，对于第二点却不能选择无视。

没有史识固然不算大家，有了史识而先入为主，对于史实合则用、不合则弃，此种作派亦不可取。时习之曾经指出，梁章钜在对联探源课题上犯有五个错误："改动古籍为我用""不给出古籍依据""对古籍一概采信""不查证古籍原文"及"对史料考证不详"。④ 这些都是前车之鉴，值得后来治联者警惕。此外，笔者于2018—2019年协助《对联》杂志审读稿件时，也发现多篇从互联网"复制"而来的来稿。作者过度依赖互联网，高度信任互联网，既不肯核对原文的真实性，又没有注明出处，甚至谈不到加工整理。令人困惑的是，这些来稿作者之中，既有声名不显的新手，也不乏小有成就者。2000年代以来，体制内的对联研究者明显增多。笔者有时在想：如果这些研究者在争课题、发论文、编大全、编教材之余，也能够坐坐冷板凳，利用其有利条件为联界做点实事，哪怕一人解决一个小问题，当代对联的学术面貌也定会为之一新的。

延伸阅读：对联文献疑难点举例

例一，扬州瘦西湖小金山月观"月来满地水/云起一天山"联，脍

---

① 参见黄飞《精细研校　编好〈集成〉——有感于三联集中的相同错误》，《中国楹联报》1994年11月5日。
② 参见景常春《读〈楹联传统与中国新文学〉而同作者商榷》，《对联》2018年第11期。
③ 《92.5%受访者认为泡沫学术有套取科研经费之嫌》，《中国青年报》2013年10月31日。
④ 参见时习之《时习之对联文选》，中国诗词楹联出版社2014年版，第3页。

炙人口，闻名天下，但它与"万里隔间关，回乡鬓已斑。月来满地水，云起一天山"一诗到底是什么关系？

例二，纪昀"过如秋草芟难尽/学似春冰积不高"联，与姚文田"过如春草芟难尽/学似秋云积不多"联，孰先孰后？

例三，梁章钜在《楹联丛话》卷十"挽词"里将"浮沉宦海如鸥鸟/生死书丛似蠹鱼"称作纪昀所诵"某诗"，而1915年出版、"小横香室主人"编撰的《清朝野史大观》则称为纪昀"自题一联"，两人的说法孰是孰非？

例四，武汉黄鹤楼"一枝笔挺起江汉间/千年事幻在沧桑里"联闻名遐迩，但作者究竟是湖北孝感陈兆庆（字葆余），还是云南通海陈宝裕（字兆庆）？

例五，梁章钜《楹联丛话》卷四"庙祭下"载："眉州三苏祠中楹联林立，殊少佳构，惟大门有张鹏翔一联云：'一门父子三词客；千古文章四大家。'"龚联寿在《中华对联大典》里说，"张鹏翔查无考"，"疑'翔'为'翮'之误"，此后《清联三百副》等书皆以康熙进士、四川籍高官张鹏翮为该联作者，唯独陕西齐友棠认为张鹏翔实有其人，他乃顺治进士、陕西籍官员。① 龚、齐两种说法，哪一种符合史实？

（六）经验

刘勰《文心雕龙·知音》有云："操千曲而后晓声，观千剑而后识器。"这里的"操千曲"和"观千剑"，只是比喻和举例而已。文化活动都是积累性的，所以也都会有类似的效应，而不仅仅只有听琴和选剑才是如此。笔者上本科时曾遇见一位老师，其学术水平一般，所发论文也少，但他能一眼看出同行著述与学生小论文的质量高下，这让当年的我们暗自惊叹，且百思不得其解。后来回想起来，才领悟到个中起主要作用的，无非就是"经验"二字。几位评论家智力水平相当，如果让他们来鉴定作品，人们往往会挑选见多识广、经验丰富者任之。因为只有这些"资深人士"，才最有可能进行下意识的、大面积的比较，才会

---

① 参见齐友棠《休闲散记（续集）》，内部印行2009年版，第106页。

第八章 对联学术

更为敏锐地发现问题所在。就像当年讨论张贤亮的《肖尔布拉克》，有人感觉新鲜别致，有人则认为它从艾特玛托夫《我的包着红头巾的小白杨》脱胎而来，其中的道理是一样的。

2000年代，联界部分作者先知先觉，有意识地套用、化用清代对联。其中，显豁者如"国朝谋略无双士/翰苑文章第一家"，"玉宇琼楼天上下/方壶园峤水中央"，"先武穆而神大汉千古/后文宣而圣山东一人"等，隐晦者如"者个头陀有点来由/平生和尚作些甚么"，"跨开元之顶上/自天宝以飞来"，"我从千里而来/谁云一去不返"，"大江东去/吾道南来"等。虽说随着时间的推移，这些有着前人联作印痕的"获奖作品""名家作品"早晚会有水落石出的一天，但这毕竟需要有经验者和有心人去发现和指出，包括"借鉴联"与原创联之间到底是什么关系，"借鉴联"的创新度有多高，自足性是否很强。对联论文也一样。以最规范的对联类学位论文而言，作者之所以附上"原创性声明"，并非因为他信心满满，针对该篇论文而专门起誓，而是仅仅在遵守一个来自官方的规定罢了。与学术界已有成果相比，该学位论文的"原创性"究竟达到何种程度？论文及其课题报告里的"我认为""第一个""唯一"等自我说明和评价是否属实？其创新类型属于论点新、论证新还是论据新？诸如此类的考察点，都有待于以相关材料去校验和求证。

延伸阅读： 检测对联学术相对容易

古今对联作品浩如烟海，各个数据库情形不一，最大的几个数据库也未对外公开。要想查找某些不常见联作并做比对，有时可能比较困难。然而，对联论著和论文与此有所不同，这方面近现代资料较少，当代资料则更少，其中重要的若干部（篇）已渐为联界知晓。对于在校生来讲，获得"独家秘籍"的概率很小，他们能够借鉴的学术资源，对联专家与知网都知道它们的出处，都可以用来比对查重。此外，虽说当代对联学术的数据库没有完成，纸质版的也还处在整理阶段，但从当下对联学术动态来看，研究者手头掌握孤本、稀本的并不多，至于硕博士学位论文作者有如此学术机遇者，更为罕见。所以，要想查知一部对联论著、一篇对联论文是否借鉴了前人和他人的成果，总体上比较容易。

第三节　成绩与期待

一　过往的回顾

（一）从一穷二白到渐成气候

1990—2000年代，在社会主流思潮基本不予认可，高校、社科院的专家学者甚少参与的情况下，联界同道凭着对对联的热爱，甘于寂寞，在对联学术方面做出了一定的成绩。常江的对联学构架研究和对联书目整理，刘太品的对联史和对联批评研究，陆伟廉的自对研究，余德泉的马蹄韵研究，魏启鹏的句式组合研究，刘福铸、胡毅雄等人的对联考证，还有态度严谨的时习之、张绍诚等人，都是可圈可点的。

在联集编纂方面，龚联寿的索引法、余德泉的（上联首字）笔画排序法，亦值得肯定。在联话整理方面，白化文、喻岳衡、龚联寿、刘太品、张小华等做出了各自贡献。围绕着对联话题，张志春、贺宗仪与当代自由文学界作家直接通信，甚至当面请教。随着研究的深入和师法传统的需要，贾雪梅、李文郑等人对《对联话》等对联名著进行解读。自1980年代后期起，电大等各类高校《现代汉语》教材，开始纳入西方语义学里的语义场理论，孙逐明将其中的类义词分析法引入联界。1990—2000年代，傅小松两次与他人合作，尝试撰写中国楹联史。"恶人谷珠楼"是2000年5月建立的一个数据库，"哈哈儿"等人曾为整理对联等传统文体的资料而殚精竭虑。李冲、李世荣为编写《诗词韵律》《释义入声字大全》也曾孜孜矻矻，读者具备了平水韵平仄字的具体知识，自然就拥有了诗联创作的一块基石。现代学术文理互渗，陆震伦等人试图将计算机、逻辑等手段引入对联平仄安排和创作机制分析。

至2010年代，张志春教授以民俗学专家和文学评论家的身份，对于对联本体论做出思考，杜华平教授用治学古典文学的眼光，系统打量对联。作为一名优秀的文学学士，"白衣孤鸿"（真名黄浩）在对联研究和对联创作两个方面同时掘进。随着对联研究的深入和复古主义思潮的兴起，联史资料的挖掘和阐释又有了新进展，咸丰收《明代联话笺注》、娄希安《楚望楼联语笺注》即为这方面的成果。此外，"70后"

第八章 对联学术

张小华硕博阶段甚至毕业之后都以对联为研究对象,"80后"王家安持续关注联界成果和人物,也预示着对联研究的美好明天越来越近。

延伸阅读:联界与类义词分析法

在联界,受类义词分析法影响的学者,除了孙逐明,还有刘太品、时习之等人。笔者曾在转载刘太品一篇讲稿式论文时写过编者按,[①] 其中有这么一段话:"如果说,押韵、对仗、平仄属于诗词格律的'老三篇',那么对仗、平仄就是对联格律的两大难。也因此,破解古人对仗之谜,寻找复杂联句的最佳平仄点,一直是对联理论工作者的重要目标和兴趣所在。就对仗而言,尽管严海燕等人也曾猜测'古人是从语义角度,而不是从相对稳定的语法角度遣词造句的'(《诗词通论》),但因问题的复杂性以及教学的需要,在具体解析(诗词)时依然未脱离王力先生开创的'现代语法'(为主)+'古代名物'(为辅)的方法。纵观现代语言学发展态势,传统的语言学所包括的语音学、词汇学、语法学,到了现代则演变为音系学、语义学和句法学。在联界,孙逐明(注:即孙则鸣)先生高度重视中国古代字类对称法,并决心'用现代词汇学的类义理论'将其转化为科学而崭新的对偶理论。现在,刘太品先生也以语义学(注:严格地讲应称作'词汇语义学')为支撑,推出其对偶命题上的'第三种理论'。对此,本刊表示关注。"

(二)职业的影响和特长的发挥

当代从事对联研究的人员来源不一。据笔者所知,其中供职于高校系统的有周策纵(美国)、常江、余德泉、谷向阳、龚联寿、魏启鹏、张志春、刘福铸、奉腾蛟、曾伯藩、张东继、刘锋、程章灿、杜华平、徐超、罗积勇等。他们有文学院教师,也有其他学院教师和高校教辅人员。供职于中专高职、企业职工学校和中学系统的有李文郑、孙天赦、孙逐明、文伯伦、苍舒、田作文等。其余研究人员,有公务员、企事业员工、自由职业者等,情形不一。无论是否从事教师职业,对他们中的大多数人来讲,对联研究属于兼职性质,甚至是退休后的业余爱好,也

[①] 刘太品:《对联文体特点及对仗与声律原理——运城盐湖区对联知识讲稿》,《长安联苑》2012年第3期。

因此，职业的印痕每每从他们的研究或创作中流露了出来。

例如，常江（1943—）起步于新诗写作，他的撰联简短有力、白而有味，尽管年逾古稀，仍然关注对联创作前沿动态，并不时提出新的学术见解。余德泉（1941—）毕业于汉语专业（非汉语言文学专业），他一直在探寻对联平仄法则和辞格奥秘；曾长期在中学、进修学校等任教，于著述中不时发出尊师重教的谆谆教诲；雅好章草一体，旁及非汉字对联的调查整理。时习之（1946—）退休前在企业工作，在担任了中国楹联论坛联话清谈版主后，自建了万副对联数据库，其《质疑"马蹄韵"》等论文的问世和闻名，即得力于他对联作资料的绝对占有及统计学方法的应用。刘太品（1964—2022）1980年代初高考落榜后应征入伍，在部队考上了北京语言文学自修大学，长期担任中国楹联学会驻会干部，后又做了儒商。他博览群书，创作与学术齐头并进，下笔既有主见又有分寸，老到成熟。

二　未来的企望

（一）解决学术类出版物经费难题
1. 协助代表性专业报刊走出困境

《对联》杂志虽系中楹会会刊，但它与学会办公地址分属两地，且人员编制亦属于山西日报报业集团。从当下国家管理制度和中楹会的实际情况来看，这个由历史造成的分布格局估计还会延续一段时间。随着杂志发行量的下滑，以及事业单位的企业化转型，杂志的生存问题开始浮出水面。

据郭华荣、傅海青向笔者透露：《对联》杂志创刊时，通过新华书店征订发行4万册。1988年为发展顶峰期，通过邮局征订发行16.4万册。2010年成为分水岭，降至2.5万册。此后一路下滑，直至2015年财务方面出现入不敷出的窘境。2017年傅海青出任《对联》主编，同年通过邮局征订到1.5万册。但之后又出现了不稳定局面：从2018年到2020年，邮局征订数分别为1.3万册、1.1万册、0.8万册。不难看出，尽管从2017年开始，编辑部新班子采取了一系列改革措施，减缓了订户数量下滑速度，傅海青通过个人努力每年还征订到0.3万册左右，但财务亏空、未来发展等问题依旧存在。这既是意料之中的事情，也是联界无法规避的议题。《书法研究》创刊于 1979 年，是书法界第一本公开发行的纯学术刊物，曾因订户太少于 2008 年被迫停刊（后复刊）。为了避免《对联》杂志重蹈《书法研究》的覆辙，也为了不让该杂志 2011—2017 年被迫中断与知网合作的一幕重演，笔者呼吁中楹会和其他社会组织、个人，借鉴《中华诗词》等纸媒的做法，出资成立基金会，建立健全《对联》杂志出版保障机制。

2. 关怀有优秀学术著作稿本的作者

此外，潘洪斌自《清代诗文集汇编》（上海古籍出版社 2010 年影印出版）梳理而来的清代联语书目、景常春根据自己手头资料编著的《往昔联书经眼录》等非普及类对联学术成果，也应该受到关怀。这类成果受众面窄，同时作者或非体制内人，或非高校、社科院等系统人士，或非在职人员，都不易找到可以申领经费的顺畅渠道。联界乃藏龙卧虎之地，有经济能力和社交能力者不乏其人，不妨放出眼光，及时伸出援助之手，为其出版、印刷和销售等事宜提供便利。

联界应该清醒地意识到，纸媒的亲切感和实在感，专家的专业性和可靠性，这些都是网络世界和一般人群所提供不了的。倘若没有一本高质量的、国内外公开发行的纸媒，没有一支有情怀、专业化的学术队伍及其产品，要想让所谓"对联学"跻身当代学术界，无论如何都是不可想象的。

（二）保护对联作者的合法权益

1. 他山之石

成立协会、学会的目的，不仅在于提供给会员一个平台，使他们有机会学习他人，提升自己，还在于可以借助于集体力量，捍卫他们的精神劳动成果不受侵害。为此，中国音乐家协会第八届理事会（2015）设有会员工作部和音乐表演者权益保障中心，中国书法家协会第七届理事会（2019）设有会员工作处（权益保护处）。至于中国作家协会，此前有专门的权益保障委员会办公室，"无偿为中国作家协会会员提供著作权保护服务，通过调解等方式解决相关著作权问题"，至第九届（2019）改为由社会联络部（权益保障办公室）负责。此外，2008 年中国有了中国文字著作权协会，它是由中国作家协会、国务院发展研究中心等12家著作权人比较集中的单位和陈建功等500多位我国各领域著名的著作权人共同发起成立的。1992年中国有了中国音乐著作权协会，它是由国家版权局和中国音乐家协会共同发起成立的。

2. 联界也可以有所作为

"秀才人情纸半张"，凝聚在对联书法里的劳动成果，本来是书者与撰者各半，但随着现代人知识结构的变化和社会分工的细化，属于撰者的一份似乎被遗忘了。对照1990年开始实施的《著作权法》，对联应属于"文字作品"，也因此，对联作者的"著作权"（人身权和财产权）至少可以包括"发表权、署名权、修改权和保护作品完整权"，以及"依照约定或者本法有关规定获得报酬"权利。其中忽视楹联署名权的问题，本书前面已经谈过，笔者期期以为不可再拖延了。按照《著作权法》，即便是"合理使用"，即"在特定情形下使用受著作权法保护的作品，可以不经著作权人许可，并不向其支付报酬"，但也"必须指明作品来源或者出处"。遗憾的是，从书法界到出版界，自古泊今都未能解决好这个问题。书法界的很多人至今仍对着《书画必携》之类的本子在抄写，"只知有己（书者），不知有人（撰者）"。联界、出版界也一直有人热衷于编纂"大全""联集"，却每每疏于考证，遑论注名。中楹会第八届理事会（2019）未能设置"对联作者权益保障办公室"一类的部门，应该说是一个不足与遗憾，待下一届理事会成立时不妨考虑弥补。维护对联作者的权利，此前有过个案，但属于当事人的单打独斗，今后在出现类似事件的时候，希望能看到对联组织和整个联界的声音和后援，并期待通过共同努力，不再让无视对联作者合法权益的现象继续下去。

（三）让对联研究具有学术深度和广度

1. 聚精会神

笔者多次指出，联界在对仗、辞格等技术问题上纠缠太久，错失了与诗词界同步前行的机会。这个缺憾既与历史欠账有关，也与联界对现代文学、现代学术比较隔膜有关。对联研究者要有本位意识，要找到该学科真正的研究对象，并将它与个人修养的全面性相区别。一个联界中

第八章 对联学术

人,学有余力而兼攻书法,其最好的选择是参加早已独立为学科的"书法学"学习班,而不是总盯着当代人发表在对联媒体上的联墨不放;一个书法界中人,果真对对联学术有兴趣,也应积极寻觅两者之间的深层次联系,而不是仅仅来联界普及书法常识 ABC。

2. 直面问题

(1) 创作层面问题举例

例一,现代诗联作者能否创造双音词?今成都望江楼公园内浣笺亭有清代欧阳梦兰(九畹女史)撰联:"古井平涵修竹影;新诗快写浣花笺。""平涵"一语在古代汉语语境里是正常组合,但如果出现在现代汉语语境里,有无可能被视为生造词语?

例二,近体诗有四种基本平仄格式,对联有没有可以析出自己的基本句式组合(模式)?舒展的诗式句、铿锵的骈式句到底如何组合,方能尽扬其长,而避开前者易于形散力弱、后者易于枯硬气促的短处?

例三,对联佳作是究竟是怎样诞生的?图像思维、语义场理论、汉语特质等是如何在对联创作的联想和运思中发挥作用的?

例四,对联机器人"小薇"诞生了,"她"与现实中的某些对联作者一样,也娴熟地玩起了排列组合的文字游戏。对此,联界是否应该自我反思,并借机提醒对联作者"上帝的归上帝,恺撒的归恺撒",尽早将自己有限的创作生命,投进更为有意义的创作行为呢?

例五,受诗词作法影响,当代联界兴起了一种旁观者式春联、挽联,仿佛撰联者在进行自我描写,这种对联是可以实地贴挂,还是限于书面练习,或者仅作参赛获奖之用?

例六,唐代孙过庭说过:"古不乖时,今不同弊。"今人可以模仿古人,以"十分春"对"万树梅",将"十分"由今天的副词变作形容词用,却不可以不慎于其他词汇的使用。曾几何时,联界"廿四箴言"一语乍出,响应者蜂出并作,皆入联应征,却无人细究"箴言"一词到底所指者何,"廿四箴言"之类的组合是否合适。

例七,对联批评与对联创作、对联评委与受评者之间能否相对分离?对联批评能否影响大赛评委,继而影响参赛者,最终成为后者的伴跑者甚至领跑者,而不是亦步亦趋的跟跑者?

例八,对联求概括、求永恒,而现代文学求敏感、求当下,两者之间的矛盾能否解决，又如何解决？如何凸显和判断对联的历史坐标和历史价值？怎样认识2015年开始出现的以欢呼二胎放开政策为题材的对联，与此前连绵不断，以歌颂一胎化政策为题材的对联之间强烈的反差？

例九，由于对"政治上正确"和"文本漂亮"的狭隘化理解，部分对联作者放弃观察和思考，迷失自我和信仰，一味地随人起舞，唯名次和银子而心动。长此以往，其作品可能永远无法抵达某些小说、电影所呈现出的真实程度，更与深刻无缘；永远只是美丽的饰件，而无法成为真正的文学品种。当代多数对联作者尚未意识到，艺术生命的本质是自由，但市场和金钱却是要收买这种自由的。自由文学界曾经有过"反思文学"，不知联界大规模的自我反思运动，何时才可以到来？

例十，女诗人翟永明曾经说过："我更热衷于扩张我心灵中那些最朴素、最细微的感觉。"（《黑夜的意识》）联界显然与此不同，很多作者本能地倾向对古典诗意的沉浸及对时事政策的关注。对联人的这种作派，算是当代对联文学的特色和亮点，还是让对联文体摆脱边缘化处境，继而走向文学中心和学术中心的障碍？

例十一，就对联评价而言，是以现代体系的独特、新颖为指标，还是以古典体系的浑融、典重为旨归？应该如何看待卜用可、王丹等人与康永恒、刘太品等人对联创作风格之不同？

（2）理论层面问题举例

例一，在评述古人及其联作时，能否不被其表象所左右，轻易贴上"公正廉洁""勤政爱民"等"正能量"标签？能否深入历史隧道的深处，知人论世，从而做出更真实、更全面的认定？或者在无力澄清复杂史实之前，暂且含糊其辞，置而不论呢？

例二，古代诗人、画家为我们留下了"炊烟袅袅""大雁横天""谷物满仓""孤帆远逝""牧童横笛""渔歌互答""红泥火炉""挑灯苦读"等农业社会的文学意象，如今的联界，是否也能够观察并抽象出工业社会、后工业社会"典型意象""典型情绪""典型现象"呢？

例三，2010年代，常江等人提出"对联风格""对联流派"问题，对此联界应该作何反应？我们是否找到了足够的理由去聚焦它们？

例四，在各种对联《大全》《大典》里，传统行业联琳琅满目，种类繁多。当代人能否盘点一下：哪些行当、店铺、物件是至今健在的

第八章 对联学术

"野生动物""珍稀动物",还有多少属于"濒危动物"乃至"灭绝动物"?联界中人对它们的真实态度是什么?这种态度与自由文学界的态度相比,又有何不同?

例五,是否应该分清:在成百上千的对联故事和传说中,哪些属于明清时期,哪些属于民国时期?为什么时至当代,依然有人热衷于编造对联故事?如果故事的主角不是名人,对联也非前人所作,那么又该如何认识这种对联活动的价值呢?

例六,古代文论讲"知人论世""脉络""诗家语"等,当代西方文论讲文本细读(intensive reading of the text)、张力(tension)、互文性(intertextuality)等。对于这类来自其他学科的概念、命题和分析方法,对联研究界能否借作梯航,为我所用?

例七,新媒体时代的到来,使传播生态发生了前所未有的变化。从个人发言态度不同,到群体文化地理重新布局,都让人感叹这是"另一重天"。因为"没人知道你是一条狗",早期的网友们在BBS上辩论时每每不作避忌,纵然后来探知了他人的真名实姓,依旧有人习惯性地口不择言。因为信息传播突破了地理环境的限制,很多信息不再具有垄断性,传统的从中心城市到一般城市再到平原山村,即从文明中心到"三家村"("边邑""之鄙")渐次展开的文化"正态分布"也被打破,甚至"人人都是自媒体",从而导致或得意膨胀,或落后焦虑,或高贵大气,或猥琐狭隘。既然对联也从线下走到了线上,自然无从置身外。对于互联网和新媒体诞生后,联界各色人等的新表现及其得失,联界能否做出冷静观察与理性分析?

例八,笔者强调过对联的文学性,辨析过何谓真正的文学性,并在对联人物论中涉及作者的学历、专业及职业。对此,理解者少,疑惑者众;坦率告知者少,讳莫如深者众。其实,对于作者个人情况的调查和分析,是从"知人论世"的角度出发的,属于古代文学研究方法之一。如果说撰写对联史是高屋建瓴,构建"骨架",那么叙述对联作者和对联事件,就是重返对联现场,还原细节和补充"血肉"。想当年,作为"湖畔诗社"之一的应修人,只是上海福源钱庄学徒出身,现代著名教育家、小说家叶圣陶,也不过是草桥中学毕业。当代联界中人,拥有本科学历者比比皆是,即便没有此类文凭,凭自学而成才者同样名闻遐

· 471 ·

迹，又何必遮遮掩掩，羞于示人？只要爱好对联，就是与传统文体结缘；只要有创作实绩，就是对联作家。只是接下来，全体联界中人特别是口口声声对联乃文学之一种的联手们，他们所要面对的可能是放低姿态，学习（指非文学专业毕业的联手）或重温（指文学专业毕业的联手）文学史，了解和思考某些深层次文学命题，例如扬雄后来何以产生"童子雕虫篆刻，壮夫不为"的想法，庾信何以"暮年诗赋动江关"，如此等等。

例九，笔者曾经第一个站出来，批评"梁章钜奖"的评选弊端。[①] 截至2020年，全国性对联奖项中处于运行状态的，只有"瓯海杯"（首届2018年）和"甘棠奖"（首届2018年）两个，而"梁章钜奖"已停摆近七年。"瓯海杯"是中楹会与地方政府合办的，作为合作条件，由瓯海区推荐1名本地候选者，经认定后被授予"瓯海杯""特殊贡献奖"。而"甘棠奖"活动则属于民间行为，与中楹会或者政府基本无涉。这里的问题是：与中国文联麾下的其他协会、学会所设奖项相比，这样的情形普遍吗？由中楹会独立主办的"梁章钜奖"何时才能恢复？如何看待近几年网上投票的"程序正义（民主）"和实际缺陷？在创立全国性对联奖项方面，网络媒体已先行一步，而纸质媒体何时可以行动起来并迎头赶上？对联奖项何时像"诺贝尔奖""茅盾文学奖"那样，能够以当代人冠名，并反映设奖人的真实意愿？

例十，2010年代中期以来，一方面国家在发展、社会在进步，另一方面成长于网络时代的写手们大举涉足新闻领域。他们或一味夸大、以偏概全，或任意拔高、贻人口实，或一厢情愿、照单全收。[②] 虽然其内容多为拼凑而来，但为了"吸睛涨粉"，文章题目却颇"接地气"，什么"厉害了""吓尿了""哭晕了""有福了"，活脱脱一个自大狂和市井卖艺者的形象。发表这些文字的不仅有自媒体，也包括部分民营大型传媒乃至极个别官媒。这种浅薄幼稚、轻浮自炫的暴发户作风，是1958年"大跃进"浮夸风的再现，是中学生励志作文和企业励志文化的

---

① 严海燕：《"对联学"：曾经的关注与当下的问题》，《对联》2018年第3期。
② 林峰：《文章不会写了吗？》，人民网—观点频道（2018-07-02），http://opinion.people.com.cn/n1/2018/0702/c1003-30098611.html，2019年6月1日。

第八章 对联学术

低级版。不知联界是否注意到这些写手及其作品,并有所警觉和感悟?

延伸阅读: 中西文论相结合看一副名人纪念联

名人纪念联,有的出自自家人,更多的则由旁人执笔,至于所写内容,有的是撰者亲历,更多的则是认同和想象之辞。对此,个别读者或许会较真细节的真伪,多数读者只在乎联作是否"感人",并因此决定是否启动"抵抗机制"(rezisztencia mechanisms)。石印文2008年纪念刘少奇同志诞辰110周年:"四十年前哭公无胆,四十年后致祭多由,问当初间附知谁,奇冤注定摧梁木;八千里外人誉巨星,八千里内民称时雨,幸此际湖山叨福,伟绩依然照汗青。"作者属于"70后",刘少奇去世于1969年,所谓"四十年前哭公"之说,应与作者无涉,只能看作代人立言。当年刘少奇去世的消息,一般人无从知晓,如果再考虑到当时的政治环境,则这里的"哭公"时间、人数,恐怕需要一番调查才可以确认。但在本联中,作者以肯定的口吻出之,其意图显而易见,即凸显拨乱反正后人们的正义姿态。相比之下,本书前面引述的"十二金牌召不返/三千铁骑杀回来"联,因为有了"我如奉命出师"的假设告知,从而显得简洁明晰,换一个角度看,也可以说单薄直白。

附录一　也来解读《联律通则(试行)》

说明：这是写于2007年的一篇评点式旧文，至今没有单独发表过。尽管时过境迁，物是人非，但仍以为它不无学术价值，作为"卑微者的财富"，现将其附录于此，以作为笔者持续思考联律问题之纪念，亦作为在艰难中成长起来的中国楹联学会既勇于开拓创新，又善于自我矫正之见证。据报道，经中国楹联学会第五届第十七次常务办公会议审议通过，决定从2008年10月1日起正式实施《联律通则》（修订稿），2007年6月1日公布的《联律通则（试行）》同时废止。为此，本书也附录了《通则》修订稿，并再次有所议论，读者可自行比较和参考。

近日，中国楹联学会出台了《中国楹联学会发布联律通则（试行）》（见中国楹联学会网址：http://www.china-ysc.cn/layer3.asp?id=69487&bid=263，更新日期：2007-05-23，以下简称《通则》），引起联界的关注和热议。有惊呼其为"划时代贡献"者，有认作"法规性文件"者。笔者不才，也拟响应中国楹联学会的号召，加入《通则》讨论者的行列。本解读采取逐条评点的方式进行，原文在前，评点文字在后，中间以"评"字隔开。

按语：中国楹联学会第五次全国代表大会工作报告指出，楹联作为独立的文体，应该有自己的理论体系，运行规则。长期以来，联界在很大程度上习惯于套用诗律，没有自己一套行之有效、易于掌握的联律，长此下去，势必影响楹联文化事业的发展。

评：起草者的忧虑可以理解，由中国楹联学会出面，发布一个类似评联标准的文件也有其必要性。然而，这里的有些表述似乎"言重"了。自从张少成、苏文洋等提出各自表述的"五要素"，任喜民提出"六要素"，其后常江、谷向阳等人的著述皆有承续。这些"六大要素"

附录一　也来解读《联律通则（试行）》

"七大文体特征"，其实就是我们平日所谓的"联律"。实践证明，它们是"行之有效、易于掌握"的。二十多年来，尤其是进入 21 世纪以来，凡是中国楹联学会或各省、市级楹联学会主评的获奖作品，其绝大多数是合律的。虽然关于联律的争论也有，但主要集中在对联理论人群，对于对联创作及对联评审影响并不大。

至于说联界"在很大程度上习惯于套用诗律"，那就更值得商榷了。这种说法既忽视了联律和诗律的历史联系，更不符合当代联界撰联、评联之事实。试问，缪英1989年参加辽宁省楹联学会等单位举办的"钟秀杯"楹联大奖赛获奖联（"题湖南岳阳楼联"）："吞一万里长江，吐八百里洞庭，要令天下波涛，尽为我用；复几千年大观，展卅余年画卷，试观巴陵胜概，尚有何忧？"，作者和评委如何"套用诗律"？相反地，对于1988年春节"环宇大团圆"征联中的获奖联："皓月仰中天，自有清辉周四海（出句）；黄花香晚节，俨然正色傲三秋（对句）。"特别是两边（上下联）后一句，我们除了"套用诗律"，还有其他选择吗？

这一论述，在我国楹联界引起了广泛的共鸣。进一步把握楹联发展规律，尽快制订出一套既符合楹联文体自身特点，又切合时代发展需要的联律，已成为楹联文化事业蓬勃、健康发展的迫切需要。

评：上面已经说过，对联创作和评审的样本已经存在，如今由权威组织认可并细化一下，当然是可以的。

中国楹联学会学术委员会在广泛开展联格文则讨论的基础上，遵循"求大同，存小异""严而不死，宽而不滥"的原则，适时地制订了《联律通则（试行）》。这是楹联学术理论研究的重要成果，是我国楹联文化发展过程中的一件大事。

评：既然是代表中国楹联学会发言，最好只说此乃集体智慧的结晶，而不必声明这是"理论研究的重要成果"。此外，所谓"联格文则"也是一个读起来拗口、分析起来不通的生造短语，当予更正。

实施《联律通则（试行）》，必将对进一步提高楹联创作水平，普及楹联知识产生积极的影响。在楹联创作、评审、鉴赏的实践中，我们必须坚持联律的严肃性和权威性。我们由衷地希望广大联友在实践中继续关注《联律通则（试行）》，使其不断充实和完善，无愧于联界的基本法则。

评：在笔者的印象中，"通则"和"细则"这两个术语多见之于法律法规，如《企业财务通则》（下辖"总则、细则"），其次是企事业单位的章程和制度。联律虽然有一定的强制性，毕竟不等于法律法规，顶多是一种操作规程。既然许多联律问题尚在讨论中，不妨效法一下书法界，也叫作"对联评审标准"如何？这样做，既有相同的影响和效果，又不至于授人以柄，被误认为我们在利用话语权而人为地制造联律。等到联界意见趋于统一了，再起其他的名字当不为晚。

联 律 通 则

（试行）

第一章　引言

第一条　楹联作为有一千多年历史的独立文体，根植于中华民族悠久传统文化的沃土之中。从各种文学形式来看，楹联与包括骈赋、唐诗、宋词、元曲、民间韵律性文学等在内的其他文学体裁、语言、文论术语之间，既有互相包容、渗透、扶翼的共性，又有自己的规律、定则。

评："扶翼"是一个在《现代汉语词典》里也难以查到的语词，其意大约为扶持、遮护。该词用在此处固然形象，却不一定准确。至于所谓"楹联与包括骈赋、唐诗、宋词、元曲、民间韵律性文学等在内的其他文学体裁、语言、文论术语之间……"则是一个不折不扣的病句。楹联就是楹联，怎么可以"与其他文学体裁、语言、文论术语之间"进行比较？这句话的正确表述应该是："楹联与骈文、诗、词、曲等其他文学样式，在体裁、语言、文论术语方面……"

第二条　楹联是传统的格律文学，具有格律性、典型性。凡不符合联律基本要求的作品就不应称其为楹联。

评：什么叫楹联的"典型性"？笔者对此难以理解。"凡不符合联律基本要求的作品就不应称其为楹联"，该条适用于当代联界，尤其是中国楹联学会参与的对联活动，却未必适合以往的实际。对于梁章钜、俞樾等历史名人不合联律的"对（楹）联"，我们的《通则》是否该给人家一个说法？

第三条　楹联的基本特征是词语对仗和声律协调。每一副楹联，由上联、下联两部分构成。上下联从形式到内容均为相辅相成、对立统一

附录一　也来解读《联律通则（试行)》

的关系。

评：该条第一句话无非是说，与诗词格律"三要素"相比，对联只有"对仗""平仄"两大要素。

第四条　楹联文体质的规定性、适应性，要求创作与赏评坚持创新而不离传统体范，重律而尤见时代风徽的原则

评：起草者之所以设置该条，大约是拟在坚持格律和不以辞害意之间找到一个平衡点。但其中"时代风徽"一类的话还是不提为好，因为联律不是对联创作论，它仅就对联形式发言，而不必涉及其具体内容。更何况"风徽"又是一个难以检索的语词，"时代风徽"也是一个不好理解的短语。

第二章　总则

第一条　字句对等。上下联句的字数及其句数要相等。

评：虽然这是常识，但的确有必要写上。

第二条　词性一致。上下联句法结构的对应位置用词的词类属性要相同。

评：对联词类相同，这一要求大体是对的，然而鉴于后面还有其他特殊情况，故建议在此加上"一般"二字。

第三条　结构对应。联文用词的构成、词义的配合、修辞的运用，上下联要对应平衡。

评：所谓"联文用词的构成"，大概是指单纯词、合成词及其小类而言，这个比较好懂；但"词义的配合、修辞的运用，上下联要对应平衡"又指什么而言呢？难道因为"江城如画宜初霁，风月无边似旧时"的右边（上联）"如"是喻词，左边（下联）里相应位置的"无"也必须是喻词吗？

第四条　节律对拍。联文语句的语流节拍，上下联要一致。

评：与"节奏"一词相比，"节律"是一个含义更广的语词，而"节拍"一词的音乐色彩比较突出。加之"节奏"一词在诗联界流行多年，已为读者所习惯，所以笔者建议，还是保留该词，不作其他更换为好。

第五条　平仄对立。联文用词缀句按节奏安排平仄交替；上下联对应节奏点位置的用字平仄要相反。对于单边两句及两句以上的复句联，

每句句脚之平仄按音步递换，句脚拼节形成"仄顶仄，平顶平"的格局。上联收于仄声、下联收于平声。

评：所谓"句脚拼节形成'仄顶仄，平顶平'的格局"一句，若指"马蹄韵"而言，恐怕是会引起争议的。"马蹄韵"虽有价值，但因为问题复杂，应该允许再讨论一段时间，不必仓促写进《通则》。至于"上联收于仄声、下联收于平声"的规定，也最好加上"一般"二字。

第六条　语意相关。上下联所表达的内容相关联，统一于主题。

评：该条似应声明排除巧联、对课、无情对等，它们虽然也属于广义的对联，但往往"内容"不"相关"或无"主题"。

第三章　附则

第一条　用字的平仄声调遵循汉语音韵学的成规。（1）在近古与近代通行的韵书中，字分四声，"平声"不分阴阳，统称为"平"，"上声""去声""入声"三种声调为"仄"；（2）现代汉语字音以"阴平""阳平"为"平"，"上声""去声"为"仄"。判别声调平仄遵循"双轨制"，但旧声、今声在同一联文中不得混用。

评："双轨制"及其不得混用的规定，估计不会产生异议，因为这是诗联界的共识。至于前面"古四声""今四声"的定义和具体内容，起草者的表述似乎有些问题。譬如，"平水韵"产生的时代就不属于"近古"，所谓"平声、仄声"也不是现代汉语"音韵学"（实际叫作"语音学"）的"成规"，它只是诗联界、骈文界为了创作而对中古"四声"和普通话"四声"所进行的二元化处理。

第二条　语句的平仄结构以两字（两个音节）或一字（一个音节）为一个节奏，节奏点在每个节奏的第二字（一字节奏，节奏点即为该字，诵读时隔占一节奏），以此安排平仄重复交替。

评：十分遗憾，起草者在此未能考虑到"福禄寿／三星／并照；天地人／一体／同春"一类特殊节奏的对联。如果结合下面第三条，我们便不难看出，起草者在很多时候还是在依仗诗律发言。

第三条　语句的语流节律按"二字而节"的常规节奏安排。在其与句法结构的语意节拍不一致时，平仄结构是不变的，可据联文表达需求、作者态度表现与诵读需要组织或划分为种种相应的语意点顿句式。一副楹联，或依节奏，或依意顿，只用一种方式，上下联要一致。

附录一 也来解读《联律通则（试行）》

评：这里只是将联界熟悉的"声律节奏""语义节奏"及其使用情况换了一种说法而已。"或依节奏，或依意顿"里"节奏"，应单指"声律节奏"。"声律节奏"与"语义节奏"是有矛盾的，但这个矛盾是可以在此分析，并在某种程度上予以解决的。

第四条 使用领字，在上下联相应位置要一致，词性要相同，允许不拘平仄相反律，且不与被领词语一起计节奏。

评：领字的"词性"有时并不"相同"。该条后两句的意思应是：领字可以不遵守"上联或下联之内平仄相间，上下联之间平仄相对"的平仄节奏点安排之规定。

第五条 原则上按现代汉语语法学体系的词性分类属对。据历史上诗联家创作、鉴赏实际，允许异类相对的范围大致包括：

①形容词和动词（尤其不及物动词）；

评：严格地讲，形容词和动词相对是有条件的。假如笔者写一副七言联，"莫言<u>毁灭</u>滩涂事；但美<u>豪华</u>别墅人"，就有可能在对仗方面（"毁灭、豪华"）受到指摘。除非你把它说成是互成对。

②在以名词为中心的偏正词组中充当修饰成分的词；

评："以名词为中心的偏正词组"，对这一说法，最好依据现行《现代汉语》教材重做表述，即"以名词为中心语的偏正短语"。

③按句法结构充当状语的词；

④同义连用字、反义连用字、方位与数目、数目与颜色、同义与反义、同义与联绵、反义与联绵、副词与连介词、连介词与助词、联绵字等常见形式；

⑤某些成序列（或系列）的事物名目，两种序列（或系列）之间相对，如，自然数列、天干地支系列、五行、十二属相，以及即事为文合乎逻辑的临时结构系列等。

评：以上③④⑤基本正确。

第六条 对于历史上形成且沿用至今的几百种属对格式，例如：字法中的嵌字、衔字，音法中的借音、谐音，词法中的交股、转品，句法中的当句、鼎足、流水，等等，不能尽入于律，未列本通则者，以"律有，因律；律无，循例"原则定可否；凡对偶类修辞格运用得当，合于本通则要求即可视为成对。

· 479 ·

评："衔字"对，属于比较生僻的术语，若能联系"掉字对""顶真"对及遍照金刚的"联绵对"（五言第二、三字相同）等，简单分辨一下最好。至于"流水对"，它有不守格律的特权吗？所谓"律有，因律；律无，循例"也只是一个原则，操作起来产生了分歧怎么办？"凡对偶类修辞格运用得当"，这句话读起来拗口，想起来懵懂。起草者也许是指那些以对句为主要特色的蒙书，以及含有对句的明清格言小品吧？

第七条 巧对、趣对、借对（或借音或借义）、摘句对、集句对等允许不受典型对式的严格限制。

评："借对"乃一常识性概念，一般诗联教材均有说明，无须在此辞费。

第八条 避忌：

①合掌。

评：这是题中应有之义，从近体诗到对联皆是如此。

②不规则重字。

评：什么叫"不规则重字"？相信联界读者都是知道的，主要指一边（上联或下联内部）重复，而另一边不对应重复。但是"重字"问题比较复杂，两边（上下联）之间的重复，可能位置不同，也可能位置相同。后一种情形倘若是"之乎者也"一类的虚词还好说，可以算作"规则重字"；但若是遇上实词怎么办？譬如所谓湖南岳阳楼联："洞庭天下水，岳阳天下楼"，对此有人不以为然，有人拍手叫好。对于这类问题，起草者理应有所表态。

③上联尾三仄、下联尾三平。

评：《通则》的这一条，比诗律的有关规定还苛细。即使是王力的《诗词格律》，也没有强调近体诗一定要避忌三仄尾。

第九条 本通则作为楹联创作、评审、鉴赏的依据，由中国楹联学会解释。

评：解释权当然归中国楹联学会所有。只是前面已经谈及《通则》名称和适用范围，所以建议对这里的"本通则作为楹联创作、评审、鉴赏的依据"一句进行必要的修改，即本《通则》只是本专业同仁组织的内部规定，作为一个"行业标准"，它主要供中国楹联学会及受其

附录一　也来解读《联律通则（试行）》

业务指导的组织和会员进行创作、评审、鉴赏时参考使用。至于前人的"对联"和当代自由文学界的"对联"问题，亦可参酌本规定予以讨论和判定。

第十条　本通则自 2007 年 6 月 1 日起试行。

附：《联律通则》（修订稿）

引言

楹联是中华文化宝库中的独立文体之一，具有群众性、实用性、鉴赏性、久盛不衰。

楹联的基本特征是词语对仗和声律协调。为弘扬国粹，我会集中联界专家将千余年来散见于各种典籍中有关联律的论述，进行梳理规范，形成了《联律通则（试行）》。在一年多的试行实践基础上，又吸纳了各方面的意见进行修改，制订了《联律通则》（修订稿）。现经中国楹联学会第五届第十七次常务会议审议通过，予以颁发。

第一章　基本规则

第一条　字句对等。一副楹联，由上联下联两部分构成。上下联句数相等，对应语句的字数也相等。

第二条　词性对品。上下联句法结构中处于相同位置的词，词类属性相同，或符合传统的对仗种类。

第三条　结构对应。上下联词语的构成，词义的配合，词序的排列，虚词的使用，以及修辞的运用，合乎规律或习惯，彼此对应平衡。

第四条　节律对拍。上下联句的语流一致。节奏的确定，可以按声律节奏"二字而节"，节奏点在语句用字的偶数位次，出现单字占一节；也可按语意节奏，即与声律节奏有异有同，出现不宜拆分的三字或更长的词语，其节奏点均在最后一字。

第五条　平仄对立。句中按节奏安排平仄交替，上下联对应节奏点上的用字平仄相反。单边两句及其以上的多句联，各句脚依顺序连接，平仄规格一般要求形成音步递换，传统称"平顶平，仄顶仄"。如犯本通则第十条避忌之（3），或影响句中平仄调协，则从宽。上联收于仄声，下联收于平声。

第六条　形成意联。形式对举，意义关联。上下联所表达的内容统一于主题。

第二章 传统对格

第七条 对于历史上形成的且沿用至今的属对格式，例如，字法中的叠语、嵌字、衔字，音法中的借音、谐音、联绵，词法中的互成、交股、转品，句法中的当句、鼎足、流水等，凡符合传统修辞对格，即可视为成对，体现对格词语的词性与结构的对仗要求，以及句中平仄要求则从宽。

第八条 用字的声调平仄遵循汉语音韵学的成规。判别声调平仄遵循近古至今通行的《诗韵》旧声或现代汉语普通话的今声"双轨制"，单在同一联文中不得混用。

第九条 使用领字、衬字、介词、连词、助词、叹词、拟声词，以及三个音节及其以上的数量词，凡在句首、句中允许不拘平仄，且不与相连词语一起计节奏。

第十条 避忌问题。（1）忌合掌。（2）忌不规则重字。（3）仄收句尽量避免尾三仄；平收句忌尾三平。

第三章 词性从宽范围

第十一条 允许不同词性相对的范围大致包括：

（1）形容词和动词（尤其不及物动词）；

（2）在以名词为中心的偏正词组中充当修饰成分的词；

（3）按句法结构充当状语的词；

（4）同义连用字、反义连用字、方位与数目、数目与颜色、同义与反义、同义与联绵、反义与联绵、副词与连词介词、连词与介词与助词、联绵字互对等常见对仗形式；

（5）某些成序列（或系列）的事物名目，两种序列（或系列）之间相对，如，自然数列、天干地支系列、五行、十二属相，以及即事为文合乎逻辑的临时结构系列等。

第十二条 巧对、趣对、借对（或借音或借义）、摘句对、集句对等允许不受典型对式的严格限制。

第四章 附则

第十三条 本通则作为楹联创作、评审、鉴赏在格律方面的依据。由中国楹联学会解释。

附录一 也来解读《联律通则（试行）》

第十四条 本通则自2008年10月1日起施行。2007年6月1日公布的《联律通则（试行）》同时废止。

讨论：

1. 关于衬字

叠语等说法或许有些意义，衬字之说到底意义何在，却有讨论之必要。衬字是相对于元曲里某个固定句式而言的，而这于对联却恰恰无从谈起，因为对联没有乐谱。虽然有学者做过"最佳对联句式组合"研究，但那毕竟只是修辞，而不是规定。一副对联里到底何谓正字，何谓衬字，其实是不易界定的。有人说，动态助词"着、了、过"一类便是。问题是，衬字问题不是这般简单。元曲里一句戏词可以连续有很多衬字，例如关汉卿《南吕一枝花·不伏老》里的名句"我是个蒸不烂煮不熟捶不扁炒不爆响珰珰的铜豌豆"，中间16个字全为衬字，难道我们也要在对联里如法炮制，将类似的句子划为衬字吗？显然不可能。既然没有乐谱作为参照物，那就只能从语义语法上去理解。而不少被视为衬字的单词、短语等是作句子主要成分的，如谓（动）语，故而十分重要，根本不是"衬"与"不衬"的问题。又见专家举出题明魏忠贤生祠联的例子："至圣至神，中乾坤而立极；允文允武，并日月以常新"，并说"允文允武"之"允"即为衬字。这很可能是将元曲衬字与先秦词头词尾及镶嵌辞格里的镶字弄混了。先秦词头词尾的出现是为了占音节，就像"神荼"/"郁垒"之"神"一样，将一个单音词变成复音词。镶字比较复杂，或者也是为占音节，或者为了构成四字成语如"五风十雨"之类。元曲衬字则是另一回事，它并不占规定的字数及相应的音符和节拍，这种加字行为的出现，只是为使表意口语化、细密化而已，即为了使表达更加明白、晓畅、生动、完整。还有人说，上一联语里"中乾坤而立极"之"而"、"并日月以常新"之"以"就是衬字。这是又将骈文里的连词牵扯了进来。对于这些连词，按照王力《古代汉语》分析体系，是可以与后面的成分合在一起，而不占独立音节的，即"中乾坤/而立极""并日月/以常新"。甚至包括著名的"……能攻心则反侧自消……不审视则宽严皆误"，也可以照此处理，即划作"能攻心/则反侧自消；不审视/即宽严皆误"。做这样的划分还有一个好处，即无须纠缠于作为平仄点的"则""即"相对问题。陆伟廉一方

· 483 ·

面认为衬字之说来自元曲，一方面又坚称只有自对句之间才存在衬字，即所谓隔字分离自对中间的字词叫对联衬字。他的举例是："春梦惯迷人，一品朝衣，误了九霄仙骨，鸡鸣紫陌，马踏红尘，军门向那头跳出？空山曾约伴，七闽片语，相邀六诏杯茶，剑影横天，笛声吹海，先生从何处飞来！"（《传明代陈用宾题昆明鸣凤山环翠宫》）"四代孙曾，同庆八旬寿考；三春杨柳，平添一户风光。"（《陆伟廉代人作春联兼庆寿》）一般而言，自对的各个单位之间是平行关系，而陆伟廉显然将自对的范围扩大了。同时，他念念不忘《西厢记》里的"（空着我）透骨髓相思病染，（怎敌他）临去秋波那一转"，并以此为例来衡量对联衬字。又因为在陆伟廉那里，只有自带自对宾语的谓（动）语动词或短语才是领字，否则只能叫作其他，所以这里的"同庆"等四个词被他称为衬字也是一种必然。但不管怎么称呼，叫作领字也好，称为衬字也罢，陆伟廉都郑重其事地分析了"同庆""平添""误了""相邀"相对相间的情形，说明他与《联律通则》制订者的意见不同，即相对于"不拘平仄，且不与相连词语一起计节奏"，他更主张将领字、衬字与其他字句一般看待。这无疑表现了陆伟廉的矛盾和苛细。

2. **关于领字**

南宋沈义父《乐府指迷》有云："腔子多有句上会用虚字，如嗟字、奈字、况字、更字、料字、想字、正字、甚字，用之不妨。如一词中两三次用之，便不好，谓之空头字。"这里所言虚字，其实就是后来（清代）的"领字"。沈义父以为词作不能多用，但清代中长联里有的却超过了三次。"领字"一词，清代周济《宋四家词选》较早出现过，所指与两宋词里一般所谓"一字豆"大致同义。何为"一字豆"？王力《古代汉语》与郭锡良《古代汉语》表述不一。王力本只是提及"一字豆"后的两个四字句（包括对仗句和不对仗句），郭锡良本则在举例中明确包含三种句子：单句（"寒蝉凄切，对长亭晚"）、排句（"渐霜风凄紧，关河冷落，残照当楼"）、偶句（"对宿烟收，春禽静"），并明确指出"一字豆"可以领起一句或几句。笔者以为，郭锡良本的单句举例可能有些问题，一般版本都是"寒蝉凄切，对长亭晚，骤雨初歇"，即"对"领起的是两句。当然，这还不是问题的重点。清代对联发达，吸纳词的句式入联时，少不了也将领字吸纳进来；加之自对在对联里发

附录一 也来解读《联律通则(试行)》

展迅猛,所以,领字主要"领"自对,自然成为领字后跟语言单位的主要方式。问题是,对联领字后跟语言单位不一定是句子,更不一定是偶句,领字自身也不一定只是副词,它很可能是只带一个宾语的动语成分,或者是其他词和短语。如果按照陆伟廉的说法,只有引领自对者,即后跟两句、四句者才称为领字,那么只带一个宾语的动语成分及其他词和短语,就被排斥在领字之外。对此,我们该作何种选择呢?

3. 关于"词性对品"

王力在早年的时候,的确分辨过"词类"与"词品"的差异,但现在的学术界基本不用"词品"了。品者,类也。《通则》里提到的所谓"转品",在郭锡良《古代汉语》里就一直被称为"词类活用"。其实,无论是现代汉语里的"实词、虚词",还是明清时期的"实字、虚字、死字、活字、助字",都是大类套小类,用上一句"词类相同"或"词类相近",并不一定带来混乱和误解。或曰:现代汉语叫"词"的东西,在传统汉语里被称"字",所以不好通称为"词类"。这种反驳看似有理,其实同样意义不大。现代人如果脱离了类义词理论,是不容易解释传统的实虚死活字的,而类义词概念是舶来品,明明白白标注着"词"的字样。当然,果真想将二者弄得泾渭分明,不妨分开来写,即"词类相近(或字类相同)",甚至干脆只要"字类"提法,舍去现代汉语维度,即不涉及"词"的字眼。

附录二　诗钟

（一）诗钟概貌

1. 定义和功能

作为一种文字游戏活动，诗钟兴起于清代中晚期。其一般规则是：在规定的时间内，以给定题目为题，写成一比（两句）合律的七言对偶句，然后进行评比。全钟可称为"一首""一比"，分开可称为上句、下句，或者出比、对比。

除了娱乐、竞技功能，诗钟对于诗家联客们活跃文思、锻炼字句不无裨益。首先诗钟与律诗关系密切。据传清代诗钟吟成，有的还要求再以其为颔联或颈联补缀成一首律诗，游戏方告结束。其次诗钟与七言联关系也密切。面对一副七言对偶句，有时必须查检历史资料，才能够确定它到底为何种文体。如"海到无边天作岸，山登绝顶我为峰"，坊间多以为出于林则徐口中，但据萨伯森、郑丽生《诗钟史话》引易顺鼎《诗钟说梦》一文可知，其作者为沈葆桢（文肃），即林则徐的外甥兼次女婿，其作品属于诗钟"天·我"五唱。

同时，诗钟对四字短语的大量运用，也为我们探讨骈对文学的生成提供了一定的启示。

2. 名称

为什么叫诗钟呢？据光绪年间徐兆丰的笔记小说《风月谈馀录》载：由于"构思时以寸香系缕上，缀以钱，下承盂，火焚缕断，钱落盂响，虽佳卷亦不录，故名曰诗钟云"。"钱落盂响"，有如钟鸣，"诗钟"一名即由此而来。此外，还有"折枝""阄诗""战诗"等别称。

3. 创建时间

一般以萨伯森等人的"道光说"为准。其理由是：道光年间福州人曾元澄等在北京组织"荔香吟社"，并于道光十一年（1831）刻成《击钵吟》（分咏和嵌字的偶句集）。此外，陈海瀛认为黄理堂《雪鸿初集》里收有林则徐、陈寿祺等人的诗钟作品，而林氏乃嘉庆进士，陈氏卒于道光十四年，故而推论：至迟在嘉道之间诗钟已然存在。

4. 兴废回顾

自晚清至民国，参与诗钟者甚夥，其中不乏文学界名流。福建有"冷香吟社"主持人林纾、陈衍，上海有陈三立、樊增祥、易顺鼎。受其影响，清朝官员也有染指者。张之洞督两湖、唐景崧抚台湾时，都与同僚、下属有过诗钟活动。北京在民国之初，成立了"寒山""潇鸣"两大诗钟社，王闿运（汉魏六朝诗派领袖）、陈宝琛（光绪时"清流四谏"之一）、严复（《天演论》译者）、黄节（南社最优秀的诗人）、梁启超（"诗界革命"的倡导者）皆为寒山社成员。

至五四狂飙运动，胡适"文须废骈，诗须废律"（《文学改良刍议》）的文学主张大行其道，骈文、旧体诗词首当其冲，诗钟也因池鱼之殃而式微，加之风起云涌的革命形势的影响，诗钟在现代中国不算发达。1947年，现代诗钟最后一个组织——福州"剑社"终于关闭。中华人民共和国成立后，以张伯驹等人最为活跃，在沉寂了大约20年（1957—1976）后，诗钟在这些老人那里又与诗词等传统文体一起复活了。1990年代，以纸媒的方式继起者的则有辽宁的《诗钟报》、福建的《海峡钟声》、北京的《燕山钟韵》。1996年，中国楹联学会和中国俗文学会相继做出决定，分别成立华夏诗钟社（社长于海洲）、诗钟研究委员会（主任王鹤龄）。2004年，长安诗钟社成立并挂靠陕西省老年诗词学会（首任社长李文平），该社模仿《联律通则》而订有《钟律通则》。2019年，中国楹联学会与天津市楹联学会合办中国楹联学会诗钟文化研究院（诗钟社）。

大陆关于诗钟的资料相对较少。1953年，张西厢出版《漫话诗钟》。1958年，福建文史馆名誉馆员陈海瀛出版《希微室折枝诗话》。1964年，福建文史馆馆员萨伯森、郑丽生合著出版《诗钟史话》。2009年，福建黄乃江博士论文《台湾诗钟研究》由复旦大学出版社出版。

(二) 特性和分类

1. 四个特性

(1) 集体性

诗钟活动一般由钟社组织实施,其社员聚会叫作"钟聚"。举行诗钟活动时程序严格,有奖有罚。"以语工而成速者为上,优者醇醪,劣者苦茗。"(晚清童叶庚《睫巢镜影·雕玉双联序》)

(2) 时间性

为了发掘和较量七步八叉之才,诗钟活动有明确时限,诗钟因此也被称为"战诗"。其中,作者水平高,且联系方便的,可以"现拈",即采用焚香计时、闹铃计时的办法(15—20分钟);否则就只好"宿构",即宽限到若干天之后交卷。不过现在不少钟社将时间放宽到1—2个月,似与当初诗钟界师法古人"刻烛赋诗"(南朝齐竟陵王萧子良)、"击钵催诗"(萧子良手下学士萧文琰)之余意有了距离。

(3) 趣味性

诗钟继承了中国文学中的"谐隐"传统,将两个风马牛不相及的事物或者字(词),在对偶的名义下统一起来。正如苏轼所言,"世间事无为无对,第入思之不至也"——所谓"谐"也;其中,分咏格还不许犯题——所谓"隐"也。顺便提一下,苏轼的《章质夫送酒六壶,书至而酒不达,戏作小诗问之》,无论是诗题"戏作",还是诗句"岂意青州六从事,化为乌有一先生"都带有游戏性。此外,广义的"隐"还包括比喻、象征等。

(4) 对偶性

诗钟虽然只有两句,但除了碎流格、押尾格,全都是对偶句,而且与律诗(主要是七律)中间两联在格律、韵味上极其相似。其中,格律要求尤其严格。一般近体规定的禁忌自不必说,对仗方面,偏枯对("三脚蟾")被坚决禁止,有的还禁用流水对甚至借对,用典时不仅要上下齐用,有的还要求年代相近;平仄方面,特拗、拗救也不建议使用。这也是诗钟与宽对对联的区别点之一。

违反者会被叫停写作,改做誊录或罚以扫地。正如清代张辛田所云:"此虽游戏笔墨,然非聪明不能裁对,非博洽不能使俗为雅也。"

附录二 诗钟

2. 体式

（1）两种正格：嵌字和分咏

前者要求嵌入给定的字，后者要求题咏所给定的事物。

（2）三种别格：错综式嵌字格、合咏格、笼纱格

前一个，是指嵌字体（格）中除了上下对位（相并）的"一唱"至"七唱"外其余格式。后两个属于分咏体中的别调。

（三）嵌字体

1. 来源

诗联中的嵌字现象，古已有之。就诗而言，刘宋时鲍照的《建除诗》，即将"建、除、满、危"等十二字，分嵌于五古里每两句的前句首字位置。具体到诗钟嵌字体的来源，学界一般有两种说法：一是福建启蒙教育中的作碎，二是改诗。比较而言，前者对嵌字体诗钟的生成影响最大。

（1）作碎

其程序是依"击钵吟诗课"（限作七绝）的模式建立的。[①]

关于福建私塾作碎及作碎、作诗、作对的关系，易顺鼎在《诗钟说梦》一文中做了介绍："闽人又有五碎、七碎之名。小儿未学作诗，先学作对。作对之后，又学作碎。对者，对他人五字、七字之句。碎者，自作一对五字、七字之句。其题则先生命两字，使分嵌于两句之中，亦限嵌于第几字，但五七碎所限之字，皆相对者。"

作碎发展为诗钟后，在福建叫作"折枝"，大约取义于：摘取七律一联有如折取花树一枝。等传至外省后，方称诗钟。"折枝"里关于限制位置的用词，早期是"七一、七二……七七"，后因五言折枝基本淘汰，于是改称"一唱、二唱……七唱"。各地的正格诗钟，或标"嵌第几字"，或采用福建的这种称谓。

（2）改诗

摘取诗句或联句中的字，然后再来嵌字。中国台湾地区张作梅

[①] "击钵吟"现在还有。关于诗钟、击钵吟之区别，可参看黄乃江《诗钟与击钵吟之辨》，《台湾研究集刊》2005年第3期。

《诗钟集萃六种·诗钟别录》里载有这样的例子："盘飧市远无兼味，樽酒家贫只旧醅。拈'远、无、家'为流水碎：万里家山悲远隔，几回无计梦中归。"这里所说的"流水碎"，到了诗钟里就成了分嵌于非对偶句的"碎流格"。

2. 格式

（1）正格的嵌字

任举两字，一般平仄各一，分嵌在两句中，且位置相同。嵌字时允许颠倒所给定字的次序（别格亦同）。

名称（1）	凤顶	燕颔	鸢肩	蜂腰	鹤膝	凫胫	雁足
名称（2）	一唱	二唱	三唱	四唱	五唱	六唱	七唱
位置	上下一	上下二	上下三	上下四	上下五	上下六	上下七
字数	2	2	2	2	2	2	2

举例：

《带·家》一唱：带围渐减都因酒，家具无多半是书。（佚名）

《门·夜》二唱：公门桃李皆名士，子夜笙歌半美人。（晚清 唐景崧）

《身·石》三唱：不坏身曾经万劫，有情石可证三生。（佚名）

《素·存》四唱：神交有素三生契，手泽犹存一卷书。（晚清 洪均）

《中·十》五唱：月明赤壁中流棹，风暖扬州十里帘。（佚名）

《母·田》六唱：机杼寒灯闻母教，桑麻夜雨话田家。（佚名）

《足·迟》七唱：亭馆春深花睡足，池塘烟重柳眠迟。（晚清 陈寿祺）

（2）别格的嵌字

任举两字或数字，分嵌在两句中，且位置错综。上下尽量均衡，如四字常做二二分，少见三一分。

主要名称	嵌字位置	所嵌字数（说明）
魁斗	上首下尾	2
蝉联	上尾下首	2
云泥	上二下六	2

附录二　诗钟

续表

主要名称	嵌字位置	所嵌字数（说明）
三四辘轳	上三下四（或上四下三）	2
四五卷帘	上四下五（或上五下四）	2
晦明	一明嵌一暗示	2（嵌字和单咏的结合）
鼎峙	上四下首尾（或上首尾下四）	3
汤网	上首下首尾（或上首尾下首）	3（仅据三角，网开一面）
双钩	上首尾下首尾	4
唾珠	上四五下五四	4（钟界对此有分歧）
秋千	上一六下二七	4
小鼎峙	上三五下四（或上四下三五）	3
蝶翅	上三五下二四六	5

其中，"唾珠"一般以"睡珠"为名，而疑"唾珠"为"睡珠"之误。但"唾珠"可以理解为"唾珠咳玉""咳唾成珠"，"睡珠"却嫌费解。

三四辘轳，在此有配合四五卷帘的意思，在所有辘轳格（从一二辘轳、二三辘轳直到五六辘轳、六七辘轳）中也最为常见。汤网格或可扩展四种：上首尾下首、上首尾下尾、下首尾上首、下首尾上尾等直角三角形。小鼎峙格或可扩展为：上三五下四、上四下三五，以及与其同大的其他等腰（等边）三角形，上二六下四、上四下二六及与其同大的其他等腰三角形。

至于碎锦格、鸿爪格、碎联格等，其含义则有些混乱。有说碎锦格即鸿爪格的，有说鸿爪格即鼎峙格的。还有的将三字分嵌于上下句任意位置，不连不对，形成任意三角形的，称为鸿爪格，实际就是除了汤网格、鼎峙格、小鼎峙格之外的其他三字嵌法。

一般认为碎锦格也叫碎联格，但也有以嵌字为成语（词或短语）者为碎联格，嵌字为散字者为碎锦格。至于字数，有说碎锦格、碎联格至少是四字，也有以为不拘字数。

这里，暂定碎锦格为：将两个或两个以上的字分嵌于上下两句，一般不并（不上下相对）、不连（不同句相临）。倘若用以上正格、别格套不上的，均属于碎锦。如《张·陈》一唱：满几陈编三寸烛，半肩行李一张琴。"五杂俎"是碎锦格之一种，经常被特别提出，一般也要求所嵌之字不连。如：《清泉石上流》溪边瘦石多清籁，岩上飞泉少浊流。《山冷微有雪》："快雪看山晴有约，微波荡月冷无声。"此外，还有孤雁入群（五字，上首尾下首尾，所余一字任嵌）、联珠（叠字四个，分嵌上一二下一二）、重瞳（近似破读字，上四下四，平仄各一），乃至狗尾（三字分嵌上下末尾）、八叉（分嵌上一下二，或上二下三，或上三下四等位置，呈阶梯状）等五花八门的格式。

四字、六字、七字、八字、九字的碎锦格，曾经都有专门名称，但似乎并不引人注目。现将它们附在这里，以备有心人查检。

四皓格：碎锦格之一种，嵌字不得相连。如《海角钟声》：海城画角严兵卫，山阁诗钟集友声。

六逸格：碎锦格之一种，嵌字可以相连。如《杏花春雨江南》（得连二字）：雨后寻春桃叶渡，江南沽酒杏花村。

七贤格：碎锦格之一种，嵌字可以相连。如《发无可白方为老》（得连二字）：无眠可到东方白，有发都为老境苍。

八龙格：碎锦格之一种，嵌字可以相连。如《月明华屋画桥碧阴》（得连三字）：小桥画舫摇明月，华屋芳林度碧阴。

九老格：碎锦格之一种，嵌字可以相连。如《寒鸦万点流水绕孤村》（得连四字）：水流孤塞千声雁，村绕寒林万点鸦。

说明：从四皓格到九老格，其钟例皆来自张西厢《漫话诗钟》一书，其中七贤格（连二）、八龙格（连三）、九老格（连四）"得连N字"不易索解，张举出的实例似乎分别是连一、连四、连三。

3. 碎流格、押尾格

（1）碎流格

"碎流"是"流水碎锦"的省称。碎流格既是流水的（不对偶），又是碎锦的（位置错综）。如嵌《豆、数、风》三字：风雨豆花篱一角，草虫无数作秋声。嵌《何、在、闻、歌》四字：灞桥秋在人何处？不忍重闻折柳歌。

（2）押尾格

将三个字的名词或短语，嵌于下句之末。两句不必对偶，但要意思连贯。如嵌《一枝花》三字："万紫千红推领袖，岭梅先放一枝花。"这实际上已经近乎诗，而不似诗钟了。

4. 嵌字体作法、难关

（1）嵌字体一般较易

作者常常先将所给字组成"眼字"，然后敷衍成句。1930年福州举办《微·寒（七一）》大唱，下面三比作品的"眼字"各不相同，第一、二比还颠倒了字序。"寒宵坐似沧浪里，微曙看犹混沌初。""寒月芦花千百顷，微风桐子两三声。""微虫沟洫犹争长，寒鸟江湖不乱群。""沟洫"，水渠，该比上句讥讽军阀混战。

当然，嵌字体的易作是相对的。倘若遇到僻字、丑字，即使设法将之嵌入句中，往往也是凑泊生硬，令人兴味索然。此外，有些嵌字体上下各自独立，近乎巧对、灯谜，而距离微型诗较远。《雪鸿初集》里有《药·江》四唱"元霜捣药蓝桥暮；白露横江赤壁秋"，上下比意思断链，缺乏一种浑融感。这里的"元霜"即玄霜，因避康熙讳而改称。而《明·日》五唱"移篷拟向明湖泛；策杖曾从日观归"，以一来一往勾连上下比，作品的整体意识感则稍强一些。

（2）为增加难度，有时限用成句

限制的结果使得诗钟变成了集句。如福州某诗社以"女·花"为题要求嵌字，且限集唐人诗句。结果前三名分别为："青女素娥俱耐冷，名花倾国两相欢。""商女不知亡国恨，落花犹似坠楼人。""神女生涯原是梦，落花时节又逢君。"

（四）分咏体

1. 来源

早期分咏体只在江浙一带流行，后来才传入各地。在"折枝"（嵌字体）发源地福建，分咏体始终不甚发达。

历史上，分咏体一名"雕玉双联"（童叶庚），典出白居易排律《江楼夜吟元九律诗成三十韵》里"寸截金为句，双雕玉作联"两句。另一名"分曹偶句"（施鸿保），与"嵌字偶句"即折枝相对。

分咏体与纯粹的咏物诗颇为相类，都不允许犯题，即暴露题中之字。由此看来，前者应该是受过后者影响的。但在诗钟界，关于分咏体诗钟的来源只有三种说法：第一，属于嵌字体之一格；第二，明清各省童试要考八股文"截搭题"，分咏体诗钟是对"截搭题"的模仿；第三，来源于酒令。王鹤龄认为后一种说法更有道理。①

2. 格式

（1）正格

任选两个意义各不相干的词，也就是两种不伦不类的事物，分别加以题咏。与嵌字体同理，分咏时允许颠倒给定事物的次序。

①一人一物

分咏《张志和·鹦鹉》：流水桃花青笠客，画阑香稻绿衣娘。分咏《我·竹》：镜中对面成知己，世上虚心是此君。分咏《杨贵妃·煤》：秋宵牛女长生殿，故国君王万岁山。北京的景山是清顺治十二年改名的，曾名"煤山""万岁山"。

②一事一物

分咏《闰六月·竹夫人》：春冬不入三千队，秋夏平分十五天。"竹夫人"，用竹子编织而成的圆柱形物，中空，可拥抱或搁脚，用于消暑。竹夫人属于夏秋用品，冬春必然打入冷宫，有如被排斥于"后宫佳丽三千人"之外。闰六月是夏秋两季之间多出来的三十天，算是半夏半秋。这里先咏竹夫人，后咏闰六月，颠倒了次序。分咏《红楼梦·白发》（晚清 况晴皋）：应号怡红公子传，已非惨绿少年时。这里的"白发"，可看作是咏事（状态）。分咏《杨柳·七夕》：三起三眠三月暮，一年一度一魂销。"三起三眠"，据清代张澍《二稀堂丛书》所辑《三辅故事》载：汉苑中有柳，状如人形，曰人柳，一日三起三眠。

③两物

分咏《海狗肾·木偶》：纵使生儿亦豚犬，是谁作俑到公卿。"海狗肾"，本为中药材，指海狗或海豹的外生殖器，这里化死为活，且特指海狗而言。"木偶"，后代多指木偶戏，这里则追根溯源，联想到奴隶社会的丧（陪）葬俑。分咏《史记·白糖》：传世文章无碍腐，媚人口舌只须甜。"无碍腐"，无妨对作者司马迁加以腐刑。《尺·蜂》：灯下量衣催五夜，房中酿蜜正三春。

④两人

石卿分咏《介子推·虬髯客》：去国从龙惊割股，入门下马看梳

---

① 王鹤龄：《诗钟考源》，《中国典籍与文化》1999年第2期。

头。上句言介子推随公子重耳（即后来的晋文公）外逃及割股供食的故事，乃平常家法；下句从唐传奇《虬髯客传》里主人公客舍遇红拂一节落笔，蹊径独辟，平中显奇。

⑤两事

筱牧分咏《感冒·排队》：但有后先无少长，最难调理是炎凉。这里，也颠倒了钟题次序。

（2）别格

①合咏格

仅命一题，故此也叫单咏格，颇似诗谜。如合咏《傀儡》：一线机关何太巧，两般面目总非真。

为防止袭用旧句，合咏格往往附上嵌字要求。如合咏《思妇》并嵌"斜、锁"第二字：横斜钗影松云鬓，牢锁春心紧指环。清末台湾丘逢甲合咏《马》并嵌"嫁"字：驮出王嫱悲远嫁，堕来孙寿挽新妆。"堕马髻"，一种偏垂在一边的发髻，据说为东汉权臣梁冀之妻孙寿所发明。

②笼纱格

早期诗钟，大都以缩写前人诗句为乐，即所谓"改诗"也。有一比《两·空》六唱：不住猿声啼两岸，但闻人语响空山。这是林纾出题、亲友之子所作。倘若我们将之称为缩合嵌字式诗钟的话，那么，林有庚的《春·手》笼纱格：急潮带雨无人渡，流水听松为我挥，就可以称为缩合藏字式诗钟。前一比不用说是改写（重新排序）了李白的诗句，缩合了王维的诗句；后一比则以韦应物《滁州西涧》"春潮带雨晚来急，野渡无人舟自横"两句带出"春"字，以李白《听蜀僧濬弹琴》"为我一挥手，如听万壑松"两句暗示"手"字。

再如《左·易》笼纱格：牙因知味承恩幸，思未能言擅赋才。这里上句写易牙，下句写左思，虽隐约如见，呼之欲出，但终究没有明示，所谓如笼细纱也。

3. 分咏体作法、难关

（1）分咏体作法

作分咏体，须尽快找到两者之间的一个联结点，然后一边敷陈一边对仗。以唐景崧分咏《眉·偷鸡》为例：手无缚力难为贼，尖有愁痕易动人。作者大约首先想到了眉毛、偷鸡所用的手及与之相关的成语

"手无缚鸡之力"，继而以成语为主，并带动下句的联想。其间使用"手"与"（眉）尖"、"无"与"有"、"难"与"易"等正对、反对等字眼，令人感到所咏的两种事物似有关联。

（2）分咏体相对较难

首先是状物难以切肖，联想难以奇特。其次是这种描摹和联想不好呼应和对仗。如分咏《莫愁·醉蟹》：洛邑女儿卢氏妇，青州从事内黄侯。由莫愁女（人）想到"内黄侯"（螃蟹的别称），是着实需要有关知识和几分机智的。分咏《诸葛亮·猫儿》：胸中早定三分策，眼底能知十二时。这里下句的联想，更是惟妙惟肖，令人击节。

诗钟是游戏，倘若能借此写出有意境、有思想的钟作，则难能可贵。近代赵国华分咏《船·胎衣》颇为传神：帆如秋叶来天上，人似春蚕卧茧中。反对科举而下海演戏的汪笑侬，其分咏《八股文·杜鹃》也不忘讽刺：能使英雄皆入彀，可怜帝子已无家。秦云、肤雨合作有《百衲琴》一册，其中不少作品寄寓着寒士的不忿，如分咏《手炉·蝇》：怀袖有时防炙热，出窗无路枉钻谋。

（3）分咏之外再规定嵌字

如分咏《管仲·后羿妻》并嵌"长、不"第三字：射钩<u>不</u>死仇偏相，窃药<u>长</u>生盗亦仙。上句谓管仲和齐桓公之事。管仲辅佐公子纠时，曾射公子小白一箭，结果因小白衣带钩的遮挡而未能得手。后来小白做了国王，即历史上的齐桓公，却没有追究此事，仍以管仲为相。

（4）不常见的合作与和作

a. 合作

即两人合成一比。清代苏州某地行酒斗令时，先由甲某拈题咏《报马》：铃声急雨三更驿，再由乙某拈题咏《粪桶》，并与之相对：担影斜阳十亩田。

b. 和作

即乙某唱和甲某之作。张辛田分咏《枕头·刽子手》：黄昏我便思依汝，白昼君偏敢杀人。施鸿保就原题而和之：游仙我恋真佳境，入市人呼好快刀。

主要参考资料

一　书籍类

常江：《古今对联书目》，内部刊印1999年版。
常江：《中国对联谭概》，华夏出版社1989年版。
龚联寿：《联话丛编》，江西人民出版社2000年版。
胡君复：《古今联语汇选》，常江点校重编，西苑出版社2002年版。
李文郑：《跟我学对联》，中州古籍出版社2016年版。
梁章钜、梁恭辰：《楹联丛话全编》，白化文等点校，北京出版社1996年版。
刘太品：《刘太品联学论丛》，中国诗词楹联出版社2014年版。
陆伟廉：《对联经》，山西高校联合出版社1994年版。
时习之：《时习之对联文选》，中国诗词楹联出版社2014年版。
吴恭亨：《对联话》，喻岳衡校注，岳麓书社2003年版。
严伯玉：《民间墓联墓志续录》，湖北省楹联学会内部印行2006年版。
余德泉：《对联格律·对联谱》，岳麓出版社1997年版。
张小华：《全民国联话第一辑》，河南文艺出版社2014年版。
赵如才：《联海泛舟》，山西高校联合出版社1994年版。
中国楹联学会：《清联三百副》，中国诗词楹联出版社2013年版。

二　报刊类

《长安联苑》（2012—2016年）
《对联·民间对联故事》（《对联》）（1990—2017年）

《对联文化研究》（2003—2008 年）
《对联学刊》（1998—2006 年）
《联友》（1989—1991 年）
《中国楹联报》（1987—2014 年）
《中华楹联报》（2013—2016 年）

三　新媒体类

对联中国（微信公众号）
恶人谷珠楼（网站）
国学大师网
联都论坛（网站）
搜韵网
中国楹联论坛（网站）
中华国粹网

后　　记

《对联通论》（第一版）于 2009 年出版后，受到学术界和对联界部分同好的关注。我读硕士生时的导师、已近杖朝之年的张华老先生也以"深者不觉其浅，浅者不觉其深"的读后语赠我，使我感动不已。

由于该书仅印 1000 册，除去出版社所扣 50 册样书，其余的被我连销带赠，一年多时间即告罄然。此后十年间，不断有联友询问购书事宜，并建议重印或再版。由于自己穷忙，加之与拙著同类或相近的图书不断涌现，所以一直没有顾及此事。

2019 年春天，党永辉博士在微信里对我说：作为一名学者，应该有自己的代表作。另一位联友也说：既然你对构建对联学科有新的思考，不妨将此前的《对联通论》再充实一下。他们的喊声提醒了我，也鼓励了我。在被疾患和衰老击垮之前，我理应振作起来再做一点事，为了有缘的研究对象，也为了自己的初心。

对《对联通论》（第一版）进行系统性修订，大约始于 2019 年 6 月，到 2020 年 2 月算是完成了一稿，随后的 3 月到 8 月，都处在恼人的修改中。总想一鼓作气，将眼前的一切完工，好去处理一桩桩亏欠多时的生活要务，却总是藕断丝连，事与愿违。今天发现前后重复了，明天又觉得需要补充新材料了，全无周末之暇，也无暑假与学期之分。有时不知不觉熬到了子夜，虽将 word 视图显示比例调到 130%，但电脑的蓝光还是让我无法看清屏幕上的文字……直到今天，这一切才在自己内心的命令下，戛然而止。我终于可以稍作休憩了！

此次修订，将原来的四章改为八章。"对联学习""对联学术"为新加的两章，内容相对新颖。其他六章也与第一版一样，尽量插入一些新材料、新提法、新论述。如"西厢制艺""成排多副联""对联的潜在写作"、四大民俗联的"附类"、对联里的"移时"和"反讽"辞格、对联"媒体融合"、对联"网络教育""对联创作要求的辨证思考""对联远程写作的缺陷""民国对联"特点、"不无疑虑的汉语对联译介""广告色与金粉",以及"对联也可以有缺类研究""联墨应慎重使用叠字符""联界引进书法有误区""警惕不完整款识""丧联挽联本来有别"等,都是自己或借鉴其他学科,或冷静分析材料,或回忆调查之所得。可以说,本书虽然未能专论"对联学"与"对联文化学",但"对联学"与"对联文化学"所涉及的诸多方面,这里大都囊括了进来。

考虑到篇幅和费用问题,对联修辞、对联创作两章未完全展开,对联传播一章暂时撤下,全书插图也不敢增加太多。如果本书有第二次修订机会,自己的视力、精力等也不再成为问题,我会在这些方面重做考虑的。

《对联通论》(第一版)兼有教科书的性质。为了有利于读者自学,我对部分联语里的疑难词句做了注音、解词、背景交代等。鉴于有专家认为这种做法不尽合规,此次修订时删去了许多。据 word 文档字数统计显示,《对联通论》(第一版)约14万字,现在的书稿是37万多字。书稿内容增加了,我却想不出更合适的书名,只好暂时名曰"《对联通论》(增订版)"。

《对联通论》(第一版)出版后,本地联友李文西、李世荣、解维汉等先生曾经以书面形式,主动指出我在写作、打字过程出现的谬误和疏漏之处。此次修订再版,在校对、整理、修图等方面,也得到彭三妮、沈宁、左朝仪、范慧萍、谢玮祎等同学的帮助。尤其是2020年上半年,适逢人人自危的全球大流行病,有好几位学生一边在网上紧张工作或学习着,一边主动询问我的眼疾和书稿打字情况。高情厚谊,在此一并谢过!

感谢李浩教授、张志春教授热情赐序!李浩老师如今是教育部长江学者特聘教授,平日里读书工作之忙碌,自不难想象。我是在朋友的极力建议下,犹豫再三才向他张口请赐的,他的慷慨应允,实出乎我的意料。张志春老师是当代陕西对联事业的先驱者,当年《对联通论》(第一版)出版后曾向他请益,自此过从十多年,其言谈举止大有博雅君

后　记

子之风。这次出书写序，自然忘不了烦请于他。对于两位教授的提携和勖勉，本人自当铭记在心，对于他们指出的拙著存在的问题，请容许我在今后的日子逐步领会和改正。

我还要感谢西安财经大学文学院资助大部分出书费用，感谢本书责编、校对、排版等工作人员的辛勤付出，感谢促成我下决心修订本书的马玉琛老师、吕新峰老师，感谢所有为本书撰写与出版提供帮助的同事和朋友！

夏坝活佛说："一切都还来得及。"活佛所说，乃是指宗教态度和人生体验而言。对于一个已过知天命之年的普通人来讲，此刻的我只想说：愿在余生的一两个方面，以十分的努力邂逅"一切皆有可能"之神！

补充：2020年9月，我与出版社正式签订了出书合同，并于当年11月至翌年4月间，按照《体例规范》要求对书稿进行了三次完善。接着又花费两个月时间，按照新的要求将原来的尾注改为脚注。由于尾注文字多，内容杂沓，整个改写工作又是在我住院和学校期末考试期间完成的，虽然有郝雨歌、郜欢等同学的远程协助，但对于我这个眼疾患者来讲，依旧困难重重。尾注与正文合并后的文字，估计多少会给读者以方枘圆凿之感。果真如此，则除去致歉，同样只能俟诸异日了。迄于2022年，书稿终于进入三审三校环节。当我5月从医院匆匆赶回，配合出版社完成第二、三次校对时，很幸运又得到了封婉妍、郝雨歌等同学的帮助。对于这些及时出现在眼前的学生们，这里再致谢意！

2020年8月13日初拟
2022年7月17日补充

重印说明

去年12月,《对联通论》(增订版)终获付梓,我也因此如释重负。自己此生福薄命舛,读书期间所向披靡,研究生毕业后坎坷不断。低头拉车,不抬头看天,拙于生计,不善交际,以致内无子女承欢,外无正高职称加身。而完成于特殊时期的这本拙作,倾注着自己的血泪心汁,她就如同世间儿女一般珍贵可爱。明年我就年届花甲了,我愿把这本书看作命运赐给自己的退休礼物。

"人能常清静,天地悉皆归。"静下心来重读拙作,很惭愧又发现了瑕疵。十分感谢出版社推出重印版,使我有机会匡谬补阙。重印版的修订原则是:改正为主,完善为辅;大处不动,小处微调;内文不新增页数,每页一般不增加行数。

除去自己逐页阅读、考异订讹外,我还收到几位联友的反馈信息。其中,重庆七十七岁的俞劭华先生指出引文、解读等多处失误,西安八十三岁的李世荣先生亦细检鲁鱼亥豕。两位耄耋老人皆联界一时之选,能够得到他们主动而无私的帮助,作者何其幸哉!此外,西安财经大学张雨洁、武玉红、韩一香等同学协助整理了部分文字,减轻了我这个眼疾患者的电脑用眼量。在此亦致谢意!

拙作增订版出版后,陕西王天性、江苏卜用可发联以贺。王联曰:"心仪两句诗歌,妙于美焕文光,神生语境;笔探千年国粹,功在引经据典,串玉成章!"卜联曰:"自李谪仙五彩笔中,分得经纶满腹;去严沧浪一千年后,复观诗理传人。"两位联友彩笔华章,嘉许之中不无夸饰。其中所涉高标,我"虽不能至,然心向往之"。故一并抄录于此,以为感念和自励。

2023年9月13日